はなものがたり

# 花物語

吉屋信子

よしや のぶこ

常純敏●譯

吉屋信子小姐的故居前院與後山景

吉屋信子小姐的故居外景

吉屋信子小姐的故居之和室廊台

# 吉屋信子與《花物語》

國立臺灣大學日本語文學系副教授
王憶雲

## 「百合」的領路人

在日本文學中，以同性間的戀情作為題材的文學作品並非少數；對於靠著網路媒體來接觸文學作品的新世代來說，若他對所謂女性同性間戀情的「百合」世界有些好奇或嚮往，那他很有可能耳聞過吉屋信子這位日本的女性小說家，甚至是她的代表作《花物語》——這點多少會讓熟悉傳統作品的老練讀者感到意外，畢竟吉屋信子並非現代暢銷作家，作品手法乍看之下亦不那麼「當代」，甚至《花物語》在作者自己身處的年代也與主流文壇幾乎無關。

的確，若想踏入日本的「少女」獨特的戀愛世界裡，吉屋信子絕對是一個出發點；長賣已逾百年的《花物語》（至今依然有文庫本的出版），亦有著超越時間的強烈共感，這些都讓這位作家的生涯與作品，值得在時代的長河中一再提起。

## 百年之前的明治到大正

吉屋信子生於明治二十九年（西元一八九六年），與宮澤賢治同年。在政府體系擔任官職的父親吉屋雄一自警察業務轉任行政職後，經常必須接受職位的調動，信子幼時便舉家從新潟縣搬至櫪木縣真岡，在此地度過孩提及青春時期。信子是這麼自述的：「在縣廳官舍出生的我，隨著父親的調任，輾轉於各個城鎮之間。」

明治政府剛於明治十九年發布義務教育的詳細指針：《學校令》，所謂的「尋常小學校」成為義務教育的基礎。在義務教育後若想繼續求學之路，對於當時的女性來說，在額外兩年的高等小學校畢業後（明治四十年後高等小學校的這兩年課程才被加進尋常小學校的規定年限），就只剩高等女學校可以選擇。信子於明治四十一年進入櫪木縣高等女學校就讀，這一年新渡戶稻造來到她的學校演講，新渡戶批判國家為女性所設定「賢妻良母」目標，鼓吹女性必須要有新的生活方式，讓信子深受感動。在信子的成長過程中，她積極地主動發聲來丈量身為女性的存在——透過投稿，而這在當時是一種流行方式。

現在，我們處於個人生活被網路社群緊密包覆的時代，資訊的來源是極其少量的文字與大量的圖像，書籍所代表的可能性變得相對薄弱。靠著手機上那連鍵盤都虛擬地在網路發文，或是發一張自己經過軟體運算的平面照片（甚至是動態，但依然還是平面），換取關注，對著周遭或陌生的網路路人問問這世界有沒有溫暖，是我們最普遍的選擇。

然而，在信子青春的明治中後期，也

就是百年以前，報紙與雜誌是好奇外頭世界的人們最大的依賴。依照讀者的教育程度有不同的各家報紙，雜誌也因為知識領域或讀者群而有不同的類型。在明治時代「文明開化」的國族總體命題下，知識的傳遞或是意識形態的建立都必須仰賴活字印刷的媒體，它們存在的巨大、觸及之廣泛，甚至是運作方式，遠超過我們現在對文字媒體的想像。

## 投稿風潮與少女雜誌

日本曾於八零年代流行以「少女」冠名的商品，其中包含了男性視點的想像（與偏差），也包含著少女漫畫這種製作方與客群均為年輕女性的類型。然而「少女」一詞背後的歷史脈絡為何？根據學者本田和子的研究，早在明治時期便存在著這個詞彙，而且關於這個詞彙的認知與擴散，與吉屋信子有密切的關係。

讓我先把話題拉回投稿。在信子受新渡戶稻造啟蒙的當年，她也開始書寫詩文，投稿至《少女世界》、《少女界》等雜誌，不僅獲得刊登，後來也在這兩本雜誌的徵稿獲得獎項。除了以上兩本雜誌，像是《少女之友》、《少女畫報》亦是於明治後期發行的雜誌（後者刊載了《花物語》），這些出版社從出版以「少年」冠名的雜誌後，另外將「少女」獨立，以年輕且受基本教育女性為受眾，除了傳遞知識、提供讀物以外，也設有投稿欄。在編輯的選擇刊登投稿與否的價值判斷下，決定了來稿的內容、文體的傾向，在讀者與編者的交織中，投稿欄自然形成了一個社群。這個系統讓吉屋信子在投稿到成名的過程中，得以用自己的文字召喚社群共通的情感，並將這個社群鞏固成「少女」的共同體；當然，這也影響了吉屋信子那疑似前近代的書寫文體。

## 東京與文壇

獲獎讓信子有了更多的自信，進而將自己的作品投稿至當時的主要文學刊物如《文章世界》、《新潮》。投稿、獲取稿酬或是獎金、購買書籍，接著繼續寫作，這是她在高等女學校期間的生活方式。

其實這亦是當時眾多有志文學青年們的必經之路（當時是有許許多多有志於文學的年輕人的），如同現在必須在各種文學獎征戰一番，囊括數個獎項後才有機會踏進文壇一樣。不過，若信子是男性，她可以在完成學業後選擇「上京」，也就是前往東京拜入成名作家的門下，完成文學夢想；但身為女性的信子畢業後，雙親只希望女兒嫁人，夢想與現實的對抗，讓信子一度放棄投稿，寫信給過去照顧她的編輯道謝。

直到十九歲那年，信子對文學的熱忱終於讓雙親折服，她來到東京；隔年，《少女畫報》刊登了《花物語》第一卷〈鈴蘭〉，開啟了長達八年時光的連載，連載的意義與投稿不同，年方二十的信子有了第一個在文壇的正式履歷，而作者自身以

「文學曙光」形容。

《花物語》開始連載的三年之後，信子參加了《大阪朝日新聞》長篇小說的懸賞（也就是文學獎），以〈直至大地盡頭〉獲獎，獎金兩千元，若以今日貨幣換算，這是約莫超過六百萬日幣的高額大獎。當年的評審是幸田露伴、德田秋聲、內田魯庵三人，其中德田秋聲特別讚賞此作，信子因此開始進出秋聲宅邸。

秋聲當時已是自然主義中寫實技巧十分成熟的代表性作家，直到秋聲於太平洋戰爭期間過世為止，信子時常拜訪秋聲，與恩師閒話家常，她是這麼敘述的：「沉浸在文學氣氛之中的時光，真的相當愉快。」

在自然主義的作家之中，德田秋聲的小說最常被改編成電影；在同時代的女性作家中，信子作品被改編成電影的次數也相當驚人。這一點意味著即便是世俗中的大小事件又或是尋常一般角色，我們永遠需要一個好的小說家來幫我們說故事。師徒關係中，讓信子印象最深是恩師的口頭禪，「寫小說，真是一件難事呢。」

話說回來，獲得大獎的小說便開始於《朝日新聞》上連載，這部獲得秋聲賞識的家庭小說確實獲得了讀者熱烈回響，《閣樓中的兩位處女》隨即有出版社捧上版稅出版，《朝日新聞》也決定繼續連載信子的系列長篇的下一部《直至大海的極點》，小說接著改編成電影，於一九二二年上映，信子成為全國知名的作家。

## 少女繼續向前

綜觀吉屋信子之作，從女性以少女的身份在特殊的空間場域中求學、度過青春時期，接著走入社會或婚姻世界，這種伴隨著女性成長而在男性所建立的家族體制中所遇到的問題，是信子小說的一貫課題。當然，對於讀者來說，那些情節與必然出現的矛盾、懷疑，便是自己在生存中所面對的現實。

《花物語》之所以感動當時的少女，讓我引用同是女性作家的田邊聖子的證言：「既非荒誕無稽的虛構故事，也不是賢妻良母典型的說教讀物」，「描寫女學生的男性作家作品雖多，但那都是大人的、男性的視線，止於表面皮相。」吉屋信子在少女雜誌的投稿欄世界的活躍，同時也讓她閱讀的大量同為女性卻有不同身分的心思、煩惱與故事。小說最一開始的敘述：「七位年紀相仿的美少女齊聚在某幢洋樓一室，沉湎於扣人心弦的故事裡。」——這個年紀相同、出身不一的美少女齊聚一處互道身世的架構，便是當時少女雜誌文藝欄的象徵。

若將《花物語》放在近代小說脈絡之中，那文體毫無疑問是特殊的，日文以「美文調」稱之，這並不是當時不斷進化的小說文體，而是源自於過去的傳統詩文（像是泉鏡花、一葉甚至是更之前的古典文學），明顯異於男性的選擇（不管是漢文或是近代寫實主義小說的系統），但它的的確確是少女雜誌文藝欄的共通符碼，是她們的暗號。於是，情節曖昧不清而欲言又止，那些敘述需要當和歌、物語等少女們的共通教養才能更為置身其中，帶出眼前世界並不完整的惆悵、哀傷，同時深深懷抱著對年長成熟女性的滿滿嚮往。

《花物語》的連載形式，也讓我們看到一位作家在技巧以及題材上的摸索。最後一篇〈曼珠沙華〉便是在西方歌劇／日本傳統戲曲的消長之中，只剩下團長都子和無藝在身的阿幸不肯放手，於是「讓花兒在人間盛開，絕代佳人與可愛少女的靈魂在天上安息。」——在通往更為豐碩的長篇故事中，吉屋信子必須站起身子，告別「少女」或是傳統的侷限，也為我們留下了這些關於「少女」的寶貴印記。

王憶雲——台南人，日本京都大學文學博士，現為國立臺灣大學日本語文學系副教授，專攻日本近代文學。曾任教於淡江大學日本語文學系、致理科技大學應用日語系、日本京都大學文學部。譯有《東亞思想交流史中的脈絡性轉換》、《日本自然主義文學興衰史》、《芥川龍之介短篇選粹》、《小泉八雲怪談》等書。曾獲教育部文藝創作獎。

# 畢竟台灣文學曾經流過名為吉屋信子的血

作家／大眾文學研究者 楊双子

吉屋信子作為「少女小說」的先驅作家，其代表作《花物語》深切影響大正與昭和時代日本少女的心靈世界。不僅如此，吉屋信子筆下的少女情誼，亦遙遙促成二十一世紀日本動漫畫次文化「百合」（Yuri，意指女性與女性之間的同性情誼）文化的生成。所謂「少女小說」，扼要地說係指日本明治時代誕生且盛行，並以少女情誼為主題，描繪少女之間的「S（sister）關係」，深受少女讀者歡迎的一種文學類型。據此而言，沿著文學史線性發展，吉屋信子縱向地超越百年時光，此事並不難以想像；比較為人罕知的，我認為是吉屋信子橫向穿透海洋與高山的地理阻隔，令文學血脈流向彼時的殖民地台灣文學現場。

大家好，我是楊双子。

台灣文學系譜曾經存在「少女小說」這個文類——儘管尚未有嚴格的學術論文發表這個觀點，我卻在書寫歷史小說、埋首文獻與發展創作論述的過程裡，愈發確信這個推斷其來有自。

我首次指出這個觀點，是以論述性文章形式寫於拙作《花開少女華麗島》（西元二〇一八年，九歌出版）短篇小說集作為代序〈聽說花岡二郎也讀吉屋信子的少女小說〉。在這篇文章裡，我引用竹中信子以女性視角記錄昭和五年（一九三〇）「霧社事件」的片段文字，其中包括霧社事件要角花岡二郎的遺書與書桌所留遺物，而最為關鍵的是這個短短的句子：「二郎的桌上留有吉屋信子的長篇小說集。」[1]——居住於深山所在霧社部落的賽德克成年男性花岡二郎，竟然閱讀少女小說代表作家吉屋信子的小說？這個曾經令我咋舌的記錄，實際是一個象徵，指出吉屋信子作品暢銷程度足令打破文類既有受眾的疆界，已經成為整體社會共同關注的文化現象。

而後，我在散文集《我家住在張日興隔壁》（二〇二〇，寶瓶）的一個篇章〈這是文學少女的想像〉裡延伸這個想法。假設一九三〇年自殺的霧社青年花岡二郎閱讀吉屋信子，那麼一九三〇年代正在求學、日後成為台灣第一位台籍女記者的戰前作家楊千鶴，是不是同樣閱讀吉屋信子呢？正是一九三〇年代，吉屋信子進入創作高峰期，並且在此時有多部小說改編為電影，掀起一股遍及日本領土的文學旋風。如此說來，楊千鶴一九四二年完稿的自傳式短篇小說〈花開時節〉，有沒有可能受到少女小說這個文類的滋養？在這篇文章裡，我特別指出這是「大膽假設，沒有求證」的勇敢異想，因為我握有的文本證據並不足夠充分論述這個關聯。然而即使是稍嫌粗暴且欠缺證據的推斷，我仍在這個時期認定以吉屋信子為首的少女小說文類，必然已在殖民地台灣留下文學的血脈。

這條血脈理論上可以發展得更加長遠，比如潛伏在許多無名的女性書寫者的創作之中，等待某個聲名鵲起的女性作家同樣高高舉起少女小說家的名號；也或許流風所及，台灣男性作家有如同世代日本男性作家那樣執起筆桿撰寫少女小說。遺憾的是歷史沒有給我們答案。終戰之後，台灣文學斷絕了這條血脈。

如果不是二十一世紀的百合文化興起，我或許不會意識到身為一名千禧世代的台灣作家，原來文學創作可以回溯連結百年前的吉屋信子與少女小說。

這話必須從頭說起。促使楊双子這個筆名誕生，決意聚焦少女情誼以進行小說創作的主因，關鍵之一是日本作家今野緒雪的少女小說系列作品《瑪莉亞的凝望》（中文版全三十五冊，二〇〇七至二〇一五，青文）。這部小說在日本連載起始於一九九八年，二〇〇四年改編電視動畫開播。動畫開播使得這部作品觸及到更多受眾，從少女小說讀者擴充到動漫畫迷群，量變引發質變，進一步為百合文化的萌芽添增能量，並且促成日本原生的百合文化經由網路論壇的「漢化」（即盜版）管道推送到華文讀者的視野之中。電視動畫的熱度不墜，繼而令出版社嗅得商機推出正體中文版小說。

約莫在《瑪莉亞的凝望》電視動畫第

三季開播的二〇〇七年，這也是中文版小說推出的同一年，我與雙胞胎妹妹成為百合文化的迷群一員。二〇〇九年，楊双子姊妹首度參與同人誌販售會擺攤活動，此際出版發行的第一部小說漫畫同人誌即是以《瑪莉亞的凝望》為原作的二次創作。這使得我們格外留意今野緒雪、《瑪莉亞的凝望》，以及百合文化的發展淵源。

《瑪莉亞的凝望》的主題是貴族女學校內諸多少女之間的「姐妹」情誼。這所名為莉莉安女子學園的百年校園內，擁有締結「sœur」（sœur，法語裡的「姐妹」）關係的傳統。締結關係的二人之間，低年級生作為妹妹，稱呼高年級生為「姐姐」（お姉さま）。故事主角則是莉莉安女子學園學生會「山百合會」的學生幹部，她們是校園裡的明星，備受校園眾人所矚目。而全作以純潔浪漫的少女情懷為故事基調，即使小說連載已經進入二十一世紀，莉莉安女子學園仍彷彿停留在沒有網路、沒有手機的年代。

《瑪莉亞的凝望》發表之後，便有為數不少的讀者與評論留意到這部作品與吉屋信子《花物語》的雷同之處。包括天主教、女學校、美少女、「S關係」等要素，彷彿一脈相承。《ユリイカ》雜誌二〇一四年十二月号「百合文化の現在」，今野緒雪接受此一專題訪談時卻表明，她寫作之前對吉屋信子所描繪的「S關係」並無認知，反而是許多人對她提及的緣故才去閱讀《花物語》。那麼二者為什麼存在如此密切的呼應呢？今野緒雪描述發想的緣起——

那時BL已經處於全盛期，大家一邊吃飯一邊熱烈地討論「最近BL可真厲害。但全是男人的話很無聊呢。有很多女孩子的小說和漫畫感覺很少」。正在討論「來寫吧，大家都試試」、「這種場景覺得很不錯」的時候，我不經意間說了「比如『姐姐大人，瑪莉亞大人正在看著呢』這種感覺……」的話（笑）。[2]

脫口而出的「姐姐大人，瑪莉亞大人正在看著呢」這句話，可謂精準扼要地捕捉到吉屋信子《花物語》的內在核心。大正時代開始書寫的吉屋信子，交棒給平成時代專職寫作的今野緒雪，這個交棒過程全由文化現場與文學脈絡所推動，二者同樣渾然未覺。從這個角度來說，今野緒雪實際是無意識地接手戰前「S關係」文化的種子，意外在二十一世紀栽出百合文化繁茂花園的文學園丁。而這分無意識，卻必須奠基在這塊土地既存的開墾成果與肥沃養分。

——同樣的故事，不會發生在台灣嗎？

因而我們回頭看向楊千鶴，看向吉屋信子，甚至看向川端康成，稍嫌粗暴且欠缺證據地推斷台灣文學系譜曾經存在少女小說這個文類。那麼，二十一世紀的楊双子能不能跨越時空，嘗試接續起戰前台灣可能因吉屋信子而生的「少女小說」這一線文學血脈呢？

在《花物語》譯為正式中文版以前，我只能說這是楊双子姊妹的文學實驗。我們所承繼的少女小說血脈來自兩個路線，一是戰前作家楊千鶴，一是平成作家今野緒雪。我們有明確的創作意識，取徑卻路線曲折。然而閱讀完整譯稿以後，我與其說是愈發篤實這個論點，不如說真實地感到內心詫異。楊双子的歷史小說創作裡，長篇小說《花開時節》是明確致敬楊千鶴的著作，因而存有雷同的姿態與氣息；《花開時節》的孿生姊妹作短篇小說集《花開少女華麗島》卻竟然回應了百年前吉屋信子《花物語》描寫少女情誼時的獨特美學，連我本人也深感意外。

怎麼可能？我的日文能力並不足夠讀懂《花物語》的細節，絕無條件自動復刻。

但是，又怎麼不可能？今野緒雪這位「無意識地接棒」的前輩早為我們示範過一次。

就是在這樣的魔幻時刻，我不免打從心底產生這樣的念頭：畢竟戰前的台灣文學發展史，曾經確確實實地流過名為吉屋信子的文學之血啊。

1 註：竹中信子，《日本女人在台灣：日治臺灣生活史（昭和篇一九二六至一九四五・上）》（台北：時報文化，二〇〇九），頁二五九。

2 註：譯文來自〈〔翻译〕《圣母在上》的目光——「姐妹们的生息之所　今野绪雪访谈〉，Revin，百合會論壇。

楊双子——作家，大眾文學研究者。歷史小說代表作為《台灣漫遊錄》、《花開時節》、《花開少女華麗島》，另著有散文集《我家住在張日興隔壁》，以及合著漫畫《綺譚花物語》，近作為小說《四維街一號》。

# 前言

一去不返的少女歲月
夢中盡情綻放的花朵
不知凡幾
謹獻給
親愛的你們。

以上寥寥數語是我在《花物語》第一卷問世時所寫的前言。

而在《花物語》第一卷之後，持續發展出第二卷、第三卷、第四，乃至第五卷的誕生。

爾後，漫長歲月流逝。

時至今日，這部小說已被無數少女閱讀，直令我喜出望外，亦不免感慨萬千。

回想起來，對我而言，正如「一去不返的少女歲月」是人生再也回不去的時光，這套故事亦成了我的珍貴作品，是難以再次經歷的「回憶」。

我今日能以「女性小說家」的身分在社會上立足，《花物語》功不可沒。

這本書可說是我的人生起點，作家生活的溫馨「搖籃」。

我的文學曙光多半是從這部小說開始乍現。

而本書裡的每一頁，都記錄著我一心朝文學之路走到今日那微渺稚拙的足跡，猶如夾在過去日記裡的片片花瓣般被保存下來。

哦，這般教教我眷戀的寶貴《花物語》啊！（你能否以全新版本，成為世間少女們的掌上之珠呢？）

你該明白，我這位深愛著你、不曾忘記你的作者眼底瀅瀅淚光從何而來。

深知吾心的你，請將舊日物語傳達給現下青春少女，別讓她們笑話了！

昭和十四年初春

——盧溝橋事變勝戰第二年——

吉屋信子

吉屋信子小姐的故居展示之文友紀念相片

昭和27(1952)年12月　木挽町の宇野千代の自宅での女流文学者会にて
左から真杉静枝、板垣直子、中里恒子、吉屋信子、三宅艶子、大原富枝、阿部光子、大谷藤
後列左から宇野千代、壺井栄、網野菊

昭和18(1943)年8月末 牛込砂土原町の吉屋邸にて
第2回東亜文学者決戦大会の折における女流文学者の集い
前列左から真杉静枝、林扶美子、関露、吉屋信子、佐多稲子、宇野千代、三宅艶子
後列左から村岡花子、一人おいて円地文子

# 目次


導讀——王憶雲 005
導讀——楊双子 012
前言 018
鈴蘭 023
月見草 027
胡枝子 030
野菊 034
茶梅 039
水仙 044
無名花 049
鬱金櫻 059
勿忘草 065
溪蓀 072
紅薔薇白薔薇 078
梔子花 081
秋櫻 088
白菊 093
蘭花 098
紅梅白梅 103
小蒼蘭 108
緋桃花 112
紅色山茶花 116
虞美人 123
白百合 133
桔梗 142
白芙蓉 146
側金盞花 155

三色堇 166
紫藤 177
繡球花 189
鴨跖草 200
大理花 210
烈焰花 226
風鈴草 252
寒牡丹 266
秋海棠 278
刺槐 293
櫻草 306
背陰花 314
日本石竹 319
黃薔薇 340
合歡花 361
向日葵 381
龍膽花 399
瑞香 413
風信子 441
香水草 451
香豌豆 456
白玉蘭 488
泡桐 498
豆梨花 515
玫瑰花 520
睡蓮 533
心之花 550
曼珠沙華 559
譯後紀——常純敏 569

吉屋信子小姐的書齋

# 鈴蘭

初夏黃昏。

七位年紀相仿的美少女齊聚在某幢洋樓一室，沉湎於扣人心弦的故事裡。當時，率先向眾人投以如夢似幻的優雅眼眸，以小曲般溫婉輕柔的聲調發言的是名叫笹島芙佐子，一個出自教會學校的牧師女兒。

——這是我還是個小女孩時的回憶。

我父親到東北一座大城市的教會任職，我與母親便在那裡同住。那段期間，母親受託在城裡的女學校[1]當音樂老師，那間女學校的建築很老舊，聽說是歷史悠久的學校。

母親每天在昏暗的禮堂彈奏非常古老的古典鋼琴，教學生唱歌。每天下午上完課，母親就闔上鍵盤蓋鎖好，將銀鑰匙繫在行燈袴[2]腰帶上，然後回家。

就在某天，母親被叫到校長室。滿臉白鬚的校長神色古怪地問道：

「妳有把那間禮堂的鋼琴鑰匙帶回家去，沒錯吧？」

母親回答：「是的，我有帶回家。」

校長聽了表情越發複雜，再追問：「啊哈，妳真的沒有把鑰匙交給其他人嗎？」母親感到納悶，肯定地說：「除了我以外，沒有任何人有鋼琴鑰匙。」

校長側頭沉吟片晌，最後向母親坦言：「其實啊，那間禮堂的鋼琴發生了一件怪事。每天放學後，當所有學生離開學校，校園安靜下來，住宿生開始自修的時候，然後啊，妳猜怎麼著？明明一個人也沒有的禮堂，豈料卻傳出美妙琴聲。住宿生一開始也以為是誰跟老師借了鑰匙彈琴，可是因為夜夜不斷，她們才覺得事有蹊蹺。所以，我為求慎重，今天就向妳確認一下鑰匙的事情。畢竟放學後擅自在禮堂彈琴也是違反校規的嘛。」

校長隱然拐彎抹角地懷疑母親。母親放學後確實都有把銀色的鑰匙帶回家，不記得自己做過偷偷借給任何一位學生這種不公平的事情。聽見校長的質疑時，心裡想必很不愉快。

莫非是誰潛入禮堂？不過，鑰匙在我這裡，別人又如何能夠彈琴呢？母親百思不得其解。話雖如此，身為保管鋼琴鑰匙的負責人，她必須洗清自己的嫌疑。

母親決定無論如何都要查明那不可思議的琴聲，於是當晚帶著我悄悄進入女學校。我與母親躲在禮堂外牆下。時值夏季，校園裡的楊樹和相思樹嫩葉在新月微光下投射片片黑影，整座校園闃寂無聲。我被母親抱在懷裡，屏息凝氣。啊啊，就在此時，禮堂裡傳來打開鍵盤蓋的輕響。接著，過了半晌，叮咚……叮咚……彷若從珊瑚欄杆拂落水晶球般，委實柔美動人的音符從窗內傾瀉。一聽見那首曲子，母親神色陡變，那竟是遠在海洋另一端的義大利樂壇名曲。不久，琴曲休止，一扇小窗無聲開啟，只見一道高䠷出眾的人影——一頭金髮的琥珀貓眼！月光下儼如夢境般浮現一名外國少女的面容！我情不自禁要「啊」一聲叫出來，母親連忙緊緊摟住我制止。那名外國少女萬萬沒想到暗處有人，似乎吃了一驚，愣在原地一會兒，但沒多久又瞬間消逝在遠方蒼茫夜空，杳然無蹤。

母親默然無語，只是不住嘆息。

隔天，母親向校長探問：

「禮堂那架鋼琴是學校採購的嗎？」

「不是，那架鋼琴由來已久，是一位義大利女士——到本地擔任傳教師的米莉雅夫人病逝之後，捐給學校留念的。」

母親聞言，微微一笑……這天晚上，母親在校園裡聆聽禮堂那架鋼琴由神祕演奏家所彈奏，比平時更加嘹嚦干雲、悲痛欲絕的樂曲。

隔天一早，母親到了學校，拿著樂譜走進禮堂之後，發現鋼琴鍵盤蓋上放著一朵連香氣都柔美動人如斯的北國之花——氣質高雅的鈴蘭。同時，那朵花的根部用紅絲帶繫著一把銀鑰匙，下面壓著一只淡粉紅色的信封。母親按捺住內心激動，打開信封一看，紙上僅只寥寥幾句由鵝毛筆所寫，香氣雅致的美麗義大利文——

**獻上感謝之意。**
**給昨晚高抬貴手的妳。**
**已故米莉雅之女：奧爾特娜。**

母親當場對鈴蘭花深情一吻，淚眼婆娑。就這樣，在那天之後，夜夜演奏的神祕琴聲再也不曾響起。

後來聽人說，有位異國少女最近要回

歸祖國，因而離開了這座城市——

「回到義大利……古老工藝美術之都——對於那位優雅的鋼琴鑰匙共有者奧爾特娜小姐，我至今仍思思念念——」

芙佐子的故事到此結束。聽得如醉如痴，大氣不敢喘一口的其他少女們，終於長長地吁了一口氣。落地燈的光線靜靜灑落，誰也沒有開口，只是用一雙雙迷濛黑眸環顧彼此的青澀憧憬。

1 譯註：大正元年至昭和十五年，女子完成六年制尋常小學校的義務教育後，可就讀高等女學校或兩年制高等小學校。其中，高等女學校又分為四至五年制高等女學校和二至四年制實科高等女學校，廣義來說，兩者都稱為女學校，學生年齡介於十二至十七歲。根據文部省《日本教育的統計》，大正四年高等女學校的升學率為百分之五，大正十四年為百分之十四點一，可見當時能夠在高等女學校學習的女子極少。

2 譯註：沒有襠的兩片式褶裙，又稱「女袴」，明治時代女教師及女學生的普遍穿著。男性和服的有襠「馬乘袴」高度及腰，無襠女袴則在胸部下方。

# 月見草

1

「我要說的是關於優雨小姐的故事……」

摩挲著下町華麗風格的輕質羊毛面料袖兜，靜枝櫻脣輕啟。在座少女們正襟肅容，側耳傾聽。

「……我跟優雨小姐是從七歲那年春天一起習舞而成為手帕交的同門姊妹。『長崎。』她總是這般呼喚，一邊將舞扇的緋色流蘇纏在無名指上，雙眼溫柔濡溼。

「那是個——月見草淡黃花瓣在窗畔搖擺飄溢一縷孱慦馨香的夜晚，一顆太白星在淡紫窗口閃爍，恰似別在絕代佳人胸口的美麗胸針。我所聽到的是發生在優雨小姐尚未見到『長崎』前的悲傷故事，就讓我直接引述她的話語吧。

「——『因為我母親是長崎蘭醫的女兒。』媽媽往生前不久才告訴我的。她說啊，海洋就像一條迷離遠方的紫色絲線，荷蘭船隻淒涼的鳴笛聲則似旅人漂泊大海的傷心船歌。豎著紅色桅杆的荷蘭船隻進港時，只要走到海濱，便能看見碩大的朝鮮雞蛋一簍簍堆成小山、裝滿異國美酒的陶壺擺在沙灘上供水手們暢飲，還有不知名的藤蔓叢生，白色小花煢煢孑立。媽媽當時老愛把手插在紅色和服腋下開衩處，倚著藥草庫的欄杆，聚精會神地凝望大海。

「有一次啊，她走到海邊站在沙灘上時，突然被人從背後蒙住了眼睛。

「『討厭啦，是誰？』

「好不容易解開那雙手，轉過身一看，那裡不知何時冒出一個留著白鬍子的和藹老爺爺，穿著黑僧袍般的和服，笑嘻嘻地站著。媽媽羞不可抑，正欲跑走時——

「『好孩子，別逃。』

「他說完，一把抱起媽媽。媽媽嚇得嚎啕大哭，白鬍子爺爺見狀，帶著鄉音說：「『是俺不好，別哭啦。』

「他輕撫媽媽的背，從黑色和服的袖子裡抽出一件金色——就像祭典上出現的機關人偶，跟佐倉惣五郎被處磔刑時所綁的木頭形狀相似——的物事，塞在媽媽的小手裡。媽媽拿著那黃金製的東西，淚眼汪汪地望向海面，她說她忘不了夕陽流入遠方波濤時的燁燁餘暉，迸射絢爛的十字金光。語畢不勝唏噓的媽媽，纖纖玉指在黑緞領口合十，雙眼一如往常地泫然欲泣。她後來再也沒有見過那個白鬍子爺爺了。由於許多難以啟齒的傷心事，媽媽在歐亞各國城市間流徙，有如斷梗飄萍。每次在待宵草[1]綻放如斯的晚上——

「『優雨，看得到港口的燈火喲。』

「媽媽她啊，就把我抱得高高的……可是，我再怎麼睜大眼睛望向遠方，卻始終看不見燈火，眼裡盡是浩瀚蒼穹的雲朵和星星。

「——說起優雨小姐的故事，不過如此而已，但我不知怎地一直忘不掉她宛如月見草濡溼綻放的溫柔面容。就連一起去看港口燈火，也只有優雨小姐十七歲夏天跟著從前人口販子的船去長崎那次。作為離別之夜到重逢那天為止的信物，她從梳成桃割髻的黑髮裡抽出來輕輕放在我腿上的藥玉簪，永遠深藏在我的百寶盒，每逢月見草綻放的夜裡，這般再次成為令我落淚的物事……」

靜枝言畢，雙眸噙淚。卻說故事中的女主角，今晚又是在哪片天空下呢？

1 譯註：月見草的別名，一種晚上開花，隔天早晨凋謝的植物。

# 胡枝子

「我的故事是關於一朵孤寂的花。」這般開始講述的紫璃，是個愛畫畫的少女。

「——話說我每幅畫不都是畫相同的花嗎？喏，盡是那白色的胡枝子花。『妳何不試試璀璨的鑽石這類更吸引人的主題？』即使老師如此建議，我就是滿腦子的胡枝子花。為什麼？這是因為發生過一件令我無法忘懷的事情——

「我到日光養病的時候，閑暇閱讀的英文詩集裡有一句話：『I will leave it to Chance』（就交給命運吧）。我當時因病自女學校退學，前途一片黑暗，正是為了悽悽惶惶的失意與苦惱發愁的時期，所以真的對這句話喜歡得無可救藥，最後甚至變成我的口頭禪，每當想要說什麼，就會無意識地脫口說出：『I will leave it to……』

「嗯啊，那是初秋時分。日光是以楓葉聞名的地方嘛，我也打算去中禪寺賞楓，一個人信步而行，結果在神橋畔搞錯左右方向，朝八竿子打不著的山丘走去。途中向正在割草的小朋友打聽：「這裡離中禪寺湖還很遠嗎？」對方居然回說：「這條路是通往霧降瀑布呵。」我心想這可糟了，但又覺得走錯路也是一種命運，便繼續邁步前進。前方山路的楓葉宛如紅色小鹿斑點紮染衣袖罩頂那般瑰麗，而且四下無人舒暢極了。轉眼間穿過一大片柳杉林，迷失在杳無人煙的深山。這時已經接近黃昏，我也不禁心怯氣餒，可還是決定繼續走到可以看見民家的地方。

「荒野小徑上，秋草被山風吹得沙沙作響，大白天也聽得見蟲鳴。這種莫名的孤獨感，或許就是所謂的山岳陰鬱吧。我難以自持，淚溼衣袖。『啊啊，好孤獨！』就在我打從心底深切感到寂寞，連腳步都為之蹣跚時，忽然看見前方出現一個小小的茅草屋頂。我精神一振走上前，那裡有一扇小門，門後方兩側直通深處，咦？是一條開滿白色胡枝子花的小徑。穿門而入時，花朵輕輕拂過我兩側袖兜，枝椏微微擺動，花瓣簌簌墜落。不知是露？是花？抑或是淚？心神恍惚的我不由得又吟道：

『I will leave it to……』

「就在此時，花間隱宅冷不防傳來銀鈴聲。我正自納罕之際，一名使女穿過胡枝子花叢，小跑步朝我奔來，然後在我面前停下，鄭重其事地躬身施禮，『公主大人正在等您，快，請隨我來。』說著請我進去。我為之愕然，內心不寒而慄，卻又像夢遊症患者般緊跟在使女身後，恍若跨越太虛幻境的浮橋，就這麼穿過胡枝子花小徑往裡面走。小徑盡頭有一間小巧雅致的草庵，漆成黑色的門上用紅繩懸掛一根胡枝子的小枝條，上頭繫著一顆小銀鈴。我正尋思剛才的聲音莫非是它，門裡就傳來『房乃，客人還沒到嗎？』的詢問。那聲音聽來既悅耳，又有些孤寂……『稟公主大人，客人已經帶到。』使女畢恭畢敬地開門。

「啊啊，這不是夢境的話，又是什麼呢？那扇門後方站著一名捋起紫色紡綢僧袍袖，容貌秀麗、雍容寂寞，與我年紀相若的年輕女尼。『歡迎妳。』她嫻靜地說，儼如大理石的臉頰微露酒窩。我被那典雅氣質吸引，走進內室。

「我只依稀記得房間裡的黑檀木誦經桌上放著字體鮮明的藍底金泥神聖經卷，還有從青瓷香爐升起的幽香，其餘都像一場幻夢。身穿美麗紫僧袍的人兒，纖纖玉指上纏著每三顆白水晶就連著一顆紅珊瑚球的奢華念珠，在香煙裊裊中語聲溫婉地說：『妳想必非常驚訝吧，請原諒我……我，呃，只不過是在胡枝子花叢下聽到妳的聲音時，覺得非常美好，無論如何都想留住妳。我很高興妳應承了我這番任性。』我胸口猛地轟然一響，我在胡枝子花叢下嘟囔的，不就是那句『I will leave it to Chance』嗎？超然絕俗的聲音又續道：『妳說的是『就交給命運吧』，對嗎？是啊，我懂了。聽見這句話，我滿腔煩惱一掃而空。正如我削去青絲的十二歲春天，在京都的門跡寺院聆聽佛經那般，深深觸動我心弦。當時，我是多麼地喜悅啊。在此向妳致上謝意。』這時，適才的使女捧著以深紫色絹布包住的抹茶碗現身。我偷偷瞥了那只碗一眼，上面印的紋章記得是京都公卿的家徽——

「向對方問明路徑，走出庵門時，胡枝子的枝椏上結了露珠，在夕陽餘暉中搖曳，在長空月光下起伏。我在道別時初次開口說：『請讓我為妳畫一幅像。』伊人寞然頷首應允——要到何時，我才能在畫絹上描繪出那孤高的身影呢……」紫璃語畢，淚水無聲模糊了視線。

# 野菊

「這是我的故事……」

露子囁嚅顫聲道，荏弱溫順的臉龐甚至浮現嬌羞之色。

「……我，嗯呃，小時候是在須磨長大的，就爸爸、奶奶跟我三個人住在海灣附近的小屋裡。那是個好地方，只不過對我來說太寂寞了。白天猶如海市蜃樓漂浮海面的白色船帆，到了夜裡就蹤影全無，只剩不斷拍打迸散的海浪，恰似銀絲雜沓擺盪。每當一抹新月從遠方水平線悒悒升起的夜晚，我就愁緒如麻。因為啊，我是個打從懂事起就沒見過媽媽的孩子。每當聽見遷徙的海濱千鳥高唱對淡路島的思念，我就在內心泣訴：『千鳥啊千鳥，我好想媽媽！』爸爸和奶奶都不肯告訴我為什麼我沒有媽媽。我忘也忘不了——那是秋分時節，我傍晚獨自到靠近海邊的草原玩耍。那裡有許多野菊，開著淡紫色的小花，我便摘了很多花朵。這時，一隻不知打哪來的白色兔子甩著可愛的長耳，撥開野菊花叢跳了過來。接著，五、六個大概是在追兔子先生的頑童拿著棍子從後方出現。白兔先生睜著鮭魚卵般的淡紅色圓眼，抬頭望著我的臉，彷彿在說：『小姑娘，請救救我。』我覺得那隻白兔實在太可愛、太可愛了，於是說：『兔子先生，別哭了。』併攏友禪染的紅色袖兜將牠抱起。兔子先生欣然溫馴窩在我嬌小的懷中，宛如貼乳酣睡的嬰兒，靜靜地一動也不動。

「『喂，把剛才的兔子交出來。』

「男孩揚聲說完，往我面前一站，然而我幼小的心靈業已決定『哪怕拚上露兒的性命，也絕不交出白兔』，所以置之不理。

「『才不要，兔子先生是我的。』

「『妳不交出來嗎？我打人囉。』

「『要打就打我，不准欺負兔子先生。』

「如此這般，我們以須磨為布景演起了一場俠義劇，大放厥詞的男孩最後卻嚇得落荒而逃。我鬆了一口氣，從兩袖間輕輕抱出兔子先生放到草地上。或許是內心歡暢得都要融化，白兔在野菊花叢間瘋狂地跳來跳去。

「『咦，原來你在這裡。』

「一個爽朗的聲音從我身後乍然響起。我吃了一驚，欲將白兔再藏進衣袖時——

「『噯，妳真可愛，謝謝，那隻白兔先生是我的。』

「聲音主人言罷，已經站在草叢間了。唔，多半是趁我不注意的時候遛過來的吧。那是一位身材高䠷，面帶愁容的瓜子臉美婦，一頭黑髮盤成當時流行的S卷。

「『那是我養在這邊別墅的兔子喲，剛才被牠逃了出來，我找得好苦呢，真可惡！』

「笑盈盈的雙眼溫柔地瞅著兔子，伸

出纖臂抱近臉頰磨蹭。

「『你真是個討厭鬼欸。要不是這位小妹妹用衣袖掩護，你就再也回不了家啦，喏，還不跟人家道謝？』

「活脫脫跟寶貝孩子說話般告誡天真兔子的情景，讓沒有媽媽的我勾起孺慕之情。

「『來阿姨家玩吧。妳幾歲了？』

「她柔聲問道。我靦腆地像楓葉一樣張開左手手指，接著在掌心放一根右手食指給她看，噗嗤一笑。

「『六歲啊，噯，妳真聰明，叫什麼名字呢？』

「『鈴本，露。』

「我把臉埋在美婦衣袖裡喁喁細語，和藹可親的阿姨霎時如遭雷擊，臉色好像也變了……可片刻後又極力裝作若無其事的樣子說：「『噯，妳的名字真好聽。』

「只不過，那聲音顫抖不已，聽來很是悲傷。

「『露兒、露兒。』

「奶奶尋找我的聲音從薄暮冥冥中傳來。親切阿姨聽見後，匆匆說了聲『再見』，將我的手腕緊緊一握到幾近發紅後，就這麼臉朝暗處意欲離開野菊草原。

「『阿姨妳別走！』我哭著哀求，把摘在一隻手裡的野菊花束像小石子般朝美婦背影扔去。晦暗中伊人回頭一瞥，雙手接住從胸口往衣袖、往下襬如紫色浪花濺落的野菊花，風儀玉立，儼如一尊佇立於紫雲之上的觀音神像，姣好面容白皙鮮明，其餘半個身子則在秋風吹拂的草叢間朦朧不清。

「啊啊，這夢境般的美麗幻影縈繫我心多少年呢？懷才不遇的窮困雕刻家父親罹患肺結核，告別唯一稚女去了淡路島，從此陰陽兩隔。年邁的奶奶與幼小的我被遺留下來之後，千里迢迢到東京投靠叔叔，淪為顏面無光的寄居者。我雖缺乏父母關愛，仍在奶奶的全力呵護下成長茁壯。話雖如此，隨著年歲增長，孤單寂寞的心情卻是愈益強烈。儘管不記得確切時刻，但蕭瑟秋日的垂暮憂思教我多少次潸然淚下啊。

「終於到了懷春少女時代，我進入K女學校就讀。每天回程電車在九段坂下車站下車，慢慢往坡上走，沿著銅像豎立的草原小徑前進，穿過安靜的神社境內，一路走回市谷的叔叔家。從那時期開始，我就喜歡獨自在安靜道路上漫步沉思。

「那是秋季過半的某日，我興高采烈地將飄落在神社石板路上的櫻樹枯葉踩得窸窣作響，一如往常地往坡上走。那天風勢勁烈，我的袖兜和行燈袴隨風飛揚。就在兩側袖兜啪嗒啪嗒地翻動時，收在袖口的手帕被一陣疾風捲走，在空中高高打轉。我忙不迭地振臂撲取，仍被一道壞心眼的強勁旋風捲向高處。曉星小學一群可愛的短褲小學生經過我身旁時，故意大喊：『哇，飛機！』令我尷尬萬分。就在此時，兩匹深褐色鬃毛迎風飄蕩的馬兒，拉著一輛黑色馬車從前面斜坡噠噠噠地疾駛而來。說時遲，那時快，在風中飛舞的手帕竟然颼的一聲吹進從半山腰馳騁而下的馬車車窗。那條沾有墨水印子的廉價手帕一角，基於學校規定必須在個人物品上標記名字，工整清晰地記著我的名字和年級。我臉上發窘，佯作不知地舉步前進。就在此時，馬車窗內響起柔和的聲音。

「『露兒。』

「我迷迷糊糊地走近馬車窗口，那瞬間心跳加劇。

「馬車窗內，一位雍容閑雅、明豔動人的貴婦正襟危坐，將那條手帕折成整齊的四方形擱在腿上——

「哦呵，這位貴婦的面容，不就是數年前兒時在向晚須磨海邊的野菊草原上抱過我的那張麗人臉孔嗎？貴婦丹脣輕顫，恰似花瓣。可是，脣間沒有逸出一絲話語，僅僅在慴人心魂的悒鬱沉默中，正待將手帕遞到我的手裡時，摘下自己指尖上熠熠閃亮的一只銀色戒指放到手帕上面——

「馬車夫咻的長鞭一揮，馬車搖搖晃晃地前進。伴隨飛揚的塵土，終於朝遠方疾駛而去。

「我茫然若失地佇立在蕭瑟深秋夕曛下。跟手帕一起落在我掌心的戒指，那白金戒台上浮著一朵精緻鏤刻的野菊……」

語落，說故事的人悄悄撫摸指尖，惟見無名指附近那深藏浪漫祕密的傷心戒指，猶如拂曉晨星般曚曨閃爍。

隱微縹緲——

# 茶梅

現在開始傾訴的是被譽為班上第一詩人的瑠璃子。

「綻放我心的回憶之花是茶梅。」

嗯，那是一種端莊內斂、純然溫柔的花朵。哦呵，對我來說，那一片片花瓣都像在輕聲訴說優美高雅的抒情詩吶——

回首前塵，我曾經有一個比我大幾歲，長得眉清目秀，卻不幸芳華早逝的姊姊。

姊姊她很喜歡茶梅。此外，她還鍾愛勞神費力的攝影。在她費盡心機使小性子、哭哭啼啼、苦苦哀求之下，好不容易讓父親給她買了一台德國 ATOM 新款袖珍相機。只要週日天氣好，她就在山野間奔走捕捉天際飄浮的流雲，或者傍晚村舍的裊裊炊煙、田間稻草人的夕影，甚或小小一隻紅蜻蜓在鄉間小路的一株小草上歇腳的瞬間身影，只要能成功捕捉就為之欣喜。這般過完一天，拖著疲憊身軀回家後，連晚餐也忘記吃，就窩在充當暗房的壁櫥裡查看今日成果。有時努力半天卻都化為泡影，只在玻璃乾板上殘留波詭雲譎的失焦軌跡，或許也有許多諸如此類錯失美景的憾事吧。

話雖如此，姊姊的相機始終片刻不離身。

某個初冬週日，姊姊看準天氣好，身穿下襬拉得高高的群青色行燈袴，搭配鞋帶繫得緊緊的皮靴，肩扛裝著那台珍貴相機的黑皮包啟程——對姊姊來說是何等幸福洋溢的早晨吶。回想起來，那身得意裝扮的本人不是才應該站在鏡頭前面嗎？

距我家所在小鎮不遠處，有一座清水瀲灩的瑠璃色小湖恬靜酣眠。當地人都知道那是景色優美的好地方。

姊姊傾心於初冬湖畔的寂寥景色，於是帶著相機前往。

那是茶梅盛開時節，就在光影懷舊微茫的午後，扛著相機的少女終於在湖畔附近現身。

你若是親自到此，便能領略那風景遠比想像來得更富情趣。

後方猶如南宗水墨的落葉林山脈悉數倒映水中，湖面流雲形狀隨心所欲，純白淡紅相間，恰似一襲沉入水底的巨幅友禪[1]。

此外，岸邊隨處可見受寒枯黃的蘆葦，彷彿向上豎起的筆在水面峨然舒展。

冬湖的寂靜想必是帶著一抹淡憂，澄澈冷冽地映照在姊姊的心裡。

姊姊佇立湖畔，甚至忘記此行是為了拍照。她所站位置的上空，是一心嚮往遙遠南方島嶼的候鳥群，排成一列從湖面鼓翼斜飛而去。小鳥翻轉的羽毛在西沉夕曛中倏地一閃，如銀杏落葉飛舞。茫然仰望那番景像的姊姊，忽而聽見耳邊傳來划水聲。她驚奇地朝水面看去，只見岸附近的一艘小船上有一名年幼的女孩揚起美麗衣袖，划槳撥開綠色水花，慢慢靠岸。小船抵達姊姊站立的湖畔，船上女孩用稚氣又不失慧黠的眼神向姊姊招呼說：

「請上船吧。」

姊姊錯愕地看著船裡的女孩。她穿著一身紅染縐綢和服，金線腰帶像祇園舞妓般長長垂在背後，令人眼睛一亮的華美打扮。在寂靜古樸的湖水襯托下，恍如從畫裡走出來的絕色女孩！嗳呀，那是多麼奇異的一幅光景吶。姊姊說她當時以為這女孩是湖水女神化身降臨。女孩用潤白小手向姊姊招了招，喚道：「請上船吧。」姊姊冷靜端詳對方，的確是貨真價實的可愛女孩，這才輕啟檀口：

「為什麼要我坐船呢？」

「個中原因就等您上船再說明，我有一事相求。」

答案太過出人意料，姊姊聽得一頭霧水。即使面對如此情況，依然勾起她的好奇心，終究翻身上了船。女孩見狀，纖臂運勁將船划向對岸。每划一次槳，千羽鶴前簪的銀色垂飾就簌簌搖曳，那我見猶憐的姿態宛若封建社會下求生的孩子。不久，船停靠在一處岸邊。姊姊一落地，女孩就緊揪住她的行燈袴說：

「請您醫治我母親的病。」

姊姊愣在原地。

「您是女醫生吧？因為您帶著藥箱麼。」

女孩接著又問。姊姊聞言總算明白了，這單純的誤會都要怪那只黑色皮製相機包。姊姊向女孩婉言解釋之後，早慧的孩子發現自己弄了個烏龍，訕訕地笑了。

「妳去鎮上醫院叫真正的醫生來吧。」

聽見姊姊這麼說，女孩淚盈盈地抬眼，搖了搖頭。

「不、不，再怎麼求，鎮上的醫生也不會來的。」

「咦，為什麼呢？」

姊姊追問之下，女孩才支支吾吾地細聲道：

「這裡，是那個〇〇村。」

——什麼！姊姊打了個寒噤，陰鬱沉默短暫降臨。下一瞬間，姊姊心裡對這個楚楚可憐的孩子燃起憐憫的情緒。

「我會幫妳叫醫生來的，我保證。」

她握著女孩雙手立誓。

冬日短晝已近黃昏，被斜陽驚醒的姊姊再次登上小船，女孩俐落地划槳。離開乖舛村民居住的這座永遠被詛咒的村莊時，姊姊從船裡回頭看去，湖畔後方深處土地的蒼茫暮色中，純白與淡紅花朵滿山遍野，好似點起了照亮黑暗的百花燈。

「哇，好多花。」姊姊不禁喊道。「我家村子被茶梅掩埋了。」回答聲從船裡傳來。

哀哉，茶梅盛開的村莊啊！被世人遺棄的村落啊！姊姊淌下澄瑩的同情淚水。在湖畔跟小船告別的姊姊，為了履行對女孩的約定，急急趕路回家。儘管那天沒有拍到任何一張照片，姊姊卻還是能夠在心裡如實複寫出這世上最淒涼的景象。而幸運的是，我們的父親在鎮上開了一間醫院。姊姊那晚拽著父親的袖子哭求。由於迂腐且毫無根據的愚蠢迷信，替世人避忌的村莊居民看診下藥是有損醫院名聲的大問題，但央不過姊姊的懇切祈求，父親在深夜悄悄往返那座茶梅盛開的村莊。不到七晚，女孩的母親就痊癒了。這場祕密進行的義診，除了我們一家之外，無人知悉。

姊姊在十七歲那年香消玉殞。熱情洋溢的年輕靈魂定是去了天堂，冰冷悲傷的遺體則永遠長眠於鎮上鄰近湖畔的寺院。那年初冬，我與母親到寺裡祭拜時，姊姊的墓前放著一小條恍若美麗水晶雕琢並以紅白玉石上色的茶梅花枝。據一位住在寺門附近的耳背老婦所言：「那天清晨薄霧中，一名盛裝美少女穿過寺門，行止低調地捧著茶梅，如夢境般出現又憑空消失。」

1 譯註：友禪染是一種施加於布料的染色技法，以澱粉質的防染劑，手繪染色的方法，經長時間的傳承與變化，漸漸發展出多樣風格。

# 水仙

「請容我講一個小插曲。」

這般娓娓而談的露路，是最近剛踏上久別祖國土地的少女。其父是一位白髮蒼蒼的老外交官。

父親任職於北京一條小溝渠邊上的公使館時，我也在那城市住過一段日子。誠如周知，北京從西元一四二一年起就是清朝都城，著名的廟宇、寺院、寶塔，以及北京城那赫赫有名，足可容八馬並轡馳騁的厚牆，如今兀自在原處頌揚美好文明古國的曩昔豐績。

我兒時在南歐都市住過，那也算是詩情畫意的優美地方，可我來北京之後，又體會到另一番不同的情趣。

落日悄悄逼近的傍晚時分，你若是到露台環顧悄然昏黃的北京城街道，就能看見中國特有的大陸沉靜氛圍在一襲幽香四溢的七彩薄絹上展開，輕裹住沒入彼方地平線的夕陽，在天際不斷淌下餘暉閃爍的溫柔少女淚。

然後，街頭終於變成女子淚汪汪的眼眸，啪地亮起微紅燈光。路燈光影流動間，在墨綠樹影下為悲傷流浪旅程哭泣的亡國遺民所拉奏的胡琴哀歌，那惆悵的小曲音色如絲迴盪。

這種時刻，我會沉醉在一種說不上來的異國情思中——好比赤腳踩過桃色夢境那種淡濛濛、虛飄飄的誘人感覺。

某個冬日，父親帶我去參觀紫禁城。古老皇宮前面有一條小河，據說過去曾在此挹注玉泉山如水晶球融成的山泉水，五座精雕細琢的大理石小橋橫跨其間，可惜從前橋上朱漆貼金的燦爛皇轎隊伍如今已不復見。

過了小橋，走上石階，穿過城門，我們來到皇宮。噯，這可真是一座華麗的宮殿。

屋頂的黃色琉璃瓦猶如黃金鱗片在冬日陽光下輝煌奪目。天龍雕飾的石欄杆，朱丹塗抹的楠木柱，以及白玉鋪成的迴廊等等的串連下，無數宮殿、樓閣、廂廊櫛次鱗比。

最後，我登上了後宮殿堂。

昔年清朝，嬌豔的后妃與宮女們蓮步盈盈地拖著絢麗的錦衣下襬走在晶瑩的鋪石地上，方今石縫間卻是雜草叢生。父親與我的腳步聲在寂若死灰的無人廢宮中冷冷作響，一股蕭索氛圍在暗澹死灰中飄散。

後宮有許多宮室，聽說曾經是宮女的居室。色彩斑斕的朱砂圓柱、藏青與金色繪筆勾勒出美麗花紋的欄杆與天花板，細說舊夢般地精美保存了下來，卻也格外令人神傷。

玉蘭、迎春花、牡丹花盛開在青苔與石頭點綴的深宮幽苑，一個優雅身影站在泉水邊望著水中倒影靜靜梳著黑髮，豈料翡翠梳不慎墜落，攪亂玉藻永沉池底，那翡翠梳是否尚且在演奏亡國哀歌呢？諸如此類的遐想亦在我腦海閃過。

深宮窗下，掛著一只紅鳥籠，高唱春日無限，牆邊或許曾經擺著一張七寶床、一張縫紉几，地上或許亦曾鋪著孔雀毯吧。金泥銀砂屏風圍繞的後方，或許還曾隱約傳來優雅的衣物窸窣聲——

嗟乎，如今卻是一片空蕩荒蕪，只剩麻雀在後宮屋簷築巢，鳥兒在窗前飛舞。

彩虹在宮殿屋瓦上反射出七彩光芒時，

月光打在露台玉蘭上粉碎成銀波時，

春宮三千嬪妃高舉的銀扇颼的一聲翻起時，地上花兒慚赧生妒，天上鳥兒亦為之羽僵。

嗟乎，嗟乎，那收納瑩鏡的玉匣，描繪峨眉的眉筆筒，此刻又被埋在何處喟嘆逝去的春天呢？

我一時耽溺於種種追思中，杵在後宮長廊邊。

那段期間，我不知何時失去了父親的蹤影，迷失在寒冬後宮深處。

當我呼喚「父親大人」時，朱砂圓柱與斑斕彩繪詛咒似的傳來回音，儼如巨人嘲笑，我嚇得魂不附體。

我定在原地寸步難移，身體僵硬如棍。

變幻莫測的冬日陽光轉眼消逝，古老宮殿昏暗下來。前後不見人影，我不知如何是好地唉聲嘆氣，就在此時，哦喲，雪白衣襬自前方宮殿房門陰影處一閃而過。

我打了個冷顫。朝前方凝目而視，剛才衣襬飄過的那扇門無風自動地啪啪作響，一道人影顯現出來。

鑲嵌碧玉的後方牆壁站著一個白衣人。

是人！那是一名中國少女。秀髮烏黑亮麗、蒼白臉頰線條柔美、苗條身子婀娜多姿，悶不吭聲地站在前方盯著我看。

我對這突如其來的幻景感到不知所措。

彷彿在邀請雙腳牢牢釘在玉石地板上的我，少女輕輕揮起纖臂一下、兩下。她手裡握著許多枝條上長著細長綠葉的淡黃色小花。

每次揚手，矜持的淡黃小花就撲簌簌飛落在鋪滿玉石的走廊。神祕少女似乎沒發現掉落的花朵，朱唇皓齒輕啟，嘴巴優雅翕動，發出一道悅耳清音——那是什麼呢？

那是在吟詠一首詩。

**昭君拂玉鞍，上馬啼紅頰。**
**今日漢宮人，明朝胡地妾。**

那是李白在東方歷史上永垂不朽的著名哀詩，講述王昭君的詩句。

我愣在原地，迷失在眼前的奇異場景。就在此時，「喂，妳怎麼了？」父親從背後拍打我的肩膀，我這才清醒過來。

神祕少女發現父親的瞬間，「啊」的一聲發出驚慌悲傷的聲音，純白身影隱沒宮門陰影內。

只剩下幽暗玉牆邊孤單散落一地的淡黃花朵。

我拾起一朵花端量，那是淡黃色的中國水仙花……

隨父親離開廢棄皇宮的路上，從人力車回頭望去，那座高大古老的宮殿上方，銀星在傍晚夜空中閃耀。後來聽人說起，前清朝某大官的女兒神志瘋狂後，在廢宮深處魂縈舊夢，踟躕不去——

# 無名花

「我要說的花沒有名字，是眾多小草的花朵。」

今夜這場緬懷往事的聚會上，為七名少女最後一個故事綻開脣瓣的輝子，是長相和善圓潤，胸前掛著一枚銀十字架的女孩。

那是距今約莫三年前的事情了，S教會的萊德夫人帶我與妹妹前往小田原。從火車窗戶放眼望去，適逢早開紅梅那嬌美花朵星星點點的時節。

我們姊妹在萊德夫人的舒適別墅裡度過快樂時光。那間別墅養了一隻名叫「琵兒」的白鴿，我們總是整天無憂無慮地跟小琵兒玩在一起。

某天，琵兒飛去了很遠的地方。直到太陽西下，別墅窗口仍看不見那隻白鴿的身影。

莫非遇上來附近別墅度假的富家小少爺，成為空氣槍下的犧牲者了嗎？唉，我們內心是多麼煎熬啊。

「可愛的琵兒，趕快回來吧。」我們倚窗祈禱。

向晚天空的彼方總算傳來白色小鳥微弱的振翅聲。

「噯呀，是琵兒！」

妹妹叫道。

「在哪裡？」

我從窗口伸長脖子遠望，只見琵兒果真在夕曛中靜靜朝此飛來。

琵兒來了、牠回來了，安然無恙地回到我們身邊，毫無疲態地撒嬌憨叫。

「琵兒先生呀，你到底去了什麼好地方玩呢？」

不管我們怎麼追問、探詢，無法言語的天真小鳥只是默默鼓動翅膀，暗示什麼似的停在窗戶上。

我們曉得鴿子的靈透圓眼在訴說某個故事，從而仔細檢查琵兒的翅膀和腳。於是乎，我們發現了一個物事。

琵兒腳上輕輕繫著一條紫色絲線。

我們在昏黃暮色中拿起那條細得幾乎看不見的紫線，腦中編翻各種想像的翻花繩。

捉住這隻純白鴿子，將紫色絲線綁在牠的細腳上，這鬼斧神工的勾當，唉，又是誰人的作弄呢？是單純尋開心？抑或是想藉謎團透露滿腹紛亂愁緒？

我們已然對素未謀面的紫線主人著了魔，一心只想偷偷見上對方一面。

隔天早上。

我們看見琵兒朝高空飛去之後，立刻追蹤牠的去向，最後終於找到琵兒的飛行目的地。

那是離我們的別墅不遠，一幢位於沙丘後方的白色洋樓。

平整的草坪上排列著貌似椰子樹的植物，包圍其間的洋樓窗戶被橄欖色的窗簾遮掩。我們的琵兒就停在第一扇窗戶旁，翅膀拍打兩三下，望穿秋水地叫道：

「咕咕。」

就在此時，窗戶倏然開啟，窗簾像要充分滿足我等好奇心似的巧妙擺動，一張臉孔在窗內一閃而逝。

哦呵，那張臉孔，噯，模樣是何等秀麗高雅，又是何等高潔孤寂。那是一名纖纖弱質的絕色少女。

少女翩然舉起一雙纖不盈握的手臂，小心抱起窗口的琵兒——對站在外面屏息窺視的人們一無所覺……不久，窗簾無聲落下，窗戶再度緊閉。何其幸福的琵兒吶，竟能被如此美麗的女孩抱在懷裡，還進到窗內。

這天傍晚，琵兒飛回來時，腳上果不其然又綁著一條紫色絲線。

我和妹妹好生羨慕琵兒，因為我們實在忘不了洋樓窗戶那張美麗容顏。

「我也想當鴿子。」

妹妹天真無邪地說道。

此後每天傍晚，每當看見綁著紫色絲線飛回來的琵兒，我們姊妹倆都難以解開心裡那條纖細柔美的淡紫神祕絲線。

我們渴望再看一眼少女唯美夢幻的容顏。我和揹著曼陀林的妹妹一起在沙丘後面的洋樓前徘徊。四周不知何時暗下，夜幕躡足逼近，遠方天空銀星閃爍——宛如瑪麗亞的眼睛。

沉浸在那片寂靜中時，一股不可名狀的靈感如閃電重擊……我的嘴唇發顫，禁不住唱起歌來。那是《讚美詩集》第二百五十首，被C・T・史蒂文森（C. T. Stevenson）讚譽：

「此乃深具真正詩意，同時音樂餘韻悠長的作品。」

由約瑟夫・班比（Sir Joseph Barnby）譜曲——

**神啊，我的心切慕你，**
**如鹿切慕溪水。**
**我的心渴想神，**
**就是永生神。**

我忘情唱起這一小節。妹妹在沙丘坐下，旋即用小指指尖撥起曼陀林。

靜夜籠罩下，隨歌聲迴盪的弦音吶！

哦喲，就在此時，洋樓窗戶毫無聲息地左右打開，橄欖色窗簾隨風飄蕩之際，唉呀，只見熒熒燈光乍然流瀉，銀白色光影裡浮現一張教人畢生難忘的舊日面容。

緊接著，一隻描繪柔美曲線，彷彿白象牙雕成的玉手朝我們招來。內心無限感激的我們，當下豈有絲毫猶豫的餘地，數秒後，我們姊妹倆已站在洋樓窗戶內側。那個房間裡——蓋著深藍色里昂絲綢的鎢絲燈泡光芒四溢，恍若置身海底深處。而那唯美幻影就埋在靠窗一張大床上的純白羽絨被裡，站在旁邊的另一道身影則是一名明媚閑雅的貴婦。

「靖子說想再聽一遍您剛才唱的歌，不好意思，您可否答應呢？」

妹妹立時將曼陀林抱在胸前代替回答。

我又唱了一遍，全神貫注，熱淚盈眶——

歌曲餘音逐漸消散時，如痴如狂地追

逐夢幻泡影的少女垂下頭來，長長的睫毛下方，我看見淚水流過那姣好臉頰的痕跡。

一曲終了，少女忽而抬起水靈靈的雙眼，仰望站在一旁的夫人，揚起纖手比了根青蔥玉指。

夫人見狀，憐愛地睨了她一眼說：

「還要嗎？靖兒真貪心哩。」

說罷轉向我們，換上一臉過意不去的表情。

「真是不好意思，這孩子想要再聽一次……」夫人語聲終究有些遲疑。

個性爽朗的妹妹輕扯我的衣袖催道：

「妳唱嘛。」

我又隨著妹妹的琴弦，繼續唱起同一首聖歌。少女臉頰再度淌下清澄淚珠。

唱完歌曲，夫人緊握住我和妹妹的手道謝。

「妳們累了吧？請原諒我們今晚的無禮。」

溫文爾雅的夫人散發一股貴胄氣質，自始至終都殷勤以待。

「靖子的病房要關了，請兩位到外面的客廳吧。」

夫人補充說完，手搭在門上回頭看著室內，用愛憐橫溢的溫柔語聲交代：

「靖兒，那妳就安安靜靜地休息吧。」

我們並坐在裝潢得美侖美奐的客廳沙發上，一邊用銀匙攪動女僕端來的紅茶杯發出清脆聲響，一邊溫順聆聽這位夫人的故事。

今晚令人費解的事件，白鴿琵兒腳上

綁著紫線的綺麗謎團，總算自夫人檀口揭開真相。

所以，這位夫人到底向我們透露了什麼呢？輝子說到此處，頓了一頓，舉起雙手祈禱般地在胸前合十，就像在追憶舊事，淡然一笑——

輝子又繼續說起故事。

夫人口吻嚴肅地講述那橫臥在純白床上，美麗卻令人心痛的少女身世。那個叫做靖子的少女，對夫人而言，是寶玉亦無可取代的獨生愛女。幼年不幸喪父，之後家裡就只剩巨額財富、眾多婢僕，以及身為主人的靖子小姐與夫人。失去父親的家庭肯定很寂寞，不，豈止如此，靖子小姐甚至在十三歲的秋天染上重病。正如吹到丁點兒微風都可能從竹葉滑落的露珠，又好比虞美人搖搖欲墜的花朵，一晃動就擔心它香消玉殞，侵襲靖子小姐嬌弱身子的疾病就是如此教人心痛、哀傷、難受，那是嚴重的風溼病。名醫用盡各種手段亦是徒勞無功，可憐靖子小姐含苞待放的青春剛開始就已落幕，大半個身子儼如冰冷大理石像，逐漸變成人間一具靜止不動、雪白瑩麗的化石。

夫人身為母親的悲慟，又是何等巨大？而今抱著拋棄人世的心情，母女兩人在湘南這棟別墅裡過著鬱鬱寡歡的孤獨生活。沒想到，某天一隻白鴿猶如上帝的使者般飛進靖子小姐的病房窗戶。然後，聽說牠就在張著一雙憂鬱慧眼仰望的靖子小姐上方盤旋兩三圈，接著呀，居然就停在靖子小姐的枕頭上了呢。對於整天臥病窗下，沒有任何慰藉的生病少女來說，是多麼歡迎那隻白色鳥兒的出現吶，甚至在那小腳綁上紫色絲線，唉，她是懷著何種心情呢……那隻白鴿不用說就是我們可愛的琵兒了。琵兒之後每天都造訪那扇窗戶，直到今日，一首突如其來、意想不到的歌曲流進靖子小姐的病房窗戶。就好像渴水者在沙漠發現甘泉，為病人心靈帶來某種喜悅。於是乎，唱歌的我們被邀進那房間，一連唱了三遍歌曲……

透過夫人的故事，我們明白了前因後果。

接著，我興起一個念頭：這位富有卻不幸的少女若是沐浴在神聖崇高的信仰之光下，或許就能從此刻慘澹悲傷的深淵中得救——我貧瘠的心靈為了這個想法哀傷不已。

我最後下定決心。我要全心祈禱，解開靖子小姐悲傷封閉的心靈小銀鎖，注入喜悅與感恩的和煦陽光！

自此之後，我每天都造訪那棟洋樓。就在某天，我詢問靖子小姐以前就讀的學校時，夫人答道：

「到病發為止，她都在四谷的F女學校念書。」

我聞言靈光一閃，隔天，將旅居巴黎的畫家所送的禮物——我珍藏許久的一本紫色羊皮封面的美麗法語聖經送到靖子小姐的病榻。

怎知靖子小姐比我想像中讀得更起勁。

我喜出望外，極力鼓吹她努力進入上

帝的國度，豈料靖子小姐卻是淚眼婆娑，我見猶憐地搖了搖頭。

「不、不，我不要。如果慈悲為懷的上帝真的存在，祂定不會這般折磨一對孤苦無依的可憐母女。我千不幸萬不幸到無法相信肉眼看不見的上帝……」

話沒說完，便伏在床上飲泣。那姿態教人心痛萬分，我再也沒有勇氣勸她相信上帝。

話雖如此，至少作為心靈上的安慰，我每天早晚都在病人枕畔為她輕唱第二百五十首讚美詩歌。

日子一天天過去，人們喚作春天的年幼旅人踩著細碎步伐前來。迄今因寒冷而緊閉的病房窗戶一扇扇敞開，接收自天溢流的太陽光芒。

扶著我的肩膀，從窗口眺望室外草坪和碧空雲朵成為靖子小姐的樂趣之一。

一個風和日麗的早晨，靖子小姐半個身子倚著我，隔窗欣賞花園景致。突然間不知發現了什麼東西，雙眼被牢牢吸住似的緊盯前方，過了一會兒，晶瑩淚珠順著蒼白雙頰潸潸滑落。

我大吃一驚，問道：

「發生了什麼事情？」

靖子小姐這時像要將我的手擰碎似的用力握住，另一隻手指向外面土地。青蔥指尖所指的土地上，哦呵，那裡有一株生長在花園石板地縫隙的雜草，沐浴在明媚春光下，悄然綻放淡粉色小花。

「看，那朵花！」

靖子小姐雙眼發亮。

「啊啊，縱是無名小草的一朵花兒，上帝仍舊溫柔眷顧！天可憐見，無名小草喲，願你來年春暖亦花開！」

靖子小姐彷彿忘卻了病痛，優美如詩的動人話語自唇間綻放，拾起枕畔那本紫羊皮的袖珍型聖經深情一吻。

我的故事到此結束。不過，最後容我再補充一事。

我們離開小田原——充滿恆久回憶——之地，返回東京的前一天晚上，收到一個未寫寄件人姓名的包裹。

我迫不及待地打開，只見大量金幣猶如蒐集小石子般地裝在一只絲袋裡。而從某處天空飛回來的琵兒腳上，這天綁的不是紫線，而是一條細細的白絲帶。解下絲帶就著燈光一看，上面浮現清晰的筆跡，那是句簡短的法文——Croire En Dieu——（我相信上帝）！

那袋金幣後來捐給貧民，成為活福音。直到現在，琵兒依然是洋樓窗畔美麗病公主的侍女，在枕畔可愛飛舞。

「哦呵，那一朵無名小花啊！教我為之淚流。」

輝子如言噙淚，閉上顫抖雙唇。

如此這般，難以言喻的幽婉情思所潤溼的沉默面紗，靜靜覆蓋七名少女的胸口。

輕輕闔眼回想，首先是鈴蘭花上浮現的少女粉靨；其次是月見草萬般溫柔的人影；第三是畫筆尖端芬芳綻放的胡枝子花那悲切花色；第四是鏤刻在戒指上，因緣糾纏的野菊花；排在第五的花朵，是在心底綻放，充滿回憶的茶梅之夢；第六則是古國廢宮鋪石地上片片散落的黃水仙。夜已深，七名少女彼此分享的七個花物語就此結束。天可憐見，人間綻放的七朵花啊，願你永遠在故事女主角的優雅袖兜間馥郁飄香。

## 鬱金櫻

春來時，櫻花盛開之島。從一枝花中結出春天的這個國度。凝聚天地的繁華與光明，俱自此花蕊發散。

然而，比起樹梢那些在豐潤飽滿的花瓣上復又塗抹淡紅胭脂的爭妍百花，暗自低調綻放、素淡虛幻的鬱金櫻惹人憐愛的嫻雅親切更教我思慕難忘。獨自捨棄春日人間，孑然孤寂的黃色淡影含蓄高掛枝椏，心愛的鬱金櫻啊。

這個孤零零的花朵曾經在我童年歲月的宿舍窗邊綻放，散發一縷淡香。

那是我七歲的春天。拜別父母，乘船從遙遠義大利古都回歸故土的我，在這個國家成了無家可歸的寂寞孩童。當時，就是那間宿舍收留稚齡的我。被帶到宿舍的第一天，一個戴著魷魚頭形狀的帽子、身穿黑袍的外國尼姑輕輕撫摸我的背，怕生的我仍不由得渾身發抖。

那天起，我的小桌子就被放在宿舍二樓一間朝南的房間裡。因為房間不大，便成為牽我進房的紫色長袖美女與我的專屬領土。

美女冷不防握住我的手，問我叫什麼。儘管害羞，我還是老實答了。「嗳，妳真可愛。」她將我拉進懷裡。猶如遠方媽媽身上那股隱約奶香，我把小呆瓜頭埋進香噴噴、軟綿綿的溫暖胸脯裡，只想這般永遠徜徉在夢境中。

溫柔女子問我幾歲，我回答七歲，美女聞言道：「我十七。」接著，我也想知道這位窈窕淑女的名字，溫柔的她卻怎麼都不肯講，只是竊竊笑道：「我的名字就像寵物貓的名字一樣。」

就像貓的名字一樣，那是怎麼樣？神戶姨媽家裡有一隻小貓，脖子上的紅色縐綢項圈掛著一顆銀色小鈴鐺。呼喚那隻貓時，姨媽總是萬般疼愛地叫道：「阿——玉——」不過，這位姐姐叫「阿——玉——」也很奇怪。我在羅馬的時候，雜貨店有一隻頑皮貓，老愛偷廚房牛奶而被胖得像啤酒桶的女佣持掃帚追趕。店員們都叫牠「食飯公爵」。然而，唔，我豈能稱呼這位美麗高雅的人兒叫食飯公爵呢？

我搞不懂，睜著圓眼，抬頭望向那張溫柔面容時，那人笑道：「妳給我起個好名字吧。」

哦喲，獻給這位美麗、溫柔、心愛大姐姐的名字啊，嗯，該怎麼稱呼才好呢？我心頭小鹿亂撞，但是，不起個名字，以後就不能呼喚她了。我支支吾吾地說：

「呃……莎拉姐姐……」

耳根子漲得通紅，颼地把臉埋在那絢麗的紫色袖兜裡咕噥完，她溫柔應道：

「謝謝，我就收下這名字了。」

莎拉·克璐（Sara Crewe）是美國法蘭西絲·霍森·柏納特（Frances Hodgson Burnett）的小說《小公主》（A Little Princess）裡女主角的名字。以前在義大利的時候，媽媽會讓我躺在藍色天鵝絨沙發上，靜靜講述《小公主》的故事，因此聽見那名字就讓我想起刻骨銘心的美好故事裡的面容。

無家可歸的孩子得到和藹可親的日本莎拉姐姐之後，童年生活也充滿了幸福。

我每天從宿舍往返尋常科[1]教室。那是某天的美勞課。

學生必須用千代紙折一隻紙鶴。

老師細心示範了好幾次，我還是一隻都折不出來。轉眼下課鈴響了。老師交代說：「明天早上要折出一隻紙鶴來。」這約定變成一個重擔，困擾我幼小的心靈。

回到宿舍後，心裡記掛的仍是紙鶴的事情。那天的點心是我最喜歡的鮮奶油泡芙，我卻無法像大家一樣享受美味。

我在房間書桌上攤開千代紙，小手摺摺捏捏，左思右想，雖然試了好多次，可怎麼辦？好不容易成功折到一半，卻不曉得怎麼繼續下去，最後全皺成一團。

我心裡好生難過。煩躁地拿著皺巴巴的千代紙，淚眼汪汪地朝玻璃門外看去，只見友人們坐著鞦韆和遊具，在傍晚遊戲時間快樂地東奔西跑。目睹那番景象，淚水再也忍不住地一顆顆滑落臉頰。

就在此時，微弱的腳步聲響起，莎拉姐姐走進房間。我連忙把桌上散亂的千代紙一把塞進懷裡。要是讓迷戀仰慕的美麗姐姐發現我因為折不出紙鶴在哭，那就太難堪了。「我回來了。」莎拉姐姐把書袋放在桌上，一如往常地笑意盈然。「歡迎妳回來。」我一鞠躬，懷裡的千代紙就沙沙作響。我慌慌張張地跑到走廊，把紙屑全部丟進廢紙簍，這才鬆了一口氣。

話雖如此，心裡畢竟放不下紙鶴的事情。當晚睡前禱告時，我暗自祈求：「上帝吶，請讓我折出紙鶴。」

隔天早上，我在恬靜陽光下醒轉，像小猴子一樣蜷著身子從床上起來後，驚訝萬分地發現白色小枕頭旁邊有一個令人眼睛一亮的美麗紅紙鶴，彷彿一直擺在那兒等我睡醒。

噯，一想到昨晚上帝聽見我的小小祈求，半夜悄悄送來紙鶴，我就高興得不能自已。

我貼著莎拉姐姐的胸脯，雙頰浮現喜悅的酒窩道：「莎拉姐姐，這個紙鶴是上帝昨晚送我的。」

我向她展示紙鶴。莎拉姐姐的眼瞼當時不知怎地陡然酡紅……

這位綽約柔美的紅粉佳人，終歸也萌發了幻夢憂思。

春日黃昏，倚著宿舍露台欄杆的那道倩影吶。

淡紫袖兜垂掛欄杆，袖口在迷離微光中模糊不清，高高束在胸口下方的同色行燈袴描繪著柔和的線條，轉瞬間在裙襬朧淡去。而那隱約浮現的白皙杏靨，又是何等聖潔寂寞？

可憐那年幼的我所無法解讀的美麗煩惱，在鬱金櫻即將綻開的季節，是否已深深潛入莎拉姐姐的心底？

那又是怎樣的憂愁？

那又是何等的煩惱？

實在是當時蒙稚的我所無從得知的隱祕未知世界。

事情發生在某個春日午夜，我突然從一場悲傷的夢中驚醒。我在夢裡看見遠在義大利的媽媽身患重病的憔悴身影。

「媽媽。」我一叫，媽媽就消失了。我四下環顧，發現自己在灑滿柔和月光的房間裡。啊啊，原來是一場夢。我如釋重負地撫胸時，忽地聽見窸窸窣窣的絲綢摩擦聲，嚇得我屏息窺視，只見半掩著的窗邊有一道白衣人影。

順著月下晶透臉龐流瀉的黑髮、溼潤的雙眸，那個人是莎拉姐姐。

宛如海底搖曳的碎藻，青絲在月光中亂舞，纖細雙肩震顫。伊人倚著春月皎皎的窗戶低聲嗚咽。

半夜看見心儀美女的哭泣身影，我心痛震驚之下，從床上躍起。然後跑到窗邊，貼著吞聲飲泣的美女肩膀問道：「妳在難過什麼？也是夢到媽媽生病了嗎，姐姐？」

我瞧著那張臉時，莎拉姐姐猛地將我一把抱住，用細若游絲的低沉語聲說：「我想念那破滅的夢。」淚溼的溫柔目光美麗依然。

莎拉姐姐又輕撫我的頭髮——

「妳要永遠當個小孩，我不要妳長大。」

她用力握住我的小手說道。縱是心愛姐姐的吩咐，我對於要永遠當小孩一事仍老大不願意。我想快點長大，像姐姐一樣戴上珠寶戒指、輕鬆閱讀法文小說和詩集。為什麼我不能長大？我對莎拉姐姐的話茫然不解。

那個春日午夜，人影悄立的宿舍窗畔，沐浴在寂靜月光下盛開的鬱金櫻花，儼如一縷哀傷、姣好、美麗掙扎的靈魂，映照在我的眼底，至今難以忘懷。

那晚之後沒多久，鬱金櫻花紛紛凋落的某日，莎拉姐姐不得不離開宿舍，返回遠方故鄉。

「再會了。」人力車上撐著淡藍色陽傘的美女離開宿舍大門時，淚水哽喉的我，靠在大門冷冰冰的石柱上泣不成聲。

看吶，被迫與溫柔姐姐拆散的稚童上方，不知有心或無意，鬱金櫻花瓣如蝶飛散。

春來時，鬱金櫻將在宿舍窗畔綻放。然而，要在宿舍窗口見到伊人玉容，無論春來幾回，都將是永遠不會實現的願望。

留戀那一去不復返的歲月，不就好似轉瞬即逝的春日鬱金櫻嗎？噯，青春少女啊。

1 譯註：六歲入學的六年制尋常小學校，為日本在第二次世界大戰前的初等教育機關。

# 勿忘草

事情發生在豐子升上女學校的開學第一天。

該校學生進教室前，都要在室內體育館列隊，按年級依序穿過走廊到教室去。

一年級的豐子那一班當時要上體育課，直到其他班級離開為止，就這麼排隊等候老師到來。於是乎，她們興致盎然地盯著高年級隊伍齊步離去的身影。

各年級的數個班級都朝另一邊的走廊離去。最後，五年級[1]的大學姐們在新生們骨碌碌的好奇目光中靜靜走過。

五年級的高年級美女集團清一色的明豔動人，與此同時，又帶著一種難以言喻的優雅恬靜，兼具沉穩端莊的外貌與氣質。

新生小學妹們就像在見證某種奇蹟，一臉驚異地觀賞這群人邊走邊排成一列前進的身影。

然後——那美麗隊伍之中，一張格外娟秀的面容深深映入豐子眼簾。

那面容的主人——一頭濃密細軟的黑髮不加修飾地簡單編成麻花辮，兩側用純黑色的大型髮夾固定，少許青絲散落在高雅寬闊的前額髮際，讓清純臉龐更顯親切。

略顯蒼白，鼻梁高挺的清秀鵝蛋臉上完美描繪的娥眉、不知為何羞澀低垂的雙眸、眼瞼下的溼潤長睫毛在眼底落下燻銀般的影子，增添一絲飄搖夢幻的寂寥。

緊緊抿成一線的櫻脣，唉，不知藏著何種情思，似在微微發顫。

亭亭玉立的瀟灑身段、弱不禁風的纖細後頸上交疊的白領子在紫色和服的襯托下格外醒目、若隱若現的酥胸曲線、緊束其下的朽葉色高雅行燈袴、長衣與外褂是相同花色的銘仙[2]——淺紫上織著大片深紫萬字紋，再綴以零星藍褐色圓點，淺紫色銘仙長衣、外褂上織著大片深紫紗綾形紋樣，上頭再綴以零星藍褐色圓點，看起來嫻靜優雅，與佳人仙姿相得益彰。

豐子感覺一切恍如夢境，畢竟她是如此高貴美麗。

豐子如痴如醉地目送那美好背影靜靜夾雜在離去隊伍中，漸行漸遠。於是——從那天起，這位豐子心儀的美女就在她稚嫩心版上深深烙印出一個難以磨滅的幻影。

這個讓豐子思思念念的美女成為她在學校每日關注的焦點。

豐子渴望知道這位絕代佳人的姓名。

因為宿舍室長幸島學姐也是五年級，豐子便在一個良宵月夜悄悄問她。

羞於被人發現自己暗戀學姐的祕密，所以她只說了「那個穿紫色和服很好看的人」，不過幸島學姐登時便明白了。

「如果是那個長得很漂亮的人，她叫水島。」學姐如是說。豐子還想再問對方的名字，但又怕一直追問會啟人疑竇，猶豫片刻後，就沒再說些什麼——

之後的某一天，豐子在縫紉室值班時，發現一把銀色烙鐵熨斗被遺留在裁切板上。

豐子隨手拿起，卻見細柄上用紅筆寫著「千惠」。

「哇，好可愛的熨斗。」豐子拿給朋友看。

「這是製作袋子用的烙鐵熨斗喔。」一個朋友說道。既然是高年級的遺失物，豐子決定把它交給老師。要走出教室，門冷不防打開，一個人影跨了進來！

那是豐子分秒不曾忘記的心靈幻影——水島學姐本尊。

水島學姐的溫柔目光在裁切板上打轉，似乎在尋找什麼。接著看向豐子等人的方向，用悅耳動人的聲音笑盈盈地問道：

「請問……這裡是不是有一把小小的烙鐵熨斗呢？」

豐子胸口突地狂跳。當她將熨斗遞給優雅的學姐時，指尖不知為何顫抖不止。

「哎呀，就是這個，謝謝。」美女輕輕道謝，從悶不吭聲的豐子手裡接過熨斗離去。

目送對方離去的豐子，一時間像化石般杵在原地。她這時終於獲悉那位美女學姐的名字叫千惠——豐子倏然貼近白牆，手指不斷寫著佳人的名字「水島千惠」。可憐手指描繪的文字沒有留下任何痕跡，霎時消散的景象令人為之鼻酸。

豐子從懂事起就沒有可以喚作母親的

人，在義大利失去父親之後，只能跟年邁祖母相依為命。這個命途多舛的孩子，自幼就在心裡暗地描繪一個如母如姊的美好幻影，一個人自怨自艾。而今，萬萬沒想到朝思暮想的幻影竟會出現在眼前。

五年級的烹飪課是在星期三下午。烹飪教室就在宿舍食堂旁邊。豐子每週三下午回到宿舍後，總是不厭其煩地走去食堂倒溫水喝，倒也不是由於那天特別口渴……

隔著玻璃窗可以隱約看見一個穿著純白圍裙的娉婷倩影，讓豐子喜不自勝。

那是嫩葉清風吹拂單層羽緞和服的初夏。

豐子站在網球場揮舞球拍。她擅長擊球，忽見球從球拍尖端破空遠遠飛到操場的另一端。

兩三個高年級學生當時並排站在那裡，一邊閒聊，一邊在長滿三葉草的草坪上漫步。球飛到那附近落了下來。

原本一直低頭踩著輕靈步子的人們，都因為突出其來的球聲齊齊抬頭。豐子眼睛追著飛向遠方的網球，忽然發現彼端美女學姐的身影。

在一片密密麻麻的三葉草綠葉上，溫柔佳人立刻找到骨碌碌滾動的白球。只見她迅速伸手拾起地上的球——柔美姿態讓豐子聯想到在碧波蕩漾的海底尋覓珍珠的龍宮公主。

啊啊，多麼幸福的球吶！水藍色衣袖輕盈翻飛，球自美女掌心釋放，恰似一隻白色小鳥朝愣怔站在網球場上的豐子筆直飛來。

豐子啪啦一聲將手中球拍扔到地上，挽起袖兜，輕輕接住了球。啊啊，腦中描繪的夢幻佳人親自拋來的球，豈能用冷冰冰的球拍回擊？豐子舉起袖兜遮住臉孔，不勝愛憐地將那顆球在臉頰一再磨蹭。

秋高氣爽的九月天，校園裡舉行了運動會。豐子當時是賽跑選手，這天活動進行得很順利，沒多久就輪到選手們的比賽。

選手們用象徵源平合戰的紅白束袖帶綁住一雙袖兜，如蝴蝶翅膀般紮在背後。行燈袴穿得高高的，露出一大截黑絲襪，走過散發泥土氣息的冰冷地面，彎腰並排在畫上白線的起跑點，此刻就只等待起跑槍響。

哦喲，就在此時，高年級學生們胸前繫著代表當日委員的淡紅色絲帶，雙手高舉著標示抵達順序的旗幟，排在中央的終點線內。

其中一個人影正是水島學姐。她拿著的旗面上寫著黑色的「1」，豐子心如擂鼓，小鹿亂撞。接著，發誓般地將紅唇抿成一線。

隨著紫色淡煙自槍口攀升，「起跑！」的聲音響起。選手腳步同時離地！在群眾並肩高喊友人綽號的加油聲中率先衝出，宛若在洶湧大河泗水般疾馳而過的豐子眼裡只剩下迷霧深處閃動的那道星光——俏立在飄揚旗幟處的美麗幻影。突然間，一隻優雅手臂抱住了拚命追逐那道幻影的豐子。若非這手臂，豐子不知還要在場中跑上多少圈。

那人將閉住呼吸、腳步踉蹌的豐子抱近自己，在她耳邊低語：

「恭喜，沒事了！第一名！」

——儼如女神垂憐，在墜谷昏迷的勇敢冒險者唇邊滴下星辰淚珠，那悅耳聲響叮的一聲在豐子胸口迴盪，疲憊頓時消失無蹤，她杏眼圓睜仰視，咦？該如何是好——自己的的確確站上了終點線，身旁陪跑的美麗幻影正笑容滿面地用肩膀溫柔支撐著自己。

華麗的進行曲聲中，豐子在美麗旗手的攙扶下，抱著冠軍獎品，對著競技場靜靜鞠躬行禮時的喜悅啊。一想到自己竟能擁有這般幸福的少女歲月，豐子在喜悅的淚水中顫慄。然而，幸福的白日夢終有醒來的一刻，她仍是孤單思念伊人的可憐女孩。

就算心心念念、朝思暮想那天香國色，卻連一句「我想妳」都說不出口的羞澀少女，只能躲在人後，含淚將姣美玉顏深藏於心，莫可奈何，一年的悲傷日子就這樣在暗戀伊人中悄然逝去。

校園裡漸黃的樹葉隨風散落，初冬寒風吹起，緊接著春天再次到來，嫩芽冒出樹梢，小巧花蕾復甦，早春再次回歸。

如此這般，高年級生即將插上代表畢業的連香樹花朵，夢幻佳人離開校園的日子逐漸逼近，而悲傷少女的離別愁緒則日益加深。

某個平常日子——教室裡，水島的書桌抽屜中，不知是誰偷偷放了一束在早春碧空下搶先綻放淡紫色小花的勿忘草，上頭繫著紅絲帶。花莖根部還包著含水海綿，是為了讓它至少在離別那天之前都不會枯萎嗎？可真是心思細膩啊——儘管水島無從得知送花者是誰，以及花裡寄託何種心意，但她深受吸引，悄悄取出花朵，插在美麗的黑髮上，而後又將它藏進百寶盒底部，作為一逝永不回的少女歲月的永恆回憶……

清雅可愛的花朵啊，以 Forget me not 這柔美的名字，盛開在那萊茵河畔，催人潸潸落下同情淚，是由於那花朵彼此傳遞的溫柔氣息嗎？我見猶憐的花朵啊。

1 譯註：大正九年（一九二〇年）高等女學校增設五年制後，都市女學校紛紛改為五年制，但鄉下地方仍以四年制為主流。

2 譯註：銘仙是絲織品，係以碎屑的絲捻成有粗節的線，再平織成布料，是以觸感不滑順，但卻非常耐用，江戶時代以後成為庶民愛用布料。銘仙搭配行燈袴則是大正時代女學生的代表性穿搭。

# 溪蓀

沒有節日勝過五月節。菖蒲、艾草香氣交織，饒富情趣。

節自《枕草子》的這段文字，或許能與年輕女孩心弦共鳴，傳誦千秋吧。

昔日的女詩人暨美好雋語家清少納言所流露的情感涓滴，就這樣在後世人們心裡煥發新生機的真實事蹟——相較於在大白天仍暗濛濛的地下室裡就著辦公桌蹙眉分析花香、欲以數字體現彩虹顏色的那群世人景仰的科學萬能主義者——此乃我等感傷派該趾高氣揚之事吧。

啊啊，五月啊，五月啊，被五月雨打溼卻兀自綻放的溪蓀花吶。

此時此地，教會學校宿舍裡有一名叫做芙佐子的年輕學子，懷抱著跟昔日王朝時代歌頌五月與溪蓀花，為吾人所懷念景仰的日本女詩人相同的心情。這位芙佐子，五月某天在銀座街頭淋了一場小雨，目睹一個紫色溪蓀花之夢——

那夢境亦足以成為一首詩篇。

解釋詩句太殺風景，那夢境卻又太過美麗，不忍將之獨自埋藏心底……

——芙佐子在銀座辦完事情，在尾張町等電車返回宿舍。

從早上開始無端教人陰鬱的梅雨天氣，此刻天幕綻放的花露終於自天際薄紗瀉下，滴滴答答灑落人間大地。

那是接近傍晚的時刻。
一場思古幽情的雨。
傍晚的霏霏霪雨啊，雨是珍珠？是黎明薄霧？抑或是星星暗泣？
黃昏雨淅淅瀝瀝地打在銀座的鋪石地上，淋溼了行道樹的法桐葉，在黏板岩屋頂哀哀哭泣。
啊啊，雨喲，雨喲。
夕曛中，都市街道的濛濛細雨喲。

**我心在哭泣，**
**如同城市上空傾瀉的雨滴。**
**——保羅．魏爾倫（Paul Verlaine）**

法國詩人曾經這般歌詠。
芙佐子覺得這場細雨很美好。
淅淅瀝瀝落下的雨絲，猶如燻銀色梭子不斷來回交織的白絲經緯，輕輕款款地溫柔灑落。芙佐子沒有帶傘。佇立在鐵軌前任由雨水打溼，除了聽天由命，別無他法。
火車班班高掛「客滿」的惱人紅色牌子，漠然呼嘯而去。
突如其來的一場驟雨，沒帶傘的乘客擠成一團等車。
偶有電車停下，那些以堅毅大和魂自詡的強者就一把推開老弱婦孺，當先擠上車廂。不是上車，而是掛在車廂，一隻腳勉強踩在車廂後方車掌專用平台上……
接著，這列掛著黑忽忽人影的電車，在細雨中衝破外頭的溫柔呢喃與和諧，一路前進。
被拋在後方的弱者們，憤憤不平地淋

著雨，望著電車疾駛而去的方向。

儘管身為這群弱者的一員，芙佐子希望自己至少能夠保持做人的基本禮貌。

只要稍微提起行燈袴，皮靴一蹬，迅速躍進車廂是輕而易舉之事。可是，一想到站在自己前方揹著嬰兒的貧苦母親，芙佐子就躊躇不決。

她颯然上前，伸手相護，協助母親擠進停靠電車內所剩無幾的空間。

因此，芙佐子又得留在綿綿細雨中等待下一班電車。

電車遲遲不來。

芙佐子有些不耐，又感到孤獨。然後，不知怎地有點兒想哭。

她低頭將目光轉向細雨時，冷不防一道淡紫色的柔和陰影無聲無息地在自己的影子上輕輕展開。霏霏雨絲剎時離開芙佐子的頭髮與肩膀。

神祕的淡紫陰影吶。

芙佐子融入夢境中。

接著，她睜大雙眼，隱約看見那裡有一道嫵媚人影。

纖瘦身子裹在一件紫底粗直條紋大衣裡，豔麗領口露出一截跟那柔軟相襯的小鹿斑點紮染半襟[1]，青綠配淡紅煞是青春可愛，在防汙道行大衣的胸前方領內格外醒目。

芙佐子肩膀後方的細雨氤氳中，一張粉靨嫻靜低垂，宛如京都娃娃面紗下若隱若現的笑臉。

美女的雪白藕臂握著一把傘柄纏著紫

藤的蛇眼傘，朝芙佐子的方向伸來。一隻手臂就這麼高舉越過芙佐子的肩膀，另一隻則在胸前捧著一束深紫中透著純白、含露盛開的溪蓀花。

噯，這位窈窕佳人是何時悄然來到身邊的呢？

溪蓀花在美女掌中散發紫露與白露的香氣，芙佐子在紫傘陰影下，耽溺於細雨中的紫煙夢境。

如此這般，執傘者無言，近傘者無語，唯獨一束溪蓀的濡溼花瓣穠豔顫動。

電車來了。

芙佐子必須上車了。

她向撐傘的好心人睇了一個感激的眼神——

正準備離開那片紫影時，

「妳拿去吧。」

紫色麗人如是說。

雨傘轉向芙佐子時，她清楚看見對方梳成唐人髻的一頭黑髮。上面綁著紅白相間的和紙髮飾，並插著一枝精緻的布花簪。

芙佐子猶豫不決。想著下了電車，還得走一小段雨路才能回到宿舍，又想著此刻眼前親切遞來的紫傘，「我可以跟別人共撐。」

她嫣然一笑，櫻脣間隱約露出可愛虎牙，指著一個撐著一把油紙大傘在旁守候，貌似小廝的矮個兒伙計。

芙佐子對於帶著一股神奇魅力、動作自然流暢的那人言語與視線毫無招架之力。

紫傘的傘柄就這麼交到芙佐子手裡。

——主僕二人並排在油紙傘下的影子，跟載著芙佐子駛離的電車朝反方向靜靜離去。

芙佐子回到宿舍後，彷彿在追尋一個未了的白日夢，在出入口門畔陰影下恍恍惚惚地再次撐開那把傘。如今細看之下，千鳥在藏青紫底傘面上飛越白色浪花的圖案清晰浮現。在腳穿防水鞋套彈開泥漿、手撐黑傘遮風擋雨的住宿生之中，這把圖案雅緻的細柄蛇眼傘不啻是一個微小奇蹟。

細雨紛紛的城市街頭，將自己的紫傘送給陌生少女的仙姿——

紫色大衣包裹的那道倩影，在濛濛細雨中若隱若現的那張玉容是——

那是在伊人掌心飄香的花朵——五月煙雨潤澤中盛開湖濱的溪蓀花化身。

溪蓀花的精靈——

芙佐子如此深信。

「妳拿去吧。」

傘柄遞來時，唇間逸出的聲音，恰似一束溪蓀花以純淨清水澆洗再一甩揮乾的爽利語氣。

**萬代不變五月雨**
**滴中芬芳溪蓀花**

源經信在《金葉和歌集》留下的一首抒情詩，精確永恆地傳達出這朵花與五月雨難分難解的緣分。

以此花當彩虹使者，亨利・華茲華斯

・朗費羅（Henry Wadsworth Longfellow）為其詩稿上色，荷馬（Homer）亦在詩裡尊崇讚美，這朵花啊。

可真是在人間綻放聚積幸福與美麗，甜美可愛的這朵花啊。

芙佐子撐著紫傘，眼瞼飽含無法言喻的淚水，一動也不動地站在原地。

據說那幅藏青紫描白的千鳥飛躍浪花圖雨傘，至今仍擺在宿舍，成為一個無法解開的小謎團。

是多麼令人憐愛的溫柔佳人呢？

那把傘的主人吶。

溪蓀花盛開之時，芙佐子心中將再次湧起深刻思念，久久不散……

1 譯註：縫在和服中衣領口的長方形布料，具裝飾及防汙功能之領巾，尺寸為中衣領口長度的一半，故稱為半襟。

# 紅薔薇白薔薇

麗子與雪子從小學時代開始就是好朋友。

不僅如此，兩人從七歲起，就一起向來自義大利的小提琴家——擁有一頭美麗金髮及動人琥珀眼眸的塞勒女士學習小提琴。

麗子是△△市的豪門千金。

雪子則出身名門，不過失去了父親，是寡母一手拉拔的獨生女。

麗子是豐腴圓潤、溫順天真、心地善良的女孩。

她的小提琴音色，像春雨淅淅瀝瀝落在柔柔青草地，又似蝴蝶在春日豔陽下的花海狂舞，帶著明快華麗的優美音調。

雪子則有著一張蒼白的鵝蛋臉，眼眸清澈、濃眉緊鎖、嘴脣抿成一條線，是一個端莊敏感的少女。

她拉出來的弦音，猶如銀線串起的水晶珠項鍊撒落在月光盈盈的泉水中，又恍若秋日清冷月色下，那搖曳灌木叢裡傳出的蟲鳴，帶著一種孤寂悒鬱的哀愁、悲傷、細膩，卻又犀利而猛烈的音調。

兩把琴儘管音色各異，優劣卻是難分軒輊，正如兩人情逾姊妹，卻很難區分誰是姊姊，誰是妹妹。

如此這般，就在麗子與雪子快要升上女學校的春天，塞勒女士決定回國去了。

對於這位高雅溫柔的音樂老師即將離開，雪子與麗子都難過不已，卻莫可奈何。

要告別兩位深具音樂天賦的可愛少女，塞勒女士也一定非常惋惜。

臨行前夕，塞勒女士邀請兩位心愛少女參加歡送會。當晚，兩位小客人前來，三人圍著圓桌吃晚餐，桌上擺滿許多用心準備的美味菜餚，以及兩盆鮮花。

放在靠近麗子前面的盆花是紅色斑斕、鮮豔絢麗的大朵紅薔薇。

雪子前面則是純白端莊、高雅芬芳，卻隱隱顫動那聖潔花瓣，綻放厭惡塵世氛圍的一盆美麗白薔薇。

同時，每盆鮮花旁邊都放著一張塞勒女士恬和慈愛的微笑肖像。

塞勒女士起身靜靜說道：

「今晚，我誠心送給兩位摯愛小妹妹的禮物，就是這紅白盆花和我的照片。

「我認為麗子的性格就像紅薔薇，心境開朗；雪子的性格則像芬芳的白薔薇，給我一種端莊、孤獨、聖潔的感覺。紅薔薇再怎麼光彩奪目、美麗動人，人間若只有紅花，也不免單調乏味。若不摻雜白薔薇芬芳高雅的花瓣，就無法滿足花朵女神。同理，倘使人間只綻放白薔薇，人們終究也會渴望紅色花朵。

「哦，既然紅薔薇和白薔薇都是遵照上帝偉大的心意在人間綻放的美麗花朵，請妳們兩人就如同這花兒形影不離的緣分，懷抱兩種花朵的精神，一生和睦相處，共度少女時光，直到永遠。

「離別之際，這就是我出於真心誠意

的唯一請求。」

塞勒女士以發自肺腑的顫抖聲音說完，用手帕輕拭眼角。麗子與雪子聽著，眼睛也紅了。

「老師，我們無論何時，不管發生什麼事，一定會和睦相處，維持聖潔的友誼——我們現在就向您發誓。」

兩人感動地齊聲應道。

聽見她們的答案，塞勒女士的臉孔宛如年輕聖母綻放美麗光輝。

餐桌上的紅薔薇和白薔薇不住擺動，好似在竊竊互訴它們的喜悅。

那一夜，兩人又立下誓言。

「我們來勾勾小指頭，發誓永遠和睦相處吧。」麗子張開純真小嘴說。

「嗯啊，一定要，來發誓吧。如果誰違反誓言，小指頭就會爛掉呵。」

雪子說著，少女們勾住彼此可愛的小指頭，結下打勾勾的約定。

那天晚上，塞勒女士暗中向上天祈禱。

於是，第二天早上，塞勒女士離開櫻花盛開之島，漂洋過海返回義大利去了。

臨行時，塞勒女士緊緊握住兩名少女的小手叮嚀：「妳們兩人請一起努力，和樂融融地把小提琴當成彼此友誼的器皿，好好地演奏。因為紅薔薇和白薔薇的靈魂就封印在那小提琴裡。」

她溫柔微笑道。

話雖如此，每當面對南歐和煦天氣下盛開的紅白薔薇，她或將想起兩名日本少女的難忘嬌靨，而在花瓣落下無數熱吻吧。

# 梔子花

年紀尚輕的女雕塑家滋子，為了病後療養，夏季到南方某山麓的溫泉勝地度假。那處湧泉位於一個寧靜的村莊。

滋子在友人的介紹下，投宿在一間小巧、但女主人愛乾淨的農家。滋子租的房間是那戶農家裡最好的和室。地上鋪著包邊榻榻米，格子拉門也糊了新紙。畫有馬唐草上結著露珠圖案的不透光拉門，多半是那農家的寶物吧。壁櫥旁邊有一個大約十二尺長的壁龕，裡頭掛著一幅粗糙的紅色石版印刷掛軸。

女主人用蓋飯大碗添了一座小山般的麥飯給滋子。滋子看了直想哭，連忙表示東京人是小鳥胃，女主人聞言甚為訝異。

「吃那麼少，小姐妳居然還活得好好的呢。」她感嘆道。

滋子首先把壁龕那幅名畫還給女主人。繼而從包包裡拿出一幅聖母像，掛到壁龕牆上。最後在壁龕放了一大塊大理石。

她想說萬一心血來潮就能在療養地潛心刻個什麼，離開都市時才千里迢迢搬來這塊大理石。啊啊，這塊純淨無瑕的大理石究竟會幻化何許模樣？

滋子想到此處，內心蠢蠢欲動。那晚是一個寧靜之夜。

女主人好心出借一張像是以前私塾使

用的古樸桌子，滋子把它放在窗邊，手握鋼筆揮毫，給都市友人們寫著從療養地發出的第一封信。

其時田園夜景充盈一股無可比擬的懷舊氛圍。室外蚊香煙霧繚繞，灑水後的地面沁涼，月光滿溢人間。室外月光亦流進滋子房間的窗戶。滋子擱筆，靠在月光投射的窗畔。啊啊，這是何等靜謐美麗的月夜良宵。就在滋子靠窗耽溺在月光中時，不知從哪兒的天空飄來寂寥幽微的笛聲。那是無與倫比的美妙笛曲。

宛若朝一池清澈湧泉擲下一串珍珠的聲音，音色既優美，又幽寂。在萬籟俱寂的月夜良宵，悠揚迴盪的淒婉笛曲吶。

不論是隱居此間的何等吹笛名手所吹奏，滋子都沉醉在如夢似幻的笛聲中，一時間物我兩忘。滋子對此感激不已，這晚寫給都市友人的信裡也特別提及在冷清的村莊民宅月窗下無意間聽見的美妙笛聲。

第二天清早，滋子起床後，隨即拎著毛巾到附近的溫泉浴場洗澡。

浴場建造得非常好，甚至跟村莊有些格格不入。浴池以人造石砌成，不斷冒著蒸汽的溫泉溢出浴池，流過打磨光滑的浴室地板。天剛亮，沒看到任何沐浴者。

滋子打開浴室門，走了進去。在既似薄霧，又似罩了一層薄紗的蒸氣氤氳中，滋子用小桶子舀起滿溢的熱水，籠罩在觸感溫和的柔滑溫泉氣息裡，她覺得非常舒服。

心情平靜、神清氣爽的滋子四下環顧，透過瀰漫的淡淡水蒸氣，發現浴池的另一端有一個模糊的人影——

這委實大出意料之外，滋子有些猶疑。接著，對於自己連門都沒敲就貿然闖進別人正在使用的浴室，驀然感到一陣羞愧。

「請您原諒，我真是太失禮了。」

滋子歉疚地朝人影如是說……然而，對面人影卻沒有任何回應。

滋子目不轉睛地看著對自己的道歉毫無回應的人影。就在那一瞬間，滋子雙眼釘住似的，由於某種驚異與讚歎睜得老大，一動也不動——哦呵，那遠處的人影！

裊裊蒸氣裡若隱若現的幻影絕非人間所有，半邊身子莊嚴而美麗。上半身輕盈浮現的那張臉，是一個高雅標致的少女。光亮柔順的黑髮在白皙額頭捲向左右兩側，順著優美的肩膀向後流瀉。

揭示永恆神祕的雙眸，儼如注入生命的黑水晶般蕩漾聖潔孤獨的色彩，在姣美臉龐上微微睜大。如花瓣點綴的雙脣、幾近蒼白的皎白臉頰，噯，那容貌是何等高貴？同時又蘊藏著不可名狀的神祕氣息呢？

白肌勝雪，彷彿被天空湧現的純白積雲包圍，帶著柔和曲線的美麗肌膚。獨自一人在靜僻的清晨浴場內，盡情沉浸在柔軟溫泉中，陶醉在美好思緒裡，卻猝然發現不速之客，出於羞澀、震驚，以及被人打亂少許內心平靜，少女眸子流露些微惱意。

一想到讓這位美少女又驚又惱的人是自己，滋子就興起難以承受的愧疚感。

「真的很抱歉，請原諒我……」

滋子惴惴不安地說。美麗幻影般飄浮在蒸氣裡的少女，忽而嫣然一笑。溫柔目光帶著笑意，好似在說「原諒妳了」。

只不過，儘管露出溫柔嫵媚的表情，不知怎地，那花瓣般的絳唇卻始終沒有綻開。

一語不發，就只有那張高雅優美的模糊面容……像傳說中住在遙遠南洋海底深處的美人魚，偶爾因為憧憬陸上花朵，而在水面露出柔弱殘缺的上半身，不通人語，只能用苦惱無助的雙眼傳達對陸地的戀慕，淚眼婆娑……

啊啊，滋子此刻恍若親眼目睹那美麗卻有著悲慘命運的人魚身影，被一道強烈的靈感重擊。

……………

滋子從溫泉浴場回來後，對默不作聲的謎樣美少女猶自念念不忘。終於，夜幕降臨。明月一如昨夜造訪窗口，滋子倚窗沐浴在月光中。就在此時，耳裡又聽見跟昨夜相同的美妙笛聲。那笛曲越聽越是悲傷，越聽越覺惆悵。年輕的心靈不禁意往神馳。滋子走下院子，想要尋找笛聲來源。赤腳穿著紅繩草鞋踩在露水濡溼的草徑上，滋子興起思古幽情，但還是一個勁兒地朝笛聲方向尋去。戛然而止的笛聲就來自前方小路。放眼望去，月光滿地，淡淡白花盛開猶如海濱波光粼粼，花朵卻是孤獨沉靜。飄蕩著甘甜、柔和而溫煦的芳香，既似誘人入夢，又似靜靜催人落淚——滋子感受那股微弱氣息，佇立在花朵與香氣的圍繞裡。

啊啊，美妙笛曲自花團錦簇的後宅響起。哦喲，笛聲主人是誰？滋子彷若置身劇中，躲在一片白花濃蔭間，朝後宅深處悄悄窺視。

月光映照的後宅花園裡，有兩個移動的人影。

正前方站在月光下的人，哦呵，她又焉能忘記，正是今天早上在湧泉水池相遇的神祕美少女！另一個影子則是貌似少女母親的高雅貴婦。此刻，站在花園的少女衣袖左右輕擺飄拂，纖臂舉至香肩平行處，青蔥玉指托著一支細長的笛子。

啊啊，精妙絕倫的神祕樂曲吹奏者如今就站在那裡。

…………

「小優，媽媽……一聽見笛聲，不知怎地就覺得非常難過……」

母親模樣的人兒坐在旁邊的籐椅這般說道。

背對涼亭柱子，站在白花香氣芬馥中的笛子主人沒有任何回應，笛子既已離開她的櫻桃小口。

「小優妳也很難過吧？媽媽也是真的很痛苦……請妳原諒媽媽……雖然妳一定很恨把妳生在這副殘缺身軀裡的媽媽吧……」

話語中斷，貴婦泣不成聲。

美麗的笛子主人靜靜睜著一雙翦水秋瞳，恰似月光倒映般結了露珠——

「小優，媽媽的畢生心願，就是聽見小優說一句話。真的，如果這個願望能夠實現，就算要媽媽用性命交換……」

悲痛的話語消失在淚水中。

此刻在白花濃蔭下偷聽的年輕雕刻家，忍不住用袖兜摀住臉孔啜泣。

啊，就在此時，小杜鵑發出一兩聲裂帛般的啼叫，在彼方森林高空掠過皓月飛逝。只有皎潔白花在夜晚空氣中散發寂寞幽香，兩道人影痛哭失聲……

隔天夜晚，月亮再度造訪。笛聲悠悠飄蕩，滋子倚窗傾聽。

啊啊，那哀傷的笛曲吶。將無法訴說的滿腔愁苦吹進一支笛子，傳達伊人傷悲——苦命之人用瘖啞孤淒的朱脣潤溼吹孔，吹出心碎笛聲。

熱淚順著滋子的臉頰涔涔流下。接著，她下定決心似的霍然站起，將壁龕那塊大理石移到房間中央。

從手提包裡取出鑿子和槌子，握在手中。

笛聲動人哀傷的旋律如泣如訴飄向遠方，閉眼追逐笛聲去向的滋子，一時間陷入沉思——下一瞬間，她的手猛地抬起，在純白的大理石擊落第一鑿。笛聲的美妙旋律迴盪。

月光穿照的窗內，一名年輕處子全神貫注地揮舞鑿子，纖臂奮力敲打錘子，試圖為冰冷大理石注入溫暖生命——如此夜晚不知重複了幾回。直到天空新月圓滿，而後再次浮現銀梳般的月牙為止。

那晚，雪白花朵盛開的後宅花園主人——母親與絕色女孩，攜笛喟嘆孤獨的命運步入花園。那夜，犖犖花叢濃蔭裡擺了一個罩著淡紫薄紗，若隱若現的白色物事。

滿腹狐疑的母親刷的一聲揭開那層薄紗，咦，那竟是美麗大理石刻成的一尊栩栩如生的美人魚雕像！

長髮左右順肩瀑垂而下，半個身子浮出水面，溫柔眸子裡寫滿了無法言喻的煩惱，那冷若冰霜的孤絕容顏，跟誰如出一轍呢？

可憐佳人。

1 譯註：縫在和服中衣領口的長方形布料，具裝飾及防汙功能之領巾，尺寸為中衣領口長度的一半，故稱為半襟。

# 秋櫻

## 1

妙子小姐：

謝謝妳昨天專程來送行。我一路忐忑不安，今天兩點左右抵達故鄉車站。不同於暑假和寒假返鄉，此趟教我倍感寂寞。

當人力車停在家門口，年幼的妹妹君子拉開玄關格子門，探出妹妹頭的小臉蛋，淚眼汪汪地抬頭說：「姊姊，人家等好久了。」我看到這一幕，剎時悲從中來。我問妹妹：「媽媽為什麼痛痛？」她沒有回答，就只是嚎啕大哭。

我連解個皮靴鞋帶都嫌久，衝進母親病房一看，唉，不過生病幾天，整個人卻已憔悴不堪！

我就這麼一言不發地坐在枕畔。而今夜，我也不眠不休地守在母親病榻旁。我要拋開一切，全心全意照顧生病的母親。我要全力以赴。趁母親小睡片刻的空檔，這才偷偷抽出時間給妳寫信。

△日　　芙佐子

妙子小姐：

妙子小姐，久違的妙子小姐，謝謝妳的來信。收到如此溫柔的書信，讓脆弱女孩的我揮淚不止。

唉，想當初收到母親病危通知的電報，

匆匆離開宿舍，在東京車站與妳道別回到老家，迄今已過了一個星期。即令我夜不成眠地照顧，母親卻不顧孩子的殷切期望，病情日益嚴重。

不安的日子仍在繼續。但，這顆真心換不回母親健康，難道是我孝心猶有不足？即使拚上我的性命，也得將母親的病治好。因為妳也每天在遠方為我們祈禱，母親的病定能痊癒。倉促回信，請原諒我筆跡潦草。

芙佐子

△日凌晨十二時

妙子小姐：

母親的病結束了。

母親擺脫病痛，回天上去了。

我傷心如在夢中。已無話可寫。

失去母親的孩子筆

妙子小姐：

自與母親永別起，已過了七天七夜。

正如暴風雨瞬間打亂一切，繼而是風雨平息後無以排遣的悲傷和寂寞，我甚至找不到自己心靈的歸宿。然而，我若一直如此焦躁，年幼的兩個妹妹和一個弟弟又將如何？一念及此，我就不能不思考自己身為長女的責任。今晚，妹妹君子又站在院子裡呆呆地仰望蒼穹。當我出聲問她在看什麼，「我在看星星呀——姊姊，媽媽變成哪顆星星了呢？」她的童言童語猶如一根尖針刺進我的胸口。我一時語塞，這就麼倚著廊台柱子，舉袖掩面，可憐姊姊我的內心是多麼痛苦啊。此刻，我在桌前奮筆疾書，一旁則是妹妹酣睡的小臉蛋，她正做著什麼夢呢？偶爾也會呼喚「媽媽」。

不知怎地，我在記述這些事情的期間也好想放肆哭一場。

這個脆弱女孩的身體和靈魂，是否就這樣徒然凋零？

月夜　傷心人筆

妙小姐：

哎呀，該如何表達我的謝意呢？妳親切的來信還附上了給妹妹的漂亮禮物——失去母親的小女孩是多麼開心吶。父親也含淚說：「妳要好好跟對方道謝。」我覺得自己很幸運，無論多麼寂寞，妳都會溫柔安慰我。越是這麼想，就越想見妳。如果可以見面，在淚眼矇矓中握著妳的手，然後傾訴苦悶的心情，讓妳陪我哭泣該有多好——唉，我太想念東京了。如今就連火車的汽笛聲，都會把我的心思帶到遙遠的東京宿舍，到妳身邊。

思念的夜晚　芙佐

妙小姐：

屢次三番收到妳的親切來信，我卻一

次也沒有回覆，妳一定很恨芙佐子吧。請原諒我，因為我的內心痛苦得連一封信都回不了。

妙小姐，我這一週經歷有生以來第一次的精神痛苦——妙小姐，我將告別學校生活，這是我所選擇的人生正道。唉，要在冷清村莊裡度過那熾熱如火的少女歲月，我的心情很是苦澀。然而，亡母在病榻握著我的手，交代我照顧稚齡弟妹。母親的囑咐才是我此生的責任。即使母親沒說，世界這麼大，又有誰能養育保護這三個朝夕跟在我後頭的小傢伙呢？只有我……真的只有我一人而已。假使我遠離學校生活忍受寂寞，就能讓三個小傢伙過得更幸福，我認為這也是了不起的事業。

父親說：「妳現在是這麼想，但將來不會後悔嗎？」可是，我發誓自己絕不後悔。啊啊，妙小姐，從今天開始，芙佐就要成為這無母之家的光和愛，要為三個稚子付出一切。回想起來，去年秋天的江之島一日行也是在此時此刻。唉，秋天吶，秋天來臨時，那熟悉的宿舍窗前就能看見秋櫻初開的花朵吧。那秋櫻沐浴在秋日豔陽下，亦在這座村莊裡的某間小房子牆根優雅綻放。那花兒優雅、煢獨又靦腆的姿態，是在暗示什麼呢？對於像我這般孤獨而又渴望活在愛裡的悲慘命運，不啻是最為合適的花朵。妙小姐，請妳遙想一個身穿白色圍裙的少女在秋櫻盛開的家門口守護孩子的身影。

再會了，請妙小姐好好度過幸福少女的燦爛歲月。隨信附上一片我在淚水中親

吻無數次的秋櫻花瓣——那麼，妙小姐，
請永遠珍重，再見。

筆於秋櫻之家　芙佐子

1 譯註：大波斯菊的別名。

# 白菊

女學校二年級那年秋天，我轉到父親調任當地的學校就讀。

身為一名父親擔任官職的孩子，自幼即知曉在世界各國漂泊的苦悶，只是一想到現在又得進入陌生地方的新學校，仍舊因為難以言喻的不安而情緒低落。

那是個秋高氣爽的日子，我帶著一抹不安，踩著小羊般的步伐隨父親來到未知的學校大門。

我們走進秋日陽光照耀的花崗岩校門，上頭掛著一塊以粗體字寫著「縣立△△女學校」的陳舊匾額，但見寬敞校園自兩側延展開來，一棟白色校舍座落前方。

父親逕自前行，鞋子在碎石路面橐橐作響，跟在他後面的我不由得有些尷尬。當時正值下課休息時間，操場到處都是學生的身影。想到聚集在操場上的學生們一旦發現生面孔，將對我投以好奇目光，身體就忍不住發軟。我們抵達兩側屋簷斜面呈三角破風造型的校舍，父親站在玄關的水泥地上，按了白色門鈴好幾次，卻沒有人出來。

是門鈴壞了？還是接待的工友睡著了呢？

父親不耐煩地用藤製手杖尖端敲打無辜的水泥地板。

靜靜站在門邊教室窗下陰影處，獨自專注讀著小本詩集的學生這時聽見父親的手杖敲打聲，朝我們瞥了一眼。

跟我們正眼相對時，對方面露羞色，躊躇不前。

那是個姿色出眾的少女。縐綢中衣的淡紅色袖子交疊在外層羽緞長袖兜的水藍色羽緞袖襬，散發一股文靜高貴的氣息。微帶紅色的鮮豔蝦茶色行燈袴高度及胸，下襬縫著一條似是代替學校徽章的醒目白線。裙襬下露出一小截白色足袋，踩著一雙俏皮可愛的紅繩草鞋，背靠窗下，雙腿併攏斜斜站著，然後，臉孔幾乎埋在翻開的書本裡。而今改以單手持書，目不轉睛地看著我們。

領悟到來訪者的困惑，她朝我們走來。每走一步，行燈袴上的白線就徐徐飄盪。

父親察覺有人靠近，回過頭時，她停了下來，彬彬有禮地低下一頭髮辮。

「請稍待片刻。」

細聲細氣但明確地說完，就嬝嬝娜娜地沿著屋簷跑走了……

沒一會兒，一位工友出現在我們站立的玄關，客氣引領我們入內。

如此這般——進入新學校這天的第一印象就是這位動人的少女。第二天起，我就成為這間學校的學生了。

放眼盡是陌生臉孔的校舍裡，我感到很孤獨。

猶如流放外島的官員，形單影隻地旁觀眾人嬉鬧，倚著休息室一隅的牆壁，百無聊賴地交互擺弄袖兜邊緣，打發下課時光。

這種情況持續了好一陣子之後，某天的國語課堂上，老師指向一位同學，要她朗讀課文。就在此時，我感到我正後方的同學站了起來，接著身後果真響起清澈明亮的聲音。

「——第七課、書信文心得。寫信時應想著雲霧縹緲的遠方，擺脫現實……」

那是出自己故樋口一葉女士的一段文章。平靜清新的聲音所吟誦的話語，恰似落水自然下沉，在教室中悠揚迴盪。每一個句子都像自唇間飄落的花瓣，蘊含悠美的韻律——我聽得如醉如痴。

沒有任何遲滯，優美的朗讀劃下完美句點。我忍不住長長地吁了一口氣，心境恍若在音樂廳裡聆聽熟悉的樂曲。

萬萬沒料在自己座位後方，竟然坐著擁有如此悅耳聲音的人物。我尚未習慣這間學校，甚至從未好好環顧教室裡的每張臉孔，根本無從得知朗讀者是何許人也。

下課鈴響，老師離開教室。我迫不及待地迅速回頭望向身後的座位。就在那裡，哦喲，站著那位讓我留下深刻第一印象的動人少女。

那天是一襲美麗的水藍色羽緞袖兜，這天則穿著白菊絢麗盛開的淡紫底友禪染袷衣，跟她的細挑身材十分相襯。

我微笑點頭，感謝那天她對我和父親在門口遇到麻煩時的幫助。於是乎，她也嫣然一笑，露出端莊玉頸。

「上次失禮了……」

兩人自此成為校園裡的親密好友。

「我沒有朋友，真的很寂寞呢。」

我語聲剛落，她便答道：

「我也是，直到與妳相遇的那天為止，都很孤獨。」

聽見這句話時，我微感詫異。如此美麗善良的少女，為何至今都交不到任何朋友呢——回想初相遇的時候，她也是獨自靜靜在看書——仔細觀察才發現，同班同學也都不怎麼親近這位美麗少女，我好生納悶何以如此。

某次，我摸著她染著白菊的袖兜問道：「妳喜歡白菊嗎？」「嗯啊。」她微微點頭，接著又說：

「我最喜歡白色了，說到花，首先就是白菊、白百合、白薔薇、滿天星、白檀、白茶花、白石竹、白蘭花；至於花以外的東西則有白綾子、新嫁娘白無垢、白金、白水晶、白珊瑚、白瑪瑙、白鳥、白鶴——」她娓娓道來，彷彿朗讀一首空氣詩般滔滔不絕。

「不過，我最愛的還是白菊，嗯，來世我將人形俱滅，轉生為一朵綻放大地的白菊。」

她神色莊嚴，深信不移地說完，便閉上雙唇。當我凝視那張臉孔，我知道那雙眼眸深處泛著無法形容的悲哀苦惱之色。她肯定藏著某種不為人知的悲傷——我非得知道不可。同時，當我得知窈窕佳人的煩惱，我對她就越發眷戀，友情也更加深厚。我熾熱的嘴唇一往情深地在她耳畔低語：「讓我們成為永遠的知己吧。」然而，她的答覆卻帶著冷冷敵意。

「可是——只要我活在這世上，注定是孤獨的『命運』。」

那一刻起，兩人的影子分道揚鑣。淚水濡溼染著白菊的袖兜……

數天後，一位同班同學拍了拍我的肩膀說：

「那個喜歡白菊的人，家族流著戕害美麗肉體的血脈。」

我聞言差點暈厥倒地。

絕色紅顏啊，妳的另一個名字是悲傷。

立誓來世化為白菊綻放的可憐女孩啊……

# 蘭花

我幼時生長在一個冷清的東北小鎮。無父無母的我，是由一個外國婦人扶養。然後在七歲——不知世事的年紀，就被迫到一位義大利鋼琴老師那裡學琴。畢竟當時年紀小，要用盡全力張開小手才能按住硬邦邦的琴鍵，等我好不容易開始彈奏，又會被旁邊的老師用一根銀色的細棍打斷。哪怕是彈錯一個音符，銀棍就會啪地狠狠打在按著鍵盤的雙手上。小孩子的手很細嫩，棍子的痕跡格外清晰，一條一條紅腫凸起，指尖麻痺……若是為了避免犯錯而慌張彈出奇怪的旋律，銀棍暴雨之下，雙手感覺盡失、雙眼淚水模糊，前方樂譜如墮五里霧中，我也隨之昏倒在地。

對年幼的我來說，這般每天受罰的日子太過煎熬。有一天，我終於忍受不了，在前往學琴的路上溜之大吉。那是個多雲的鬱悶冬日午後，我漫無目的地在鎮上遊蕩。就在此時，前方出現一扇兩側有巨大朱漆柱子的美麗描金大門。一進門，朝聖者斜貼、橫貼在圓柱和脊檁上的姓名貼紙[1]，亦令我倍感親切。庭院裡有一棵銀杏大樹，黃色扇形葉子散落一地，枝椏猶如掃帚尖端直指青天。而在角落，則有幾尊石雕地藏，我被其中一尊胸口掛著紅色圍涎的坐姿地藏吸引，凝佇觀看。對我來說，寺院裡的一切事物都顯得新鮮稀奇。於是，我以一種探索奇妙未知世界的心情，不知不覺走上了正殿。拉門與天花板之間的欄間是五彩繽紛的鏤雕，手持白蓮花的羽衣仙女飄浮在天際紫雲上。再往裡走，燭火在杳杳遠方神祕搖曳，淡淡香煙不可思議地蠱惑人心。

我忽地抬頭仰望高聳天花板，那裡整面畫著一條召喚大雨的飛龍自黑雲探出半個身子的水墨畫。殿內四下無人，渺無聲息，我怔怔地站在那裡。就在此時，鐘樓的古老銅鐘「GON——GON——」大響，宣告黃昏將至。

那黃金佛像所在殿內響徹的鐘聲，帶著東海子民特有的寂寥幽思慢慢遠去。殿外暮色漸近，鼠色夕曛深邃西沉，殿內四隅暗下，恍若黑夜神祕魔人緩緩爬動。接著，天花板上的黑色雨雲滾滾湧現，圍住我瘦小的身軀。然後，那條飛龍閃閃發亮的眼睛轉向我，面目猙獰地伸出利爪撥開黑雲直撲而來——「啊！」我欲待逃跑，雙腳卻被雲層纏住，動彈不得，只見雙腿逐漸淹沒在黑雲裡。

我嚇得魂飛魄散，喉嚨被堵住般叫也叫不出聲……只有淚水不斷湧出眼眶。被飛龍瞪視的我在黑雲裡抽抽搭搭地啜泣時，卻見前方欄間處，手持白蓮花的絕色仙女在紫雲靉靆的彼方天幕婆娑起舞，忽地翻動羽衣，迅速乘著紫雲飛來，雪白花瓣自仙女柔荑片片飄散，將層層黑雲掩蓋，轉眼間黑雲消失無蹤，而我依然站在寺院正殿的榻榻米上。那條駭人飛龍再次被佛法封印平貼在天花板。

我鬆了一口氣後，才發現肩膀上有一隻白皙藕臂攙扶著自己。未戴任何戒指的青蔥玉指煞是優美，尖端塗成櫻蛤粉色的指甲嬌豔可愛……這時，聲音從我身後傳來。

「妳怎麼了？」

鏗鏘有力，雖然有些玩世不恭的感覺，不過語氣親切悅耳。

「呃……天花板上的黑雲裡跑出一條龍來……」

我就像在描述一個離奇詭譎的幻象。

「咦，是呵？嘿——」

那人半傻眼、半感慨似的將手從我的肩膀拿開，來到正前方。微光中隱約看見一個人影。那張臉小巧潔白，美麗鈴鐺般的圓眼水潤晶瑩，比海棠花蕾略淡的紅脣微張，烏羽色的秀髮梳成清爽的銀杏返髻，只以一條銀繩綁住。削肩上隨性穿著一件黑緞衣領的藏青底配淺蔥與赤色細直紋袷衣，既沒有青梅綿內裡，也沒有搭中衣，外罩一件輕盈得一碰就會掉下似的黑色縐綢外褂——花紋也像氤氳的星光——覆蓋在胸口的半襟則以淺銀灰底色與斑竹色區分葉子正反面，並染著一朵朵的白蘭花。鮮明沉穩的圖案，與那人透著寂寞的美麗瓜子臉十分相配。

「妳怎麼一個人在這種地方呢？」

那人親切問道。

「我害怕上鋼琴課。因為學不好的話，就會被抽銀鞭子？……」

我用小指頭撥弄袖口鬧脾氣似的埋怨。

「咦，居然打我們這雙可愛的小手手……可是呀，我跟妳說呵，學任何事情都是很辛苦的，我正式出道當歌妓以前，也是因為彈琴呀唱歌的遭受責罰，被打到連紅色竹煙袋桿兒的長煙管都斷成兩截飛出去了呢。我每次都到死去的媽媽墳前哭訴，長大後的今天又來祭拜時，居然看到一個小女孩在佛堂裡獨自哭泣，把我嚇了一大跳，這才趕快跑進來抱住妳喲——」

美麗歌妓娓娓道來，將我抱在柔軟懷中，耐心解釋辛苦練習都是為了將來，苦口婆心地勸我務必忍耐。她輕哄擦乾我臉上的淚水，替我整理衣領，拉緊鬆掉的紅色小腰帶，在背後綁一個可愛的斜箭結，然後握住我的手，笑容滿面地凝睇我的臉孔問：「喏，妳明白了嗎？」我從剛才就一直把臉埋在她的溫暖胸脯裡，心中快樂無比。彷彿嗅到領口蘭花幽香，如果可以，我想永遠這樣待在這裡，可是……最後還是被美麗女子牽到了藍色洋樓門口。

「就是這裡？那麼再見了。」

她放開我的手——我穿過冰冷鐵門，再次回首時，另一側的昏暗中，溫柔伊人兀自站在原處目送。我當即跑回去，呼喚「姐姐」，好想再次把臉埋在她胸脯悲泣——

之後過了許多年，當我在東京鬧區晚宴上看到貴婦衣襬綴著的蘭花圖案，仍會想起昔日在這寺院目睹、在歌妓領口嗅到的純白蘭花，是那般高雅動人，聖潔芬芳。

當我吟詠島崎藤村的《藤村詩集》那句：「觸景傷情白蘭花。」

總不由得潸然淚下，心扉顫動不已……

唉，永難忘懷的懷愁之花啊，白蘭！散落吧，散落吧，簌簌散落，別擦亂那脆弱女兒心——我暗自向這朵花祈禱。

1 譯註：此指千社札，常見為紙質，也有木製與金屬製。

2 譯註：原文開場寫棍子。經查，學者認為是遭處罰的小女生主觀表現（或強調），刻意說成「鞭子」。

# 紅梅白梅

女學校操場上，足球被低年級學生們朝空中拋飛——剛才被某人大力擲出的球即將自空中直線落地，為了巧妙接住那瞬間，人人爭先恐後地衝向球最可能的著地點——操場角落的藤架附近。一群學生遠遠站在那裡，默默眺望移動的人群。為了親手攔住球，急嚷嚷的人們甚至滑進藤架底下。倚著藤架柱子站立的順子，被潮水般湧入的人潮所驚嚇，正想躲開時，已經被一群人圍住了。當她試圖強行突圍，袖兜夾在柱子和人群間，猛力拉扯下，袖兜啪地發出尖銳的裂帛聲。

「哇，抱歉。」察覺情況有異的人們，自然而然地向後退開。幸虧如此，順子得以輕鬆脫身。可是，當她朝自己的袖兜一看，哎喲天，一只袖子不但脫了線，而且還被鉤破。

友人見狀，異口同聲地說：「唉，真是飛來橫禍。」彷彿發生了一件大事般誇張地皺眉端詳，但最後還是指著那只滑稽的破袖，笑得前俯後仰，喘不過氣來。

然而，順子卻傷心地盯著袖子，少年老成的黯然眼眸忽然間盈滿淚水，臉上浮現悲痛神色。

「哦，天吶，順子妳在哭嗎？」

一名友人愕然問道。

「順子妳到裁縫室來，我幫妳補一

補。」

心地善良的另一名友人提議。

「嗯，謝謝。」順子細聲答應，卻還是淚眼愁眉地凝視那只袖子，接著喃喃自語：「小澄，請原諒姊姊——」

其他友人都沒聽見這句呢喃，因為委實太微弱、太小聲了……

順子被扯破的袖子，是一件紫白相間箭羽紋圖案的銘仙外褂。順子唯一的可愛妹妹澄江每次看見那件外褂，都會揪著衣袖孩子氣地許願：「姊姊，這件和服妳穿不下之後要給我喲。」順子也溫柔允諾：「好，以後就改成披風給小澄穿。」正因有此心意，順子穿這件紫色外褂時總是格外謹慎。唉，可是現在……

這只可憐的破袖子啊。順子含淚暗自向妹妹道歉。這個愛護妹妹的溫柔順子，家裡甚是冷清。失去父親之後，就只剩母親與年紀尚幼的姊妹倆，兩人和樂融融地侍奉母親。由於這種孤苦無依的命運，順子比同齡友人多了一抹落寞陰鬱。

順子敏銳地察覺到……母親的熟悉面容近來籠罩著某種難以言喻的悲傷。當母親向順子吐露她的悲傷時——順子的心都碎了。原來母親的悲傷是由於——可愛的妹妹澄江要送給九州的舅舅當養女。

順子他們是沒有父親的貧困家庭，舅舅家相較之下很富裕。唯一不幸的是他們沒有孩子，所以母親決定把次女澄江送給舅舅當養女。光想到要從一母二女的冷清家庭再減少一名幼女，就覺得非常孤單難過，但與其在貧困家庭長大，未來大好青春歲月也得面對短褐穿結，簞瓢屢空的命運，倒不如讓財力豐厚的舅舅收養，邁向幸福的康莊大道……母親淌下慈愛淚水，狠下心來放手讓親生女兒離開。

當順子從母親那裡獲悉原委，她無言以對，泣不成聲。同時，在母親懇託下，她也擔起責任，要在當晚悄悄向妹妹解釋即將分離的悲傷事實。

那天晚上，姊妹倆早早並排躺在床上。「姊姊，說個什麼給人家聽嘛——」澄江像平日一樣央求順子給她講床邊故事。可是，一想到今晚要講的不是童話，而是悲傷的話語，善良的順子從方才就心情沉重，一句話也說不出來。

「小澄，妳喜歡九州的舅舅嗎？」

順子第一次問的時候，澄江不假思索地用可愛的童音答道：「嗯，我最喜歡舅舅了。」

「是呵，那麼讓最喜歡的舅舅當妳爸爸、舅媽當妳媽媽也可以囉。」

「咦，可是，姊姊——那就是假的爸爸啦。」「不是的，如果小澄願意當舅舅的乖女兒，沒有小孩的可憐舅舅和舅媽就會很高興，會好好疼愛小澄喲——」兩人一問一答之後，順子努力用充滿慈愛與淚水的溫柔話語打動澄江，為母親的心願及澄江自己的未來遊說。然而，年幼的女孩只是哭著左右搖晃小腦袋。

「我不要我不要。家裡沒有錢也沒關係，不能穿漂亮的和服也沒關係，只要能跟姊姊和媽媽在一起就好。」純真聖潔的心靈對物質享受不屑一顧！順子再無勇氣勸說，只能流淚以對。

過了一會兒，澄江不知想到了什麼，抬起嬌痴的淚眼看著順子的臉。

「那個，姊姊……如果我變成舅舅的小孩……那個，媽媽就只要養姊姊一個就好了啊——」「嗯，是啊。」順子回答後，澄江把臉貼在姊姊胸前，用哀傷的口吻說：「我——要當舅舅的孩子……雖然我不想……」

天可憐見，為了減輕母親平日的勞苦重擔，同時也盼望姊姊獲得幸福——順子知道這寥寥數語間藏著一名稚子成熟體貼、忍痛「放棄」的心情，就只是萬般不捨地將澄江緊緊抱在懷中放聲大哭。

那個悲傷之夜的隔天早上。

澄江醒來在姊姊耳畔說道：

「我昨晚做了一個夢。那個呀，姊姊跟我兩個人在原野上散步的時候，出現一個留著白色長鬍子的老爺爺，然後那個老爺爺帶我們到一座山上去，那裡，哇，開了好漂亮的梅花。好多、好多——然後紅花開在這邊的山上，白花開在山谷對面的山上，我們想到那裡玩，結果被爺爺罵了呵，說不能到那裡玩……然後在山谷間的一條小河前面，讓姊姊和我分別坐上兩艘小船。

「因為這樣子，我就傷心得哭了起來，可是小船已經漂走了，姊姊的小船朝向開著白梅花的山，我的小船朝向開著紅梅花的山，兩艘船就各自漂去不同的地方——

「『姊姊。』

「『小澄。』

「我們呼喊對方的名字，兩艘船還是漸行漸遠，我哭著扒住船尾猛撞……然後就醒過來了——」

這美麗的夢物語，不正是上天對分淺緣薄的兩姊妹的諭示嗎……

因為順子沒有回應，澄江偷偷瞥了姊姊一眼，但見順子雙手在胸前合十，祈禱似的低下淚眼，不發一語，神色肅穆。

啊啊，原來順子正幽幽想著率先在春日大地綻放，卻紅白兩隔，天各一方的花朵愁緒。

# 小蒼蘭

綠的稚氣身影出現在某間教會女學校的附屬幼稚園時，在全校學生間造成轟動。這除了因為綠長得天真可愛，也是由於她父母遠在義大利，一個小朋友獨自在日本住宿格外引人注目。

女學校本科的姐姐們一見到綠就驚呼：「哇，妳好像橡膠做的洋娃娃欸。」然後，也不知是誰起頭的，大家都習慣叫她「小蜜荳」。小蜜荳確實是跟可愛洋娃娃很合襯的名字，可是被姐姐和朋友們喚作「小蜜荳」時，綠大聲抗議。

「Mon nom est Midori.」（我的名字是綠）她用法語朗朗宣言，活脫脫一個小外交官夫人在沙龍跟客人打招呼的神氣。

即使如此，綠到頭來依然被眾人喚作「小蜜荳」，而她也的確常常上演小蜜荳風格的事件。

畢業時，女學校和小學校的學生們會收到結業證書，但幼稚園的小朋友只會拿到一袋糖果。典禮結束後，綠和朋友邊玩邊吃掉那袋糖果。不久，綠發現回到宿舍的姐姐們人人胸前捧著一卷證書，上頭還綁著代表年級色彩的細絲帶，於是湊過去好奇地指著證書問道：

「這是什麼？」

「這個呀，是畢業證書，是今天典禮上拿到的重要東西喲。」其中一個姐姐溫柔答道。綠頓時傷心大叫：

「天吶，我把證書吃掉了！」

淚水從那雙圓眼嘩啦嘩啦流下……

時光飛逝，綠升上女學校一年級，終於也能拿到不能吃的畢業證書了。到了這個年紀，綠越發討厭被叫做小蜜荳。某次，綠私下向好友懇求。「拜託，請叫我綠，此恩永不敢忘。」朋友們聽了卻哈哈大笑。

「但還是小蜜荳更適合妳嘛」——特地懇求竟無人理會，綠很是悲傷。

……那是初春到來不久的二月。綠精神奕奕地在運動場上玩耍，二月春風輕拂她髮辮上繫著的美麗紅色里昂絲綢大蝴蝶結。這時，島老師出現了。和藹的島老師專門教授音樂，也是綠的班導。「妳跟我來一下。」她招手將綠帶到宿舍，進入舍監愛倫女士的房間。

綠完全不曉得發生了什麼事情，心裡覺得有點毛毛的。愛倫女士的表情一貫溫柔，宛如童話故事裡的老奶奶，只不過這天帶著一股憂鬱。島老師神色異常凝重，綠心不在焉。

愛倫女士先讓綠坐下，然後輕聲開口，用流暢的日語說：「我今天要告訴妳一件傷心慘痛的事情。可是，我沒有勇氣說出口。因此，我請了島老師來替我讀，妳親愛的父親所寫的信——」

愛倫女士聲音越說越低，島老師接著用顫抖的手拿起信紙，語氣沉重地念道：

「——綠的母親啟子此番在距祖國千里之外的羅馬蒙主寵召，回歸天國。她僅僅病了七天，嚥下最後一口氣的剎那，就只喚了一聲『綠』。啟子胸前放著一封綠自遠方捎來的家書，是她溘逝當晚才寄達的。永遠長眠的棺木裡則鋪滿她從以前就很喜歡的純白小蒼蘭，如此在異國教堂孤單但莊嚴地告別……唯獨對於父親遠在他方，而今又失去母親的綠，我在夢裡亦……無時或忘──」

島老師語聲哽咽。可憐得知噩耗的綠啊，那姿態、那神情，儼如石蠟慘白的臉色，宛若深山裡靜止千年的池水般哀傷逾恆的翦水雙瞳，絳脣好似樹梢霜凍的花蕾緊抿不動，彷彿就要這麼化為一尊木乃伊。愛倫女士緊緊握住綠的兩隻小手，顫聲勸道：「可憐的小女孩兒，妳可別失望。上帝就算在妳我生活中賜下各種磨難，我們也不能倒下，為了那些個悲傷事情，我們必須讓生命過得更加豐盛、聖潔而勇敢。」

綠緊閉雙眼聆聽這席話。過了一分鐘──兩分鐘──最後，綠從椅子站起，內心已然恢復平靜。

「妳還好嗎？還好嗎？」

愛倫女士擔心地問。綠此時初次開口。那是她至今不曾有過，冷靜平和的聲音。

「老師，我已經無緣獲得母親的愛了，是嗎？」

「是的，我真的很遺憾。」

島老師委頓應道。

「老師，可是，我還有另一種機緣。」

綠說道。島老師這次一時間答不上話。

於是，綠又繼續說：

「從今天開始，我擁有能夠像母親那

般用溫柔的心去愛眾人的『機緣』。然後，當我在天堂再次看到母親時——

「『綠是個好孩子。』

「我要成為讓她如此誇讚的好女孩。儘管悲傷，不過，忍耐也是很了不起的事情。」

遏抑不住的淚水此時緩緩淌下綠的臉頰。

愛倫女士將綠一把拉進懷中，嘖嘖親吻她的臉頰。

綠走出舍監的房間，扯下綁在髮辮上的大紅蝴蝶結，換上了悲傷的黑色細緞帶。這一刻，步履穩重優雅的嬌小身影顯得神聖凜然。

噯，這又是怎樣的一番心境變化啊。

前不久在運動場玩耍的小蜜荳已不復見，如今眼前出現的是一名堅毅聰穎的少女。

隔天早上，訪客敲打宿舍房門。綠打開門一看，兩位同學捧著純潔如雪的小蒼蘭花束進來。

代表全班的兩位同學同聲說道：

「請把這束花獻在妳母親靈前——我們尊敬的好朋友——綠同學！」

末了一句特意大聲強調——

啊啊，「綠」這個字正是母親離開人世前在唇間反復呼喚的相同聲音！

綠心房一陣激動，默默無語，就只是將高雅芬芳的小蒼蘭抱在胸口。

# 緋桃花

道子是公費生，同時擔任美國人教師的Helper[1]。職是之故，其他友人開心遊玩期間，道子也得如期完成Helper的工作。

就連明天要考試這種忙得眼冒金星的節骨眼兒，道子也沒辦法把所有時間花在自己的課業上。縫補大籃子裡堆得像小山般的襪子、整理襯衫、清洗手帕、擦窗戶等等，接踵而至的工作讓道子獻出多少時間都不夠用。

話雖如此，道子還是懷著一顆謙遜真誠的心，認真做好自己該做的工作。沒有一句抱怨，亦不露一絲悲傷。

學校宿舍已經住滿，所有房間都開放給學生，最後竟然把主意打到堆放國外教師行李箱的房間裡餘下的些微空間——那儲藏室的空地便充作道子的房間。壞嘴巴的學生們取笑道子是「倉庫城的行李箱公主」。然而，道子對這個綽號亦微笑以對，因為她是可以坦然接納容忍任何不幸與悲傷的堅強少女。

暮春時節，學校即將迎接一名稀客。這位訪客是長年在海洋另一端的西方國家求學，取得最高學位後最近剛剛歸國的K女士。

這個消息迅速在學生間傳開。

「K女士在國外待得太久，聽說已經完全忘記日語了。」

「天吶！好羨慕，我真想跟她稍微交換一下——」

被英文折磨的人們長吁短嘆。

「哇，那麼優秀出色的人物，會是什麼模樣呢？」

某人這麼一說，眾人果不其然開始在內心想像K女士的外貌。

A子內心描繪在歷史書上看到的奧爾良少女——英勇的聖女貞德那種凜凜風姿；B子則想起某位女魔術師美豔的舞台裝扮，想像對方穿著華麗禮服、渾身珠光寶氣的模樣；C子私自認定她是電影裡那種表情靈動的歐美女演員。

終於到了K女士來訪的日子。她在兩三位老師的帶領下站進教室門口的剎那，A子、B子、C子們的想像碎落一地。

K女士本人——看來甚至有些憔悴的單薄身子穿著一件古樸高雅的茶色和服，規規矩矩繫著一條天鵝絨觸感的深黑腰帶，再斜綁著一條固定腰帶用的深藍色細繩，裝扮就這麼簡單。烏黑硬髮用三根梳子固定住，手裡拿著一個陳舊的黑皮手提包，僅在一隻小指上戴著一枚黃金細線結成的環戒，算是色澤穩重不突兀的得體配飾。

當她正對學生時，大家都不由自主地把手擺在膝蓋彎腰行禮，就是如此嚴肅、嫻靜、孤獨的神態。

彷彿能透視任何人心田深處的一雙妙目，甚而予人冷酷之感的端正唇形，先前在熱烈氣氛中想像伊人清姿的學生們，此刻目睹的卻是一尊儼如尼姑般寂靜淡漠的相貌。

K女士參觀完校園，接著前往學生宿舍。當初她要到學校的消息傳來時，宿舍就展開大掃除，妝點得妥妥當當，舍監對此暗自得意。

不管打開哪個房間，映入眼簾的一切都漂漂亮亮。桌上鋪著新墊子，書架上陳列著燙金皮革書，牆上掛著昂貴的鑲框油畫，無論是裝飾的純白石雕也好，斜擱在桌子旁邊的小提琴盒也罷，又或者刻意攤開放在桌上的精裝聖經——透過這些物事傳達出學生們過著豐富美好的日常生活，令舍監師長們好生欣慰。然而，K女士卻是一無所覺，默默舉步前進。舍監師長們總覺得意猶未足，卻也不好催她說些溢美之言。

沒多久，她看完整棟宿舍，最後停在走廊盡頭的一個小房間前面。那裡是「行李箱公主」道子每天居住的房間——舍監終究有些遲疑，但門已被打開。裡面堆放著或新或舊的大行李箱，毫無美感可言的倉庫模樣——本以為黛眉微蹙的K女士會立刻轉身離去，沒想到她像被某個東西吸引般地逕自走進房間。

房裡有些昏暗，幾口箱子占據了一半的空間，餘下角落裡只放著一張簡陋小桌，以及倒也般配的煙燻老竹書架。

K女士此刻出神凝睇的地方，正是那書架附近。舍監心中納悶，戰戰兢兢地打量，只見書架上端坐著兩個千代紙折成的男女小娃娃，前方則有一枝緋桃花插在洗得乾乾淨淨的墨水瓶裡。

「啊啊，今天是三月三日呢。」

K女士此時初次開口。

當天下午，學生們齊聚禮堂聆聽K女士的一場訓話。在落針可聞的寂靜中，登台那人聲音清晰嘹亮。

「與其向各位講些什麼，我更想表達我的謝意。前陣子迢迢千里踏上多年魂牽夢縈的母國土地，卻由於長年浸淫異國文化，就算回到出生故土，仍舊像個過客般心神不定。今日帶著這種無法成為母國人而有些空虛寂寞的心情造訪貴校，沒想到歸國以來首次體驗到成為日本女子的感受。區區一枝緋桃花和兩個紙娃娃映入眼簾的那一刻，我總算感到自己確實站上了祖國的土地。一枝緋桃花，讓我想起昔日少女歲月的美夢。同時，溫暖融化了煢獨漂泊旅人再次回歸故土的心情，讓我變回久違的祖國子民。我現在向這一枝美麗緋桃花的主人致上最誠摯的謝意。除了感謝之外，我還能向各位說什麼呢？」K女士講完，就靜靜步下講台。

那段話雖然簡短，但想必大家都記住了背後深刻而珍貴的意義。

當時禮堂內的一名少女，宛如被讚美的緋桃花花瓣，臉頰染上一抹淡紅，輕柔地，莫測高深地會心一笑。

那是矜持、柔和的日本女孩發自肺腑的美麗微笑。

1 譯註：助手。

# 紅色山茶花

那是一個寧靜的春日晌午——在妝點這座村子的唯一紅色鳥居旁邊，一位頭髮梳成桃割髻並綁著白色和紙髮飾的樸素美少女，緋紅袖兜攀著觀音寺前的繩鈴擺動，凝神祈禱著什麼。

從方才就目不轉睛地盯著這一幕的是坐在角落一張小桌子前面的廟公白眉老翁，四周擺滿了鎮守寺廟的護身符呀觀音像等物事。老翁叫住剛祈禱完，正準備從寺前離去的少女。

「呃，妳來這兒參拜很長一段時間了，是有什麼心願嗎？」

美麗女孩老實點頭。

「是母親生病了嗎？」

「不是。」

「是父親在旅途中失了音訊嗎？」

「不是。」

「唔，那麼，是妳學藝沒進步嗎？」

「不是。」

「喔，都不是嗎？那妳說來聽聽吧。」

老翁詫然細詢。

美麗女孩摩挲著長長的友禪袖兜，囁嚅道：「呃……我……弄丟手毬了。」

老翁聞言一愣，多半是覺得為了一個玩具手毬天天來寺廟祈願祝禱是非常愚蠢的行為吧。

「什麼？這麼珍貴的手毬，難道是黃

金做的嗎？」老翁調侃問道，但少女用認真可愛的聲音回答：

「不是，是熊熊烈焰般的大紅京染絲線纏成的手毬。」

「弄丟了也沒轍，妳再跟母親討一個不就好了？」不明就裡的老翁隨口反問。

「唉，豈有此理。如果再跟母親討就有，我又何必大費周章地懇求觀音菩薩呢——」

少女帶著些許怨氣顫聲訴說，老翁也不知如何是好了。

「喔——那顆手毬是有什麼故事嗎？」

「嗯啊，那顆手毬是我服侍的府邸夫人的物品。」

「唔，就算是主人的物品，不過區區一顆手毬，也不至於責備妳吧。」

老翁神色頗不以為然——

「嗯啊，確實如此，夫人非常善良，自然沒有一句責備，可是，這樣令我更加歉疚。我父親是府邸的管事，身為女兒的我竟然弄丟了夫人的一件寶物，這該如何是好呢？」

老翁亦感事態嚴重，溫顏詢問：

「喔，所以那顆手毬是家傳之寶嗎？」

「是的，那顆手毬是夫人從京都出嫁時帶來的嫁妝。每當夫人思念西京，總是拿起那顆手毬，聊以慰藉——」

「哎呀呀，真是感人。」老翁感同身受的模樣。

「因為是如此珍貴的手毬，所以我這種下人連碰都沒碰過。後來夫人久病不癒搬到這座村子的別墅時，我也跟著一起過來。此後無所事事的漫長春日裡，當夫人厭倦了彈奏和箏或日本香道，就會突然吩咐說：『拿千鳥。』千鳥——就是手毬的名字。傳說只要拍那顆手毬，就能在毬歌間隱約聽見千鳥叫聲，所以夫人就管那顆手毬叫『千鳥』。」

「哦呵，毬會發出千鳥的聲音嗎？京都還真是個悠閒的城市吶。」老翁如今才不勝感慨——春日陽光亦悠閒投射在小小的朱漆寺內，地面升起的熱氣在美麗女孩的友禪袖兜上婆娑起舞。

「或許是出於對京都的思念，從府邸帶來的隨身用品裡也沒忘記『千鳥』。雖然只是一顆手毬，畢竟是夫人珍視之物，所以收藏在一個漂亮的丹漆木盒裡。雪白的流蘇繩在木盒上打了一個結——我應夫人要求打開木盒，盒蓋正面是描金蒔繪的海浪和兩三隻千鳥，翻到背面則有一首銀泥詩，那是，呃……琵琶湖夕嚔波濤上千鳥翱翔，汝之啼聲令人憮然追憶曩昔。」

「嗯，是《萬葉集》裡柿本人麻呂的詩。」老翁頷首。

「然後，盒子裡的雪白紡綢包袱透出美麗的緋色——啊，看得我目眩神迷，夫人這時吩咐：『妳拍拍看。』我高興地心臟怦怦直跳，嘩的一聲推開格子拉門，在瑩鏡般光滑的廊台上，這樣——」少女俏皮地用左手扶著袖兜模仿拍球的動作。

「嗯，就是這樣拍球。可是，我忘記那首毬歌該怎麼唱了。『我忘記怎麼唱了。』我一說，夫人便笑道：『那我來替妳唱吧。』那聲音煞是悅耳，應該是京都歌謠吧。『一、二、三、四，四方風景，眺望春色——』我跟著毬歌彈起毬來，驀地聽見千鳥叫聲隨歌聲響起——咦，『是千鳥！』我說著愕然停手——那一瞬間，紅色手毬從我手裡滑出，飛越浪濤似的斜穿過廊台，輕飄飄地飛了出去，『噯呀！』我才叫出聲來，毬已經往下掉進了泉水裡。紅色手毬浮在清澈的水面上，繼而一圈圈打轉——轉瞬間在水面滑行，剛在水門附近形成一個紅色漩渦就消失了——它就這樣流到某個地方去了吧，到今天為止都沒有回來，我感到很歉疚。」

言罷，無計可施的少女默然悔愧。

「未免也太不幸了。但正如流水一去不復回，要找到那顆球比抓住雲朵還要困難。」老翁勸誡道。

「可是、可是，人家說只要抓著觀音菩薩的袖子禱告，就沒有不可能實現的願望，今天正好是參拜滿願的日子——」少女輕輕吁了一口氣。

「嗯，古書上記載，手毬有陰陽二氣。白毬乃月也陰也，紅毬乃日也陽也，如此看來，妳丟失的紅色手毬為陽，並非凶兆。」老人藹然勸慰少女。

柔弱無力的少女滿腹憂愁地離開寺廟時，太陽已西斜，自詡永恆的春日亦逼近黃昏。

心中懷愁，步履亦緩，少女怔忡不安地走向即將天黑的春日原野盡頭，一隻手輕輕挽住她美麗的袖兜——

「對不起，請等等。」

友禪衣袖的主人一驚回頭，但見後面站著一個彷彿從春日原野驟然湧現的突兀人影——

一身粗衣，唯一讓人聯想到青春少女的緋色束袖帶交叉綁起袖兜，背上揹著裝滿青草的簏筐，短短的和服下襬露出踩著一雙稻草鞋的潔白赤腳，看著教人憐惜……

這個割草的鄉間少女，那倩影——優雅美麗，卻又有些索然的那面容在餘暉中浮現——即將天黑的春日原野背景下，兩位女孩在此迎面而立。

「妳肯定嚇壞了吧，真的非常抱歉。」

揹著簏筐的少女似是對自己的村姑打扮感到羞慚，低垂著頭。那聲音帶著柔軟高雅的韻律，那眼眸憂鬱中亦閃動高尚的光輝。

「不，不要緊，妳找我有什麼事嗎？」

友禪袖兜的主人親切有禮地詢問。

「是的，呃，妳遺失的紅色手毬，莫非是這一顆？」

她迅速伸出白皙玉掌，那裡有一顆美麗的手毬，猶如一塊紅玉——

「啊，就是這個，哇，為什麼在妳這裡？」

語音哆嗦，身子顫慄，友禪袖子一掀，少女伸手搆住那顆手毬。

「呃，那是好幾天前的事了，也是現在這種傍晚時分，我在後面的小河邊磨割草鐮刀，一把新月狀的銀色小鐮刀——就在那時，呃，上游忽然傳來千鳥叫聲，我驚訝地凝望水面，卻見夕陽微光中，一朵紅花從上游漂來——我當時以為那是紅色山茶花，覺得很懷念——太懷念了——因為那是我難以忘懷的花——因為太過懷念，想說一朵也好，就用鐮刀撥水，把那朵花勾過來一看，噯，結果不是花，而是手毬。不過，我一想到這顆毬離開主人孤獨地漂流，就覺得很可憐，於是用袖子把水擦乾，抱著它回家了。反正不可能還給主人，今天就帶來獻給觀音寺——結果在殿內柱子陰影處聽到妳的慨嘆。之後我就追在妳身後一路到了這裡——只是想把這顆毬還給妳而已——」

友禪袖兜再次擺盪，興奮得連聲音都在發抖。

「噯呀，我實在是太開心了。謝謝妳，我該怎麼報答妳呢？」

「不，我不過以為那是山茶花才撿起來的，能夠把毬交還給失主，我也很開心，請妳拿去吧。」

毬交到了少女手裡。

「謝謝妳。既然妳對山茶花如此念念不忘，我目前所在的別墅裡開得滿坑滿谷，不介意的話，請妳來看看。我想送妳喜歡的花聊表謝意。」

揹著籮筐的少女黯然答道：

「是的，我非常清楚。那庭院裡有很多山茶花，假山旁的植栽、別棟前面，還有庫房的白牆陰影處，一到春天，火紅繁花錦簇——」

「咦，妳為什麼對庭院的格局這麼清楚呢？」

「這個，請不要再問了。」

揹著籮筐的少女嗚咽不能言，就這麼憔悴隱沒在傍晚原野。宛如美夢初醒，被留在原地的少女掌心還托著一顆紅毬，因為忍受不了這種如墜五里霧中的感覺，索性奔回先前誠心祈禱的觀音寺——廟公老翁聽完少女講述掌心那顆奇蹟般歸來的紅毬，啪的一聲擊膝道：

「是了，在水上撿起這顆毬的，就是妳現在住的別墅前屋主，我們村子的山茶花大亨的遺孤——名字記得叫露路。直到三年前的春天為止，她還在自家花園盛開的紅色山茶花中嬉戲，用花朵掉落的金黃色花蕊在美麗的紫色長袖兜上描繪砂金圖案取樂。人生就像一場轉瞬即逝的夢，主人逝世後，不幸之事接踵而至，她與母親最後搬到村子裡的陋宅——今日才會一身割草裝束出現在春日原野——」

老翁哽咽道……

心中轟然劇震的少女用花紋斑斕的袖子將紅色手毬緊抱懷中。

「唉，我相信是觀音菩薩的化身救了我——那位說很懷念山茶花的可愛女孩。」

恰似追尋一個未了白日幻夢，眼淚朦朧的眸子恍惚投向遙遠的原野彼方時，宣告春日黃昏的鐘聲在暮靄深處迴盪。

# 虞美人

初夏某日午後，四年級的志磨在宿舍會客室彈奏簡單的鋼琴進行曲時，聽見窗外窸窸窣窣的衣物摩擦聲。她開窗一看，只見窗下花壇——虞美人大紅花朵盛開前方，一名少女腳步輕靈地翩翩翻轉蝦茶色行燈袴，獨自跳著華爾滋。

「跳得很好欸。」志磨大聲喝采，「咦？！」嬌小人兒驚呼回頭。溫順稚氣的俏顏似是對出其不意的偷窺者感到訝異，一雙鴿子般的可愛圓眼睜得偌大，似怒非怒，最後嫣然一笑，小虎牙從櫻脣間露出，平添幾許嬌憨。

「虧妳還跟得上那糟糕的進行曲哩。」志磨打趣道。

「嗳，哪兒的話，妳彈得很好，我什麼曲子都好，只要聽到音樂就情不自禁嘛。」

女孩甜滋滋地答完，忽然一臉親暱地跑到窗下，身子卻是搆不著窗口，便笑咪咪地高舉一雙纖白藕臂。

「原來如此，謝謝。妳的舞蹈和『社會化』也很厲害呢。」志磨忍不住調侃。

「咦，討厭，『社會化』是什麼——啊啊我懂了，妳是指『客套話』吧？」

窗下少女大發嬌嗔，情急地扭動身體。那憨態可掬的天真模樣，莫名惹人憐愛，志磨從上方輕輕握住朝窗口伸來的小

手，少女高興地跳了起來，

「這房間，我也可以進去吧？」她如此問道。

「嗯，請進。然後請在這塊地毯上跳舞。」

志磨在上方回答後，少女翩然一躍，像隻小兔子般地跳上窗邊。

目瞪口呆的志磨單手扶住嬌小人兒的肩膀，將她抱進地板放下，卻由於過度震驚，一句話也說不出來。嬌小人兒指著她愣怔的臉孔說：「哈，妳的表情。」她若無其事地站起，噗嗤一笑。大概是志磨看起來太過驚訝。

「我很野吧，真是的。」她略顯害羞地側過身子歉然道。志磨莞爾說：

「沒的事，您可真靈活……」她話音未落——

「騙人，妳這就是在跟人家『社會化』嘛！」嬌小人兒高喊，舉起一隻手用袖兜前端輕打對方。

兩人並肩坐在搖椅上聊起天來。

「妳是幾年級的學生？」志磨問道。

「我是一年級東班。」孩子氣的人兒回答。

「喔，妳叫什麼名字？」

「妳猜猜看。」

「我想想，松子？竹子？梅子？鶴子？龜子？」

「不對不對，都不對，太奇怪了吧，哪有人叫龜子的——」

椅子劇烈晃動，猶如隨波擺盪的小船載著兩名少女的歡笑——

「唔，我猜不出來哩。」

志磨說著忽地擰住淡綠色窗簾，初夏清風吹進室內，摩娑兩人黑髮。她心情舒暢地將視線轉向窗外，忽見宿舍花園此刻爭妍鬥豔的虞美人在微風中緩緩搖曳，嬌嫩花朵在初夏陽光中盛開。

在初夏青空下綻放，那純真可愛、窈窕輕盈的花朵跟這名少女甚是相似，志磨當場將腦海浮現的念頭轉化為言語——

「啊啊，虞美人學妹，那我就這麼叫妳吧？」

「虞美人！嗯，這就是我的名字囉，真開心。」

被稱為虞美人的女孩用力搖晃椅子，俏臉埋在志磨胸口，細臂搭著她的肩，打從心底歡喜微笑。

志磨只把這件事當成初夏的一日戲言，並未將它放在心上。

之後的某一天，志磨放學後獨自走在校舍通往宿舍的走廊時，發現一個低年級學生孤零零地站在角落不知在等誰。那玉靨似曾相識，原來是前些天在宿舍會客室一同歡笑的稚氣人兒。

志磨記起對方，朝可愛臉蛋微微一笑，對方卻害羞地盯著地面，鬼鬼祟祟地躲了開來。

第二天，志磨又再同一條走廊上看到那張可愛臉蛋。志磨向她笑了笑，一語不發地走過之後，目送她離去的稚氣人兒落落寡歡地離開走廊。

第三天，志磨經過那條走廊時，稚氣人兒的身影再次映入眼簾。

她是在等誰呢？是放學後有什麼事情到附近來嗎？志磨心下疑惑，朝對方默默施禮便要離去，卻見稚氣人兒目不轉睛地瞅著自己，伶俜嬌痴惹人憐的雙眸倏地泛淚。那一刻，志磨停下腳步。接著，臉頰陡然浮現一抹紅霞——

「妳在等我嗎——」

志磨把手搭在那嬌小肩頭，湊過去附耳低問。對方沒有回答，只點了點頭——

「哇，我都不知道欸，真抱歉。」

志磨柔聲輕訴，偷覷那張臉孔，只見女孩赧然舉起圖案華美的元祿窄袖，掩面嬌笑，稚嫩模樣可愛極了——直教她難以忘懷。

稚氣人兒的名字是「雪」。她沒有母親，是由父親一手帶大的苦命女孩。與志磨相遇的雪子，在無形的奇緣紅線牽起兩人美好情誼後，才告知志磨自己的身世。

沒有母親的孩子——光是如此就令志磨於心不忍，又獲知雪子父親喪妻後行徑逐漸荒唐，讓幼小的雪子煩悶苦惱，志磨對她更是同情憐憫，萬分疼惜。

若要批評雪子的性格，她可能因為輕佻貪玩、恃寵而驕遭受指責。然而，就算加上所有表面上的缺點，雪子不為人知的稚嫩心靈中仍藏著教人難以拋棄、難以怨恨的本質。看著她向自己傾吐一切、全心信賴、楚楚可憐的嬌小身影，志磨就捨不得離開她。

「小雪。」

志磨已經習慣如此親暱地稱呼雪子，

但有的時候——

「虞美人公主。」

亦會笑著這般戲稱對方。

為了慶祝雪子生日，志磨送她一條紅色絲質手帕時說：

「我親愛的虞美人公主，願妳永遠不必用這條手帕擦拭傷心淚水，只用來掩面歡笑。」

雪子卻搖頭拒絕道：

「可是，我打算把這條手帕當成姐姐姊姊，難過時也可以用來安慰自己。」

她一臉認真，異常沉靜地說。

如此這般，兩人關係逐漸拉近，怎奈暑假到來，兩人暫時無法相見。

「到下個秋天為止，請多保重——」

彼此祝福後，水藍色陽傘與大紅色陽傘在校門各自往左右離去。

暑假期間，志磨在家鄉收到好幾封可愛來信。

有時固然因為種種忙碌而晚回信，但心靈深處始終惦著那張令人愛憐的俏顏。長假好不容易結束，少女們睽違多時再次在校舍窗畔聚首的初秋降臨。

在宿舍就想家，回到家裡適應後，卻又思念起東京的宿舍。身為少女，這點程度的見異思遷也很正常……

無人涉足期間被青草覆蓋的校舍令人懷念，倚著宿舍窗戶的身影亦有煥然一新之感。

開學典禮的早上，眾人隨行進曲結伴進入禮堂時，志磨暗自搜尋某張面容。

「虞美人公主，好久不見……」

若是如此呼喚，她定會眉開眼笑，像臨風搖擺的紅花瓣一樣飛奔過來——志磨微笑想像的伊人倩影，這天在校園裡卻是遍尋不著。

接下來好幾天，志磨日復一日地在校園尋覓那張面容，依舊一無所得。

她懷著寂寞不安的心情過了一個月後，終於鼓起勇氣趁雪子的班導經過走廊時追上去打聽，不用說當然就是關於雪子長時間缺席的原因。

而班導的答覆則讓志磨跌進失望與悲痛的深淵。

老師的回答是：「由於長期無故缺席，校方於是主動詢問，結果對方前先天來校表示因家庭因素要申請退學。」

既然有不得不退學的苦衷，為何沒有對自己坦然相告？

不管是什麼事，只要幫得上忙的，她就一定會盡力啊！志磨心裡一陣酸楚。

從那時起，志磨的一顆心變得空空蕩蕩。

「那個可愛的學妹最近好像都沒出現欸。為什麼呢？妳應該知道吧？」

交情好的同班同學這般拍肩詢問時，志磨只是失落地搖頭苦笑。

就在秋日漸深，志磨滿腹憂愁越發濃重的時候——某天下午，一個同班同學偷偷告訴她：「淺草某個舞蹈團裡有一個女生，跟妳心愛的虞美人學妹長得一模一樣呵，簡直是同個模子刻出來的……」

志磨起初以為是友人尖酸刻薄的惡作

劇，可是當她一次又一次聽到別人表情嚴肅地跟她說有個少女舞孃跟雪子驚人地相似，心底終究有些動搖。

不久之後的一個星期日下午，志磨佯稱要去保證人[1]家裡，硬擠上開往淺草的一輛掛著紅色客滿牌子的電車。

淺草這個城市大型遊樂場猶如一座迷宮，對於住宿少女而言，就像要前去未知國度探險。

無論如何，她的目標就是前往舞蹈團，尋找那名容貌相似的舞孃。

雜沓、混雜、響聲、人潮——如此這般集結各種噪音，彷彿被捲入巨大黑煤煙霧中，在使用大量原色的刺眼廣告看板疲勞轟炸下，志磨總算抵達那個舞蹈團。

志磨進入悶熱的觀眾席時，在樂手白色手指彈奏的管弦樂聲中，舞台上業已展開某種表演。

幾名舞孃穿著洋人眼中不倫不類的拼湊服裝，扯著嗓子高歌。

志磨心跳耳熱地凝視舞台，一發現那張正如別人傳述的臉孔，忍不住用雙手掩住自己的眼睛。因為，那實在太逼真了。

眾多自輕自賤的獻媚舞孃中，唯獨那位帶著一派少女自然天真的美麗女孩，正是夜夜出現在志磨夢裡那張雪子臉孔的翻版。

志磨一直沒有勇氣注視舞台。

失魂落魄的志磨離開劇場，讓新一波哀愁浪花在心田沖擊腳底，漫無目的地走著。

薄暮下的公園噴泉蕭索地朝池面注

水。宣告傍晚的鐘聲隱約傳來，神社銀杏樹的黃葉宛若秋日女神鬆脫了扇釘的扇子，在志磨身後撲簌簌散落，她心灰意冷地穿過朱漆大門，在明亮街道上獨自帶著一顆晦暗的心，悵然想著一名少女的命運。

「——雪子她就算是學校裡的不良少女，我也打算緊緊握住那雙手，引導她走向正途。倘若她此刻命運跟今天舞台上的舞孃相同，我就算用盡自身力量，也要拯救她！保護她！」

志磨立下堅定不移的誓言。

當天晚上，志磨寫了一封信給舞蹈團。信裡簡單詢問其中一名舞孃是否真是雪子。

由於不能讓回信寄到學校宿舍，志磨請郵局代為保管回信。

志磨日復一日地等待對方回信。然而，不管過了多少天，答覆的信件遲遲沒有出現。

每次外出都到郵局窗口詢問有無自己的保管信件，但總是沒有消息。

志磨很失望，又不得不另想辦法。

「我雖然決定要尋找雪子，自己拯救她，可我到底有沒有足夠的力量？而且，目前的情況是否容許我這麼做呢？」

當她冷靜下來考量自身實力和立場，才意識到基於一時激情，想要將雪子從不幸境遇中解救出來的雄心大志，以自己目前的能力和處境來說是痴人說夢。志磨這般反躬自省後，不由得暗裡羞愧。從那時起，志磨就只將雪子當成永難忘懷的人兒深藏心底，不再試圖尋找她的下落。

那年寒假，返鄉途中的志磨在某個小港口等候開往故鄉小鎮的輪船。

那是一個雨霰即將飄落的寒冷日子。志磨等候的輪船抵達之前，一艘開往北方雪國的船駛出港口。志磨孤身站在港口小小的船埠，茫茫然地看著那艘船離開。就在此時，志磨胸口猛地一震。

此刻即將離開港口的輪船甲板陰影裡，一名身穿藏青色斗篷的落寞少女，恍如一尊失了魂的人偶，神色木然地望著遠方微寒天空。那身影儘管憔悴，但確實是雪子。

「小雪。」志磨按捺住激動的心情，呼喚昔日叫慣的人名。然而，那一頭似乎沒有聽見，甲板上的人影文風不動。

志磨提高聲量再喊了三次，啊，就在此時！

甲板上的少女視線朝岸上投來。然後，她一看見站在港口的志磨，馬上跑到船邊倚著欄杆。斗篷半滑落在瘦小的肩膀上，群青色的裙子隨風飄颻，穿著黑絲襪的纖細腳踝在海風吹拂下格外令人心痛。

「…………」

嬌小的她倚著欄杆朝下方船埠的志磨說了些什麼，卻又被這當口吹來的強烈海風吹散。

就在此時，出港的汽笛聲驟然響起，在海面響徹雲霄，船身開始靜靜離開港口。

船上少女幾乎要墜入海中，大半個身

子探到欄杆外，在劃開海浪駛離的船上，高高揚起一隻手揮舞一條紅色、大紅色的手帕。竭盡全力地揮舞、再揮舞。你看，那柔荑揮舞的大紅手帕，不正是從前志磨親手送給可愛人兒的那一條？分別數月，她依然將它珍藏在身邊。

啊啊，輪船漸行漸遠。

在寒冷的北方海面迅速駛離，留下一道縈縈水痕。

船上少女細臂用力揮舞的紅色手帕，在海霧中迅速變小，最後消失不見。

恰似紅色虞美人花朵在風中凋落……

1 譯註：日本入學通常需要保證人，可由父母、監護人或具經濟能力之成年人擔任。

# 白百合

新音樂老師出現時，正逢校園樹梢長出嫩葉。獨自喟嘆孤寂多時的鋼琴鍵盤蓋，天天等待著被久違的演奏者掀開。

校長在禮堂向全校師生介紹後，只見新音樂老師登上講台——骨感優雅的身子才剛怯生生站上講台邊緣，就靦腆地低頭直盯著地板，只剩黑髮飄逸的腦袋對著眾人，嘴裡含糊咕噥一兩句話，隨即轉身下台結束談話……

屏息瞠視的學生們，彷彿做了一場短暫的白日夢。

這位靦腆優雅的老師叫做「葉山老師」，聽說那年春天甫自上野的學校畢業。

當她穿著一襲圖案簡約的銘仙和服，以及大概是從學生時代穿到現在的暗紫色雅緻行燈袴，微低著頭，腋下夾著樂譜走在音樂教室前面走廊時，倘若沒注意她的和服肩膀布料並未打折縫起[1]，很可能就會誤認成高年級的學生。

葉山老師來學校還不到一個星期，「葉山病」已在全校蔓延開來。

有人稱讚葉山老師可比但丁《神曲》裡出現的佛羅倫斯美女貝緹麗彩；有人則遐想她有如米開朗基羅描繪的聖母瑪麗亞；更有人含淚嗟嘆：「我認為沒有任何美女足以跟她相提並論！」

如今種種回憶也已成為令人懷念的過

往舊事，不過當年的我可是整顆心都獻給了葉山老師，隨時都願為她躍入熊熊燃燒的火海。那是在我二年級的時候——

不論下雨、刮風、落葉、霧散，不論日子好壞，我每天都情不自禁在日記不斷寫下思念、仰慕、心愛的老師名諱。

今天穿的是深棕色底的圈圈圖案；今天臉色略顯沉重，我擔心得整天念不下書；老師的陽傘是奶油色的絲織品，傘骨塗成白色，長長的傘柄呈圓柱狀，沒有穗子，外形簡約……等等，再怎麼芝麻綠豆的小事，只要跟老師有關，我這顆小鹿亂撞的心都逐一拾起，不容錯過。

音樂課堂上，一想到內心崇拜迷戀的優雅面容此刻就站在鋼琴前面，我心蹦蹦狂跳，全然不敢抬起臉孔——剛開始學《同聲二部合唱練習》（Chorübungen der Münchener Musikschule）的時候，我經常被老師指名獨唱。一被點名，我就快暈厥似的汗洽股慄。甚至忘記自己如今身在何方，心潮澎湃地歌唱。精神恍惚地追著音符，跟微弱的鋼琴聲一起唱完之後，渾身癱軟在椅子上。

「咦，妳也抖得太誇張了吧。」老師似笑非笑地朝我一瞥，我頓時滿臉通紅，舉袖掩面。畢竟是在我最仰慕的老師面前唱歌，聲音又豈能不發顫呢？

鋼琴練習每週一次，在星期四放學後彈給老師看。輪到我的時候，天色已晚，光線昏暗。我因為住校，總排在最後上課。

悄然爬向鋼琴底座後方的一抹夕曛陰影令人無限眷戀，我像一隻對窗窺探的鴿子坐在鋼琴前面。老師將椅子挪到我旁邊，側對著我打拍子。我的手指一碰到琴鍵，眼裡就什麼也看不見，屏息賣力舞動十指，只為在象牙琴鍵上敲出這顆心中的思念小曲，獻給我鍾愛的美好伊人。這種時刻，老師偶爾會忽然揚起纖纖柔荑，輕輕將我的手調整到正確位置……某次，為了糾正那雙肆意狂舞的手，她緊緊按住我的兩隻手腕，久久不放。我無法呼吸，胸口宛若被芳香花束圍繞——感到熱血在雙手血管裡奔騰澎湃，就這麼臉孔伏在鍵盤上。這時，頭上此時響起了溫柔卻凜然，直令人無法忘懷的聲音。

「不可以，拿出勇氣來、拿出勇氣——」

我抖著雙手、咬緊雙唇，準備好在鋼琴上吐血昏迷的覺悟（當時狀態就是如此危急），意欲擊碎琴鍵般地再次彈奏起來。敲下最後一個音符，手指躍起的同時，哭泣的我被老師抱在懷裡。

「妳彈得非常好，謝謝，我得趕緊給妳一首更好的樂曲了。」

如此說完，老師撫摸我的肩膀。

沒有音樂天賦的我何德何能擁有如此感動？那個被鋼琴教本的幼稚練習曲折磨的我，連五度音程都會走音的我……

對於這般喜愛、這般仰慕的老師——我又如何能夠吐露內心的傾倒思念？同班同學或其他人一看見老師在附近，就爭先恐後地跑去揪住她的衣袖。我卻只能在遠方頹然看著同學跟老師撒嬌的親暱模樣，從不曾上前呼喚一聲「老師」。

我為何如此膽小？感嘆自己的怯懦，暗地流淚已成為當時的悲慘習慣。而這種老師不是屬於我一個人的感覺，再再讓我深陷煩惱思緒的泥沼。

自從獲悉老師住在學校附近一處宅院的獨棟建築，我偶爾外出時，即使繞道也一定會走到老師的寓所附近，那是我僅有的祕密小樂趣。

那又是一個天色昏暗，地上炊煙裊裊的黃昏時分。我刻意半途跟同學分道揚鑣，獨自在心中勾勒那張迷人玉顏，抵達老師的寓所，非常適合擺放和室矮書桌的圓窗上業已閃著淡紅色的燈光。

我一站到光葉石楠圍籬旁，心裡莫名顫慄。此時，溫馨眷戀中帶著哀愁的歌曲自室內流瀉，融化在室外華燈初上的柔軟空氣中。當時的我只能盡情享受，無從得知那美妙、神祕、風雅的歌聲是什麼曲子。

啊啊，那令人思念的聲音、那曲子、那首歌呀，我連門禁時間都拋在腦後，佇立圍籬外，沉醉在歌曲裡。

那天傍晚開始，我時不時就會流連在老師寓所圍籬外，偷聽悄悄流瀉的相同歌聲，不過這僅是刻在我心版上不為人知的情感。由於我不敢主動接近老師的膽小性格，仍舊只能暗自守著孤單。

每當我有機會在心愛的葉山老師住處附近徘徊，就算迷戀隱約流瀉的歌曲那美妙動人的聲音，但因為生性忸怩畏縮，實在沒有勇氣向人打聽傍晚在寓所窗戶附近飄揚的歌聲曲名為何，只能深藏於心的悅耳聲音吶，曲子吶——

如此這般，就在那段著了魔的煎熬日子，鎮上的電影院推出法國文豪維克多・雨果（Victor Hugo）的曠世鉅作《悲慘世界》（Les Misérables）電影版，一時間深獲好評。誰要是不看《悲慘世界》，甚至可能被歸類為非人類。於是在學校裡，大家也是一逮到機會就暢談這部電影。

《悲慘世界》這個神聖哀悽的故事，曾經讓我抱書哭倒在地，是為我帶來莫大啟發的傷心物語。一想到可以目睹電影如實投影出孤兒珂賽特那教人念念不忘的可愛嬌靨，我真想馬上飛過去看看。然而、然而——猶如籠中鳥的住宿生，期待終要落空——

儘管舍監老師也會帶我們去昏昏欲睡的演講或家庭廢棄物利用展覽會等地，對電影院這種場所卻設下了讓我們絕對無法涉足的嚴格「規定」！

日復一日聽見哪位同學又去看了電影，我書也讀不下去，魂不守舍，就只是想看電影、想看得不得了。不光是我，跟我心思相同的低年級生，每次見面就嘟囔著「我也好想看」、「只看一眼就好」等等，一副病懨懨的模樣，哀嘆不為人知的苦悶情緒，埋怨自己有如被捕捉囚禁的籠中鳥。

那陣子的某個星期六下午，我在圖書館閱讀雜誌時，比我高一年級的 S 子學姐躡足進來，手搭在我的背上壓低聲音說：

「耳朵借我一下。」我好奇附耳過去。

「我們跟宿舍說今天要去葉山老師家玩，然後……然後，一起去那裡吧。」

「那裡是哪裡？」我反問道。

那裡就是眾所周知的《悲慘世界》——這句邀請含有甜美蜜糖。

妄圖摘取禁果的軟弱孩子內心惶惶卻又無法堅定拒絕。如果可以，想實現它——這份平素的微小欲望開始萌芽。

「別怕——」

去吧！就去做吧！惡魔在耳語。

偈促不安，心搖搖如懸旌，我倚著S子學姐。

「沒問題的，不會被發現的。要是錯過今天，不知道還得等到什麼時候才能看到那麼棒的電影了——」

對，千載難逢！若錯過這部精彩絕倫的小說改編電影，真的太愚蠢、太遺憾了——此等任性的理由和孩子氣的欲望驅使下，我們當天下午匆匆步出宿舍大門。

我不確定自己一路上是怎麼走的，又或者走過哪些地方，總之S子學姐牽著我平安抵達電影院入口，也沒被馬車撞上。於是，我們在那裡忘掉一切，噙著淚水緊追大螢幕上放映的傷心物語。看完尚萬強把米里艾主教的銀燭台送給珂賽特留念，在人間遺留悲壯偉大的善舉，獨自寂寞溘逝的神聖一幕後，我們離開了那個地方。

兩人回到宿舍時已是自修時間，宿舍一片寂靜。進入舍監室，兩人心驚膽顫，一邊被「良心」的細銀鞭抽打，一邊站著行禮時，卻被舍監喚住。

「等一下，妳們當真在葉山老師家玩到現在嗎？」

老師用懷疑的口吻這般質問時，我們

無言以對，低頭不語。

舍監室的呼叫鈴大響，工友被叫了過來。然後，一名工友當場拿著舍監的信件跑去老師的住處。信件內容當然就是詢問我們倆是否去過老師家。

啊啊，罪人在審判台前的恐懼和羞愧令我靈魂震悸。我等犯下的罪行被揭發的時刻不斷逼近——工友拿著葉山老師的回信歸來。精緻的水藍色信封交到舍監手裡，封口被火速拆開。瞬間之後，我等將淪為無處容身之人……

跟信封顏色相同的信箋上，柔和的草書一個字一個字在舍監眼前滑過。看完回信，舍監的臉色緩了下來。

面對連大氣也不敢喘一口，化石般杵在原地的我們，她有些過意不去地說：

「就算老師是女生，也不該玩到這麼晚。今天先這樣，妳們以後要多加注意。」

啊啊！這不是夢吧？我們真的就像大夢初醒般逃出了虎口。

舍監室的門剛關上，兩人就相擁而泣。駭人的苦惱和巨大的喜悅如漩渦襲捲，我們激動落淚。

兩天後的音樂課上，我完全不敢抬頭，內心無比煎熬。話雖如此，老師仍一如往常溫柔微笑，彷彿什麼事都不曾發生——

上完課，老師出了走廊。我們倆追在後面，緊緊偎著老師。

「老師……我們永遠不會忘記妳的恩情……」

我們聲淚俱下地勉強擠出這一句話，老師聞言雙手溫柔地搭在我們肩上，輕輕說道：「我早就知道了，因為當天我也去那裡看了電影。所以，我也知道妳們兩人被迫經歷的苦楚。我祈禱自己當時寫下的一封回信，能夠讓草木初生般的妳們免於蒙上一生的汙點。我雖然做了偽證，但並不後悔，因為這讓兩個可愛的少女不必為了微末罪名賠上大好前途——

「可是，請永遠不要忘記這件事、不要忘記我的心意。請向我立誓保持『純潔』，永不改變的心靈純潔、行為純潔。這就是妳們兩人對我最好的回報，知道了嗎？請不要忘記，純潔！我最喜歡的百合花，花語就是『純潔』，讓我們一起遵守它吧，一生一世！」

老師霍然伸手，分別用力握住我們倆的一隻手。就在那一刻，我咬唇立下誓言——啊啊，我要一生純潔！！

在那之後沒多久，葉山老師基於健康因素決定辭職返鄉，送別會就在當初發表新上任演說的那個充滿回憶的禮堂舉行。一名高年級學生悲切的送別詞隱沒在眾人哭聲中，愁眉不展的老師接著低頭步上講台。至於她說了什麼，我因悲傷而閉起的耳朵聽不見任何聲音。不過，唯獨依稀聽見老師末了對眾人說：

「離別之際，請容我唱一首歌來送給大家。這首歌是我每天從學校回到住處，排遣寂寥時總是會唱的一首歌。」

在落針可聞的寂靜禮堂中，俄頃，美妙的歌聲徐徐傳來——

**花兒縱使這般**
**清新美麗**

然則終將凋謝
思之神傷
我輕撫妳秀髮
為妳祈禱

「神，請讓花兒美麗永存。」

啊啊，這美麗的歌曲吶，最初以A大調出現，不久，隨著另一波全新情緒轉為B小調，悅耳優美的幽婉旋律，恬靜、柔弱而動人地被老師唱了出來。

聽吶，這首歌、這首曲，正是那黃昏將至的時刻，在老師寓所附近觸動少女仰慕者心弦的熟悉歌聲——後來，我才知道這首歌是以〈羅蕾萊之歌〉廣為人知的海因里希・海涅（Heinrich Heine）作詞，李斯特（Franz Liszt）作曲的名歌〈妳好似一朵鮮花〉（Du bist wie eine Blume）。老師唱到那一句「為妳祈禱：神，請讓花兒美麗永存」時，心中是否冀望，白百合的純淨美麗能在女孩心中永不改變呢？

這首歌深深烙印在齊聚禮堂的少女們心裡。

葉山老師——以悅耳歌聲唱出純淨慈愛，完成了她在人世間的溫柔使命。老師返鄉隔年便撒手塵寰。

如此這般，學生們再也見不著老師芳蹤。然而，老師的無私大愛所化生的白百合花低喃著「純潔」在這片土地上盛開，老師的心靈伴隨花朵，永遠與我們同在。

1 譯註：將和服肩膀布料打折縫起原是為了配合兒童成長調整袖子長度，撙節開支，但當時女學生為了修飾肩線、讓身形更顯俐落，到高年級仍流行肩部打折。

# 桔梗

家裡只有母女二人，所以母親生病住院後，芙佐子便從大姑家上下學。大姑是刺繡師傅。芙佐子借住在大姑家二樓的小房間。

秋日華燈初上，在窗畔燈下獨自複習功課的芙佐子，聽見一縷不知從哪傳來的動聽女聲。細聽之下，樓下客廳似乎傳來訪客的叫門聲。樓下無人回應，叫門聲持續不斷。

芙佐子決定下樓。咯噔咯噔地走下樓梯，卻見位於商店街的民宅那扇粗糙簡陋的格子門外，秋夜既已縈繞如女子濡溼黑髮……而那裡尚未點燈——

「晚安——有小偷進來囉。」

略帶笑意的聲音自店門口響起，昏暗的格子門前站著一道苗條身影。

確定有訪客後，芙佐子想先點燈，於是走進餐廳找火柴，但瞎子摸象茫無頭緒。不知如何是好地四下梭巡時，發現內廳廊台屋簷下的一盞舊式青銅掛燈——那是女主人的特殊愛好，熒熒照亮庭院八角金盤樹蔭一隅的燈芯火光搖曳。

芙佐子走到廊台取下掛燈，正欲取出燈芯拿到噴嘴點火時——

「咦，等等，妳要做什麼？」

剛才的聲音問道。

「我要點那個瓦斯燈——」

芙佐子略顯慌張地回答。
「咦，但這個，不是挺好的嗎？我用這個就好，瓦斯燈什麼的，那是歐美祭典在用的電石燈吧？」
語落，一陣爽朗笑聲響起。
芙佐子默默將掛燈拿到門口。掛燈微光閃爍中，一名俏佳人站在那裡。
年紀看來——應該跟芙佐子不相上下。鮮明亮麗的淺藍生絲衣袖，染成朱紅色的麻葉圖案腰帶綁成吉彌結。一頭油亮青絲簡單梳理，盤成比銀杏返髻扁平的樂屋銀杏髻。
那臉龐轉向燈火時——恰似破曉星辰般水靈清澄的雙眸、彷彿暗藏寶石珊瑚的絳唇、側身在幽幽掛燈下拉出一道暗影的纖纖淑姿，既柔美閑雅，又冷若冰霜。
蕭瑟的秋日黃昏——薄暮時分，莫非是妖精假借少女外形來嚇唬自己——過於嬌豔的面容甚至令芙佐子內心顫慄。
「這是我打算穿一輩子跳舞的舞衣，想請這裡的師傅在上面刺繡……呃，這才上門叨擾的。」
少女說著，在燈下打開一旁的包袱。那是厚厚一卷織工精緻的淡紫色縐綢布。
「我想繡在這上面的，是那個——桔梗花，因為它是我的生命……」
語畢，她嫣然一笑，起身告辭。
「我大姑回來之後，我會轉告她的。」
芙佐子抬頭望著少女俏臉應道。
「好的，有勞了，如果我的願望實現，花朵繡好了的話，請送到柳座來吧，我叫鈴枝——」

留下這席臨別話語，少女轉眼走得不見蹤影。

當大姑外出歸來發現掛燈就這麼放在玄關，而芙佐子則目光迷離地抱著一卷華麗的縐綢布時，著實嚇了一跳。

芙佐子說完事情原委後，大姑深深頷首。芙佐子此時才得悉傍晚來訪的美少女身分。

鎮上叫做柳座的劇場日前來了一群如浮萍輾轉各地的舞孃，傳聞其中一位舞姿格外美麗的舞孃名字就叫鈴枝。

「就算是跑江湖賣藝的舞孃——既然她將自己打算穿一輩子的舞衣託付給我，為了這番心意，我也要窮畢生之力幫她繡花。」

大姑如是說。

從那夜起，大姑將全副精力投入手藝，讓秋日野地上綻放的風景在銀針尖端盛開。

事隔七日，夕陽西斜時分，大姑手中銀針在最後一條線上打結。

啊啊，那傾注心魂繡出的彩線，深紫純白相間，恍若秋季原野盛開的桔梗花，浮現在舞衣的袖子與下襬。

按約定，由芙佐子擔任遞送舞衣的使者。她拿著貴重的包袱出門時，大姑叮囑道：

「我不收刺繡費。這舞衣上繡的桔梗花，就當送給鈴枝小姐的舞台布幕。妳這麼跟對方說吧。」

比起具有伯爵夫人身分的大姑，芙佐子覺得大姑這位刺繡師傅更令她自豪。

芙佐子到柳座找鈴枝時，表演團已在傍晚離開鎮上了——

芙佐子一心只想送還對方誠心委託的舞衣，於是追在一行人後面。這座水鄉小鎮的交通向來都靠船運，因此她忙不迭地趕赴碼頭。

一艘載著乘客和貨物的駁船正要駛出河口。

搖櫓聲在暮靄籠罩的水面上寞然迴響。

芙佐子剛一呼喊「鈴枝小姐」，那美好倩影就在船尾浮現。

她從架在岸邊與駁船間的薄木板上遞過包袱，鈴枝雙手收下後迅速打開，只見那同人等高的布匹緩緩流淌開來，綴著精美繡花的斜紋絲綢在少女香肩與酥胸一舉綻放——那紫白相間的桔梗花啊。

即將圓滿的天上明月，在船身灑下朦朧銀珠，彷彿在繡花上結了一層露水⋯⋯

「我好開心！」

舞姬將一襲淡紫緊緊疊抱在胸前，臉頰磨蹭著花朵。

芙佐子向船中人傳達大姑的交代。

「我不會忘記妳們的恩情。」

呼喊聲漸漸散去的船上擲來一把緋色流蘇搖曳的舞扇，輕巧擦過佇立岸邊的芙佐子衣袖——晚風中舞扇半開，宛如銀杏葉片飄落芙佐子掌心。

低頭看去，扇面亦有一朵銀泥描繪的桔梗花在月下綻放，花瓣上的露水紫光燦然⋯⋯

# 白芙蓉

章子從父親侍奉的藩主——某個子爵家獲得了類似獎學金的資助，跟一個感情融洽的表姊以禮儀實習生的名義在子爵府邸打工，所以偶爾會造訪那座府邸。

秋季過半的某個星期日下午，章子走進子爵家門。

陽光普照的正午，子爵家那扇儼如古典小說裡某個中納言官邸的陳舊黑色大門旁，一輛美侖美奐的人力車發出咯吱咯吱的響聲，與牛倌童子身影相映成趣，人力車內或許還能看見公主的烏黑秀髮和白花粉靨——章子穿過大門時，總是陷入漫無邊際的曩昔幻想。

彷彿在都市裡獨享一片忘卻塵世的恬靜，無論何時到這座悠然祕境，似乎都能聽見黃鶯在府邸某處婉轉。

沿著一條長長的鋪石子路前進，再拐個彎就是正門玄關。接近那轉角時，前方朦朧霧氣中，雪白芙蓉花成群綻放，猶如碎裂珍珠漂浮在藍色海面——繁花包圍的獨棟建築，屋瓦在秋日陽光下閃閃發亮。

章子停下腳步，身子挨向花叢。雖然少了點春日的柔軟韻味，但水藍清風中的秋日陽光恍若白銀融化流淌，嘩啦啦澆灌在這片雪白花朵上方，花瓣表面呈現珍珠肌理，背面則鑲著溟濛哀愁的箔，恰似一襲銀白色的印花布，安靜而遼闊地盛開。

白芙蓉的姿態竟是這般孤獨美好，濃蔭那抹若有似無的愁緒亦教人繾綣。章子戀戀不捨地佇足花下，遲遲難以離開……

「秋天」的氣息悄悄接近，徐徐吹來的微風中，但見白花隨風搖曳——章子獨自飽覽美景時，忽地聽見跟著花朵擺盪節奏拍打的清脆小鼓聲。

那鼓聲響自白花守護的後方房舍，慢慢滲入朵朵花芯中。

耳裡——聽見鼓聲；眼前——白芙蓉錦簇。章子忘卻自己踩在地上的雙腳，心醉神迷地徜徉在美夢中。

這場美夢冷不防被惡魔的腳步聲打斷。大大小小的腳步聲在碎石子路上無所顧忌地跑跑作響，甚至到了花瓣前方依然肆無忌憚（章子如此認為）。

「花朵快闔上吧……」

章子在內心嘶喊祈求。

章子怨懟地在濃蔭下窺視這場美夢的破壞者，只見一個身穿可愛西裝、腰上鬆垮垮地繫著皮帶的瘦弱男孩搖搖晃晃地朝花叢走來。後面緊跟著一個沉重的腳步聲，行進間將碎石踩得四下飛濺，身上穿著某種碎花圖案的和服，方臉上戴著反光金邊眼鏡，伏貼的頭髮一絲不苟地盤在頭頂（可能用網子包住了髮髻），教人見了忍不住尊稱她「××女士」的那名婦人，手持一把小型空氣槍，活脫脫拿著武士刀的護衛模樣。

章子沒想到會在白芙蓉花叢前見到這號人物，心下有些難過，再度躲進濃蔭裡。

男孩忽然指著花叢喊道：

「啊，在那裡、在那裡。」

小嘴嬌喚聽來不大健康的沙啞聲音。

婦人透過眼鏡朝男孩指著的方向瞟了一眼，隨即佯裝大為驚嘆的神態。

「咦，在哪裡？哇，在那裡，真的，哇，少爺你的眼力真好呀，哇！」

拚命濫用「哇」這個感嘆詞，誇張做出訝異貌，繼而雙手畢恭畢敬地將空氣槍捧到男孩面前。男孩將刺眼的銀色槍口對著花叢另一端——章子朝槍口指著的花叢深處看去，忽見白芙蓉濃蔭處的庭園青苔地上站著一隻白鶺鴒！

全身裹著蚌殼色澤的美麗羽毛，在青苔上一啄一啄地專注覓食。

鼓聲持續傳來，似對外面情況一無所知。

優美鼓聲的演奏者看不見此處，而自己卻被迫在花叢間目睹施暴者的槍及眼鏡女子，章子對此氣憤難平。

不但章子醉心花朵的美夢被摧毀，就連溫順嬉戲花叢間的小鳥都被駭人槍口指著，如今注視這一幕的章子緊咬櫻唇，雙眼泛淚。

就在此時，鼓聲戛然而止——面對花叢的廊台紙糊拉門刷的一聲開啟，緊接著颼地竄出一道人影！

額上略顯凌亂的青絲、以少女來說有些過濃的雙眉、黑珍珠般的眸子、蒼白面龐上一點朱唇緊抿，以及善良柔順中透著一絲愁緒的表情。美麗的深紫色長袖兜，細肩下的一雙柔軟胸脯下緣綁著黑褐色腰帶，更添一分高貴孤寂。

芙蓉花蒂隨風搖擺，銀色槍口終於瞄準庭園小鳥身影時——少女緊閉的雙唇初次綻開，正氣凜然的聲音傳來。

「不可以，不可以射我的花園貴客……」

被絕色少女稱為「花園貴客」的美麗白鶺鴒真是幸福。

「呃，喂，這可是少爺欸。少爺難得在這裡，請保持安靜。」

眼鏡婦人命令似的，隔著花叢喝道。

然而，啊啊，然而，俏立廊台的佳人對「少爺」這個屢次三番出現的代名詞卻連濃眉也不動一下，用比方才更強硬的聲音續道：

「不，任何人都不可以。不可以射我家的可愛貴客。」

她說得斬釘截鐵……

花叢外的婦人對這個始料未及的答案一臉不可置信，啞然無言。

男孩則是對大人間的對話毫無反應。稚嫩雙手好不容易將槍口對準目標，短小手指扣在扳機上。

說時遲，那時快——但見紫袖兜一掀，少女踩著踏腳石從廊台躍至白芙容花叢。

「快逃，喏。」

她溫柔低語，袖兜輕輕搭在小鳥背上。美麗鳥兒倏地離開青苔地，鼓翅掠過少女胸前，在纖纖香肩暫停片刻，接著飛到花叢上面，消失在彼方天空。

少女目送小鳥離去，露出溫柔笑意，正欲離開庭園時——

「等一下，喂，妳這不是太蠻橫了

嗎？」

那聲音尖銳發顫，眼鏡婦人在花叢另一端歇斯底里地大喊。

「抱歉，因為我實在很喜歡那隻鳥兒。」

少女率直應道，臉上兀自掛著一抹微笑。

「再怎麼喜歡，妳也太過分了。妨礙少爺愉快的遊戲，所以妳……自己住在這裡、妳父親也在此工作，所以妳到底有沒有好好遵守對主人的禮儀？蛤？就算妳自己覺得無所謂，我身為受命教導少爺的人，真的非常困擾！」

氣勢洶洶的婦人劈里啪啦地罵道。一直溫和微笑的少女，聽見婦人半帶咒罵的話語，也不禁蹙起濃眉。

「教導少爺要同情小生命，難道是那麼糟糕的事情嗎？」

儘管極力維持穩重有禮的口吻，少女的嘴唇終究忍不住顫抖。

此刻已然情緒激動的婦人，無力反駁這名少女理直氣壯的指責，又或許是由於陽光眩目，那副眼鏡轉頭避開少女臉孔。

「少爺請跟我來。」

婦人言罷，帶著小男孩離開花叢。

兩人後方的白芙蓉花朵，起死回生般地更加鮮明瑰麗……

不經意走近子爵家的白芙蓉花叢，因而目睹美麗場景幕後發生的事件，一直在章子心裡揮之不去。

事件過後不久，表姊靜枝再度造訪子

爵家時，章子向她講述自己當時在白芙蓉濃蔭下偷覷的情景。

「嗯，那件事在府邸鬧得沸沸揚揚哩，說總管女兒駁倒了少爺的家庭教師江崎女士——哇，小章妳看到了嗎？真是太羨慕了，我也好想瞧一眼呵。」

靜枝打從心底羨慕地說。

靜枝——此人亦是嬌豔美麗的侍女。

她是下町一間老字號店鋪的么女，在祖母期許下被教養成侍女模樣，以「讓可愛的孫女去闖蕩」的理由，透過一個代代在府邸任職的親戚送到此處當禮儀實習生；若在以前，她就是內宅使女。恬靜穩重、貌美如花，但稍有不慎，那生氣勃發的俠女性格就展露無遺。跟從小的手帕交章子見面時，則會叫她兒時綽號「小章」，談天說笑無所顧忌，偶爾令章子咋舌。

「小章，妳那時怎沒大喊『萬歲』呢？要是我，絕對會替她揮舞日本旗的。那個叫江崎女士的家庭教師，這世上再也找不到另一個像她那麼惹人厭的蠻橫女學究了，真是活該！」

靜枝一個人在那喜不自勝。那口吻也好，氣勢也罷，委實不像子爵家的侍女，果然還是木材批發商升幸的么女小靜。

這位靜枝——當她還是小學生的年紀，在老師問大家「各位同學，以前的偉人之中，誰最偉大呢？」的時候，年幼的學生們爭相舉手，以「我喜歡楠正行」為首，七嘴八舌地指名：二宮金次郎、和氣清麻呂、名和長年、兒島高德等武將或達官顯要，其中也有人回答從姊姊那裡聽來的紫式部或清少納言等女作家，唯獨靜枝這位小女生威風凜凜地扯著嗓子喊：

「我最喜歡花川戶的助六和幡隨院的長兵衛！」

老師聞言，神色微妙地指正：

「歷史課本裡沒有叫這種名字的偉人呵。」

靜枝怏然抗議：

「可是老師，前幾天晚上的歌舞伎劇院就有欸。」

正因為這種事事都要回嗆的性格，無怪乎她會沒精打采地向章子哀嘆：「夏天晚間在這邊乘涼時，連我也得穿上白色足袋，三指撐在地上跪著向她行禮說『失禮了』，未免太誇張啦。」

「不過，那位家庭教師後來也變得比較友善了吧？」

章子一問，靜枝點頭同意。

「嗯啊，那當然，她已經啞口無言，自行離開府邸了。」

「哦喲！」

那起事件的後果竟然如此嚴重，章子感到非常訝異。

「可是，小章，假如只是這樣也就算了，可後來還發生很糟糕的事情。」

章子不明所以，心下一驚。

「那位小姐的父親聽聞此事，反正就覺得女兒對府邸的人說了不該說的話，作為補償呀，橫豎都不能再留在府邸——所以那位漂亮的小鼓小姐就被送回故鄉的祖母家了。我至今都忘不了，隔天就要前往遙遠故鄉的那個晚上，噯，月色很美，白芙蓉花叢間影子晃晃悠悠，不知何處傳來清脆的蟲鳴……連我這種瘋丫頭都變得莫名安靜和寂寞。那天夜裡，在那芙蓉之家，她父親開始唱歌，小鼓聲也隨之響起……總管的歌喉和小姐的鼓聲在府邸原本就很出名，春天的櫻花月夜、夏日流螢飛舞之夜、秋季的良宵月夜、冬雪紛飛的正午，悠揚迴盪的樂聲都讓我們聽得出神。可是，那晚的歌聲和鼓聲又更加哀傷，即使是在遠處聆聽的人，一想到基於人情義理明天就得離開東京的美麗鼓主，就為之落淚——然後，隔天下起了濛濛細雨，就在白芙蓉花朵被雨絲打溼的蕭蕭清晨，那位小姐將縱使被流放孤島亦不離身的——美麗描金鼓身綁著緋色繩子的小鼓夾在衣袖內，誓言終身不再踏入府邸土地。僕役們撐傘護送她到大門，她說了句『再會』，淚水就撲簌簌流下……」

靜枝說到此處，章子接口道：「就像白芙蓉花瓣的露珠那樣滴落吧……」

然後，兩人雙眼都不由自主地閃著淚光。

——天可憐見，那天，挺身站在白芙蓉庭園前面慷慨陳詞的那人兒，面對高雅花朵朝夕揚起玉臂纖掌、讓肩上鼓面發出美妙韻律的那倩影，在煦煦秋陽下守護可愛小鳥的那顆少女心；當災難降臨，礙於父親在府邸當差的人情義理，紫袖兜抱著一面小鼓逃離都城遠走西方故里。深秋時分，沉甸甸的小鼓在纖纖香肩擊出悲傷幽怨的音色——

章子思緒飄向一去不復返的伊人，默

默默流淚。

告別靜枝的歸途上，章子又經過那片芙蓉花叢。美麗鼓主早已遠去，只剩花朵在孤影中綻放。

與君同在白芙蓉微陽濃蔭
我倆不知何年何月再相逢
——薰園——

而今，在此吟唱莫名難忘的這首詩，望著眼前盛開搖曳的花朵，章子內心湧起一股難以承受的愁緒。秋日微陽下，她在花叢濃蔭間流連，久久不能離去。

# 側金盞花

從學校回到家時，姑姑們齊聚在客廳裡。

最先發現薰的姑姑笑容滿面地說：

「薰很快就會有一個漂亮姊姊喲。」

「咦？！真的？為什麼？」

薰一連問了兩個問題，姑姑卻只是靜靜微笑，對兩個「問號」給了一個答案。

「嗯，當然是真的。因為薰又乖又可愛，所以美麗的姊姊才會來呀。」

聽聞此事，薰高興得不得了。絕對比去年聖誕節早上發現聖誕老公公深夜偷偷在她枕畔留下一個大洋娃娃還開心很多很多。

薰是小學二年級的學生，全世界最愛的媽媽去年春天剛過世，之後她就過著落寞悲傷的日子。

薰家裡的僕役很多，家人卻很少。只有年邁的爺爺，加上爸爸、唯一一個哥哥和年幼的薰四人同住。哥哥和薰的年紀差距很大，自然不可能當她玩伴，是以薰的童年生活好生寂寞。

爺爺、爸爸和哥哥都是男性，再怎麼疼愛「薰薰」，總覺得少了些什麼，薰始終渴望家裡有一位溫柔的女性。

幼小心靈也很明白，再怎麼呼喚都不可能喚回亡母面容，既然如此，她索性拚命向神祈禱，至少家裡能有一個代替媽媽的溫柔身影，是以姑姑今天這席話，不知讓她多麼地開心。

薰不斷在心裡想像即將到來的姊姊是怎麼樣的人，以及那張未曾謀面的容顏。姊姊說不定就像童話故事裡聰明伶俐、戴著美麗珍珠項鍊的公主——那麼漂亮的姊姊，萬一被邪惡的巫婆發現，把她變成大理石雕像該怎麼辦……她甚至開始杞人憂天。

隨著姊姊到來的日子越來越近，家中熙來攘往，眾人忙裡忙外。庭園擴建、購買大車、重新粉刷後院的土牆倉房等等，都還沒過年，家裡就已明亮如春。

某一天，姊姊果真來了，一如薰想像得溫柔美麗。

姊姊到來後，家裡的空氣也變得繽紛柔和。姊姊宛若愛與光的女神。

對薰來說，姊姊成了不可或缺的存在。姊姊來家裡不久，新的一年也到來了。元旦早上，薰和姊姊穿上染了相同家徽的美麗振袖和服。薰的是明亮的紫底，姊姊則是高雅的黑底，不過兩人那套正式和服的胸口和衣袖上的圖案都是金線繡的絢麗金黃花瓣。那是側金盞花——莊嚴端正、雍容華貴的金黃色花朵。

這寓意深遠的花朵是薰一家世代相傳、悉心培育的花卉。薰一家栽種的側金盞花，以高雅罕見的變種名花享有盛譽。

因為是足以稱為「家傳之花」的側金盞花，所以初春首日就率先在薰和姊姊的賀年服裝上綻放。沐浴在舒暢的新年麗日下，側金盞花盆栽開滿金黃色的花朵，裝飾在寬敞府邸的每個房間，更為新春增添一分悠閒情趣。

薰和姊姊都愛上了這種花。一家人特別鍾愛側金盞花，從以前開始，這些名花每到新年就競相綻放，爭妍鬥豔，也因此倍感親切。

這年新春某個晚上，舉行了和歌紙牌遊戲。當晚聚集的賓客，大家都向出現在家裡的美麗女王姊姊致意。薰在聚會上一直緊跟在姊姊身旁不肯離開，結果聽見所有人稱呼姊姊時都用了「夫人」這個字眼。

——我的姊姊為什麼被他們叫成夫人呢——

薰大感納悶，仔細一聽，才發現所有女傭也都把姊姊叫成了夫人，薰為之愕然。

薰問了服侍自己的女傭喜代。

「我最喜歡的姊姊為什麼被叫成夫人呢？」

喜代聽了，笑著回答：

「因為她是少爺的夫人，所以大家才這麼稱呼。」

然而，薰聽得一頭霧水，用力搖頭，一臉認真地說：

「不，她是我的姊姊，不是哥哥的夫人。」

喜代解釋道：

「是的，因為她是小姐的姊姊，所以是少爺的夫人——」[1]

薰聞言大驚。為什麼？為什麼？因為是夫人，所以是姊姊——因為是姊姊，所以是夫人——總覺得、總覺得什麼都搞不懂了。

究竟夫人和姊姊哪個才是真的呢？薰憂心忡忡。如果姊姊是假的，夫人才是真的，唉，自己該怎麼辦才好呢？薰難過得快要哭出來。

於是乎，連期待許久的和歌紙牌遊戲，都忘了把自己拿到的唯一一張「仙姬留碧落，倩影暫徘徊」藏在膝蓋下面，由於那巨大的不安悲傷，薰溜出客廳，回到自己的房間，垂頭喪氣地坐在桌子前面垂淚。

姊姊朗讀紙牌的悅耳聲音傳來，一聽見那聲音，薰越發難過了。

偶爾從客廳傳來海浪般的哄堂大笑，彷彿自己心愛的姊姊被壞心眼的人們硬生生地變成「夫人」，讓她更加忿忿不平。

突然間，走廊傳來窸窸窣窣的衣服摩擦聲，拉門打了開來。

「小薰，妳怎麼一個人在這，我找了好久呢。」

邊說邊進來的，是薰以為不再是她「姊姊」的姊姊。手裡拿著一包橘子和糖果，是從賓客中偷偷溜出來的吧。燈光下浮現的美麗倩影，在薰旁邊溫柔微笑……薰的臉頰此時涔涔流下淚來。

「咦，妳怎麼了？」

姊姊驚慌地將手搭在薰的背上，薰傷心啜泣道：

「那個、那個，她說姊姊是『夫人』……不是我的姊姊……」

姊姊聞言，眨了眨水靈靈的雙眼，低垂的後頸髮際處微微泛紅——

「老天，妳真可愛！」

這般不勝愛憐地說完，搭在薰背上的手就這麼一把將她擁進懷裡，臉孔埋在蝴蝶結搖晃的秀髮間，在薰前額濃密的頭髮輕柔落下吻痕——軟語呢喃：

「唉，小薰這麼可愛，我怎能不當妳姊姊呢？」

在得到溫柔美麗的姊姊之後，薰的少女春天終於刻畫出一個備受祝福的歡樂時光。孩子悼念亡母的淚水，亦在幸福日子中逐漸淡去。為了薰、為了這個家庭，所有人都祝福這可喜可賀的事實，一同為之歡喜。「幸福的薰！」總算可以這般快意高喊，撫摸那可愛黑髮。

然而——就是「然而」這個詞彙啊！你這傢伙有時會推翻之前的意義……

為了薰，為了那幸福的未來，難過的是終歸得加上「然而」這個可怕的否定用語。蒙受明媚春光恩賜的薰一家，不久遭遇出其不意的變故——薰的父親幾乎失去名下所有財產，薰的生活也隨之天翻地覆。

到昨天還是富家千金，今天就變成貧困家庭的女兒。

寬敞宏偉的宅院只剩下濃密樹林，依照主人喜好設計的高雅庭園、白色的土牆倉房、家裡擺放的各種昂貴家具飾品等等，悉數被別人接收。短短沒幾天就爆發此等滔天巨變。

薰他們的居所換成了一間簡樸的小房子。遣散所有家丁，僅留一兩名傭人，其餘就剩下父親、姊姊和薰而已！生活變得如此冷清，可是，在這個頓失財富的寂寞小家庭，溫柔美麗的姊姊依舊像天使般閃耀，給予全家安慰和平靜。「他們說家裡變窮了，由於爸爸的一次小失敗。不過，爸爸又去工作了，說會再恢復原狀，而且姊姊也在，我一點都不需要金錢或寶物——」

薰在這場悲慘變故的發生期間對誰都這麼說。

姊姊啊姊姊，她實是薰不能失去的重要人物。

——然而！

哦呵，又不得不再使用一次「然而」這個悲傷的字眼。

惡魔的邪惡之手硬生生地從薰身邊奪走溫柔美麗的姊姊。

薰一家變得一無所有之後，不但讓年輕貌美的媳婦外出工作，還得過著貧困的生活，姊姊的父母對此痛苦不堪；另一方面，讓溫柔懂事的年輕女子跟著家徒四壁的自己吃苦，薰的爸爸亦於心不忍。

雙方家長心意相同，於是在外人的推波助瀾下，姊姊離開薰一家，回娘家去了。

就算貧窮、就算艱困、就算痛苦，姊姊依然渴望成為愛與光的女神，為了這個家努力工作，而今卻被他人強行帶離，年輕身影永不復回。

對薰來說，失去財寶的傷心是輕描淡寫的。然而，之後失去姊姊則是永難治癒的深沉哀傷。

在這哀傷中，日月星晨流轉多年。

薰十三歲的春天，儘管沒有媽媽、沒有姊姊，也在父愛的力量下出落成亭亭玉立的少女。其時哥哥為了重振衰落的家運，遠赴海洋彼端的美國。

距舊家稍遠的新家鎮上有一間小型私立學校，薰便在此就讀。與其待在沒有媽媽的家裡，不如住在宿舍——難得爸爸一片苦心，她便住進那間學校的宿舍。

頭一年如夢飛逝，春天將至，就在薰升上二年級的二月，那間學校決定在校慶當天舉行義賣會。諸如學生的手工藝品或其他任何東西，只要是能賣的都被擺出來義賣。

薰也想提供義賣品，某天假日返回僅剩爸爸獨自居住的家園。當時，爸爸神色黯然地對她說：

「薰，為了讓妳幸福，爸爸決定也去哥哥那裡工作，很快就會離開日本。爸爸離開時會賣掉這裡，所以我們重建家園前，妳就待在宿舍念書吧。」

薰默默點頭。接連發生的種種苦難，讓她變得知情達理。

「雖說沒能留下財產給妳，但家裡儘管一貧如洗，仍留有幾盆祖先代代傳承下來的側金盞花。現在正值花季，在我精心培育之下，今年也照例開出美麗花朵。這些花就交給妳了，明年起，希望妳代替爸爸讓它繼續在宿舍花圃角落綻放，好嗎？」

於是，爸爸將貧困中兀自綻放的兩盆黃金花朵塞進薰的懷中，數日後，一如其言搭船前往海洋彼端的國度去了。而今無家可歸的薰，落寞地抱著爸爸留下的盆栽返回宿舍，結果驚動了每天為義賣會忙得不可開交的老師和學生們。薰決定將帶回來的一盆花擺在宿舍房間的桌子上，其餘一盆參加學校義賣。在充滿包包、人造花、工藝品和編織物的義賣品之中，唯獨一盆綻放美麗花瓣的側金盞花在會場桌上搖曳生姿。

「價格是多少？」

負責人詢問時，薰思索半晌。畢竟給花朵標價是不可能的事情，但一想到這是一盆代代相傳的名花，是父精心培育的品種，就覺得它是無價之寶。

「嗯……一百圓。」

薰一臉認真地說完，老師和同學們都笑得東倒西歪。

「像廟會賣花那樣讓買家喊價也太奇怪了。」

某人笑著說。薰搖搖頭，緊咬雙唇——啊啊，我家代代相傳的名花，在父親手中綻放的這盆花，活生生的黃金花瓣焉能以冷冰冰的金幣交換！薰的心底有著花朵的傲氣。

「好吧，既然妳都這麼說了。難得願意參加義賣，就算賣不出去，我們也把它擺出來吧。」

老師笑著在盆栽貼上定價一百圓的紙條擺好。學生們每次看見盆花上的標價紙條，就笑得前仰後合。

「要是賣出去那可糟了，薰同學的義賣品搞不好比我們所有東西加起來的銷售總額還多哩。」

那盆側金盞花一時間聲名大噪。

義賣會的日子終於到來。場內的義賣

品陳列架上，擺著一盆花瓣猶如黃金延展、花苞彷彿琥珀雕琢、嫩葉宛若孔雀石削切——瑰麗斑斕而幽香四溢的名花。

義賣會揭幕後，最先被帶到薰那班攤位的就是當天特別受邀參加的知事夫人一行成員——個個如同愛國婦人會會長般道貌岸然地從攤位前方走過——漫不經心地掃視桌上大小不一的各式商品。

「呃我說啊，咱們全部買下來的話，不就省了一樁麻煩嗎……」

其中一位夫人回頭看著同伴笑道。

「嗯啊，這倒是，也沒多少東西——是吧——」

另一位夫人接口，眾人哄堂大笑。就在此時，黃金花瓣炯炯射入走在前面的一人眼裡——

「哇，好漂亮罕見的側金盞花呢。買下來放在我家壁龕嗎？」

「嗯，好花，這也是要賣的吧？」

那夫人朝盆花上的小紙條看去——

「噯、噯——」

「咦，哇！」

「什麼？天吶！咦？」

對於和服店櫥窗裡陳列的腰帶價格，絕不會感到詫異的夫人們，卻對從泥土裡生長綻放的天然花朵標價大驚失色。

「開玩笑的吧？是學生們的惡作劇吧？我是真個想買這盆花，請妳們說一個正確的價格吧。」

打算用這盆側金盞花裝飾壁龕的夫人，對一旁的學生如此說道。

學生們卻是面面相覷，無人回應，畢

竟她們也猜不到盆栽主人——薰的想法。其中一人跑去叫薰。薰出現在店裡時，夫人們正團團圍在側金盞花的前面。

「喂，我是真個想要，妳讓給我吧。」盆栽前的一位夫人語畢，薰答覆道：

「好的，沒問題。我正是為了今天義賣會出售的，歡迎選購。」

「嗯，」夫人點頭，問道：「那麼，價格到底是多少呢？」

「那個價格就寫在紙上。」

薰認真答道。

「噯，真是的，這……」

失望到了極點的夫人們齊聲道。同學和老師們面有難色地朝薰遞眼神。

「她們都是有身分地位的夫人，妳何不免費送給她呢？薰同學。」

一位看不下去的好友對薰附耳良勸，薰卻還是沉默不語。爸爸留下的傲骨名花，豈能交給虛情假意之人？她抿唇站在原地。

此時會場裡已有許多人川流其間，人們此刻好奇注視著圍在側金盞花前面的這群夫人。

正好行經該處的一位明豔佳人，視線落在眾人目光焦點的那盆花時，猛地停下腳步。

一身低調迷人的高雅裝束，美麗臉龐泛著淡淡愁霾，格外矜持的倩影穿過人群走來。

「請將這盆花讓給我。」

美女如此請求後，從左手輕輕提著的

手提袋裡取出一個沉重的小包袱，打開後以柔美指尖迅速夾起金幣，隨意放在桌上。

「嘩！」

圍在旁邊的小鎮貴婦們失聲驚呼。

集四周群眾驚奇目光於一身的美女，如今將小盆栽摟在胸前，對花朵溫柔呢喃：

「真令人懷念……教我如何能忘記，這花朵……這花朵……」

就在此時，忽見露珠悄然滑落黃金花瓣——滴在美女的衣袖……

從方才一直屏氣注視這番光景的薰，倏然臉色大變，顫聲喚道：

「姊姊！」

呼喊聲才出口，人就在身旁友人肩上暈了過去，跟著砰的一聲倒向地板。

1 譯註：日本人對哥哥的妻子也稱為姊姊，因此造成薰的誤解。

# 三色堇

不可思議的陽傘——

猛一看像是會出現在童話故事裡的標題，但它絕不是可以施展魔法的陽傘。也不是對著陽傘念三次咒語，就能變出你想要的東西，它沒有那種神奇魔力。話雖如此，不可思議的畢竟是以不可思議著稱的竹中老師，以及不可思議的陽傘？！

竹中老師是Ｈ女學校的理科老師（專門教授動物和植物），至於那把不可思議的陽傘，則是這位竹中老師的所有物。

正如那把出了名的神祕陽傘，竹中老師也是全校知名的老師。

換句話說，竹中老師和那把陽傘堪稱是旗鼓相當的不可思議大哉問。

**竹中老師＋雨傘＝不可思議**

這個算式已經是任何人都答得出來的全校公認事實。

大名鼎鼎的竹中老師，到底是何許人物呢？你若是早上和傍晚算準時間站到校門口，不用別人指引，定能一眼認出竹中老師。

因為竹中老師的裝扮就是如此奇特。

每天早上，竹中老師出現在Ｈ女學校門口時，身上服裝就只有夏天或冬天兩套的區別，其他幾乎完全一樣。

這則故事發生在三月左右，因此還是

冬裝——當然就連春秋兩季，老師都不用換穿輕便服裝。

他頭上戴的帽子非常古怪，看起來就像從十八世紀歐洲貧窮畫家們那裡挖掘出來、飽經歲月風霜的歷史文物。如果是桃山時代的茶壺，或許在日本橋俱樂部的拍賣會上，某企業家不惜耗費黃金數萬也要搶到它，可惜換成了舊帽子，再古老也不可能被視為古董。話雖如此，竹中老師壓根兒不在乎，珍而重之地將它戴在頭上。

那頂帽子說不定也曾經烏黑發亮，可惜如今在任何光線下都呈現變淡的烏賊色。那帽簷宛如海灘遮陽草帽般寬大，帽簷下則藏著一張低垂、失意、憔悴、凹陷、長滿鬍鬚的臉孔。

衣領上繫著的領帶也是烏賊色，但原本大概是黑色吧。全身上下包括西裝外套在內的三件衣服都是烏賊色！然而，它們原本大概也都是深黑色吧。

烏賊色——烏賊色是萃取自烏賊的顏色，跟老師教授的動物學關係密切，倒也沒什麼好稀奇。

不過，還有一件讓老師的風采更添獨特的物品，就是那把不可思議的陽傘。

而那把不可思議的陽傘，居然也是烏賊色！無論下雨、晴天或刮風，竹中老師一年三百六十五天總是將堪比文化遺產的舊陽傘帶在身邊。他始終將陽傘斜斜地夾在右腋，身子微拱，穿著一雙照例是陳舊烏賊色，彷彿老兵穿過的軍靴，啪嗒啪嗒地走在路上。

「那把陽傘多半是非常珍貴的東西

吧？」

學生們嘖嘖稱奇。

「莫非是祖傳寶物？」

也有學生這麼認為。

不管學生們如何議論紛紛，竹中老師每天腋下夾著舊陽傘到學校，在理科教室板著一張不苟言笑的落寞臉孔認真教授動植物，直到傍晚又夾著陽傘回家。

陽傘老爺子——有人給竹中老師取了這麼一個綽號。而仔細觀察這位陽傘老爺子，會發現他學識淵博得驚人。要不是如此古怪，據說早就成為理科博士了。孤家寡人的住家書房堆滿了小山般的德文動植物書籍，連白天都黑忽忽的。一離開學校，他就在書房度過白天和黑夜，默然無語地鑽研學問，甚至忘了自己和整個世界。單憑此點，就讓老師成為優秀的學者，即便外貌引人側目，也從未有人輕視他。

「陽傘老爺子」或許是以超然物外的學者風範而出名的奇人老師，但他身邊還有另一樁不可思議的事情。

不過，這樁不可思議絕對不是烏賊色，而是截然相反的鮮紅粉白，令人眼睛一亮的錦繡色彩——

這五彩繽紛的主人叫做池村幸枝，是那所學校的二年級學生，一位高雅美麗的女孩。個性木訥沉靜，但萬千儀態與動人風采總是引人注目。

她有一張溫和的臉孔，始終穿著友禪圖案的華麗袖兜，一頭髮辮繫著大紅蝴蝶結；色彩濃厚的打扮顯然是家族風格，不過以她的脾性來說，似乎有點過於強烈。

無聲女王——池村同學。

那身打扮越是豔麗，就越顯伊人恍若默然無聲的花朵。

同學們注意到這位池村同學不知為何僅有一個不可思議的舉止。

那是什麼呢？

正好就跟竹中老師有關。每當池村同學看見不可思議的烏賊色陽傘老爺子竹中老師的身影，她恰似西洋瓷器澄澈清碧的眸子裡，就會浮現難以言喻的孺慕之情。不知從何時起，此事已人盡皆知。

竹中老師的課是一門相當無趣的理科課，大部分的學生都心不在焉。更何況，黑板前面就只能看到淡淡的烏賊色，更容易讓人分心。所有學生中，就只有池村同學從頭到尾不動如山，深怕漏聽任何一句竹中老師那無精打采的老頭子聲音。

只要是竹中老師的事情，無論什麼她都會飛奔過去幫忙。

去年秋天的運動會上，老師們進行提燈賽跑時，每位老師都被加油的學生們團團圍住，嘰哩呱啦地搶著幫忙，唯獨烏賊色的竹中老師彎著身子，步履蹣跚地跑在最後面，沒有任何學生呼喊其名。運動會這種歡欣時刻，學生們的腦海裡早就忘了黯淡烏賊色調的老學究。

話說竹中老師好不容易趕上眾人，卻沒有燈籠可撿，無頭蒼蠅般在原地打轉時，一道倩影猶如隨風飛揚的紅色花瓣迅速挨近，那正是池村同學。

這天池村同學在全校學生中特別顯眼，嬌豔可愛的身影出現後，箭也似的將手裡紅白色的小燈籠遞給竹中老師。

「老師，請趕快。」

言罷俐落地劃了一根火柴，用紅色束袖帶紮起的兩側友禪袖兜掩住強風，順利點好火，讓烏賊色的竹中老師牢牢搦住一盞可愛的紙糊紅燈籠。池村同學偎著他的肩膀迅速奔出，蝦茶色行燈袴下襬隨風飄揚。正所謂艄公多了撐翻船，其他老師的加油者雲集，反而進度緩慢。於是乎，就在唯一一個美麗可愛的加油者的幫助下——

衝呀、衝呀，竹中老師！

「陽傘加油！」

「烏賊色，加油！」

「老爺子，加油！」

經此一役，池村同學和陽傘老爺子又變成更加不可思議的組合了。

（竹中老師＋雨傘）×池村同學＝X

這個算式未免太難解了！

「嗯，烏賊色陽傘老爺子和美麗池村同學的反差。嗳，真是一種偉大的不可思議啊。」

學生們瞠目結舌。

池村同學對竹中老師的尊敬、欽佩和仰慕真的勝過任何一位老師。

美麗的音樂老師，

和藹的英語老師，

老實愛哭的語文老師，

被學生們崇拜的可愛雙眼盯上的老師還有很多，但的的確確沒有任何人仰慕烏賊色陽傘的竹中老師。

而在這群學生中，池村同稚嫩可愛的小嘴甚至不時語出驚人地說：「我最喜歡竹中老師了。」

春天腳步近了，此一謎團卻無人能解。

和煦春光輕柔灑瀉在理科教室，僅僅如此就很容易讓人懶洋洋地打瞌睡。更麻煩的是，講台上站著的是儼如烏賊色化身的竹中老師，即使春神到來，老師依舊死守著烏賊色城堡。

持續在上下兩張黑板寫滿密密麻麻的文字，就算學生再怎麼無聊、困擾，竹中老師仍全心授課，毫不覺得無趣，他的語氣就像個老學究般生硬，從頭到尾用一貫低沉的聲音叨叨絮絮。猶如女兒節的人偶擺飾陳列架，階梯教室裡從矮到高排排坐的學生們，理應專心聽講，注意力卻不知不覺渙散、精神恍惚。

狹長窗外的一小片湛藍青天，遠方操場草地升起的漾漾熱氣，教室裡的一群大自然愛好者正專心追逐著躍入視線中的模糊影子——不知是誰遺落在操場的手帕；散落各處的未來池田蕉園畫家們則施魔法般地頻頻舔著鉛筆尖，孜孜不倦地在理科筆記本上畫著奇形怪狀的線條——眉眼間距極寬，鵝蛋臉兩鬢落下幾縷秀髮，似是大病初癒的美女面容；還有些功利主義者為了節省時間而利用這個悠閒的課程削好一週分量的鉛筆，喀嚓喀嚓的小刀聲此起彼落。這些人當然不可能意識到竹中老師的講課內容。班上就只有一個人，美麗優雅的臉孔正對前方，一字不漏地聆聽老師難以辨識的聲音，池村幸枝同學文風不動——旁若無人的澄澈眼眸盯著黑板、筆記本，這班的理科課就只有池村同學一位忠實的學生……

當時是動物學的課，講到爬蟲類的代表目——光看教科書上的圖片就毛骨悚然，忍不住要移開視線。這天竹中老師的講台上放著一個酒精浸泡的標本玻璃罐。

竹中老師一如既往絮絮聒聒地詳細解說，在上下兩張黑板寫滿蠅頭小字。

「……另外，琉球的『黃綠龜殼花』和印度的『眼鏡蛇』等等是有劇毒的。現在就要讓各位傳閱這個標本，請小心觀察。紅色的地方就是分泌毒液的毒腺。」

竹中老師一邊說，一邊把講台上的玻璃罐放到前排同學的桌上。

「哎呀，討厭！」

「哇，真是嚇人。」

「唉唷！好噁心！」

人人恐懼大喊。

「請趕快在下課前傳閱完畢。」

老師語聲剛落，同學們便飛快將玻璃標本罐朝旁邊同學推去，好像要扔掉什麼可怕的東西——也不管到底有沒有看見毒腺，只想讓這可怕的東西早點離開自身視線，爭先恐後地不斷推到旁邊同學的桌子上。

「哦喲，太噁心了，請快點傳給旁邊的人。怎麼辦？我再也吃不下飯了。」一個勁兒地發抖皺眉的同學旁邊，另一個同學突然盯著標本驚呼：

「啊，難道一口咬在埃及艷后雪白雙

峰的，就是這個嗎？」

「如果那是真的，埃及艷后是多麼勇敢的女人吶？」

那標本讓美麗的埃及艷后升格成勇敢的女人，在每個同學心裡留下可怕的印象，一個接一個地傳遞下去——

「可憐的標本，被大家虐待——」某人說道。

「好呀，妳真是個博愛主義者，我怎麼樣都沒辦法同情這種東西。」

「沒辦法嘛，因為在伊甸園犯了引誘夏娃的罪，才會被後世人們所厭惡呀！」

遭受各種批評的標本四處流傳，最後到了池村同學這裡——

隔著約莫三尺寬的走道，此刻玻璃罐正要從隔壁桌遞到對面池村同學的桌上。

「這是池村同學心愛老師的東西喲。」同學笑著遞到桌上時，兩三人嘻嘻哈哈地高舉那罐玻璃標本，挪往池村同學的桌角——池村登時面如死灰。因為世上她最討厭的動物就在自己眼睛附近——當她默默向後挪動身子想要躲開時，友人以為她會從桌角接過罐子，笑得東倒西歪。冰冷的玻璃罐霎時滑過少女柔弱的手指，啪啦一聲擊中長木桌桌角，一股刺鼻液體從斜裂開的口子噴濺出來！

罐子裡的酒精斜流過桌子前方，嘩地濺溼池村同學胸口，標本流了出來——掉落在池村同學胸口、袖子和黑髮上。可憐那嬌滴滴的人兒失去了意識，倒在這一幕駭人場景中。

竹中老師跑過去抱起她，想要將她帶

離現場，但學生們驚慌失措，有人誤以為發生了火災還是地震，甚至爬上教室的狹長窗戶試圖逃跑；此外，也有人不知怎地蜷成一團躲到桌底，又或者抱著筆記本和鉛筆盒東逃西竄；而其中稍微鎮定一點的學生，看見竹中老師正抱著池村同學準備離開，就去握住門把想要幫他們打開教室門，門卻文風不動。儘管百思不得其解，可越是急得抓耳撓腮，門就越打不開，豆大的汗珠從那人額頭滑落……

「往裡面拉，往外推是打不開的。」

竹中老師氣喘吁吁地提醒。門要向內開是眾所皆知的事情！這人以為自己夠淡定了，結果還是慌得忘記怎麼開門。

校醫不久被叫來。過了一會兒，池村同學跟著來接她的人一起搭車回家。

事後，班導和竹中老師前去池村同學家探望。

「妳們聽我說，今天不是發生非常不可思議的怪事嗎？理科教室不是發生了那件事？而且呀，竹中老師剛才離開學校的時候，偏偏就只有今天沒帶那把珍貴的舊陽傘呵。」

「咦，真的嗎？」

「老師去探病的時候也是相當慌張吧。」

竹中老師當天外出沒帶陽傘實屬罕見，甚至成為學生們談論的話題。卻說唯獨當天沒帶那把引人熱議的舊陽傘就匆匆趕赴池村同學家的竹中老師——見到池村夫妻後，對於當日讓池村同學遭到無妄之災一事誠惶誠恐、笨口拙舌地連聲致歉。

池村夫妻大度包容，正如富貴之家的男女主人，對老師這番費心勞神感到十分過意不去。

「請您別擔心，這是意外，不是誰的責任。而且，幸枝比一般人更膽小，才會發生這種事吧。」

男主人語畢，女主人接道：

「她實在是非常柔弱溫和的孩子，也就更惹人憐愛。這孩子是我們的養女，在她還小的時候，我們從熟識的家庭收養來的；這孩子的生父也是那戶人家收養的，是一個非常有學者氣質的人。那戶人家是個大家庭，生父跟家裡的人怎麼都合不來，最後在幸枝兩歲的春天離家出走。然後，就由我們收養了幸枝。既然未來都要由另一位父親養育，生母才決定把幸枝交給我們的吧。我們一直把她當成自己的親生孩子照顧，但或許由於那段不幸的過去，她的膽子很小，真傷惱筋。」

池村夫人解釋了幸枝的成長經歷。

「真是可憐的孩子。幸枝生母給了她一個緞帶做的書籤，當作生父的遺物。記得是一條貼著三色堇壓花的紅色緞帶。應該是外國製品吧，聽說是離家出走的生父夾在家中某本研究書裡。幸枝非常珍惜那個緞帶書籤。今天就算躺著休息，也一直很擔心夾在理科課本裡的緞帶會不會在今天這場混亂中弄丟了呢。」主人又說道。

耳裡聽著這對夫妻的親切談話，竹中老師垂首不語，如石頭般一動也不動，過了半晌，語氣落寞地說道：

「啊，原來有這麼一段故事。不過，

能夠有兩位這麼好的父母，過著優渥的生活，我想幸枝同學是很幸福的。至於那個離家出走的父親——我相信他也一定很想念他留下的孩子。比方說，孩子被母親抱到家門口送父親出門，用楓葉般的小手握著父親要帶出門的陽傘柄，父親之後大概都捨不得拋下那把陽傘了吧。既然不能以父親以身分跟孩子見面，陽傘或許就成為另一種慰藉，陪伴那位不幸的父親——當然這只是打個比方而已……」

老師講到這裡，強忍著臉上苦澀酸楚的神情，低下頭去。

「原來如此，為孩子著想的父母心，或許就是如此吧。」

男主人似有所悟，這般答道；女主人未置一詞，卻感同身受地雙眼泛淚……黃昏時分的幽暗不知從何處悄然爬進室內，尚未點燈的客廳裡，主客三人相對無語，一時間彷彿在聆聽自己內心無聲的聲音，被嘆息般的細微呼吸圍繞。

那天深夜，守在愛女枕畔的夫人最先聽見訪客的敲門聲。夜已深，不忍喚醒僕役，便自己起身開門。黑暗中，卻見白天才來探病的竹中老師憔悴地站在門口。

「請把這個送給幸枝同學。」老師將一個小包裹交給夫人，旋即倉皇離去。

女主人茫然不解地回到家中，跟男主人一起打開包裹一看，裡面是一個貼著三色菫壓花的陳舊紅色緞帶書籤，跟之前幸枝擁有的書籤一模一樣。

隔天起，腋下夾著那把舊陽傘的竹中老師再也不曾出現在H女學校的門口。

# 紫藤

圍牆有漆成黑色的、稍微被雨淋得褪了色的、全新未上漆的、半倒塌的、下面破了個狗兒可以鑽過去的大洞的、高的、矮的、長的、窄的——有些凸出來，有些縮進去——各抒己見、形形色色的圍牆排列在高崗住宅區的大街兩側。湛藍晴朗的天空中，白雲偶爾一動也不動地那裡浮出一朵，這裡浮出一朵；而在藍天之下的成排圍牆頂端，淡綠色的嫩葉不時探出頭來。

正午號炮剛響沒多久，舒適氛圍在一片寧靜祥和中流淌，猶如溫柔母親躺在可愛寶寶身旁哺乳，最後亦禁不住打盹的悠閒時光——

一群五、六歲模樣，個個看似明年春天才要穿起和服下裳，由母親第一次牽進小學大門的懵懂娃兒獨占這段寧靜時光。某個拐角處的圍牆外面，兩、三棵樹圍成的數坪空地上野草芊芊，宛如一間大自然的幼稚園，成為附近孩子們的聚集地。那裡聚集著跟平日一樣的熟面孔：阿文、阿秀、三郎、千代、美代子、小夜……等許多人正忙著分配遊戲角色。

這天不知是誰提議，大夥兒玩起了火車遊戲。

「我是火車頭。」

「我要當火車頭。」

「我啦，我啦。」

人人搶著當火車頭，還起了一點爭執，總之身材高大、孔武有力，而且像大人般無所不知的阿文被選為火車頭。至於火車頭要做什麼，說起來也一點也不困難。美代飛快跑回附近家中，一會兒從倉庫拿了一根繩子衝來。繩子繞一圈打個結，瞬間就變成一輛漂亮的台車。

「讓我搭車。」

「讓人家搭——」

乘客們已經在左右兩側向車長嬌喚。雙手搦著繩尾的阿文好不得意，吸著鼻涕說：

「要買車票才能搭喲。」小手伸向空地一棵樹的枝條，拔下五六片青翠的葉子放在掌心，分給每位小朋友。

「我要去鎌倉。」

「我，呃，去日光。」

「我呢，要去富士山。」

「我呀，去台灣。」

東海道也好，日光也罷，往東西南北向的旅客一古腦兒都擠上了列車。

「好，要出發囉。嗶——」火車頭說著人話，發出汽笛聲。

「好，嘟、嘟、嘟，咻、咻、咻。」

乘客們配合吶喊，把一條繩子幻想成一列轟隆轟隆的蒸汽火車，展開愉快的旅程。看吶，這群孩童記憶中那些遊歷過的土地風光，一幕幕在左右車窗外交錯飛掠。

啊，令人萬般眷戀的美好娃娃國之春吶！！

就在此時，這場純真火車旅程的悠悠

幻夢被遠方傳來的緊急警報聲摧毀——其實是賣糖果的吹笛聲——賣糖果那帶著一種莫名溫柔寂寥感的簡單笛聲，讓火車在寧靜愜意的初夏正午停止前進。

「我要去買糖果。」同樣是住在高崗住宅區，或許由於三郎並非大戶人家的孩子，他的心思單純，想到什麼就做什麼，也不會擺架子。只見他飛身躍下火車——雖然很想這麼說，但不過就是鑽出繩子，彷彿迷途小羊在山谷聽見好牧人的號角般朝吹笛聲的方向奔去。阿秀見狀，也追在他身後。

「我也去買。」

「我也要。」連美代都下了車，火車就此動彈不得，泫然欲泣的阿文發出濃濃鼻音說：「不行啦，還沒開到車站，不行、不行！」

正當火車旅行的小旅客們被賣糖果的吹笛聲迷惑，導致火車動彈不得的這當口，一道人影忽然橫越空地前方。

那是一名約莫十五歲的少女。明亮的深藍色裙子配白絲綢上衣，恰似溶在粉紅露珠中的柔和領巾如雲朵般在胸口隨意反折，卻是那麼出色，玉頸周圍猶如微微泛紅的花瓣般美麗。少女晃著掛在一隻胳膊上的球拍，踩著輕盈步伐，腳上是一雙潔白的半筒運動鞋，身上亦是隨初夏輕風飄飄的運動裝扮，莫不是剛在某個綠草青青的球場來回擊球，如今正趕著回家嗎？或許是有些疲憊，她用純白亞麻手帕擦拭微微冒汗的額際金髮，沒有戴帽子，繫著黑色蝴蝶結的一頭髮辮臨風搖曳，反倒更顯高雅。

路旁孩子們的火車遊戲此刻映入少女眼簾。

停下腳步，視線投向空地的俏顏活似純正外國人，不過在眉毛、眼睛、臉頰、嘴脣周圍則能看出些許 Eurasian 的歐亞混血風貌。

「也讓我加入吧。」

該說是流利的東京腔嗎——外形和語言都乾淨俐落的奇異少女往孩子面前一站。

她冷不防將球拍扔到草地上，跳跳繩般身輕如燕地鑽過繩子，像個土霸王揚揚得意——孩子們愕然地眨巴圓眼，比被玩具豆子槍從四面八方射擊的鴿子還要驚訝。

少女長相稱不上絕色，卻也算得迷人高雅，她嫣然笑道：

「喂，也讓我一起玩吧，好嗎？喏，我們一起玩火車遊戲吧？我最大，當火車頭、當司爐、當車掌都行，喏，來玩吧？」

她一個人拉起繩子，可是先前的火車頭——氣勢洶洶的阿文竟嚇得雙腿發軟，杵在原地不動。

就在此時，賣糖果的吹笛聲逼近，一位老爺爺出現了。他是這附近賣糖果的老字號，真田紐編成的背帶上掛著一個箱子，那陳舊的箱子裡放著做生意用的糖果，一面紅色小紙旗在箱子旁的麥稈束上飄揚。

「給我糖果。」

其中一個孩子已經大聲喊了起來。

「我去拿錢。」另一個人試圖鑽出繩子跑走。

「哦呵，你們想要糖果嗎？既然如此，我來買給大家吧。」話聲剛落，忽見粉紅色領巾一閃，少女已笑盈盈地站在老爺爺眼前。

「老爺爺，請賣糖果給我吧。」

賣糖果的老爺爺一愣，撐開無精打采的瞇瞇眼。

「……小姐，您別跟小人開玩笑了，呵呵……」

賣糖果的老爺爺緊緊抓住箱子，一副誠惶誠恐的模樣。

「不，我沒有開玩笑，是認真的，請賣給我吧，糖果賣給誰都可以吧。」

「當然，任何人都是客人嘛。那麼，請問您究竟需要多少呢？」

因為對方聽來很認真，賣糖果的老爺爺這才打開小箱子的蓋子。少女盯著用鉸鏈固定的蓋子……

「老爺爺，請把整個箱子賣給我吧，不行嗎？」

老爺爺聽了差點摔倒。

「啥——小姐，您可別戲弄我們老人家。」

「不，是真的，你賣給我吧。這很有趣呀，我也想當賣糖果的四處走走。」

面對這麼一個天真可愛、為人親切的少女，孩子們和老爺爺直眨眼。

白雲在碧空悠悠蕩蕩，日頭似乎往西挪了一點。路過的人們星星點點，圍在遠方盯著這一幕。

「您要是喜歡，不介意這種破爛東西的話，是可以賣給您當個消遣。」

老爺爺剛解開背帶繩結，纖細白皙的手迅速而優美地接了過去，旋即斜揹在白絲綢上衣胸口，腳打拍子——

「真開心，很好看吧。喏，我們把箱子裡的糖果當車票來玩火車遊戲，好嗎？」

少女說著從左右兩邊牽起孩子的手。看見異國裝束的少女這副模樣，小傢伙們毫無理由地高舉雙手歡呼。就在那瞬間，後方響起一個嚴厲冰冷的聲音——

「聖羅大人，您在做什麼？」少女聽見突如其來的聲音，猛地回頭，終究有些驚慌似的——低下頭，縮起肩膀——但也只是一時半霎。

「我正在跟小朋友們玩。」她嫣然一笑。

嚴厲聲音的主人站在老爺爺右邊朝少女怒目而視，他也是個頭髮半白的老人——穿著有五個家徽的正式禮服外褂、仙台平[1]高級絲綢馬乘袴以及白色足袋，一身儀式感十足的打扮。老花眼鏡下的雙眼上翻，擰眉瞪眼，滿臉不悅的神色。

「嘿，別那麼生氣，人家就好想跟他們玩嘛。」

被老人稱為聖羅的少女這般嬌嗔，可憐兮兮地在老花眼鏡的反光下縮成一團。

「到底，這是怎麼一回事？」

五個家徽的老人劈頭問道。

「我打算讓這群小朋友搭火車，來一場悠閒的伊勢參拜之旅。」

少女聲音真摯地解釋。

「去伊勢參拜，然後打扮成賣糖果的乞丐嗎？」

這位賣糖果的老爺爺要是有一絲半縷的志氣，此時多半會挺直腰桿兒駁斥：「我輩不是乞丐！」可惜他懼於五個家徽的氣勢，只能茫然愣在原地變成一隻蒸熟的鴨子——飛不了。

「聖羅大人，總之您必須回去了。」

「好。」少女順從應道，彷彿全身無力，一副索然無味的姿態邁開腳步。

「再見了，下次再玩吧。這些糖果你們大家好好分著吃囉。」

她像大姐姐般地溫柔說完，取下胸前的小糖果箱，交到阿文手裡；阿文則如浦島太郎恭敬接過仙女贈送的玉盒，彎腰行禮，雙手捧箱，也同樣像隻蒸熟的鴨子般雙眼睜得老大。

孩子們和旁觀群眾望著少女猶如溫順小羊般走在老人身後的背影，賣糖果的老爺爺這時突然衝上前去。

「喂，喂，請等一下。呃，您剛剛買下了小人做生意的道具，可還沒跟您收銀子，小人這個……沒錢又沒閒，呃，當真是，哎呀呀。」

老爺爺對著五個家徽的老人眼鏡如此說完，跪下懇求。

「啊啊，是了是了，抱歉，我完全忘記賣糖果的了，現在給你呵。喏，你付錢給這位賣糖果的吧。」女孩回頭吩咐老人。

「這委實可疑得緊……不過除了付錢，也別無選擇了，他究竟想要多少呢？」

老人悻悻然從懷裡掏出一個帛紗布錢包，咂嘴蹙眉，鄭重其事地打了開來。

「這位賣糖果的老爺爺善良得很，你把整個錢包給他吧。」

女孩輕描淡寫地交代。老人聞言如雷轟頂。

「豈、豈有此理，這、這太胡鬧了——」

老人語音未落，少女就正色道：「是我給的，不是你給的。別說了，快給他，回家以後我再還你。」

老人一臉進退兩難的表情，像要切腹似的痛苦扁嘴，忿忿不平地把錢包交到賣糖果的手裡——

初夏午後，在高崗住宅區的一小塊空地上，一名打扮洋派的少女，無意闖入孩子們的遊戲，又一時興起買下賣糖果的生財工具——這位被老人喚作聖羅的女孩，她是星井伯爵的孫女。伯爵的兒子遠赴巴黎求學，數年後帶著聖羅的母親，一名美麗聰穎的法國婦人回到日本。

星井伯爵一家世代遵奉嚴格的傳統制度，崇尚舊時光，是純日式府邸風格。

家族同門都暗自期盼年輕世子自異國歸來後，能夠從同族裡某某公爵、某某侯爵等為數眾多的高雅公主裡娶一個美嬌娘，在新落成的府邸為星井家開枝散葉，鬱鬱蔥蔥。

待船進了港，卻見年輕少主在一名穿著異國服裝、說著異國語言的異國婦人陪伴下，站上了故國土地。

家僕們身穿五個家徽的正式禮服外褂

和仙台平高級絲綢馬乘袴恭敬出迎（阻攔聖羅公主玩遊戲的老人亦是其中一人），彷彿目擊家族噩耗般地皺眉嘆息。

作風老派的老伯爵生起氣來可沒那麼容易打發，就連親友出面勸說都無功而返。全新打造的府邸美侖美奐，日式房舍散發木頭幽香，年輕少主卻反而住不習慣。他們搬進租來的西式小洋樓，被老伯爵視為不孝子拒之門外的孤獨歲月中，幸而多了稚氣未脫的聖羅公主，為寂寞家庭的年輕父母帶來希望與安慰的力量。

老伯爵的日本武士性格，生起氣來連親生骨肉都沒有轉圜餘地，年輕少主——聖羅公主的父親悶悶不樂，再度與夫人踏上前往歐洲的漂泊之旅。

其時，公主父親捨棄了星井家的繼承大位，伯爵家的繼承權就落在聖羅公主的稚嫩小手裡。

「父有罪，子無辜。」老伯爵如是說，將聖羅公主從租賃的洋樓接了過來。從她抱著玩伴洋娃娃被馬車載進伯爵宏偉家門那天起，到十五歲這天為止，父母始終待在海洋另一端的遙遠國度——而她就這麼日漸成長，直至將賣糖果的箱子掛在胸前。

生母是法國婦女的聖羅公主，無法適應星井家這種守舊——過於老派的家風。

而且，既是門風傳統的家族，齊聚各種血緣姻親的府邸內部就形成一個複雜的大家庭。其中當然會發生各種拉拉雜雜的感情衝突、權力鬥爭，不免傷及聖羅公主的純真心靈與天性。

聖羅公主就讀貴族公主學校沒多久，就改成待在府邸請家庭教師來上課。聖羅公主非常愛出門，那顆熱愛自由的心最渴望跟所謂的平民孩子一同玩耍，不問對方年紀大小。比起在空虛清冷的玉樓金殿裡悲慘度日，去外面玩耍就是一種安慰。

正因如此，她才引起那椿賣糖果老爺爺的事件。偏偏又被家僕撞見，就這麼被帶回府邸的聖羅公主，慘遭老伯爵和伯爵夫人（最討厭聖羅公主的母親）的嚴厲責備。

於是，家僕們光禿禿的額頭只得又聚在一起商議對策。

眾人討論認為，如果讓泰然做出那種唐突舉止的公主繼續待在府邸，有可能損害第一名門星井家的聲譽，因此一致決定暫時將她安置在鄉下別墅。家僕們同時表示，把公主送到僻靜的鄉下，讓性子靜一靜，對精神修養也大有裨益。最後由人稱前家老的總管大人安排，某天，公主在兩三位隨從的陪伴下，被送到鄉下的老舊別墅，一棟掛在伯爵家名下的山區建築。

某位跟伯爵家關係匪淺的年輕高官夫人，原本就很同情聖羅公主的處境，在公主到鄉下之後，便送她一匹白馬。誠摯希望公主可愛的異國風姿跨坐白馬背，馳騁田野，能因此獲得一些安慰……

聖羅公主欣喜若狂，對她這位擅長網球，又會划船的運動大師來說，這匹活體禮物再適合不過。別墅可想而知沒有馬夫，公主便自己下海當馬夫，在臨時搭建的馬廄裡，把白馬當成知心好友般照料。

幼年尚自與父親同住時，就享受過在輕井澤高原讓父親抱在臂彎中騎馬的樂趣，曾幾何時她也變成馭馬高手，每次造訪贈馬的高官府邸，就在年輕女主人熱情勸誘下，跨上對方家的駿馬，展示嫻熟的控韁技巧，讓眾人驚嘆不已。

而今，她正揮鞭駕馭對方好意贈送的白色駿馬，在遠離城市的平原一帶盡情漫步，滿腔愁悶皆被原野清風吹散……

「白馬公主今天又大駕光臨了呢。」

聖羅公主天天在原野山林縱馬奔馳，甚至成了耕田農夫間的話題。

那白馬馳騁的山野可真美，時值五月，鎮守森林樹梢的嫩葉更加蔥蘢，小杜鵑在夜晚新月下飛掠，落下珠玉般晶瑩剔透的啼聲。大片麥田和亞麻田在清晨綠風下擺盪，流經田間的小河旁野草萋萋，小魚的影子倏地在光滑鵝卵石上方游過，水車小屋陰影下，柳枝低垂如姜太公的釣竿不斷搖晃輕觸水面。騎著白馬越過這片嫩葉青青的村莊景色，馬上伊人亦是一名年輕少女，彷彿綠絲綢上交織出的白線，白馬日復一日在這片心愛的嫩葉田野道路漫步！

話說白馬這天又在村莊山路上緩緩踏著蹄子，四處漫遊。那條山路樹上纏繞著的山藤垂掛山壑，綻放鮮豔的紫色花朵。公主騎馬沐浴在陽光下，心不在焉地前進，此時山路陰影處傳來「救命！救命！」的顫抖呼救聲。公主在馬上回頭察看，但見樹蔭裡躍出一個孩童——打扮奇特，身穿淡紅色襯衫和可愛裝飾的女孩，濃密的妹妹頭下方是一張圓圓的蘋果臉，偌大眼睛滿是淚水。公主一見便心生愛憐，翩然下馬將女孩抱起。

「妳怎麼了？好好說呀？」她藹然詢問，女孩忍不住揉著眼睛哭出聲來。公主好言好語哄勸之下，女孩那張稚嫩小嘴才東拉西扯地細說從頭。

奇裝異服的女孩是在馬戲團供人驅使的小丫頭。馬戲團目前在離村莊不遠的附近城鎮演出，前幾天，跟女孩扮演同樣角色的男孩站在長杆上表演雜技時，不慎跌落受傷。女孩見了心生恐懼，寢食難安，不顧一切逃出馬戲團戲棚，慌不擇路地跑來這鄉間小路，藏身山林。正巧見到馬背上的公主，這才大膽叫住她求救。「可怕的叔叔在追我」女孩全身哆嗦。

「沒事的，我會保護妳。」公主毅然言罷，抱著女孩翻身上馬，馬兒勇敢嘶鳴。

「我會握韁。」女孩一臉嬌痴，用楓葉般的小手熟稔地操縱韁繩。公主將韁繩交給女孩，把手伸向一旁大樹上纏繞的山藤，折下微微搖擺一串紫花，在馬上颼的一聲揮舞尺餘長的花鞭。

猶如飛馬展翅馳騁大地，惹人憐愛的孩子小手握韁，美麗公主以紫藤花串代替馬鞭，飛走如風的白馬四蹄似有紫雲翻湧。

你看，馬上人兒啊，負著兩個命途多舛之人的駿馬啊，是要奔向何方？到海之涯，到山之巔……紫花長鞭如斯歌唱，在初夏陽光下馥郁飄香……

1 譯註：仙台平是擁有四百年歷史的一種絲綢，為製作男性下身穿著「袴」的最佳材料。

# 繡球花

季節性的紛紛細雨偶爾停歇，微光自晴空透出，迄今撐開一半的蛇眼傘——是老師轉贈的舊物，因此作工頗為精緻，也算不上古老，就只破了一個小洞而已。這把傘如今卻變得有些礙事，因為它既不能當手杖用，又不能像長槍一樣扛在肩上。

隆子這般帶著一把累贅的蛇眼傘走在路上，想想也是理之當然，畢竟她從今天早上八點左右離開老師家，一直到剛才正午號炮撼動那疲憊身軀為止，不斷地來來回回、走來走去，往東往西、向左向右，加起來應該也有四公里吧——

隆子正在尋找表姊家。

表姊名叫阿俊，比隆子年長兩歲，是個芳齡十七的美貌女子。

她原是棉織品批發商「升重1」的獨生女，曾經當過一年歌妓，後來因病退休，目前跟母親住在這一帶。隆子憑著信裡寫的資訊，從早上開始尋尋覓覓，直到疲憊得連傘都成了負擔……

她最初問了一位站在一株柳樹旁邊的警察先生。

「嗯，大概在那附近吧。」長得跟和大學眼藥水商標如出一轍的警察先生捋著鬍鬚告訴她，可是她到那附近找，卻沒看到像是表姊家的房子。

第二次，她站在十字路口一間掛著「硬

燒」招牌的店家前面，躬身施禮，惴惴不安地問：「請問這附近有沒有一戶姓升川的人家呢？」只見前方玻璃櫃裡放著少許煎餅，後方則是手持金屬烤網在爐子上烤著煎餅的老爺爺和老奶奶，宛如能劇劇目《高砂》裡恩愛老夫婦的兩人忽然轉頭，異口同聲地招呼：

「嘿，歡迎光臨。」

隆子連忙再次躬身，對方也不甘示弱地閒話家常起來。

「這天氣，唉，真是悶死人哩……」

隆子又問了一次升川家的位置，這時總算明白她不是客人的老奶奶禁不住哈哈大笑，笑到隆子有些尷尬。

儘管如此，兩位親切的老人還是唱歌似的不斷叨念著升川、升川，側頭苦思，可惜始終想不出來。

雙方都感到很抱歉，隆子離開後，再也不想找人問路了，便獨自信步尋找，但這又談何容易，就這麼走到正午號炮響起，仍摸不著門邊兒。就在此時——

「喂，妳在找哪裡嗎？從剛剛就一直在這附近。」後方冷不防冒出人的聲音。

隆子一驚轉身，忽見前方站著一個身穿白圍裙，卻又不是咖啡廳女侍的小姑娘。她一手拿著包袱，打扮就像那些被稱為「梳子」，偶爾出現在老師家的梳頭助手。梳子姑娘熱情奔放的態度令隆子有些卻步，但有道是「急奔渡口，恰有停舟」，豈有不搭乘之理？於是開口求助。

「我在找一戶姓升川的——」

話才說到一半，「啊啊，升川家嗎？

那位漂亮姐姐住的地方嘛。她家呀，妳從這裡直直走下去不要拐彎，會看到一個十字路口，右邊角落有一座稻荷神社，往那個神社的方向轉過去，走一小段路之後，再轉進旁邊巷子，一、二、三……第三間就是升川家了，前陣子才搬過去的那戶人家嘛。」可愛姑娘像輕快的演說家一樣滔滔不絕，比手畫腳地解說路徑。

隆子高興得想要躍起。一而再，再而三地道謝，按對方指示朝目的地快步前進。

表姊的美是眾所公認的事實。梳子姑娘既然從事這一行，肯定梳理過那頭美麗青絲。隆子尋訪的表姊，美得連路上巧遇的人都忍不住開口讚揚。唉，一想到那美麗紅顏揹負的悲慘命運，隆子尚未登門就已落下淚來。

按指示一路尋去，果然順利抵達升川家。

「誰啊？」格子門內傳來回應門鈴的詢問，「是我。」隆子話音剛落，一道美麗倩影已從屋子後方跑到眼前。

「哎呀，好高興喲，是隆子啊。」

「好久不見。」隆子抬頭說道。

「我好想妳。」表姊微微壓低聲音。

「小隆，歡迎。喏，快來看看我們阿俊變成什麼樣了。」從屋裡走出來的姨媽掩袖笑道。

或許因為許久未見，隆子只顧著仰望那張溫柔面容。如今聽姨媽一講，才仔細端詳表姊全身，不由得大吃一驚。

梅雨季尚未結束的今時今日，世人都

還穿著法蘭絨內裡的和服外褂，這位美麗女子卻不知在想些什麼，居然穿著幾乎要透出肌膚的明石縐紗和服，內搭羅面料中衣，綁著夏季腰帶。

「咦，妳這樣會感冒吧？」隆子傻眼輕叱道。

「可是，小隆，繡球花都開了欸。」表姊童心未泯地揮起夏季和服衣袖，朝隆子招手。

「妳聽聽，小隆，她就是這樣。之前一直嚷著說等後院的繡球花開了，就要換上夏天的竹簾。妳看她現在這副模樣，沒個正經，是不是該請她拿舞扇跳個歌舞伎的《保名》來看看呢？」姨媽輕輕笑道。反正阻止她也不聽，現在就任由女兒隨心所欲了。

「不過小隆，妳可別叫我跳什麼《阿俊的狂亂之舞》喲，我只是想穿這樣賞花而已。」阿俊靜靜說完，坐了下來。

舉目看去，拉門敞開的廊台邊掛著青竹簾，繡球花在另一側綻放，紫色影子投射在竹簾上左搖右晃。

繡球花盛開，青竹簾垂掛，明石縐紗罩身，舞扇在手。隆子對這謎樣場景瞭然於心，唯獨她能體會姨媽笑容背後隱藏的心痛，故意用笑聲掩蓋成人世界的苦澀……

多年以前，自從母親牽著隆子走進升重店鋪後方，她與表姊就像親姊妹般一起成長。

店肆柱子掛著一塊漆得光亮的大木板，上面寫著「棉花批發商升屋重右衛門」。而這家店的主人就是隆子的姨丈——心寬體胖、一臉福相的好姨丈。

他經常抱起隆子說：「聽著，妳要努力，成為妳爸爸的接班人。等妳再長大一點，姨丈就讓妳學畫。」

隆子當時尚未過世的母親就在一旁縫紉，聞言放下手中針線，喜不自勝地笑了。

隆子的父親是一位懷才不遇的旅行畫家，英年早逝。姨丈希望讓生不逢時的姊夫遺孤隆子學畫，至少有人繼承姊夫遺志，所以成天將它掛在嘴上。

隆子十二歲的夏天，母親在海邊一間醫院窗邊結束了孤獨的一生。

那年夏天，隆子與阿俊睡在升重內廳，偶有螢火蟲飛進兩人的藍色蚊帳時，阿俊就會說：「小隆的媽媽進來要我們捉她了。」

兩人於是在被褥裡雙手合十祈禱。

母親為了讓孩子捕捉其魂
變為發亮螢火蟲夤夜造訪
——窪田空穗——

這首短歌讓隆子日後多次流淚。

失去母親之後，姨媽和姨丈對她更是呵護備至。阿俊由於身體孱弱，小學畢業後就在家學習她喜愛的舞踊和三味線，隆子則如願進入女學校就讀。從那時起，隆子自然而然地對畫畫產生極大興趣。

就在那個時期，姨丈某天到別人家下棋，握著棋子倒臥在棋盤前面，就此歸西，留下年幼無助的孩子。

接下來的發展正如世間常情，外人看

來家財萬貫的「升重」，最終也只是虛有其表，主人猝死後，巨額債務全落在姨媽這名弱女子的肩上……

先是收了店鋪，把倉房租出去，接著隆子也退了學。若是跟姨媽、阿俊三個人在一起，即使住閣樓、喝白開水，隆子肯定一點都不會難過，但阿俊卻哭了一整夜。然後隔天早上，她憑著以前學的一身技藝成為歌妓，表明今後要讓隆子繼續學畫。

「我會代替父親，讓小隆繼續學習繪畫的。」唯獨此時阿俊一反平時溫柔性格，揚眉宣誓，對旁人勸阻充耳不聞。

於是乎，阿俊在紅燈下高舉緋袖以歌舞為業，扶養母親，支付隆子的學費。

隆子在表姊照拂下，跟隨目前這位老師學畫，朝夕緊搦畫筆，領略修行的艱辛汗水。

表姊如今因病捨棄舞扇，伴母居住此間陋室。隆子看著廊台附近綻放的繡球花，想著前方明石縐紗和服主人的心情……該如何忘記？又焉能忘懷？昔時初夏的升重家內廳裡，隆子母親剛縫好明石縐紗和服，準備讓阿俊在盛夏正式場合穿著，「這件適合我嗎？我想穿穿看！」央不過阿俊猶如小女孩的嬌嗲，便讓她將尚未拆除繃線的和服套在羅面料中衣外頭，甚至幫她把腰帶高高綁好。其時陽光灑瀉的廊台上掛著竹簾，通往土牆倉房的小路這頭成群盛開的繡球花隔著簾子投影在阿俊身上，她將舞扇捧在胸前，姿態端麗。表姊那時候的倩影在隆子眼裡顯得歡快動人，姨媽彈奏的三味線小曲則好似融化般地流入淡紫花叢。而那絢爛明石縐紗衣袖揮起的前方，還有隆子已故的母親，以及同樣不在人世的姨丈微笑看著這一幕，姨媽和隆子當然也是笑容滿面——

啊啊，這花朵在人間如斯綻放，顏色外形不曾改變，流逝其間的歲月卻永不復返。隆子的母親和姨丈都已逝去，此時此地，三個黯然神傷的離家者，竟在因緣之花面前彼此相對！可憐吶，可憐，為了追憶一逝永不回的幸福歲月，阿俊揮起明石縐紗衣袖，手持舞扇。看吶，她伴著青竹簾上的紫色花影，沉醉在回憶夢境中，那分捨己成人的楚楚可憐，更添淒美伶俜……隆子壓抑不住洶湧澎湃的淚水……終於滴落膝頭。

「討厭啦，別哭了。小隆妳忘了那個重要約定嗎？」

阿俊責備似的說，水汪汪的一雙星眸凝睇隆子。

那個重要約定——其中蘊藏一個美麗浪漫的故事。

隆子師事的繪畫老師，有一位千金小姐也在那裡學畫。千金小姐家新居落成舉行慶祝派對時，老師門下弟子都應邀參加，隆子亦是其中一人。當天所有女賓客皆盛裝出席，唯獨隆子穿著一襲樸質的銘仙和服和陳舊的紫色行燈袴，讓她緊張得抬不起頭來。

慶祝派對即將進入高潮的時刻，為了助興，豪宅主人以向女弟子學畫的名義，在桌上攤開紅色毛毯，隨意擺放各種畫紙、詩箋和色紙，邀請擅長繪畫的得意門生隨意揮毫，留下紀念畫作。

長衣袖上的各種華美圖案爭妍鬥豔，每位女弟子前方都是躬身求畫的賓客，有人遞出白扇，有人遞出裁成一半的畫紙、色紙，人潮川流不息，場面好不熱鬧。

因學畫結識豪宅千金，進而受邀參加派對的美麗年輕賓客面前，絹紙和色紙堆積如山，偏偏隆子前方別說沒人拿色紙求畫，就連一張隨身攜帶的和紙都看不到。

唉，混在孔雀裡的一隻可憐小麻雀啊，遠遠坐在角落的隆子，在沉醉歡樂的賓客中淪為一顆路邊小石子……

就算不抱指望，但十五歲的少女目睹眼前景象仍不由得氣餒。隆子低頭強忍湧上心頭的淚水，悄悄抬起目光，只見前方來人——正是這間豪宅的年輕夫人，亦是隆子認為這場派對中唯一展現真正美麗氣質的人物。

年輕夫人走近縮在角落自慚形穢的隆子。

「妳也會畫畫吧？請過來這邊。」

年輕夫人的聲音輕脆爽朗——

「是，是的。」

嘴裡咕噥回應的隆子滿臉通紅，身子僵硬如石。

在年輕夫人眼裡，隆子是一個前面連半張短箋也沒有，完全被賓客遺忘的習畫女弟子。年輕夫人目不轉睛地盯著隆子，輕抿櫻唇，兩枚藍星般溫柔的眸子忽而蒙上一層薄霧。

「我想拜託妳，請妳務必幫忙畫一幅

畫。我嫁到這裡的時候，從娘家帶來的一對屏風到現在狀態都維持得很好。我想請妳親手為它添點風情，總之就麻煩妳囉。」

隆子如在夢中。一位是布裙荊釵的貧困習畫女弟子，在今日賓客中影隻形單、無人聞問，另一位則是豔光四射的年輕夫人，而她卻開口請求隆子在一對屏風上揮毫，莫非是瘋了嗎——不、不，夫人目光憐惜地望著隆子，一臉真誠地求畫。僕役按夫人吩咐，小心翼翼地將一對折疊屏風從內室搬來隆子眼前。夫人迅速站起，輕孃孃地挺直身子，繼而衣袖朝左右一揮，屏風就拉了開來。但見一對金光閃爍的屏風，猶如陽光照耀的金泥表面上潔淨明亮，沒有一點瑕疵。那對金屏風在現場展開的瞬間，原本揚揚得意地堆放在派對桌上的薄絹紙與色紙，全都像樹葉遇到狂風般散落飄零，灰飛煙滅。滿座賓客的視線聚集在隆子身上，彷若要人間蒸發似的，她就只是惶然抬頭望著年輕夫人。

「我是相信妳才拜託的，請妳畫吧。」

啊啊——那聲音，那直爽的聲音。隆子蜷縮成一團的靈魂，因為那聲音而舒展復甦。「請讓我畫，我一定會畫。如果您願意等到我有自信在屏風提筆的那一天，我會努力修行，一定要畫出來。」

隆子流淚肅容答道，堅定無畏地站在屏風前方。

「說得好，那我就等妳。直到妳的畫筆在這對屏風上色的那一天為止，我會妥善收藏，不會讓金泥表面沾到一根毛髮。」

如此說完，年輕夫人再度起身，靜靜

離去。而同一時間，相隔一道拉門的隔壁座墊上，對著夫人背影撐手拜伏在地的美麗歌妓——正是阿俊。她在事後說道：「我當時看見小隆垂頭喪氣地在角落含淚，幾乎忍不住要撕下舞衣的一截袖子拿去給妳，大聲說：『畫師，請您在這上面作畫！』小隆，那豪宅年輕夫人的大恩要七生七世銘記在心，不可或忘。」

阿俊流淚勸說的模樣令隆子難以忘懷。世事往往如此奇妙，阿俊當時以歌妓身分參與那場派對的歌舞餘興節目，因此從一開始就屏息觀看發生在隆子身上的事情。直至今日，她每次看見隆子就千叮嚀萬囑咐：「妳可別忘了那個重要約定。」

「嗯，我一定會畫的。」隆子回想起發誓當天的情況，戰戰兢兢地應道。

「妳打算畫什麼呢……啊小隆，拜託，畫那個花，那個花嘛。」

全身裹在明石縐紗裡的阿俊指著前方，竹簾陰影處恰似紫色幻夢汩汩浮現的花朵，就是那花朵呀。隆子微笑頷首。

從那天起，隆子的細肩上綁了兩道「約定」的誓言繩索。

一道是替豪宅年輕夫人在金泥屏風上揮毫，另一道則是必須畫阿俊期盼的那朵紫花。不久，實現這兩個誓言的日子在隆子眼前降臨。那是溫柔表姊阿俊變成一顆紫星劃過天際，如同虛幻花瓣散落遠逝的一週年夏季，適逢一片紫意盎然的那花朵啊，那惹人憐愛的花朵啊。隆子登門造訪，向年輕夫人求取金屏風。如約嚴密封存的一對屏風，再次在隆子眼前展開閃耀的金泥表面。

隆子關好僻靜和室的拉門，在金泥屏風前面搦著畫筆。她試圖下筆時，雙眼陡然一陣暈眩，一片金泥大海向四面八方迅速擴展，浪濤翻滾，左搖右擺。隆子的手恐懼顫慄，舉棋不定，磨磨蹭蹭，遲遲無法下筆。心裡越是焦急，身體越是僵硬，手也越發抖個不停。

「啊啊，現在下筆果然還是為時過早，膽小如我竟想繼承父志就是一個錯誤。我決定一輩子都不再畫……不再畫……」

隆子下定決心，要向年輕夫人磕頭道歉，今天就跟師傅拜別。如此決定後，正準備扔掉手裡的畫筆……驀忽間感到一截縐紗衣袖輕輕掠過平坦金泥表面，「小隆畫吧——不可或忘。」那聲音，千真萬確是昔日沐浴在繡球花影下，明石縐紗衣袖舉起舞扇的佳人聲音啊——金泥浪花另一側，紫色花球在縐紗衣袖及下襬綻放縹緲不定的淡紫色雲朵——「小隆畫吧。」聲音再次響起……而後消失。那幻影一度在現實世界顯現的美麗幻影，又消失了……

隆子似欲捏碎顫抖的手，緊緊搦住畫筆，就像對著無形的空氣說話，神色堅定地朝金泥表面毅然道：「阿俊，我要開始畫了。」

啊啊，傾注生命揮毫，染透畫筆的紫水珠溶入隆子的熱淚，在金泥上暈開淺淺的紫色，如同自夢中開出淡淡花朵，一半猶在夢中，另一半在人間綻放幻影，那一朵朵我見猶憐的繡球花。

1 譯註：棉花批發商升屋重右衛門。

# 鴨跖草

——以此曲代替本故事之序——

宿舍窗口那幅
青翠欲滴的
窗簾靜靜揭開
驀然挨近的
遙遠彼端長空
暮色漸深鬱
彷若躡足潛來
夕陽向晚天
伊人柔情無限

穿窗上門來
動人心弦婉轉
恰在這一刻
敢問誰人拉奏
天籟小提琴
遣懷春逝不回
那廂歌曲起
聞者情難自禁
熱淚如泉湧
昨日永不再來
說不盡感慨
絢爛綻放吾心
過往回憶的
花朵其名喚作
嗚呼，鴨跖草

秋津學姐——這個稱呼所代表的人物是全校公認的美麗化身，她可說就是如此美麗溫柔的人物。

然而，其人之美與溫柔無法像「一加一等於二」這般逐一清點說明。

畢竟那是處子才能體現的美，以及溫柔。

那年春天秋津學姐一從女學校本科畢業，復又直升補習科，然後住進了東舍。

東舍是宿舍舊館的別稱，新館則被稱為西舍。秋津學姐入住的東舍相當殘舊，但這棟古老建築物裡，諸如一根不起眼的柱子，抑或是發黑的牆壁，都編織著珍貴的舊時代歷史。

說是歷史，倒也不是為了考試背誦「在幾千幾百年的哪個時期發生了這個那個，當時哪個人打了哪場戰爭，哪個國家的什麼跟什麼……」這種必須傾盡畢生記憶力的事物，或許只是藏著某種讓少女莫名流下柔情淚珠的無聲之音吧。

總而言之，秋津學姐和涼子一起住在那棟宿舍裡。

無父無母的涼子個性軟弱得惹人憐愛。她是二年級學生，但性格相對早熟、總是獨來獨往，罕言寡語。

每到夏天，鴨跖草就在她們倆住的東舍花園綻放。

夏日傍晚，東舍放眼望去是一片淡紫波浪起伏，宿舍宛若一艘在紫海揚帆航行的黑船。

不是誰起的頭，東舍就這麼被稱作「鴨跖草舍」。

秋津學姐和涼子都住在鴨跖草舍。

秋津學姐喜愛涼子，直如親妹；涼子敬愛秋津學姐，視之如母，亦似姊姊。

幾乎所有人都知道兩人的好交情。

低年級學妹都很喜歡秋津學姐，同時也很仰慕她，可尚未走近，便已懾於秋津學姐周身隱隱流動的尊貴氣息。

許多人只能圍在遠處欣賞這位秋津學姐。

而對這些人來說，跟秋津學姐同寢室的涼子，能夠天天跟學姐如姊妹般親密地坐在桌前，實在太幸運了。

「她真是個幸運兒！」低年級學妹對涼子下了這番評論。

鴨跖草花盛開時，有人在東舍的黑木板外牆上用粉筆塗鴉。

鴨跖草綻放之小宿舍
吾愛吾友同住屋簷下

何等風趣討喜的塗鴉啊！

彷彿在祝福秋津學姐和涼子友誼長存的詩句，應是出自宿舍某位小詩人的手筆。

秋津學姐羞得滿臉通紅，提著水桶用布洗去外牆塗鴉時，不自覺在脣間輕吟那詩句。

秋津學姐所在之處，涼子必定相伴；同理，涼子前往之處，秋津學姐總是如影相隨。

秋津學姐溫柔地喊涼子「小涼」。

涼子則用大家熟悉的稱呼喚她「秋津學姐」，但那呼喚「秋津學姐」的聲調帶著一種特別的抑揚頓挫。

從涼子芳唇說出來的「秋津學姐」，聲音裡有一種旋律感。

倘若將之寫成五線譜，秋津學姐——這個「秋」和「津」之間差了半個音，從「くー」到「ヌ」的音符則要加一個升記號。所有住宿生都愛模仿涼子音樂風格的「秋津學姐」呼喚法。

對於秋津學姐來說，自己的名字被涼子用如此討人喜愛的聲調呼喚，是何等開心之事吶。而為了不顧一切依附自己的可愛涼子，秋津學姐真的就像是慈愛的母親、溫柔的姊姊。

涼子班上有一位浮誇惹眼的一條同學。

只要雨下得稍微大一點，乃至於刮個大風，家裡就會派車到校門口接她，遠足時也會派兩名女傭同行，幫忙攜帶各種藥丸藥膏，是家裡最寶貝的獨生女。

這位一條同學似乎也非常喜歡秋津學姐，經常到秋津學姐的宿舍玩。她會偷偷帶漂亮的花草來插在秋津學姐桌上的小花瓶裡，然後不動聲色地觀察學姐反應，或者把美麗的絲帶書籤夾進秋津學姐讀到一半的書本，隔天再去找學姐，欲蓋彌彰地探問：

「呃，昨天那本書裡面有什麼奇怪的地方嗎？」

一條同學固然搶眼可愛，不過在秋津學姐看來，怎麼說都還是同寢室的涼子最有親近感。

涼子是從北方的伯父家來這所學校求

學。

因為涼子是命途坎坷的孤單女孩，所以秋津學姐儘管對校內眾多幸福快樂又美麗的仰慕者們視若無睹，可只要為了涼子，她必定全力以赴。

當涼子忙不過來，不小心放著髒衣物沒洗，秋津學姐便偷偷將它們清洗乾淨。

當涼子染了小感冒而躺著休息，秋津學姐又迅即變身為美麗、溫柔、充滿愛心的護士。

涼子心想：「雖然說生病很討厭，但我也想偶爾生個病。」

一條同學三天兩頭就往秋津學姐的宿舍跑，友人某天禁不住笑問：

「一條同學是喜歡秋津學姐吧？」

一條同學毫不羞澀，一如往常抬起灼灼雙眼爽快道：

「我自己也不知道。」

朋友卻不肯就此放過。

「就算妳自己不知道，我們也都瞭然於心啦。不過一條同學，妳最喜歡、同時也是我們大多數同學都很喜歡的秋津學姐，她可是把涼子同學當成親妹妹一樣疼愛喲。所以說啊，一條同學……」

友人言盡於此就逕自離去，徒留下失魂落魄的一條同學默然沉思。

自此以後，一條同學態度丕變——

原本那般開朗惹眼的一條同學，如今變得鬱鬱寡歡，看上去總有些沒精打采。

也曾在好友簇擁下啪的一聲迸出漫天淡紅花瓣般的歡笑，成天活蹦亂跳的女孩，好似突然間老了兩三歲，變成一個成熟寡語之人。

她再也不去秋津學姐的宿舍了。以往在學校教室等地方，別說是看到秋津學姐身影，即使才瞥見學姐一只衣袖，也會像小鳥般飛撲過去，纏著對方撒嬌；此情此景已不復見，如今一發現秋津學姐，她就自己先躲起來。偶然在走廊撞見時，就算秋津學姐對她釋放善意微笑，一條同學依然抿著唇，哀怨低頭不語，逃跑似的跟學姐擦身而過。

秋津學姐只覺得這人有些古怪，並未放在心上；而敏銳的涼子則立刻瞧出一條同學的態度有異，就連強忍哀傷的神色亦沒瞞過她的眼睛。

就這樣，涼子心中多了一個新煩惱。

事情大約就發生在這段時期。某天，涼子收到北方伯父寄來的家書。她拆開一看，信件大意如下：

伯父此番經商失敗，家中經濟陷入困境，無法像過去那樣供妳到外地住宿求學。妳閱讀此信後，請橫下心來速速返家。伯父要是湊得出錢來，也許會讓妳在本地念個技藝學校之類的。

事情就是如此。涼子看完信，暗嘆自己如何能夠回去？她不想住在沒有父母，只有伯父的冷清房子裡去念那討厭的鄉下技藝學校。可是，既然伯父說付不出學費，她又能如何？涼子甚是煩惱，她首先找了秋津學姐商量。

秋津學姐聽完涼子伯父寄來的家書內容，亦是愁眉不展。她思索半晌後，終於下定決心。

「小涼，妳不必擔心。我啊，打算拜託我媽幫忙解決妳的學費問題。然後，我也會比以往更節省一點，幫忙籌措小涼的學費，好嗎？這樣妳就不必讓伯父照顧了，可以吧，小涼？」

秋津學姐語畢將涼子抱在懷裡，誠心溫聲安慰，成為不幸少女涼子唯一的盟友和同情者，給她力量。

涼子聽到秋津學姐這席話，是何等高興吶。她哭著偎在學姐懷中，學姐也決意為她竭盡全力。於是乎，秋津學姐隔天趁著週末兩天假期回家，跟母親說明涼子的可憐遭遇，向母親求助。秋津學姐家境富裕，母親也很善良，被女兒憐憫學妹身世的惻隱之心感動，決定每個月除了自己女兒的學費之外，也一併寄送涼子的學費。秋津學姐允諾改天把涼子介紹給母親認識後，就歡天喜地回宿舍去了。

從秋津學姐口中獲悉這個喜訊時，涼子是何等快樂吶。秋津學姐和涼子兩人由衷體會到被愛的幸福，以及愛人的幸福。

然而，這幸福也僅僅一時半刻。曾幾何時，涼子的態度開始轉變。秋津學姐真心誠意為涼子付出的想法沒有絲毫改變，涼子的心情卻似有了微妙的變化，也不再像以前那般事事聽從秋津學姐的吩咐。

不管什麼事情，她都用帶刺的語氣回答秋津學姐。秋津學姐說右，涼子就說左，秋津學姐說西，她就說東，秋津學姐說上，她就說下，說白，她就說黑，如此這般大唱反調。

她也故意在秋津學姐面前表現得很粗

魯。秋津學姐雖然驚訝，但認為涼子是自小飽經磨難，再加上此番經濟困難，這才鬧起彆扭。秋津學姐打算以一片真心來導正涼子，比過去加倍溫柔待她。然而，即便如此，涼子卻越發橫蠻不講道理。

秋津學姐為了撫慰心煩意亂的涼子，特地在文具店買了兩本封面美麗的筆記本送她。

「小涼，這個筆記本很可愛呢，妳拿去用吧。」

秋津學姐輕聲說完，將右手裡的兩本筆記本放到涼子桌上，涼子在桌子前面怔怔地想著什麼，臉上沒有半分喜色，一把抓起筆記本扔回秋津學姐桌上。

「我不要這種東西。」

涼子沒好氣地回嘴，倏地背過身去。

秋津同學一愣，可還是耐著性子，再將筆記本拿到涼子桌子那裡。

「喏，小涼，別這麼說，妳就用一下嘛。這是我特地買來送妳的。」

秋津學姐苦苦哀求道。

但涼子置若罔聞，又將筆記本扔回去。

「小涼，就算妳不喜歡也收著，拿來寫點什麼都好嘛。」

秋津學姐柔聲懇求，將手搭在涼子肩頭，正要將筆記本遞到她手裡時，涼子全身顫抖不止。

「我不要、我不要、我不要、我不要用這種東西。」

俄頃，涼子一邊惡狠狠地說著，一邊用雙手啪啦啪啦扯破秋津學姐遞來的筆記本，接著再將它撕成一塊又一塊的碎片。

「小涼，對不起，妳別那麼生氣。我下次會買更好的給妳，對不起。」

秋津學姐低聲下氣地向涼子溫言賠不是。

這件事過後沒多久，涼子便開始收拾行李，準備返鄉。

秋津學姐再怎麼阻止，涼子皆不予理會，每天繼續為返鄉做準備。事已至此，秋津學姐也無能為力了。

而一切就發生在期末考將至的七月初。

涼子趁秋津學姐人在教室的時候離開了宿舍。

秋津學姐回到宿舍時，房間裡已經沒有任何涼子的東西了。

秋津學姐覺得整個房間變得空空蕩蕩，不禁流下寂寞的淚水。

她四肢無力地靠著自己的書桌時，一只白色信封映入眼簾。秋津學姐拿起信封，發現是涼子寫的信。

秋津學姐拿著那封信走到宿舍花園。園裡開著鴨跖草花，她在黃昏微暗光線下打開信封，讀起信紙上的文字。

秋津學姐：

我今天趁妳不在的時候離開了。因為一見到妳，我就會很難過，但是我好不容易決定返鄉，又不想因為難過而反悔，所以留下這封信離開，我想以後再也沒機會見到妳了。我心裡一直將妳當成世上唯一的親人，對妳像姊姊般敬愛。收到伯父家書的時候，得知妳竟然願意替我支付學費，那分心意一方面令我欣喜，同時卻也讓我傷心害怕。因為我知道，為了愛我這樣一個不幸之人，妳將會揹負各種艱辛重擔，讓我好生痛苦。一想到我只要繼續跟妳在一起，善良的妳就必須揹負重擔、為我煩惱，我只得做出苦澀的決定，希望妳能早日擺脫我這種人，所以我每天做出許多違背「姊姊」（請讓我這般喚妳一聲，就算只是在信裡也好）心意的事情。即便如此，姊姊卻完全沒有生氣，對我還是一樣溫柔。當我撕毀那筆記本時，姊姊依然用溫柔纖手輕撫我的肩膀好言勸慰，我當時瑟瑟抖個不停。一想到我如此無情，姊姊卻仍為我盡心盡力，我就別無選擇，只能離開姊姊返鄉去了。對姊姊諸般溫情話語充耳不聞，我暗自偷偷哭泣，準備返鄉，就這樣到了今日。愛慕姊姊的一條同學和其他人，才是幸福之人，她們永遠不會成為姊姊的負擔。無論我多麼不幸，我都不能因為我的不幸而讓我愛慕的姊姊受苦。我無論如何都必須跟姊姊說再見。

只要我活著，無論我在哪裡，我都會為姊姊的幸福祈禱。請妳一定要幸福。

秋津學姐勉強讀完最後一個字，就昏厥般伏在鴨跖草花上哭泣。

# 大理花

夏日夕陽西斜。不論哪個季節，夕曛都讓人感到寂寥，尤其是少女初識愁滋味的柔軟心房，盡是說不出口的縹緲哀愁。

道子在暮色中獨自倚窗凝望外面逐漸昏暗的風景。而道子倚著的那扇窗，乃是矗立在這座小鎮上的一棟大型建築——慈善醫院的三樓窗戶。

道子是在這間醫院工作的年輕護士。從三樓窗戶俯瞰而下，可以清楚眺望小鎮的日落景色。

家家戶戶窗內閃著淡紅燈火，白日喧囂的餘韻猶如退潮聲自遠方傳來。結束今日工作正欲歸去的太陽在西側山邊熊熊燃燒，灰色陰影緩緩籠罩大地。

「啊啊，一天又過去了……」手靠在窗邊的道子嘆道。那年春天道子從鎮上小學畢業後，旋即成為這間醫院的實習護士。從早到晚在醫院裡站著工作，一刻不得閒，這對年紀輕輕的道子來說是很沉重的負擔。更何況在正嚮往絢麗光明世界的少女眼裡，醫院內的光景未免太雜亂、骯髒、見不得人了。

另一方面，醫院外的花花世界在道子眼裡則是那麼地美麗。

整整六年坐在同一間教室念書的朋友們都已成為女學校一年級學生，換上舒適的行燈袴與皮鞋，身輕如燕地走在大街上。髮辮上飄搖的緋紅蝴蝶結，顏色鮮豔的陽傘！充滿希望、悠然自適的翦水明眸！那些事物都讓道子羨慕不已。

道子掃視自己全身上下——沒有半點裝飾的白衣、簡單紮起的髮髻上戴著白帽，多麼樸素單調的色彩吶。

年輕女孩的春天卻埋沒在這身白衣裡，少女道子實在無法不傷懷她的大好青春歲月。然而，這是無可改變的現實。生在雙親年邁、手足眾多的貧困家庭，道子無法跟普通人一樣進入女學校讀書。因此，道子所選擇，或者被賦予的職業，就是慈善醫院的小護士。道子忍著寂寞與辛苦，每天在醫院工作。

白衣天使的工作十分辛苦，傷心的道子儘管努力工作，有時難以抵擋的酸楚情緒仍會突然來襲，於是躲在暗處流淚已成為一種習慣。唉，那是何其悲慘的習慣吶！

「啊啊，一天又結束了！」道子此刻倚著醫院三樓的窗戶，眺望日落小鎮，對於這般每天在灰色的醫院裡白白消磨少女青春歲月，她打從心底感到無限哀傷。

這天晚上輪到她值班。值班護士晚上也得輪流起來巡視病房，履行護士職責。道子此刻倚窗仰望黃昏天際，遙想今晚那顆煢獨少女心。

「晚霞、滿天晚霞
明天放晴吧——」

三樓高的窗戶也能聽見小鎮街上傳來的孩童歌聲。道子終於被那孩童的聲音驚醒，離開了窗口。

回過神來，又到了她拿體溫計巡房的時刻。

拖著沉重步履的道子剛抵達二樓樓梯口，就聽見響徹走廊的雜亂腳步聲。道子心中直犯嘀咕，不知發生了什麼事。

「初野小姐，護士長叫妳。」樓下傳來呼喚道子的聲音。

「好的，我馬上去。」道子飛快下樓，衝向護士長的房間，卻在半途撞見慌慌張張的護士長。

「哎呀，初野小姐，妳快來。剛剛啊，茂川先生的千金受了重傷，被抬到我們醫院。妳雖然今天晚上值班，不過先跟我過去一趟。」

護士長劈里啪啦一口氣講完，就把道子拖往手術室。

事情太過突然，道子一臉迷茫。茂川家的千金是她在學校認識的同學。道子夢遊似的跟在護士長身後進入手術室。

手術室裡的手術台上躺著一位絕色少女，黑髮凌亂如美人魚，美麗衣袖滿是泥濘，令人不忍卒睹。

穿著純白手術服的數名醫師站在她周圍。

事情經過是這樣的：

鎮上望族茂川家的千金小姐坐人力車外出途中，迎面一輛載貨馬車的馬兒突然暴衝，撞上了人力車夫。小姐連同人力車翻倒，然後被拋出車外，腿部受了重傷。

路人和巡警們上前搭救，並將她抬到附近的慈善醫院。

醫師先做了緊急處理，但如果不再進行一次大手術，有可能終生殘廢，所以醫師在手術台前等待正從茂川家趕來的人們。

道子一進手術室，就按醫師囑咐全力照顧這位千金小姐。道子的白衣袖子和胸口，都被美麗千金的嬌弱玉腿上流出的鮮血染紅了。

接獲千金小姐出車禍的電話，茂川家眾人聯袂趕來。醫師當面向他們報告截至目前為止的詳細情況。

「府上千金一度昏迷不醒，不過現在意識很清楚。我們目前只有暫時替她止血，接下來必須徵得在場家屬的同意進行大手術。」

聽完醫師說明，茂川家的主人流淚請求對方替女兒動刀。

道子再次換上消毒過的白衣，站在手術台旁。她負責在手術期間隨時監測千金小姐細瘦玉臂的脈搏。

道子將千金小姐的纖纖皓腕輕輕握在手中時，不由打了個寒噤。

青蔥玉指上的紅寶石戒指光彩熠熠，手指卻是無力垂下，彷彿手腕斷折似的。道子左手拿著錶，右手握住伊人的冰冷手腕。

手術台上因麻藥氣味即將陷入深度睡眠的美少女臉龐，轉眼間變成冷森森的石蠟色。

少女冷不防睜開眼睛，認出站在自己床畔的白衣人。

「……初野同學……」

哎呀，那聲音，該怎麼形容才好呢？就像水晶球——就像一顆紫色水晶球在淺盤裡融化的剔透聲音。

道子心如潮湧。雖說以前也常在小學校內看到對方，但名門望族的千金小姐和窮困家庭的道子之間自然形成一道分際。

除了團體遊戲之外，她們不曾一起玩耍。然而，唉，然而，如今這個緊急關頭，沒想到茂川家的千金小姐春惠叫出了道子的名字。

「茂川同學，沒事的，有我在。妳一定、一定會康復的。」

道子紅著眼望向春惠小姐，誠懇地顫聲說。

啊啊，那聲音為春惠小姐帶來多大的安慰，只見她面露喜色，安然入夢。

如此這般，春惠小姐嬌軀沉睡期間，銀色手術刀在醫師揮動下迸射寒光，道子全心全意握著那皓腕，家人們則在旁屏息守護。

驚險的大手術在眾人焦慮的呼吸中平安結束，相關人士都鬆了一口氣。

春惠小姐的病軀令人心如刀割，她被移到附有輪子的病床上，在道子和近親守護下進入病房。

這間醫院一如其名是為慈善而建，所以就診者多半是窮苦人家。

這不是富豪愛女住院的地方，但因為半路受傷被緊急抬到這裡，手術後便繼續在此住院治療。

「初野小姐——」

老博士院長在春惠小姐的病房叫住道

子。

「妳和這位小姐是朋友嗎？」

老博士溫柔詢問。

「不是，在學校是同班，不過沒有好到可以稱為朋友。」

道子誠惶誠恐地應道。

「哦呵，是這樣啊。不過，既然是學校同學，而且剛才手術時她也叫出妳的名字，相信她還是覺得妳很熟悉，很信賴妳的，因此接下來還是由妳擔任她的看護，請好好照顧她。」

聽完院長這番話，道子決意無論如何都要以自己的赤誠之心治好春惠小姐的病軀。

「好的，我會盡力照顧她的。」

道子慨然允諾。

「那就麻煩妳了。」

春惠小姐的母親向道子鄭重行禮。

那天晚上開始，道子就日夜守在病床畔，照顧美麗的春惠小姐。

小護士以一片善良真心，將春惠小姐照顧得舒適愜意。

這間灰濛濛的醫院，原本前來求診的都是病懨懨的窮人，現下其中一間間病房卻注入了一股迥然相異的華美氣息。

春惠小姐的病房煥然一新，多了各種明亮美麗的擺設，令人心曠神怡。道子以護士身分進入醫院以來，第一次在如此美麗的病房照顧這般漂亮的病人，她很是高興。以往都是莽撞的勞工階級、骯髒的老人，以及拖著鼻涕的陋巷貧戶孩童，在在讓道子感到不愉快。

無怪乎她認為自己的職業見不得人，不勝唏噓。而今在這位華麗富家千金的病榻服侍，心境宛若逃進光明世界，工作也更加起勁。

幾天後，春惠小姐的傷勢好了大半。春惠小姐的喜悅自不待言，整個家族都春風滿面。

春惠小姐出院後，笑逐顏開的茂川家決定在府邸舉行盛大的慶祝派對。

派對賓客除了醫院院長、醫師和護士們，當然也邀請了道子。

迄今僅見過自家陋室和慈善醫院的陰暗病房，道子對外面世界一無所知。那天被招待至茂川府邸，宏偉富麗的豪宅建築與奢華生活都令她歎為觀止。

輪到茂川家的主人上台致詞時，他特別在尾聲提到：「今天欣逢各位大駕光臨，我想介紹一位非常難能可貴的護士，小女春惠此次遭遇奇禍，多虧有她親切溫柔的照料。春惠能夠幾近痊癒，完全是這位年輕護士努力的結果。我想在此特別表達我的謝意，感謝她的辛勞。」

主人鄭重說完，忽見拄著拐杖的春惠小姐在一身白衣的道子攙扶下走上台。

「謝謝各位前來為我慶賀。這位就是初野道子同學，請大家一起跟我謝謝她。」

春惠小姐笑盈盈地說。道子被人拱著跟春惠小姐一起上了台，卻對出乎意料的表揚驚慌失措，不知如何是好。

就在此時，台上又出現兩位甜美可人的小千金，約莫十歲和七歲的可愛小公主。她們雙手捧著一大束深紅色的大理花。
兩位小女孩走到道子面前停下，用稚嫩童音說：「非常謝謝妳照顧姊姊，請收下這束花。」
然後將紅色花束捧到道子胸前。
那是多麼可愛美好的景象啊，賓客不由自主地鼓起掌來……
啊，將深紅花束抱在白衣勝雪的胸前，台上青春少女的羞怯嬌靨吶！
「小護士，我們的南丁格爾……」
不知是誰這麼喊了出來。
人生第一次在如此光彩耀眼的派對裡成為眾所矚目的台上焦點，道子瑟瑟縮縮活像腦袋瓜無意間探出地洞的鼹鼠。
對道子脆弱青澀的心房來說，這一切震撼無比，太絢麗又太耀眼，她鴿子般軟綿綿的胸脯惶然不知所措。
茂川家千金春惠小姐的康復派對上，跟美好榮譽一齊頒贈到道子雙手裡的深紅大理花束，點綴在她聖潔的白衣胸前。而後，代表殊榮的大型美麗花束甚至被運回慈善醫院，擺放在年輕護士的休息室，就在那色彩單調的房間中！擺放在簡陋桌子上的花朵繽紛燦爛，肆無忌憚地打破室內蕭索的氛圍，傲然盛開。
「初野小姐，恭喜，妳真的好幸運欸，可以照顧那麼美麗的千金小姐，還收到這麼漂亮的花束，噯，太幸運了！」
「我——好羨慕！」
這些話語來自跟道子一起工作的朋友們。事實上，道子在眾人眼裡都是超級幸運兒，大家都這麼認為。不久，又有一件好事降臨在幸運兒道子的身上。某天早上，醫院院長召見道子。

「初野小姐，我之所以叫妳來，不為別的，正是因為剛剛收到茂川家老爺子這封信。」

院長拿出一封信給道子看。

那封信裡寫了什麼呢？經由院長口述，道子獲知事情始末。

茂川家一是想感謝道子在春惠小姐發生意外之際給予親切溫柔的照料，二是希望道子能以愛女信任的同學身分，暫時陪伴必須依賴拐杖行動的愛女。基於這兩個願望，加上春惠小姐自己的殷切期盼，茂川一家討論後決定將道子接來茂川家，成為茂川家族的一員。除了供她就讀適合的女學校，也能像春惠小姐一樣學習技藝、玩樂，今後就在茂川家的保護下接受充分的教育。此外，由於道子目前是在醫院工作的實習護士，他們也一併請求院長寬宏大量，允許道子解約前往茂川家。

道子一面聽校長讀信，一面在腦中細細思索文章含意。

「總而言之，這對妳來說，委實是值得祝福的機運。茂川家的品格可以放心信賴，妳能被那個家族收養，成為好家庭的孩子，接受教育，展開跟過去截然不同、光明順遂的生活，是求也求不來的幸福。以醫院的立場來說雖然有些困擾，但畢竟這是為妳開啟一道未來的康莊大道，因此我們也很樂意免除妳在醫院剩下的三年合約，將妳送往茂川家。這分幸運都是妳那顆善良心靈招來的善果。」

院長主動為道子的前途表達祝福之意。

道子一時間難以答覆。

「話雖如此，妳沒跟家人說過就自行決定也不成，今天先跟家人商量一下，之後再回覆茂川先生吧。站在妳的立場，再怎麼說這絕對是一樁美事，我想妳家人應該也不會反對。」

「好的，我先跟家人說明這件事，然後再回覆您。」

正如院長建議，道子希望先將此事告知家人，再做決定。

她知道其實用不著商量，全家肯定欣然高舉雙手贊成。然而，面對突然間敞開的命運之門，那璀璨光華卻讓道子內心迷惘了起來，甚至湧現無法解釋的莫名恐懼。

心中驚疑不定的道子，望著銀燭美麗火光照亮的那條夢想康莊大道，走在醫院空空蕩蕩的走廊。

就在此時，不知從哪裡傳來幼童的哭聲。道子豎耳傾聽，細若蚊蚋的聲音不停喚著「媽媽」、「媽媽」，抽抽噎噎地哭個不停。聲音既非來自病房，亦非來自外科或內科診間，好像是從醫院後院的某個角落傳來的。

「到底是怎麼一回事呢？難道是迷路的孩子不小心闖進醫院哭泣嗎？」

道子好生納悶，穿著室內草鞋走進後院，四下張望。就在幽暗微涼的後院一隅，道子找到一個哭泣的女童。她一見到那女童，馬上認出對方是前陣子因病住院的孩子。

「咦，妳怎麼跑來這種地方呢？趕快回病房躺著睡覺覺吧。待在這種地方，痛痛會變嚴重喲，痛痛變嚴重的話，就得吃更多苦苦的藥囉。」

她安撫哭泣的孩子，準備將她帶回病房。女童原本撕心裂肺地大聲哭喚媽媽，道子過來後，她就像得到一塊木板的溺水者，用稚嫩雙手緊緊扒住道子嚶嚶啜泣。

「好乖好乖，別哭了。」

道子輕輕撫摸那可愛的小呆瓜頭，將女童抱起。雖然穿著粗布和服，但圓臉上一雙鈴鐺般的大眼睛滿是淚水，抽抽噎噎低聲啜泣的純真模樣煞是惹人憐。

「妳的房間在哪裡？」

道子詢問女童，孩子伸出淚水沾溼的楓葉小手，指向二樓一間病房的窗戶。

道子帶著女童回到病房。既是慈善醫院，一間病房裡自然放了好幾張床。其中一個小小的空床就是女童的位子。她把女童放回床上，靜靜摸著她的頭。孩子經過剛才那番激烈哭喊，大概也累了，被道子摸頭後，就舒舒服服地進入夢鄉。

「嗳，好一張天真無邪的睡臉！」

這可憐的小靈魂不久前才那般大聲哭喊著「媽媽」、「媽媽」，此刻卻這般信任自己的手，酣然入夢——道子心裡一酸。這時敲門聲響起，房門打開，有人走了進來。那是一位面容憔悴的婦人，穿著一件陳舊的棉布窄袖短外褂，頭髮沒有半點油光，僅以梳子簡單盤在頭頂。

她來到正被道子摸頭的女童床前，盯

著孩子那張睡臉，打從心裡流露喜悅微笑，接著轉向道子，彬彬有禮地再三鞠躬。

「多虧您，小君才睡得這麼香，真的非常感謝您。我本來打算今天中午帶點吃的過來，可工作實在忙不完，她一定等了很久吧。」

婦人說著說著就紅了眼。道子得悉她就是女童小君呼喚的媽媽，而小君則是等不到媽媽才哭著跑到後院找人，不由得更加感傷。

「她好像非常想媽媽，不過我抱著哄睡之後，她也放下心來，睡得很香甜呵。」道子語落，母親欣慰地看著孩子的睡臉，又歡喜地躬身道謝。

「我其實也很擔心這孩子的病，連晚上都睡不好。因為她沒有父親，我得從早到晚蓬頭垢面地工作，現在總算勉強擠出一點時間來過來……」母親難掩心中悲傷，打開提在手中的包袱，裡面裝著五顆紅蘋果。

這五顆小蘋果，想來是母親工作一整天，用額頭淌下的汗水辛苦換來的蘋果——這蘋果絕對比黃金、珍珠或珊瑚來得更有母愛。母親為了生病愛女上街求得的一顆顆蘋果，其中蘊含了多少疼惜與慈愛淚水？

這對窮困母女——母親從事勞力工作，扶養探望生病愛女，這悲慘窘境——適才目睹女童思念母親的聲聲哭喚，那楚楚可憐的姿態，令道子心靈深處湧起一道未曾領略過的幽邃清泉。

——不管怎樣我都想幫助這位媽媽以

及叫做小君的可憐女孩，如果有什麼我在醫院可以做的事情，我都想替她們做！

這個心願以雷霆萬鈞之勢在道子心田快速滋長。就在那一瞬間，道子體內萌生一股說不出的暢快活力。沉睡的小君猛然睜眼。

從純真夢境醒轉的小君，當她眼裡映出心愛母親的面容和柔和白衣的道子時，她是多麼開心啊。她把頭靠著母親膝蓋，一手握著道子，露出討人喜愛的笑容。

「妳哭著跟姐姐說媽媽沒來嗎？」

母親愛憐地問，小君撒嬌似的噗嗤一笑，朝道子瞥了一眼。

「不過，小君很快就乖乖睡覺了嘛。」

道子定睛注視那張小臉蛋，女童羞不可抑地將臉埋在媽媽膝頭。哎，那神態天真可愛極了。

「就算媽媽不在，只要有這位親切的姐姐，妳就好好睡覺覺，趕快把痛痛治好呵。」

小君聽見母親這般勸說，睜著一雙圓眼點頭如搗蒜。

「好乖好乖，小君最乖。」

母親那雙勤奮工作的粗糙手掌，愛不釋手地輕撫愛女的柔嫩臉頰。

一旁的道子看在眼裡，不覺熱淚盈眶。

她想為這對母女貢獻一己之力。不光是眼前的母女，世上說不定還有成百上千個這般教人憐惜的孩子和處境堪憐的勇敢母親們。假使這間醫院的大門是為了這群人而開，她就能夠在這扇門內真心誠意地努力工作。再怎麼努力、再怎麼努力，都有做不完的工作——

道子霍然站起，祈禱般地將纖纖玉指放在病童頭上。

「小君，我從今天起就當小君的姐姐吧，同時也代替妳媽媽……」

道子聲音發顫。愛的美好力量在心底漫溢橫流，強烈衝擊道子的心房。

道子將手放在孩子頭上發誓般如此宣言時，她心裡除了這間病房，也盈滿了對於每天接觸眾多患者的悲憫與同情。

過去，她總是帶著一種羞愧無力的心情工作，認為這裡既骯髒，又噁心、陰森，無法在自己的工作中看到任何光明或幸福。而今，這種念頭彷彿被風吹散的落葉，飄到遠方不見蹤影。於是乎，她現在是自己渴望獻身！自己想要努力！主動追求滿足！

獲得這三種全新的力量，道子毅然決定投身工作。

「姐姐，人家不要妳走。」小君開口阻止正欲離開病房的道子，被母親責備後，她失落地說：「妳下次再來，下次再來呵。」

可愛童音在身後一遍遍迴盪，道子低頭一步步走下二樓樓梯。

雖說在自己的工作中看見光明，甘願奉獻自我，可是那分心意下——悄悄浮現充滿魔力的那句話語，如今深深困擾著道子。

——該如何回覆茂川家那封幸福邀約？旁人求之亦不可得、通往幸福美滿的命運之鑰不就在自己眼前嗎？

妳若是走進那美好燦爛的人生，妳的父母、兄弟姊妹和整個家族將會多麼快樂？

這一輩子——未來漫漫人生若想過得富足無憂，就憑妳眼下的決定；抑或要在陰暗潮溼的醫院跟面黃肌瘦的貧民們孤獨度日，全看妳一念之間了。

勾魂攝魄的聲音這般在道子耳畔低語。

「啊啊，我到底該選哪條路才對？我……該如何是好？」

兩個背道而馳的意念在道子內心交戰，讓她糾結不已。

道子決定先回家，將茂川家邀她成為家庭成員的喜訊告知家人。想當然耳，這消息讓家裡每張臉孔都亮了起來。

道子意識到沒有人懂得她此刻的煩惱，悵然返回醫院。那一夜，是讓道子何等煩惱苦悶的夜晚吶。隔天就是必須回覆茂川家的日子，院長等著道子的答案。道子早上沒有去院長室，中午依然不見人影，終於快到五點了。五點的鐘聲一響，院長便要離開醫院回家了。院長滿腹狐疑，為什麼道子不早點來回覆那封幸福邀約呢？

沒多久，院長室的門開了，道子姍姍來遲。

「初野小姐，今天必須回覆茂川先生了。」

院長一見道子便催促道，道子躬身行禮。

「院長，請代我婉拒茂川先生，我想

留在醫院工作。」

「為、為什麼呢？」

這個答案大出院長意料之外，他連忙反問。

「比起享受茂川家幸福美滿的生活，平民少女的我有更神聖重要的使命。在苦命窮人們的病榻前，我想成為一盞明燈、一道力量。茂川家的千金小姐只有一個人，就算沒有我，她也能找到其他優秀的護士。但是，貧困病人的數量多得數不清。我想成為許許多多人的親切朋友，為他們服務。這才是我最能安心擁有的真正『幸福』。」

道子說完，朝院長深深一鞠躬便離開房間。

院長啞然望著離去的道子——那身影儼如愛的化身般聖潔閃耀。

道子走進護士休息室。房間中央的桌子上，深紅絢麗的大理花束開得美盛，在暮色昏黃的室內格外醒目。

道子忽然伸手拿起那束花，繼而打開一扇對外窗。窗口正下方是流經街道後方的一條河。道子才將手伸到窗外，說時遲，那時快，一大束大理花已被扔進河裡。流動的河水載著紅色花束，在夜幕中奔馳而去。

道子定睛目送河面上遠去的花束，喃喃低語——

「大理花啊。你真是燦爛、美麗，但，你並不是我的朋友——」

# 烈焰花

白雪皚皚的北方城市有一所歷史悠久的教會學校，校內座落著一棟飽經歲月洗禮的學生宿舍。

雖說是正月假期——畢竟新曆年的喜悅早在去年底的聖誕節慶祝過一輪了，而短暫寒假期間待在宿舍不回家又是離鄉背井學子們每年的慣例——所以即便是寒假，宿舍各扇窗戶每晚仍舊燈光閃爍，不時還能聽見讚美詩歌的聲音。

事情發生在元旦隔天晚上。雪從早晨開始飄落，到傍晚轉為暴風雪，銀粉漫天飛舞。

宿舍並未強制規定學生放假時待在自修室晚自習，當然也不會有人特地跑去自修室向同桌互道「恭喜」；不知是誰提議「不如來玩個遊戲吧——」，全員立刻一致決定當晚打撲克牌，地點選在春藤綠的房間，她是本科四年級的學生，全宿舍公認天真可愛，綽號「寶貝」，本名也美好饒富詩意。雖然她的單人房才六張榻榻米大，但它離舍監室最遠，再怎麼吵鬧，舍監也聽不見……

燈光調暗後，大家圍成一圈，拿起撲克牌。

「我來切牌。」房間主人——綠伸出手。她似是對切牌有些自信，將撲克牌輕輕歸攏在雙手中，乾淨俐落地左右來回切牌。

「哇，春藤同學好厲害。」眾人目光集中在那雙移動的手，綠喜不自禁，指尖一彈，撲克牌飛了出去。

房內瞬間爆出一陣笑聲。

「所以說，妳就是個大寶貝嘛。」某人這麼一說，又引起哄堂大笑。

綠難為情地紅了臉，正大感沒趣時——寂靜的校園裡驀地響起刺耳的門鈴聲。

「咦？」其中一人輕呼，一夥人紛紛側耳細聽。

「是後門。」兩三人齊聲說出明擺著的事實。

鈴聲響個不停，猶如牧羊人遭狼群襲擊時吹的求救號角，悲憤惶急地震天價響……

然而，或許是認為不可能有人應門，鈴聲不時中斷，卻還是呼救似的在大雪紛飛的寒冷夜空中炸開。那鈴聲聽來像是淩亂音符凍結在地面積雪上。

「我去通知老師。」綠騰身而起。

她身材高䠷，起身時大袖一揮，忽見燈光晃悠，手中撲克牌嘩啦一聲四處飛散。

美麗撲克牌或正或反散落一地，燈下一片狼藉——

「哇，真粗魯！」冷不防被撲克牌擊中胸口的人們出聲嗔怪時——綠早已竄出出房間，沿著長廊直奔舍監室去了。

「老師。」

她氣急敗壞地在房外呼喊，裡面有聲

音，卻沒有回應。

「老師，門鈴在響。」

這次她高聲說完，房內總算傳來老師的聲音。

「妳去跟工友說。」

「好的。」綠轉身離開之際，忽然在房門附近嗅到年糕燒焦的氣味——若在平時，這事說不定就會從綠的淘氣小嘴傳揚出去，成為讓住宿生莞爾一笑的絕佳素材。

但這天晚上的綠沒有那種閒情逸致。她覺得自己該為後門鈴聲負責，又大步流星地一路跑到工友室。

她飛身衝進工友室一看，房裡亮著燈，卻一個人影俱無，只有一張孤零零的暖桌看家似的被棄置在棕色榻榻米上。綠的心怦怦直跳。

門鈴聲繼續響了又響……

最後，光著腳丫子的綠不顧一切地從宿舍後面跑到門口——當然也沒有撐傘，袖兜和下襬都被雪弄溼了。

她壓根兒忘了寒冷，將門閂朝旁邊推開，門扉隨猛烈吹來的雪花一起向內撞來。

就在那扇門的陰影中！

一道苗條人影儼如一尊石像站著，文風不動。

雪女——這莫測高深的東瀛無聲妖精，傳說在北國冬夜四處遊蕩，以神祕詭譎之姿媚惑人心，如今居然在此現身——可憐兮兮的綠霎時魂飛魄散，直挺挺地杵在原地，一句話也說不出來，而手就這麼擱在門閂上。

「謝謝，請快點把門關上吧，喂。」

悅耳話音冷不防從風雪中傳來。要不是這個聲音，綠恐怕就要被埋在雪堆裡了吧。

如在夢中的綠欲待放回門閂，於是用力推上黑色大門，門扉嘎的一聲寞然緊閉。

綠這才初次回頭望去。白銀刨落的紛紛雪花中，一道身影站在那兒——半張臉在雪光照耀下浮現。灰色的防寒用御高祖頭巾黯淡得幾乎要融入夜裡，一雙黑水晶般的眸子自頭巾中露出，然那心靈之窗空洞迷濛，心不在焉。大衣肩膀顯得那麼瘦削憔悴，紛飛雪花堆積又滑落，循環不息。

「請讓我見華格納老師。」

悅耳話音再度從雪中傳來。

「好的。」

綠彬彬有禮地應道，當先踏雪前行。跟宿舍相隔一段距離的校園樹蔭處，有一棟人稱「藍館」的藍色洋樓。那裡住著獻身為主的老校長華格納女士，她發願要在這座櫻花島上無私奉獻餘生。

綠與陌生人一同冒雪走向那裡。

夜已經深了。

綠在石階上拂去雪花，按下門鈴。過了兩分鐘、三分鐘，門沒開，二樓的窗戶卻開了。樓上窗戶的燈光斜射在一樓門口台階上。

白蠟燭的火光在銀燭台上閃爍，華格納女士舉起純白睡袍的寬鬆袖子，半個身子出現在窗裡，向外俯瞰。

「哎呀。」

綠看見華格納女士，發出驚呼的下一瞬間，自她打開校門算起，今晚的神祕客唇間第三次溢出那悅耳話音：

「華格納女士。」

噯，那呼喚——該如何形容才好呢？彷彿禁不住哽咽的那聲呼喚——白蠟燭火光正下方的石階上，一個站立的人影這一刻清晰可見。

「增夫人——」

二樓窗戶傳來外國老太太溫和沙啞的聲音。

不久，門開了。華格納女士出現在玄關。此時，神祕客取下頭巾，略顯凌亂的高雅丸髻上插著一根綴著紅色珊瑚球的髮簪，輪廓冶豔動人。美麗的鵝蛋臉朝向前方，驀地伏倒在華格納女士的白袍胸口。

——門從內側闔上。

綠在門外躬身行禮，復又冒雪返回宿舍。

這場奇異夢境事件過後，寒假也結束了。

第三學期[1]的開學典禮，在禮堂集合的全校學生多了一個人。那個新來的學生，只有綠認得她的長相，綠又豈能忘懷？那個暴風雪之夜，是她親自開門將美麗女子迎進校園。

那晚少婦風姿的丸髻，如今改梳成高雅清爽的簡單西式髮髻；白色衣領與深棕色銘仙和服的圖案甚是合襯，茶色行燈袴自酥胸柔美垂落，朦朧搖曳的下襬散發令人繾綣的柔和懷舊氣息。綠恍如親眼目睹童話裡的奇蹟，睜著一雙純真大眼注視對方。

美人的眸子深邃明亮，卻蕩著一股莫名溫柔憂鬱，她凝睇綠的天真臉龐，嫣然微笑，優雅雙眸無聲說道——

**那天晚上謝謝妳**

**可愛的妳**

**做我的朋友吧**

從那天起，美麗女子就成為英語專攻科一年級的學生。老師告訴大家，她叫片岡夫人。

雖說是夫人，但也有寡婦追求獨立自主，或是有遠見的妻子在丈夫外派期間不願浪費大好時光，這樣的夫人也可能起心動念到校進修，對此班上同學倒也不感驚訝。讓所有人驚訝的，不如說是她美豔孤寂的外貌。

片岡夫人從那天起搬進宿舍。華格納女士偷偷將綠喚來說：

「是妳先開門，幫助了增夫人——」

話才說了一半，華格納女士就打斷自己笑了出來。

「妳應該是最適合當她朋友的人了，對吧？」

綠笑著一鞠躬，然後走出校長室。回宿舍房間一看，不知何時一切既已安排妥當——牆邊有一座附小抽屜櫃的桐木衣櫃。一座附帶細長型穿衣鏡的梳妝台、一座漆成黑色的掛衣架，上面如楓紅倒映飛瀑般掛著一條美麗腰帶，下面則放著一個無蓋淺筐。窗下有一張漆黑光亮的黑檀木矮書桌。表面以貝殼裝飾並刻著菊花的圓筒狀桐木火盆裡，燒得微紅的橡木炭上放著一只銀瓶，蒸氣正從閃閃發亮的瓶口裊裊上升。火盆前鋪著蓬鬆的紫底縐綢座墊，上頭圖案是大片的紅色麻葉；火盆旁則有一扇二片式小屏風，金漆表面散落著色彩暗沉的長條詩箋圖案；屏風背面有一座紫檀木台，上頭擺放著青瓷花瓶，瓶內插滿香氣四溢的黃色水仙花。再隔一段距離的前方牆壁是一座豪華書櫃，也是房內唯一的西式家具，書櫃裡掛著綠簾，皮製書脊上，高雅的燙金英文書名依稀可見，猶如暮靄彼方閃爍的星星……書櫃上方掛著一幅畫，是法國畫家尚弗朗索瓦·米勒（Jean-François Millet）所繪的《晚禱》。向晚鐘聲自畫裡響起，種田夫妻在田間虔誠祈禱。

房間陡然出現翻天覆地的變化，綠甚至認不出自己那張破舊小書桌，她呆若木雞地站在原地，直如踏入異世界般眺望這一切。

「綠同學。」

綠愣怔之際，肩膀被人輕輕拍了一下。她轉頭一看，美目流轉的片岡夫人就站在身後。

「這不是我們倆的房間嗎？進來吧。」

夫人迅速牽起她的手進了房間，就這麼握著不放續道：「我無論如何都希望住進妳這小房間。妳一定還記得吧？那場暴風雪的夜裡，我不顧一切逃來學校——當時我是真個豁出去了。我忘了大雪、忘了夜晚、忘了黑暗、忘了世上的一切，就只是緊緊抓著那扇門。當時開門迎接我的人就是妳，我永遠不會忘記——當時那張可愛臉孔！拜託，妳就當我是隻可憐痴傻的籠中鳥，逃出籠子飛進這房間，讓我跟妳一起生活吧。全世界就只有這一個房間能夠讓我的靈魂安息。」

片岡夫人語氣沉靜如水，既像請求，又似感喟地說完這番話，綠只覺迷失在美麗詩句，陶醉泛淚，心馳神往地看著夫人立誓：「我，呃……想成為美麗王妃的侍女……」

夫人訝然反問：「什麼王妃？什麼侍女？」

綠抬起骨碌碌的圓眼，跪在夫人腳畔，雙手在胸前合十，祈禱般地說：

「妳是美麗的王妃。我要成為侍女來服侍妳。」

「噯。」

夫人的臉刷地紅到耳根，溫柔地嗔睨著綠，又不勝愛憐地摟住她的肩，宛若母親貼著幼兒臉頰般悄聲道：

「哎呀，這真像童話故事哩。那麼，我就來當王妃吧。然後，請聰明伶俐的侍女拯救我。」

——兩雙喜悅明眸燦爛如夢中綻放的粉紅薔薇。

綠懷著一顆照料美麗王妃的侍女心，與片岡夫人朝夕同起臥，出入共相隨。

這所學校裡冥奧難解的美麗「謎團」——眾所注目的片岡夫人，無論她走到哪裡，綠都像如影隨形的忠誠侍女，不惜將自身獻給伊人。

「片岡夫人！哇，那位同學看起來很孤獨，卻還是那麼有魅力。春藤同學似乎已經迷上她了。」

校內某個學生輕啟檀口評論傳聞中的女主角時，不知從哪裡傳來一聲高喊：

「對呀，真是神祕的魔女！」

不知又是誰出聲附和那句話：

「魔女！魔女！」

片岡夫人的柔美香肩自此擔起「魔女」的詭異名號。

——魔女的小侍女！

這是在背地裡對綠發出的惡意譏嘲。

然而，這些閒言閒語從未讓綠感到畏懼羞慚。

**魔女啊！魔女啊！**

**哦呵，美麗的魔女啊！**

**就讓我服侍妳吧。**

**綠在心中唱道。**

那是發生在某個午夜的事情。

綠忽而醒轉。陰曆二月的寒冷午夜，或許是出於懷舊之情，片岡夫人每晚都在房間角落點上紙燈籠，綠朝夕侍奉眷戀的夢中王妃猶如一朵沉睡的白薔薇在微光暗影處假寐，棉襖的柔軟黑天鵝絨領子蓬鬆覆在雪白玉頸上——當綠將一雙莫可名狀的孺慕純真雙眸轉向那裡——出乎意料的景象令她大驚失色。理應在夢幻燈火陰影處恬靜綻放的美麗容顏，此刻竟是杳無蹤影。

純白的羽絨枕，就像睡在岸邊的天鵝

被棄置在空無一人的被褥上，披散其上的黑髮主人消失了，不見人影！

「咦？」

由於突如其來的驚慌與失望，綠內心噗通狂跳，猛然躍起。

綠一心尋找佳人芳蹤，即便房間算不上寬敞，她也用紙燈籠一一照亮室內各個角落——甚至連櫥櫃裡面都不放過。

總之王妃不在房間——綠繼而走到寂靜夜晚籠罩的宿舍走廊。

雙手舉著紙燈籠的忠誠侍女，就這樣在走廊各處徘徊，彷若尋找遺失寶石的可憐舞孃，在嚴寒冬夜的寂靜暗潮中來回穿梭。

綠如此這般迷失在宿舍裡，最後來到走廊盡頭的老式陽台。

陽台前面是一扇古典造型的厚重玻璃門，在黝闇中反射天幕清輝星光——

就在那裡，綠赫然發現一只雪白衣袖飄蕩，朦朧如夢。

綠緊張得透不過氣來，執著紙燈籠的手駭得直哆嗦，怔怔地站在原地。

可是，綠這位一路追尋遺失的美麗寶石至此的大無畏舞孃，擁有不可估量的勇氣。

她定睛細看，陽台上站著一個模糊人影！

那是一身純白睡衣，面容安詳，黑髮在雙肩飄揚，倚著陽台欄杆——國色天香的女子！片岡夫人，想不到夜裡的她竟是明豔動人如斯。

「哎呀。」

綠欣喜若狂地用力推開門。

冷冽的月光斜照在俏立陽台的那人肩膀，再一路滑落至背上青絲。

她儼如被封印在冰宮裡的王妃，在綠眼中分外淒豔莊嚴。

「我找妳找得好苦呢。」

彷彿將失而復得的珍貴寶石緊緊摟在懷裡低語，綠上氣不接下氣地說。

被封印在冰宮裡的那人，此時像是從夢中驚醒，突然睜開花朵般的黑眸，握住綠的柔軟手掌。

「妳嚇成這樣！哪裡不舒服嗎？我……呃，對不起。」

夜晚，而且是半夜，站在月光冷冷灑落的闃寂陽台，一頭青絲垂肩的女子心裡想些什麼，綠委實摸不著頭緒。話雖如此，不論心儀對象做了什麼，綠都不可能心生厭惡，故而微笑牽起她的手，靜靜勸道：

「我們回去吧，回房間，回床上。」

「請原諒我，總是這麼任性。」

美麗王妃再三柔聲道歉，任綠牽著回到房間。夫人在床上依偎著綠，附耳呢喃：

「妳要永永遠遠保持純真的處子之心。」

夫人言罷，伸手緊貼綠凍僵的稚嫩小手。

「我不想妳變成大人。妳不許長大。」

當話語斷斷續續傳來，滾燙的淚珠也一顆顆滴落在那雙手上。

恰似飽滿的秋日露珠自白芙蓉花瓣滑落……

唉，這位美麗夫人心坎裡的銀壺埋藏著何種悲傷呢？

綠終究百思不得其解，實是神祕深奧的ENIGMA！這是個謎！

心底藏著無法向人傾訴的悲傷，夫人悒鬱身影美麗依然，在裊裊香煙中若隱若現，日復一日過著校園生活。

某天下午，工友到神祕魔女與忠誠侍女的閨房敲門，呈上一張名片。

「這位訪客說想見片岡夫人。」

夫人原本靠著矮桌，聚精會神地閱讀奶油色皮革封面的小本英文詩集，這時接過名片一看，就像不小心拿到了什麼髒東西，優雅眉頭蹙起，臉色一沉。

「華格納老師應該願意代我會見這位女士吧。」

她喃喃自語。

「華格納老師目前不在。」

工友隨口應道。

伊人憂色倏然加深，絕望之下心一橫——「綠同學。」

柔弱芳唇吐出平日的親暱稱呼。

「是。」

同樣坐在桌前的綠恭順答應，一轉頭，只見一小張鑲著金邊的閃亮名片就在眼前。

「請妳去見這個人。請救救我，就像那暴風雪夜的大門——」

寥寥數語，雙眼卻好似伸長了手在求救一般。

綠站起身。

「好的，我來去見這個人吧。」

受託的綠也不追問緣由，逕自朝會客室奔去。

站在會客室沉重的栗色門前，綠正要將手放在門把上，心底終究掀起一陣波瀾。

一想到現在就要進入會客室，扛起拯救那位天仙的責任……

綠雙眼望天祈禱，求神賜力量給弱小的自己。接著猛力轉動門把，頃刻間，門呀的一聲打開。

為了拯救美麗王妃，綠肩負沉重使命奔至會客室，在默禱後開啟門扉！但聞門內傳來人聲：「少奶奶，妳讓我等好久了。」

綠閃身入內，靜靜將門把轉回原位。

「喲，妳是？」

隱約察覺來人氣息，胸有成竹地出聲相喚的那人察覺自己的誤判後，在綠的注視下，帶著無處宣洩的薄怒尖聲質問。

中央圓桌靠近沉甸甸的古董長窗簾遮擋的窗戶那側，斜放著一把同樣貌似古物的藤椅，婦人站在椅子後方，聲如其人。

身材圓潤矮小，宛然一尾直立的金魚，卻非金魚那種在綠藻陰影處吸著水泡的可愛紅色身影。

不知該怎麼形容，三根鑲滿寶石的梳子活似光芒四射的閃亮仙女棒在頭上插成一圈，誇張盤成一大坨的西式髮髻，顯然不是自己的頭髮，保准是戴上去的現成黑色假髮。

臉頰飽滿紅潤，卻也稱不上夢幻薔薇

色，就像在細紋上抹了濃稠的白色物質，上面再滲出番茄汁的感覺。油膩膩的一張臉。眼睛、鼻子和嘴巴都毫無價值可言，僅僅是為了愚蠢欲望和微小虛榮而存在的工具。

穿著看起來非常昂貴，可惜在綠眼裡一文不值。「喂，小姑娘妳倒是看看夫人我的這身打扮呀。」婦人便似在無聲炫耀，傲然離開籐椅走上前。那布料不知叫天蠶縐綢還是縐綢，畢竟對綠來說，這世上最好的和服就是紫色銘仙——反正婦人穿的肯定不是銘仙，她不僅身上層層疊疊穿著數件色澤暗淡的厚重和服，外面又罩著一件質地相同的短大衣，使她原本就很粗短的身軀顯得更加臃腫，領口甚至還垂掛著一條蓬鬆的純黑皮草圍巾。

這位盲目模仿歐美穿搭的日本婦人雙手插在黑色皮草暖手筒裡，卻又唯恐遮住右手上閃閃發亮的黃金手錶。綠驚訝地看著對方奇異浮誇的裝扮，同時注意到那只手錶，盤面指針停在七點半，而不是現在的時刻，綠不知這名婦人何以戴著不會走的手錶，不由得替她擔心起來。想當然耳，婦人買下這只新手錶至今，從不曾替它上過鍊，也沒有知道時間的必要。

總之，婦人進入會客室至今，就連圍巾都沒有取下，這般全副武裝不知是趕時間？怕冷？還是生氣？無論如何，綠就不動聲色地站在那裡。婦人顯然是沉不住氣了，語氣不耐地開口質問：「妳是什麼人嗄？」

那句疑問帶著鄙俗的尾音。

「我，呃……是這間學校的學生。」
綠一臉認真地應道，直似在回答老師的提問。
婦女聞言，將黑色皮草暖手筒舉到胸口，胸脯使勁一挺。
「我呀，就是有事來拜訪那個片岡少奶奶的人啦。」
我沒有什麼事情要跟妳這種小姑娘談！搞錯對象也該有個限度——神情充分流露出內心不屑，婦人一屁股坐在前方籐椅上，把椅墊壓得扁平。校長華格納女士當年到日本時一併帶來這把全校最古老的籐椅，被婦人突如其來的重量嚇得吱吱作響。
綠看得目瞪口呆。對於一個涉世未深的雛兒來說，眼前情況可真不知如何應付。
「可是，我，呃……我是代替那個您說的那位……片岡少奶奶過來的。」
綠好不容易把話講完。
「喔，這樣啊……」
裹在黑皮草裡的婦人此時拉長了脖子，用貓一般的臉孔逼視綠。肩膀和手上亮灼灼的噁心皮草是什麼來路，想都不用想，從過度肥胖矮小的身材以及說話口吻判斷，肯定是貉——而且還是老貉，肯定是在山村愚弄旅行者、偷酒喝的老貉所剝製成的皮草。婦人從貉皮草中探出老貓似的臉孔打量綠——
「少奶奶借故走避，叫一個什麼都不知道的小丫頭來見我，是想敷衍了事呵。」
板著臉氣沖沖的婦人，大失所望地往

籐椅背一靠。綠一語不發地站著。

「那，怎麼啦？片岡少奶奶生病了嗎？」

「沒有，她健康得很。」

「既然健康得很，喏，我都特地拜訪了，過來跟我見個面，有什麼不方便的？喂，我說妳呀——」

綠此時堅定回道：「片岡夫人說她不想見妳。」

婦人沒有回應，只是將籐椅壓得吱吱作響——綠隔了一會兒又繼續說：

「您有何貴幹？我可以代為轉達。」

纏在籐椅上的貉皮草左搖右晃——

「嗯，妳坐下吧。」

這下完全搞不清誰是主誰是客，皮草婦人似是把會客室當成了自己家，招呼綠在眼前的小椅子坐下。綠倒也就乖乖坐了下來。

「到底，少奶奶每天都在做什麼來著？」

「她每天都在學習。」

「嘿——學習……學什麼？」

「因為她是學生嘛，所以什麼課程都要學，有時也會為我翻譯丁尼生（Alfred Tennyson）或白朗寧夫人（Elizabeth Barrett Browning）的詩。」

綠如實報告片岡夫人的學習狀況。

「哇，無藥可救欸，離經叛道也該有個限度，不是嗎？」

婦人聽完更覺詫異，綠見狀很是不滿，詰問道：「學習為什麼是離經叛道？」

婦人大力點頭，噘起貓嘴說：「噯，

妳聽我說唄。說起片岡家，就是坐擁寶山的大亨，不管銅礦啦、煤礦啦，都是挖也挖不完的，而那位少奶奶呀，便是少主的太太。唉，真想讓妳看一眼，那氣派寬敞的豪宅，還有花園吶。簡單說，少奶奶只要搖個銀鈴鐺，立刻就有十幾個漂亮女僕在隔壁跪成一排問：「夫人有何指示？」那奢華的日常生活根本就是《二十四孝》的〈哭竹生筍〉翻版，一起床，全套早餐就擺得妥妥貼貼。我跟妳說呀，平民拚命求也求不到的數十萬財產、豪宅，她就這樣統統扔掉，在那個大雪天，逃到這間她讀過的學校欸。妳倒是說說，她究竟有什麼不滿？是少了什麼？我們這種平民老百姓，真的搞不懂欸。溜出那座城堡般宏偉的豪宅，呃，雖然這樣說很失禮，但大包小包地把行李搬到這個實際上看起來就像西方尼姑庵一樣的寒酸宿舍，然後每天，唉，忙著不知所云的學習，就算當事人覺得無所謂，我們在旁邊看著也是吃不消嘛，是吧？喂，這世上有哪個豪門少奶奶會離家出走，跑到洋鬼子開的學校參加勞什子的課程呢？而且還是了不起的礦山大亨欸，她可不是住在商店後頭的破爛房間，而是坐擁白花花數十萬兩金幣的豪宅夫人呵。呿，住在這裡到底是有什麼好的？少奶奶的離經叛道真是傷腦筋。」

貉皮草的貓婦人確實是個雄辯家。

可憐的綠完全失去發言權，只能縮著身子乖乖坐在椅子上。貓婦人又噘起嘴脣——

「唉，這能不讓人傻眼嗎？把數十萬

財產、宮殿般的豪宅，還有名譽統統拋棄，人生還有什麼希望？然後就這樣跑到這裡。我今天是非得把人給帶回去不可，所以妳呀，就讓我見見少奶奶吧，什麼報酬我都可以給妳，喂，讓我見見少奶奶吧。」

貓婦人的瞳孔像貓一般變細再放大，駱皮草左右晃動，壓得古董籐椅嘎嘎作響，亟欲將綠拉攏至己方陣營，一張嘴諂媚如貓，鼓舌如簧。

綠冷不防朗朗說道：

「片岡夫人拋棄了現實世界中那麼多的財富、名譽，以及一切幸福，就為了追尋一個尚未達成的心願，在那暴風雪夜逃到此處嗎？她是何等崇高的人物吶！她的靈魂是多麼美好啊！我……我……已經不知該說些什麼了。」

綠感動得熱淚盈眶，聲音發顫，稚嫩心靈興起對片岡夫人的全新憧憬和敬佩之情。

正當她淚如泉湧，袖兜捂胸不能自已時，貓婦人也忙著琢磨凡間萬般詭計。

「喂，妳振作點。我可不是特地跑來這裡說笑或扮家家酒的欸。為了讓少奶奶離開學校回家去，我可以麻煩妳一件事嗎？喏，妳就跟那個洋鬼子老師——」

綠淚眼汪汪地搖頭。

「不行、不行，不能讓那位高尚的夫人離開學校，不能、不能。」

綠宛如被人搶走珍貴點心的孩子在鬧脾氣，氣呼呼地堅拒再三。貓婦人也懾於對方氣勢，一時間慌了手腳。

「不，呃，也不是要妳現在立刻這樣

或怎樣呵。等過一陣子，請學校老師時不時跟她提一下這件事，然後讓少奶奶平安回家，那就好了。妳覺得如何？能不能幫個忙呢？」

貓婦人努力展現老練外交官的手腕，窄小額頭上浮現豆大汗珠。即便在這早春的室內，也不知施了什麼魔法，那貉皮草始終沒有離身……

「呃，這種事我不太清楚，請您跟華格納老師說去。」

為求暫時脫身，總之為了讓訪客快點離開，綠如此說道。待她意識到這可能會給華格納老師帶來麻煩時，暗自捏了一把冷汗；而對方卻像得悉一個好法子，如獲至寶地露出詭異笑容，將膝蓋往前挪了挪。

「哦，是嗎？既然如此，呃，跟這位叫華格納的老師說明原委，看來是最快的方法了。那冒昧請教，現在可以讓我們見個面嗎？」

貓婦人把對方當成小女孩似的，一副餓虎撲羊的模樣，綠幾乎快要窒息。

「華格納老師今天不在。」

「哦呵——那麼，什麼時候來才能見到她呢？」

或許是認定綠在說謊，貓婦人以一種調侃的語氣反問。綠惴惴不安地誠實回答：「老師的會客時間是每週五下午兩點到五點。」

「啊啊，所以星期五來的話，她一定會在囉。」

「是的，沒錯。」

「太感謝妳了。抱歉打擾這麼久，那我今天就先告辭了。」

婦人此時總算從籐椅晃起龐大身軀，慢悠悠地站了起來。接著，她再次撫摸皮草圍巾，大搖大擺地走出會客室。

愕然目送貓婦人離開的綠，或許是原本緊繃的情緒突然放鬆之故，就這麼倚著門，一時間無法動彈。

綠半晌後才返回宿舍房間尋找片岡夫人，那裡卻不見佳人身影……

綠拚了命地四處尋找。

她先是從窗戶憑眺操場，連樹木蔭影處都逐一察看，但並未發現可疑人影。

接下來，綠去了一個與其說是校舍附屬講堂，不如稱為禮拜堂更為合適的大禮堂。平日窗戶都拉下帷幕，四周昏暗一片，正前方的講台左側放了一架大型的栗色古老管風琴。昏暗中擺得密密麻麻的長椅與高高的天花板之間，瀰漫著一股莫名的落寞寂寥。

暗紅色夕曛這時正好越過上方玻璃窗，自帷幕透出的光線斜射過牆壁，在地板上如煙飄蕩。

斜陽投射在古老管風琴的模糊陰影裡，伏著一個雕像般一動也不動的影子——正是片岡夫人。綠躡足走近時，夫人挺身站起。

「綠同學，那位客人呢？」

夫人以一貫安靜平和的聲音詢問。綠並未回答夫人的提問，只是仰望著對方，嘆息般地說：「妳真是太高尚了。真是，妳真是，我……我不知道該說什麼了……」

夫人一怔，面對語氣遽然如此激動的綠，有些不知所措。

「啊啊，為什麼為什麼——妳為什麼說這種話？」

綠百感交集地顫聲說：「我方才終於得知了一切。那場暴風雪之夜，妳獨自逃到校門口……拋棄了萬貫家財與富麗豪宅，然後、然後妳來到了上帝面前……就算捨棄榮華富貴和現在的幸福，也渴望追尋真神的崇高心靈……我已經不曉得該說什麼了……」

綠感動得聲淚俱下，滔滔不絕渾然忘了自己。夫人同樣是俏臉通紅，激動顫抖。

日暮時分，寒冷蕭瑟的晚風潛入建築物內，窗外明月虛幻迷離，帶著早春的朦朧陰霾浮現。倘使一切如夢，只願朝朝暮暮沉浸夢中，兩道人影在這溫馨甘美的掌燈時分佇立在禮拜堂內，四周響起絕妙悠揚的〈夜之曲〉。

嗚呼，人間春日的一天就這麼過去了。

入春後的某日，一輛汽車穿過校門，發出野獸狂嗥的刺耳呼嘯，將校園碎石濺得到處都是，一路猛衝到玄關的混凝土地才停止。

車內躍下一位身穿焦茶色晨禮服的臃腫紳士。若要用一句話來形容該人物的風貌，簡直就像「電影裡演的幫派組織成員」。

他盛氣凌人地按下玄關門鈴——語氣傲慢地對出來應門的工友說：

「我想見華格納女士，你給我傳達一

下。」

如此說完，他右手伸進口袋捏出一枚金幣，傲睨工友。

「喂，這給你晚上小酌。」

——從創校工作至今，即將在今年秋天校慶接受表揚的忠誠老工友藤作爺爺心中一凜。

「大爺您別跟我開這種玩笑。」

「因為有事要你幫忙。替我好好通報給那個叫華格納的外國女人，喂，萬事拜託啦。」

沒禮貌的訪客不耐煩地表示，藤作爺爺聞言冷冷應道：「替客人通報是我的職責，您不必給我小費。」

藤作爺爺斷然拒絕後離開。

不久之後，華格納女士就讓這位傲慢無禮的客人進入會客室。

藤作爺爺覺得今天這位無禮至極的訪客形跡甚為可疑，看著華格納女士老邁優雅的身軀走進會客室，他心下悄悄發愁。於是，為了暗中保護華格納女士，他偷偷躲在會客室門外，觀察室內情況。

下面這段微弱的對話傳入藤作爺爺耳裡。

「只要能接回少奶奶，呃那個，我們這邊就沒有任何不滿或怨言了。」

「我們絕對沒有從你們那裡搶走增夫人，增夫人是自己到這裡來的。」

「既然小雞是自己逃進來的，驅趕一下就會離開啦。這部分想請妳幫個忙，可以嗎——」

「你要我現在把增夫人趕出去嗎？沒

辦法，我們不能那樣做。」

華格納女士斬釘截鐵的聲音剛落，另一個渾濁粗獷的聲音湧起。

「噯，問題就在這嘛。我也懂，嗯，你們蓋了學校，這樣小本經營，如果少了一個學生，嗯，簡單說，就少了一份學費收入了嘛。我們當然也不會這麼不懂事，讓你們白白蒙受這種損失。我今天來就是打算拿出一萬日幣來彌補你們的損失，怎麼樣？」

「一萬日幣，這是什麼意思？」

「就那個意思嘛，一萬日幣怎麼樣？很大的一筆金額吧？只要你們交出少奶奶，我們就送上十個裝滿金錢的寶箱，吃小虧占大便宜就是這樣啊。」

「請你再詳細解釋一遍，我聽不懂你在說什麼。」

華格納女士的回應聽來茫然困惑。

「呿，那我就直話直說了，只要妳肯交出少奶奶，我們就包一萬日幣回去。名義上是給妳的也好，或者捐給學校都可以，那就當作我們的謝禮。」

華格納女士沉吟片刻，聲音微顫但堅定地答覆對方。

「我明白了。你們打算給我們一萬日幣，叫我們開除增夫人。可是，我們不能這樣做。我們不能把增夫人趕出學校。如果增夫人自己想留在學校，我們當然很樂意繼續讓她在這裡學習。」

「可是，有一萬日幣欸！」

卑鄙無恥的叫聲慫恿道。

「不，不需要。我們若是從你們那兒

拿錢，就成為讓上帝蒙羞的人了。」

「所以，妳的意思是無論怎樣都不肯交出少奶奶嗎？」

惡狠狠的聲音如喪鐘響起。

「增夫人有自己的自由，我們不能逼她做任何事情。」

華格納女士低沉的聲音肅穆而高貴。

「說什麼拿錢會蒙羞。我都求成這樣了妳還不肯答應，那我們也是有相對的處理方式喲。這樣搞下去，我也不可能說『哦，是這樣啊』，然後摸摸鼻子就算了嘛。」

「我沒有別的話好說了，也請你別再跟我提這些蠻橫的要求。」

華格納女士從椅子上站起，打開房門準備離開。而那位訪客站著瞪視這名沉著老婦的孤獨背影，鄙夷叫囂：

「妳可別後悔！我們可以用錢收買不怕死的人，讓他去做任何事情呵。」

他咬牙切齒地講完，一腳踹開椅子，然後也走到門外——藤作爺爺正在那裡虎視眈眈地盯著他。

校園裡的櫻花還要好一陣子才會綻放，春天這個稚嫩旅人卻已造訪北國，為櫻花樹梢抹上點點紅色。

那陣子某個星期天的拂曉時刻——春日黎明昏昏欲睡的悠閒氛圍中，年輕處子們還在宿舍窗畔編織各種桃色夢境。那美夢梭子來回穿梭之際，心膽俱碎的喊叫聲破空響起！

「失火了！失火了！」

藤作爺爺的沙啞聲中，刺耳的警鈴響

個不停。尖叫在每扇窗戶內迴盪。
看吶，看吶，此時業已噴起團團烈焰。U字型的宿舍中央，一個向外凸出的小圖書室屋頂被烈火摧毀。
走廊濃煙瀰漫——裂帛聲交雜其間。
「快逃，逃到外面！」
老師們拚命的呼喊從各處傳來，學生們蜂擁而出，通往校園的玄關大門幾乎被擠破。
火光照耀的校園櫻花樹下，住宿生聚在一起讓老師點名。
「春藤同學不在！」
「我沒看到片岡夫人！」
——恐慌不安的顫抖話聲在人群間傳開。
煙霧籠罩的建築物內，有兩三個人影在奔跑。與此同時，一組消防隊員嚌嚌嘈嘈地衝進校園。
煙啊、火焰啊、水柱啊，飛濺的火花啊，前所未有的人間煉獄在此出現。
「片岡夫人——春藤同學——」
悲愴的呼喚在煙霧中穿梭迴盪。
「咦，是華格納老師！是華格納老師！」
學生們驚恐高喊。華格納女士此時正要跑進火舌四竄的建築物內。
「危險！危險！」
消防員們大聲叱喝。然而，外國老婦的身影早已消失在烈火漩渦內。
華格納女士鑽進的火焰中——在那裡，啊，在那裡，卻見打扮豔麗的片岡夫人高高繫著一條銀腰帶，半個身子站在煙霧裡，而她身邊的綠則像服侍女王的侍女般跪著，紫色行燈袴下襬平鋪在地……華格納女士尖叫時，片岡夫人目光直視火焰中心。

「老師，您請回去吧，請快點逃命。我就這樣——讓火焰洗去一身汙穢！」

夫人定在原地不動。眼見煙霧越來越濃，將兩人迅速吞沒。紅蓮烈焰中綻放的純白花朵啊！

縱使這般香氣馥郁，花瓣終要在烈焰中凋落！

沉重柱子倒塌的聲響，不絕於耳的尖叫，在這片喧囂中，啊啊，唯獨那裡是何其寧靜美麗的場景！

於是乎，春夜的神祕之火將歷史悠久的教會學校半數化為灰燼，初春在校園樹梢上沁出淚之露，多年後成為一個美麗奇譚。

1 譯註：三學期制，四至七月為第一學期，八或九月至十二月是第二學期，一月至三月為第三學期。

# 風鈴草

我收到一封被細雨淋溼的信——那是在冷清蕭索的初秋掌燈時分。白色信封上，溫柔中帶著一縷端莊氛圍的謙遜筆跡甚是迷人。翻到信封背面，那裡寫著一個陌生人名——不消說是個女子——更確切地說，是個相當年輕的少女吧——因為地址那行只寫著××縣女子師範學校宿舍。

秋日燈光下，我細細讀著遠方陌生人寄來的厚厚一疊信。開頭處，正如所有人在這種情況下的正常反應，陌生人對自己貿然寄信一事致歉。接下來，謙遜文字在每一行開頭對得整整齊齊。那一個一個文字在我眼裡滑過。

我目前是××女子師範學校一年級的學生。我出生在同縣一個叫△△的山腳小村莊。我家在村子裡是數一數二的富裕之家，兒時過著開心愉快、如夢似幻的生活。然而，啊啊，我家不曉得是遭到了什麼詛咒，父親在不知不覺間過起酒食徵逐的日子。他到村子附近的鎮上喝酒就忘了回家，沉溺於酒精，變成一個流連在骯髒巷弄間的膚淺之人。母親當時是多麼悲傷啊。父親偶爾回來，母親便哭著勸他，但父親充耳不聞，後來只要母親說個一兩句，他立刻拳腳相向。最後，甚至開始挪用祖父傳下來的值錢家產，我家也逐漸家道中落。

親戚們想盡辦法阻止父親的脫序行徑，但沒有任何效果，父親的惡行更是變本加厲。母親希望父親終有一天能幡然悔悟，回家好好做人，讓衰落的家道再次興旺起來，在那一天到來之前，她決定再苦都要咬牙撐過去，縱然家裡一個傭人也沒有、房子淪為一片廢墟，她仍在這裡努力工作，養育我和弟弟雄吉兩個孩子。不久，由於父親債台高築，不得不變賣祖先世代居住的寬敞房舍。我們甜蜜的舊家，村子裡數一數二的房子就這樣落入他人之手。

走到這步田地，迄今一直隱忍的母親娘家，也對父親失去了耐性。於是，母親被迫回娘家去了。我們家已經失去了所有財產，現在連個容身之地也沒有。啊啊，豈止如此，就連母親——這個天地間無可取代的唯一棲身樹蔭——都被奪走，我與弟弟是多麼痛苦啊。光是回想這些，我就悲傷得再也寫不下去。

猶記得十三歲那年秋天某日，行醫多年的伯父一早將我與弟弟接去鄰村。我們到了伯父家，跟堂兄弟們一起在後山玩搖栗子樹的遊戲。直到天黑，這才想起該回家了，我惦著獨自看家的母親，正準備跟弟弟趕回家時，伯父伯母卻要我們今晚留下來過夜。我表示媽媽一個人很孤單，我們不管怎樣都得回去，跟弟弟兩人甩開伯母的手硬要跑出門時，伯父沉聲說：「你們再怎麼趕著回去，媽媽也不會在那裡了。」

我與弟弟猛然一愣，連聲追問：「為

什麼？為什麼？伯父？」伯父斷然道：「你們母親拋下孩子回娘家去了。」

這種事教人如何能信？我拚命跟伯父解釋：「媽媽不可能回娘家去的，那麼好的媽媽——」我還想繼續說下去時，伯父冷然道：「是真的。」「姊姊，我們回家吧，回家去吧。」弟弟緊緊抓著我的袖兜哭喚，我想只要回家一趟就知道伯父的話是真是假，「好，我們回家去看看媽媽在不在。」語畢牽著弟弟準備離開時，伯父又說了：「你們兩個這樣子，到底是要去哪裡？」我答道：「回我們家。」豈料伯父接口道：「你們現在就算衝回村子，那間屋子也已經住著別人了。」我們姊弟聽了雙雙哭倒在地，一句話也說不出來。

如此這般，那晚瀟瀟秋雨後，不幸姊弟便淪為寄居伯父家的可憐人。再怎麼狹窄簡陋，若能在自己真正的家長大，該是多麼開心的事情。而今儘管跟著家境富裕的堂兄弟一起長大，姊弟卻常常在暗地裡擁抱彼此，思念母親。

不久，我從村裡小學的尋常科畢業，升上高等科[1]。許多朋友一讀完尋常科就進入縣裡的女學校。要是當初父親守住我們家，那年春天我或許也能升上女學校，徜徉在青春少女好時光。我那顆稚嫩的心，是多麼羨慕畢業前每天都留校準備女學校入學考的同學啊。

那天與母親分別之後，我就再也沒見過她，但聽人家說，母親改嫁到伊勢某個城鎮去了。雖然遠走伊勢，當母親想起自己留下的兩個孩子，該是多麼痛苦。至於脫序行徑不斷的父親，後來也不知去向。伯父伯母每次談起父母他們，總是怫然不悅地辱罵。我們姊弟揹負父母親的罪孽，在伯父一家面前感到萬分難堪，自慚形穢。

可憐的弟弟雄吉在不知世事的年紀就與父親分離，而後又與母親失散。他非常黏我這個世上唯一的姊姊，總是叫著「姊姊」、「姊姊」，一刻也不肯離開我身邊。清晨上學時，他也追在我身後，怎麼勸也勸不聽，總要一路跟到學校。我在教室裡的時候，他就獨自在操場玩沙，苦苦等我下課出來，直到學校放學，我再帶著他回伯父家。還是個孩子的弟弟最喜歡星期天，「明天是星期天歡樂日，姊姊從早到晚都在家——」他一邊唱著自己編的兒歌，一邊像小兔子蹦蹦跳跳。即便是星期天，在伯母的要求下，我整天都得做家事，弟弟則會用一雙小手幫我的忙。

有一次我在洗米，一分鐘也不願意離開我的弟弟走到井邊，貌似想替姊姊分勞解憂，搖搖晃晃地把手伸進桶子，開始奮力洗米。難得弟弟肯幫忙，我便拿出筆記本，在井邊做起一直掛在心上的算術作業。弟弟卯足了勁淘米，然後為了換水將木桶斜擺時，小胳膊承受不住好幾升米的重量，木桶一個不小心打翻，大量米粒和白色洗米水嘩的一聲灑了出來。我急忙扶正木桶，撿拾米粒，但米粒已沖進水溝流走，只剩些許白米殘留在溝底。弟弟懊惱的樣子直教人於心不忍。我安慰他說，要是挨罵了，姊姊會代他道歉。伯母事後發現溝裡的米粒，痛斥了我一頓時，雖說洗米的人是我，全部是我的責任，可弟弟當時在昏暗的廚房角落掩面啜泣的模樣看得人好生心疼！啊啊，我永遠不會忘記，我當時由衷體悟到，我們姊弟倆是命運共同體，啊啊，姊姊只有弟弟，弟弟也只有姊姊，我們要成為彼此的力量。

我就讀高等科時，弟弟成為尋常科一年級的學生。無父無母，跟姊姊相依為命的弟弟，或許是自然而然地繃緊了神經，他非常努力溫習課業。弟弟的學業成績比同齡堂兄弟優秀，升上二年級時，成為年級模範生代表，我高興極了。弟弟對我來說，是唯一的指望和安慰。我升上高等科二年級時，考量我倆未來，我無論如何都希望他日能夠自食其力，撫養弟弟，並讓他接受良好教育，將來好在社會立足。因此，我拜託伯父讓我報考縣立女子師範學校，但伯父打算讓我在高等科畢業後學習針線活，待在家裡學習家務，所以遲遲不肯答應，最後在我百般懇求之下，他才勉強點了頭。於是我全心苦讀，高等科畢業那年春天參加女子師範學校的入學考，順利通過考試。我開心得簡直要飛上了天。

與此同時，弟弟再度獲選為年級模範生代表，升上尋常科三年級。春假期間，我開始為人生首次的住宿生活拾掇各項物品，少了母親的幫忙，打點起來格外孤單。弟弟儘管還是孩子，卻也想要幫忙，而他總顯得有些消沉悲傷。個中原因我也明白，他實不願與姊姊分開。因為我一旦去了××市的師範宿舍，他就得孤苦無依地寄身在伯父家。為了求學不得不拋下弟弟，我也是傷心欲絕。

然而，分別的日子終要到來。我落寞地離開弟弟到××市，住進女子師範學校宿舍。從入住那天起，每天傍晚時分，我就在窗畔思念分隔兩地的年幼弟弟。然後，毫無來由地感到他正在幽暗的廚房角落啜泣，想要見我。而當我聽見樓下練琴的學生們在數台簧風琴奏出的重疊琴音，便不由得淌下淚來。無父無母無家可歸的我，在伯父家嘗盡寂寞，話雖如此，因為有心愛弟弟的陪伴，給了我無比的力量。如今，離開弟弟來到宿舍，啊啊，孤獨人子於此再度看盡世態炎涼。我巴不得暑假馬上到來，渴望回到不是我甜蜜家庭的伯父家。原因無他，就是想見我唯一的弟弟雄吉。

分別不過數天，感覺就像長達十年、二十年沒見，週末短暫返鄉讓我多麼高興吶。弟弟的喜悅更是不在話下，久別重逢，我越發體會到他的不幸。姊姊離家後，弟弟在伯父家真的變成一個可憐的孩子。在雙親寵愛下幸福成長的堂兄弟們，猶如任性的小暴君那般對待弟弟。不管一起玩什麼，弟弟總是百般受虐。而即使被欺負得傷心哭泣，身旁也不再有替他溫柔拭淚的姊姊——當我想到弟弟的不幸童年，內心就悲不自勝。我甚至考慮放棄學業，就當個村姑好好保護弟弟罷了，只是一想到長遠的未來，覺得再辛苦、再悲傷都必須忍耐，這才斷念。

那陣子伯父給每個堂兄弟買了木馬，

成為他們的日常玩伴。木馬……木馬……對男孩子來說，那是多讓人樂陶陶的玩具啊。踢踢躂躂、踢踢躂躂——木馬上的堂兄弟們志得意滿，昂頭挺胸，人人自詡為大將軍，而唯一沒有木馬的弟弟總是可憐兮兮地扮演士兵。弟弟偶爾也想騎一次，偷偷伸手按上木馬，堂兄弟們見狀，紛紛擺起臭架子叱喝：「喂，你不是大將軍，不能騎馬！」一旁的我看了怫然變色。比起堂兄弟這群在學校成績低落，只會在家裡逞強稱能的任性蠢材，弟弟雄吉才更有資格當大將軍，只不過少了一匹木馬，就遭到這等對待，未免太可憐了。我極度渴望買一匹木馬給弟弟。而為了買木馬，我打定主意什麼苦都不怕。

此次短暫返鄉，我發現伯父家的木馬讓弟弟變得更悲傷了。星期天下午回××市時，弟弟送我到村子渡口。我在路上說：「阿雄，姊姊下次回來會帶木馬送你。」弟弟頹然搖頭說：「姊姊，沒關係，阿雄不要木馬，等阿雄長大，當了真正的大將軍，就可以騎活生生的馬了。」我又說：「可是沒有木馬，阿雄會被大家欺負，姊姊怎麼都要送你一匹木馬。」雄吉聽了，一雙淚汪汪的圓眼望著姊姊說：「阿雄，沒有木馬也會忍耐，不要緊的……因為，姊姊沒有很多錢……所以，阿雄，不要木馬。」

啊啊，那惹人憐愛的懂事乖巧，身為姊姊的我心如刀割。啊啊，我暗忖若能求得一匹木馬，我會比當上女王還要開心。到了渡口，我站在船上，弟弟孤零零地站在河堤相送。弟弟的聲音很好聽，學校的音樂課也唱得很好，而且不知何時還學了高年級學生才要學的歌。雄吉特別喜歡〈水師營會見〉這首軍歌，以前常聽他在唱——

旅順開城條約簽署完成，敵方將軍斯特塞爾，與乃木大將在水師營會面。庭院裏有一棵棗樹——或許是不幸孺子孱間逸出的歌聲之故，弟弟的聲音裡總是蘊含著說不出的哀愁。船此刻靜靜劃開水面，弟弟噙著淚，隨時都要哭出來似的，我為了分散他的注意力，從船上向他喊道：「來，阿雄唱你最拿手的那首〈旅順開城〉給姊姊聽吧。」小男孩很高興姊姊向自己邀歌，這就大聲唱了起來：「旅順開城條約簽署完成，敵方將軍斯特塞爾……」隨著一句句歌詞，船駛離河岸，漸行漸遠。望著遠去的船，眼中滿是淚水，忍著哭泣大聲唱道：「乃木大將態度莊嚴，恩澤深厚的天皇詔書一傳到，他就恭恭敬敬致謝……」離船越來越離的堤岸上，一個男孩站立的身影逐漸縮小。

可憐吶，可憐，帶著哭音的顫抖歌聲斷斷續續隨河風飄到船上，「我有心愛好馬一匹，奉贈作為今日紀念……多謝盛情厚意，遵從戰爭規則，他日由我領受……我必永遠照料……」在我抵達對岸後，哀傷逾恆的歌聲仍依稀傳來。夕陽一片赤紅，我淚流滿面地站在岸邊望著河畔落日景色。一想到跟我分開的弟弟，在夕陽餘暉中隻身一人沿著田間小路走回家的矮小身影，幾乎忍不住要回身上船，趕回弟弟身邊。

從那天起，我對木馬念茲在茲，無日或忘，巴望有什麼法子賺到足夠的錢來買一匹木馬。也許是上天聽到了我殷切期盼，有一天，我在報紙上看到一則召募抄寫員的廣告，那是重新謄寫古籍的工作。

我立即前往刊登那則廣告的有錢人家，表明自己想要這份抄寫工作。由於工作內容是抄寫有錢人家祖傳的古籍史料，對方認為年輕女學生幫不上忙，我只得拚命懇求，並承諾會盡力做好，才成功拿到工作。我帶著一大包紙和古籍返回宿舍後，總在朋友們聊天時一個人埋首抄寫，而且是遮遮掩掩、偷偷摸摸地抄寫。然而，在有限的時間和規律生活的限制下，抄寫工作進度緩慢。

儘管如此，我還是想辦法每天一點一滴地抄寫，幾乎為此瘦了一圈。本想抽空回村子看一下弟弟，最後決定把時間省下來趕快抄完，早日帶木馬回家，便忍著沒回去。

未幾暑假將至，可怕的考試也開始了。或許是因為成績好壞足以決定畢業後的分發單位，迥異於女學校的悠哉，女子師範的考試氛圍挾著一股緊迫逼人的罡風。而我也不得不被捲入這股漩渦，暫時無法繼續抄寫工作。

我害怕自己以學生身分從事抄寫工作賺錢一事傳入老師們的耳裡，不僅會慘遭責罵，甚至可能被退學，所以一直守口如瓶。好不容易考試結束了，我卻連喘口氣的時間都沒有，再次開始抄寫。千辛萬苦抄完對方交付的古籍，帶著成品飛奔至委託人家裡。我收到生平首次靠自己努力換來的金錢，那是一張十元日幣的紙鈔。啊啊，以額上汗珠辛辛苦苦賺來的錢買木馬送弟弟——一想到此，我就快樂似神仙。

那是暑假前一天的事情。為了趕在當天抄完，我奮筆疾書。本想當天立刻在市區買好木馬，但門禁時間快到了，便決定先趕回宿舍，明天去車站的路上再買。明天帶著木馬回村子……想到可以看見弟弟的笑容，我就歡欣雀躍得睡不著覺。我故意不讓弟弟知道我會帶木馬，為了給他一個驚喜，信裡也沒提過木馬的事情。做夢都沒想到姊姊會帶木馬回家的弟弟，那天寄來一張片假名寫的可愛名信片。

「姊姊，放暑假了，快點回來，阿雄每天都到河邊，等著姊姊坐的船回來。」

明信片上這麼寫道。我將明信片抱在胸前，喃喃流淚說：「阿雄，姊姊很快回去，很快就回去。」

漫漫長夜過後，一想到今天就能返鄉探親，我就心神不寧，坐立難安。我收好行李正想離開時，隔壁房間傳來一陣嘈嚷。原來是隔壁某個人跟舍監說她的錢被偷了。她說明明不記得自己有掉錢，昨天還放在桌子上的，結果今天早上就不見了。

這起事件在宿舍掀起軒然大波。大家原本正準備返鄉，現在都被禁止外出，逐一接受盤問。啊啊，我那張十圓紙鈔，當時在舍監眼裡委實可疑到了極點。多麼不幸的巧合啊，隔壁不見的錢也是一張十圓紙鈔——舍監知道我是在伯父資助下勉強繼續學業，所以暑假前身上竟然有一張十圓紙鈔，怎麼想都很奇怪。舍監當天就讓其他住宿生回家去了，只有我遭到禁足，被叫到舍監室盤問老半天。即令我清清白白沒有做任何虧心事，可不管再怎麼聲明那筆錢非以不當手段竊來，舍監依然抱持懷疑的態度。我想解釋那是透過抄寫賺來的錢，又擔心打工被發現有可能被退學，因此一開始沒有說明。混亂之中，一天就這麼過去，然後到了隔天。我終於狠下決心，為了洗刷不白之冤，必須坦誠那筆錢是透過抄寫獲得的正當酬勞，便向舍監說明原委。舍監聽完驚訝萬分，一時間難以置信，仍舊勉為其難地去問了讓我抄寫古籍的有錢人家。對方替我作證之後，我總算可以安心回家了。

幾經周折，我這才證明了自己的清白，但一天又過去了，我還是來不及返鄉。隔天一早離開宿舍，到市區買一匹小而美的木馬，再匆匆踏上返鄉之路。我在渡口搭船前往村子時，想著弟弟多半就站在對岸等候，情不自禁抱著木馬在船上眉開眼笑。船快到對岸了，卻完全看不見弟弟的身影。是怎麼了呢？是認為我今天還不會回來所以沒來嗎？我不由得有些擔心，沒見到弟弟總覺得美中不足。我視若珍寶地抱著木馬走上對岸，遇到村子裡的一位老爺爺正好在那裡等船。

「喲，妳來得正好，來得正好。」老爺爺一瞧見我就嚷道，我問他怎麼了，他面有難色地說：「呃，大夫他拜託我嘛，所以我正要去鎮上發電報啦。」

「老爺子，我伯父請您發什麼電報？」我這麼一問，老爺爺囁囁嚅嚅地說：「那個啊，呃，阿雄他……那個，呃……呃，死掉了啦……」

哦呵，當我聽到這句話……聽見這句話時，我拚了命地向前狂奔。像個瘋女人一樣，我跑啊跑的，一直跑到伯父家，

天吶，那是真的，那就是冷冰冰的現實。雄吉既已離開人世，變成一具瘦小屍體橫躺在姊姊面前。

「小孩子染上痢疾這種可怕的疾病，下場多半很可憐。伯父自己是醫生，所以在阿雄發病後的兩天裡，也是盡力治療，試了無數昂貴針劑，卻都回天乏術。妳一定很難過，不過還是節哀順變吧。」我聽著伯父伯母陪罪似的解釋，無法埋怨或指責任何人。啊啊，咒罵了誰，就能讓逝去的小生命重返人間嗎？我就只是抱著弟弟不斷地、不斷地哭泣。

我哭了一整夜，隔天早上，瘦小屍體葬在村子裡的山寺，弟弟長眠之地只立了一塊沒有上漆的木牌，鮮明的黑字在牌上寫著「清珠院與雄光童子」。告別命小福薄的短短十年人生，沉睡在蕭瑟山風中的村寺角落，小男孩如今又做著什麼樣的夢呢？姊姊含淚將一匹全新木馬供在墳旁！

啊啊，假使可以早一天回來，哪怕是臨終枕畔也好，至少能夠讓他瞧瞧這匹木馬；假使可以早兩天，弟弟便能手握轠繩，開心跨上木馬；啊啊，假使沒有發生那起該死的紙鈔事件，假使我沒有被懷疑

是那卑鄙的小偷——想著這種種可能，我的胸口彷彿快要炸開，那木馬看起來是如此的辛酸淒涼，教人心碎。小男孩離開這世界的剎那，該是多想依偎在唯一的姊姊懷抱中呢？

我已經失去做任何事的動力。日復一日，漫漫夏日從早到晚在弟弟墳前哭泣。「阿雄，姊姊帶木馬給你了，快來騎，阿雄快來騎馬當大將軍呀。」我對墳說話，撫著木馬的背，一再哭到崩潰。「我們一起來唱阿雄喜歡的歌吧。」我獨自揚聲哀唱逝去孺子最喜愛的歌，「順城條約簽署完成……」宛如跟墳墓合唱般唱了下去，「敵將肅容開口問：『此次交戰，兩位公子為國捐軀，閣下心情何如？』『我兒二人死得其所，我很歡喜，此乃武士門第之光。』大將答覆鏗鏘有力……」我一邊唱著，淚水滑過臉頰，聲音不知何時激動發顫。村民間甚至有傳言說我八成瘋了，替我感到可憐。

漫長的暑假結束，秋天即將來臨。村子小路上的芒草紛紛開花，弟弟墳墓附近的暗紫色可愛風鈴草也成群綻放。莫非有心為那幼小靈魂發聲，風鈴草才綻開細嫩花瓣？我在墳前獻上幾株紫花，哭喚著弟弟，並將紫花裝飾在木馬背上。天吶，一想到明天就得離開弟弟那紫花盛開的墓地，再次回到不堪回首的宿舍，我就黯然神傷。

然而，回首前塵，我在不幸中成長茁壯，儘管弟弟早夭徒留我獨自傷悲，世上應該還有等著我完成的使命。失去了至親骨肉的弟弟，我願將廣大世界裡的孩子們都當成弟弟來呵護教導，一生無私地將身心獻給教育事業——這唯一的心願就成了激勵我寂寞心靈的光與力。就算弟弟的形體已不在人間，他的身影在我心中永遠不朽，鞭策並激勵我的心靈。弟弟啊，弟弟，姊姊會連你的份都一起奉獻給世人——我在墳前起誓。離開村子前夕，月光淡淡灑落，我站在山寺旁那片露水沾溼的風鈴草花叢裡，誠心立下誓言。

隔天一大早，我告別村子。清新秋風吹拂渡口堤岸，今年春天還站在那兒唱歌的矮小身影而今去了何方——我在船中悲泣。此時此刻，我孤單地在宿舍專心苦讀。滿腹憂傷無處傾訴，我只好將它寄托於紫花中，耗費數晚寫成此信。每每一提筆，就忍不住掉淚，只恨自己無法確切傳達心中思念之情。我深知這願望太強人所難，但如果、如果有一天，您能將這一枝孤獨的紫色風鈴草添進《花物語》，我將何其有幸。再會——

末了消失於淚水中的長文在秋日燈下泛著微白，被晚風吹得沙沙飄起。嗚呼，吹拂那封悲傷信箋的秋日晚風，此時亦在那村莊山寺旁搖響盛開的紫花，吹過潔白的墓碑，瑟瑟拂亂隨侍在側的木馬馬鬃，哀哉秋風，你若有心，請吹奏那盛開紫花，唱出人世間的傷悲，風鈴草啊，唱吧，風鈴草……

1 譯註：女子完成六年制尋常小學校的義務教育後，除了報考高等女學校之外，亦可就讀入學較容易、學費較低廉的兩年制高等小學校。多數小學校同時併設尋常科與高等科，尋常科三年級起採男女分班。

# 寒牡丹

這是距今有一段時間的過往故事了。

故事發生在一間貴族公主的御用女學校——這所學校聽說今日也還在——但當年學校尚未遷至青山一帶的原野……彼時據傳桃小路公爵家的長公主則子是該校三年級的學生。

家喻戶曉的桃小路家承襲京都公卿一脈；說起公卿，係指以前的大納言、中納言和參議等階級在三位以上的高官，堪稱家世顯赫。而出身名門望族的則子亦名副其實，是傾國傾城的高雅公主。

至於她是如何美麗動人，當真難以透過繪畫或文字忠實呈現——僅能舉出一個現象來略表一二：這現象就發生在那間貴族女學校（當年還沒有現在這種威風八面的校名，就只有「貴族女學校」一類的簡單稱呼），校內光是提起「桃小路大人」幾個字，所有人眼裡就會驀然湧起迷濛淚水，心旌搖曳，不能自持。

晚春某日，這位美麗的則子公主照例搭人力車上學，途中行經某個斜坡——道路兩側的櫻花樹梢上，殘春花朵便似疲於飄擺的舞孃髮簪，在微風中簌簌飛落，一輛印著金箔家徽的篷車載著佳人箭也似的在晨風中飛馳——倘若只是如此風景，讚一句「啊啊，真美，好想畫下來」也就結了，可事情發展卻出乎意料。就在這當口，斜坡另一端出現了一隻……龐然巨獅？！儘管始料未及，幸好出現的既不是獅子，也不是老虎，當然更不是老鼠——而是一位老爺爺。匆匆一瞥之下，那位老爺爺的打扮活像連字典也不會收錄的俗語「紅毛毯」——沒見過世面的鄉巴佬等級，不過當時天氣暖和，他身上倒沒披著紅毛毯，而是將一個藏青色的包袱巾在脖子打結後扛在背上。手織細條紋棉布和服的下襬高高捲起塞進後腰帶，腳上穿著一雙草鞋，煞有介事地拄著一把舊陽傘（雖說他很寶貝地帶著舊陽傘，這位老爺爺可絕對不是那位竹中老師[1]喲），只見他一路跌跌撞撞——在漫漫春日擺擺搖搖，踉蹌而來。

卻說那節節逼近的篷車——年輕的黑衣車夫手握漆得光亮的車把，一邊「駕！駕！」吆喝著向前奔跑，他是受僱於桃小路公爵家的常吉先生，一看便知正趕著送府邸的寶貝公主上學。

慌裡慌張的老爺爺差點要撞上人力車時，常吉先生展現平日苦練成果，巧妙操控車把，就這麼與老爺錯身而過。然而，老爺爺可沒就這麼放過人力車。

「啊，車夫先生，慢來。」

老爺爺冷不防叫住對方。常吉先生雖是個人力車夫，畢竟是受僱於公爵家的身分，絕無被一個陌生鄉巴佬嬉皮笑臉呼喚「車夫先生」就得停下的道理，於是佯裝沒聽見，正準備加快腳步離開之際——

銀鈴般的聲音自篷車內飄出。

「……停一停……」

就連見多識廣的常吉先生，一聽見篷

車內那句指令，也當即停下人力車。老爺爺見了喜出望外，飛也似的走近人力車，對常吉先生躬身說：「嘿，那個，俺問件小事兒，呃……牛込區……的……」

老爺爺說到一半，忙不迭地把手伸進懷裡，神祕兮兮地取出一只鬱金色的錢袋，一手伸進袋子裡，奉若珍寶地小心夾出一張紙條，打開來念道：

「呃……牛込區筑土八幡町三十一番地——須山彌十的家在哪裡呢？」

如此問完，一雙瞇瞇眼轉向常吉先生。

膽敢在櫻花盛開的麴町路中央念出這麼老大一長串住址，當然是希望對方告訴他到牛込那戶人家的詳細路徑，瞧這位老爺爺的土包子模樣，大概直到兩三天以前都還頂著一顆武士頭吧——

風聞是江戶之子的常吉先生再也忍受不了，大聲喝道：「呔！老爺子，你要問路也不先照照……」

常吉先生下面要接的字眼大概是「鏡子」，可惜已被篷車內再次飄出的悅耳語聲打斷。

「……這位大爺莫不是從很遠的地方來的？」

一句柔聲輕責澆熄了江戶之子的氣焰，常吉先生默然。而耳背老爺爺或許誤以為公主在問他，突然尖聲怪叫說：

「妳問俺老家嗎？俺老家在栃木縣下野市的鄉下，俺叫須山彌助，哈，彌十這小子年紀輕輕，工作倒是挺認真，哈。他來東京，哈，在牛込筑土八幡町那個町做起賣木炭的生意哩，哈，所以俺打娘胎出來第一次來東京觀光，哈，今天早上到了上野，結果壓根兒忘記發電報跟彌十說幾點到，沒人來接俺，迷了路正傷腦筋……」

常吉先生冷汗直流。這個老頭子不可能曉得篷車內坐著身分尊貴的公主，常吉先生可不能讓他叨叨嘮嘮說個沒完——

「喂喂喂，這位彌助爺什麼的，你到派出所問警察去吧。」他隨口說完，剛要起步離開，好哇，篷車內竟又飄出——爽朗的聲音。

「……那個，你就用這輛車送那位先生到木炭店吧……」

「啥——」常吉先生大驚失色。這傳回家可是乖乖不得了的事情，他只得代替家老諄諄勸諫：「公主大人，這不是鬧著玩的。我現在正送您去學校上重要的課——」

這廂話音未落，篷車內便傳來：

「不，無妨，我現在就下車。我可以自己走到學校，順便欣賞路邊櫻花——快點放我下來。」

說時遲，那時快——篷車內乘客起身的震動沿著車把手傳來。

常吉先生先是一愣，繼而慌手慌腳地卸下車篷——忽見一襲高度及胸的紫色行燈袴和兩尺長的紅色袖兜下襬晃過，一道倩影瞬時輕盈落地——

「您請上車吧。」

——她以小笠原流派一類的嚴格禮法，優雅招呼老爺爺上車——

啊啊！絕色公主那雍容華貴的身影清晰落在彌助翁一雙老花眼前——當事人這

才嚇得魂不附體，可憐那七十好幾的老翁，靈魂好似飛上天蒸發不見——顫巍巍的身子僵硬如石，緊搦著撐在地上的舊陽傘。

「請上車吧。」

一次不夠，公主竟又招呼第二次——彌助翁深覺愧不敢當——暗恨自己離開村子時沒把紅十字會員的徽章別在胸口，否則也不會像現在這等失禮——萬分懊惱地爬上人力車。

慘、慘不忍睹啊，那烈焰般的緋紅獅毛踏腳板上大力踩著的，是走在櫪木下野荒村泥地的舊草鞋；而那荷蘭進口的天鵝絨靠墊上靠著的，則是扛著藏青色包袱巾，跟岩石一樣硬繃繃的駝背。

常吉先生看著這番景象，不由得暗自垂淚。一想到自己被迫拽著人力車載這位幸運老爺爺到牛込那裡，就宛如加水放在炭火裡的銅製達摩般七竅生煙——

唉，人力車終究載著彌助翁馳去。

獨剩公主亭亭玉立櫻花樹下。

據後人傳述，其時樹梢繁花盛開，繽紛落英在公主黑髮和衣襬捲起漩渦——櫻花雲彩層層籠罩，公主恍如飛入煙霞深處——那幅景象美麗神聖，不似人間所有。

這不過是則子公主眾多軼事之一。

正因如此，無怪乎光是提起「桃小路大人」，同學們都雙眸霧氣朦朧、心潮起伏蕩漾了。

那間貴族女學校的千金們，想必人人都想成為則子公主的摯友吧。然而，柔美中透著一股清冷高貴的氛圍，可遠觀而不可褻玩焉——宛若高嶺之花，恰似水底星光——就是這般既摘不下，又觸不得。

話雖如此，只有一個人是例外，那就是班上沒有爵位但極具權勢的富豪升元達右衛門氏的愛女千鶴子。唯獨這位千鶴子小姐，既未將則子公主視為高嶺之花，亦未看作水底星光，頂多是當成珠寶商店櫥窗裡的珍珠手鐲，故而認為只要她此等富家千金想要，則子公主還不手到擒來？她老是一副「則子大人是我的姐妹淘喲」的態度，跟在公主身邊寸步不離。相較於那群不可一世卻又膽小怕事的公卿子弟，她這種武士風格自是無人能及。

盛傳千鶴子小姐的祖父輩是棲居長屋的小商人[2]，日本人開始以蠶蛹造紙賣給外國時，他用某種小豆子取代蠶蛹，謊稱是純正蠶蛹裝船外銷，獲取巨額黃金，一夕致富，成為傳說中的富豪人物後，大張旗鼓地派馬車將孫女送進貴族御用學校。雖然這些都只是揶揄暴發戶的都市傳說，但千鶴子小姐將則子公主占為己有的霸道誠然與血統有關——精神上的遺傳是毋庸置疑的；某醫學博士的千金亦曾表示，她從千鶴子小姐身上深深感受到孟德爾定律確實不容小覷。

無論如何，真正銘刻在則子公主心版上的朋友絕對不是這位千鶴子小姐，此乃千真萬確之事。既然如此，啊啊，世間孰人有幸深藏於如此絕代公主的心坎？大須賀子爵的愛女，素來冷若冰霜，班上同學稱其「初音大人」——她與則子公主從小就是相親相愛的手帕交。幾年前，兩人雙雙綁著稚兒髻、穿著寬袖和服，活潑可愛地在某皇族面前表演能樂《鶴龜》——當時拍攝的紀念照兩人肯定還收藏在朱漆百寶箱底部——怎奈一堵「命運悲歌」的高牆硬生生拔地而起，隔絕了兩人的友誼。

大須賀子爵某次因故買下一座礦山，沒想到挖掘工作展開後，怎麼挖都挖不出一塊礦石，就只挖到黏土、碎石、樹根——也許這座山的賣家也是以豆子混充蠶蛹之輩——經此一事，子爵家的財務每況愈下，近來坊間甚至謠傳他們代代相傳的傳家寶都已悄悄落入古董商手中。

或許是時候告別兒時友情了，初音大人自此一直迴避則子公主。

即使則子公主上前溫柔呼喚「初音大人、初音大人」，她也自慚形穢，就像一隻黃鶯飛入花叢躲藏。事到如今，則子公主便不再強行追逐那拍翅逃竄的小鳥。

某個新年夜晚——則子公主在自家舉行和歌紙牌大賽，只見一群公主集結在桃小路府邸門口：松平大人、何平大人、何園寺大人、何小路大人、一條大人、二條大人、三條大人、五條……橋上弁慶敗給了牛若丸，喝！每位千金皆是印著金箔家徽的篷車、漆得黑黝黝的馬車、大批隨從、眾多燈籠——數十張榻榻米空間的大廳內，金泥屏風上燈影閃爍，佳麗們的紅色袖兜與錦繡腰帶交相輝映，直似新年夜晚的璀璨盡數齊聚此間府邸——而女學校的同班同學多數也在這群賓客裡。不用說那位千鶴子小姐這晚自是搶先跨入大廳，一身珠圍翠繞、環珮叮噹地霸據金色屏風前面的好位子。當晚最後一位現身的則是初音大人，打從家裡遭遇不幸，她就完全謝絕這類上流豪華聚會，獨獨此番拗不過溫柔的兒時玩伴——則子公主的再三邀請，這才姍姍前來公爵府。燈火通明的大廳裡——初音大人猶若一隻藏身孔雀園的黃鶯，一身淡雅和服，衣袖亦很樸素，黯然垂首，悶懨懨地躲在人群裡。

和歌紙牌散落在滿鋪的深紅地毯上，賓客分成源平兩隊，數次交戰已然告終——兩隊此刻要再選出一名高手進行一對一的廝殺，這就是今夜最大盛事——終於到了兩隊各自精心挑選一名高手面對面的時刻，首先對戰的是千鶴子小姐，以及……初音大人，何等鮮明的對照啊！紅與白、墨與雪、燈前對峙的兩個身影。豐頰一抹紅、黛色描眉、白粉塗臉、直教人歎為觀止的層層彩衣，甚至配戴了黃金項鍊的得意女子前方，但見一張脂粉未施的寂寞玉顏，連單調的領口和陳舊的紫色袖兜都嚴重磨損。

在這使人不忍直視的奇妙對比下，一對一的比賽即將展開。為了親睹鹿死誰手，其餘賓客無不睜大了眼，在兩人左右列陣觀戰。

就在此時，全場唯一的活寶——某海軍中將千金何子小姐，刷的一聲甩開一把銀泥小扇，高舉在眼下對峙的兩人中間，揚聲宣布：「東——千鶴浦——西——初音山。」虧得她平時經常陪父親到兩國橋畔的回向院觀賞大相撲，展現一手漂亮的裁判口條，全場頓時人聲鼎沸，隔壁間準備上菜的侍女和管家都情不自禁跟著拍手喝采，待回神又連忙斂容正色……淘氣裁判將扇子收進袖兜退開後，當晚擔任朗讀者的婦人緩緩上前坐下——她頂著一頭特別豪華的丸髻，該說是新橋某某梳頭師傅的新年傑作嗎？一張臉塗得雪白，衣襟滑落肥碩肩膀，外褂前襟編繩非金鍊不可似的金光閃爍，在燈下更顯魁武，飛揚跋扈。

婦人如果本本分分地朗讀紙牌倒也罷了，可她不知打什麼算盤，噘起薄薄的嘴脣說：「升元府的大小姐，祝您旗開得勝。」她朝千鶴子小姐點頭致意後，「呵呵呵呵」地高聲大笑——這到底算什麼？有沒有搞錯？本該保持公允的朗讀者，居然在賽前表達個人支持，這名婦人深諳向富豪權貴阿諛奉承的社交技巧，在眾目睽睽下旁若無人地做出此等行徑，甚至發出「呵呵呵呵」的古怪笑聲——這算什麼？算什麼？

另一個聲音這時在相隔一段距離的地方響起——聽來清亮莊嚴的聲音。

「初音大人，您可別輸了。」

那聲音的主人是誰？便是今夜的東道公主本人——溫柔雙眸深情望著摯友的孤單身影如是說。

隨後，紙牌在朗讀者的聲音中左右飛散。無聲無息、靜謐優雅，初音大人纖纖指尖剛觸著紙牌，電光石火間已將之拂飛尺來遠——幾如飛騰的靈敏迅捷，動態視覺的快速反應，以及內斂節制的輕柔觸牌動作，端的是賞心悅目，暢快淋漓——那廂千鶴子小姐則是極度誇張，手還沒動，就先發出裂帛般的哀號慘叫，舉止荒謬異常。光用手指拿起紙牌還不夠，於是舉起手臂，舉起手臂還不夠，繼而搖晃肩膀，肩膀仍不夠，復又移動上半身，手舞足蹈忙得不可開交，卻被初音大人連番搶走自己的紙牌，如今頭昏腦脹幾近瘋狂，雙手十指如楓葉般張開，啪嗒啪嗒地將前方紙牌一古腦兒壓住——轉眼間，初音大人的紙牌只剩三張了。

就只剩下「芳心何事亂，簌簌櫻花殘」、「相思魂杳杳，長夜催心肝」、「白浪濤濤滾，疑是碧雲翻」——相較之下，千鶴子小姐則還有十張左右。朝這番戰況瞟了一眼的浮誇丸髻朗讀者，每當出現初音大人那方的郎讀紙牌，便迅速將它塞回牌堆，絕口不讀，專撿屬於千鶴子小姐的紙牌大讀特讀，所以出現的盡是千鶴子小姐這方的紙牌。不可思議奇怪哉也，這樣再過千萬年，初音大人的三張紙牌，一張也不會被讀到，因為朗讀婦人打從一開始就想把勝利獻給千鶴子小姐——這樣下去，結果將會如何？初音大人的紙牌還沒被讀出來以前，如今也只能束手待斃，她甚至不再殺入千鶴子小姐的陣地了。

「不好意思，請讓我來朗讀。」一個悅耳語聲從彼方穿透滿座賓客而來——則子公主隨聲音飛快走到燈光下，在丸髻金鍊編繩婦人面前正襟危坐，雙手按地。

「不好意思，請讓我來朗讀。」一個悅耳語聲從彼方穿透滿座賓客而來——則子公主隨聲音飛快走到燈光下，在丸髻金鍊編繩婦人面前正襟危坐，雙手按地。

「請將朗讀紙牌交給我。」

婦人不敢置信——臉上掛著彷彿是生平第一次受驚嚇的表情，拿不定主意。「我來替妳出任朗讀者。」語氣響亮，雙眉凜然上揚——公主再次施壓。婦人此時也屈於那股威勢，頹然將朗讀紙牌交到公主手裡，退到大廳角落去了。

公主將遞來的朗讀紙牌劈里啪啦地重新洗過，以清朗的聲音念出，開頭故意提及詩人來歷。

「法性寺入道前關白太政大臣……茫茫船出海……」

話才說到一半，初音大人的三張牌就被優雅地翻過來一張。之後的第二張和第三張是千鶴子小姐的紙牌，接著公主剛講：「衛士焚篝火……」初音大人的兩張紙牌又有一張翻了過來——然後是千鶴子小姐的紙牌被彈飛一兩張。

「燦燦日光裡，融融春意酣。芳心何事亂，簌簌櫻花殘……」公主拖著一縷蕭索餘韻吟罷，初音大人面前剩下的最後一張紙牌正如一葉知秋——勝負已定。

那位活寶何子小姐此時冷不防跳起舞來，以銀色小扇代替軍扇在初音大人旁邊倏地高舉，淘氣地唱起即興小曲。

**千羽鶴振翅**
**黃鶯一聲啼**

**遠不如初音**
**遠不如初音**

她邊唱邊跳，手執銀扇，滴溜溜打轉——其父某中將是大須賀子爵家家臣的後裔，她才這般在今晚盛宴唱歌慶祝藩主的千金光榮獲勝，雖然看似淘氣滑稽，卻隱含著不忘本的心意……則子公主含淚目睹那舞姿，婀娜多姿地走向正前方立著一根南天竹的壁龕，那裡懸掛著新年春聯，前面的一只青瓷罐裡隨性插著寒牡丹。

——則子公主驀地摘下一枝寒牡丹，沾溼白紙包住根部，以袖兜護著走向初音大人，將美麗花朵捧到她胸前——

「謹為勝方大將獻上這一枝花。」

語聲清晰明亮——全場再次歡聲雷動。

接過公主獻花，初音大人抬頭，臉上表情不再黶翳，泛起跟花瓣輝映的淡紅。少女沐浴在新春光華下，第一次浮現微笑，破天荒第一次浮現。

1 譯註：〈三色菫〉出現過的角色。

2 譯註：連棟式狹型縱長建築，相鄰兩戶共用同一堵牆，又稱排屋。

# 秋海棠

T女學校這屆二年級生以年輕氣盛聞名校園，享有此等盛譽的二年級生分為兩個班級。

她們是一班與二班。

有道是一山難容二虎，這兩班也不例外，事事都要一爭高下。一班導師是從創校服務至今，擁有數十年資歷的縫紉老師，二班則是該年春天甫自茶之水畢業的年輕史地老師，光是兩班導師的對比就足以為成熱門話題。

說穿了，在這群年輕氣盛的女孩眼裡，縫紉教室是避之唯恐不及的鬼門關，老師自是不得人心，一班和二班同學在這點倒是意見一致。話雖如此，相較於親切熱心的A老師扯嗓鼓吹：

「同學們！所謂縫紉，乃是女子的崇高天職……」

——在講台上斜揮著六十公分長尺的風采。

史地科的O老師則是教職員中的人氣王——她快人快語地宣揚：

「我國婦女今後必須捨棄過去的島國性格，掌握全球趨勢，探索過去與現在的關聯，成為新時代的國民。因此，無論是地理還是歷史……」

——刷的一聲在講桌翻開燙金文字封面書本的氣勢。

那畫面立時讓教室溫度計衝破一百度，全班為之沸騰。「強將手下無弱兵。」二班同學傲然挺胸表示，一班同學則翻白眼嗆聲：「狐假虎威。」

看在旁觀者眼裡雖然有些莫名其妙，兩派人馬卻是十足認真。總之，毫無疑問是O老師率領下的二班占了上風。某次網球大賽——一班和二班分進行對決。

兩邊陣營都不願輸給對方！

每當自己班級的選手站上球場，那加油聲、祈求勝利的兩軍嘶吼慷慨激昂，幾要刺破眾人耳膜。A老師見狀，火速衝到一班學生面前。

「各位、各位，這到底是怎麼一回事？所謂女性，應該凡事低調，舉止謙遜，還有嘛，噯，這真是、這真是……」

驚慌失措的老師急忙制止學生們替選手加油。至於這天擔任裁判的O老師，則是活力十足地衝到二班學生前面，難掩興奮地說：「比賽勝負是最後五分鐘決定的喲，大家振作！」

一場賽事兩樣情的結果——一班選手們卯足全力的發球也像那縹緲露珠般平白消失在球場界外或網子前方，好不悽慘——敗軍落花流水，全班黯然沉默。

聽著遠方二班揚揚得意的吶喊，淚眼相對的一班同學立下誓言：

「我們一定要、一定要洗刷今天的恥辱。」

網球比賽這天的心靈創傷是否有治癒的一日？

機會終於到來，就是今年秋天校慶上

的大型文藝會！

Ｔ女學校的年度活動裡，最重要的就屬這場文藝會了。為了這場文藝會，全校事前就洋溢青春活力，每個班級都挖空心思、殫精竭慮只為成為當天眾所矚目的焦點。

一班同學們矢志要在這場文藝會的舞台上治癒她們在球場遭受的傷痛。所以，第二學期才開學，一班就著手準備文藝會了。

文藝會上，音樂、朗誦和演講這些通常是按老師們的意見決定，不過當天最精彩的節目，參加者最為期待的則是各班的餘興表演。唯獨這些完全讓學生自由發揮，根據各班創意和構思決定。而在節目公布前，所有班級都對表演內容守口如瓶。尤其是二年級的一班和二班目前形成一種奇妙的競爭關係，兩班更是保密到家。

一班在第二學期開學就展開各種討論，二班甚至在暑假期間就已經分配好角色，一點一滴地進行排演了。可是雙方全然不露口風，完全不曉得對方要表演什麼。

一班同學們的腦袋瓜兒最先煩惱的是要選什麼表演。有人帶了幾本刊登了少女話劇的雜誌來，髮辮上綁著蝴蝶結的少女們聚在教室裡，「我們表演這個嗎？」「還是表演那個？」每天嘰嘰喳喳密議。

「咦，這個不是挺有趣的嗎？」其中一人這麼說。

「不過，這就只是有趣，缺乏優美的

場景。」有人表示反對。

「那麼，這個總可以吧？」另一人說道。

「可是，有些地方感覺會被校長盯上，還是不要吧。」有人這麼認為。

眾人的議論就這樣持續多日，盡是你一言我一語的各說各話，始終無法定案。

最後，有人這麼提議：

「我們索性放棄這些千篇一律的喜劇，改嘗試截然不同的華麗歌劇吧！」

「贊成贊成！」

全班當場一致通過——決定表演歌劇。那麼，要演哪一齣呢？說是歌劇，也不可能演《唐豪瑟》那種華格納等級，大夥左思右想，最後雀屏中選的是童話歌劇《桃太郎》。

「《桃太郎》的話，我家收集了整套帝國劇場公演的黑膠唱片，我們用它當範本來排練吧。」A子提議。

「我們可以用鋼琴和小提琴代替管弦樂，今天就開始練習吧。」B子主動請纓。

「桃太郎穿的無袖外褂，我可以拜託我爺爺出借他的私人珍藏。」C子興奮地跳了起來。

「我可以參加合唱團嗎？那些歌我幾乎都會唱。」D子喜出望外地毛遂自薦。

眾人一拍即合，立即敲定各項工作、合唱團和管弦樂隊，完成隨時可以排練的前置作業。

如此這般，文藝會迫在眉睫的一個星期前，為了安排當日活動流程，集合各班文藝會委員，發表班上決定好的表演題目。

當時一班的委員是敦子，二班則是吳尾絹子同學。吳尾同學長得很漂亮，是二班最文靜的女孩。由於兩班的競爭關係，敦子從來不曾接觸吳尾同學。

這天委員們被召集到一間教室，逐一向老師提交各班的餘興表演。此外，每班都要附上書面報告，說明表演內容概要。

首先由一年級各班宣布她們的表演題目，回答老師的提問，依序結束後輪到了二年級。

一班委員敦子站起身來。

「我們班要表演童話歌劇《桃太郎》。歌詞和劇情都寫在這裡。」她說完，將兩三張寫好的書面報告遞給老師。

「哦喲，《桃太郎》……而且歌劇表演在學校還是頭一遭吧？」

其他班的委員們這般竊竊私語。

「童話歌劇——聽起來很新鮮有趣呢。」老師也連連點頭，在筆記本上記錄著。

「我們接下來聽聽二班的吧。」老師和其他委員們盯著二班委員吳尾同學。

就在此時，吳尾同學臉上浮現苦澀萬分的表情。

「二班的餘興表演是什麼呢？」

老師又問了一次，吳尾同學有氣無力地站起來，失魂落魄地回答：

「呃……我們班也是……童話歌劇《桃太郎》……」

「哎呀，一樣的嗎？這麼巧。」

四下響起驚呼。

敦子一呆。同學們苦心策劃，大費周折決定好的題目，萬萬沒想到從頭至尾都跟二班一模一樣！

直到發表當天為止，全班保密再保密，結果揭開謎底一看，雙方竟然選了相同的表演！真是造化弄人的巧合！

「唉。」敦子嘆了一口氣，怔怔地不知如何是好。

「嗳呀嗳呀，這可糟糕了。兩班重複表演同樣的內容也沒有意義啊——該怎麼辦呢？」

負責編排節目流程的老師也這麼說，左右為難。

「老師，何不抽籤決定誰來表演歌劇呢？」

高年級委員們提議道。

「說得也是，抽籤，就用這個辦法吧。那抽中的班級就表演《桃太郎》，沒抽中的班級也沒輒，就奮發圖強再想一個新的餘興節目囉。幸好還有一個星期的時間，努力一點就來得及。」

老師都這麼說了，於是就以抽籤決定。兩支籤做好了。決定兩班命運的兩支籤擺在敦子和吳尾同學眼前，握在老師手裡！

眾人屏息凝視事態發展。

「誰先來都無妨，想抽的請抽吧。」老師說道。

敦子很是不安。如果我沒抽中，同學們熱切期待的歌劇會被二班搶走，而我們就得再想一個新點子——敦子感到抽籤的重責大任沉重到了極點，內心轟然劇震。

二班吳尾同學的心情想必也是一樣吧。

只見吳尾同學那張柔弱美麗的臉孔直盯著地板，雙手緊抱住惶惶不安的胸口，宛如淋溼翅膀無力翱翔的母鴿，可憐兮兮地跟敦子肩並著肩，恰似等待駭人判決般杵在原地。敦子見狀，毅然抽走眼前兩支籤裡靠近自己的那一支。「祝我好運。」她祈禱著抽起那支籤——剩下的一支當然就由吳尾同學抽走了。

「好，抽完請打開來看看吧。什麼都沒寫的就是要表演其他新節目，畫了一個大圓圈的就是表演《桃太郎》的班級。」

沒等老師說完，敦子已用顫抖的手打開那支籤。

細細長長的紙條頂端有一個鉛筆畫的圓圈。於是乎，《桃太郎》最終落入一班手裡。

「很抱歉，不過請二班趕緊想一個別的表演。」老師對吳尾同學說。解決二年級的棘手問題後，會議順利進行，沒多久，除了二班以外，所有班級的表演題目都定案了。

委員們一窩蜂擠出教室。二年級學生們不知如何獲悉教室內發生的事情，一群人聚在門外。

一班學生們一見敦子滿面春風地走出教室，就縱身奔上前，團團圍在她身邊。

「萬歲！萬歲！」

同學們齊聲高喊。

「驕兵必敗，就是指這種情況吧。我們一班可說是穩操勝算了。你看看，二班接下來又得想一個新的餘興表演，不是很辛苦嗎？真是大快人心。」

眾人七嘴八舌地說。

「這一切都要歸功委員妳。」有些人連聲感謝稱讚敦子，彷彿她立下汗馬功勞。

「這都是神的恩賜呢。」甚至有人發出喟嘆。

那場巴黎和會發表《凡爾賽條約》時，法國巴黎市民的狂熱也是這番景象嗎？

猶如完美達成任務的光榮使者，敦子在一班同學的簇擁下甚至有些茫茫然。

午後上課鐘聲響起，同學們魚貫進入教室後，一班仍到處迴盪著歡笑與道賀聲。

另一方面，隔壁二班卻是靜得儼如熄滅的火。傾耳細聽，不知是否是心理作用，總覺得時而傳來一縷幽微嘆息。

即便還有整整一個星期的時間，可是這段期間又得重新選擇餘興節目。一切都麻煩得緊，不但要花時間開會討論，而且可能人多嘴雜毫無進展，光想就覺得頭疼。

縱使討論很快有了結果，也得進行排練。這又是另一道難關。

二班同學恐怕都得以萬念俱灰的心情聆聽下午的課程吧。

不管怎麼樣，一班同學一洗平日鬱悶，人人充滿了生機活力，幾欲手舞足蹈。當放學鐘聲響徹校園，學生們三五成群走出校門，唯獨二年級一班和二班都由於今天的抽籤結果而遲遲不肯歸去。

首先，一班的情況如何呢？

放學後，值班打掃者終究得打掃，便做做樣子地提來水桶與掃帚，不過呢，人人都為了文藝會表演一事樂不可支。

在水桶擰抹布的人，咕嘟咕嘟地搖晃桶裡的水，嘴裡喃喃唱著：「嘩啦、嘩啦、嘩啦啦——嘩啦、嘩啦、嘩啦啦——」一副正在表演《桃太郎》的架勢，歡暢淋漓地把水濺得滿地都是，一切恍如夢境。啊啊，這是何等狂熱、何等喜悅的狀態啊！

至於隔壁二班的情況——

直教人不忍卒睹。其他班級的人們一副與己無關的態度，一聽見放學鐘聲便如鳥獸散，惟見此處一張張無精打采的臉孔或是望著窗外，或是低頭面向牆壁，教室裡瀰漫著形形色色的少女幽噫。就算手持掃帚或提來水桶，也無力完成打掃值日工作，把沒擰乾的溼抹布丟在地上「咻嚕嚕嚕」——呼應著唉聲嘆氣一路拖行。

「啊啊，整個暑假的心血全化成一場泡影……今年秋季獨留我一人飽受折磨……」云云——也有人細訴詩意盎然的傷心台詞。

「我究竟如何是好？都昭告天下說我要演桃太郎了，這下子該如何面對江東父老！我真的，我、我、那個、那個、該如何是好啊——」扮演桃太郎的女同學擤著鼻涕哭了起來，周圍少女們的情緒亦被牽動，無不泣下沾襟……如此這般，教室一片愁雲慘霧，死氣沉沉……征服強大鬼島的堂堂桃太郎竟會哇哇大哭，這怕是兒童文學作家——嚴谷小波大叔想都沒想過的事情。

「為什麼吳尾同學沒抽中呢？天道無情啊。」儘管知道一切無可挽回，仍有人如此長嘆。這之中，唉，這群人之中，唯獨某人身影好似即將化為荒原盡頭的花露消散，吳尾同學身子縮成一團，心底汩汩湧出悲痛欲絕的淚水。身陷不幸，怪罪自己。

那廂敦子恰恰相反，則是意氣揚揚地回家去了。春風得意的敦子心裡，壓根兒想不到隔著一面牆的隔壁二班悲慘若斯。一班就是如此沉醉在自己的幸福裡。

敦子臥室前面的小院子裡，秋海棠成群綻放。恰似將溫柔愁緒深藏於心的美少女，化身為我見猶憐的柔美花朵……秋日冷冽空氣中輕輕顫動的嬌羞淡紅花瓣……花朵跟敦子及母親二人居住的幽靜小屋相映成趣，母女都喜愛它。而這秋海棠花朵前方的竹籬笆，就是這間小屋的門口。

眼下已是濃濃夕曛籠罩大地的時刻，唯獨那溫柔花朵在地面熒熒擺盪。此刻，一道人影站在門口竹籬笆的摺疊門前面。敦子納悶誰會選在傍晚時分造訪此等僻靜人家，走出廊台問道：

「請問是哪位？」

摺疊門前面傳來輕柔話聲。

「……我是吳尾……」

敦子微微一愣。吳尾——那聲音——那身影——端的是教人大出意料之外的訪客。是什麼原因才在這種傍晚時刻前來——雖說兩人就讀同個學校，畢竟班級不同，更何況是相互競爭的兩班，所以彼此幾乎沒講過一句話——不管怎樣，敦子打開了竹籬笆的摺疊門。

哦呵，但見一個婀娜多姿的女孩穿過盛開的秋海棠花海走來站定——那個人是吳尾絹子同學——平凡無奇的今日，正是那個人在學校某間教室跟自己一起抽出決定兩班命運的籤——敦子一時間甚至忘了招呼對方。敦子的母親這時恰好從屋裡出來，她得知美少女是來找敦子的，便親切地請對方進客廳坐坐。

面對面坐在客廳榻榻米的敦子和吳尾同學兩人都心情沉重，默然不語。過了一會兒，吳尾同學頹然輕聲道：

「我有一個請求。」她說著略一沉吟，緩緩摩挲夜露沾溼的兩只袖兜。

「呃，這實在是很自私的情求，不過我們班從暑假就開始排練《桃太郎》，已經準備得差不多了。結果今天一支籤就讓一切變成一場空，同學們一路辛苦排練，如今看著她們的失落與嘆息，我痛苦得直想消失不見。」

吳尾同學話到此處，晶瑩淚珠撲簌簌地落在纖纖膝頭。這個時候，啊啊，就在這個時候，敦子頭一次明白了，她知道了，意識到了。每當自己感到快樂，旁邊就會有人悲傷；既然兩支籤分別代表吉凶，而我拿到了吉，凶就必然落入另一人的手裡——她連這麼簡單的道理都茫然不知，只顧著自己班的幸福手舞足蹈，這等膚淺此刻真個令她羞愧。

「都已經是抽籤決定好的結果了，事到如今我不該再來說些什麼，可我還是要厚著臉皮懇求……」

先是講得上氣不接下氣，接著又忽然語塞的吳尾同學下面要說什麼——敦子既已了然於胸。

「沒問題，我想把《桃太郎》讓給二班。我們班只有決定題目而已，接下來才要開始正式排練，所以，只有我們班眉飛色舞地表演《桃太郎》，卻讓二班跌入失望深淵，絕對不是一件光彩之事。我明天就跟班上同學商量，盡快把《桃太郎》讓給妳們——我會利用明天午休時間討論這件事，請在午休結束後到學校圖書館門口等我，我再跟妳說我跟班上討論的結果。當然我一定會努力請同學把《桃太郎》讓給二班的。」

那一瞬間，敦子變成了自己也難以置信的演說家。

「謝謝妳……可是，畢竟我今天傍晚到妳家提出這種要求，我們班說不定會覺得接受妳們讓出的表演是一種恥辱……」

吳尾同學那雙秋水裡的憂色更深了。

敦子此時斷然說道：

「不，妳無須擔心——我絕對不會跟別人說我是受了妳的請託。我又何必透露妳今晚登門造訪呢？我向妳保證。」

吳尾同學含淚行禮，離開那片秋海棠花叢。敦子站在夕陽下的廊台外側發怔，恍如置身夢中。既在吳尾同學面前信誓旦旦地許下承諾，明天無論如何都得讓班上同學答允把表演讓給二班。深受全班信賴的文藝會委員，她該對這群感情融洽的同學們說些什麼呢——敦子冥思苦想，度過一個憂心忡忡的夜晚——可是，一想到能夠為那位美少女卸去香肩的惆悵傷悲，就讓敦子雀躍不已，而為了不負今宵佳人所託，她必須想出一個拯救伊人的法子。

吳尾同學祕密造訪隔天，敦子滿懷不安地到了學校。這天午休，誰也沒有在校園玩耍，每個班級，尤其是二年一班都沉浸在昨日的喜悅，立刻著手討論《桃太郎》。

「好，今天就讓我們決定所有人的任務，討論如何收集戲服、排練合唱，讓我們一起好好地、好好地努力吧。」一干異常興奮的同學中，唯獨敦子從早上就焦慮落寞，臉色蒼白，默然無語，但這一刻竟又毅然決然地走上講台。

「同學們——」如此呼喚的敦子面無血色。眾人一臉疑惑地望向台上，不知她正經八百地是要說些什麼。

「——正如各位所知，原本也要在文藝會上表演《桃太郎》的二班從暑假就開始排練了，好巧不巧跟我們一班撞題，然後抽籤輸了，所以二班現在不能演《桃太郎》了。抽籤勝出的我們非常幸福，相形之下，二班是多麼傷心呢？畢竟暑假至今的排練全數化為泡影……」教室頓時安靜得落針可聞。

敦子曉以大義，說盡了好話。最後，一班將《桃太郎》讓給了二班。

文藝會即將在校內展開。當天的節目表上有一個題目如左：

**童話**

**歌劇《桃太郎》…………二年級生**

二年級生的部分沒有列出班級名稱，就只寫著二年級。節目一個個進行，輪到童話歌劇的時候，據說該年春天甫自茶之水畢業的O老師（二年二班導師）出現在幕前，向觀眾致詞。

「這齣由二年級同學們一起演出的童話歌劇，最初出於巧合，一二班都選了《桃太郎》，便抽籤決定由一班演出，可是一班的同學們表示這樣二班很可憐，基於溫柔少女的情誼，而將《桃太郎》讓給了二班。然後，為了暗中協助二班演出，一班的志願者們組成了合唱團，在幕後為二班伴唱。這場表演就是在這樣的溫馨友情中完成的。我身為二班導師，要特別感謝隔壁一班同學們美好可人的作為。」

觀眾席響起深受感動的掌聲。坐在教師席的一班導師A老師一雙老花眼淚光閃爍。不久，童話歌劇揭幕了。隨著序曲唱出的歌聲是幕後十多個整齊劃一、可愛動人的聲音——全都是一班同學的聲音——儘管不見其人，但她們的神聖善良在歌聲中表露無遺，觀眾們紛紛讚揚一班的高尚優雅。話雖如此，大多數人都不知道《桃太郎》這起事件背後還藏著一段小羅曼史，因為它只藏在敦子和吳尾同學的純真心房……

文藝會完美落幕，深秋過去，寒冬來臨。當時一場可怕的流行感冒席捲全國。女學校甚至因此臨時停課數日。而當時被惡性感冒魔手攫住，青春花蕾尚未綻放即撒手人寰的便是吳尾絹子同學。吳尾同學——這個名字對敦子來說，跟那個秋海棠綻放的秋日黃昏伊人登門造訪的記憶同樣都難以忘懷……

接近年底的某天，學校已經放了寒假，敦子與母親一起在小屋子幹活，準備過年。那天晚上，門口竹籬笆外傳來人力車的銀製車輪聲，稍頃，似有人踩著踏腳石進來——母親打開遮雨板，詢問來者何人。

「我是吳尾絹子的姊姊，來找住在這裡的敦子同學。」

那聲音、那身影宛若往生者的復刻般美麗——約莫二十歲的年輕美女在母親引領下進入客廳——絹子同學今年秋天待過的那個房間。

敦子走出來靦腆地打招呼，此時訪客跪著挪近身子，不勝懷念地說：

「妳就是敦子同學嗎？舍妹去世前幾天，將我喚至枕畔，千交代萬叮嚀說在學校受過敦子同學終生難忘的恩情，希望送上這份真心真意的禮物，聊表感謝之意。但舍妹去世後禮物成了令人心碎的遺物，我代表舍妹懇求妳，請務必收下這份禮物。」

客人說著取出一個紫色帛紗包袱，在燈前打了開來。裡面是一個象牙雕刻的文鎮，裝在一個桐木小盒裡——白象牙底座上以紅瑪瑙刻著一株細致精巧的秋海棠——敦子的淚水成串滴落在瑪瑙花瓣上。

# 刺槐

1

日記裡日復一日寫著雨、雨、雨，渾似動不動就在鬧性子的壞天氣——儘管如此，起先我還嘖嘖讚歎：「恬謐雨天讓人心境平和，真是一大樂事。」一直到大雨毀了上星期天，又一路綿綿不斷下到星期六的今日，唉，這麼大一桶水到底是怎麼放在那片浩瀚天幕上的呀？我就像大惑不解的孩童，一心想仰望鈷藍色的蒼穹，哪怕只有半天也好，盼能趕快扔掉溼答答的雨傘，啪的一聲撐開我心愛的新陽傘——滿腔渴望、希望與哀愁——漫漫雨季使人鬱悶，加上我大病初癒，覺得自己實在可憐極了，好似一尊黏死在房間籐椅上的人偶，打從早上就只能盯著牆壁發呆，其他什麼事都不能做——

正當此時，新庄同學來看我了——誠如荒漠甘泉這種俗濫比喻，我高興得幾欲飛撲迎接——這位舊交訪客也禁不住紅了眼眶——

「我好想妳……」

「我也是……」

繼而是一陣沉默——啊啊，雨天果然很適合跟久別重逢的老友聊天，我此刻初次體悟雨的珍貴——雨神在浩瀚天幕上微笑：「喏，妳看。」體貼周到地在窗外淅淅瀝瀝編織著細雨如絲。

於是——兩人圍著一張籐製小圓桌，

睽違一年四目相對——睽違一年——是的，睽違一年——新庄同學畢業後，隨即成為X女學校的英語老師——在我留級、生病，渾渾噩噩之際，新庄同學已然手執教鞭——

「各位同學，L和R的發音不好好分清楚的話，那可是很奇怪的呵。為了不被外國人取笑，我們來好好練習吧——發L的時候，喏，妳們看，把舌尖放在上排門牙後面，L、L——這樣，喏，妳們看……」她料想是滿頭大汗地賣力講授——新庄同學的教學該有多精彩——如果可以，我也想進X女學校當她的學生，我甚至妄想過這種不可能實現的願望——所有朋友都相信新庄同學定然能夠成為一位好老師，因此接下來的問候當然是——

「如何？妳的教學生活——」我微笑問道。

「我——已經不是老師了……」她的答覆出人意表——眉間也莫名蒙上一層陰霾。

唔——一般情況下，我可以輕鬆接一句「被開除了？」之類的玩笑話——但對方眉間的憂色教我一時間無從回應。

「我一生都——不想再當老師了——」她越發愁雲慘霧。

我此刻再無勇氣探問原因，便也低頭不語。

「……我因為當老師，今後必須揹負一生都無法彌補的可怕罪孽——」

這句話委實匪夷所思，我瞥了新庄同學的臉孔一眼。昔日同窗時，她乃是班上屈指可數的樂天派，眼神明亮，面色紅潤。偶爾聽見她裝模作樣地說：「我真的好沮喪喲。」結果沮喪的原因竟是昨兒星期天去保證人家，對方給她的一袋點心被宿舍天花板裡的老鼠偷走而已——首先，這般人物在闊別一年後變化若斯——明眸蒙塵，濃濃憂色瀰漫，雙頰周圍也一片慘白，面容憔悴頹靡——

「——妳變了呢……」我被自己嘴裡吐出的話語驚醒，惴惴不安。

「嗯啊，我是變了吧。揹負那種罪孽還不改變，可就天地不容了。」

我無言以對，再次垂首。

屋外又下起淅淅瀝瀝的小雨。

「對不起，只顧說這些莫名其妙的事情，妳聽得一頭霧水吧——我什麼都跟妳說了吧——請妳聽我說，請認真聽——」

……我聞言顫聲道：「新庄同學，我很認真在聽……」

「謝謝妳，那麼——」說話者眼裡驀地浮現一抹清淚——

小雨蕭蕭打在窗戶外側。

新庄同學娓娓道來：

「——我到X女學校後，首次登台執教是三年二班的英語課。因為生平第一次教書嘛，連我也不免直打哆嗦。當天剛好是閱讀課，我決定先教五六個新單字，於是從黑板邊緣開始書寫英文單字。我想把字寫得漂亮，手卻不爭氣地抖個不停——總之，待我勉強寫好一個單字，神色嚴肅地在講台轉過身來時——忽有聲音響起——在此之前，或許出於某種對於新老師的好奇心，學生都極度乖巧，整間教室安安靜靜，人人直如借來的貓一般安分老實——而打破教室沉默的聲音——那聲音又是如何？說來的確有點奇怪——唔，在一群十五、六歲——了不起十七、八歲少女們的教室裡，妳覺得那該是什麼樣的聲音呢？那聲音可怪了，簡直就像七、八十歲的老人家——而且是老頭子那種槁木死灰的噁心聲音呵——聲音是這麼說的：『老師，字寫得太小了，我們坐後面的人看不清楚。』妳聽聽，那如成年人般有些猥瑣的聲音便是這般自以為是、泰然自若地橫加指責，我不由得胸口一緊，朝聲音來源看去——但見那裡——如今回想起來也好像胸口被刺了一刀般（新庄同學雙手遮住蒼白如紙的臉，恍若難以忍受回憶裡的幻影），唉，那又如何能說是一張少女的面容呢？那張臉只能用未老先衰來形容。她目不轉睛地盯著我，通達事理般地緊抿雙脣，完全展現出成年人的氣度，正對著桌子，朝我昂然挺胸。不可思議的少女——這個念頭尚未浮現，一股恐懼已無端湧出。

「我還未坦然接受對方毫無懼色地當著新老師表達正確意見的勇氣，心裡先泛起一股不舒服的恐懼與厭惡。一切都是我不夠成熟所致。事到如今，再怎麼哭泣懊惱也於事無補，可是——當時我忍不住將目光從那名學生臉上移開，然後一邊狼狽不堪地擦掉黑板上的單字，一邊說：『那我寫大一點吧。』接著重新寫上更大的單字。『現在看得見了嗎？』我面向黑板問。

『可以，現在看得很清楚。』回答的還是同一位學生那老氣橫秋如故的噁心大人聲音。當下內心又一陣強烈的反感——彼時我壓根沒想過這種感覺有多麼罪大惡極。

「我不敢再跟那個聲音與臉孔有任何接觸，決定完全不看那名學生的位置，也就是教室左邊算來第二行的後排。為了不看左邊第二行，我自然得側著身子，這使得右邊後排變成講台上看得最清楚的位置。如此不平均地俯瞰教室，我為了讓自己冷靜下來，刻意將視線集中於一點，那便是教室的右後角。我的視線剛投向該角落，胸中暗自一驚。跟先前全然不同的意味——那裡有一張令我眼睛一亮，非常美麗動人的臉孔，宛如雜草中一枝獨秀的白花，哇，真是可愛——我站在講台上想著，心情豁然開朗。我感到一陣輕鬆，不經意地向那張俏臉微笑——我終於擺脫先前那股快快不快、束手無策的陰鬱，長長吁了一口氣。後來那堂課上，我淨想著那位可愛少女的姣美面容，總算完成了人生的首次授業。

「第一印象——難以置信地深深攫住我的心。我到那所學校後，頭一回站上講台的三年級那班最是牽動我的情緒。兩張極端迥異的面容在該教室給我的最初衝擊，使我不覺心生強烈的憎惡……憎惡那位擁有飽經世故的聲音與面容——名叫棚島郁子的學生。我刻意漠視那名學生。每次到該班上課，就算棚島同學對我的提問舉了數十次手想要作答，我也從不點她。不，何止不點她，我橫了心不去看她的臉——天哪，我面不改色地犯下何等可怕的精神重罪！可怕到如今回想起來都瑟瑟發抖——（新庄同學似是懾於過往追憶而伏下身來……）天哪，我是何等愚蠢！哪怕棚島同學就在教室，我也當她不存在一般；另一方面，對於擁有姣美面容與身姿，天真可愛的學生丘美鶴——我卻是日益——呃，該怎麼說才好——有一種奇妙的——呃，想來都覺得可笑——那——那個，不可思議的——那個——就是——那個——我果然很奇怪，請不要笑我，求求妳（新庄同學神情痛苦萬分）——然後不知怎地，我看著丘同學的嬌靨就格外愉悅——她一旦生病請假兩三天，我到該班授課也是渾身沒勁，心神恍惚，彷彿少了一個重要的東西。她請假期間，我在學校或宿舍都寂寞得無以復加——啊，請別取笑我——求求妳——對於這般尷尬難堪的告解，我也是悔之莫及（新庄同學倏然含淚斂首），就這樣，一個班上有兩個奇特對比——我深惡痛絕的學生以及我瘋狂迷戀的可愛學生，而我則是道貌岸然地在台上授課——同時心裡犯著許多罪行——惡魔——這大概是我的另一個名字，在當時——」

新庄同學講到這裡，輕輕嘆了一口氣——雨天的朦朧陰影靜謐瀰漫在房間每個角落——屋外小雨淅淅瀝瀝的聲音躲躲藏藏、遮遮掩掩地逼近。

「魔鬼——我後來才意識到我變成了魔鬼。對於坐在同一間教室裡的學生們，我抱持某種偏見加以歧視，這是何等可怕膚淺的行為——人類真是懦弱的生物啊。當時我的行為是這樣子的：上課鐘響不久，我便走進教室——走進那間——那間使我命運天翻地覆的教室——從我站上講台的瞬間起，妳猜怎麼著？我就拿定主意再不去看棚島那張臉。所以，想也知道，不管棚島多麼努力舉手，我都視若無睹，一概不理，天哪，我做了一件何其可怕的事情啊。如今回想起來，連我都頭皮發麻，覺得自己很恐怖。那無異是在精神上將棚島置於痛苦至極的境地——啊啊……」

新庄同學臉上浮現囚犯在監獄窗畔為昔日罪行悔不當初的神色，連周圍空氣都變得灰茫茫一片。

「但即便如此，妳猜怎麼著？我每堂課公然點丘同學兩三次——甚至可能連續兩次叫『丘同學』回答，這時教室裡就會像突然爆發流行性感冒，『嘿嘿』、『嘿嘿』的咳嗽聲此起彼落……」

新庄同學慘然一笑——淒涼的笑容直教人心痛。

「——有一次，那是我畢業後到那所學校，從春天算起剛好一個月——大約五月吧——當天天色微陰，我決定讓那班做點聽寫練習——教室裡安安靜靜，只有奮筆疾書的聲音，同學們為了不漏聽我的每一句朗讀，無不豎耳細聽。我一邊翻頁，一邊朗讀，緩緩走在學生課桌間——當我走到丘同學的桌子旁邊——呃——忍不住就——自然而然地停下腳步。」

「萬有引力最是寶貴。」換成平時，

我可能會嚼嚼舌根取笑新庄同學——但眼下唯有聽著煢煢細雨——無言以對，僅能聽任對方傾訴——因為孤獨的主人與訪客避開了彼此的目光……

「不知何故，我就這樣停下腳步，怔怔站在丘同學的桌子旁。我望著此刻搦著象牙筆桿，伏案在平滑洋紙上運筆如飛的纖纖玉指那主人——或許正絞盡腦汁想出一個接一個的單字，豐腴雙頰微微發熱酡紅，更顯可愛的俏臉貼近紙面，身子前傾露出後頸髮際和美麗細頸，純白衣領外疊著深紫銘仙和服，髮辮如煙順著後背飄然垂落，尾端整齊綁著一個光澤細膩飽滿的淡褐色蝴蝶結，微微觸及椅背，其下是蝦茶色行燈袴，腰際浮現白色蕾絲花紋……唉，我看得如痴如醉，不個小心念錯了聽寫的句子……」

「喝，妳這無藥可救的不良教師！」

我本想狠狠瞪新庄同學一眼，用眼神傳遞這個訊息，然而——那一刻——我看著眼前這人坦承不諱後自怨自艾的模樣，也難以嚴厲譴責——啊啊，假設我與新庄同學調換處境與身分——當我這麼一想，不禁內心一痛——

「就在此時——在我目光灼灼地凝視那美少女的時候——有同學立刻發現我念錯了聽寫的單字——不是別人，正是那個棚島，哦呵棚島——當我聽見棚島的聲音時，背上被潑了冷水般升起一股寒意——棚島——她在教職員辦公室也是有口皆碑的聰明學生，能一字不差地背出好幾頁閱讀課本的內容——而我這天聽寫測驗不慎念錯的那頁字句，隨即被她機警的大腦反應過來——靜悄悄的教室裡猝然爆出刺耳的聲音，毫無疑問是棚島的聲音，可怕猥瑣的聲音——我感到很不舒服。『老師，請再正確念一次。』這是什麼話！『再正確念一次』怎會是學生對老師說的話語呢？可是，棚島當時的的確確對我義正詞嚴地說了出來。我聽見這句話時，已經不是單純感到不舒服，而是不由自住地全身發抖。是了，因為我察覺到那尖銳的語氣裡包藏著強烈的反抗與憎恨。迄今我刻意迴避不看棚島那張臉孔，此刻迫於無奈必須面對，而當我目光轉向對面那行桌子，登時如遭雷擊般僵立原地。

「棚島從那個位子以一副亟欲噴火的目光與我對視，兩顆眼珠一動也不動。小麥色的臉孔，濃眉下一雙熱情烈性的大眼猛盯著我，沒有丁點兒可愛氛圍可言，直似大人般冷漠聰穎的臉孔——不過，眼裡卻有著普通少女難得一見的熾熱。那雙眸子猶如即將上陣的戰士，正一步步走向駿馬般充滿了剽悍勇猛的力量。她與我的戰爭顯然早已展開。我雙腿發軟，勉強走回講台，咬緊牙根硬挺過這堂課，強撐著就快昏倒的身體逃離講台後，姑且鬆了一口氣，可那個棚島卻讓我越想越害怕——我感覺自己就像遭到某種東西襲擊，整天坐立不安，傍晚回到了宿舍。

「回宿舍後，我忙於各種事情，不覺間將今天學校發生的事情拋到九霄雲外。入夜後狂風呼嘯，傾盆暴雨斜落，頃刻變成一場暴風雨。我坐在房間書桌前閱讀雜誌時，聽見暴雨打在走廊外的遮雨板、狂風搖晃庭院樹木的聲音中，夾雜著一個古怪人聲。那是什麼？我寒毛直豎，想叫宿舍阿姨過來，又覺得太過大驚小怪，便強壓下內心恐懼——結果那古怪人聲越來越近、越來越響，最後就停在書桌前方窗戶的遮雨板外面。

「『老師……新庄老師……新庄老師……』就是這樣的聲音——咦，這聲音不是在叫我嗎？咦，這可奇了！是誰在這暴風雨夜晚到我的宿舍來，在外面呼喚我的名字呢？我越發毛骨悚然，唉，越發驚慌失措。外面呼喚我的聲音像火勢蔓延般迅速迫近。『……老師……新庄老師……求求妳，請打開窗戶、請打開窗戶……』斷斷續續、奄奄一息的叫聲混雜在猛烈的狂風暴雨裡。而今不能只覺得它陰森了，我終於鼓起勇氣，戰戰兢兢地推開一扇遮雨板。『是誰？是誰？』我對著一片黑暗發問，答覆自狂風暴雨的那片黑暗傳來，同時間一張臉孔出現在窗下，『——老師……是我，我是——棚島郁……』我聽見這聲音時的驚悸與恐慌，唉，該怎麼形容才好？棚島同學臉色煞白，表情沉痛，任由滂沱大雨打在身上，儼如一尊雕像溼淋淋地站在窗外——我過於驚恐，一句話也說不出來，直挺挺地看著窗外發怔。

「這時一個極其哀傷痛苦的聲音從窗外、從雨中、從風中響起：『老師、老師——我今晚來為我以往的無禮道歉——老師，請您原諒我。請原諒我，我以前一直在詛咒老師，打從心底怨恨老師。這是多麼狂妄可怕的事情哪，請您原諒我。老師其實也無須我這般跟您告解，因為您早就非常清楚，而我也心知肚明，我有多跟老師作對，而老師又是多麼恨我——老師，不過我今天再也無法忍受這種可怕的仇恨了。老師，請您原諒我，我、我為什麼會變成一個跟老、老師作對，然後被老師憎恨的學生呢？老師——我現在要把一切說出來，請您原諒我，老師，我、我——那個——我喜歡——丘同學——喜歡丘同學喜歡得不得了，可我感覺老師、老師也愛著丘同學。我被老師憎恨，而我喜歡的丘同學則被老師愛著，這兩個極端的可悲差異，讓我至今哭泣多少次呢——老師您什麼都不必說了，老師，我身為學生，萬萬不想再沉溺於詛咒或憎恨老師此等大逆不道的可怕心靈罪孽中了。我今晚就要離開學校這片土地，回歸家鄉，重返故里。老師，臨走前，我只想跟您說一聲抱歉。老師，請原諒我，棚島郁是個可憐的女孩，請……老師……原諒我。』一片漆黑中，激動的哭聲倏地消失，原來那人已然遠去。哦喲，這難道是夢？難不成是一場夢？我在疾風暴雨中呆若木雞地望著前方，啊啊，然而，這不是夢，而是現實，是稱之為現實都太過可悲的悽慘事實。

「隔天早上，我面無血色地抵達學校時，棚島郁子已自行註銷學籍，回遙遠的家鄉北海道十勝平原去了。當我獲知這個消息，該如何形容心裡的無限懊悔和無盡痛苦呢？歷經一個月左右的煎熬，我再也無法忍受，決定踏上漫長旅程，前往北海道本島那片十勝荒原，尋找滿腔熱情、外表堅強但內心柔弱惹人憐的女孩。好不容易打聽到女孩家在荒原裡的一座小牧場。我下定決心，當我抵達女孩家，就要呼喚那不曾一日或忘的名字，膝蓋跪地，為我揹負的罪孽承擔責任。我抵達牧場表明來意後，首先見到郁子同學的母親，並從她口中得悉萬分悲痛的事實。『郁發瘋了，這孩子真可憐。』她母親哭倒在我面前，天，精神失常終而崩潰的熱情女孩啊！

「我頹倒在地，一切都結束了，而我的罪孽也將終生跟著我，永無贖罪之日——哪怕神魂杳渺徒剩一具空殼，我仍殷盼到女孩面前一掬傷心淚，母親便讓我暗中偷覷那憔悴身影——夕陽餘暉下的牧場柵欄——只見樹影婆娑，鱗次櫛比——形狀酷似藤樹的葉子鬱鬱蔥蔥，枝條上還有細刺；葉子則在向晚微風中搖曳，簇簇綻放的乳白色花朵甜美可愛又悲傷，還散發著幽香——刺槐、刺槐——那正是大連來的友人心心念念、盛讚不絕的花朵。花朵盛開的牧場樹蔭下，一個纖細身影倚樹煢煢孑立，哦呵，那是失魂落魄的可憐少女在人間遊蕩，『郁子同學，請妳明白我愧疚的淚水。』我在內心低語，再無勇氣凝視前方景象——軟弱如我甚至未能伏在她母親跟前懺悔自身罪行。

「最後，我獨自懷抱淒涼心情，再次孤零零地穿越曠野，踏上歸途——在暮色蒼茫的曠野中回顧孤身走過的那條路——悲哉，落日後的昏暗牧場旁，朦朧夢境般一叢叢刺槐花朵……乳白色細小花瓣宛如思念某人的淚珠，在晚風中簌簌飄散——一想到那樹蔭下倚著一名骨瘦如柴的少女，直如沒了靈魂的蟬蛻楚楚可憐地佇立——我就成為長空下無處可去的罪人——這趟旅程成為我此生的重要轉捩點。我一回到學校便遞出辭呈，但終究得苦撐到學校找到繼任老師為止。前陣子接替我的老師總算出現，這才離開學校，結束教學生涯，現在如妳所見。我對未來茫無頭緒，可能的話，我想再去北海道，成為那可憐女孩的守護者，了此餘生——至於那位名叫丘美鶴的女孩，根本不曉得發生過如此悲慘的事實，她美好可愛的身影如今仍然天天出現在那所學校吧。我只願永遠不必告訴她這個事實。害死一個學生的罪孽已沉重得令我痛苦不堪，如果還得再傷害另一個美麗女孩的靈魂，這教我如何消受？這分痛苦與悔恨將糾纏我一生——啊啊，刺槐花開時——我將再次啟程前往那座牧場以贖己罪！」

——新庄同學語畢，低頭輕輕閉上溼潤雙眸。

天生情感熾熱的女孩，時運不濟，命途多舛。伊人此時或許猶自兀立在刺槐樹蔭下，望著失落的靈魂去向，一顆心空空蕩蕩，無從知悉昔日愛恨交織的老師此刻正流著萬般傷心悔恨的淚水，悲哉，悲哉，刺槐花朵，刺槐花朵，在多刺枝葉間悄悄擺盪的乳白色花簇，撩撥年輕女孩甜蜜悽惻的心房，那高雅花香啊！

1 譯註：刺槐的花朵和金合歡的花朵相似，但因有刺，故亦被稱為「偽金合歡」。

# 櫻草

那是去年春天發生的事情。

我當時病情未見好轉，儘管大地回春，卻仍孤單纏綿病榻。某個星期天傍晚，瀧澤良子來探望我——

「我今天去浮間原摘櫻草，回程順道來找妳……」

良子這麼說著，將插在杯子裡的一大把櫻草放到我的枕畔，不知為何上氣不接下氣。

「發生了什麼事？」

聽我問起，良子笑道：「還不是因為電車罷工，我走路來的呢。」我想起以前從南方海岸返回久違的東京之際，行經東京車站的電車窗外一閃而逝的都市燈火是那麼地絢麗。而今——郊區櫻草既已盛開，市區電車曠廢隳惰，大自然與人世間盡皆蓊鬱蔚然，抱病在身的我難得感受到一股強烈的紅塵春意。

「原來如此，謝謝妳。」語落，我默然凝望杯子裡的花朵。

「妳知道嗎？我對這朵花有一段刻骨銘心的『回憶』，所以倍感親切……」

良子話聲聽來頗為感傷——

「是什麼樣的回憶呢？」

——我於是微笑問道。

「什麼樣的『回憶』啊——是這樣子的，嗯，我還在鄉下的時候（良子是女學校一年級第二學期才從外地轉來這裡），要升女學校的春天參加了縣立的入學考。報考學生相當多，競爭十分激烈，但家人特別希望我讀縣立嘛，所以我為考試下足了準備功夫。終於到了可怕的入學考當天，我戰戰兢兢到學校一看，哇，嚇死人，校園擠滿考生。且不說那些來自市區的，還有許許多多來自鄉下小鎮或村莊，然後，我一想到人人期待著這個春天在這所學校快樂求學就心裡發慌，還在休息室已嚇得哆囉哆嗦——

「不久，考試時間到了，考生們走進指定的考場，兩兩依序入坐。考生有好幾百人，因此分成好幾個組別，我走到其中一組，然後進入一間教室，接著在一個從未見過的女學校老師指示下，兩人一組在課桌就坐，我跟一個不認識的考生共用一張長課桌。我是師範附小畢業的，只要是附小的學生，我大概都認識或見過，不過市立小學校或來自郡裡的學生都是在考場第一次見面，完全是初相識嘛，還得共用一張課桌，分外尷尬，總有些不自在。有些人早已全神貫注於考試，當鄰座同學根本不存在一般，可是——妳也知道我很神經質，非常在意鄰座同學，不過當時坐在我隔壁的是一個看著就很舒心的人。身材清瘦頎長，也是神經質的類型，而且近視呵，戴著一副眼鏡，略顯蒼白的瓜子臉，高挺的鼻子，襯著銀製細鏡腿煞是俐落，給人一種乾淨清爽的感覺。我到現在都還記得她穿的和服圖案，那是銘仙，茶色漸層條紋和白底條紋相間，然後茶色條紋上散落著源氏香圖騰，成套長衫和外褂突顯她的高眺美好，行燈袴我想應該是蝦茶色的……打扮華麗，氣質出眾，肯定是富家千金。她跟我共用兩張併成一張的長課桌，椅子則是分開的。

「我們對於什麼『初次見面』啦，或者『我少不更事，請多多指教』云云的大人寒暄一竅不通，兩人在課桌前悶不吭聲，死盯著前方黑板。其時我緊張得心臟怦怦亂跳，這說來也很正常，畢竟第一堂考的就是我最害怕的算數大魔王——數學成績不好這點就跟妳一樣吧（良子拿這件不光彩的事情來取笑我）？正因如此，我就更加憂心了。雪上加霜的是，那是叫考官嗎？總之到我們這間教室監督考試的老師，唔，若是用一句話來形容，長得就像鬥牛犬進化成人類的樣子，對我造成莫大的心理壓力。

「順帶一提，這位鬥牛犬男老師煞有介事地依序分發試題和答題卷，繼而狗吠似的對我們訓話，簡單說，首先要求考生保持安靜，其次絕對不可交談，然後，如果有人違返上述規則，將立刻被驅逐出場，像極了地獄或法庭。我委實嚇壞了，但儘管如此，仍咬牙力守丹田，將所有問題看過一遍。小學校的老師再三叮囑我們，切莫驚慌，先從頭到尾把題目細看一遍，然後從裡面揀出簡單的先做，把看起來最難的留到最後，慢慢思考。我依照這個方式，先從自己會的開始運算。考試開頭幾分鐘，只聽見鉛筆滑過紙上的細微聲響，整間教室安靜得駭人，我聚精會神地動筆運算。

「忽然間，鄰座傳來一個很低很低、細若蚊蚋、生怕被別人聽見的聲音，一連說了兩次：『呃……不好意思……』聽見自己鄰座傳來這種懇求聲，我終歸無法保持沉默、置之不理，明知考場嚴禁出聲交談，脆弱的心卻怎麼也做不到。我猛一轉頭，喏，鄰座那個同學呀，戴眼鏡很好看的高雅女孩滿臉困惑地把印著試題的考卷遞給我，囁嚅問道：『這裡，是寫什麼呢？我看不清楚。』因為試題是用蠟紙油印在劣質草紙上，墨水分布不均，導致字跡模糊難辨是很常見的事情。她運氣不佳，其中一道長篇大論的四則運算應用題中間墨水完全看不清楚，這樣當然一個頭兩個大，是以呼喚鄰座的我。誰都知道這種情況跟老師報告絕對是最好的選擇，不過那個老師，唉，偏偏是隻鬥牛犬！鄰座的眼鏡女孩多半很怕他，才開口問我。我既得知她遇上困難，豈能袖手旁觀？於是，連忙對照我自己那張印刷清晰的試題，因為不能交談，就把充當運算草稿的作廢答案紙折起來，用鉛筆在空白處匆匆抄下題目。『那題是這樣。』我輕聲說完，將字條悄悄遞到鄰座的那瞬間，唉，這可怎麼辦才好？一聲驚雷！就鬥牛犬啦、鬥牛犬，他吠了、吠了，『喂！妳在幹什麼？』喝，真嚇人，接著，他就像警察捉小偷，咯噔咯噔跑到我的桌子旁。

「換作現在，我就有辦法提出合理論證，澄清自己的行為與立場，可我當時還嫩得很。那年春天剛褪下小學生制服，正要朝女學生跨出第一步的年紀，心裡就只有恐懼和羞怯，一句話也說不出來，活似罪人般滿臉通紅，看著桌面瑟瑟發抖。鬥牛犬大人見狀，完完全全把我當成了作弊現行犯，鄭重其事地掏出筆記本，記下我的准考證號碼，旋即昂然離去。我事後心情大亂，腦筋一片空白，一個問題都解不出來——眼見考場的學生們一個個交卷離開，我落在最後，兩個鐘頭的考試期限迫在眉睫，鄰座女孩不知何時也消失了，我好似瞥見她低著頭憂心忡忡，懨懨縮縮悄然走出教室的身影。下一堂考國語，這科固然不是我的弱項，但由於先前的事件，我始終無法靜下心下來，而鄰座的眼鏡女孩下一堂也換了座位，我就沒再看到她了——歷經體格檢查等等項目，接著在數天後公布錄取名單。我怎麼等都沒收到通知錄取的明信片，基本早死了心，卻還是沉不住氣，忐忑不安地到學校一探究竟，只見布告上寫著一長串錄取學生的名字。我耐著性子從名單尾端一個個往前查看，可再怎麼往前、再怎麼往前，都找不到自己的名字。端量到最後，只剩一堵灰牆如雲煙過眼——我自是早有心理準備，再說考場上遭遇那種劫難，這也是無可奈何的結果，但即便如此，我不禁擔心起同樣牽扯上那場劫難的眼鏡女孩下場如何。總之，我最後讀了同一市區的教會學校。習慣了倒也沒什麼，可好一陣子的上學途中，我都很怕遇到意氣風發的縣立學生——附小時代的朋友，畢竟附小全校只有我一人落榜。

「過了不久，我讀的女學校舉行春季遠足，學生們搭一段火車到一個風景優美的村莊，那裡有一座櫻草盛開的山丘。櫻草——在那裡也叫做九輪草，我們春季遠足就決定到開著櫻草的地方去。早上在火車站集合時，才發現縣立的學生那天正巧也要去遠足，而且呀，目的地居然同樣是那座櫻草花盛開的山丘。日子相同，地點也一樣，那廂還是威風凜凜的縣立，搭比我們早一班的火車出發，『唉喲，縣立也是今天欸，她們搶先出發了，真沒意思，花都要被她們摘光啦。』學生們心急如焚，老師們則是氣定神閒，好整以暇地說：『什麼？沒事的，那麼一大片山丘，花朵沒那麼容易被摘光的。』等我們好不容易上了火車，抵達目的地，氣喘吁吁地走到櫻草盛開的山丘，唉，妳猜怎麼著？目光所及，盡是青草地！整座山丘的花朵都被捷足先登的縣立學生們掃光，一朵不剩。山丘上只剩翠綠的櫻草葉在春日微風中搖曳，就是長滿了葉子的山丘欸。縣立的學生們人手一束鮮花，嘻皮笑臉地嬉戲，連句『真抱歉』也不會說，看得我們莫不含悲忍淚，『完全沒想到要為比較慢到的人類留一朵花，噯，縣立高女的學生實在太缺乏人道情懷了！』我們群情激憤也無濟於事，老師兀自老神在在地勸解：『大家雖然摘不到花，但請欣賞這美麗的大自然，這片不能被人手摘取的大自然……』這無異是對牛彈琴，眾人一心只想要那花朵，人人哭喪著臉……我也是那其中一人，山丘路旁遇到附小時代的友人，對方認出了我，冷不防尖聲怪叫：『瀧澤同學，太晚啦，妳怎麼不早點來呢？』語氣裡半是同情，半是炫耀。我垂頭喪氣有如鶴群裡的一隻小雲雀，舉目眺望人手一束櫻草的縣立學生三五成群在山丘漫步，突然在擦身而過的人群中發現一副銀鏡腿的眼鏡，苗條修長的身影！考場上跟我同桌的難忘女孩，就是那個人。『咦？！』我在內心驚呼，對方也在第一時間認出了我。雙眸霍然朝我投來的瞬間，恍若犯人見著法官，立時低頭縮起肩膀——我們在沉默中面面相覷——『瀧澤同學、瀧澤同學，快過來，大家要玩丟手帕囉！』同班同學這時在山丘上同聲呼喚。我循聲如釋重負地走上山丘，儘管離開了對方，內心卻是五味雜陳——詢問試題文字不明之處的她順利錄取，為其解說試題慘遭責備的我卻榜上無名，相同起點流出的兩道涓滴，如此這般各奔東西。命運！命運！我黯然神傷。話雖如此，卻絲毫沒有詛咒眼鏡女孩的念頭，也無法怨恨她，我認為只要坦然接受上天為自己安排的「命運」就好，於是加入山丘上的同伴，玩起了丟手帕的遊戲。

「就在此時，又有一名友人喊著『瀧澤同學』向我奔來，手裡拿著美麗的櫻草花束。她將花束遞給我，同時調侃道：『這個呀，說是要給妳的，剛剛在那邊山腳遇到的縣立學生拜託我的呵。喏，恭喜妳，是個戴眼鏡的漂亮學生呢，嘿嘿嘿。』我心裡猛地一震，用顫抖的手緊緊握住花束打量，但見柔軟花梗底部繫著紅繩，繩上夾著一張小紙條，雙眼湊近一看，淡淡的鉛筆跡在紙上寫著『來自罪之子』——來自罪之子、來自罪之子，我口中喃喃自語，淚水奪眶而出。此刻我才初次察覺，比起落榜的自己，考上的伊人心情更加晦暗——不知何處響起一陣微弱笛聲，迄今占據大半山腳的縣立學生們開始整隊離開。每一列學生都將櫻草花束當寶一般地握在手裡，唯獨一人兩手空空，憂愁站在那兒——正是以罪惡之子自責內疚的伊人！我佇立在夕陽闃寂西沉的山頂，目送縣立高女那一排排陽傘離開山丘，順著田野小路遠去，熱淚潸潸順著臉頰淌下。這束花，我至今難以忘懷……」

瀧澤同學漫長悵惘的故事到此結束——聲音末了似是消失在淚水中。凝神側耳傾聽的我，不知何時也哭成了淚人兒——啊啊，無聲春夜便這般輕柔降臨。

# 背陰花

## 1

毒花鮮豔最可憐，當少女看見毒菇那朵紅傘在秋日山路上溫柔生長——胸中盡是哀傷孤寂。恰似珊瑚球的馬桑果實啊！劇毒何以如此美麗？罪惡何以如此甜蜜？祕密何以如此愉悅？紅顏為何自古命途坎坷多薄命……凡間人子的喟嘆，是否永遠都是解不開的謎團？悲哉！

輕觸禁忌果實便春心蕩漾的，又豈只有被逐出樂園的夏娃——傳承其血脈的人子為之癲狂而無力抗拒的誘人紅果，以罪之名結出枝椏彎垂的碩大果實。

……環是一個不可思議的神祕美少女。或許是自幼喪母，僅剩她與父親二人之故，環其人與世間一般少女不同，姿容透著一股霸氣凜然的氛圍。濃眉錚錚，目光灼灼，芳唇緊抿的模樣，一切都很美好暢快——班上就有人打趣道：「環同學給人的感覺就像把電影明星早川雪洲、門羅・索爾茲伯里（Monroe Salisbury）和伊井蓉峰搗在石臼裡做成糰子，在上面撒些歌舞伎女角福助那種味道柔和的黃豆粉。」

這番評語若是正確無誤，用美少年來形容環或許很貼切。可是，啊啊可是，不管怎麼說，環始終都是少女，她是少女。再怎麼霸氣、再怎麼無畏，她的心房仍如霏霏春雨淋溼輕顫的雌鴿柔軟胸毛；就好像盛怒之下拉斷小提琴，徒留一根粗弦撥動的微弱琴音；又好比夏季過後，誰家少女棄擲海濱沙灘的破損銀扇，在秋日海浪沖擊下綻放寂寥潤澤光華，一切是那麼地楚楚動人、惹人憐愛，嬌嫩渾圓的胸脯深藏一小壺淡粉少女靈魂，壺裡滿是動不動就溢出的乳白美麗珠淚，那般地多愁善感。

環天生自有一股幽邃澄淨之美。

環的父親是世人眼中閃亮絢麗的外交官。家裡失去女主人已久，然繼母至今尚未出現，總有些空虛不完整。

小巧舒適的西式建築，無論是室內的窗簾，還是茂密常春藤沿著牆壁一路攀爬至屋頂的美麗露台，彷彿異國鄉村風景畫裡敲響和平鐘聲的小教堂古老鐘樓風情——那露台盡頭是一座客廳。環的父親年輕時遊歷遙遠海外諸國，一有機會便攜回許多西洋名畫，裝裱在厚重畫框裡，點綴家中各處昏暗牆壁。鋪滿特殊圖案的地毯上，擺放著主人心愛的路易十四時期的桌椅，空間狹小但精心打造出獨特的風格。充滿古典氛圍的古老鋼琴燭台，在預感暮色即至的房間一隅，恍如劈開遠方海洋黑暗的夜間漁火發出兩點微光……

此刻，一道朦朧身影站在那黑色廢船般的鋼琴前——沉甸甸的露台門扉微晃，昏黃夕曛從半掩著的門縫間投射在環後背，她雙手擺在雪白鍵盤上遲遲未彈奏任何曲子，倒似追逐夢境般，偶爾琴鍵之聲漸起，復又漸息。那琴音迷濛消散處，一幅柔軟厚重的印度繪染棉布帷幔掛在七個圓型吊環上，隔開客廳與鄰室，斜暉暈染在帷幔下方三分之一處，其餘微光則交融淡化在滿鋪地毯的蔓草圖案裡。難以言喻的縹緲暮色，端的是戲劇張力滿盈，淒美動人。突然間……琴音休止。環起身離開鋼琴。漆黑的天鵝絨洋裝，領口依稀可見的純白蕾絲，以及袖口反折處的少許白色蕾絲裝飾，加倍烘托出年輕身影那分莫名高雅，且與此刻身後的房間背景交相輝映，越見、越見——

環靜靜舉步向前，站在那帷幔附近，左手撫牆，抬起嬛嬛澄澈的眼眸……帷幔遮住了天光，潛伏在昏黃闃寂深處的牆壁，印著銀箔的奶油底色壁紙略顯陳舊，上面掛著一幅肖像，是一名年輕貴婦人的半身畫像，開朗微笑的臉孔對著前方，朱脣栩栩如生，便似此刻即將綻開，天籟之音就要滾落——青絲啊，明眸啊，朱脣啊，酥胸啊，啊啊，美得彷若伊人猶在凡間——

環目不轉睛地凝視那幅肖像。那畫像正是環但求夢裡見上一面，卻只能永遠思慕唏噓的亡母生前面容……

環如今獨自在靜悄悄的客廳裡，抬頭仰望亡母樣貌，那黶翳朦朧眼底，泛起奇妙詭譎的熱情光芒。

「唉。」

輕輕一聲嘆息，流露出嫻雅柔情與思慕——儼如一顆不慎從王妃的錦匣中滑落的寶石，那樣的一聲嘆息——

為何？何以如此……

亡母肖像烙印在環雙眸，而映照在環眼裡的另一道人影，卻是不可理喻地攪亂環的心房。「滿壽」是環對那人的暱稱，她與環的境遇、成長過程、家庭都截然不同。滿壽在市區富裕之家深閨長大，六歲春天便開始學習藤間流日本舞踊。正因如此，她的身段與衣袖飄拂的姿態都出奇美麗。風姿綽約倒也不至於攪亂環的心房，然而，那張容顏，天哪，為何偏偏如此？

事實上，那女孩的五官，跟環天天抬頭仰望，這間客廳牆上的肖像主人翁如出一轍，雖有年輕與稚拙的年齡差異，可那眼神、臉頰輪廓，乃至於嘴唇線條都極其相似。是出於何種緣分，兩人才偶然相似若斯？著實令人費解。環初次見到滿壽是在三年前，爾後一生都無法忘懷，因為伊人打動了她的心房……

三年歲月對這兩人產生何等影響？

啊啊！曾幾何時，兩人逾越了「友情」的圍牆……

兩人業已品嚐過禁果的甜蜜——而今又如何能回到懵然無知的過去？今日是兩人「相約」的甜蜜幽會黃昏。

等一個人的傍晚，何其漫長難熬啊。環坐立不安，逃來空無一人的二樓客廳。接著，為了讓自己平靜下來而彈琴。卻又心不在焉，象牙鍵上的手指直打滑，便離開鋼琴，端詳母親生前肖像，可憐此刻難以壓抑的思慕烈焰——不知是對亡母——抑或是對伊人呢……

兩人小心翼翼地戴著「祕密」這層綺麗的桃色面紗。

「祕密」這層面紗，是由美麗女巫的指先在深夜汲取日光織成——兩人在這層面紗下，守護孕育著僅有兩人知曉，晶瑩潤澤的寶珠世界——

「我們……就像背陰花呢……」

某夜兩人站在露台月光下，滿壽子舉起纖纖皓臂，忽地圍住環的香肩，囁嚅低喃。

「嗯啊，確實是背陰花……可是，無妨，我們就算無法向陽綻放，依然能夠在銀白月光拂照下開花……」

環如此答覆心上人。

——今夜又有兩朵嬌滴滴的背陰花，在月亮流瀉的露台盛開——

……微弱的門鈴聲響起……

環頓時雙眸一亮，急著離開客廳，轉身前一剎那，母親身影——那雙眼竟似灼灼射向環的胸口……環愣在原地。

「……母親大人，不要責備我，不！」

嘔氣般、嘆息般、祈禱般，環仰望母親玉容——一小朵楚楚可憐的背陰花，倚著幽暗牆壁瑟瑟發抖。

當時，就在同一時間，倚著露台下方柱子，這廂亦有一朵淺白色的背陰花，對著一輪明月綻放。訪客等待著尚未現身的主人，猶如不安顫動的花朵盈盈佇立……

唉，我真想聽聽兩人的後續發展……可惜只能摹仿樋口一葉女士的淒美筆觸就此擱筆……不過，倒是聽聞認識她倆的某人微笑著說：「背陰的花兒既然懼怕豔陽，就在陰暗處綻放吧。除此之外，切莫要求太多。」

1 譯註：在陰暗處綻放的花朵，暗喻女主角不容於世的愛。

## 日本石竹

真澄並不是世俗所說的可愛女孩。

換言之，真澄絕非少女雜誌的封面、扉頁或插圖畫的那種人偶般眉眼間距寬闊漂亮的少女——真澄的眉毛並不是俗稱「地藏眉」的彎彎新月眉。自古都以柳眉形容美女的眉毛，真澄的眉毛卻是又粗又濃，與纖細搭不上邊。

一講到美女的眉毛就是形似柳葉，那些歌頌柳眉云云的中國詩人瞧見真澄的眉毛會怎麼形容呢？莫非會說芭蕉葉嗎——不可能吧？！

再者，人們經常以雪顏玉肌來形容美女，可真澄的臉並非白皙如雪，而是黑色的，不但黑，還是病懨懨的藍黑——對真澄來說，潤澤透亮的妝容云云是遙不可及的夢想。

難道真澄是蓬頭垢面？非也，非也，真澄絕對不是那種女孩，她就連脖子周圍的白領都不曾出現一點汙漬。

一頭黑髮及地，真澄的頭髮委實烏黑亮麗——只可惜如波浪捲曲。

最後，也一定得說說真澄的一雙眼睛。

又濃又粗的眉毛正下方，一泓幽湖雙眸睜得偌大。

湖水般的眼底映著種種倒影——真澄的臉若是灰色沙漠，那雙眼便是深邃水源滿盈的神祕泉眼吧。

真澄的外貌絕無可能被稱為美女——話雖如此，真澄的臉龐與身姿都在在彰顯她獨樹一幟的風貌。

全世界、在這個地球上，叫做竹森真澄的少女就只有一個，她強力鮮明地展現獨一無二的自我。

真澄是一位有血有肉的非凡少女，其存在本身無法單純以美醜妍媸定義。

真澄——她出生於春光明媚，冬暖夏涼的南海岸小鎮，並在那裡長大。

竹森真澄家境富裕。好幾座結實纍纍的橘子山、好幾棟囤滿米袋的土牆倉房、位於海岸的別墅、幾千坪的出租地，這些都是真澄父親竹森先生的財產。

他是納稅大戶——據聞一度有機會成為貴族院議員[1]。

啊啊，然則這位富豪父親竟是導致真澄不幸的罪魁禍首。何以如此？想來是真澄一人卻得擁有兩位母親之故……

深入打探這種家醜對任何人來說都只有痛苦難過——在此就不多加著墨，一切盡在不言中。唯一要交代的事情就是，富豪竹森家的夫人算是真澄的養母。再說，唉，再說，竹森家的主人是真澄的生父。兩個母親——一個父親——真澄雙眸的黝黯，乃是打出生就不得不揹負、逃也逃不出的黑暗宿命。

真澄臉上確實陰翳重重。

由於不光彩的家務事，竹森夫人自是對真澄這孩子冷眼相待。

真澄的童年歲月好生寂寞。

惸獨淒楚的真澄，所幸還有一對柔軟

溫暖的巨大羽翼得以藏身——她同父異母的姊姊葉子。

「小真、小真。」

葉子這般親暱呼喚同父異母的妹妹。葉子自小儘管惱恨父親的惡行，亦不曾對可憐的真澄心存怨念。

目睹母親的冷漠態度，葉子越發心疼這個小她五歲的妹妹。

葉子在二十一歲的春天嫁到了東京S家。

不久之後，真澄也從海岸小鎮的小學校高等科畢業。竹森家原本似乎打算讓她留在家裡學習裁縫等等新娘必備技能，但真澄展現了她這輩子唯一一次的倔強不屈。她向人在都市的葉子求助，由葉子說服了娘家的母親。

於是乎，真澄來到葉子嫁入的S家，從此天天赴某女學校求學。那是一年前春天——該校舉行三年級插班考的事情了。

真澄參加插班考，也順利考上。

至於她為何選擇那所女學校，當然是因為剛好該校有插班考，加上故鄉南方小鎮小學校同班六年的細島同學從一年級就在那所女學校就讀之故。

真澄搬來東京、插班入學，讓細島同學欣喜不已。為了幫真澄準備考試，細島同學幾乎每天早晚造訪S家，跟真澄對坐桌前，攤開自己的筆記和課本悉心指導。

多虧細島同學，真澄順利轉進三年級，而且跟細島同學同在A班。細島同學開心得就像自己金榜題名一般。

細島同學是個高䠷的美少女。嘴角帶

著一股不服輸的威嚴氣度，但深入認識後，會發現她比誰都平易近人，是個淚腺發達的愛哭鬼。

這個人，嗳，對真澄恁地親切——那分親切有時甚至充滿了非比尋常的熱情——怎奈真澄並未察覺。真澄對細島同學則是全然的溫暖友情，僅敞開淺淺淡淡的心房，並未逾越友情界線。細島同學毋庸置疑是A班成績最好的學生，話雖如此，她從來不是利己主義者，考試作答時，不會在桌上圈起左臂，在答案卷周圍築起城牆。

此外，她也不是把嘴唇抿成乁字，狠狠盯著六尺遠的前方，唯唯否否地安靜邁步，儼如變色龍那般視師長臉色來行動的乖寶寶優等生。她的個性穩重溫和，似乎不需花費多大努力，就能獲得優異成績。

細島同學被真澄所吸引。說不出一個特定理由，真澄那鮮明的自我存在感也好，籠罩著悒鬱陰霾的面容也罷——又或者為兩人童年回憶增色添彩的南方海邊，種種因素加總之下，使細島同學對真澄的愛戀與日俱增。

然而，真澄並不知道細島同學的感情如此深刻，她真的不知道。

細島家是三人小家庭，只有媽媽與弟弟一起生活。爸爸、哥哥和姊姊都到夏威夷的甘蔗田工作了。

「我畢業後要不要也去夏威夷呢？我跟妳說，那裡的冰淇淋呀，聽說很好吃。像豆腐一樣大的冰淇淋，吃兩塊就可以當午餐了，姊姊信裡這麼寫的呵。」

細島同學某次這麼笑著告訴真澄。

「咦，是嗎？我也想去。」

真澄應道。

「太棒了！妳真的肯跟我一起去嗎？如果能夠成行，那就太開心了。我每天都會請妳吃一大桶美味冰淇淋。然後，我會在農場努力工作，賺了錢，給妳買冰淇淋、香蕉、鳳梨和珍貴的異國寶石。」

細島同學眼睛發亮，一副深受感動似的興奮道。

真澄只是咯咯嬌笑。

「嗯，能夠成行就太好了。」

——對真澄來說，跟細島同學一起去夏威夷這檔事，就像在銀座附近散步途中討論要不要去哪裡吃個冰淇淋那般無足輕重，然而，細島同學卻是極度認真。

這是發生在那年夏天某個黃昏的事情。

細島同學到真澄的住處——真澄姊姊家——去找她。

「小真呢？」聽見細島同學這麼問，走來玄關接待的女傭回答真澄正在沐浴。

真澄姊姊的夫家宅院是一棟對全家人數來說過於寬敞的宏偉建築，連庭園也大得不得了。真澄分配到後宅的一間和室，既是起居室，亦可當臥室使用。

細島同學無需女傭帶路，逕自走到她熟得不能再熟的起居室，等待真澄從浴室歸來。她在擺放書匣的桌子旁邊坐下來。

桌上亮著一盞藍絲綢燈罩的檯燈。燈下有兩本攤開的小手帳，頁面間夾著一枝細細的可愛鉛筆。

手帳的白色頁面上只有兩行淡淡的文字。

細島同學等待真澄回房期間，無所事事的眼睛飄向頁面。

手帳上的文字映入眼簾。

**恰似故鄉海濱花朵**
**妳撐起的陽傘穗子**

——小真寫的詩——細島同學會心一笑，可下一瞬間又收起笑容陷入沉思。

小真的故鄉，無疑是南方那座濱海小鎮；要說那海邊沙灘綻放的花朵，便是自己以前也常去摘的可愛日本石竹了；跟那花朵顏色相似的陽傘，就是粉紅色！又是誰撐起綁著粉紅色穗子的陽傘呢？

細島同學根據自身記憶，回溯柔和的粉紅色——尋覓綁了粉紅色穗子的「陽傘」主人，一時卻想不起來。

就在此時，走廊傳來輕盈的腳步聲。真澄推開格子拉門進來，她的腰帶只有隨隨便便打個結，就匆匆跑回房間。

「讓妳久等了，真抱歉。」真澄對著在藍燈罩檯燈下孤單等待的友人說。

「不，沒關係。」細島同學望著地板低聲回答，不知怎地比平時更加落寞。

真澄一如往常吹奏口琴，咭咭呱呱，細島同學也說了些什麼。

過了一會兒，細島同學告辭離去。

真澄將她送到玄關。站在踏腳石上的細島同學低著頭，自言自語般地輕聲道：

「——小真，對不起，我今晚做了一

件壞事，對不起妳——」

她的聲音凝重，臉色陰沉，這番突如其來的告白令真澄大感詫異。

「什麼壞事？告訴我吧！」她問道。

「不過，妳肯原諒我嗎？」細島同學問道，似是帶著不安。

「我會原諒妳的。到底是什麼事情？」真澄心急火燎地追問。

「對不起——我看了妳攤開在桌上的手帳——雖然只看到那首詩而已。」

細島同學終於說出口。

那一瞬間，真澄的臉——遇到任何情況眉毛都不會動一下的那張臉，流露出難以掩飾的慌亂——甚至微微泛紅。細島同學立即察覺真澄的異樣，她除了在課業上很聰穎，對這類事情也頗敏銳。

「再見了——晚安。」

細島同學如此道別，走出門外。真澄卻直挺挺地站在原地，儼如一尊雕像般悶聲不響。

一夜無話，隔天早上真澄和細島同學在上學途中相遇。

「早安。」細島同學平靜問候，但真澄一語不發，微側著頭若有所思。

「妳真的生氣了嗎？唉，我該怎麼辦才好？」細島同學當真焦急起來。

「因為我覺得很丟臉。」真澄雙手捂著臉道。真澄——那個總是堅強、霸氣，自我意識明確的真澄，她異於平時的模樣哪——細島同學一臉落寞。

「真的沒什麼大不了的，我就只是看了妳的詩而已——請原諒我。」

細島同學一個勁兒地道歉不迭。

「我沒有生氣，只是覺得很丟臉……」

真澄也態度軟化溫言道。

「請妳忘了那件事吧，因為我很痛苦……」

細島同學再三懇求。

「好的，忘了吧。我會澈底忘掉，也請妳忘了吧。」

「嗯——我一定會忘掉的。」細島同學莫名失落地應道。

這天，兩人似乎都從昨天那股微妙情緒中恢復過來，又像平日那樣一起玩耍、聊天。午休時間，細島同學瞞著真澄和其他人，悄悄走到樓梯口。起初她走到東側樓梯口，睜大眼睛環顧那裡的傘架。那裡擺放著五顏六色的陽傘。

細島同學一把接一把地檢視大量陽傘，她到底在看這許多陽傘的什麼呢？

她在看綁在傘柄上的穗子。有白的，有黑的，有淺藍的，有綠的，有黃的，有橄欖綠的，有紅的——萬紫千紅——其中有些沒有穗子——裡面卻沒有一把陽傘的穗子是粉紅色的，連一把都沒有。

這個東側樓梯口是供一年級和二年級上下樓使用。

細島同學離開此處，前往南側樓梯口。那裡是三年級和四年級專用的樓梯口，擺放著美麗的陽傘。細島同學低調地暗中打量那排陽傘，目標是粉紅色的傘穗……

畢竟是高年級，比起東側，許多陽傘款式相對成熟些。綁在傘柄上的穗子有黑色條子的，其中也有皮繩的，紫色、淡茶色、奶油色或沒有穗子的也很多，甚至還有些掛著玉飾、鍍金鍊子或仿翡翠珠。

細島同學一直東張西望。

她先看了最接近樓梯口的三年A班的傘架。那裡沒看到她尋找的顏色，繼而將目光移至隔壁B班。細島同學猛然一驚——那裡有一個粉紅色的穗子。

淡粉紅絲綢面料的陽傘，乳白色木柄，把手前端有一個銀製圓環，柄中央掛著兩個跟陽傘面料顏色相同的粉紅色絲綢穗子。這把美麗優雅的陽傘主人是誰呢——細島同學不得而知。

這天放學後，細島同學飛快走到南側樓梯口。學生們恰似美麗光潤的絹絹水流從那裡群湧而出——細島同學將樓梯口的沉重大門往左右兩側打開，緊緊貼在門邊，目不轉睛地盯著汩汩流出的人群，以免錯過任何一個身影。

人人從傘架抽出自己的陽傘——沒多久，細島同學將全副精神投向傘架。陽傘數量逐漸減少——可是那把繫著粉紅色穗子的陽傘柄依舊插在原處，無人聞問。而今，細島同學的目光就只集中在那把粉紅色的陽傘上了。相較於剛放學的時候，人數越來越少，三三兩兩的人影在鞋櫃地板踩出稀疏聲響。說時遲，那時快，但見一隻白皙優美的手驀地撫上那把綁著粉紅色穗子的陽傘柄，纖纖玉指瞬間握住傘柄。

細島同學偷偷凝望柔荑主人。此刻一手拎著粉紅色的陽傘朝校門走去的，正是跟自己同屆——三年B的水上佐紀子。

她是一個善良懂事的美麗女孩。身姿

與面容彷彿輕輕罩著一層溫柔雅致的粉紅色薄綢，故而跟粉紅色的陽傘渾然天成！她穿著輕質羊毛面料的單層和服，衣襟上交疊的重襟2是覆蓋白色蕾絲的粉紅直條羅面料，袖襬透出的中衣袖子亦是美麗的淡粉紅色，粉紅色調與其人個性與風情相互輝映，完美融合。

「咦，細島同學。」佐紀子發現A班的細島同學在樓梯口旁猛盯著自己，豐腴臉頰泛起一抹紅暈，杵在原地說道。

被佐紀子這麼一喚，細島同學這才意識到自己從剛剛就默默看著對方的冒失之舉，不禁慌了手腳。

進退維谷的細島同學情急之下——

「哎呀，妳的陽傘顏色實在太可愛了，我才忍不住一直看，對不起。」

這般欲蓋彌彰地解釋。

「啊——」佐紀子又羞紅了臉，低頭欲語還休。

「那個——我沒有妹妹，所以還在用這麼花俏的東西——」她就像要為自己開脫，柔聲呢喃。雪白指尖撫弄粉紅色傘穗，我見猶憐地微笑。

——南方海濱沙灘綻放的日本石竹花朵般的人物——跟那陽傘顏色相似的花朵般的人物——細島同學如是想。她繼而想起那晚在真澄桌上意外瞥見的那首詩。

**恰似故鄉海濱花朵**
**妳撐起的陽傘穗子**

唉，因為這首詩，今天一整天都在尋找跟花朵相似的傘穗，而今視線中——也找到了詩裡歌詠的伊人身影。

「我們一起回家吧」佐紀子婉言提議。

「嗯，一起走吧。」細島同學應道，兩人一起邁步。

離開校門，不久來到電車站。

兩人搭的電車方向不同。

「要在這裡說再見了。」細島同學說完，佐紀子輕輕點頭。

「那個——我要是直接回家，就可以跟妳搭同一班車，可是，因為我要去其他地方……」她說道。

「啊啊，是這樣啊，妳要去哪？學才藝嗎？」細島同學問道。

「是的，我要去學和箏……」佐紀子羞答答地回答。

和箏、和箏，撫箏委實很適合這位日本石竹哪——細島同學暗忖。

兩人就此分道揚鑣，搭上電車各奔東西。

美少女拎著粉紅色陽傘，前往和箏老師門下習藝，壓根兒不曉得有人思念自己，就連手帳頁面的邊緣都寫滿了情詩。

細島同學得悉自己想知道的一切後，一股鬱悶空虛與失落直襲心房。

她黯然回家，回到跟媽媽同住的小房子裡。

真澄這天是值日生，很晚才離開學校。既未看到總是等自己一起回家的細島同學，亦沒瞧見伊人的陽傘。

真澄愀然不樂地返家後，在玄關用指尖解開皮靴絲帶，心裡兀自想著今天學校發生的事情。

## 一路匿跡潛形歸來
## 脫鞋時亦忘不了妳

真澄當晚在那本小手帳裡這麼寫道。

真澄和佐紀子開始互動聊天是在暑假即將到來的時期。

那天是第一學期的期末考。科目是該年春天初次學習的化學——對某些學生來說負擔十分沉重。但不管怎麼說，只要通過今天這道關卡，接下來就是天下太平，要睡要醒都能隨心所欲的暑假，要上山下海去野外旅行都快哉，又或者在自家井邊、廊台、晒衣場上避暑也妙極——啊啊，錯了，晒衣場只有傍晚或晚上才適合。

畢竟今天的考試是最後一戰，就算熬夜溫書，敵人也頗為棘手，猶如逐一吸透紅玫瑰夢境和曼陀林輪音的海綿，柔軟的少女腦細胞受苦挨累惹人憐，這肯定痛苦得緊，基本上從序論就駭人聽聞——一、空氣。空氣是無色無味無臭的氣體，所有動植物都生活其中云云——這種眾所周知的道理根本用不著特地背誦，徒令人煩躁。空氣不像友禪圖樣那般染有顏色，這種道理除非盲人，任誰都是一目瞭然的事實，更何況空氣裡若是不慎有了萩餅的味道，可就麻煩大了，上至閉月羞花的公主，下至街上的少女集團，乃至於老婆婆，人人張大嘴沉醉在自然甘味中，大家都變成一副低能兒的表情，慘了慘了，唉，空氣沒有味道真是太幸運了——這麼一想，明明是人盡皆知的常識，又何必刻意背誦學校課本呢？化學這玩意兒，實在有夠無聊！話雖如此，我們若是好好重新思索，啊，課本寫錯了！是有的！確實有！說什麼空氣沒有顏色，有啊、有啊，確實應該是有的，晝白夜黑，就連味道，也應該是有的。首先，我家那間小屋子的空氣有時都有味道，比如在晚餐前，廚房飄蕩的空氣裡含有一種淡淡的香味，這種常識就能判斷的事實為什麼科學家會搞錯呢？少女側頭苦思，一晃眼酣然入夢。不覺間曙色微茫，上學時刻又至，人人活似進屠宰場的羊隻般步入教室……言而總之，總而言之，只消熬過期末考，幸福暑假就在眼前。

真澄和佐紀子兩班這天在同一節課考相同科目。真澄比其他人更早寫完，前往雨天體育場兼學生休息室一看，室內人影稀稀落落，有些人仍在擔心剛剛交出的答案卷。

「等等、等等，我問妳，請闡述非金屬元素和金屬元素那題，寫六七個就可以了吧？」

「嗯，對呀，我也只有寫氧、氫、氮、碳、氯，還有金、鉑、銀、水銀、銅、鐵這些——」

「喔，這樣啊，那就沒問題了」不知道是什麼沒問題，那位同學放下心來。

「唉，怎辦才好？我完全沒想到會考那種地方，真是的，該怎麼辦呢？」有人咬牙切齒地對所謂的那種地方擺出誇張姿態，但緊接著就是光明快樂的日子，很快又發出銀鈴燦笑。

那時候，真澄附近的兩三個同學裡有一個人問她：「竹森同學，妳家很遠對吧？」

真澄回答：「是的，不過，看似遠也近，看似近也遠。」

周圍的人笑成一團。

「就像看西洋鏡一樣。」

「不過，是在很漂亮的海邊呵，××海是很美麗的地方。」真澄說了熟悉的海洋名稱。

那一刻，佐紀子靜靜接話：

「如果是××，小時候媽媽也曾經帶我去避暑呢。」

聽見佐紀子動人的聲音，真澄不自覺地紅了臉。伊人親口說出曾在自家故鄉海邊度過童年夏天的喜悅，沒來由地在真澄內心泛起層層漣漪。

「我那時年紀還小，記不大清楚了，

不過那沙丘附近開著淡紅色的花朵——我覺得那花朵真的好可愛。」佐紀子又說了這麼一句。

「那些日本石竹現在也還在海邊綻放。」真澄強抑心中激動，如此說道。

「是呵。」佐紀子這般應道，靜靜微笑。真澄也默默無語。

「妳喜歡海嗎？」半晌後，真澄鼓起勇氣問。

「是的，相當喜歡——讓海浪沾溼雙腳，在海邊撿拾貝殼……」佐紀子語氣柔和地回答。

「妳喜歡貝殼？」真澄又問。剛說完，或許是意識到這問題太孩子氣，臉頰微紅，有些發窘。

「是的，貝殼很美，其中我最喜歡櫻

蛤——」

哦呵，日本石竹也好，櫻蛤也好，都跟伊人每天撐的陽傘柄上的穗子色彩相似！真澄喜出望外，壓不住那分親切熟悉的感覺——

「我下次送妳喜歡的櫻蛤給妳當伴手禮好嗎？」正當她覺得自己問得太輕率時，一個心花怒放的悅耳回應業已傳來。

「哇，我好開心！」——這年暑假於是成為真澄努力撿拾櫻蛤獻給心上人的大好歡樂時光，她忍不住在內心吶喊：「我的故鄉海邊能夠擁有跟妳的陽傘穗子顏色相似的花朵與貝殼，真是太幸福了！」

「如果妳願意送我，我想用那些櫻蛤做點特別的東西——」佐紀子略顯遲疑地這麼說。

親手撿拾贈送伊人的櫻蛤，對方打算用來做什麼呢？真澄無從得知。

「妳要用來做什麼？」真澄問道，佐紀子笑而不語。

「櫻蛤能用來做什麼呢？」真澄一臉疑惑。

「我收到妳送的櫻蛤，用了之後，妳自然就會看見。」佐紀子說。

真澄雖然不曉得櫻蛤會變成什麼，但有朝一日自己能夠親眼目睹——這句溫柔約定聽來是多麼甜蜜啊。

自此之後，真澄變得神采奕奕。她只盼早日返回海邊撿拾櫻蛤，渴望站上開滿跟意中人陽傘穗子相似的花朵沙丘，思念東京那個她！真澄欣喜等待自由的夏日。因為真澄家中的難言之隱，其實她在東京姊姊家裡過得比較開朗愜意，可是唯獨這年暑假，她迫不及待要回到濱海小鎮的老家。這不用說是為了櫻蛤，是為了沙丘綻放的花朵！

真澄這般雀躍期待暑假的那顆心深處，蒙受長時間跟佐紀子相隔東京與海邊兩地的苦悶。每天清晨跨過校門，真澄都在默默尋覓一張杏曆，而她將有好一陣子無法親睹佳人，只能在海岸邊與沙丘上眺望遠方東京天空，在心上勾勒對方面容。話雖如此，想到一邊將思念深藏海濱，一邊親手撿拾花瓣般的美麗貝殼得以在佳人玉掌摩娑，又覺得那分喜悅足以彌補分隔兩地的苦悶。

真澄每天淨想著這些，暑假終於到來。即將返回海邊老家的前一天，細島同學登門拜訪，跟平時一樣自行走到真澄房間。

房裡已收拾好行李。

「妳要回去啦。」細島同學落寞地說。跟真澄說話時總顯得落落寡歡成了這人近來的可悲習慣。

「嗯啊，明天。」真澄喜孜孜地輕聲道。

「是呵。」細島同學越發落寞，直教人於心不忍。

真澄見了細島同學那副可憐兮兮的模樣，誤以為她也想回去看看自己住過的那個海邊。

「妳哪天也來玩吧。」她安慰對方道。

「謝謝，可是我那時已經不在日本了——」細島同學寂寞到了到極點地悲聲說，露出苦澀淒涼的笑容。

「咦，為什麼？」因為櫻蛤一事飄飄然的真澄也不禁瞠目。

「呃，由於種種原因，我也要去夏威夷了——大概是搭八月中出航的船前往。」

細島同學靜靜說完，胸口溢滿了肉眼看不見的淚水。

「哇，真是太突然了。」真澄愕然。

「嗯啊，這也是臨時才決定的。」細島同學索然平靜下來。

這時一名女傭端來冰淇淋。

兩人拿起小銀匙。

「小真，臨行前，吹口琴給我聽聽。」細島同學放下銀匙懇求。

「好的。」

真澄也毫不猶豫地應允。她從書桌抽屜拿出一把小型口琴，放在唇邊。吹奏的曲子是兩人都很喜歡的歌曲所改編成的圓舞曲。

月色朦朧春夜
岸邊櫻花隨風飛
花瓣如雪花紛紛
竹葉小船隨波
月光如水四濺
風兒吹起櫻花浪

低音節拍巧妙融入歌曲旋律，細島同學不知不覺間沉浸其中，悄然落淚。真澄一曲吹罷，過了片刻，細島同學告辭離去。因為是在真澄返鄉期間出航，細島同學表示不必送行，今天就是來道別的，拒絕真澄來為她送行。

「可是，我想送妳一點餞別禮物。」

真澄拉住正欲離開的細島同學衣袖，「剛才的琴曲對我來說就是最好的餞別禮物了。」細島同學說完微微一笑。

——直到我們重逢那天，願一切安好——兩人在內心祝福彼此。

「再見。」

「再見。」

兩人就此告別。真澄這晚好生寂寞。啊啊，更別說細島同學內心有多麼依依不捨了。

真澄回到了海邊老家。

她立即準備每天去海邊撿拾櫻蛤，卻獲悉家裡出現一個萬分棘手的問題。

那就是真澄要出嫁的問題。不知是從天而降，還是從地心湧出，對真澄而言，就好像地球變成一個等腰三角形，將自己嬌小的身軀碾碎其下。

南方小鎮大概是非常自由不羈，才會強奪一個尚未自女學校畢業的女孩也不以為意，更何況真澄家還有難言之隱。

真澄就像背陰的花朵。

或許真澄生來就揹負著某種黑暗命運，這才將她推入此等絕境。

嫁到東京的姊姊，為了保護同父異母的妹妹，強烈反對這門婚事，但始終無法改變事實。最後，真澄被打扮成人偶般準備出嫁。

真澄放在東京的行李也被打包運回老家。

真澄將在那年初秋嫁到附近小鎮，連

日子都決定了。事到如今，一切再無轉圜餘地。真澄也許曾為此哭泣，可是沒有人見過她流淚，不確定她是否哭過。真澄反倒是一臉泰然，而她向來冷漠寡言，故也無人察覺任何異狀。

卻說那陣子的某天，真澄收到一張印著船隻的明信片，那是細島同學離開橫濱時寄給她的。細島同學就這麼離開了日本。

夏天逝去，蕭瑟秋風拂來海邊，避暑客也大多回家了。

真澄那陣子經常漫步海灘，心懷斷腸相思，撿拾沙上一顆一顆的櫻蛤。

拾起的每一顆貝殼都蘊藏美好回憶。貝殼數量收集得差不多時，真澄便將它們放進小盒子，然後用小包寄給東京的佐紀子。

她親自將小盒子拿到郵局寄小包掛號後，旋即走向海濱。

真澄爬上沙丘，那裡開著淡紅色的日本石竹，她在沙丘坐下。

海潮聲響起，傍晚淡淡月兒掛在天上。海邊空無一人。

真澄從袖兜拿出一把口琴，放到唇邊，哀痛逾恆的琴音混著濤聲，斷續迴盪。

最後，琴音斷絕。

真澄伏在沙丘盛開的淡紅色小花上，抽抽噎噎哭個不住。

……佐紀子……

只因她開口呼喚心上人的名字……

夜已深，月色皎潔。月光灑在那花朵盛開的沙丘上，但見一把小小的無主口琴綻放銀光——真澄則不見蹤影。

大海寂靜無聲，白浪時而在暗中翻騰。

俄頃，無數提燈火光在沙灘各處來回奔走。

提燈上印著富豪竹森家的家徽。天亮前，好幾艘載著人的小船駛向大海，船上也多半是竹森家的成員。

真澄從昨夜就消失在海濱。

——小包寄到了東京佐紀子家裡，佐紀子是多麼驚喜啊。當初沒有說要郵寄，真澄的心意令佐紀子感動，不過，若能在小包裡附一張明信片該多好。

佐紀子用各種熱情話語寫了一封感謝函寄回真澄老家。可憐佳人，還以為真澄此刻仍在海邊老家——

佐紀子從中揀出較大的櫻蛤，委託工匠製成和箏用的義甲。

櫻蛤義甲幾經周折大功告成。

佐紀子滿心歡喜，打算當晚便用櫻蛤義甲試彈和箏。

她化好淡妝，換上正式和服，將和箏搬到初秋寒冷空氣中的廊台邊，手指撫弦。

櫻蛤、櫻蛤，佐紀子配合它挑了一首關於千鳥飛越浪花的〈千鳥之曲〉。

鹽山海邊千鳥啼
高祝君壽千千年
高祝君壽千千年
淡路島來千鳥啼
須磨關人夜驚起 3

箏音清澈幽幽。庭院草叢間嘶鳴的昆

蟲霎時屏氣斂息。

唯夜露在庭院蓊鬱草木間綻放幽光。

蒼穹星光點點。

一小顆流星斜飛而逝……秋夜微風翕然吹來，彈箏美少女袖兜一掀……日本石竹花飄飄飛落在和箏十三根琴弦上……遠方傳來浪濤聲……佐紀子彈箏的白皙指尖劇烈顫抖……莫非是彈箏之手離奇地摘下那日本石竹的花朵嗎……分不清哪個是櫻蛤，哪個是花瓣……庭院前吹拂的秋夜微風中，卻見露水沾溼一頭黑髮，那盈盈而立的面容——竟是真澄，是贈送櫻蛤給自己的真澄——佐紀子的指尖自琴弦滑落，「真澄同學！」她這喚著那面容的名字。

當佐紀子的母親訝然跑來箏聲驟斷的廊台邊，面無血色的佐紀子已伏在弦上暈了過去，套著櫻蛤義甲的手指猶自緊捂酥胸。

嗚呼，這一刻，那一晚，倘使秋風亦吹過那遙遠的夏威夷島，便曉得有一名寂寞少女黯然思念心上人，在苦悶淒涼的異鄉寄居窗畔潸然淚下，而她是否也看見了那劃越東方天際的一小顆流星呢？

1 譯註：「多額納稅者議員」係日本帝國議會貴族院的議員制度之一。各府縣為一選區，由選區內十五名納稅金額最高的三十歲以上之男子互選出一人，任期七年。

2 譯註：和服領口與半襟間露出些許的裝飾衣領。相較於具防汙功能的「半襟」，「重襟」僅是展現高貴的裝飾品。

3 譯註：前三句出自《古今和歌集》；後二句出自《百人一首》。

# 黃薔薇

××英學塾畢業典禮這天傍晚，剛離開會場的人們三三兩兩走過五番町英國大使館的櫻花大道。歡慶畢業的宴會結束後，眾人帶著萬千思緒踏上歸途。

「啊啊，我那寂寞乏味的漫長學校生活看來也在今天完結了。」

人群中一個帶著蕭索氛圍的淳樸聲音半自嘲地說。

「沒錯，但葛城同學，妳就算告別了學校生活，不還有全新的『教授』生活等著妳嗎？」

一名友人搭腔。

「教授是挺好的，聽來威風得緊，可我實在有夠窩囊，今年春天就要被發配邊疆了……」

被稱為葛城的人用一種無地自容的聲音說。

「葛城教授您要到哪兒任教？」

又有一人問道。

「就是距東京幾千英里遠的××哪。」

那聲音既落寞又無助。

「哦喲，那就是××縣立高女嘛。雖然妳這麼說，但那間學校相當不錯喲。地方色彩這東西也可以很有詩意，端看妳怎麼想了。」

某人藹然勸慰。

「咦，所以，妳去過××嗎？」

這位葛城一臉認真地反問。

「是的，我去過一次。喏，我們校址還在麴町時有一個姓關的學姐，她到今年三月為止都在╳╳女學校教書呵，然後關學姐最近要變成藤田夫人，所以辭職了。她的接班人就是妳呀。那位關學姐是我阿姨呢，好笑吧？因為這層關係，我才去╳╳玩過。」

葛城聽完對方說明，點了點頭。

「啊啊，所以那位關學姐是妳阿姨，既然如此，我就不能在這裡隨便說學校壞話了嗎？」

實則在暗示對方——我可以說嗎？

「嘿，無所謂啦，那個阿姨跟我們年紀差很多，妳不必在意。」

原來是個不按牌理出牌的外甥女。

「是呵，小山同學，那不好意思了，我要說壞話囉，可好？」

葛城還是禮貌性地先打聲招呼。

「嗯，請說。」

小山同學一副超然物外的態度。

「我是這麼想的，我要接替那位執教多年的關學姐是一件吃力不討好的差事。拿我這種人來跟關學姐相比，校長和其他老師肯定是欲哭無淚，皺眉抱怨怎會天外飛來一個極惡教師呢？首先，我根本沒資格當教育者，現代的教育工作者得先成為一個偽善者。而不幸的是，我的性格偏偏做不出任何卑鄙的妥協行為，可想而知，搞不好我就任沒多久就會被解聘，唉，罷了！罷了！」

葛城插科打諢似的嘆了好大一口氣。

「呵呵呵呵呵，事情也沒有妳想的那麼糟。關老師是關老師，葛城老師是葛城老師，說不定因為年輕，反而倍受寵愛呀。」

小山同學安慰她。

「不，我這人性格這麼陰沉、乏味、孤僻，也沒有亮麗的外貌，又怎能給學生留下什麼好印象呢？最後必然淪為失敗教師生活的受難者啦，唉。」

葛城又嘆了一口氣——

「呵呵呵呵，不愧是在學期間人稱『哲學家』，處事為人始終如一，現在就對教職有如此深刻的煩惱，果然非同凡響，嘻嘻嘻嘻嘻嘻。」

四周友人聞言一齊撫掌大笑。

這位姓葛城，名美沙織的人物堪稱冥想大師，在學期間甚至被起了個哲學家的雅號。一頭烏溜溜的自然捲在頸部瀟灑起伏，分外優雅得體。微長鵝蛋臉，刀削雙頰高貴寫意，斜向下顎的輪廓娟美秀麗。放在古典玫瑰般的澎澎臉全盛時期或許有些不合時宜，但對前衛時尚不屑一顧的人而言，她才是最彌足珍貴的古典貴族風格。更遑論那鮮明濃密的眉毛！在眾女子競相以捲髮蓋住耳朵搭配披肩的今時今日，巴黎美容師崇尚的細細新月眉席捲日本，這種厚重濃密直線條的快意斜飛少女眉尤其難能可貴。當然也不能不提及眉下那雙翦水秀目，恰似一泓寧靜無波的心緒清泉，透露著形而上的靈魂神態——只可惜上方多了一副亮灼灼的大型無框金邊鏡腿眼鏡——鏡面反光打在淡雅蒼白甚而略顯病態的臉龐。話雖如此，近距離交談時，彷若要填補其人寡語，但見鏡片後方秋波柔婉靈動，發出無聲指引——隔著鏡片的眼神帶著一絲憂鬱，卻是那麼地嫵媚孤獨，牽動人心。那眼神並非對著人群，而是投向無限永恆的宇宙洪流，一雙星眸如夢似幻——於是乎，不知是誰起的頭，大家都開始叫她哲學家了。

就是這位葛城同學成了女學校的老師。對於當「老師」這件事情，甭說她本人既無任何抱負，亦無任何期待——既然如此，葛城為什麼要去當老師呢？這樣的「老師」豈非女子教育上的罪惡？恐怕所有人都想這樣責備葛城，但個中原因也使我們不得不同情她——葛城家裡除了她，就只有媽媽和弟弟，因此葛城甫畢業就被思考迂腐的舅舅阿姨們「逼婚」。為了逃避結婚這場大浪的洗禮，她才興起「當老師」這個違心之願，甚至逃離東京這個住慣的日本人類文化重鎮，刻意遠走高飛到××市——同班同學們都戲稱那是她的「結婚避難所」。

葛城前往結婚避難所的日子終於到來，她預計搭乘清晨從東京車站出發的特快車。早上啟程，下午三點左右下車便可抵達那間避難所。學校友人無不對此次暫別依依不捨，一大早趕來車站送行。

「妳可別惹出什麼『葛城熱潮』，讓學生們神魂顛倒啊。」

一名友人取笑道。

從車窗探出頭的葛城不禁露出哲學家式的苦笑。

「唉，我這種貨色要受學生歡迎，大概得等到日美戰爭爆發吧。」

她如是說。

「葛城同學，地久節[1]那天我們要舉行同學會，別忘了排除萬難回東京，知道嗎？地點確定之後，我會再通知妳。」

一名同學會幹事特別提醒她。

「好，我一定到，我現在已經非常、非常想念東京，迫不及待要跟妳們相聚了。好，地久節是吧？同學會，我不會忘記回東京的。」

葛城說道，一副巴不得那天立刻降臨的模樣。就在此時，刺耳的發車搖鈴聲響起——那一刻——因鈴聲而緊繃的月台傳來一陣朝車廂狂奔的腳步聲——頭戴紅色圓筒帽的搬運工扛著一只小型紅皮行李箱跑來。身後跟著一名儒雅的中年紳士，腋下夾著黃鶯色的雨衣——跑在紳士旁邊的則是一名衣飾華麗的少女，任由烏黑髮辮上的蝦茶色天鵝絨蝴蝶晃晃悠悠，一襲友禪圖案的厚重長外褂左右擺盪——多半是那紳士的愛女吧。她在父親催促下跑向車廂，左手拿著一只甩著玻璃珠穗子的美麗手提包，右手捧著一束花——雪白洋紙包覆的縫隙間隱約可見的花朵，是了，就是它！甫自清晨熟睡中醒轉，離開溫室猶帶朝露的黃薔薇！我見猶憐黃薔薇！

葛城不由自主地從車窗注視美少女一行，站在月台送別的人群，目光也全被他們吸引。

「趕得上——」

站務員對他們說。

搬運工將行李搬上葛城隔壁車廂。紳士連忙確認車票號碼，「就這就這。」他鬆了一口氣，攙扶身旁少女上車。少女跑得太急，纖纖胸膛或許是心跳得太急，捧花小手顫抖不止，撲簌簌搖晃的黃薔薇花束輕輕打著女孩袖兜——成為一幅美好畫面——

汽笛聲高響，火車駛出。

「那麼，再見囉。」

如此這般，這位葛城暫別東京，勇敢啟程。

葛城從四月開始的新學期站上講台——成為××縣立高女的英語老師。

**成天到晚**
**我心傷悲**
**粉筆斑斑**
**聲音枯啞**
**傳授異國語言**
**這份辛酸職業**

葛城黯然寄送上述詩句給東京友人，是在她開始執教的第二天——因為兩天的經驗已足以令她心灰意冷。第三天葛城到四年級東班上課，這是她到職以來第一次教的班級。

「完全適應學生是需要時間的——」老校長對葛城說過這麼一句，可是她自問再過一百年也不可能適應。她懷著此等心境，頹然打開東班教室門。先前教的都是低年級——這班則是全校最高年級，因此葛城儘管乖僻，倒也不大敢正眼盯著學生瞧，禁不住別過目光——而那移開的視線就朝向教室一隅。卻見那牆角擺著一張多出來的課桌，桌上有一個粗糙的花瓶，瓶裡插著花朵，那花是黃薔薇——葛城雙眼霎時被花朵牢牢吸住。

咦，好像在哪裡見過這花朵——出生迄今二十二載，黃薔薇當然不知見過多少次了，但毫無疑問是近期見過，因為她對這花朵有印象——不過，一時間想不起來……不過，也不能老想著黃薔薇，必須規規矩矩地教閱讀課。教完解析，葛城讓學生們做一點聽寫練習。這是為了確認學生認得多少單字，換言之是為了評估該班學生的英語水平。「這次的新老師第一堂課就考試欸。」學生們驚呼連連，卻還是瞪眼乖乖拿出紙筆作答……考試期間，葛城一直站在那牆角——試圖回溯關於花朵的記憶，卻什麼也想不出來——春日微風自窗外拂來，纖柔嬌弱的溫室花朵飄颻，落下花瓣一片、兩片，葛城覺得這幕景象美極了，於是將一片散落的花瓣放在掌心。下課鐘響起，學生們回收聽寫答案卷、敬禮後，依序靜靜離開教室。葛城也抱著一捆答案卷準備走出教室，學生們見狀讓出一條路。讓道在旁的學生臉孔映入葛城眼裡——咦，這人好像在哪見過？葛城微一停步。豐腴的臉蛋、黑髮、炯炯有神的星目、飽滿的紅唇，以及此刻在老師面前的靦腆姿態——啊啊，對了對了，是從東京車站出發時，跟著父親在月台奔馳的少女——這麼說來，這間教室的黃薔薇，莫非也是她當時捧在手裡的那束？這麼一想，葛城又仔細端詳對方的臉，只見她雙頰一陣酡紅，越發害羞。她淺淺一笑，露出一個酒窩——可是，葛城也不能一直瞪著對方看，便逕自回教職員辦公室去了。她回到座位才發現，自己竟將黃薔薇花瓣珍而重地捧在掌心……噯，學生們保准在笑她，葛城也覺得自己很可笑。但一想到是特地從二樓教室帶回來的花瓣，便不忍丟棄，把它擺在桌面一本課外書上。那是葛城帶來打發時間的葉慈抒情詩集，她打開那本書，將花瓣代替書籤夾在內頁。而那一頁就這麼巧！寫著這樣一句話——在詩的最後一句——

For my dreams of your image that blossoms
- a rose in the deeps of my heart.

葛城嘴角情不自禁上揚。她將淡黃色花瓣放在那段文字上，然後闔上詩集。

時序進入五月不久，學校有一場春季遠足。為了探索位於△△山一帶的近郊名勝風光，全校一至四年級學生總動員。就在這天，四年級東班的班導——講授家事縫紉禮儀這門極其寶貴的科目，人稱「耆老」，天保年間出生的高齡老師，因為身子骨微恙，沒有參與當日行程。於是沒有指導特定班級的葛城受校長之命擔任臨時導師，負責在這天監督四年級東班。

一行人從××市搭火車到△△山腳下的小鎮。在那座小鎮的車站下車後，東班一名學生來向葛城緊急報告。

「老師，不好了，浦上同學眼睛痛。」

「哦喲，為什麼？」

葛城反問，學生說：「那個，煤煙渣飛進火車窗戶，跑到眼睛裡去了。」

學生報告完畢後，只見浦上同學用一條雪白手帕捂著左眼，靜靜低頭走來。那人正是跟黃薔薇一起出現在東京車站的少女——

「非常痛嗎？」

葛城這麼一問，「嗯。」她無力地點點頭——校長和其他老師們這時也圍了上來。

「眼睛很重要，妳趕快在這座小鎮找個眼科醫生取出眼裡異物，這樣比較妥當。那麼葛城老師，您今天是導師就辛苦點，陪浦上同學去眼科醫生那兒一趟吧。我們先去目的地等妳們，請搭車過來。」

校長如是說。最後，在站長介紹下，葛城陪浦上同學來到鎮上名聲最好的眼科診所。

其餘學生則排著整齊的隊伍前往目的地。

眼科醫生為途中慘遭飛來橫禍的美少女檢查眼睛，「噯呀，這可真驚險，再掉進去一點就傷到眼睛了。」他說著洗過雙手，將脫脂棉捲在手指上靈巧擦拭，清除又黑又小的煤煙渣。「我給妳滴一點強效藥，請閉著眼睛休息個三十分鐘。」醫生交代過後，讓浦上同學躺在診療室角落的手術床上，葛城便坐在枕畔的椅子等待。「等妳眼睛不痛，就可以回去了。在此之前，請稍微休息一下——」醫生說完，或許是還有其他工作，就離開診間。這間小小的鄉下眼科診所，貌似連個護士也沒有——非常安靜。

「疼痛有減輕一些嗎？」

葛城柔聲問道。

「謝謝，稍微好一點了——那個，老師，對不起，在路上給您惹了這麼大的麻煩……」

床上少女顯得不知所措……

「沒的事，這種事情妳一點都不必在意——浦上同學。」

她說著，這才仔細端詳眼前少女。床上仰躺的細腰長腿，行燈袴下擺一雙黑襪，美麗腳踝併得緊緊的，大花紋的銘仙和服袖兜在胸前交疊——袖襬透出中衣的美麗紅袖。左手橫切過白領鮮明的胸前，輕輕捂著疼痛左眼上的一小塊紗布。髮辮垂落枕下，幾縷鬢髮落在白皙額頭，明眸輕閉的臉龐，唯獨芳脣吐納如花——在白日靜靜閉著的那雙眼眸，正做著什麼樣的夢呢……啊啊。

葛城被那美麗震撼——從而不經意想起先前黃薔薇的回憶——雖說是偶然，搭乘同班列車到××市的少女居然是自己的學生——葛城感到非常不可思議。

「浦上同學，我好像來學校以前就見過妳了。」

她首次提起那場回憶。

「嗯，呃我知道，那個——在東京車站——」

少女臉色微紅，赧然答道。

「啊啊，所以，果然是妳了，拿著那束黃薔薇的……」

正如葛城所想，那天看見的少女便是眼前學生。

「嗯，呃，我在春假跟爸爸一起去東京小姑家玩，然後她送溫室裡的黃薔薇給我當伴手禮，我們正要回家——因為差點趕不上火車，我，呃，拚了命地狂奔——那一幕被老師看到了吧？第一堂英語課在教室看到老師的時候，我真的覺得好糗。」

少女解釋——語氣溫柔平和——

「呵呵呵，我當時看得直冒冷汗，只盼火車別開呢。」

葛城打趣道。

「哎呀，真是謝謝您。」

少女也莞爾一笑。

「真是太巧了，沒想到妳是這間學校的學生——」

葛城如此說道。

「真的——老師——我，呃，在禮堂聽完校長的介紹，一見到老師本人時，噯，我嚇了一跳……不過……」

少女微一沉吟，欲言又止。

「不過……怎麼了……什麼不過……」

葛城對「不過」很在意，追問道。

「呃……呃……不過……」

追問之下，少女愈加難以啟齒，欲語還羞……

「不過什麼？」

葛城很是在意。少女好不容易鼓起勇氣，嬌憨聲音自床上響起——含羞帶怯地說：

「不過，呃，我很高興——總覺得——

很高興……」

她說完，羞不可抑地舉起握著紗布的手遮住那張俏臉。

「哎呀，不行，紗布會掉下來的。」

葛城當即說道，為了阻止從嬌羞少女眼睛滑落的紗布，驀地手臂一伸——就在此時，阻止紗布掉落的手，自然而然地跟美少女的手碰在一起……

「感覺如何？疼痛消退了嗎？」

眼科醫生嘴裡這麼問，不知何時走進診間——

「嗯，已經好很多了。」

葛城從椅子站起答道。

「那好吧，妳們可以回去了——」

醫生這麼一說，床上少女也起身準備離開。

「啊啊等一下，剛才急著治療，我忘了填病歷，妳叫什麼名字——」

醫生打開病歷，拿出一枝筆。

「××市高等女學校的學生，浦上禮子——」葛城替當事人回答。

「年齡呢？」葛城在課堂知悉她的名字，但不曉得她幾歲。

「妳幾歲？」她問身旁的少女。

「十七。」

東京的同學們按計畫在地久節舉行同學會，當天葛城卻不見人影。

「嘿，葛城同學到底是怎麼了？離開東京車站那天，明明答應一定會出席地久節的同學會呀——」一名幹事憤憤不平地說。

「真的是欸，那個人，剛去××的時候還寄信來抱怨好無聊呀、好寂寞呀什麼的，最近不曉得是怎麼了，一封信也沒有——到底是怎麼一回事？」小山同學一臉不可置信，這時來了一通給同學會的電報。

電報上寫著：「公務繁忙走不開」——大夥見狀，當場決定！

「等她暑假回來，咱們一起好好教訓她。」

——也不知當事人知不知道這些——同學會這天，在××的學校儀式結束後，禮子造訪葛城的住所。

**迴盪水面的鐘聲**
**悠揚、蕩漾，繼而消失**
**融入靜寂黑暗**
**或是「追念昨日」**
**還是「珍惜今日餘韻」**
**抑或「迎候來日晨曦」**

——鐘聲在靜岡市清見海灘迴盪，從興津清美寺的鐘樓傳來——

鐘聲在黃昏海上如斯響徹……

此刻佇立岸邊的人影……有兩道。

或許是沉醉在嫋嫋縈繞四周的鐘聲，兩道人影良久無語——

傍晚時分，淡淡月兒高掛彼方天空——浪花拍打海岸，迸散逝去，猶如一叢攪亂的雪白絲穗浮著淡淡的白。

「禮子同學……那是燈塔的燈光吧？」

兩道人影裡比較高䠷的葛城，與其說

站在沙灘，該說更接近混著小石子的礁岩附近。

「是的，呃——那裡是三保松原……」

禮子聲音透著純真柔美，是少女之故嗎……乃至於聲音本身亦蘊含年少歲月的盎然春意——

「三保松原——所以，那裡就是傳說中仙女將羽衣掛在松樹上的地方。」

「是的，正是那裡，那顆松樹目前也還在沙灘上，四周圍著籬笆……」

「咦，所以禮子同學[2]也去過囉，那裡——」

葛城指著遠方，隔著海面，即便夜晚仍依稀可見呈半島狀的大片松樹，前方尖端有一盞細細的紅燈，一會兒消失，復又亮起——那燈光十分奇特。

「是的，去年夏天爸爸帶我去過……呃，老師今年也一起去吧。這裡有船過去，那裡，可以看見富士山——簡直就像歌川廣重的浮世繪。」

「哇，一定很漂亮，充滿東洋風情的景色——」葛城深表同意。

「老師，那附近還有一座龍華寺，據說有日本最大的一株鐵樹……」

禮子講述去年的記憶。

「啊，龍華寺，那裡有高山樗牛的墳墓吧——」忽然聯想起這件事的葛城說。

「對，沒錯，是西式純白大理石的墓碑……」

「我記得那位作家是生病，所以長年住在這一帶的海邊嘛……禮子同學，妳讀過他的作品嗎？」

「沒有……」

禮子深深看著葛城的臉孔回答，一副現在就想閱讀那本書的模樣——

「啊，是了，那是我們這年紀在女學校大家爭相閱讀的東西，對妳們這一代來說，大概有點過時了——可我到現在仍記憶猶新，書裡歌頌痛惜莎孚（Sappho）的那段話。」

「老師，莎孚是誰？」

「莎孚、莎孚——她是古希臘的女詩人，是偉大的抒情詩人！擁有偉大而美麗的靈魂……莎孚是西元前七百年左右的人呵——她被奉為第十位繆思女神，是聲譽卓著的女詩人——我最喜歡她獨樹一幟、美麗純粹的熱情！雖然僅透過上田博士的妙筆留下那首〈歌詠昏星光輝〉寥寥三行譯詩……但我相信她是值得我們更加尊崇敬愛的女詩人——」

「哇，原來西元前就有這麼棒的女詩人。」禮子款款動人的眼眸亮了起來。

「高山樗牛的散文集《我袖散記》寫過這位莎孚的事蹟呵，要我再背背看少女時代熟記的文章嗎？」

「啊，老師，請告訴我那美麗的文章吧。」

葛城便依禮子所願，笑著開始背誦。

「——啊啊莎孚！汝乃獨一無二的詩人，所奏樂器裡有絕世琴聲，吟唱詩歌裡有天上仙音。希臘人將汝與詩神並列，供奉於奧林匹克神廟，然而，汝始終未能獲得幸福。莎孚乃一介凡人，如凡人渴望愛情，她愛上不真誠之人，受不真誠之愛所苦，可憐她所盼之幸福不屬於人間。擁抱一個不再真誠之人，便如胸口有一條蛇，早晚遭齧喪命。在這充滿猜忌，虛偽泛濫的世間，她哭泣、她悲傷，可惜為時已晚，法翁（Phaon）欺騙了她，梅莉塔（Melitta）背叛了她。世間苦多，但最教人痛苦的莫過於將希望寄託他人，卻看見對方卑劣本性。與其親眼目睹愛人的虛偽，毋寧自己死去更加幸福。莎孚之死猶未晚矣——」

葛城背誦到此打住——專心聆聽幾乎忘了呼吸的禮子也跟著吁了一口氣。

「禮子同學，這位莎孚呀，對美麗的同性友人獻上熱情，結果慘遭背叛。她生於萊斯博斯島（Lesbos）[3]的埃雷索斯（Eresos），曾在該島首府米蒂利尼（Mytilene）求學——而後深深愛上被當成可憐女奴拍賣，以侍女身分服侍她的梅莉塔——卻又被這名少女背叛——多少深情付諸流水，莎孚滿心悲傷，在盧卡迪亞的峭壁朝湛藍海面一躍，消失在浪濤間——不幸女詩人莎孚——我、我很喜歡她——」

葛城暗藏熱情的瞳仁淚光閃爍……

「……老師！」禮子的聲音微弱驚惶，勉強從顫抖如花瓣的朱唇擠出這麼一句。

就在此時——鐘聲餘音裊裊不絕——

兩道儷影在鐘聲繚繞中交疊——

迴盪水面的鐘聲
悠揚、蕩漾，繼而消失
融入靜寂黑暗
或是「追念昨日」
還是「珍惜今日餘韻」

**抑或「迎候來日晨曦」**
**非也，非也，其實不然，並非如此**
**鐘聲響起就「親吻」吧**
**在我倆話聲消失期間**

**請熱情澎湃地「親吻吧」**

葛城在暑假前往學生禮子家的避暑地興津，她應禮子父母之邀，加上不想跟禮子分開，於是在當地浦上家的別墅度過一段時日。期間兩人交換了一個真摯的承諾。那便是禮子明年春天畢業後，將在葛城的陪伴下前往東京，然後進入葛城的母校——麴町的女子英學塾就讀，該校畢業後，再共赴美國大學深造。兩人為將來立誓，兩顆純潔心靈為此賭上一切！

禮子畢業在即的三月初，禮子母親出其不意造訪葛城的住處。

去年夏天在興津別墅城承蒙數日熱情款待，葛城自然識得對方，但突然上門仍讓她措手不及。「百忙之中打擾老師，真的非常不好意思，不過有一件事請您務必幫忙……」禮子母親先說了這麼一段開場白。到底是什麼事呢？想請她幫忙的話，應該是跟禮子有關，可具體來說是什麼呢？葛城一時間心潮起伏。

「老師——其實呢，我們家禮子——託您的福，那孩子今年也要畢業了——其實我們很久以前就跟人說好了——要從同宗入贅一個女婿給獨生女禮子——所以希望能趕在四月上旬舉行婚禮，也好先讓我們安心——老師，我們私下向禮子說明此事，沒想到她聽了之後斷然拒絕。不管是她爸爸、我，還是同宗伯父們怎麼講，她始終執意不從。然而，要是為了那孩子的任性而毀婚，我們實在無法面對親戚，所有人為此大傷腦筋。因為那孩子平時敬葛城老師如天神，想說拜託老師對她善加勸誡——今天才貿然上門請您幫忙——真的很不好意思，老師——您可以幫個忙嗎——請您就當拯救我們浦上一家，好好規勸那孩子——」

禮子母親聲淚俱下，鞠躬再三，絮絮懇求。

毫無心理準備的葛城霎時腦筋一片空白——突如其來的駭人十字路口上，陰險成性的命運惡魔殘酷嘻笑，伺機伏擊兩名純真女子——啊啊，直至今日，直至這天，又有誰料想得到？

葛城徬徨無助。儘管外表堅強一無所懼，她終歸也是脆弱的人類——身而為人，便擁有一個脆弱不堪、易受傷害且多愁善感的靈魂。

固然許多理論都能拒絕並抗議父母任意安排的婚姻，但面對禮子的父母，葛城認為這些大道理如今多半無濟於事。更何況，正因自己深愛著禮子，自是非常清楚她何以不願結婚。而將兩人戀情公諸於世當盾牌太缺乏說服力，她們無法擁有正常婚姻生活是同性戀人的悲哀——雙親認定結婚是女性終極成就——世俗眼光將不容許這種情況，只會加以辱罵訕笑——

天下雖大，卻無葛城容身之處——最後，她下定決心。

「好的，我大概知道情況了。我會跟禮子好好詳談——請您放心。」

葛城以大無畏的精神如此回答。

「哎呀，謝謝您立刻答應這件事，我們可真是鬆了一口氣。」

母親的感謝令她無言以對——葛城舉袖掩面，不讓對方看見自己的淚水。

葛城對禮子說了些什麼？無人知曉！早在禮子畢業前，葛城便辭去教職回東京去了。

禮子的婚禮在四月上旬舉行。嬌弱、縹緲、感傷、多夢的少女歲月在那晚隨風而逝，或許是傷懷純真青春，那盛裝打扮的綺麗倩影啊——和服下襬兩側一大截鮮豔圖案，是了，就是它！那叢黃薔薇——可憐伊人，是為誰而妝點？

婚宴酒席間、璀璨典禮上，麗人含淚垂首度過……

一個月後的五月，葛城從橫濱搭船出海，前往美國波士頓的大學深造。許多同窗友人前來送行，祝福她學業有成，「祝妳平安歸來，順利取得學位，寫出跟宗教哲學相關的偉大畢業論文——」眾人異口同聲中，即將動身的葛城神色淒然，似被其他思緒捕捉，目光飄向遙遠他方……

葛城赴美隔年秋季就音信杳然。為了赴美留學的美名而資助部分學費的舅舅自是大發雷霆，母親與親戚也擔心得不得了——剛好小山同學的阿姨藤田夫人跟先生要去當地視察基督教團體的相關事業，便請他們代為尋訪葛城的下落。藤田夫人一抵達當地，馬上拜託領事館與熟人，卻都找不著葛城。儘管他們原本就不時向波士頓的大學打聽消息，早已獲悉葛城辦了退學，但為求謹慎還是親自去了一趟。校方表示印象中葛城是個「孤獨陰鬱木訥的日本人」，而他們亦不知葛城的去向，最後一條線索就此斷絕，藤田夫人幾欲放棄。

既定行程結束後，回程途經科羅拉多州的移民館進行考察時，藤田夫人在白天也得開燈的昏暗地下室裡，看到一名年輕日本女子對著辦公桌上的打字機工作——那憔悴但似曾相識的落寞側臉——與葛城極其相似。

藤田夫人微微一愣，但事務長及其他外人正為他們進行導覽，也不能表現得太過激動，只好若無其事地走過去，待要離開移民館之際，她再走回地下室那間似曾相識女子的辦公室，想問對方：「妳不是美沙織嗎？」座位卻已空無一人。她正感遺憾時，發現桌上那台打字機夾著一張紙，紙上只有一行文字，就這麼被扔在那裡。藤田夫人順著那行字看去，上面印著——

For my dreams of your image that blossoms
- a rose in the deeps of my heart.

是一句詩——然而，葛城是出於什麼原因打下這麼一句，藤田夫人卻是百思不得其解。

無奈之餘，她隔天再度造訪移民館，

表達自己想跟「那位日本打字員」見面——卻見行政人員出來一臉抱歉地說：

「那位打字員昨晚將辭呈郵寄過來，便再也沒有出現了。」

藤田夫人愣在原地，開始相信對方絕對是葛城。猜想是昨天意外碰見自己之後，立刻辭職離開此地，消聲匿跡。啊啊，為何要做到這等程度，不讓世人發現自己的蹤跡呢？儘管不知原因為何，但總覺得對這般奮力躲藏的人緊追不捨，揭露對方反而是一種罪惡。

所以，藤田夫人無奈下只得眼淚往肚子裡流，默默離開美國回日本去了。

可悲可嘆哪！

才華洋溢而優秀的思想家，前途光明備受祝福的年輕葛城，如此這般捨棄學業、遠離親人，流落迢迢異境，遁跡潛形。其心境正如那謎語般的一行詩，世人無從解讀——能夠理解的，唯有那美麗哀傷的少女心扉！

1 譯註：日本皇后生日的舊稱，與天皇生日「天長節」相對應。第二次世界大戰後，天皇發表《人間宣言》，宣告天皇亦是普通人後，天長節更名為天皇誕生日，地久節便隨之改為皇后誕生日。

2 譯註：兩人感情變好，由姓氏改稱名字。

3 譯註：譯註：代表女同性戀的英文有「Lesbian」和「Sapphic」，其中「Lesbian」為莎芙的故鄉「Lesbos」轉化而來，「Sapphic」則源自其名「Sappho」。

# 合歡花

電車停在品川站，乘客魚貫下車，只見一個看似十五、六歲的少女落在最後，一身行燈袴、皮鞋和包袱的女學生打扮，迫不及待地輕盈躍下。下車時將兩張車票遞給站務人員，身後卻不見其他人出現。女孩往車廂外跨出一步、兩步，忽又回過頭來，發現應該在自己旁邊的人竟不知去向，頓時嚇得花容失色，連忙跑回車門口，朝車廂內伸長脖子大喊——（也不知對方聽不聽得見？）

「大和田同學、大和田同學、大和田同學，喂！」

第三聲呼喚可謂貨真價實的尖叫了，那聲音該以刺耳淒厲來形容嗎？接著，或許是這三聲發揮了作用，另一個同樣一身學生裝束的少女颼地滑出車廂（她可不是幽靈）。這位看來也是十六歲左右的年紀，至於為何是十六歲？沒辦法，就只是一種感覺而已。這位少女除了年紀十六，今年春天體檢時體重突破十六貫[1]，創下全校歷史新紀錄，婦人體育獎勵會因此頒贈獎狀一張與金牌一面——這當然只是開開玩笑，但突破十六貫乃鐵錚錚的事實。這位少女姓大和田，名幾代，班上的淘氣鬼軍團贈以別號「十六同學」，有時也尊稱她「十六女士」，是全班大紅人。其人純真善良、古道熱腸，兼之個性沉穩，泰山崩於前而色不變，寬容大度從不對人發脾氣，大家都很信任她。正因如此，「十六同學」也好，「十六女士」也好，毋寧說是代替本名，朋友間表達親暱之意的小名。

有個軼事足資證明十六同學是多麼純真隨和的人。

事情發生在今年春天，全校去稻毛海岸玩的時候。從兩國出發的火車載著許多美麗動人的女孩在鐵軌上奔馳，卻因為某種機械故障，車速變得極為緩慢，車上的公主們個個秀眉顰蹙，齊聲抱怨：「急死人了，到底是怎麼一回事？」就在大和田同學乘坐的那節車廂，沉不住氣的淘氣鬼軍團團長遷怒道：「啊啊，我知道了，因為十六同學在車上，火車也是會累的嘛！」巧歸巧，這番調侃畢竟太過尖酸，膽子小的同學們無不噤若寒蟬，十六同學本尊倒是笑容滿面，彷彿此時此刻才意識到別人在說自己，反問對方：

「咦，真的欸，那我要在這裡下車嗎？」

語氣再誠懇不過，顯然打心底認真這麼想，眾人聽了都過意不去，「騙妳的啦，大和田同學不必擔心，火車載了重物，比較不容易翻車嘛。」團長說著自相矛盾的安慰之詞，引來一陣哄堂大笑——

因為她是這種個性，每當班上哪個同學有點神經質，大家就會奉勸：「妳呀，去跟大和田同學要一點指甲汙垢來，然後包在糯米紙裡每天三餐後服用。」言歸正傳，這位大和田同學如今正慢條斯理地走下車，電車即將發動，情況很是危急，但總算安然下車。

「妳的票呢？」車掌問道。大和田同學手上沒有車票，慌慌張張地從懷裡取出學生回數票——先下車在車廂外的少女酒井和子見狀急忙奔上前。

「妳不用給，我剛才給過了。」

車掌瞥了酒井同學一眼，隨即關上車門。大和田同學吁了一口大氣，朝酒井同學走來。

「噯，妳真討厭，在發什麼呆啊？」身材嬌小的酒井同學對大和田同學劈面訓斥了一頓。

「對不起，因為我前面有一個好可愛的小朋友，我看得入神，這才忘記下車……」大和田同學乖乖道歉。

「真是要不得，萬一電車開走，麻煩可大了。」

酒井同學似乎還沒罵夠。

「也沒什麼麻煩，反正前面就是終點站，再從那裡搭回來不就得了？」

大和田同學泰然自若。

「受不了妳，這就是十六風格啦。」

酒井同學莫可奈何。

這段對答也看得出兩人的好交情。

兩道影子並肩走上前方斜坡，一晃眼過了毛利公爵府邸大門，兩位少女再繼續前行，地點不消說是東京芝高輪南町二十七番地附近，時代是現代，季節是繁花落盡、樹梢嫩葉初生之時，日期是星期六正午前，人物是前述兩位少女——

俄頃，這兩人抵達一棟略顯陳舊，但

十分高雅靜謐的房子，拉開大門進入。
她們正猶豫要不要按門鈴時，一個貌似母親的慈祥女子既已出現在玄關。
「喲，歡迎妳們。順子一早就嚷著今天是星期六，妳們會來，高興得不得了呢。」
母親喜形於色，兩位少女趁著星期六，放學後登門拜訪。
「順兒，客人來囉。」母親對著愛女的病房喊道。
「大和田同學、酒井同學。」
院子旁邊一棟採光良好的和室建築傳來輕輕一聲甜美呼喚。
「是，我們又來了。」
被呼喚的兩人熱情應道，似是經常來此作客，熟門熟路地拉開獨棟和室的格子拉門。室內纖塵不染，顯見對臥病愛女無微不至的呵護。順子這位臥病少女躺在房間中央的厚實床褥上，黑髮和蒼白雙頰埋在純白羽絨枕內，散落著源氏香圖騰的美麗友禪輕薄袖毯輕飄飄地蓋在胸口，臥病美少女抬起瘦慵慵的玉頸，靜靜微笑，盈盈秋水浮現眷戀之色。
「我一直在等妳們。」大和田同學和酒井同學坐在床畔挨著她。
「啊，我忘了，怎麼辦？」酒井同學發出招牌的淒厲慘叫。
「忘了什麼？」大和田同學還是一貫泰山崩於前而色不變的鎮定。
「還有什麼？討厭鬼欸妳，我們忘了買探病用的花嘛。還不都是妳在電車上那樣，害得我分心了。」酒井同學再次指責大和田同學。

「哦，花，也是，那我們現在去買吧？」大和田同學慢條斯理地準備起身。

「呴，妳這人真討厭。」酒井同學擰眉瞪眼。

「咦？不要啦，別在意送花這種小事——妳們肯來看我，就是最讓我開心的事情了——我不需要花，說到花，我正等著某種花綻放呢。」順子說道。正欲站起的大和田同學旋即恢復冷靜，笑逐顏開。

「好，等那種花開了，我們再帶來送妳。究竟是什麼花呢？」她問道。

「不用，妳們不必帶，我家院子裡就有了。」順子說道。

「哦，是呵，是什麼花？」這次換酒井同學發問。

「——呃，是合歡花——」順子簡短答道，不知為何臉蛋微紅，雙眸低垂。

「咦，妳喜歡那種花？」酒井同學瞪大了眼。

「嗯啊，因為……呃……」病人這次不知為何答得支支吾吾。

「我知道了，是難以忘懷的花，而且是跟羅曼史——有關的，對吧？」酒井同學擁有敏銳的神經與強烈的感受力，一旁的大和田同學聽得直眨眼。

「那到底是什麼事？」聲音在這情境下也有些傻不愣登。

「討厭啦，妳這人有夠遲鈍，就是順子同學的羅曼史呀。」酒井同學一個人在那兒心急火燎。

「嘿，羅曼史這個英文單字我也是知

道的，我就是在問那是什麼事嘛。」

從方才便遭酒井同學連番喝斥，好脾氣的十六同學也有些不悅。啊啊，明天難得的星期天可別下雨才好……

「我還沒聽到具體內容，這就不清楚了。」酒井同學回嘴。

「所以，順子同學，那個內容是什麼？」大和田同學始終是這麼單純……或者該說是教人拿她沒轍。

順子羞態可掬——這也是讓人看了不禁會心一笑。

「我說了妳們會笑話我的，才不要。」她說完，香脣一閉。

「噯，笑話妳也太過分了，我們才不會做這麼失禮的行為。」兩人齊聲道。

「我們洗耳恭聽。」大和田同學雙手放在膝上，神情一肅。

「唔，其實也沒什麼——去年從我們學校畢業的一個學姐，她非常喜歡花，然後那個學姐……我……呃……人家不說了啦。」順子雙頰一陣飛紅，用袖毯蓋住俏臉。

「哦喲，我知道了！」酒井同學發出尖銳歡快的聲音。

「哦喲，我也知道了。」大和田同學也跟著喊。這時，廊台的格子拉門嘩啦一聲打開，順子的母親走進室內。「妳們知道了什麼？」大和田同學眼珠子骨碌碌地轉了一圈之後說：

「呃，我們三個剛才一起解數學題，終於知道答案了。」

十六同學自認展露了畢生智慧結晶，

一旁的酒井同學則瞠目無語，好在順子的母親善解人意。「原來如此，妳們可以這樣有時教教順子真是太好了。那個，請妳們留下來吃個中飯吧。雖然沒什麼東西，不過順子也喜歡熱鬧，喏，順兒妳也一起吃點雞蛋和牛奶呵。」母親如是說，端來精心準備的菜餚。

病榻上的順子對和子、幾代說了什麼呢？嗳，就只說了難以忘懷的花便打住——那飄著合歡花溫柔香氣的羅曼史啊！

——順子家原本位於東京代代木。直到去年初春搬來高輪這裡以前，那是她從小住慣的老家——因此順子當然每天清晨都從那裡搭省線電車上學。

每天清晨同一時間在人人爭先恐後的擁擠車站，不知不覺就記住了同時段一起等車的乘客身影。而其中……順子特別留意一個人。

在順子內心留下如此深刻印象的又是怎樣一張嬌靨？自是萬般美好扣心弦，雙瞳翦水迎人灩。

動人女孩與順子念不同學校，年級似乎也比順子高。

順子亦曾經燃起無限幻想，如果自己跟那美少女就讀同一所學校該有多好。

伊人衣袖的顏色也好，行燈袴的線條也好，在順子眼裡猶如天際璀璨星光，亦如彩雲緩緩流動，所以順子每天清晨都算好時間到車站，等待那張姣美面容出現眼前。見不著就魂縈夢牽，近在眼前又臉紅心跳不知所措，只得窩囊地將目光轉向別處……

如果到站仍看不見對方，她寧可平白目送好幾班電車離去，也要痴痴等待心上人。眼看時針不斷前進，學校上課鐘響時刻迫在眉睫，順子儘管悲傷，也只能失魂落魄地離開車站。

順子暗中為心上人取了一個「夢幻佳人」的名字。

夢幻佳人、夢幻佳人，命運最是弄人，某些天讓順子瞥見夢幻佳人，有時候又因為些微時間差，映入順子眼簾的就只剩一片冷清空蕩，讓她整天愁雲慘霧。

某天順子一直沒看到「夢幻佳人」。第二天、第三天都在心裡祈禱明天可以相見，卻還是白等一場，第二天、第三天依然沒見到對方。夢幻佳人難道身患重病——這種毫無來由的擔憂塞滿了順子稚嫩的心靈。對順子而言，見不著夢幻佳人的日子，這廣大世界便似一座荒涼空曠的沙漠懸崖——這是苦於單相思之人方能理解的愁悶悒鬱。

順子有一本輕柔淡紅色的佳人專用小筆記本，封面寫著「銀壺」兩個字，第一頁則以小字寫道：

**獻給夢幻佳人的銀壺，**
**儘管只是一樽小壺——**
**卻裝滿了我所有心思。**

再翻到下一頁，哎呀不得了，數千字密密麻麻，洋洋灑灑，開頭有一首詩——

**我若變成鳥，就要成為白鴿**

## 安睡佳人懷中

就這兩行而已，接在這首小詩後面的文章是：「倘若仁慈的上帝告訴我，祂能將我變成其他事物，我要變成什麼呢？變成那人的別針、那人的袖兜、行燈袴、鞋子，不過別針也好，和服也好，行燈袴也好，鞋子也好，就算可以穿在意中人身上，終會變舊丟棄，一點意思也沒有。我寧願求上帝將我變成一隻可愛的白鴿，永遠安睡在那人懷中。」

《銀壺》的內容舉例來說便是如此。

某日，順子意外獲知夢幻佳人的名字。那是個星期天，天氣晴朗，順子在街頭閒逛時，突然來到一棟嶄新宏偉的豪宅門口。木頭香氣尚未消散的門柱上，掛著一個寫著「西某」的名牌。門內樹叢陰影處，竟見時時刻刻縈繞心頭，不曾或忘的夢幻佳人，正與貌似她妹妹的幼童們在草坪上玩耍。順子心中轟然大震，站在那裡幾乎喘不過氣來。樹叢彼方傳來的歡笑聲裡夾雜著有如煦暖微風吹拂春日青草嫩葉的話聲，那是夢幻佳人的聲音。

順子只想永永遠遠站在原地，凝視這個美麗的場面，然而，萬一自己的身影映入夢幻佳人的眼裡——她唯獨害怕此事，逃亡般地從豪宅門口倉皇離去。

教人心心念念的那扇門邊，順子永永遠遠都無法忘懷。

對順子來說，自從有了夢幻佳人，暑假就變成世上最孤單難熬的時光。

就算一星期只有星期天一天見不著佳

人玉容，都讓順子無比空虛，那麼漫長、漫長、再漫長的暑假又將何等悲傷？順子只盼暑假快快結束。

暑假期間，順子按耐不住強烈思念，在那扇教人依依不捨的門口來來回回。到後來，這竟然成為她在暑假期間的重要例行公事。

某天，順子又在執行這件重要的例行公事，一輛汽車在那扇教人依依不捨的門前停了下來。順子躲在陰影中，想像著乘車來此的訪客是何許人也，只見在母親攙扶下優雅下車的不是訪客，卻是夢幻佳人。儘管驕陽當頭，身上一襲夏季羅衣仍如永不凋萎的花朵般美麗。

順子眼愣愣地望著兩人背影之際，視線對上了樹叢彼方盛開的合歡花樹梢。彷若思念逾恒累得打盹，合歡花在柔弱嫩葉濃蔭處悄悄綻放如夢，脆弱地輕輕一觸就要融化一般。彷若窈窕女子薄施脂粉，蜜粉刷在窗畔鏡面影影綽綽如幻，雪白淡紅的刷毛絨球，是在緩緩追逐曩昔夢境？或為近日愁緒嗚咽嘆息？縹緲絨球在微陽下迷濛，在晚風中顫抖……

此刻，佳人倩影消失在花朵濃蔭處，如墮五里霧中。順子淚眼朦朧，怔怔目送，好似就要沉入腳下的無際深淵。

這件事情發生後又過了十天，歷經漫長假期，第二學期到來。對順子來說，從今天起又是可以一睹夢幻佳人的日子。自從那天在那扇教人依依不捨的門畔追逐消失在合歡花濃蔭的杳靄，這是順子第一次跟伊人再見面。

回想起來，這一個月既漫長又孤獨。對順子來說——睽違多時的今日又可以在清晨固定時間追尋伊人，感覺前方有什麼在等著自己，順子一早興高采烈地前往車站——只見尚未從夢幻暑假醒來，兀自沉溺在一個月種種回憶的成群學生裡，夢幻佳人鶴立雞群，一如往昔，順子雀躍不已。然而，下一秒想到這分喜悅有如風中之燭，轉眼就要隨可怕的孤獨痛楚灰飛煙滅……

待電車開動，順子又照例痴痴望著同車廂裡的夢幻佳人。只見她在擁擠乘客包夾間勉強站立，而隨著列車前進，車廂劇烈搖晃，單薄身子難以支撐，輕輕舉起左手握住皮吊環時，水藍色輕質羊毛面料袖兜緩緩打著波浪，藕臂自舉起的袖口滑出，皓腕玉掌——露出了來——哎呀，順子既羨慕又嫉妒地看著美麗動人若斯的指尖緊緊握住的皮吊環時，一道奇異光芒射入眼中，那道光芒是？

那是夢幻佳人的青蔥玉指，卻見無名指上有一枚藍寶石戒指，如靜謐晨星熠熠生輝……

順子內心猛然大震，片晌後慘然惆悵。啊啊，那美麗的藍寶石戒指，若不是揭示了夢幻佳人來春已然不可撼動的命運還會是什麼呢？純潔美麗的人間處子被逼入人妻國度的悲哀黶翳象徵！那便是這枚戒指……就算戒指承載再多的幸福，也無怪乎在順子眼裡只是可恨可咒之物……

直到昨天，伊人猶如高嶺之花，高不可攀、遙不可及，只可遠觀，在年少心房獻上讚美與思慕的烈焰。對順子既是生命，亦是喜悅的那朵高嶺之花，徒然落入他人手中，在被城牆包圍的花園裡盛開——順子別無選擇，只能深陷悲傷。

**摘下妳纖纖玉指**
**那枚藍寶石戒指**
**深深埋藏**
**我祈禱**
**願妳永如處子**

順子心懷寂寞，以淚寫下《銀壺》筆記本。

《銀壺》記下數首關於那枚悲傷戒指的短詩後沒多久，順子一家便從充滿回憶的代代木搬到高輪。

這對順子倒也有幸福的一面。與其只能遠眺夢幻佳人，失意苦惱，倒不如遠走高飛，連見面的機會都捨棄，心情反倒可以獲得救贖——可是，另一方面，深刻入骨、難以忍受的空虛隨之而來，終究令順子痛苦不堪。接著，順子從這年年底到隔年初春左右，身體開始出現異狀。順子的兄弟姊妹都很孱弱，許多不幸幼年早夭。所謂的血統，就是這麼一回事——順子身體也很不好。除此之外，她內心還藏著無法填補的空虛煩惱——新學期剛升上新年級，順子就臥病在床。

她的病情相當嚴重，遲遲未見好轉。

母親的溫柔呵顧也敵不過病魔的幕後黑手。父母打算等順子病情稍有起色後，帶她到海岸散心，一行人卻始終無法成行。

連櫻花都沒能看見的病人，直到嫩葉冒出樹梢、沐浴在初夏陽光裡，還是無法離開病床。

同班同學就屬酒井同學和大和田同學最常來看她。兩人在星期六放學後專程來高輪就像一種慣例，成為順子的唯一慰藉。

那天星期六下午酒井同學二人造訪，就是大和田同學差點下不了電車那天，因為她們說起忘記買探病花束這件事，順子才主動提及令她難以忘懷的花朵——正要講述合歡花的回憶時，順子母親端來餐點，之後話題風馬牛不相干，談話就此打住，再無法從順子檀口聽見關於合歡花羅曼史的兩位朋友告辭離開——接著在回程路上發生以下對話：

「大和田同學，我從剛才就一直在想，可怎麼想都想不出是誰，而妳竟然知道？」

酒井同學冷不防這麼一問。大和田同學聽得丈二金剛摸不著頭腦，照例像鴿子般眨巴圓眼——

「咦，什麼？妳不知道什麼？」

「妳這人真討厭，喏，就順子同學今天說的呀！」

「說什麼？順子同學說的話可多了，哪可能全部記住呀？」

「可是，其中肯定有印象特別深刻的一件事。」

「咦，印象特別深——呃，請我們吃好吃的東西？」

「唉，真讓人無言以對。妳的印象也

太低俗了，不是那種事，是更加、更加心靈方面的美好事情。」

「哦呵，我知道了。就是她很高興我們去探望她對吧？」

「妳就是神經大條才討人厭。」

酒井同學為這位難以度化的無緣施主嘆了口氣。

「妳說話拐彎抹角的，我當然越聽越糊塗呀。」

「因為不必說得那麼露骨，正常人也聽得出來吧。」

「可是，妳就知道我神經大條啦。」

大和田同學親自保證，童叟無欺。

「好，那我就妳說了吧。喏，今天順子同學說的，今年春天從我們學校畢業的人是誰？」

「啊啊，這件事啊，唔——」

大和田同學半點不感興趣似的，完全沒有共鳴。

初夏午後的太陽，不知不覺向西流轉。兩位少女最終分道揚鑣，各自回家。

那天之後的星期六，兩名友人都沒有再去高輪探望順子。因為她們倆都有其他事情要忙——

望眼欲穿的順子每到星期六自是孤單寂寞，固然知道這樣不對，卻也忍不住在心裡埋怨兩位溫柔好友。

順子的母親也期盼兩名親切友人的來訪能夠撫慰纏綿病榻的愛女。然而，好心的客人一直沒有現身。

「順兒，酒井同學她們今天是怎麼了呢？」

母親走進愛女病房，如此問道。

「嗯啊，到底是怎麼了呢……」

順子落寞低語。

「經常來的人一不出現，妳就沒精神了呢。她們肯定是學校正忙著，噯，順兒妳今天就看個有趣的書什麼的，分散一下注意力，她們遲早會再來的。」

母親如此安慰愛女，把當天的報紙、有漂亮扉頁插圖和大量照片的雜誌等等拿來擺在順子枕畔。

「謝謝媽，那麼，我今天就自己看書了。」

順子倒是精神奕奕地拿起枕畔雜誌，專注看起了扉頁插圖，母親見狀也放下心來，朝餐廳走去。

順子看膩了雜誌，又翻閱起報紙。她的雙眼倏然被手中那張報紙的一股異常力量牢牢吸住，上面清楚刊登著一大幅照片。

順子看到照片的剎那，嬌弱酥胸劇烈起伏。照片上盛妝打扮的天香國色……哦，天哪，那容顏正是順子害病後越發難以忘懷、夜夜夢見的夢幻佳人，只不過如今換了一身新嫁娘裝束。照片旁則有一則記事，寫著在西海軍少將父親的關愛養育下，美麗的滿智子小姐嫁入名門三輪家，舉行盛大的婚禮云云。

過了良久，母親熱好傍晚的牛奶進入病房時，發現順子臉孔埋在枕頭裡，狀似昏倒一般。母親登時大驚失色。

「唉，順兒又看得看得太入迷，累了

吧，快休息一會兒。」

她急忙推開枕畔的報紙雜誌，抱起順子想要輕輕替她蓋上袖毯，全身疲軟的順子用所剩無幾的力氣不讓母親看見自己的臉。

母親單純以為是長時間閱讀讓順子感到疲憊，對愛女的內心世界一無所知……

兩三天之後，酒井同學和大和田同學收到順子寄來的信。兩人拆開一看——

「妳們沒有出現的那個星期六！那天實在太寂寞了，對生病的女孩來說，實在太殘酷了。」

不過寥寥數語，但一想到友人話中隱含的落寞，酒井同學和大和田同學不禁惻然流淚。只因一點小事就沒去探望順子，兩人都非常歉疚。於是，為了鼓舞順子，兩人商討後回了一封信——

「下星期六我們會去聽妳講合歡花羅曼史的後續，請做好充分的準備。」

順子很快就回信了——

「請別再問上次那個話題了，我無法忍受內心的痛苦。不過，我就跟妳們說這一件事吧，合歡花下難以忘懷之人，我騙妳們說是去年春天從我們學校畢業的學姐，其實她是西少將的千金滿智子，而她也已經嫁人了。」

內容只有這樣。酒井同學和大和田同學面面相覷，不知如何是好——但心思敏銳的酒井同學想起不久前在報上看過一張雍容華貴的照片。根據「西」和「少將」這兩個線索，當天翻出所有舊報紙，從頭到尾看了一遍。費了一番工夫總算找到答案：順子難以忘懷的對象，正是富商三輪家的美麗少夫人，目前住在田端新居——「哎呀，啊啊！」酒井同學流淚嘆息，馬上轉告大和田同學。「是呵。」富士山崩於眼前亦面不改色的十六同學感慨萬千。

好不容易等到星期六，兩人來到高輪順子家，沒想到順子的病情急轉直下，母親難過地表示，醫生交代愛女必須避免與人接觸。

「媽，院子裡的合歡花還沒開嗎？」

順子在強烈的病痛折磨下日益衰弱無力。某天，她這般詢問母親。

「好像還沒開呢。」

母親回答後，順子忽地閉眼——若有所思——

「媽，呃，假如我被上帝召喚，請將放在床邊寫著《銀壺》的筆記本跟我一起埋葬，然後，在墳上種合歡樹，妳一定要記得呵，媽……」

「順兒，妳為什麼要說這麼不吉利的話呢……」

母親急著打斷這令人鼻酸的提議，但順子哭聲道：

「不，媽，什麼都別說了！」

她情緒激動地翻過身，再無一言……

那番傷心言論代表著業已無可避免的凶兆嗎——重病纏身的可憐少女終究還是香消玉殞……

靈柩裡撒滿無數花朵！胸前抱著她生前綴滿相思的《銀壺》，純潔少女就這樣一瞑不視，溫柔女孩的長眠臥榻在雜司谷附近，安息於雙親漣漣淚水打溼的黑土之下。移植到新墓碑旁邊的一株合歡樹，它日樹枝結實累累，樹梢亦將開滿花朵，只可惜沉睡其下的少女春天既已成空！在墳前垂淚祭拜的是酒井同學和大和田同學兩名友人。

為了亡友，兩人暗地裡想達成一個心願。墳畔合歡花綻放時節，兩位少女前往田端的三輪家新居——

接待女傭跪在宏偉寬敞的玄關，三指撐在光潤油亮的檜木地板，一本正經地詢問：「請問您是哪位？」面嫩敏感的酒井同學見狀直想撒腿就跑。然而，大和田同學卻是泰然自若，不為所動地報上姓名，繼而說明來意。言詞間蘊含「為了亡友」的餘韻……

「請跟我來。」剛才那位女傭再次現身，領著她們穿過走廊，來到客廳。

這對奇異訪客讓三輪家的新夫人滿智子一臉疑惑。既不是孤兒院來賣鉛筆，又不是慈善音樂會來募款，而是女學校的兩位少女，單純「為了亡友」來求見於她？不記得自己發生過汽車撞女學生逃逸的事故呀——滿智子百思不解地打開客廳門，優雅步入，只見室內兩人——心思細膩與神經大條的女學生並肩而立，嬌俏可愛。「嗯，怪不得順子同學會迷戀她！」兩人暗自頷首不迭。新夫人一副中邪般進退維谷的模樣——兩位少女當場恭恭敬敬向她九十度鞠躬後，大和田同學跨前了一步。

「請坐。」美麗夫人招呼完，她仍直挺挺站著不動——那姿勢顯然是說，要這麼站到最最重要的任務完成為止。

「我們這樣不請自來，先跟您說一聲抱歉。今日登門拜訪，目的只有一個：我們的朋友順子同學往生了，若您能到順子墳前祭拜，亡友在天之靈一定好生歡喜，這才前來拜託。您突然聽聞此事，應該很吃驚吧，不過那位順子同學很久以前就見過夫人了。」

滿智子也是最近才開始被稱呼為「夫人」，臉一紅低下頭去。

「呃，順子……您說這位同學見過……不好意思，我實在想不起來——那個，請問她府上住哪？」

酒井同學這時答道：

「她住在代代木，然後每天從那裡搭省線到我們學校。根據我的想像，可能是因為如此……」

酒井同學的想像力何其敏銳豐富啊！

「啊，那我知道了。跟我一起從代代木搭省線到學校的，嗯，我記得，我們經常搭同一班電車，然後是妳們學校的學生。那個身材瘦弱、雙眼明淨透亮、鵝蛋臉，看上去有些落寞的女孩，而且跟高雅的黑色蝴蝶結很搭……對吧？」

沒錯！死去的順子確實頭髮整年都綁著純黑蝴蝶結——外貌與夫人的描述一致，順子無疑亦在滿智子的處子歲月留下深刻的印象，啊啊！

「是的，那個人的確是順子同學。」

兩位少女答道。

「哦，那個人……往生了嗎……」

「是的，而且直到往生當天，她都深深愛慕著夫人，順子同學默默地、孤單地，從代代木那時開始愛慕著您。」大和田同學鼓起了最後的勇氣！

「哦……」美麗的夫人此時刷地滿臉酡紅，身子躲進後方窗戶的綠色落地窗簾裡……數秒後，從窗簾陰影處傳出動聽無比的聲音。

「請讓我到墳前祭拜……」那句話末了化為淚珠……

一輛汽車駛過夏日早晨的郊區，來到雜司谷一座寧靜墓園附近。車子停下後，車內走出兩位可愛少女和一名美麗夫人。

「順子同學就在此安息。」率先帶路的一位少女這樣告訴夫人。

「啊，合歡花……」

昔日暗戀自己的可憐少女墳畔，樹梢上花朵悄然綻放，夫人見了失聲輕呼。

「這是順子同學遺言交代種下的花朵。」

「——嗯，我在代代木的娘家也有這種花……」

啊啊，臨終遺言是出於什麼緣由——我死去後，請務必在墳上種一株合歡樹！

佳人此刻明白了那花朵寄托的心意，含淚雙手合十，在墳前深深鞠躬的倩身後方，兩位少女無聲落淚……就在此時，就在此刻，墳畔樹梢花兒無風自動，定睛一看，如夢盛開的朦朧花蔭處，啊，不知何處飛來一隻純白羽翼的鴿子，莫非是逝去少女的魂魄所化？白鴿靜靜劃了一個半圓，在合歡花下翩然飛舞……

1 譯註：一貫等於一千錢，即三點七五公斤，十六貫的大和田同學約六十公斤。大正元年（西元一九一二年），日本十六歲女學生平均身高為一四八公分，體重四十五公斤。

# 向日葵

今年春天W市縣立女學校二年級轉來一位長相甜美的學生。

她叫關子，父親是剛從內務省調任地方官的寶木內務部長……

「新任內務部長的千金長得可真美！活脫脫就像個古裝娃娃。」此乃官舍婦女閒嗑牙時不斷提及的熱門話題。

正因如此、正因如此，新學期開學典禮當天，她在班導帶領下首次步入三年西班教室門內的那一刻——全班瞬間鴉雀無聲，陷入一種心神恍惚的暫時忘我狀態。

某些症狀嚴重的學生，更是接連兩三天頭昏腦脹、踉踉蹌蹌、莫名高燒不退、不時長吁短嘆、食欲不振、睡眠不足、心跳加快、臉色發白、淚眼婆娑，直如沒了根的相思小草，弱不禁風、坐立難安、痴戀苦惱……等等，紛紛陷入這類狀況。

「這次三年西班的轉學生非常漂亮呢。」

消息傳遍校園！端的是反應熱烈，佳評如潮。

「哦，寶木同學有多漂亮？我也想看看！」

「我也想看看！」「我也想看看！」

妳一言，我一語，好似瑪麗·馬克拉倫（Mary MacLaren）來××電影院舉辦首映會一般熱鬧非常。

「快過來，快過來嘛！她來了，來了！」

一人喚道。三年西班的學生們此時走出教室，來到二樓樓梯口——

那群嚷嚷「我也想看看！」的集團在樓梯上排成一堵牆，人人睜著亮晶晶的雙眼。從這邊擠過來，又從那邊擠過來，儼如一場寶木關子大小姐的博覽會！因為免門票，觀眾如潮水不斷湧來。

「哪一個？哪一個？」

其中一人搓手頓足詢問，另一人冷靜相告。

果不其然，是校園至今不曾出現過的甜美女孩。過去在東京某學舍是一襲緋袖善舞，下襬袖兜則印著普魯士藍麻葉圖案，如今則按這所學校規定新製一條微帶暗紅的蝦茶色行燈袴，腰帶上裝飾的也是一枚嶄新銀校徽……左分秀髮如小海浪微捲，柔軟捲髮如夢散落在白皙前額，其餘黑髮清爽流瀉在背，上面綴著象徵春天的淡朱紅色蝴蝶結翅膀！恰似童話故事中的小鳥翩飛。輕盈落下小羊皮靴後跟的女孩抵不住眾人視線灼灼，明眸倏然垂下，花蕊般的長睫毛在眼瞼下方吹落溟濛淡影——雙頰浮現一抹羞紅……真個美麗！

樓梯上成排目送她下樓的博覽會觀眾，不約而同地說：

「哇！好漂亮！簡直如詩如畫！！」

寶木熱潮在漫漫春日是道不盡說不完的話題，瘋狂的豈止校內學生，現在就連師長也不例外——諸如音樂老師目不轉睛地瞅著寶木的玉顏，結果鋼琴完全彈錯之類的事件不勝枚舉。尤有甚者，創校至今任教十年，受縣立教育會表揚的資深縫紉教師也變得有點兒奇怪，淺草紙一般皺巴巴的姥姥臉蛋堆滿笑意，上課期間寸步不離地站在甜美的寶木同學身旁，甚至幫她在布料上別好珠針，又不像是為了討好她父親，班上的調皮鬼便調侃說八成是寶木有斜視或單眼失明，老師才事事代勞……

啊啊，這位甜美女孩呀！

那麼，誰又有幸成為這位女孩心中所愛？

「寶木學姐真讓人揪心哩。」

一年級小學妹也忍不住用元祿窄袖摀著胸口，哀哀凝視彼方蒼穹……

這是闕子剛從東京搬到市內縣廳官舍沒多久的事情。

某天傍晚，闕子在新家——內務部長官邸附近閒逛。

美少女心底終歸湧起一股對新家的期待與好奇。

沒有特定要找什麼或看什麼的闕子倩影現身門外，離開官舍街道。

穿過知事、內務部長、警察局長等豪華官邸櫛次鱗比的東官舍大街，後面就是官舍乙號的連棟長屋建築，分配給低階判任官的住所。

許多小朋友聚在長屋官舍的通道上玩耍。

只見看上去九歲、十歲或七歲的超級調皮搗蛋鬼們，有男有女鬧哄哄的，他們用粉筆在地上畫了線，正在玩跳格子的遊戲。

「現在換我了。」

女孩們把石頭拋進線內之後，就單腳跳著，用腳尖把石頭踢往下一格、再下一格，不斷向前推進。

其他小朋友都站在四周圍觀。

關子站在那群小朋友後方看他們玩跳格子。

「啊啊，就差一點。」

女孩一個用力過猛，石頭很可惜地碰到白線後出了界。

「現在輪我了。」

一個聲音柔弱溫和的男孩說完跳進格子裡。他看起來該有九歲了，或許是疾病纏身，一臉蒼白發育不良的樣兒，不過長得劍眉星目，是個人品俊秀的文弱少年。

他穿著一件粗糙的藏青地碎白花紋和服，乾乾淨淨沒有一絲髒汙，瘦削白皙的腳上踩著一雙可愛的白棉繩草鞋。這個漂亮的小男孩吸引住關子的目光。

「騙人，是輪到我了。」

惡狠狠的聲音出現的同時，另一個年紀相若的男孩從旁邊躍出，想要一把推開前面的可愛男孩。

另一個男孩長得就是一副蠻橫霸道的神態，身子也很結實魁武。晒得紅撲撲的肥碩方臉，貪婪凹陷的小眼睛，口角炎潰爛的猥褻厚唇。明明穿著紡紗之類的全新和服，整個人卻邋遢得很，胸口、膝蓋、袖口被食物和鼻涕弄得骯髒發亮，腰帶吊兒郎當地纏在腰畔，總之他在那群小朋友裡似乎是濫用暴力的土霸王。

「真的是輪到我」

柔弱男孩再次溫言強調。

然而，那個壞男孩態度強硬，

「你騙人，你剛才不是輪過了？現在換我啦。」

他粗聲粗氣地大喊，將自己的石頭一把扔進線裡。

「不行，佐伯同學，真的是輪到我了……各位，我是下一個吧……」

溫和男孩向圍觀的小朋友求助，但這群官舍長大的孩子多半是懼於壞男孩的家世，明知弱者是正確的，卻依然保持沉默。

「我忘了是輪到小章還是佐伯同學。」

有的男孩避重就輕。

「我只記得自己的順序而已。」

也有的女孩早早展現小小利己主義者的跡象。

柔弱男孩勢單力孤、求助無門，獨自離開人群。

啊啊，真可憐！要是我跟官舍這群小朋友熟一點，剛才就能挺身而出，擊退土霸王，幫助柔弱溫和的男孩！關子暗忖，愀然不樂。這個官舍裡有一種向強權（即便那是惡勢力）阿諛奉承的卑鄙習性，加上從小朋友的遊戲就能看出惡勢力橫行的現象，可見成年人之間恐怕亦有類似情況。

關子想到此處，一股索然晦暗的憂鬱情緒油然而生。

她從長屋前方走過，小官吏的太太們迅速認出她是內務部長千金，一個勁兒地展現客套笑容打躬作揖，反倒令她心情大壞。為了快點回家，她改走後方小巷，結果又遇見剛才的可憐男孩。

男孩在公用水龍頭前面，一位少女正在那裡洗東西。

男孩垂頭喪氣地站著，關子聽見那名少女與男孩間有以下對話：

「小章，你為什麼看起來這麼傷心？又被佐伯家的少爺欺負了嗎？」

少女一邊洗東西，一邊柔聲詢問不知何時走到身旁的男孩。

「嗯啊，我跟妳說，姊姊，我們大家在玩跳格子，然後呀，因為輪到我了，我正要踢的時候，佐伯同學就出來說我騙人，明明不是輪到我還硬踢，說我很狡猾。」

男孩一五一十道出滿腔不平。

「哦呵，小章後來怎麼辦？」

女孩洗東西的手不自覺地發抖。

「然後呀，他就堅持不是輪到我，怎麼都不聽我說……」

男孩小章說得透骨酸心。

「後來，小章怎麼辦？」

少女的聲音有些發急。

「唔——因為，佐伯同學怎麼都不聽我的……」

「所以，你怎麼辦？」

「那個，我就說不出話，後來沒人跟我玩，我就回來了……」

男孩泫然欲泣，住口不言。

可憐那雙小眼睛裡噙滿淚水。

「沒關係，沒關係的，小章，因為上帝什麼都知道，喏。」

少女起身抱住小章，愛憐橫溢地摸摸他的頭，宛如安撫照料一隻受傷歸來的幼犬……

關子此時初次正視少女的臉孔。

看見男孩姊姊的臉孔那瞬間，關子內心一顫。

哦喲，眼前景象實在太不可思議了。

少女的容貌也許不是世俗之美。

小麥色的皮膚，漆黑憂鬱的大眼，抿得緊緊的嘴唇，又粗又直的眉毛。身形也呈直線，樸素而無曲線美。

話雖如此，她發散比常人多一倍的純真氛圍。自我強烈，而且全然的純淨透明。

關子被那種純粹自我的鮮明美好所吸引。

——關子幾乎可以斷定遭玩伴霸凌的男孩就是她弟弟，也看出她與自己年齡相若。

總之這名少女給關子的印象非常、非常強烈。餘話按下不表——

關子有一個朋友，兩人每天早上都從官舍一起去學校。她叫佐伯英子，是縣督學的女兒。

關子先前傍晚撞見在跳格子遊戲欺侮小章的土霸王，正是英子的弟弟。英子既然是那土霸王的姊姊，當然也經常在女學校擺出囂張跋扈的態度，動不動就拿她父親是縣督學一事炫耀，「××老師在學校那麼盛氣淩人，月薪只有××日幣喲，新年還來我家拜年，對我爸爸猛獻殷勤呢。」她總是這般亂嚼舌根，得意忘形，為人膚淺得緊。

對於每天早上約關子一起去學校，英子內心好不得意，彷彿全校的大明星是本小姐囊中物的德性，如影隨形纏著關子不肯離開。午休時間也拉著關子到處跑，當自己是校內導覽人員大搖大擺地大發議論，她先細數每位老師的名字，接著從父親私下跟她透露對方月薪多少、有誰過年到她家拜年，乃至於每個人的綽號等等說長道短，聽得關子秀眉緊鎖，惟當事人一無所覺。

然後是班上誰和誰的八卦消息或惡意誹謗，總之一句話就她最棒、最對、最偉大、最聰明，其他學生全都不正直、不上進、愚不可及、無可救藥之類的導覽解說——關子早已聽膩——英子卻渾然不覺，黏著關子片刻不離，哎呀呀呀。

這天午休，英子又一個人叨叨絮絮，跟著關子在操場走來走去。

全校仰慕關子的人如恆河沙數，但畢竟有個英子在旁高度戒備，孜孜不懈，是以只能遠遠地欣賞——無人敢越雷池一步。英子自是求之不得，一臉甜美關子全天下唯她獨享的表情，大步流星地走在操場上。

她不停東拉西扯，關子則如東風吹馬耳，聽而不聞，不勝其煩。

如此這般，正當詭譎兩人組在操場徘徊，校舍後方的草地深處，一個太陽照不到的地方，只見一名學生低著頭安靜寂寞地坐在樹木砍伐後殘餘的樹根上，一邊翻閱某科筆記似的厚厚筆記本，一邊背誦。

褪到接近朽葉色的蝦茶色行燈袴儘管陳舊，褶痕卻燙得筆直，磨損嚴重的舊鞋也擦拭得很乾淨，紫色銘仙和服歷經無數次洗滌，肩膀打折處還是很平整。色調淺淺淡淡，卻是風姿凜然，儘管有稜有角，跟其人性格倒也相稱，和諧清新，獨特鮮明的個性讓人看著舒心。

關子和英子兩人此時不經意走過這名學生前方。

聽見兩人的腳步聲，以及英子呱噪的說話聲，樹根上的少女氣惱難得獨享的這片寧靜被人打破，那漆黑、銳利又強大，同時深處隱約蕩漾著蕭瑟哀愁的雙眸霍然從筆直粗眉下方抬起。

同一時間，關子也發現了避開操場喧囂獨自靜靜坐在校舍後方樹根上讀書的奇異人物，正將美眸停在那名學生身上的時候——因為樹根上的少女猛然抬頭，兩張位於兩個極端，直線與曲線的臉孔就這麼對上了。

「咦？」

關子情不自禁輕呼。這也不能怪她，因為樹根上的少女正是先前在官舍後巷水龍頭旁邊，出聲安慰因為跳格子遊戲遭欺侮的小章他姊姊！

樹根上的少女瞥了關子一眼，又安靜寂寞地將視線轉回膝蓋上的筆記。

英子對一切無知無覺，匆匆拉著關子離開。她天生缺乏覺察人類瞬間行為的敏銳感知力，是以安然如故。

兩人離開一段距離之後，關子向英子問道：

「剛才，那邊坐在樹根上的同學——那位同學，也是住在官舍嗎？」

「嗯啊，那個人，那個罐頭同學，那個人，對呀，她爸爸是縣廳土木課的書記，一個步履蹣跚的芝麻官老頭，可憐喲。而且聽說她沒有媽媽，有夠悲慘欸，再加上她有個弟弟小章，疾病纏身、發育不良，也沒辦法上學。妳看她，連下課時間都正經八百地啃筆記念書吧？下課時間復習功課根本是違反規定嘛，所以我給她起了個罐頭同學的綽號。因為呀，她以為把所有東西都像裝罐頭一樣塞進腦袋瓜裡就好。」

英子以她自成一派的說話方式連珠砲般地講述他人八卦，樂在其中。

關子聞言，總算了解那對姊弟的身世，對他們深感同情。

「那位同學叫什麼呢？」

關子再問。

「那個罐頭同學叫橫山。」

英子回答。

「哦，橫山，這是姓氏吧。名字呢？」

關子繼續追問。

「名字？名字叫潮呢，相當另類奇葩的名字吧？一點都不像女生。」

英子笑道。

「哎呀，潮！潮！橫山潮……多麼響亮的名字啊，很適合她！」

最後這句話關子只在內心喁喁——

耀眼的全校大明星，所有人心馳神往的一朵美麗鮮花——寶木關子心房那泓寧靜湖面，從那天那刻起，就映照著一張令她魂牽夢縈的面容，你道那幸福的女孩是誰？正是橫山潮其人。

橫山潮是逆來順受的女孩。

逆來順受——乃是一種孤獨無聲的磨難。

潮生於信濃國。一家離開高原故鄉多年，其間父親歷經多次官場挫敗，終成一介貧窮芝麻官，母親則留下孱弱的弟弟撒手塵寰。

日漸老邁的父親，體弱多病的弟弟，照料一家人的重責大任不幸落在潮的肩上。

命運不允許潮像世上所有少女那般懷春起舞，縱情歌唱。

她被迫像修道院的年輕修女那般無視青春，悄悄冥冥舉著一盞燈前進。

那盞燈是什麼？

為了生存——為了讓父親、弟弟和自己活下去，潮必須培養自身實力。

潮希望讓父親安享晚年，她想要照料生病的弟弟，讓他享受人間溫暖陽光。

潮在家中姊代母職，在學校則是認真讀書的好學生，成績名列前茅，她打算畢業後報考高等師範學校。

想當然她必須孜孜不倦地學習。

潮也因此不知不覺變成一個孤僻寂寞的悲傷女孩。

奇妙的是，孤獨這東西一旦習慣，便成為當事人最悠然自在的世界，潮也是如此。

這樣的潮格外令關子思慕傾倒。

偶爾在官舍路邊巧遇對方，潮也總是

低著頭，有如見到不該看的人，對關子行禮後落荒而逃。傍晚有時看見潮牽著弟弟的柔弱小手在官舍附近散步，關子便心中暗喜。

這天兩人偶然一起當值日生。放學後的掃除分組因為缺人遞補而成員大亂，關子被派到潮那組。

關子很是高興。

她發現潮一個人提著水桶走向打水場，立刻追上前。關子看著在水龍頭前面將水桶裝滿自來水的潮，想起初次見到對方的情景，內心不勝感慨。

「很重吧，我來幫妳。」

關子提起水桶把手一端柔聲說，潮突然臉紅如火，不知所措——但很快恢復平靜。

「不，這點重量對我算不了什麼。」

聲音冷淡，倒似對關子援手感到不耐。關子也不禁有些下不了台。

「是嗎，失禮了……」

她傷心尷尬地將手從水桶拿開。

另一天下午，驟然下起一場大雨。早上天氣晴朗，所以誰也沒帶傘，而且時值初夏，連帶陽傘到學校的人都很少。因此，許多同學都託家人送傘，其中也有人向交情好的住宿生借雨傘。潮當然不可能有願意出借雨傘的好友，話雖如此，家裡又只有一個生病的弟弟，誰能為她送傘到學校呢——

她走到出入口一看，外面暴雨傾盆，甚至刮著大風。

有些同學待在室內打乒乓球等雨勢變

小，但潮沒有這種餘裕，她得趕快回家整理家務、照料獨自看家的弟弟、準備晚餐、復習功課、縫補父親的和服——眼前的工作多到滿出少女纖纖雙手，就算天空下的是一枝枝長槍，她也必須回家——潮的濃眉毅然一揚。

連一把陽傘也沒有的潮泰然舉步。一旦決定要淋雨回家——她就堅定不移。

「橫山同學、橫山同學。」

關子高聲呼喚，一邊迅速舉起女傭送來的一字型銀把手的黑絲綢傘，小跑步到潮身邊站定。

淋成落湯雞的潮站在驟雨中，漆黑深邃的眸子朝關子瞥來。

「這把傘很大，妳進來吧，我們一起走回官舍。」

既然回程與目的地方向相同，關子的建議合理至極。

「喏，快過來吧。」

就連女傭都以為對方是大小姐的好朋友而出聲呼喚——潮卻依舊神色漠然，微低著頭——

「是，謝謝妳，不過我在趕時間，失陪了。」

她冷冷丟下這麼一句後，匆匆邁開步子，一溜煙地消失了。

「唉——也不必這樣吧……」

心上人如此冷漠的態度讓關子心如刀割，淚水盈眶。

「這位小姐可真是脾氣倔強得緊。」女傭則對潮不畏雨勢的勇氣一臉不可置信。

住在同一官舍的兩人——關子和潮早晚經常巧遇。

有時是上學途中，有時是回家路上，也有時是臨時外出在門口路邊……可是含蓄內向的關子不知該如何主動跟潮開口說話。

八月十日是關子的生日。

家中一如往常要為關子大宴賓客，招待學校好友。至於同樣住在官舍的學生，不論哪個年級都一律邀請，潮不用說也在受邀名單上。

學校正值暑假，是以客人不多，關子也特地從避暑勝地鎌倉趕回來準備。

——潮會來嗎？

這是折磨關子柔軟心房的問題。

生日前兩三天一回家，關子立刻在母親和女傭們的幫忙下，忙著籌備生日會當天的遊戲和美食。

「大小姐，您把『羅漢大人[1]』也加進大家玩的餘興節目吧，一定會很熱鬧有趣。」

一名女傭這般建議。

「說得也是，那是挺好玩的。」

關子差點就要答應，卻突然想到了潮。倘使希望沉靜矜持的潮來作客，這類遊戲不知多麼令她困擾——如此一想，儘管它能為當天增添歡樂氣氛，關子也不願加進活動流程裡了。

生日會的一切就在這般細膩入微的考量下展開。對關子而言，其他眾多賓客都不重要，這是一場專為潮精心策劃的盛宴。

關子固然如此，她母親和家裡的人卻不是這樣。潮區區一個芝麻官之女，無足輕重，他們更期待家世顯赫的千金小姐們大駕光臨。

生日會明天即將登場，如今萬事就緒，只剩通知賓客了。

女傭前往官舍客戶一一發送請柬。

走訪各戶的女傭汗流浹背地回到家，關子就迫不及待地問：

「那個，橫山同學明天會來嗎？」

這件事對關子來說比什麼都重要。

「呃，橫山小姐？」

女傭看來幾乎想不起這號人物。

「是的，就是住在後巷那排官舍的橫山同學，她有回覆說明天要來嗎？」

心急如焚的關子又問了一遍。

「啊啊，那位橫山小姐府上嗎？嗯，沒記錯的話，那戶人家的父親近期要卸任回鄉，實在無法出席，回說很抱歉不克前來。是了，那位小姐就是之前突然下雨那天，大小姐特地請她共撐一把傘，她卻堅持淋雨走回家的那個人吧？」

女傭至今兀自惱惱潮的古怪行為，對關子如此說道。

……關子的失望言語難以形容。啊啊，她是那般、那般充滿期待，深信潮會來家裡作客一天，可以熱情款待她，其樂融融地玩遊戲。關子為此歡喜雀躍，卯足全勁精心籌劃，眼下聽見女傭說潮不能來，關子欲哭無淚。

「哦，橫山同學府上，要回鄉去了，哦……」

關子就像意外得知一樁悲慘事件，連臉色都變了。

這麼說來，仔細一想，她是為了什麼，每天請母親和女傭大費周章，準備比往年更加盛大的生日會呢？一切都是為了邀潮作客，讓生活貧寠的少女至少有一天能在關子家接受殷勤款待——同時希望借此機緣，兩人可以發展出美好友誼，就連殷殷冀望的一縷縹緲希望亦被無情摧毀，南柯一夢，關子心若死灰，無限淒涼。

她甚至失去了迎接明天生日的勇氣。

關子走進為明天宴會精心布置的洋樓一室，悄然無息的圓桌周圍擺滿椅子，她只盼能在其中一張椅子上發現意中人的面容——事到如今，關子泫然欲泣。

暮色漸近，關子的黶翳雙眸無意瞥見窗畔一架瘖默的栗色風琴，愁腸百結的她忽地走近風琴，掀開琴蓋，將纖纖玉指放在純白鍵盤上。

隨指尖舞動奏出的歌曲淒清靜謐，悠悠蕩蕩，自窗戶流瀉室外……驀然間，窗下似若有人躡足接近——關子心生疑惑，猛地起身拉開窗簾。

……倉皇退開的人影浮現在窗簾推到一側的窗邊。

「啊……」

關子心跳加快，幾欲暈厥。

哦喲，你道窗口浮現的身影是誰——正是橫山潮本人。

一聽見窗簾拉開的聲音，潮就迅速閃身離開先前佇立的窗邊，只能隱約瞧見背影……關子內心狂跳，默然目送，而那美好身影早已消失門外。

被人追逐般縮肩離去的身影楚楚可憐……

「橫山同學——潮同學——請留步。」

關子想要呼喚對方，卻擠不出聲音來。再也看不見她之後，關子禁不住——

「潮同學、潮同學。」不斷呼喚心上人的名字，痴痴俯視窗下伊人先前倚立處……耐人尋味的是，不知從何方飄落，但見一朵金色花瓣圍繞的向日葵……別有深意地放在窗台上。

關子拾起花朵，定睛諦視——眼眶泛淚。

她將鮮花插在房間中央桌上的花瓶中。

受邀參加關子生日會的賓客就只是漫不經心地看著插在室內花瓶裡的向日葵，沒有人對壽星意帳然若失的寞然神情感到奇怪。

第二天早上。

關子獨自走在後巷官舍——在潮住處附近徘徊，潮家裡的遮雨板緊閉，恐怕已成了無主空屋。

孤苦伶仃的一家人既已返回故鄉信濃。

而在空屋院子裡的簡陋籬笆附近，關子發現豔陽下無畏綻放，卻又有些孤寂的向日葵。

向日葵啊，向日葵，果然如此，果然如此，話說正是不久前——那日傍晚時分，悄悄擱在風琴聲流瀉的窗台上，那一朵花兒，別有深意，正是這間開滿向日葵的屋主所贈——潮自己也傾慕著溫柔的關子，卻難以啟齒，只好將情意深藏於心，故作鎮靜，那些個往日點滴——如今夢醒了，當潮準備離開這充滿回憶之地，悄悄將自家院子綻放的一朵花兒擱在風琴主人的窗台，難不成……難不成是暗中向對方道再見？

關子茫然站在向日葵盛開的籬笆旁——驀然走近伊人家門，向日葵已然盛開，既未登門，亦不離去，獨自踟躕，難捨難離，那扇門啊，籬笆啊，空屋啊！昨日人猶在，今日卻已遠去不復回……

關子胸口一緊，淚水哽咽。

**有時宛如金色向日葵**
**有時卻似月見草啊**

這首詩莫不是獻給潮的呢？

儘管女孩外表勇敢堅強，內心卻是善良溫柔，為他人著想的不幸性格啊！

向日葵啊，向日葵，妳太過強勢，令少女們蹙眉不願親近。那頂著烈日綻放的堅韌花瓣，彷若在向世人宣示千山萬水我獨行，然而，有一位甜美少女深知花瓣背後那不為人知、溫柔脆弱的淚水，其名寶木關子是也——據悉此人從此嗜愛向日葵成痴。

1 譯註：源自酒席間的模仿遊戲。遊戲者圍成一圈，每人任選一個動作，例如拉耳朵、摸肩膀等等。遊戲者隨歌聲模仿右側者的動作，歌聲不斷加快，各種羅漢動作也持續向左推進。

# 龍膽花

## 第一部

「妳是說——《同窗評判記》嗎？喝，有夠老派，那已經是距今一個世紀以前的破爛女學校教室裡流行的老玩意兒啦！」

「那麼，《月旦》？」

「這感覺也有點生硬彆扭。」

「好，《人物評論》！」

「點子一波又一波，越來越妙想天開了。」

「那……果然還是評判記最適合。」

「只能這樣了。」

「好，那要開始囉，可好？」

「好呵，洗耳恭聽！」

「第一個上場接受公評的，是神長悅子同學。」

「哎呀，真慘……」

「好了，好了，快念出來！」

輪到朗讀的人不是在教室中央，而是背對教室正前方的黑板——站在極其神聖不可侵犯的講台上，「這可真令人驚訝啊！」甚至一本正經地「嘿欸」咳了一聲。

這一幕發生在╳╳╳學院（是一所女學校喲）五年級B班，第二學期某個星期二午餐吃完便當之後二十分鐘的午休時間。至於意外引發問題的《同窗評判記》，據說是從神田的文具店買來的卡片式活頁筆記本，黑皮封面，尺寸跟雜誌差不多。文字當然是用筆寫，不過，每一篇（每位同學的評判記）字體都不同，換言之評判記的作者也相異。

「請快點念吧。」「讓人等不及了。」眾人催促下——台上同學終於開始朗讀。

神長悅子主君。（『真是老掉牙，還什麼主君呢！』台下竊竊私語）這位主君的綽號是仙台大人，有時簡稱為「武瘧」，又或「銀鈴」。究其原因，在西方之都——京都的某本願寺裡，有一位非常綺麗優雅高貴的女子，名叫八條武子。夫君在遙遠異國，分隔兩地近十載，縱令朱淚漣漣，難忍離愁，武子夫人仍以纖纖弱質堅守聖潔佛道，故而男女老幼無不視其為觀音菩薩化身，合掌敬拜。於是乎，報章雜誌競相在扉頁刊登其彩照，迎合讀者喜好。此外，武子夫人旖旎美妙哀豔、悠然直抵人心的和歌成為大眾生活的調劑品，首部和歌集《銀鈴》一經出版，即聲名遠播，洛陽紙貴，傳聞某家造紙公司的股票一夕飆漲，分紅高達百分之一百零五。總之，其時吾愛神長悅子主君對八條武子夫人的思慕崇拜幾近「痴狂」，渾如染上台灣山地的駭人瘧疾，一頭熱地栽進其中，學業荒廢，心神喪失，每當夕陽在遙遠西方染上淡淡霞光，她便獨自傷嗟，哇——發出萬般無奈的聲音，與夫人的和歌共鳴，讚嘆流淚泣不成聲，一片痴心我見猶憐，聞者無不潸然淚下。

此時鐘聲響起——

「今天的《同窗評判記》朗讀會到此結束。」

一臉自居幹事的同學向眾人宣告後，這天活動便劃下句點。接著每天午餐後的二十分鐘，就是評判記的朗讀和評比遊戲，熱鬧歸熱鬧，倒也沒嚷刮到被老師逮到。頭一個是神長同學，接下來再接下來的A同學、B同學、C同學也都是各種類型的發熱疾病（慢性持續性的？）患者。為了對抗武子夫人發熱症，出現諸如「不知火烈焰女王紅蓮病」，又或者「大阪寶塚之╳╳╳」等等，每篇都令人嘖嘖稱奇。內容亦如神長同學那篇範例，全是大同小異、浮誇肉麻的文體，毫無深度可言。

每天持續聆聽這種文章，任誰都會覺得不舒服吧。不知何時，評判記的空白頁面出現以下文字：

**今後嚴禁輕佻浮誇不堪入目的評判記，倘使有人違法提筆，將於鈴之森刑場處決。**

**江戶南町奉行　大岡越前守**

豈有此理！

「喝，是誰寫這種惡作劇的文章！」

眾幹事群情激憤，卻也沒轍。第二天，又有人不知何時寫了以下文字：

在班上朗讀評判記，有將現代人心赤化成俄羅斯激進派之虞，禁止公開朗讀，特此公告。（丸之內警視廳）

「哼，擺弄新聞知識。」

同學遭受此等奚落仍對警告文置之不理，大聲朗讀評判記。

再隔天，不知誰又偷偷寫了以下文字——

再不中止評判記，我將向教職員辦公室匿名舉報。（尾行刑事）

套句中國成語，這簡直就是「晴天霹靂」！哎呀，大家想必嚇得渾身哆嗦吧。說起教職員辦公室，座落在東北方，據悉正好是鬼門關的方向……

事已至此，原先氣勢如虹的評判記亦如被撲滅的火苗，就此消聲匿跡——話雖如此，班上幾位大師級作家，非常、非常想讓黑皮筆記本再次華麗復活……聽說為此幾乎快精神衰弱了！爾後秋去冬來，轉眼五年級的同學們即將畢業。期間也發生了許多奇異事件，例如八條武子夫人的夫君從外國歸來之際，據說神長同學不知怎地樣子有些奇怪，又有一說這是假消息，這些個都變成了擾人的流言蜚語，此處按下不表——倒是那本黑皮筆記本，竟在畢業前夕意外復活。

## 第二部

倘若繼續置之不理，黑皮筆記本或許就這樣枯萎凋零，豈料幸運突然降臨，讓它有重現人間之日。

事情始末是這樣的——

「各位同學，我們就算離開學校，也一定要寫信，可是班上同學這麼多是吧？要寫給所有人是很困難的事情嘛。如果是特製的S同志[1]當然就能天天寫信、箭書傳情，但那畢竟是少數族群，不是普遍情況。所以說，我們就這麼辦吧。全班製作一個傳閱筆記本，一個人一個人寄下去，所有同學都有義務寫些東西，報告各自近況——」

這種手法很常見，因此全班無異議通過——大家開始討論細節，包括負責繪製封面的人選，以及按書寫順序來裝訂信箋的方式等等，誰知忽然有人想起那本引起軒然大波的黑色筆記本《同窗評判記》。

如此這般，黑皮筆記本的復活時刻終於來臨。

筆記本的傳閱順序按五十音決定。如果有三個人的第一個音節相同，就按身高決定順序。結果井上同學成為傳閱書信的首位執筆者。

這位井上同學——在同班同學眼裡，委實是平庸到令人驚異的人物。她既不做善事，亦不做壞事，沒有擅長的學科，也沒有不擅長的學科，反正就是個人類。她不會讓任何人動心，甚至不會有人察覺其存在，懷疑從入學到畢業有在哪裡見過這麼一個人嗎？一個不起眼的人，一個不被注意到的人，既然頭一個撰寫筆記本的是這種人，第一頁想必是以平凡的公文書信體寫下兩三行無聊句子，接在井上同學後面的某同學輕蔑遞過將筆記本，下令道：

「井上同學，妳快點寫，寫完馬上傳給下一位呵。」

這位某同學是個超級調皮鬼，許多同學私心希望趕快拜讀她的驚世巨作。

同學們依依不捨離開校門，各自踏上不同命運。少女歲月那些空幻的煩惱喜悅和歡笑淚水交織間，唯獨時間飛快流逝。與此同時，那本眾人約定的黑皮筆記本在少女手中傳遞。

此時發生了一件奇蹟。說奇蹟或許太浮誇——總之是讓所有人深思的意外。

全班都忍不住驚呼連連，嘖嘖讚嘆。那就是寫在傳閱筆記本第一頁的〈龍膽花〉一文。

寫下第一頁內容的人，照理就是五十音順序最前面的井上同學其人。

那個平凡不起眼的人，字裡行間真實還原悄悄深藏心底的自我，眾人為之譁然。

閒話休題，立刻向各位介紹那篇文章。筆記本第一頁是這麼寫的：

——害羞怕生又怕事的卑鄙膽小鬼——這就是我過去的寫照，不，從今以後的未來恐怕也將維持相同形態，直到躺進永恆的純白墳墓中為止吧，我對自己這種性格沒有一絲怨懟。然而，存在感低微如我者，仍在昔日校園生活中覓得世人永遠傳唱的少女歲月深刻幻影，那的的確確是我在暗中尋獲之物。

我以為我早就明白自己的價值，我本身沒有獨特之處，亦無任何天賦才能——注定不該擁有璀璨耀眼的人生，注定是凡夫俗子，想當個悲嘆人生乖舛的黶翳詩人亦不可得矣——因此，我早有自知之明，嚴格控制內心世界發生的現象與狀態。

我腦袋不甚靈光，不認為自己有能力闡述拐彎抹角的邏輯——索性放棄吧。不過，只要我爾後小心避免出席同學會，相信就不會再跟諸位碰面，因此大可放心道出內心珍藏的祕密。

我，是多麼喜歡班上的T大人啊。想到我們看不見彼此的表情，這才貿然拋出這麼孟浪輕狂的話語（平凡生涯中唯一一次的越軌行為），還請諸位不要見怪。

我對T大人的一切都喜歡得無以復加，但T大人是班上的大明星，至於我，如諸位所知是蜷縮在教室角落，連影子都很模糊的存在。怎麼想都地位懸殊，直如要在雲上搭橋，抑或春日霧靄欲與秋日千鳥相見般困難——儼如搆不著的高嶺之花，又似村童揮舞竹竿捕捉星星——別說是靠近T大人，連一句話也沒跟她說過。

這不僅限於我，對所有同學都是如此——即使在走廊上巧遇T大人，也是小鹿亂撞無法直視對方——還會刻意繞道避開，話雖如此，她只不過請一天假，我又會感到一股強烈的空虛……偶然加入兩三位同學的談話，如果話題出現她的名字，我就胸口莫名一熱，如坐針氈，被追趕似的逃離現場。

沒有意外的話，一直到畢業大家各奔前程，我都不可能跟她說上一句話——可是，一切就是那麼突然——就在秋季最後的畢業旅行，作為女學校時代的紀念，同時作為畢業告別之旅，我們去日光中禪寺湖畔尋訪美麗的楓葉——我在那美麗的湖畔旅館獲得一個意想不到的機會——諸位還記得吧，那一夜的皎皎月光！人人將上山途中撿拾的一兩片楓葉製成壓花留念、個個為了寄風景明信片給東京而振筆疾書，我們忘卻登山疲憊沉浸在難忘旅行的那一夜，一切都要怪那個夜晚——直教人繾綣難捨的美好秋日湖畔旅館之夜——「大家別吵了，趕快休息。」老師再三呼籲下，大夥終於安靜入睡。因為房客很多，我們不得不兩人共睡一張床。「老師，睡覺的順序可以跟座位不同嗎？」某個同學怪聲怪氣卻又正經八百地問完，全班笑彎了腰——哎呀呀，多半也有同學暗中羞紅了臉！

啊啊，然後事情就是這麼巧——班上無足輕重的我低調躺好後，我的意中人跟班上的人氣高才生Ｋ大人一起鑽進隔壁被窩，她躺在右側，而我在隔壁被窩的左側，恰恰變成我們兩人並躺。我從未有過跟Ｔ大人在湖畔並躺一晚的放肆願望——這偶然的幸福甚至令我恐懼——因為我心如鹿撞難以入睡，就算緊閉雙眼亦徒勞無功——伊人身影近在眼前，如夢似幻——埋在柔軟蓬鬆的天鵝絨棉襖領子裡的雪白玉頸啊、枕畔流瀉的黑髮啊、隱約傳來的伊人溫柔氣息，一切難以言喻……正當我千頭萬緒、難以入睡的時候，Ｔ大人冷不防悄悄鑽出被窩。

## 第三部

我在那一瞬間怔住，茫然不解——她可是跟我一樣輾轉不能眠？我正自狐疑滿腹之際，Ｔ大人小心翼翼地拉開和室大廳的格子拉門，輕盈躍到外面走廊。

傳說的夢遊症——難不成Ｔ大人得

了這種病？然而——我不知怎地就只是非常、非常地擔心對方——莫非是那身影太過美麗，湖水主人想用魔法把她誘到水面？我裝腔作勢地替她罩上一層古怪傳說的神祕面紗，方寸大亂，憂心忡忡——T大人安靜優雅的腳步聲逐漸朝走廊另一邊遠去。那時，我內心彷彿受到某種理所當然、責無旁貸的義務驅使，便也跟著T大人悄悄溜下床，總覺得現在不暗中保護T大人的話，她就會香消玉殞。我並未多加思索，就只是有這種感覺而已。我認出走廊前方T大人的背影，朝她追去。我一路尾隨，緊跟在後，T大人下了樓梯，停在走廊盡頭的盥洗室。

兒時聽祖母說夜裡盯著鏡面，就會看見惡魔的影子，膽小的我就再無勇氣在晚上凝視鏡子，但我在夜半冷森森發亮的鏡面清楚瞧見T大人的身影，而我鬼鬼祟祟的模樣也出現在鏡裡T大人的肩膀後方。

「啊，I同學……」

T大人在鏡中意外發現我，略顯吃驚，接著親切地（我是這麼覺得）呼喚我的名字。

「嗯。」我應了一聲後，杵在原地不動，八成是兩腿發軟了。

「——我一個人踉踉蹌蹌走過這麼長的走廊，真的好寂寞——不過看到妳也在，我就安心多了……」

T大人言畢，嬌媚暢笑。我總算鬆了一口氣，因為得知自己一路慢騰騰跟著她絕非白忙一場——我為什麼這樣一路徐徐尾隨在後——我越是思索，思慕之情越是強烈，胸口為之一熱。

「我，呃……蛀牙很疼，實在難受得緊，想說來這裡用冷水漱漱口……」

T大人如此說道——我此時終於明白她半夜獨自來此的原因。如果T大人在這種情況下保持緘默——沒有跟我講話，我多半就假裝喝個冷水，逕自回去了吧，畢竟我也不是會主動寒喧的那種人，沒想到T大人對我開了金口，連牙痛的事都說了——我聞言，只想著如何替她減輕一些牙痛。驀地想起紅褐色粉末狀頭痛藥「寶丹」塞進蛀牙洞裡可以暫時緩解牙痛，於是又躡手躡腳地上樓回房，在黑暗中從自己的手提袋裡摸出一包藥，再拿回樓下的盥洗室。T大人正在漱口，我看著她強忍疼痛，捂頰凝立的倩影。

「那個，妳把這藥含著，應該就能大大舒緩疼痛。」

我說完，為了首度跟她獨自交談的特權欣喜若狂，遞出藥包的手也撲簌簌抖個不住。

「哇，妳特地去拿給我嗎？謝謝。」

T大人眼裡滿是感激，今夜初次向我展露嘉許親近之意（在我看來是如此）。

「謝謝，我就收下了。」

T大人語畢接過我掌心的藥包，接著含在口中，燦然媚笑。

「哇，好舒爽，真的不痛了！」

我看見意中人眼裡那分對自己的感激與喜悅，內心高興萬分。甚而興起一個自私的念頭，覺得縱是現在發生大地震，這湖畔所有人都被活埋，我也了無遺憾。而今回首，倘若那晚真的發生了大地震，慘劇成真，我現在也不必拉拉雜雜地寫麼一堆了……

「疼痛減輕很多了，我們回房間吧。」

T大人過了片刻如是說。我先前猶如女王身邊陪侍的使女垂手呆立，這時又依T大人的吩咐，亦步亦趨地跟著她上樓。

走過和室前面闃寂無聲的長廊——隔著外側的格子玻璃拉門，但見湖面、山脈、銀色月光劃出層層漣漪——那晚月色皓白美麗，反而埋下日後追憶的恚憤種子——

「噯，月色真美——」

心上人這般低吟，倏然貼近走廊欄杆——那秀麗側臉以及月夜光影交織下的少女立像——我陶醉其中，淚流滿面。這才明白，正如悲從中來時會流淚，人類被極度美麗的事物感動時，亦會熱淚盈眶。

看得再久、待得再久都意猶未足，但T大人一舉步離開欄杆，我也跟著前進，兩人並肩在走廊地板落下影子，一同返回和室大廳。我們一左一右鑽進被窩前，我將從盥洗室步步小心攜回的東西遞給她。那是T大人為了冰鎮牙痛發熱的臉頰，浸在臉盆裡的毛巾。或許是我的藥物舒緩了牙痛，她便忘了毛巾。我忠心耿耿地擰乾毛巾，疊好拿在手中，悄悄跟著她回來。

「那個——毛巾……」

我小聲低語，將毛巾輕輕遞到T大人在夜裡亦依稀可見的白皙纖手上。「哎呀。」T大人看見我手裡那條自己遺忘的毛巾，這才總算想起似的嗤嗤竊笑，接過毛巾瞬間猛力握了握我的手——

隔天早上，眾人一醒來，就你推我擠地起床，洗臉、梳頭、打扮穿衣，嘰嘰喳喳亂成一片。我回想昨晚情景，從盥洗室走回和室大廳，剛要從不透光拉門背後進入室內，房裡傳來一陣笑鬧，那是T大人的聲音。明豔照人的班級女王四周一如往常圍著數名崇拜者，迥異於昨晚獨自忍受牙痛、在走廊低頭施施而行的T大人，此刻顯得妖嬈嫵媚，意氣風發。

「T同學，妳昨晚熄燈後好像又到外面去了？」

「嗯啊，有點事——」

這是T大人的答覆。

「而且後來又有人進進出出的，吵得人睡不著，煩死了。」

啊，那是我！我在不透光拉門外，正準備抬起的腿又定在原地。

「哦呵，應該是I同學吧。她沒事卻挨挨蹭蹭地跟在我屁股後面。」

這是T大人，確實是她的聲音，我全身血液在這一瞬間倒流。

「哈哈哈哈，嘿，真像不良少女，明明是個泛泛之輩，真是人不可貌相欸，所以，T同學妳很困擾吧？」

「嗯啊，無奈之下，我只好隨便說了句『月色真美』之類的客套話。」

這是T大人的回答。

「哈哈哈哈哈，然後她就感激涕零了是吧？哈、哈哈哈哈哈。」

眾人哄堂大笑——

我如欲咬破嘴唇般緊抿雙唇。啊啊，此等屈辱，慘遭羞辱、淪為笑柄的我——

匹夫不可奪其志，終有一日，誓報此仇——我庸碌的心臟唯獨此鮮血翻湧，頭腦因憤怒與恐懼而混亂——無地自處，羞愧至極。

既然今日在人前這般嘲笑於我，那又為何？為何昨夜不直接鄙夷我呢？玩弄利用我的感情，把我當成笑柄——T大人，妳是隱藏在美麗面具下的惡魔。我將詛咒妳一輩子！我在內心大聲嘶吼。

離開湖畔，下山途中，我在一片歡聲笑語裡就像格格不入的黑色汙點，垂頭喪氣、滿腔悲憤羞愧。佝僂蹣跚的我，在吵嚷人群中痛苦不堪，決定離開友人隊伍，沿著陡峭狹窄的古道而行。就在這個時候，只見狹窄古道旁被人們踩踏蹂躪的草叢裡有一簇淡紫色的小花——在地面低垂綻放的可憐小花，即便被人發現，也只有慘遭無情踐踏的命運——然而，花朵卻嫣然綻放，彷彿由衷感謝能為秋日深山小路增添嬌美色彩的這份幸運——當我的視線對上花朵，心中的悲憤羞愧剎時奇蹟似的煙消雲散——我將那花朵的命運比作此刻自身內心創傷，獲得無限安慰。縱是一株小草、一枝野花，其中亦蘊含神的深奧啟示——西洋詩人說的這句話便是我當時的真實感受。

愛人卻遭辜負者、付出一切卻得不到回報者、全心奉獻卻被視如草芥者，以及傾心相許卻遭冷嘲熱諷者，這些悲慘人兒哪，看看可憐土生花朵的啟示吧！慘遭人類踐踏、踢踹，它仍靜靜綻放——當我想到這裡，淚水便奪眶而出。這絕非先前的悲憤淚水，而是獲得一絲心靈救贖的感謝之淚。啊啊，我見識到滿足於無私之愛，並溫柔微笑的堅忍知足之美。我在那天早上初次抬首望天，當時天空美得出奇！晴空萬里的鈷藍色，充盈無限大愛的蒼穹廣闊如斯——我或許是透過那群野花，找到了自身心靈的道路，因而與神又更近了一步吧？我懷抱全新的勇氣和心靈信仰，穿過古道再度返回友人隊伍。

——我寫下這段微不足道，對於一個小人物卻是人生轉捩點的回憶。這絕對不是為了報仇，再怎麼說都不是。我想要感謝賜予我此等寶貴心靈體驗的T大人，以及班上所有同學。至於將終生難忘的痛心事件化為美好，賦予我一生幸福的堅定信仰——那秋日深山裡的淡紫色花朵，它就像奉上帝旨意綻放的天使，拯救了凡間一名可憐無助的少女。我決定好好收藏那花朵的心意，邁向今後長遠人生。

如果有人認為我長篇大論寫出這件事情厚顏無恥，那我就言盡於此了。

◇◇◇◇◇◇◇◇◇◇◇◇◇◇◇◇◇◇◇◇◇◇◇◇◇◇◇◇◇◇◇◇◇◇◇◇◇◇

——通篇文章一字一句密密麻麻地仔細寫在傳閱筆記本的開頭。儘管沒有寫出姓名，當事人顯然就是井上同學，猶如石頭在教室角落悶不吭聲的平凡小人物。

1 譯註：「S」取自英文「Sister」的暗語，係指大正時代至昭和初期流行於女學生間，少女與少女「朋友以上，戀人未滿」的特殊感情或關係。

# 瑞香

## 一、苦難之家

地表眾多人類中，有一個彷彿特別被揀選的受難者家庭。

那就是橫山姊妹一家。

姊姊叫君惠，妹妹名幸子。家族早年在德川幕府時期殷實富足，是手握重權的某將軍直屬家臣後代。且不說其間歷經何種不幸，以至家族跌落社會底層，總之肯定牽扯上種種令人憐恤的悽慘命運。到了兩姊妹父親這一代，橫山一家捲入貧窮漩渦時，母親便似慘遭濁流吞沒般，悒悒而終。

失去母親的兩姊妹與父親，單憑此點便足以在人間不幸排行榜名列前茅，再加上他們如前述一貧如洗——

為了維持一家生計，父親必須出外謀職。他為了糊口，再怎麼辛苦困難的工作都得做——因為這個社會並未寬容到願意施捨兩姊妹的父親一個好工作。

於是乎，她們的父親最後淪為鋪路工人，其父便是這般潦倒不幸的人物。話雖如此，鋪路工人又有哪裡低下呢？他是為了養活兩名愛女，自己選擇在街道泥土中揮汗勞動！

這樣一家人當然不可能住在有宏偉大門的獨門宅院，他們擠在郊區小巷裡狹小骯髒的一間長屋。即使如此，對於這家人的收入來說，支付這點房租仍是捉襟見肘。

不過，十六歲的君惠也勉強讀完高等小學校，十三歲的妹妹幸子明年春天即將完成尋常小學校六年的學業。

「我不管吃多少苦，也要讓阿幸讀女學校。」

這是姊姊君惠的誠摯心願。

自己是百般無奈放棄一切——然而，唯獨希望妹妹的歡樂少女歲月能夠過得幸福一些——

君惠小學校一畢業，就到遞信省儲蓄管理局上班。粉領族的溫柔勇敢好氣度，在年輕女孩身上更顯高貴凜然，她便是那群人之一。稱不上美麗，但少女無需妝點便散發一股人間春日好風情，討人喜歡。秉性與才智四平八穩，既不至於不及格，卻也算不得優秀。溫和柔順的性格，無疑是此人此生最珍貴的寶物。

妹妹幸子生來與姊姊大相逕庭。首先是那瑩麗粉靨：烏絲柔順，秀眉淡雅，眸如黑水晶，鼻梁高挺，唇似花蕾，以及那臉頰、那玉頸——若要一一加以描述，足以編寫一本美文辭典。美麗高雅，款款動人，神貌與亡母酷肖，甚至更加出色，惹人憐愛。

此乃外在美，幸子的美好不僅限於外表。從內在來說，首先她很聰明。從尋常小學校一年級開始就是優等生（雖然學校優等生就一定很聰明不能說是百分之百的真理），是人們經常說的那種讓班導讚不絕口的優秀學生。再者，她的聲音很好聽，擁有得天獨厚的歌唱才能與音樂天賦。當幸子的脣間流瀉諸如詩人西條八十的童謠〈金絲雀〉，聽者無不感動落淚。或許是因為種種境遇，她的歌聲流露出不可思議的成熟哀淒，是以比起小學校的文部省歌謠，文學性的童謠或天馬行空的詩歌更能展現幸子的音樂才華。

學校老師們也對幸子交口稱譽，欣賞其才能與姿容。但不管怎麼說，姊姊君惠才是對妹妹幸子最神魂顛倒、如醉如痴的人。開口閉口都是「我們家阿幸啊」，講到別人忍不住叨念「妳又來了」的地步——從第三者的角度冷靜看來，這一切不過就是姊姊君惠對妹妹「阿幸」的崇拜、憧憬、嚮往，可仔細一想，又有什麼比姊姊瘋狂崇拜妹妹來得更安全呢？無論在他人眼裡多麼奇怪，當事人甘願為妹妹奉獻自己，這是她窮其一生的大事業。

「阿幸，姊姊在這世上自己沒有任何目標，只有一件事情要達成，就是設法讓阿幸將來成為一名傑出的音樂家，就只有這麼一件。為了這件事，我什麼苦都願意吃。」

這是君惠的口頭禪。

為了避免這個口頭禪變成空口說白話，君惠在日常生活中對妹妹是多麼細心和忠誠自是毋庸贅述。善良的父親為孩子忍受生活不便，沒有再娶，努力工作；勇敢的姊姊在喪母的單親家庭裡協助父親，處處為妹妹著想；年幼的妹妹則在父親和姊姊的守護下努力求學。平淡就是福，即便遭遇種種貧窮困苦，這一家人仍是非常幸福，是平凡人生的感人幸福。

然而，哦呵命運，有如風捲殘雲的可怕強硬意志哪——你有時竟連窮困父女一家的平凡幸福都要反戈破壞！

那是天氣最酷熱的八月，人們齊聲抱怨今年炎陽比往年更炙人的時候，姊妹兩人的父親出門工作，賺取當天的伙食費。汗水如瀑，模糊了視線，連揮起的十字鎬都難以精準敲在目標上。此時一輛貨物堆積如山的危險卡車在大街上捲起漫天塵埃，朝精疲力竭的可憐老工人背後疾駛而來。司機狂按喇叭，可惜既已疲累不堪的老工人正專注揮起十字鎬，完全沒有聽見。

或許是因為烈日當頭，司機脾氣也變得火爆。卡車就這麼毫不留情地朝老工人的背後衝來。工人宛如被暴風吹倒的樹木，砰的一聲仰面倒地。

兩個巨大車輪甚而碾過他的身體。（我不忍心再描述下去了……）

如此這般，兩姊妹唯一的親人，她們的父親便被命運之神奪走。

兩人淪為天涯孤兒，今後除了相依為命，再無其他選擇。

親戚朋友平日就對家道中落的一家人棄而不顧，避之唯恐不及，此刻更不可能伸出援手。

撞死父親的卡車運輸公司只給了她們日幣五百圓的賠禮，僅僅五百圓便能買下窮人的一條命嗎？

父親付出生命代價固然哀傷可恨，但這筆錢對兩姊妹來說，也是非常重要的資源。兩姊妹告別小小一戶長屋——雖說是一家三口的暫時居所，卻也充滿點滴回憶——帶著五百圓的銀行存摺和少量隨身家當，在附近賣香菸的小店二樓租了一個三坪大的房間，重新展開兩人孤苦伶仃的生活。

## 二、相愛之心

姊妹含淚離開與父親住慣的小屋時，賣掉了許多家具用品，唯獨不忍拋下圍牆內一坪不到的簡陋院子裡不知哪一年買的盆栽。那是某次夏夜廟會，父女三人穿著漿洗過的浴衣閒逛，偶然在一間賣花攤子停下時，在琳瑯滿目的綠色植物裡發現一個葉片疏疏落落，但青翠光潤的小盆栽。已故的父親半開玩笑喊了個便宜價格，沒想到花匠啪的一聲擊掌——霎時進退兩難的父親只得苦笑買下，繼而詢問那到底是什麼植物。精神抖擻的花匠說：「這是瑞香啊，冬天會開出一大堆香死人的花朵喲。」三人就這麼輪流抱著返家，多虧盆栽根紮得深，之後順利長大開花——那清新素雅，卻又楚楚可人，帶著一股淡淡哀愁的甘甜香氣——讓人不由得淚眼婆娑，忽而欲將兩只袖兜捂在胸前——數年薰陶下來，父女對這盆廟會買來的瑞香珍愛備至，因此兩姊妹齊心搬來盆栽，放在香菸店二樓窗邊簡陋欄杆的板子上——殷殷期盼盆栽開花，兩人等呀等的，瑞香終於在一月初綻放。又過了一個月，妹妹幸子自尋常科畢業，即將參加女學校的入學考。

「姊姊——妳怎麼不吃蛋呢？」兩人吃早餐時，妹妹這般天真問道。

「——沒關係——姊姊不愛雞蛋——所以阿幸妳吃吧。快吃，阿幸最愛吃雞蛋了吧？」

君惠如是說——

「騙人，妳騙人。姊姊才沒有不愛吃雞蛋——我、我都知道的——那個——因為雞蛋很貴，所以姊姊才讓給我對吧——」

幸子回嘴，不肯動筷。

被妹妹這麼一搶白，君惠有些慌亂，臉上甚至泛起一抹紅霞，但幽幽地強顏歡笑道：

「唉，妳這個小孩子，不要想這些大人的事情。好了，妳快點吃吧。」

「不要。幸子不要吃——因為——那個，姊姊每天辛苦工作，卻連蛋也不吃，而我只是去學校——」

君惠打斷妹妹的抗議。

「阿幸——什麼只是去學校——那所學校很辛苦的，是吧？女學校的入學考也快到了呀，阿幸必須保持身體健康，好好用功才行，所以——每天都要吃一顆蛋，知道了嗎？聽話。」

君惠誠心勸道。

「不行不行，不論是什麼好吃的，我都要跟姊姊一起分享……」幸子聲音悲傷，泫然欲泣。

「對不起，那倒是姊姊不對了，好，

我們一人吃一半吧。」

君惠伸筷，幸子總算接受了——在香菸店二樓租屋而居的失親兩姊妹，日常生活經常上演這樣的場景。

——妹妹的女學生模樣——光是想像，君惠就心情飛揚。

每天早晚通勤途中，貌似女學校一年級的可愛女孩擦肩而過時，君惠想像著妹妹幸子即將加入她們，嘴角亦情不自禁泛起微笑。

入學考終於到來。決定幸子該讀哪所學校也是大事一樁——而關鍵當然取決於念哪所學校未來更有發展。姊妹針對各類問題反覆討論了好多好多天，還去請教班導，甚至拜訪父親過世後幫助她們處理種種事務並擔任保證人的那戶人家，驚動各方人士，最後——考量地點、當事人的前途以及其他利弊得失，選出了一所學校。

入學考——這看在旁觀者眼裡也是相當揪心。天真無邪的少女歲月，被迫經歷這般沉重灰暗的關卡——因為妹妹，君惠才真正了解個中滋味。「我要是有錢人，就會創立無數間沒有入學考的女學校——」雖然君惠有這分心意，但她畢竟跟有錢人沾不上邊，也只能接受現狀。

手足情深的君惠，只盼妹妹順利通過考試。說來兩人孤苦無依，正是姊姊的情真意切——讓上帝也要垂憐庇佑吧。可喜的是，櫻花盛開時節，幸子夢想成真，成為每天早上得意跨入女學校大門的學生。

君惠得以暫時放下心頭大石。只要未來五年支付學費順利畢業，屆時幸子若是想讀音樂學校，保證人K先生一家表示願意繼續提供一些援助，到了那個階段，便能大大放心了。說幸運也很奇怪——父親死亡的賠償金，悲慘不幸的回憶、可悲的犧牲——那筆約莫五百圓的少許存款，成了幸子今後的學費來源。

幸子的學校在五月上旬舉行春季遠足，前往秩父長瀞。為了趕上出遊，君惠匆忙縫製一件紫白相間箭羽紋的銘仙和服——這是唯一超越瞬息萬變的流行，無論何時都經典永恆的女學生風格，數十年如一日，總是可以看見有人穿著。考量幸子膚色白皙、珠圓玉潤，君惠刻意挑選這款單純且略具古典感，但又充滿少女氛圍的活潑圖案。

遠足這天清晨，兩姊妹一起出門。幸子穿著姊姊精心縫製的紫色元祿窄袖和服、蝦茶色全新短版行燈袴，配上也是姊姊鍾愛的那雙烏黑發亮、鞋帶孔密密匝匝的高筒小羊皮靴——從頭到腳的悉心打扮，君惠百感交集地望著幸子靈動飄逸的模樣，不知怎地莫名一陣熱淚盈眶。

她想至少陪妹妹到上野——送她上車。女學生的隊伍彷若一叢歡暢耀眼的美麗鮮花——看著人群裡妹妹的笑容，君惠感到生活中一切苦楚都有了回報。

幸子在姊姊的目送下離開上野。這是她懂事起第一次搭火車去那麼遠的地方，就連在熊谷差點擠不上擁擠的電車，花容失色地高呼同學的名字也是旅行的難得體驗，備感新鮮。

「哇，這邊窗戶的景色好美，漂亮極

了。」右邊車窗的人們這麼一嚷，「哦，是嗎？哎，讓我看一下。」學妹們一股腦兒擠到右邊，老師因此提醒：「不要這麼急，到目的地就可以慢慢欣賞風景了。」學姐們忍俊不禁，好不熱鬧，火車也順利抵達寶登山站。一年級學妹排著整齊的隊伍，一副要步行好幾天的氣勢當先穿越鐵軌，才走一小段路，便已抵達長瀞——「哎呀，就是這裡！」一年級學妹們同聲嚷嚷的時候，殿後的工友爺爺剛走出火車站大門，揹著急救用的嗅鹽正要向前邁步，女學生的隊伍從車站一路綿延到長瀞，一時間動彈不得——途中有一個寫著「××女學校休息處」的指示牌，就像市政府選舉辦公室前面的迎賓立牌，眾人見了眉飛色舞，興高采烈。

「噯喲，小心！討厭不能笑，會滑倒。」

岩石光滑，鞋子踩在上面很容易滑倒。白色岩石忽隱忽現，一泓碧水清澈明淨，抬頭是五月的鈷藍蒼穹，一兩筆恰似銀白色油畫顏料擦過的白雲飄飄忽忽——其間是綠意蔥蘢的鮮明山光——這片新綠仙鄉的美景委實不亞於神社森林的紅葉啊！

「哇，真美！跟中國赤壁的景色一模一樣呢！」

感嘆良久不絕，眾人紛紛拿出相機，磨拳擦掌躍躍欲試，意欲奪得攝影大賽冠軍——

「咦，××同學的相機可真大，是跟哥哥借的吧？」

聽見這話，一名女學生急急反駁，腮幫子像飛行船充氣一般鼓了起來。

「才不是呢，這是我的。」

「哦，那應該是二手的吧？」

這話可真令她傷透了心。

河畔船影蕩漾——某個一年級的野丫頭立刻用她獨特的鼻音說：「老師——有船——」

「好好好，等等吃完便當再來搭船。」

此話一出，一年級新生們爆出「哇——」的歡呼聲，煞是淘氣可愛——

於是一行人隨波逐流，熱熱鬧鬧搭船前往對岸，「萊因河也是這樣嗎？啊啊，不可思議的魔歌〈羅蕾萊之歌〉（Die Lorelei）的美女在哪裡？」某位三年級學姐用多愁善感的動人聲音大聲說完，歌聲隨即自船上響起：「我不知為什麼——這般不安悲傷——」啊啊，就在這一刻，就在這一天，長瀞天地間的河水、岩石、山陵、樹梢都屏氣斂息，鴉雀無聲，被船上縹緲嬌媚的少女合唱團深深吸引——而在東京，據說因此發生了大地震——

長日將盡，夕陽西下，告別了新綠美好的水光山色，一行人復又整隊朝車站走去。在車站前的茶攤兒，明信片、柿子羊羹大賣，不到三十分鐘就銷售一空，掛上了售罄的告示——接著是在明信片上蓋紀念印章的時間，「我也要，我也要。」「順便幫我蓋，快！」一群人嚌嚌嘈嘈，少女們的嚶嚀嬌呼此起彼落，「各位同學，那麼想蓋紀念印章的話，就蓋在自己的臉頰上！」光頭教務主任這麼一說，所有人哄堂大笑，結果不知是誰回嘴：「我們又不是來自台灣的柚子。」眾人再次報以熱烈掌聲。

回程電車上依舊是嘰嘰喳喳，嘰哩呱啦。

在熊谷車站等火車期間，放眼望去是著名熊谷櫻堤的櫻花新生嫩葉——散發初夏氣息的月兒在傍晚天空若隱若現——這便是歡樂後的悲傷嗎？結束一場小旅行的歸途上，驀然興起一股沒來由的甜蜜哀愁，四五年級的學姐們默然無語，一年級新生小人兒則是一副「淘氣鬼評選會在此」的模樣，兀自嬉鬧不休——話雖如此，那群人裡唯獨橫山幸子學妹一人——一雙純真眼眸不知怎地悄悄浮現可憐兮兮的淚光——惹人憐愛的小少女，此刻竟是想起了姊姊的面容。

火車在暮色逐漸昏暗的時刻，將數百名少女送回上野。幸子在車站人群中認出苦苦等候妹妹的姊姊那令人思念的身影。姊姊剛從公司下班，在出雲橋搭乘跟回家方向相反的電車來到上野，等待妹妹歸來。

「姊姊！」

幸子緊緊摟住姊姊，接著哇的失聲痛哭。

「咦，阿幸，怎麼了？嗳，今天出了什麼事嗎？」

君惠胸口頓時被妹妹淚水打溼，幸子凝睇姊姊，同時撫摩她的背問道：

「那個——那個——姊姊，幸子如果不能跟姊姊在一起，就哪裡都不要去了！」

她如是說——難不成是被朋友欺負了？姊姊深感憂慮，不安問道：「阿幸，為什麼呢？嗯？」幸子揪著姊姊的袖兜，「姊姊，因為，我一想到好希望姊姊也可以看見那麼漂亮的風景——那個，那個，幸子就好難過……好難過……好寂寞……我心裡一直想著姊姊……好難過……」最後泣不成聲——

「——阿幸——阿幸……阿……幸！」

——再說不出任何適當的話語——姊姊就只是喚著心愛妹妹的名字，直如要擰碎般死命將妹妹抱在懷中，不斷地、不斷地流淚！

## 三、寂寞姊姊

君惠和幸子——姊妹兩人都是純真的少女。可是，比起姊姊君惠，妹妹幸子的思緒較為複雜，藝術天分豐沛——此外，她有著新時代人類的感性——年紀輕輕便對世事充滿了懷疑苦惱，是以其興趣就不免有貴族化和幻想化的傾向。

不幸的君惠為了讓自己獲得慰藉與力量，尋求宗教的光芒，她每週日都虔誠地到附近上教堂。幸子起初也陪著一起去——然而，隨著歲月流逝，女學校一年級結束，幸子以優異成績升上二年級的時候，她已是個擁有老靈魂的女孩。

「貧窮的人有福了！因為神的國是你們的。」——《路加福音》第六章第二十

節

姊姊可以一心投入單純信念，從《聖經》這類話語裡獲得無限安慰，但妹妹不然；幸子引用《馬可福音》第四章「有落在荊棘裡的，荊棘長起來，把他擠住了，就不結實；又有落在好土裡的，就發芽長大，結出果實，有三十倍的，有六十倍的，有一百倍的」這段話，拿它比擬現實黑暗面，歸結出絕望的反諷。

「我們就是落在荊棘裡的可悲種子呢。」

小小幸子不忘這般喟嘆自身境遇。

曾幾何時，教堂裡只看得到君惠的身影——強迫亦無濟於事，不可能改變妹妹的想法——因為妹妹生來比我更有才華——君惠刻意不去探究幸子的內心。君惠面對妹妹總是懷著一顆客氣憐憫謙遜的溫柔心腸。

另一方面，幸子的音樂才能日益成長。音樂老師——春藤老師也對她的未來充滿期待。

某次節日，兩姊妹一起到春藤老師家拜訪。君惠表示將來想讓妹妹讀音樂學校，希望妹妹能在樂壇立足，為此她甘願犧牲自己的幸福，不，該是求之不得，榮幸之至——這位貧窮的年輕女孩一心為妹妹付出，春藤老師被她的堅強勇敢打動，含淚諦聽。

「哎呀，妳——真是一位溫柔體貼的好姊姊——身兼父職，又代母職，因著妳為幸子同學無私奉獻的高尚情操，我一定盡力幫忙。等明年幸子同學升上三年級，差不多就該請她到一橋的分校來準備考試了。這方面我也會盡力照顧，只要幸子同學肯努力，定能成為傑出的人物，畢竟她天資過人……」

對於年輕姊姊的滿腔熱忱，春藤老師大加鼓勵讚許，釋出善意，君惠的喜悅難以言喻。此事過後不久——

「買鋼琴——我已經放棄了——但至少想要一台小型風琴——」

幸子開口央求。例如傍晚坐在二樓狹小租屋處的小窗邊，視線循著五線譜打拍子的時候，就有可能想要一件樂器。幸子未來打算走聲樂這條路——想成為一名卓越、光芒四射的活躍聲樂家。不管是發聲練習，或是音階練習，想要一個可以指示音階主音的樂器也很合理，君惠真的很想實現妹妹的願望。她在銀座某間樂器行拿了一份型錄，最小台的迷你風琴售價四十五圓。

「這台迷你型是玩具欸。鍵盤數量不夠，沒辦法彈和弦，派不上用場的——」

幸子咄咄逼人，將迷你風琴貶得一文不值。好吧，再高一個等級，售價則是八十圓。

「這台如何——體積也更大一點，很像風琴吧？」

君惠問道。

「唔，這台連一個音栓也沒有——很不方便呢——雖然不是真正的風琴，唉，總還可以勉強湊合。」

不甚滿意但委屈妥協的口吻——幸子對事物的標準就是這麼高，有一種貴族氣息。若是一個脾氣暴躁的姊姊，可能會說：「這麼盛氣淩人，我不買給妳了！哼——」談判就此破裂——但君惠就是君惠，反倒是低聲下氣地安慰妹妹——

「哦——真的是這樣呢——不過，阿幸，請妳暫時用這台忍忍吧，好嗎？過一陣子，呃，姊姊也會再想辦法，買一台更好一點的給妳，現在先湊合著用，好嗎？阿幸，這台再怎麼差，總比沒有來得好吧——」

姊姊好言好語地勸說下，幸子也點了頭。

「嗯——只要家裡有，我就很開心了——」

「好，我們就買這台吧。」

「咦——可是姊姊——」

話到一半便住口不語——即使沒說出口，也知道意思是——錢要怎麼辦？我們又沒有那種財力。

「別擔心——阿幸是學生，不必煩惱錢的事情，姊姊會想辦法的。」

君惠輕描淡寫地打消幸子的擔憂——不過，購買風琴的經費確實是棘手的問題。固然有父親性命換來的那筆存款，但那是幸子最、最重要的學費來源，無論如何都得妥善保存——她右思左想之際——樓下香菸店的老婆婆無意間聽到君惠想給妹妹買風琴的一片苦心，委婉暗示說：

「君惠小姐，我跟妳說一個好方法，妳用分期付款吧。稍微貴一點也沒關係，因為每個月只要支付一小部分。」

老婆婆這般點撥——君惠聽了，旋即

飛奔至樂器行，卻遭店家無情拒絕。因為分期付款僅限一百五十圓以上的商品，還得在市內有可信的保證人——君惠的期待再度落空。好心的香菸店老婆婆見狀，親自走訪她認識的古董店，匆匆趕回來說：

「哎呀呀，妳真該高興！常言說得好，人間處處有溫情哪！我今天想說碰碰運氣，問了一間古董店，結果還真的有一台很大很華麗的二手琴呢。聽說原本是築地一帶外國人家裡的東西，然後呀，現在好端端地擺在店裡。因為是中古品，所以很便宜，不過品質頗佳，聽說是舶來品呵。所以店家說再怎麼打折，至少都得賣個一百三才行。這樣妳也很傷腦筋，我跟店家解釋情況，說妳很替妹妹著想，是個令人欽佩的好女孩，古董店老闆聽了非常感動。他說既然情況特殊，可以暫時將風琴借給妳。不過，對方也是做生意的，所以沒辦法免費出借，噯，但他說只要每個月付四圓左右的折舊費就借給妳，怎麼樣？君惠小姐，妳可以先暫時租借，過一陣子再考慮買新的，如何？」

老婆婆為她設想得非常周到——君惠高興得直要掉淚。既然如此，承蒙那間古董店和老婆婆的好意，兩姊妹就租了一台風琴擺在二樓房間。

那台風琴舊歸舊，因為是德國製造，做工紮實，若要在日本購買，絕對是高價商品。君惠原本還感嘆，若非住在二樓這種廉價租屋處，便能請春藤老師來調音，沒想到在幸子敏銳的聽力判斷下，這台風琴的音準非常之好。

幸子高興極了。然後到了第二學期，君惠拜託春藤老師讓妹妹參加樂器練習——目睹妹妹的喜悅，君惠無比開心——話雖如此，每個月四圓的折舊費，對身體虛弱的姊姊是個沉重的負擔。再怎麼縮衣節食，光要湊足兩人的生活費和妹妹的學費就已經萬分辛苦，如今還得再擠出四圓，實在壓力重重——最後君惠下定決心。

「我就放棄搭電車吧。只要早上早點出門就好——不管多辛苦，為了妹妹也得忍耐。」她如此決定——從那天起，君惠就每天走路到遞信省。可是，她沒有告訴妹妹幸子這件事。心思細膩的妹妹倘若得知此事，她定會哭喊自己不要風琴了，要姊姊退還給店家——這麼一來，姊姊的苦心就化為泡影，所以絕對不能讓幸子發現。這一切都是君惠的用心良苦。

「怎麼了？姊姊最近都好早出門。比平常早了一個鐘頭，為什麼呢？」

某天早上，幸子一臉疑惑地詢問正準備出門的姊姊。

「嗯……呃，最近遞信省很忙，所以規定員工要早點到。」

君惠慌張答道。

「是哦，真是辛苦了。」

幸子深表同情。

「姊姊妳呀，唉，為什麼最近每天都這麼晚才回家？」

某天傍晚，對姊姊這陣子都比平時晚歸感到不解的幸子問道。

「呃——搭電車的人很多，很難擠上

去哩——阿幸自己一個人傍晚很寂寞吧？忍耐一下，姊姊再走快一……（說到這裡，連忙轉移話題）呃——再快一點擠上車，不過每班電車都客滿，很不容易擠上去呢。」

「哦，原來如此，難怪姊姊這陣子回來都很累的樣子。」

幸子就像體恤姊姊的辛勞，以早熟沉穩的語氣說道——唯獨身心俱疲的模樣是君惠怎麼都掩藏不住的。想想看，每天結束繁重工作，還得再走路回家——雖然是同一個城市，要回到她們住的二樓好好休息，也得走上一個鐘頭。對那雙脆弱的腿……

儘管如此，君惠心甘情願吃這個苦。目睹妹妹彈琴的那分喜悅，讓一切都值得……

然而，這年第二學期尾聲，序屆深秋的時候——幸子整個人變了樣——原本天天認真練琴的她，已有多日連琴蓋都不碰一下，幸子變得憂鬱若斯。

過去那般聰明伶俐、活力四射、性格開朗的少女幸子，如今時而心不在焉，若有所思，時而不勝愁苦地唉聲嘆氣。

就連吃飯的時候，縱使君惠用心準備各種菜餚，幸子也不像以前那般欣然享用，甚至拿筷的手都遲疑不定。

「阿幸，妳最近好像有點悶悶的，遇到什麼不開心的事情嗎？是不是學校同學對妳怎樣了？嗯？姊姊很擔心，不管什麼事，妳老實告訴姊姊好嗎？喏，只要是阿幸的願望，姊姊不管吃多少苦都會幫妳實現的。妳別悶在心裡，跟姊姊說吧，好嗎？喏？」

君惠曲意逢迎，好聲好氣，軟語輕哄，幸子卻不肯透露半句。

「姊姊，我什麼事也沒有，妳別擔心。」

幸子一語帶過。然而，對妹妹日常生活關懷備至的姊姊，看著幸子意擾心愁的樣兒，實在沒辦法無動於衷。

總是神采奕奕地在窗畔高唱天籟之音的幸子，如今無精打采地倚著同一扇小窗，遠眺飄過天際的晚秋雲朵，那姿態楚楚可憐。此時君惠返家，走到二樓喚道：「阿幸，我回來了。」幸子竟似嚇了一跳，慌裡慌張地應道：「歡迎回來。」聲音猶帶顫抖。繼而回過微微發白的一張臉——卻見那雙可愛眼睛淚光盈盈——君惠見著心疼不已。君惠抱著必死之心苦苦思索妹妹莫名憂鬱的原因，反覆琢磨的結果——到頭來只能歸咎於不幸淒涼的人生境遇……是以，君惠決定傾全力讓妹妹寬心，不管自己怎麼節省，也要讓幸子過得富足。

音樂會也好，電影首映會也好，她都鼓勵妹妹去參加，可幸子拒絕姊姊的好意。

「我哪都不想去，就連學校也不想去了——」

她這般嘟囔——姊姊的溫言勸慰也好、各種作為也好，全都無濟於事。君惠好幾次心忖，只能拜託春藤老師好好訓誡妹妹，又擔心這樣反倒會惹惱對方，萬一因此激起妹妹的反抗心就萬事休矣，想了又想始終拿不定主意。

無視姊姊五內如焚，幸子的憂鬱仍舊沒有好轉的跡象。

第二學期的成績是入學以來最糟糕的一次——君惠急得有如熱鍋中的螞蟻。眼見妹妹連最重要的音樂練習都丟在一旁，她慌得站也不是，坐也不是。

「阿幸，妳明年春天就要升三年級了，接著就要去分校上課，妳得比現在加倍努力學習，知道嗎？」

君惠委婉說完，幸子一臉這種事情根本不重要似的冷冷應道：

「嗯，是啊。」彷彿這一切與她全無關聯。

為妹妹痛苦擔憂的君惠，一顆心傷心無助。新的一年不久到來，儘管兩人早已習慣只有姊妹倆的孤單新年，但因為幸子鬱鬱寡歡，君惠體驗到前所未有的蕭瑟新年——二月轉眼即至——又到了窗畔那盆瑞香綻放的時節……

## 四、最後遺書

春日漸近——惟那教人不敢掉以輕心的微涼寒意，從二月到三月依然冰凍大地——而亦是此一時期，寒風擠壓鉛色天幕，雨水夾帶雪花淅淅瀝瀝淒淒落下——儘管如此，黃昏拖著工作一整天的疲憊回家時，君惠還是堅持不搭電車。

這天也是從傍晚開始落下溼漉漉的少量雨霰。幸好君惠有帶傘，她撐傘穿過人來人往的電車軌道，鑽進一條小胡同。天氣惡劣到連走路都很困難，更何況近來妹妹的異狀讓她心情沉重，步履蹣跚。每每一舉步，就不自覺溢出深深嘆息……

君惠快到家時，寒風吹著雨霰從側面撲來。君惠那把破傘完全派不上用場——夾帶雪花的豆大雨滴毫不留情地將君惠淋成了落湯雞。然而，君惠甚至忘了自己一身溼，一心只想趕快回家，惦記著獨自看家的妹妹幸子……

「姊姊，哎呀，袖兜都溼透了！」

幸子驚叫著將姊姊迎進房間。

「是嗎，好像有淋溼一些呢。」

君惠不以為意。

沒想到——那天晚上，君惠突然發起高燒。

「姊姊，我請樓下阿姨幫忙找醫生來吧。」

天亮時，幸子提議。

「不用，沒那麼嚴重。別管姊姊了，阿幸趕快準備上學吧。姊姊今天會請假一天，好好養病的。」

不顧自己不舒服，病榻上的君惠猶自為妹妹焦慮。

「不過，我一天不去學校根本沒差嘛。」

「因為今天有音樂課呀，是星期三上課吧？喏，妳盡量不要缺席，第三學期的考試就快到了。」

君惠說完，硬是讓幸子去了學校。幸子出門時，拜託樓下阿姨照顧姊姊，阿姨於是上樓探望君惠。她將手放在病人額頭一量，失聲驚呼：

「哎喲天，妳燒得好燙。人家說感冒是萬病之源，妳可小心了。我這裡有感冒藥，妳服用看看。」

她好心拿來裝在黃色袋子裡的成藥給君惠。可是，這天君惠體溫一直降不下來。下午幸子回來發現情況不對，便叫了醫生。夜裡，附近的醫生來家裡替君惠看診，「變成肺炎就不妙了，請小心。」留下一句叮嚀隨即離去。

走夜路淋了一夜雨是發病的直接原因，但若深入探討遠因，失去父親之後，一邊照顧妹妹，生活上的勞頓重擔造成年輕女孩體力透支當然也是原因之一。儘管如此，君惠仍舊強忍身體不適，努力打起精神。同時，一邊留意不讓幸子擔心，一邊暗中掛念妹妹的情況。不知從何時起，妹妹幸子好似胸口壓著千斤重物，懨懨消沉的身影與平時的模樣讓姊姊君惠最是放心不下。妹妹有什麼悲傷或煩惱無法對唯一的至親骨肉姊姊坦誠相告呢？再怎麼、再怎麼忖量，再如何、再如何琢磨，終究找不出答案，始終是一個謎。

這是君惠臥病在床第三天發生的事情。這天君惠又把堅持請假照顧姊姊的幸子硬生生趕去了學校，就在她獨自看家的寂寞時刻——高燒不退的君惠為那難解之謎發愁——然後，她下了一個決定。為了得知妹妹內心不為人知的祕密，明知這唯一的手段是不對的，還是決定偷看幸子的日記。她認為除此之外別無它法。日記本是君惠去年底買給幸子的小本子。哪怕只是隻字片語，幸子每天持續忠實記錄。

君惠從病榻起身，在幸子的書桌旁找到了那本日記。因為兩姊妹的生活無需上鎖……

君惠正準備打開那本日記時，終歸湧起一股罪惡感——神哪，請原諒我，原諒我因為太關心妹妹，此刻即將犯下的罪行——君惠痛苦祈禱，接著翻開內頁。

她從一月一日開始細讀。到七日為止都是簡單的日常瑣事，接著到了八日，君惠看見一段耐人尋味的文字：

一月八日

開學典禮

這是我今年第一次看見那個她，在禮堂大門旁——將苦澀情感深藏心底至今將近一年……我不過是最悲慘可憐的人生倖存者，為何對那富裕幸福階級的美女有所遐想呢？命運的嘲諷啊！而這嘲諷甚至削弱了我大展鴻圖的意志！

縹緲情愛啊，為何讓人嚮往苦惱？我對自己感到羞恥，我應該鞭笞自己！但在那自責鞭笞下，兀自熊熊燃燒的這分愛情煩惱呵！啊啊苦命的幸子——

君惠無意中發覺一個始料未及的驚人世界。那分震驚令她心旌搖惑，渾身顫抖——君惠不知道，真的不知道，做夢都想不到——君惠暗自悲傷低語良久——啊啊，說來一直以為妹妹還是稚氣未脫的小女孩，原來幸子也要迎接少女春天，開始有喜歡的人了——跟平庸的自己性格迥異，流著天才血液的妹妹，熱情豐沛亦逾越常人——君惠茫然若失地將日記緊緊抱在胸口，一股熱淚奪眶而出——她再無勇氣翻開下一頁，卻逼自己繼續讀下去。妹妹想克制也克制不了的澎湃熱情，時而在每一頁迸射強烈火花。幸子傾心愛戀的那個她是名叫永坂榮子的學姐，住在麴町附近，君惠從日記中明確掌握這兩個資訊。君惠越想越是黯然！永坂榮子——一心暗戀著這位陌生美女的幸子，原來對姊姊的真心付出視而不見！

幸子放學回來，卻見床上的姊姊比先前更加萎靡消沉。

「咦，姊姊，妳中午的藥還沒吃呢。現在都三點了，不按時服用，再好的藥也沒效果了。」

幸子對姊姊一反常態的厭世態度大為不解，埋怨了幾句。可是，君惠現在根本顧不了吃藥。她應了一聲，神情無限寂寞地凝望叮嚀她服藥的幸子那張俏臉，一句話也說不出口，拉起袖毯掩面，默默流淚。

君惠的病情日益惡化——變成可能有生命危險的肺炎，醫生終於發出絕望不祥的最後通牒。幸子不管姊姊怎麼說都不再去學校，一直陪在床邊照顧她。

「姊姊，我現在跑一趟醫院去拿藥，等等我，好嗎？」

幸子在姊姊枕畔輕聲說完，用手帕包好藥瓶，匆匆趕去醫院——君惠在妹妹離開後勉強從床上爬起來，搖搖晃晃地站好——蒼白憔悴的臉孔流露出「身為姊姊，必須為妹妹完成我在這世上的最後職責」一般毅然決然的哀慟神色。她踩著踉蹌步伐走到自己的書桌前，雙手顫巍巍地攤開白色信紙，纖纖指尖握住筆管。她的筆七歪八扭地寫下這樣的文字：「素未謀面貿然寫信，尚乞見諒。出於對舍妹的關心，我才做出此等冒失之舉。從舍妹幸子的日記獲知，她從很久以前就對妳仰慕非常。舍妹對妳的仰慕之心絕非尋常膚淺感情。她為此愁眉不展，痛苦不已。同時一直將這份心意默默藏在心底。可憐的舍妹教我萬分憐惜。榮子小姐，請妳接受舍妹那顆熾熱的心，我向您叩首懇求。榮子小姐，重病纏身的我不知還能在這片土地苟延殘喘多久，但請明白姊姊為了妹妹的最後心意都寄託在這封信上。」走筆至此，君惠業已喘不過氣，痛苦不堪，擱管素手失去了知覺，搖搖欲墜。她放棄繼續書寫，匆匆在信裡寫上日期，放進信封。接著上氣不接下氣，非常努力地寫下收件人和寄件人自己的名字，這才吁了一口熱氣並擱筆。她落寞地、傷心地瞅著那封信，又東倒西歪地起身。頭髮散亂，瘦骨嶙峋——抱病之身勉強移動到房間角落的風琴旁，從擺在琴蓋上的少量樂譜裡抽出《讚美詩集》，啪啦啪啦地翻頁，將適才那封信夾入其中，再將樂譜放回原處。君惠一回到床上，突然砰的一聲軟倒，她緊挨著枕頭，第一次悲聲嗚咽。

或許是因為任務完成的心安——君惠病情繼續惡化——如今連藥都吞不下，大概是燒久了口渴，她跟妹妹說想吃冰涼的東西。當時的冰淇淋對貧困兩姊妹來說是求之不可得的奢侈品。為了滿足姊姊的心願，幸子用小刀切碎冰塊，用廉價鎳製小湯匙舀碎冰送到君惠泛白的雙脣，半昏迷般沉睡的君惠一動也不動。幸子含著淚，傷心欲絕地將碎冰送到姊姊脣邊。「阿幸……阿……幸……」冷不防恢復意識，君惠睜開眼，兩度呼喚枕畔心愛妹妹的名字。「姊姊，什麼事？我在這裡。」幸子哭聲應道，摸出姊姊的手死命握住。君惠這時既欣喜，又落寞地帶著一抹悲傷微笑。

「阿幸……妳可別忘了姊姊——姊姊這世上最愛的，就只有阿幸一人——姊姊有多麼愛阿幸——妳知道嗎？——？……姊姊為了愛阿幸，付出自己的一切，而且，這是姊姊活下去的唯一快樂之道——阿幸——姊姊會在天上為妳祈禱，希望姊姊走了以後其他人能夠疼愛照顧阿幸——妳要好好拜託那位音樂老師，也記得請保證人K先生一家多幫忙，還有妳要繼續上學，還有，還有，那個——妳要成為音樂家——阿幸——有困難就找老師商量……那筆因為爸爸得到的存款就收在姊姊的匣子裡，那是阿幸的財產——阿幸——妳要記著可憐又寂寞的姊姊，然後想起姊姊的時候，請唱姊姊最喜歡的《讚美詩集》第七首，姊姊會在天上聽妳唱——阿幸，姊姊不想離開可愛的阿幸，不想離開，想永遠跟阿幸在一起，哪怕只有靈魂——」

痛苦的喘息聲中，君惠流淚訴說最後的道別。

「姊姊，妳別說這種話，請快點好起

來，姊姊，姊姊！」

幸子握著姊姊的手，近乎瘋狂地痛哭——該說的事也交代完畢了，君惠緊緊閉上雙眼，再也沒有睜開。樓下阿姨帶著醫生趕上來時，君惠將最、最心愛的妹妹雙手牢牢握在心臟附近，憔悴臉孔浮現悲傷、安詳、溫柔但落寞的微笑，這位不幸高潔的處子靈魂已然歸天。

◇◇◇◇◇◇◇◇◇◇◇◇◇◇◇◇◇◇◇◇◇◇◇◇◇◇◇◇◇◇◇◇

而今，唯一的姊姊也先走一步，幸子名符其實成了天地間的孤兒。音樂老師非常同情幸子，表示希望收養她，今後盡力照料。與其說是同情幸子本身，更像是被姊姊君惠為妹妹付出一切的赤誠打動。

樓下阿姨告訴幸子，往生者的靈魂會待在他們曾經居住的房子七七四十九天，這段期間幸子不願離去，索性留在昔日與姊姊同住的小房間。時間過得很快，四十九天轉眼即逝，明天就是帶著小行李箱搬去老師家的日子。啊啊，幸子此刻再次環顧這個跟姊姊永別的小房間，痛心疾首，潸然淚下。整理行李時，遺忘在小窗邊的瑞香盆栽仍是那般，葉子背面雖有些枯黃，可花朵依然壯健，散發恬靜柔和的香氣。幸子暗想：「啊啊，這盆花真像姊姊，花朵本身樸素不起眼，香氣卻沁人肺腑，溫和中帶著凜凜之氣的高雅芬芳——恰似姊姊馨香怡人的心靈。」她一邊澆水，一邊為那花香掉淚。房間角落的栗色風琴今天便要交還古董店，為了跟彈了好一陣子的熟悉樂器道別，幸子打開睽違已久的琴蓋。這種悲傷時刻，該彈些什麼呢——啊啊，是了，亡姊的遺言有交代，想起她的時候一定要唱的《讚美詩集》——第七首——幸子取出《讚美詩集》的樂譜，翻到第七首那頁，正要轉向鍵盤時，一只白色信封從樂譜裡滑落。是什麼？幸子拾起信封舉到眼前，竟是亡姊的筆跡！哦喲，寫在信封正面的名字，豈不是永坂榮子小姐六個字？

哦喲！姊姊怎會知道那個她的名字呢？

幸子心如擂鼓。將掌中顫抖的信封翻到背面，卻見上面寫著「橫山幸子之姊君惠」，日期則是姊姊生病沒幾天的時候！

——幸子砰的一聲倒臥在早春微暗夕曛的小窗邊——那裡有一株飄著淡淡幽香的含羞瑞香花——恬靜煢獨綻放。

# 風信子

我還在××（東京都女學校的校名）就讀時，就非常喜愛閱讀老師您的大作。當時的我是個不曾經歷黑暗人生狂風巨浪的小女孩。第一次世界大戰期間，神戶的叔叔與父親一起創業之後，父親大部分的日子都不在家。我們家住在四谷深處一個僻靜的地方，就在一間長著巨大銀杏樹的寺廟旁。我的房間位於閣樓，我經常坐在靠窗籐椅凝視夏日嫩葉或秋日泛黃落葉。當那金黃色小扇狀的葉子在一陣秋風中飄落樹梢，樓下客廳傳來留聲機的某首曲子令人心醉，那股莫名哀愁直令我淚眼婆娑，回首來時，那都是多年前一去不復返的過去生活片段。

我是家中長女，有兩個妹妹。不過，我七歲夏季待在葉山期間，大妹不幸染上那可怕的痢疾夭亡。我真的覺得她很可憐，但一想到她是在不諳世事的年紀蒙主寵召，又不禁覺得她很幸運。這種想法也間接證明了我現在的生活何其不幸。

嘮嘮叨叨講述一去不復返的歲月是沒完沒了的，也讓您不勝其擾。我只能簡明扼要地跟您說——家裡除了我和小妹、母親、在三田上學的小叔、同樣在三田讀夜校的工讀生之外，還有女傭和縫紉女工兩三人，但即使如此，房子還是過於寬敞。父母見我從小學校時代就展現出對音樂的濃厚興趣，似乎打算讓我讀完女學校後到上野學習音樂。我進女學校念書的同時，就為我在客廳裡擺了一架鋼琴。從那時起，每次小叔帶我參加各種盛大的音樂會，我一邊眺望台上被花海淹沒的美麗音樂家，一邊聽小叔打趣：「小甲將來也會變成那樣吧。」內心覺趨雀躍，直想將身心都獻給音樂——為音樂而活，也認為我可以。只要我想，世上所有事情都能夠實現。然而，那些夢想既脆弱又易碎，不啻是在水面漂浮、繼而消失的肥皂泡泡。神戶的叔叔，戰後因為錯誤的商業策略，在經濟不景氣的黑潮中迷失方向，最終觸礁破產，與他一起工作的父親也同樣無力再次創業。

尤有甚者，我們在四谷的房子也不得不賣掉，舉家暫遷神戶。再次回到東京時，就只剩下我、母親和妹妹三人，小叔休學到台灣的公司上班，父親和叔叔則去了上海，他們都如戰敗逃亡者般捨棄熟悉的家園，遠遠地離開了我們。我們租了一間在目黑邊上沒有自來水和天然瓦斯的小房子，因陋就簡的玄關只有兩張榻榻米大，總共三個房間，跟舊家天差地別。母親強忍悲傷，將過去的興趣「盆石」轉為職業，徵得掌門人的允許到學生家授課，透過友人牽線找了兩三家學生，但對於不習慣這類事務的母親來說，仍舊吃足了苦頭。

妹妹好歹是勉強轉到當地的小學校，我則退學了。那是我三年級二月去神戶之後，返回東京的四月初——其時同班同學正喜迎接升級樂開懷。我退學的同時，進入一間日文打字員培訓所。整整六個月，就連那機器從早到晚忙得不可開交的刺耳喀嚓喀嚓喀嚓喀嚓聲，最後也習以為常，聽而不聞了。習慣可真是一件悲哀的事情。接著，一家位於丸之內的××洋行部決定聘用我。想想委實感傷，直到昨天為止都還相信彈奏鋼琴就是我的命運，父母亦然，指尖彈奏的象牙鍵卻變成冷冰冰的鐵按鈕，唏噓哭泣又何奈？此刻在幽暗辦公室的舊桌子陰暗處悽慘蜷縮，宛如不會唱歌的小鳥整天一聲不吭，不斷地喀嚓喀嚓喀嚓打著枯燥無味的商用文書，連自己都變成半個機器人，唯一的期待是下午五點辦公室關門。辛辛苦苦擠上水洩不通的電車，好不容易回到我家門前。寒酸的竹籬笆牆角，葉尖乾枯的大波斯菊頹倒在地，唯見兩三顆殺風景的紅色王瓜，撫慰主人心情般掛在臉孔高度很是耀眼，一屋子淒涼冷清的黃昏，教人潸然淚流。母親似乎還在外面教課，尋常小學校四年級的妹妹一個人動作生疏地在土製炭爐下搧風，大概是火種熄滅了吧。「哎喲，危險，別引起火災呀。」一看見說話的我，妹妹一語不發地抱著我抽抽噎噎哭個不停。「妳很寂寞嗎？」我問妹妹，她點點頭，依然默不作聲。

就算上班一整天身心俱疲，還是得準備晚餐。但妹妹很可愛，她會用包袱布包起小竹籃，替我到稍遠一點的地方跑腿。母女三人吃完冷清的晚餐，帶妹妹去澡堂回來後，已經沒有力氣做任何事情，只是好想、好想睡覺而已。令人慚愧的是，隔天我又拖著彷彿綁了鉛球的身體和心靈前往省線車站，擠在茫茫人海中，重複毫無希望的一天。這般日復一日的生活何其悲慘？話雖如此——神無論將人置於何種境遇，必然會在他們周圍賜予某種事物作為心靈寄託，不是嗎？至少當時我便是如此相信，甚至感謝那股不可見的力量。心靈寄託——那是在同一間辦公室，坐在我隔壁的英文打字員。我們這間辦公室光是英文打字員就有三位，其中一位主要擔任經理的祕書，很少待在房間裡。另外，還有一位跟我一樣是日文打字員，總共五個人占據一個房間，喀嚓喀嚓地打字。

忙起來的時候工作堆積如山，但沒事的時候也真的閒得發慌。這種時刻大家就會天南地北地閒聊。其他男性員工蜂擁闖入，倚著這張或那張桌子，從彎式菸斗或濾嘴包著金箔的進口香菸吐出一團團煙霧，大聲談笑，在女性面前旁若無人地講著失禮的笑話，而大家卻得配合這些人表現出聽得津津有味的模樣。起初我很驚訝，不過獨獨一人不參與那些笑話，在打字機旁邊專心埋首閱讀厚厚的外文書——美麗這個詞彙可能不太貼切，不過在我看來她有如冰山美人。由於她沒有隨眾人一起說長道短，男同事便譏諷她自命不凡啦、傲慢啦、沒有女人味啦、太新潮啦。儘管如此，那美麗丹脣始終不曾對他們輕啟，何況她在辦公室基本上亦是不苟笑談之人。話說回來，第一次進辦公室的時候，卻是她主動跟我搭話。打從一開始就覺得她像是令人傾慕的姐姐，既想依偎在她懷中撒嬌，也想哭泣。偶爾談話間提及的事情觸動她的心靈，她總不吝給予充滿力量的安慰與鼓勵。就連至今尚未見過她的母親，也為我欣喜地表示：「有這麼好的同事，妳工作上也比較安心了。」晚餐時，跟母親和妹妹講述她的事情，即便只是微不足道的小事，也是我的愉快消遣。她在工作之餘教我英文閱讀，跟我說：「既然妳在學校已經學了基礎，只要肯努力，就能掌握訣竅。」只要懷抱夢想，總有一天願望將會實現；不論日子多苦，有希望的人便能得到救贖。她認為即使形式上的希望並未達成，擁有希望的生活本身就是人類的幸福，並經常勸我不可以放棄音樂的夢想。這位溫柔的姐姐名叫山田麻子。她來自四國土佐，叔叔是大名鼎鼎的反叛人士，曾經為此入獄的社會主義者。她的確像個追求真理的新人類，個性剛毅、思路清晰、自尊心強烈。我們天天下班後一起走到東京車站。其間她以沉重的語氣訴說對已故叔叔的懷念。

這是某天發生的事情。那是勾起我傷心回憶的四月分。姐姐在她辦公桌上的打字機旁邊放了一盆開著純白和淡紫花朵的風信子。辦公室一片殺風景的打字喀嚓聲、紙張、廢紙簍、嘎吱作響的桌椅之中，那清雅綻放、內斂飄香的花朵幾乎有些格格不入，氣質恰似姐姐其人。指尖索然無味地在打字機敲出喀嚓聲響之際，悄然飄來的花香撫平了我的心靈。每當這種時刻，我便放下疲憊雙手朝姐姐的方向看去，姐姐似是心有靈犀，也朝我望來，眼裡帶著笑意。然而，這分幸福沒有持續太久。那群大模大樣跑來我們辦公室的男同事給姐姐帶來不少困擾，某天發生一件事情讓她忍無可忍，便對我們說：「各位，我們的休息時間被那種沒禮貌的人破壞、浪費，損失實在太大了。既然他們一點紳士風度也沒有——我想我們只能拒絕對方。」大約就是這個意思。眾人聽完，無不表示同意，異口同聲道：「就是說嘛，我們每天也是覺得非常愚蠢，又不得不勉強陪他們聊天，這確實是對女性的侮辱。」姐姐斬釘截鐵地表示：「那麼，我就代表各位將意見轉達給經理，今後嚴禁其他員工在非公務的情況下隨便進出這個房間。」大家也懇請她務必這麼做。姐姐後來可能是對經理說了她平時經常掛在嘴上的那番論點：「我們的辦公室既不是其他員工的吸菸室，也不是俱樂部。再者，我們固然是獨立的職業婦女，卻絕非咖啡廳或酒吧的女服務生，除非出於本人意願，否則陪男士聊天對我們都是一種侮辱。請用你的職權禁止他們隨便進出我們的辦公室。」她大概是這麼說的吧。姐姐靜靜離開經理的房間。姐姐說的事情是正確的，因此我相信經理應該會執行。可是，唉，事情在隔天有了變化。除了姐姐之外，我們輪番被叫進經理辦公室，我則是最後一個。一進門，只見身材矮小、紅光滿面、整個人胖到快炸開的經理叼著一根雪茄，靠在椅背用質問的語氣說：「我請妳們在這間事務所工作，妳們卻大發牢騷，婦道人家竟想搞什麼罷工嗎？太不像話了。自古以來，婦女就該像貝原益軒的《女大學》，還有《女今川》、《女庭訓》教的那樣，把順從放在第一位，尤其是日本婦女更該如此。昨天山田也趾高氣揚地說什麼以後想禁止其他員工到妳們的辦公室，那女人平常就高傲得緊，真教人頭疼。公司有那種賣弄學問的女人，感覺非常不好，還經常破壞公司內部圓滿和諧的氣氛。身為女人卻反抗男人，太不懂規矩了。」他一邊吞雲吐霧，一邊說著。這出乎意料的情況讓我非常驚訝。同時，因為受僱於人，就只能默默聽著對方辱罵心愛的姐姐，我心裡的痛苦難以想像。經理接著說：「山田的語氣聽來，妳們全部贊成山田的意見，才由她代表發言的，這到底是不是事實呢？我從今天早上開始把妳們一個一個叫進來問清楚。結果呢，山田說的全是謊言，所有人都說她們沒有贊成那種無聊事，不是嗎？真是不像話。這陣子金融界又不景氣，事務所為了節省節費也正在裁員，如果在公司有什麼不愉快，除了讓妳離開也別無他法了。」經理停頓了一下，再直勾勾地盯著我，問道：「妳贊成山田的說法嗎？」當時的我是何種心情呢？我一心只想挺身而出，獨自為我心愛的、心愛的姐姐證明清白。哦呵，可是，我如果那麼做，就會被這間事務所解僱吧？母親一人難以支撐全家生活，再怎麼量小力微，我也得盡一己之力。萬一我失業了，母親和妹妹從那一天起就得吃苦受罪。哦呵，為了生計背叛所愛的可怕屈辱——我再也無法忍受這種情況，臉色煞白、不顧一切地從經理室奪門而出，拖著沉重腳步回到辦公室，姐姐猶自靜靜工作。她見我進來，投以親切眼光，那雙眼彷彿在說：「妳是我唯一相信的人。」——偏偏我是個無恥之人。我方才不就像其他人一樣，徹頭徹尾出賣了姐姐？犯罪者的齷齪眼睛，又如何能夠回望姐姐的純潔明眸？我低著頭，咬著唇，坐在位子上顫抖。這時經理叫姐姐過去。片刻後，她回來了。神色平靜自若，卻似強忍無言的孤寂，我好想跪倒在她腳邊乞求她的原諒。然而，軟弱的我只能在內心反覆懺悔：「姐姐請原諒我——」姐姐把自己的辦公桌收拾得乾乾淨淨。未幾，五點下班時間到來。姐姐這時向眾人頷首道：「各位，謝謝妳們這段時間的照顧。基於某些原因，我今天起將離開這裡。祝各位一切順利。」「咦——」背叛者們一陣驚呼，終歸是有些尷尬。姐姐從收拾乾淨的桌面拿起唯一剩下的風信子盆栽，放到我的桌子上，說：「甲子小姐——這留給妳當紀念吧，不要忘記給它澆水。」哦呵，那一刻，我湧起強烈的罪惡感，情願墜入地獄業火接受制裁。偏偏姐姐還是那麼地溫柔，她說：「一起走吧——」臉也不敢抬起的我，跟著她有氣無力地走在路上。平常一想到這條路上只有我們兩個人就開心不已，這天的心痛與悲傷卻是筆墨難以形容。

「今天是我跟甲子小姐一起走這條路的最後一天呢。」她落落寡歡地說，我卻無言以對，只是拚命忍住淚水。兩人在月台上傷心道別，我的電車先到了。「妳妹妹一定很寂寞，趕快回家吧。」她特意趕我上車，目送我離開。「那麼，請保重。好好學習，不要放棄希望。我不管去哪裡，都會為妳祈禱，希望妳未來的路越走越寬廣。」她隔著車窗輕聲訴說最後的話語。我那雙滾滾熱淚淹沒的眼睛貪婪不捨地盯著姐姐孤單凝立的身影，此時電車發動了。哦呵——哦呵——最後——最後一句「請妳原諒我」，那揪在胸口的哀傷終是說不出口，從此天各一方，之後我又如何能有勇氣見她呢？從那天開始，背叛者不得不背負的幽暗陰影就深深地、深深地糾纏著我。我那顆心已將光明世界緊鎖在外。壓抑悲傷的心情，每天無精打采地到辦公室，辦公桌上那盆花朵兀自綻放，而我，正如對方交代不要忘記澆水，澆下了自己的淚珠。

悲傷的風信子，孤獨者的命運，想來眼前就是黑暗一片。我們就算這樣也不能放棄希望嗎？還是必須努力下去嗎？我不知道。我已經寫得有點倦了。

為什麼我要寫這些事情呢？可是，一想到只能將這分苦澀傷心的懺悔寄託在這花朵永遠嘆息，我就不得不提筆。

倘若老師能將這分苦澀心情採擷至您的大作中，至少也能成為寂寞女孩的唯一安慰。

每每以輕鬆愉快的心情打開素未謀面者寄來的信——這封信亦是其一，然而讀完後，我窺見一個迄今不曾見過的清冷灰色世界，心情便為之一沉。雖然我不是不曉得人生本有許多愁苦、悲傷與嘆息之事——唉，這封信裡也有這樣的悲傷嗎？我恍若又被強加一副心靈重擔——心情不由得鬱悶如鉛。

我一遍又一遍地重讀結尾，還是忍不住淚流滿面。信封上沒有地址，但從郵戳模糊的印跡可以看出「白金」這個地名，寄件人是加津甲子小姐——甲子小姐，以及麻子小姐，歡迎妳們兩位光臨寒舍，我這間小書齋的門，隨時都為妳們開啟。請讓我的眼淚加入妳們的淚水，讓我們一起哭泣吧。

# 香水草

不論能否感同身受，你看！那毀滅性天災無情肆虐後的城市慘狀——面目全非的景象——傳說中的南歐龐貝古城廢墟便是這番模樣嗎？在我心如刀絞的那段哀痛日子，好友來訪告知：「因為這場大地震，大部分書商都慘遭祝融，其中若干書籍再版不易，甚至聽說有可能絕版，某書店的《威廉．布萊克語錄》這種好書亦是其一。現在不趕快把渴望已久的書買下來，將來必定後悔莫及。」友人此言不無道理，兩人二話不說，當即挨戶走訪附近大學前的倖存書商，四處瞎撞尋找看得上眼的書籍，期間偶然行經一間小書店，卻見成堆舊書隨便扔在門口角落，任由街上塵埃吹拂，慘不忍睹——想來不是什麼典藏名書，才被棄置角落。每本書的封面裱褙都破爛泛黃，布滿灰塵。同行友人開玩笑地拿起其中一兩本書端詳，「這不是古老的法國雜誌嗎？妳看看。」她指著的那本雜誌，封面破損大半，諸多缺頁，裝訂膠脫落，綁線也斷了，勉強地持雜誌外形而已。或許出於好奇心，友人不願就此放手，啪啦啪啦翻著內頁，「妳看，這首詩的題目挺有趣哩。」友人伸手指示處寫著「Les sables du desert」，她所謂的有趣，應該是那句話的意思「沙漠之沙」吧。「我們買回去讀一讀這首敘事詩可好？」友人轉頭對我一笑，抱著那本舊雜誌，朝店後方喊：「這本多少錢？」店主模樣的老人走出來一看，竟也忍不住勸阻：「那本雜誌太髒太爛了，這架上還有很多封面完整、內頁也乾淨的書，兩位覺得如何？」我們仍然丟下一枚小銀幣，帶著雜誌離開。

之後繼續到各家書店物色書籍，可惜始終沒看到中意的。兩人就只抱著那本破舊的法國雜誌回我家。既然有緣買下，兩人決定至少讀一讀裡面那首詩，於是仰賴一本厚厚的字典努力閱讀——

南方多夢領土
美麗城堡住著絕代公主
城堡花園旁有市場購得奴隸三千
一名少女身在其中
秀髮如墨，雙瞳憂愁熾熱
衣衫襤褸
赤足而行
不知鞋為何物
她佇立花園噴泉畔
日夜仰望城堡窗口
窗口公主麗影朦朧

日升月落，星辰流轉
少女奴隸初心不變
依然佇立城堡花園旁
仰望城堡窗口

啊啊，痴戀公主已三載
此年暮春時分
白晝天際現星雲
日暈光環當空照
大地轟隆怪聲起

快瞧，城堡彼端火山巍峨
災禍迫眉睫，紅蓮火柱連天際

熱灰四處濺，赤紅熔岩從天降
地面數萬蒼生哀號如暴風呼嘯
王城危在旦夕，騎士奔逃馬兒倒
三千奴隸已無蹤
卻見一人獨戰火山
跨入城堡大門者
不知勇士何許人
看，正是那名少女——
佇立噴泉畔的奴隸女孩
「公主身在何方？」
呼喚充滿殊死決心
數小時過去
眼見熔岩即將破開城牆

這一刻逃出城堡的那名少女
背上牢牢負著
殘喘掙扎的公主嬌軀

駭人惡魔時刻終結
紅色火柱消失，徒剩滾滾濃煙
啊啊，可恨不祥火山
翌日鄰國王城馳來
廢墟王國路上軍隊戰馬嘶鳴
馬上一人乃鄰國王子
誓立公主為后的青年
王子尋公主來也
嗟乎！城邑竟如沙漠一望無垠

「把公主找來！」年輕王子喝令，
士兵奔走廢墟

未幾一名士兵歸來回報
「公主平安無恙，就在女奴背上。」
如此這般，
躺在奴隸少女背上的公主現身
「公主啊。」馬上王子喚道，
扔下長劍伸手
「親愛的王子啊。」
少女背上公主喚道，
奔向馬上王子懷抱
「重金犒賞拯救公主的忠心女奴。」
王子飭令，策馬返回自己城堡
佳人護胸口，駿馬疾馳去
奴隸少女石化原地
「拿去吧，給妳的豐厚犒賞。」
士兵將一袋金幣革囊遞給少女
只見她秀眉一挑
灼灼眼眸如電
香脣顫抖無語
雙手將一袋金幣拋在地上
革囊破裂，黃金落葉四散
士兵相顧愕然，少女卻已不見蹤影

啊啊，就在那個夜晚
不知昨日浩劫，河岸升起一輪明月
銀光照亮踟躕少女
而今城池埋灰下
美麗花園成追憶
潺潺碧透噴水畔
水已乾枯，灰燼滿布
少女踽踽徘徊，
遊遊蕩蕩最後不支倒下
少女倒臥處吹來

恰似沙漠之沙的火山灰
啊啊，城堡被埋了，
花園噴泉被埋了
旁邊的奴隸少女終於也被掩埋了

不知過了多少年
古城遺跡變為蒼涼沙漠曠野，
寂寞無限風吹沙
穿越曠野的長途旅人身心俱疲
連可供歇息的樹蔭亦無
氣喘吁吁的旅人眼前
有一泓清澈湧泉汩汩
不是旅行煩惱所生幻影
而是真真實實一道碧泉
那流水邊上有一叢淡淡的白
無花果樹與小草花朵盛開

旅人衣袖輕輕觸，淒淒芳香久不散
世人名之香水草
哦，那花朵的花語是
——意味著奉獻，同時亦象徵執著，
豈不悲哉？

我們以拙劣的意譯讀完這首詩——其時初秋，天色暗得很快。儘管已是掌燈時分，由於那場可怕的大地震，仍舊無法使用電燈，只能仰賴熒熒明滅燭光，淒迷昏暗中，詩篇最後的文字之所以模糊難辨，不僅是因為光線不足，亦是由於我們眼中湧出難以抑制的淚水，讓眼前朦朧一片。

（記於大正十二年十月十四日）

1 譯註：大正十二年（西元一九二三年）九月一日上午十一點五十八分發生關東大地震，規模七點九。罹難暨失蹤者約十萬五千人，傷者約十萬人，住宅全毀約十三萬棟，半毀約十三萬棟，燒毀約四十五萬棟。

# 香豌豆

## 第一部

事情發生在——真弓升上三年級的春天。

真弓在開學典禮前一天返回宿舍（跟其他人一樣），結果開學典禮一早下起濛濛細雨，她獨自個匆匆走在宿舍通往校舍的走廊時，跟佐伯同學不期而遇。佐伯同學上氣不接下氣，一副心神不寧的模樣——這麼說來，真弓昨夜、今晨都沒在食堂見到對方，換言之她該是早上剛剛回來……

「妳現在才回來嗎？」

「嗯啊，因為我爸爸身體不大舒服……」

「咦，這樣啊，他怎麼了？」

「沒什麼，現在已經好多了——哦，我媽媽也向妳問好……」

「謝謝，我爸媽也有託我跟妳問候一聲……」

交情一般的兩人禮貌性地寒暄時，「……不好意思……」一個遲疑不定的可愛聲音在她們身旁響起。兩人一齊轉頭，只見一名從未見過的女孩——髮辮上的深紅色蝴蝶結左右擺盪，優雅可人又別有韻味的美麗小人兒，手裡拿著被雨淋溼的皮球正欲從兩人旁邊鑽過。偏偏這條走廊猶如事後臨時增建，狹窄得緊，兩人又堵在正中央說話，另一個人若想從旁邊通過，不可能不碰到對方衣袖——是以小人兒客氣出聲招呼。

「沒關係，喏，妳過去吧。」

真弓說完，對方微微頷首通過，先走了兩三公尺，再朝休息室跑去。她是一年級新生吧——真弓尋思，佐伯似乎同樣若有所思，雙眼追著方才那位小人兒的背影。

「那我們待會兒見……」

真弓開口道別，佐伯同學這才移回目光，忙不迭地問道：

「典禮還有一段時間才開始吧？」

「嗯，可能還有二十分鐘左右。」真弓說完，「哦，我得先回房間整理一下行李……」佐伯同學快步跑回宿舍，真弓則直接走進校舍。真弓剛出現在雨天體育場兼學生休息室的廣場入口，江木同學一行人便飛奔而至。

「好久不見！妳昨天回來的嗎？」

「是啊。」

春假不過兩個星期，說「好久不見」也挺微妙，總之一個小團體在此成形，眾人開始閒話家常。

「這次的一年級，有一個非常『悲絕哀絕斷腸記』的人物呵。」

不知誰這麼一說，江木同學就接口：

「啊啊，有有有，那個的確是『悲絕哀絕斷腸記』哪。」

眾人聽了笑出聲來。

——話說這「悲絕哀絕斷腸記」的典

故——出自去年秋天的籃球對抗賽。由於團隊缺乏練習、傳球失誤、多次錯失投籃機會，終以敗戰收場。當時運動部學生群情激憤，在那年學生會報《鈴蘭》的比賽報告上，以特大字體下了前述〈悲絕哀絕斷腸記〉的標題。從此以後，這就成為學生們特別鍾愛的萬用詞彙。它可以用來形容驚訝、駭人、悲傷、滑稽、憤怒的事情，也可以用來描述美好、精緻、感人、唏噓、讚賞的事情，靈活運用於各類情境，表達不同寓意。一旦融入這間學校的氛圍，便能清楚掌握這古怪感嘆詞或形容詞的各種意涵。

　而在這個情境中，江木同學她們的意思不必說當然是表達美麗可愛一類的內容了。

　不久鐘聲響起，眾人走進禮堂。平時都是從一年級開始依序進入，唯獨在開學典禮，一年級新生排在最後，由二年級開始進場。待五年級各班都進了禮堂，一年級新生才魚貫而入。她們還不熟悉「朝會進行曲」（學生這麼稱呼它），步伐跟得七零八落。

「喏，我跟妳們說那個『悲絕哀絕斷腸記』是誰喲。」

　江木同學自顧自地說。過了片刻，新生小人兒穿過排排坐在左右兩側的學姐，走到前方的空座位處。

「瞧，那個，就那個，紅色蝴蝶結，看到了嗎？」

　江木同學伸手悄聲道——真弓朝那兒望去，深紅色蝴蝶結飄拂的女孩……正是方才從宿舍來此路上，穿過自己和佐伯同學身旁的那個人。

「喏，她堪稱本學年度的最高傑作吧？」江木一本正經地說。附近同學聞言，咯咯竊笑，其中也有人不悅蹙眉，氣鼓鼓地責備：「不好啦，妳別發揮這種莫名其妙的學姐意識。」江木同學這傢伙，說話可真是牙尖嘴利。

開學數天後，江木同學又在休息室向眾人宣布：

「那個『悲絕哀絕斷腸記』果然厲害，真的！聽說她每天都會收到四、五封信呢。」

眾人聞言，自是「江木同學又來了」的一陣大笑。

「這麼嚷嚷的江木同學，您自己該不會也是天天寫信給她吧？」

有人揶揄道。

四月時，按例要決定學生會委員。全體指導委員一律由五年級出任，其下另有四、五位四年級委員擔任助手，三年級僅由A、B兩班推派兩名園藝部委員。整理照顧花圃並不是什麼受歡迎的工作，升上高年級的學姐自然就想把它丟給三年級管理，實際照顧則交由一、二年級來做。

於是乎，三年級A班由吳尾同學出任，B班則推派真弓。園藝部這種麻煩事……真弓心裡嘀咕，卻也無可奈何。

星期三放學後，園藝部成員在理科教室集合，五年級的指導委員打過招呼後，交代吳尾同學和真弓把種子發給一、二年級各班派來約莫十名的值班人員，兩人分別管理四、五名學妹，讓她們負責播種、照顧苗床、移植、澆水，直到開花。吩咐完畢後，五年級委員表示自己另有要事。

「剩下的就麻煩妳們兩個囉，沒什麼大不了的，就是把這一袋袋花卉種子公平發給小朋友們呀，讓大家在這些木牌上寫寫花名和負責人的名字呀，最後讓大家在花圃弄個苗床就可以了。」

她們拋下這句便開門揚長而去。

留在教室的吳尾同學與真弓面面相覷——卻也不能不克盡己職，於是開始分發裝著種子的袋子和球根等物品。

春天播種的各種花卉，包括：虞美人、向日葵、長尾鳶尾、勿忘草、櫻草、仙客來、劍蘭、富貴菊、康乃馨、松葉牡丹等等——「誰快點來拿走秋櫻！」兩人如此這般一袋接著一袋分發美化花圃用的種子。沒有規定哪個要給誰，就是從成排種子的其中一端開始分發。這樣依序遞給學妹，最後真弓手裡只剩一袋種子，其餘都發完了，吳尾同學這廂則是發得一個不剩。

「還剩一袋呢。」

吳尾同學如此說。

「嗯啊，是什麼呢？」

真弓邊說邊念出袋子上的花名——Sweetpea。

「哎呀，剩下一袋好種子哩。」

「待會再到花圃找人來種吧。」

真弓正跟吳尾同學討論時，教室門冷不防打了開來。

兩人回頭一看，一朵深紅色蝴蝶結晃

晃悠悠……江木同學的口頭禪「悲絕哀絕斷腸記」進來了。

「那個，我是一年級A班的值班人員……呃，我剛才有籃球練習，所以遲到了……」

她彷彿做了一件糟糕透頂的事情，緊張兮兮地道歉。

吳尾同學和真弓噗嗤一笑。

「好，那麼就當遲到的獎勵，我們給妳一袋特別棒的種子。」

真弓說著，將剩下來的最後一袋香豌豆種子和標示花名的木牌遞給那名女孩。

「謝謝。」

她活似中了什麼大獎，喜不自勝地一個鞠躬，復又走出教室。可憐她大概是籃球練習累壞了，雪白額際沁出汗珠，雙頰微紅——這麼說來，她也讓人聯想到粉紅色的香豌豆。

在理科老師們的指導下，一年級在花圃製作苗床、各自播種、旁邊插上記載花名和照顧者姓名的木牌。其中一張木牌寫著「Sweetpea，一年A班酒井綾子」。老師交代每星期要巡視花圃一、兩次，所以真弓與吳尾同學被迫繞行光禿禿一片沒有半分風情的苗床時，這張木牌不經意躍入視線。啊啊，這就是那個學妹的名字嗎？真弓漠然想著，如此而已。

在美麗花朵綻放之前，學校沒有任何人走近花圃。只有一、二年級基於職責，勤勤懇懇地拿著小鏟子或鋤頭除草、提著桶子澆水。

四月上旬才開始播種，其中有些花期

已過，有些時期尚早，要讓種子一齊發芽頗費工夫，不過苗床總算長出一片青翠新芽。接著待幼苗長到一定程度進行移植，並在花圃規劃各自空間，照顧者的木牌也同樣一清二楚地插於其下。哪種花會最早綻放？誰負責照顧的空間會開得最美？眾人滿腔熱血，視之為一場花卉競賽，還有人瞞著老師偷撒超過標準用量的花草園藝專用肥料粉，反倒枯死了好不容易冒出的幼苗，自怨自艾。

時近五月，大紅虞美人率先在纖柔綠莖上冒出窈窕碩大的花蕾，輕盈可愛的葉片亦增添一分韻味。秋櫻、松葉牡丹、長尾鳶尾等等的幼苗甚至因為長得太茂盛而必須丟棄。成績最差的則是勿忘草，明明撒了一整袋種子，卻不知冒出地面的幼苗跑哪兒去了，悽悽慘慘戚戚。石竹、長萼瞿麥一類也迅速長大。香豌豆則是早早伸出藤蔓尋求竹竿支撐。酒井綾子等人綁起束袖帶，將細竹條組成適當形狀，讓藤蔓的柔美青絲盡情攀纏。

不久時機到來，花朵綻放。寸餘高的木牌猶未被泥土掩埋，兀自在那香豌豆花朵下方屹立不搖，而牌上標示的「一年A班酒井綾子」字樣——這次引起了人們的注意。苗床時期若非走近，根本看不見這張木牌，現在花朵一開，被花兒吸引過來的人們無不望著木牌感嘆：

「喲，香豌豆，還有酒井綾子同學！多麼美好的對比啊！」

「園藝部委員也很貼心呢。」

「是花還是人？是人還是花？是香豌

豆還是酒井同學？是酒井同學呢？還是香豌豆？啊啊！」

「妳跟念經一樣地說什麼啊？」

全賴如此，花圃賞花人潮大勝往年，香豌豆前面更是人山人海。真弓和吳尾同學某天放學後到花團巡視時，發現萬眾矚目的香豌豆下方的三吋小木牌背面似是寫了什麼。兩人拔起木牌翻過來一看，哎呀呀，是誰家女孩的惡作劇呢？只見黑忽忽的鉛筆字跡寫著「悲絕哀絕斷腸花」。

真弓對酒井學妹與日俱增的人氣很是訝異，而酒井學妹當時已經開始被大家稱為香豌豆了。因為香豌豆念起來太繞口，後來就簡稱為「豆」，人人都在背後喊她豆同學或豆學妹。

若是讓那位江木同學說上一句，她多半會講：「豆學妹把全校迷得暈頭轉向。」

豆熱病也好，豆思病也好，傳染越演越烈，就算到這年第二學期，乃至於第三學期，即便花圃的花兒都凋謝乾枯，腐爛在地，眾人仍前仆後繼地暗戀那花朵所象徵的酒井綾子。不知跟此事有何關聯，休息室的公告板向來都是張貼基督教青年會的海報或學生會的報告，可是到了第三學期，失物招領用的黑板上以粗大的粉筆字寫著一首和歌——

**深夜思君踽踽獨行**
**盲人笛聲撩吾心弦**

無須添加注釋，盲人的笛聲肯定是「嗶——」，恰如香碗豆的「PEA」，妙極！妙極！眾人對這首名詩感嘆良久。話雖如此，五年級學姐趕在被老師們發現前，苦笑著擦掉黑板字跡告誡：

「這黑板不得公器私用。」

休息室爆起一陣笑聲。真弓等人也嘻嘻哈哈地走向運動場，卻見這廂酒井學妹正專心練球，壓根兒不曉得一首跟她有關的和歌在休息室黑板前掀起軒然大波。寒風中的酒井學妹一身體育服，黑褲子下的一雙長腿穿著顯瘦黑絲襪，只見她奮力跳躍、輕盈轉身，高舉右手將球送入籃框，擺出優美俐落又巧妙的上籃姿勢，依舊是眾所矚目的焦點——

「豆學妹那麼受歡迎，她卻一點也不放在心上，還是一派瀟灑單純，全神貫注在運動上……令人好生佩服。」

圍觀人群眾口交譽。

「看太久小心被人說是迷得七葷八素，快走吧。」不知是誰冒出這麼一句，逗得在場眾人齊聲大笑——許多人紛紛離去。真弓與友人正要離開時，江木同學忽然說：「啊啊，怪了。」接著嗤嗤笑了起來。

「到底有什麼好奇怪的？」大家都想一探究竟——「妳們看那裡，枯柏同學正陷入渾然忘我之境。」她這麼一講，人人忍俊不禁，四處張望，有了有了，佐伯同學就在——

「噯，那位佐伯同學竟然也……」所有人都嘖嘖稱奇。

佐伯同學獨自站著發呆。她本來就沒什麼朋友，所以一個人站在運動場發呆倒也說不上奇怪，怪的是她竟敢在大庭廣眾下目不轉睛地觀看籃球練習。這麼說來，她好像一直盯著酒井學妹——

「人不可貌相，想不到那位枯柏同學！」

眾人七嘴八舌，舉步離去。真弓也感到匪夷所思，難道那個佐伯同學真像其他人一樣愛上了酒井學妹嗎？向來沉穩內斂的那個人；儘管跟真弓一樣都有一位牧師父親，但和自己截然不同，活脫脫一名牧師女兒的那個人；除了學校課業、背聖經、練聖歌和擔任主日學助手之外，對所有事情都不屑一顧的那個嚴肅聖經婦女型人格，天打雷劈都不管的那個人；因為性格跟其他人天差地別，結果被班上的壞嘴巴起了「枯柏同學」這種怪異綽號的那個人；完全無法想像她也是暗戀校園紅人酒井學妹的人之一，直教人顛倒錯亂。那個佐伯同學理當率先說：「哦呵，各位，身為上帝子民，我們必須把所有朋友視為姊妹愛護，只偏愛其中一人乃是罪過，必須早日悔改。各位，請跟我一起禱告。」她明明該這樣裝腔作勢地認真說教才對呀……怎麼想都太不對勁了。又或者當時她只是覺得籃球練習很有趣才盯著看，並沒有特別注意酒井學妹也說不定，是了是了，肯定是這樣。大家不過是覺得懷疑她很有趣——真弓替佐伯同學想了這麼一個理由。事實上，她跟佐伯同學無論是在學校，還是宿舍，都免不了被放在天秤上比較。兩人父親都是牧師，彼此早就認識，加上同班，又都住校，自然常常被人拿出來比較，很容易聽見「同樣是牧師的女兒，這個如何如何，那個怎樣怎樣」之類的評論。兩人當然也意識到這個情況，不免開始在意對方，少女心也為此吃盡苦頭。「爸爸為什麼要選牧師這種奇怪的職業呢？」真弓不但有這種想法，有時甚至對父親心生怨恨，無疑既是不肖女，亦是不孝女。佐伯同學則恰恰相反，她感謝自己身為牧師女兒的命運，為免損害父親名譽維持嚴謹的生活態度，真弓那種大啖文學禁果的異端行徑更是想都沒想過，是個信仰堅定的好學生，而且熱心服務，獨力承擔主日學助手的職務。但可惜的是，她也因此被同學視為枯燥乏味之人，說班上人氣這種東西也很奇怪，總之說白了，她一點人氣也沒有，同學還在背後貧嘴薄舌地喊「枯柏同學」、「枯柏同學」，或是「阿門伯爵的千金哈利路亞公主」——相形之下，真弓則是不惜扯謊也要去看電影，熱衷閱讀小說卻懶得用功，還會跟大家一起說老師的壞話，或許是這種不良性格引起共鳴，班上同學都跟她非常投緣，相得甚歡。另一方面，對教職員辦公室來說，真弓則是一號麻煩人物，校長的黑名單上應該也有她的名字，可若非如此，她在班上便談不上影響力，此乃世間通用的潛規則也！

性格迥異的兩人出現在校園就格外引人注目，堪稱鮮明對照！兩人各有各的優點，不過假使佐伯同學愛上酒井學妹是事實，這個對照便略有差錯，因為兩人的位置顯然反過來了。

請想想看，愛上美麗的酒井學妹這種事（儘管說來尷尬），分明更像真弓的行為，卻偏偏、偏偏是那個枯柏？！

特此聲明，真弓對全校神魂顛倒的酒井學妹沒有一絲半縷的興趣。相反的，因為大家在那兒豆呀豆地嚷嚷，她甚而有一些些反感。

## 第二部

第二學期到來。

又是籃球比賽的日子——秋高氣爽的星期六。

啦啦隊傾巢而出。大部分的住宿生也齊赴盛會。她們早在一星期前就風風火火做了繡著校徽的紅色三角加油旗，一行人浩浩蕩蕩出門。

真弓卻選擇留在宿舍，沒有加入她們——她到二年級為止也是網球選手，命運捉弄下得到習慣性脫臼後，不得不斬斷網球情緣。當時的失落、沮喪——為了轉換心情，她開始瘋狂閱讀，看得懂的書也好，看不懂的書也罷，她不管三七二十一拿起來就看。這為她開啟了一條救贖之路。

考量自身心情，實不宜隨隨便便去今天這樣盛大的比賽加油。真弓曉得自己在這類場合很容易激動，因此不免傷感……畢竟她是有著肉體殘缺的不幸女孩……

今天就一個人躲在宿舍看書吧——這怎麼想都是最明智的選擇。

她決定把最近瘋狂沉迷的《約翰·克利斯朵夫》第二卷看完……真弓在房間書桌前坐下。話雖如此，因為到處都是學生鬧哄哄的聲音，她有點定不下心。想起大夥練完加油歌動身出發的模樣——她心神不屬地離開書桌，隔窗向外眺望。我也去瞧瞧嗎——她默默想著，悵然若失。眾人齊赴盛會，獨留她孤孤單單，這跟開心完全沾不上邊，甚至是開心的相反——

當然除了她以外，好像也有人因為生病或其他理由沒去，但那只是極少數的兩三人而已。

落寞的真弓怔怔望著校園，趕來加油的人潮越來越多——她的目光驀地停在人群裡的佐伯同學身上。

佐伯同學，佐伯同學——那個人擠在加油人潮中，把紅色三角加油旗當寶一般地揮舞——那不可思議的景象委實超乎想像。

照理來說，今天這種日子，那種人首先就該躲在宿舍埋首苦讀才對……真的很奇怪——她居然拿著什麼紅旗出去……佐伯同學平常就非常用功，考試期間更是如此。尤有甚者，當大家考完放下心頭大石，從骨子裡開始鬆懈時，佐伯同學依然不肯離開書桌，卻拿起柏井園教授的巨著《基督教史》來翻閱。這方面令真弓等人歎為觀止，難望項背——

可今天連她都忍不住出來湊熱鬧了。

傍晚，加油大隊累吁吁地返回宿舍。

「我們贏囉。」

她們眉開眼笑地報告。

去年的〈悲絕哀絕斷腸記〉今年再也用不上了，可喜可賀。不過，眾人又笑成一團。

「今天可真是怪得不得了欸。有人故意在加油的時候惡作劇，陰陽怪氣地大喊什麼『悲絕悲絕』、『哀絕哀絕』、『斷腸斷腸』的——偏偏那個豆學妹又是表現很亮眼的選手嘛，聽得笑死人、笑死人……笑死人了——聽說縣立的學生還以為『斷腸斷腸』是在叫哪個『加油團長』哩，實在是太好笑了。」

「這麼說來，也有些人是專程來替酒井學妹一個人加油呢……」

「不會吧……」

——真是的，又在講她了？聽眾都要聽膩啦。

比賽勝利，籃球熱潮也暫告一個段落，可是豆學妹——那位江湖人稱「悲絕哀絕斷腸記」的著名美少女，還是經常成為眾人的話題。

然而，唯獨真弓從未參與這類話題。首先，她曾經喜歡過學姐。她一年級的時候，苦苦暗戀一位叫水島千惠的五年級學姐……或許是這個原因，她對年紀比她小的學妹一點兒都不動心。

可能是因為這樣，酒井學妹在真弓眼裡並無任何特別之處。

受到全校追捧、令學姐們痴迷，一言一行就像充分意識著自己的美貌——陽光、爽朗、幸福到了極點，彷彿在說我的人生如滿月完美無缺（這種看法或許是旁觀者的偏見）——但真弓便是這麼看待酒井學妹，怎麼都無法喜歡對方。

——不久，冬季即將到來時，校園裡再也看不見酒井學妹的蹤影。

既像月亮仙子突然被雲遮住，又似天照大神躲進岩洞——豆黨支持者人人臉色大變，唉聲嘆氣，校園一片嘩然……

「聽說豆學妹生病了。」

「哦？很嚴重嗎？」

「有可能是肺病。」

「說得也是，畢竟她那麼漂亮——」

「她可有吐血？在比雪還白的床上。」

「好浪漫啊。」

「——一定收到很多慰問信。」

「妳在說什麼啊？」

諸如此類——傳言不脛而走。

是怎麼一回事呢？總之美麗女孩的病看來短時間好不了，她遲遲沒來學校。

就這樣，那年也劃下了句點。

直到隔年春天，酒井學妹仍未露面——雖然大家趨之若鶩的只是其花容月貌，不過愛美乃人類天性——正因如此，一旦當事人長期消失，「豆熱」也不知不覺平息衰退、勢微，最後更是逐日消失——也不必感嘆什麼人情比紙薄了。少了真人的刺激，少女心就很容易移情別戀嗎——無論如何，包括酒井學妹的各種八卦消息、她的名字與容貌都漸漸淡去。至於打從一開始就沒有參與這場旋風的真弓，則是對四周恢復平靜謝天謝地。

那陣子的佐伯同學——經常到處借筆記，而且借的還是一年級的筆記。

真弓同寢室也有一位成績非常好的一年級生。某天，佐伯同學來她們房間跟學妹借筆記。

「能借我兩天左右嗎？我抄完很快就

還妳……」

佐伯同學說完接過筆記，匆匆離開。

真弓看得目瞪口呆。堂堂三年級，這會兒竟然向一年級學妹借筆記來抄？是中了什麼邪嗎……

儘管摸不著頭腦，但別人家的事又去操什麼心呢？兩人沒有好到可以深入探問，又礙於父親職業相同，彼此心存芥蒂——

轉眼第三學期也結束了。

真弓和佐伯同學雙雙升上四年級——換過新教室，櫻花映眼簾

四月的校園氛圍——明亮、新鮮、充滿期待、朝氣與活力的氛圍——新一批一年級的小人兒大量湧入——生來喜新厭舊的學姐——有人說好像有個學妹長得像美國童星貝比貝琪（Baby Peggy），又是滿城風雨——去年轟動一時的悲絕哀絕斷腸美少女酒井什麼的，已被忘得一乾二淨——話說她很久都沒出現，搞不好因病退學了呢。

四月一如往常再次推舉學生會的新委員——這次真弓沒去園藝部，而是當上文藝部委員。說是文藝部——不過真弓的工作是負責整理好不容易在學校角落開始成形的圖書室。

真弓得一個人排好那些動不動就秩序大亂的書籍，分門別類、加以編號、製作目錄、防止書本遺失，以及擦拭書櫃玻璃門。真弓由於手臂舊疾不能運動，每每觀看他人在運動場上身手矯健便莫名失落，現在多虧這份職務，休息時間也可以光明

正大地躲在圖書室裡，倒也算不上痛苦。

職是之故——整個春天漫漫長日，真弓就躲在小小的圖書室裡啃書為樂，只是這裡當然不會有什麼好書。頂多是某某女士的「少女訓話」啦，什麼「女人之道」啦、「女性風範」一類的家政科參考書，或者像《日本婦女禮儀大全》啦、《親子教養科學》啦、《模範家庭》啦、《國民常識》等書，童話方面則有巖谷小波的《世界童話》全套，德富蘆花的《蚯蚓的戲言》和《自然與人生》，以及一本《竹崎順子》評傳而已——大家想看的書很少，所以圖書室徒具形式，乏人問津，非常冷清——芳心何事亂，簌簌櫻花殘的校園裡，少女或許會不捨春日逝去而在操場嬉戲，又有誰會來塵封網罥的小房間尋覓古籍呢——想當然耳啊。

正因如此，真弓多半是一個人在小圖書室。

四月過去，五月到來。某天午休真弓照樣獨自在圖書室一隅，翻看她從宿舍帶來的翻譯書，這時忽然有人開門——真是稀客，是誰呢？該不會是巡邏的老師吧？又要被罵「午休時間到外面活動一下」了嗎——真弓暗想，一時不願抬起頭。

結果那腳步聲悄悄地、略帶猶豫地來到真弓身旁。

「不好意思——我想看書……可以從那個書櫃自己拿下來嗎——」

聲音柔弱中帶著靦腆——啊，是學生！真弓聞言放下心來，猛一抬頭，「可以，歡迎，請拿吧——」

說完朝站在身旁的人看去，哎呀這可嚇了真弓一跳。

站在真弓身旁跟她說話的，你道是誰？那百分之一百是酒井綾子——長期病痛折騰下，她變得異常衰弱，瘦骨嶙峋弱不勝衣，憔悴得幾如一陣微風便要吹倒，膚色蒼白如薄紙，眼神暗沉愁容滿面——是疾病讓昔日粉紅花般嬌豔欲滴的美少女成了如今此等模樣嗎？現在若要將她再比作香豌豆花朵，或白或淡紫，總之顏色和存在都很淡薄，恰似微風中朦朧搖曳的花瓣，恁地可憐……

「咦，妳是不是休息很久了？」

兩人並非熟到可以攀談，可真弓萬萬沒想到對方會在此出現，憋不住要開口問。

「嗯——呃，因為我生了病……」

她囁囁嚅嚅，蒼白雙頰泛起一抹羞紅，垂下頭去。

「是呵，不過能夠康復真是太好了，是什麼時候回學校的呢？」

真弓禁不住追問。

「呃——前天——」她回道。

前天、前天——話說回來，原本如破曉星辰、樹梢新月那般人人嚮往的豆學妹，半年沉痾康復後再次現身校園，而今竟是無人聞問，休息室亦無半點傳言……盛衰榮枯固然是世間常道……這也太——真弓為之心寒，不勝唏噓。

「……那麼，我去拿那本書囉。」

酒井學妹向真弓行過禮，走到書櫃抽出一本書，在後方靠牆的一張桌子坐下。

真弓也再次將目光投向眼前攤開的書本頁面。

## 第三部

事情發生在五月細雨滴滴答答的鬱悶日子。

真弓一如既往、依然故我地在圖書室角落埋首閱讀，她讀的是坪內逍遙老師的《桐一葉》——書中主角木村長門守重成，痴戀嫵媚哀豔的可憐侍女蜻蛉，真弓為之感動落淚，全然忘了時間。這天室外不見陽光，室內自是幽暗不明，除非將書本拿到窗邊，否則就看不清楚文字。

真弓終於讀完《桐一葉》——闔上畫著一片桐樹落葉的封面，不由得深深嘆了一口氣。那是任何人讀完一本感人肺腑的書，必然出現的正常反應——真弓此時抬起乾澀疲累的雙眼，發現前方隔著一張桌子的酒井學妹也在讀著什麼——「哎呀。」真弓微微一笑。酒井學妹聞聲抬頭——室外烏雲罩頂，室內深灰瀰漫，微光中浮現的那張嬌靨美麗如斯——大病初癒難免消瘦憔悴，卻無損其麗質天生——真弓初次這般近距離端詳，一時間心蕩神迷。

真弓好奇對方在讀什麼，目光掃過，原來那人在翻閱《約翰·克利斯朵夫》譯本第一卷。真弓去年底才終於讀完那本書——酒井學妹竟已開始讀了——她不過剛升上二年級而已啊……

這種事情亦令真弓怦然心動。於是乎，倒也沒有誰先主動開口，兩人那天起就打破隔閡，聊起天來。

——不久暑假到來。真弓返鄉探親——隔沒多久，酒井學妹寄來一封信。儘管只有寥寥數語，但在看似普通的夏日問候中，無法不注意那隱藏在字句背後，某種難以名狀的幽微情意。

「假期對我來說太漫長了，很想早點回到那昏黃寂靜的圖書室跟學姐見面——」

信件最後這麼寫道。玄的是真弓心裡亦有相同念頭，好似被對方看穿般羞不可抑。

第二學期到來。

真弓睽違一個半月再次見到酒井學妹。相隔一個暑假再見到對方，伊人看來又健康了一些。少女初長成的酒井學妹似也有了煩惱心事，而且比起去年悲絕哀斷腸轟動校園的新生時期那種只是可愛漂亮的洋娃娃或寶塚風，她現在的美多了餘韻繚繞的氛圍。第二學期的籃球練習很是激烈，運動場天天熱鬧非凡。

無視那熱鬧場面，酒井學妹三天兩頭往圖書室跑。

「妳不打籃球了嗎？」

聽見真弓這麼問，她黯然一笑。

「是的，醫生說劇烈運動對身體不好，禁止我打籃球……」

她如此回答。哦呵，回首過去，這人光芒四射的選手英姿啊！真弓心裡一酸。

「——我罹患胸膜炎那麼久……一生都得非常小心才行。」

「是嗎……」

真弓也陷入悲痛的情緒。

「不過，妳現在康復了，還能來學校上課，應該沒問題了吧。」

真弓只說得出這種安慰……

「是的，要是連學校都不能來，我活不下去的。」

這句話教人心疼——

「但妳現在能夠來，而且休息那麼久還順利升上二年級，已經非常厲害了。」

——真弓語畢，試圖擠出一個笑容。

「是的——因為休養那段期間的筆記都有抄到……」

——請假期間也有抄上課筆記念書是怎麼一回事？

「哇，是嗎？所以是向班上同學借筆記拚命跟上進度的嗎？真不簡單！」

真弓自嘆弗如。

「是的，是那位佐伯學姐抄了所有的筆記寄給我的。」

「咦？佐伯同學？」

這句話太意外，真弓不敢置信。呃，所以果然是真的嗎？從酒井學妹剛入學，佐伯同學就為她傾倒……不過，現在也沒有人對她和佐伯同學的八卦有興趣了。

「——筆記是匿名寄來的，但我認為是佐伯學姐寄的，因為生病期間就只有她一直寫信給我……」

——酒井學妹如是說。確實除了佐伯同學，又有誰做得出這種事呢？眾多酒井粉絲剛開始或許是出於好玩或幾許仰慕之情，不惜在粉紅色信封和描繪銀色鈴蘭的信紙上振筆直書，寄給酒井學妹，但隨著時間流逝，她們也忘了酒井學妹，繼而轉向下一個和再下一個更吸睛的目標。在這種校園文化裡，唯獨某人自始至終貫徹堅定不移的心意，寫信安慰酒井，費心抄寫筆記匿名寄給她——哦，天哪，真弓被佐伯同學的一片真心打動，熱淚盈眶。

「……佐伯同學實在是太了不起了……妳要好好感謝她……」

真弓脫口而出，倒也沒有說教的意思——酒井學妹順著那句話接道：

「唔，我是很感謝她……不過……」

欲言又止的背後……哦呵，無可否認，感謝、感謝、感謝這個詞彙是如此冰冷刺骨。全心全意向另一人傳遞情意，得到的回報卻僅僅是「感謝」，佐伯同學將多麼失落絕望、淚水汍瀾呢？

「我……我……呃，除了感謝對方，實在無以為報……」

憔悴美少女言罷垂首，連那蒼白玉頸都越發鬱結透明……

僅能收到對方一句「感謝」的暗戀者固然痛苦，除「感謝」無以為報的被暗戀者，其無奈亦然呀！可憐大病初癒的伊人，其憔悴悒鬱皆因於此嗎？真弓沉吟，雖然事不關己，卻是感同身受，心情沉重，目光不經意落在眼前少女輕輕飄拂的瀏海，萌生一股憐憫之情。酒井學妹這時也抬起頭，眼神流露出吐露不為人知的痛苦後的輕鬆與一絲羞怯。那眼神與真弓投來的目光不期而遇……

——窗外運動場上的籃球練習如火如荼，人群歡呼聲從遠方某處傳來。只有兩人的小圖書室內卻是悄然無聲，靜得幾如落針可聞……兩人不知何時手牽著手，肩並著肩背靠窗戶。

恰似青青小草迎接春天的兩顆心，盡情燃燒妳們的青春吧！這一切都是自然而然的發展——真弓這樣說服自己。

一看見佐伯同學孤獨的身影，真弓便感到一絲心痛……

——因為這一切都是自然而然的發展——她只能如此逃避。

時光飛逝，轉眼又過了一年。真弓和佐伯同學都成為最高年的五年級學生，酒井學妹則升上三年級，個子長高、黑髮留長，出落得更加美麗。然而，病痛折磨的虛弱身體老是躲起來閱讀小說或溫習課業，過著孤僻安靜的日子，是以除了對真弓敞開心扉，幾乎沒有稱得上朋友的人，變成一名沉默寡言的少女。是年六月，嫩葉在豔陽下快速生長的時候，宿舍發生一場騷動——住宿生為了抵制舍監發起同盟運動。

首先是第一波攻擊。舊皮囊裝不得新酒，年輕女孩磨拳擦掌，認為必須先發表一篇宣言，奮勇展現吾輩鬥志，這起草宣言的任務便落到了真弓身上。不同於少女雜誌的投稿，華麗詞藻反而讓人霧裡看花，因此真弓絞盡腦汁寫了一篇宣傳用的務實文章。內容闡明希望宿舍可以更有人情味，尊重學生的人格，讓她們自由學習。

好不容易寫好宣言，眾人計劃將文章複製數十份，發給學生、家長以及學校教師，所以只有蠟紙油印一途。同盟團想油印，就得用到油印機。學校辦公室是有一台，但不可能借給同盟運動。沒有油印機的話，一張張抄寫起來非常麻煩——真弓等人傷透腦筋。真弓此時陡然想起酒井學妹，聽聞學妹家是當地販賣金屬鋼材器械度量衡器和幫浦的老字號。既然如此，搞不好也有油印機？買是沒辦法，但如果可以借個一兩天——真弓於是在學校偷偷拜託酒井學妹。「可以，我家有，只要跟家人說是學校要借，他們一定非常樂意。明天我就讓店裡的人送過來。」

聽見酒井學妹這麼說，真弓放寬了心。

隔天星期六下午放學後，佐伯同學開門走進真弓房間。

「伴同學，酒井學妹家派人找妳了。」

真弓霍然站起，「好的，謝謝。」說著跑出房間。宿舍規定五年級學生每星期放學後要輪班在玄關接待訪客，這天正好是佐伯同學當班。學生們為了宿舍改革運動結盟時，佐伯同學斷然拒絕加入。她是這麼說的：「基督徒不該有造反之心，須順從長輩。所以，身邊若有不正確的事情，我們要向神祈禱，祈求祂的旨意，不該自行採取行動。」職是之故，宣言文字也寫做「所有五年級住宿生，除一名例外」，完全將佐伯同學排除在外。而這台用來印製同盟宣言的油印機，由學妹家小廝送來時不幸由這位佐伯同學接待。不管怎麼說，五年級住宿生當晚偷偷用油印機印了一百來份的宣言，接下來只消將宣言送到家長、學生和學校師長手中便大功告成。

沒想到星期日早晨，宣言還來不及送

出，就被舍監全數沒收。校長和老師們星期日被緊急召回學校，同盟主謀者被揪出，慘遭痛罵。明明那般小心行事，可惜啊可惜，成功就差那麼一步，所有努力化為泡影讓人難過到了極點，可到底是誰出賣眾人，向校方告密呢？不，事情其實並非如此，而是油印時印壞的廢紙理應焚毀，奈何季節已近夏天，室內沒有暖爐，便隨手撕碎揉成一團丟進廢紙簍。很不巧舍監警覺紙屑暴增，拼湊一讀之下，立即打電話通報學校。為了防患未然，校方禁止所有五年級住宿生外出，主謀嫌疑者則要接受懲處，成堆的油印宣言便是如山鐵證。

「是誰？這份招搖的宣言是哪個人寫的？」

審判的第一枝箭射出。大門緊閉的校長室內，活似罪人罰站的部分五年級學生，包括真弓在內——全部默不作聲。

「這篇宣言是大家討論後寫成的集體作品。」

一位機靈勇敢的學生率先開口後，其他人出聲附和。

「哦，是集眾人智慧寫的嗎？好，所以撰寫這篇宣言的罪魁禍首，就是組織同盟的所有人了。」

教務主任——上了年紀的男老師瞪視眾人，接著又問：

「所以，妳們是如何取得印製宣言的油印機？是從哪裡、跟誰借來的？」

啊！真弓心臟猛地咯噔一下。教務主任問的是跟這次同盟毫無關係的非住宿生——三年級的酒井學妹基於私交出借的那台油印機。要是被發現出借人是酒井學妹就大大不妙，酒井學妹勢必蒙受不可挽回的罪名、損害和懲處。三年級最用功的學生、成績第一、品行端正譽滿天下、深獲師長好評的酒井學妹就要落入悲慘境地了，神哪，請保護她！真弓渾身哆嗦。

「那台油印機是從誰那裡借來的？」

教務主任再次質問，眾人妳看我，我看妳。那台機器是跟誰借的，此事唯真弓知曉，當時真弓只跟其他人說：「我跟一個好地方借到機器了。」

「我不知道。」

「我不知道。」

眾人異口同聲。她們是真的不知道，真弓也戰戰兢兢跟著胡謅：「我不知道。」

「不可能所有人都不知道。如果妳們要這樣說謊，我就去問其他同學。五年級以外的住宿生當然不可能知道詳細情況，可是搬那麼重的機器進來一定有人看見——誰是這星期的接待？她應該知道……」

「是佐伯。」

舍監搭腔。

「只要把佐伯叫來問問，就知道是誰了。她打從頭便跟這場惡質騷動無關，保准會說實話。」

一位老師出去找佐伯同學。啊，完了，這下完蛋了！佐伯同學一來，一切都會被揭穿。包括那台機器是酒井學妹家小廝送來的，以及收下機器的是真弓，大家就什麼都知道了。

萬事休矣！絕望！絕望！退學！開除！地獄就在眼前，而無辜的酒井學妹亦將被捲入！真弓徹底絕望。她就這麼閉上眼睛……

門開了。佐伯同學在老師的帶領下走進校長室。她低著頭，面色有些蒼白……

「佐伯同學，妳負責接待的時候，有看到送油印機來宿舍的人吧？」

聽見教務主任的問題，佐伯同學雙眼盯著地板……一秒……兩秒……她張開嘴唇的那一刻，就是真弓與酒井學妹的悲慘命運決定之時！

「佐伯同學，是誰送機器來？又是誰收下的呢？」

教務主任追問——佐伯同學盯著地板，豁出去似的回答：

「那個，我忘記了。」

佐伯同學斬釘截鐵地這麼說……

「忘記了？這真不像妳，很奇怪欸。」

教務主任皺眉大惑不解。

「我太忙，所以忘記了。」

佐伯同學再次開口，頭垂得低低的。

「事情尚未爆發就被我們發現，真是萬幸。這次網開一面，只口頭警告諸位。」

白髮校長站起來，面色沉痛地如此喝令，學生們也不禁淚眼汪汪。

當晚自習時間結束後，真弓出來尋找佐伯同學。她不在房間裡。真弓尋遍各處，最後發現她獨自站在宿舍院子裡的榆樹下，默默祈禱著什麼。

真弓快步跑去，然後跪在她面前。

「佐伯同學，謝謝妳。妳救了我們一

命，我、我真的、真的打從心底感謝妳。」
真弓聲音發顫，甚至帶著哭腔。佐伯同學聽見這話，搖著頭伸手拉起真弓。
「不，妳別感謝我。我、我不過是一個欺騙師長、罪孽深重的可憐蟲。我此刻獨自在這裡向耶穌懺悔，羞愧難當。」
她說話時眼裡充滿真切的悲哀。
「哦呵，妳哪裡有罪？妳又何需懺悔？妳不是連跟妳有嫌隙的人都出手相救了嗎？正是如此美麗高尚的行為，我才想這樣下跪表達感謝之意……」
佐伯同學打斷真弓，說道：
「不，我的行為一點都不高尚，我不過是不想見到酒井學妹遭到可怕的懲罰……所以對老師說了基督徒萬萬不該說的醜陋謊言……我、我……至今還是深深地、深深地愛著酒井學妹。雖然知道這是一份得不到回報的愛，我這個可憐蟲現在依然如此地、如此地愛她……然後……然後我今天為了這份無法放下的愛，玷汙了神，撒了謊……我是一個可恥可悲、可憐可笑的人……」
佐伯上氣不接下氣地絮絮不休，淚水一顆接一顆撲簌簌落下。就在此時，天空淡淡月光在榆樹下照出一片銀白……哦呵！真弓感到撕心裂肺的痛，忍不住想要伏地大哭。
啊啊，這分熾熱強烈而純真的愛啊！在這分愛的前面，真弓的愛簡直無足輕重、根本微不足道，啊啊，實在空洞無物、不堪一擊！
哦呵，她對自己感到羞愧，太羞愧了！

真弓好想鞭打自己，直到淌血，直到自己倒下！

「……請原諒我……請原諒我……」

真弓趴在佐伯跟前痛哭。

隔天，真弓將自己整晚邊哭邊寫好的信放進黃色信封——親手交給酒井學妹。

那封信是這麼寫的——

綾子學妹：

今晚，我已不再有資格以往日稱呼「我親愛的妹妹」呼喚妳，上帝亦不會允許我如此呼喚吧。哦呵，我至今不曾明白何謂正直靈魂的覺醒，一向盲目行事。當我看見佐伯同學對妳傾注的那分深刻、純粹、堅強的純情，終於意識到我的愛是多麼空洞無力、毫無價值，連一顆小石頭都不如。我感到羞愧、懊悔，我差一點就讓妳陷入恐怖的境地，拯救妳的則是佐伯同學恆久強大的愛。綾子學妹，真正愛妳的人，除佐伯同學再無其他，請相信我。再見了，綾子學妹，我謹以這最後一封信與妳道別，別了，美麗的女孩，再會……祝福妳與佐伯同學幸福快樂！

月夜良宵　　真弓

真弓在校園裡也東躲西藏，小心避開酒井學妹。某天，她收到酒井學妹寄來的一封信——

真弓姐姐！請原諒綾子如今依然這樣稱呼一走了之的妳。前先天的信件太令人傷心了，我明白妳的意思，然而，愛是沒有道理可言的。真弓姐姐，雖然妳說綾子應該回報佐伯學姐的愛，但綾子又怎能欺騙自己呢？哦呵，姐姐，真弓姐姐，朝思暮想的姐姐，請再次憶起深情呼喚姐姐的苦惱女孩。

殘月時分　　妳的綾子

可憐的真弓將這封信抱在懷中，傷心欲絕地哭了多少個夜晚哪。可是，一想到月夜佇立榆樹下的佐伯同學高尚聖潔的言論，再怎麼悲傷絕望，她也要咬牙忍耐，不再跟酒井學妹有任何接觸。撒手吧，儼如演奏家親手斷弦，內心立誓不再跟對方見面，亦不再書信往來，澈底避開酒井。

——暑假終於到來。照理是值得真弓回憶的女學校時代最後一個暑假，這次假期卻是寂寞悲傷，天天獨自哀嘆與伊人的舊日回憶與割捨不下的眷戀。

不久初秋降臨，第二學期開始了。真弓垂頭喪氣地返回學校和宿舍，但過了一個月，乃至於兩個月，都看不見酒井學妹。

「那個人聽說胸膜炎復發，學校也不來了呢——」真弓聽見三年級學妹說這件事的時候，恍如內心中箭。

冬季聖誕節將近，某個下雪的午後，三年級班導在上課時間帶著班上同學踏雪走出校門。其他人見狀訝異問道：「三年級今天有什麼事？雪這麼大還出去？」三年級學生回答：「那個請假很久的酒井同學終究過世了，今天在╳╳教堂舉行告別式，所以要全班出去。」

——這個答案亦傳進真弓耳裡。「我不上學，就活不下去的。」昔日曾在昏暗圖書室如是說的那人，天哪，她過世了嗎？那天晚上，禮堂在皚皚雪光中舉行聖誕節合唱練習。前往禮堂的走廊上，真弓抵不住錐心刺骨的沉重打擊，猛然停在漆黑雨天體育場冷冰冰的水泥地面，靠著寒森森的白牆抽泣。啊啊，綾子學妹，再怎麼呼喚也永遠換不回那張面容！真弓悲慟搖搖欲倒時，突然有人撐起她的肩膀，說：「伴同學！讓我陪妳一起哭吧。」真弓轉頭望向攙扶自己的人，透窗射來的雪光中，哦呵，是佐伯同學，是她……

「我等待已久……主来了，主来了……」

遠方禮堂附近傳來聖歌合唱的旋律……真弓和佐伯同學不約而同緊握彼此的手，此刻，共同悲傷、共同歎惋和共同思慕將兩顆心綁在一起，她們在哀思中相互依偎——哦呵，神哪、神哪，我主啊，脆弱人子一片真心，惟天可表……兩名少女臉頰淌下熱烘烘的淚水。

◇◇◇◇◇◇◇◇◇◇◇◇◇◇◇◇◇◇◇◇◇◇◇◇◇◇◇◇

隔年春天的某個黃昏，郊外一處基督教墓園裡，一座新十字架前面放著一束白色和粉紅色的香豌豆捧花，纖細花瓣在晚風中飄揚。插在那束花裡的小卡寫著——

**獻給綾子學妹在天之靈**

**伴真弓、佐伯初代**

啊，就在那個天剛亮的清晨，真弓和佐伯同學結伴搭火車啟程。這兩位畢業生都各有志向，真弓要前往東京的專門學校深造，佐伯同學則奔赴關西的女子神學院求學——蒼天有眼，美少女的靈魂此時定是在天上保佑這兩位年輕人學業成功吧。

# 白玉蘭

## 一

早春時分——虛幻縹緲的燻銀天空彼方，白玉蘭的花瓣猶如磨得纖薄的純白象牙，儀態大方又透著神祕高貴的情思——忘不了的不僅是那恰如其分的美，而是因為桂子——因為桂子背負的不幸命運——忘不了、忘不了那分憶——

……桂子就讀女學校二年級時，在宿舍亦屬於小人兒組，即使輪值工作相同，就是比較喜歡撒嬌賣乖的年紀——對於芳心暗許的學姐，痴情苦惱的小人兒們會私下替對方冠上鈴蘭君或白薔薇君這種稱呼。桂子也有這麼一個暗戀對象。大概三千子——這是對方的本名——不過桂子更喜歡稱她白玉蘭君——為何僅限白色的玉蘭呢？

宿舍花園有一株玉蘭，樹梢開著白花。那鑲嵌著象牙薄片般的花瓣綻開時，正是一年級即將升上二年級的季節——桂子在花朵下驀然瞥見伊人麗影，從此對伊人念念不忘。轉眼又是隔年春天，再過一個月桂子便要升上三年級了。

考試結束後的宿舍傍晚，漸漸變成悠閒寧靜的 Good time。

早春的溫暖日益月滋，人們開始勇於離開暖爐懷抱——不抗拒吹點風兒的眾人步出樓房——來到宿舍花園。

期末考結束——正如一場可怕災難過後，同樣歷經磨難的人們突然之間變得特別親密——慘遭考試惡鬼嚴重威脅的學生亦酷似這種狀態。此等心情下，自然不會分成一兩人或五六人的小團體各自行動。團體遊戲——是眾人不期然而然的渴望。

於是乎，也不靠誰起頭，各種遊戲紛紛湧現。例如老鷹捉小雞、蒙眼捉人、躲貓貓、尋寶、丟手帕、傳球、傳硬幣等等，大夥變回幼稚園和小學校那般嬉笑打鬧……

這些遊戲又以「丟手帕」最受歡迎。至於它為何受歡迎，若讓大家各自吐露理由，結果勢必令人臉紅心跳，因為……這遊戲帶著某種微妙情愫。不知是誰傳下來的慣例，當鬼的女孩會選自己的意中人作為第一個丟手帕的對象，此舉蔚然成風，愛模仿的女孩們競相效尤。還有些人為了做這件事，再三祈禱自己當上鬼——「我們來玩丟手帕吧。」這天傍晚也是在某人提議下，桂子等人來到花園——桂子罕見地第一個當鬼。

桂子握著手帕彷徨無措，一顆心含羞帶怯。她芳心暗許的白玉蘭君就站在眾人圍成的圈子裡——是以此刻方寸大亂，一顆心熱烘烘跳得厲害。某人突如其來唱起進行曲，桂子不得不隨旋律舉起手帕繞圈奔跑。

反正都得丟，索性就丟在那人身後！這個念頭就足以讓她面紅耳赤。

把手帕偷偷摸摸丟在暗戀對象的背後

再繞一圈跑回原位，這種尷尬的臉紅心跳大冒險……桂子終究硬著頭皮完成了。

被丟手帕的人好一會發現手帕在自己後面，連忙拾起手帕繞圈奔跑——既然曉得對方是喜歡自己才丟手帕，再將手帕丟到原本當鬼的人背後，表達「我也喜歡妳」的溫柔心意乃無言默契，是所有玩家都像個大人般會心一笑的潛規則——被迫面對白玉蘭君的答覆，桂子緊張得直欲閉眼。但見那人牢牢握著手帕，繞著外圍跑了一兩圈，然而，手帕最後還是沒有丟在桂子後面。

白玉蘭君丟下手帕的對象——是跟桂子同班的美少女，鼎鼎有名的K同學。桂子看見K同學發現自己身後的手帕，帶著一抹得意笑容奔出的瞬間，她一切都明白了——Lost Love——桂子不得不面對與之類似的失落。

慘遭致命打擊的桂子，自那天起就變得非常、非常寂寞。無論是在宿舍，還是在教室，她甚至忘了該如何與人交談，變成一個毫無存在感的可憐女孩。破碎的失戀少女心啊——桂子唯一的救贖就是埋首於課業，而她也是從那時開始成為全班最用功的學生。

宿舍花園裡的玉蘭白色花瓣紛紛散落的傍晚——桂子聽著友人在前庭的嬉戲聲，獨坐桌前念書。散落的花瓣在她眼裡竟似冷酷佳人丟下的手帕，那麼地悲哀淒涼——她甚至不敢再望向窗外。

二

無言絕望的感受，有時會為人開啟全新的道路——就這層意義而言，桂子身上出現了一個轉機。

她努力拋下自己暗地渴望的友誼。人與人的交流，哪怕是微乎其微的禮貌寒暄——對桂子已是難以承受的痛苦。

失去的東西——因為知道它永遠不可能回來，那分悲傷就變得分外寒涼。

**遊戲失落的一張和歌紙牌，**
**鎮上應該可以買回。**
**那夜失去妳的我的一顆心，**
**卻是再也無法復原。**

桂子孤獨悒鬱。

一顆心該何去何從？可憐那傷痕累累得不到安慰的少女心，唯一的解脫是如拉車的馬兒蒙眼馳騁，成為勤奮苦讀的學生。此事也不可避免地激起桂子的一個野心。

桂子那時興起的野心是——以第一名成績畢業。接著進入語言專攻學校，假使同樣以優異成績讀完，她想前往美國的大學深造——啊啊，想想看哪！

美國留學生這個稱呼聽來多麼光彩，恍如一頂耀眼美麗的花冠！於是，她決定將人生目標的根基、未來和生命都賭在這件事情上。

這種逃避式的努力實屬無奈，為了轉移低落的情緒，只得強迫自己把重心放某件事情上。如此這般，荳蔻年華的桂子被迫就此遠離少女甜美動人的開朗笑容。

眾人在操場嘻嘻哈哈玩得不亦樂乎時，她一個人在圖書室角落反覆翻閱筆記。每週一次從課本裡解放，照理應該歡欣雀躍的星期天，她卻駝著背復習和預習，日復一日。

啊啊，她業已將青春少女的歡樂遠遠拋開，扛起不屬於她這個年紀的重擔。孤單的桂子！許多朋友對她敬而遠之的孤獨，是的，孤獨，她必須從中找到力量！勢必做給所有人看！闃寂深夜獨自躺在床上的桂子緊咬櫻唇——啊啊，可就在下一瞬間，潮水般襲來的無限寂寥呵！這該如何是好？縱是雙眼緊緊閉上，寂寥仍如一身白衣的幽靈牢牢糾纏。

儼如飄飄衣袖亦揮之不去的煙霧浮雲湧上心頭，氤氳縈繞全身的黶翳啊！

桂子暗自哭泣。偷偷在夜裡流淚的桂子，又有誰知曉她的內心哀愁？她在人們眼裡只是自私自利、謹小慎微的好學生，是乏味無趣的的考試機器。忍淚含悲，離群索居的孤鳥煢獨無助；強壓下心底那股幾乎要灼傷自己的熾熱愛火，故作鎮靜念書的少女歲月黑暗無邊。

每當在走廊擦肩而過，抑或在校園不經意發現那人，桂子活似看了不該看的東西，深怕遭到報應般慌慌張張轉開視線，背地裡瑟瑟發抖。「哦呵，力與美的化身！」這是桂子對大槻三千子其人的讚美。「哦呵，妳冷酷的心將我澈底改變。」這位代表力與美的佳人也畢業離開校園了。桂子的心靈舊創似是沒有癒合之日，她個性固執難相處的傳言甚囂塵上，隔年春天便早早離開學校。其後四年，桂子前往東京，變成生活只有讀書的行屍走肉。話雖如此，彷若未來目標之箭緊緊繃在弦上的那顆心裡，有時某種東西會神不知鬼不覺地躡足潛來。那是朝著春日飄飄碧空高舉白日幻夢，鑲嵌銀白花瓣的花兒——啊，正是我見猶憐白玉蘭——站在這花瓣陰影下的人兒——傷心回憶在歲月輪迴中更加教人心碎。

**歲月悠悠，大理石越見雪白，**
**歲月悠悠，悲傷越發鮮明，**
**歲月悠悠，純淨傷悲更甚。**
**——北原白萩——**

這道暗影一直糾纏桂子，在東京學校求學的日子亦不曾消失！

桂子獨自煩惱，比任何人都努力學習——那淒苦的努力終於迎來「回報」之日。在東京完成四年學業後，桂子取得獎學金，榮獲海外留學的機會——誰料單相思之路竟能通往此等未來？啊啊，履約之日終於到來，那是她自行立誓、自行實現的履約之日，這天終於降臨。現在，她即將跨海前往異國學府。辦好該目標所需的所有手續，為了向父母暫別，她返鄉探親。衣錦還鄉——正如古人所言，桂子成為鄉親熱烈歡迎的對象。

老家的女子學校是桂子難以忘懷的母校。出了桂子這般優秀的學生，母校師生喜出望外，臨時決定把原訂四月舉行的同學會提前，為桂子的留學行舉辦盛大的慶祝活動暨歡送會。桂子成為當天聚會的女王，站上了榮耀的位置。一開頭由校長致開幕詞，說到能夠在莘莘學子中培育出桂子這般才學過人的女性，深表欣慰，再三稱許她是學校之光，然後老王賣瓜自賣自誇地說自己在教化女子方面的努力沒有白費。代表校友會的幹事，起身讚揚桂子在學時期出類拔萃的學習態度——當初在背後嘲笑桂子，給她取了個「考試機器」的綽號一事則無半點記憶。某位來賓甚至起立說：「現代女學生應以桂子女士為榜樣努力讀書。」最後，桂子站起身來，準備發表對今日活動的感謝談話，全場掌聲雷動。桂子靜靜走上台，打算以謙遜演說回應眾人對她的讚美。全場欽敬目光集中在這位正要開口的榮耀才女身上——桂子心潮澎湃，雙眸發光，正欲闡述對未來的抱負。就在那瞬間——她全身劇震如遭雷擊。台上風風光光情緒高昂的她，倏地碰到一個凍得人發疼的事物。她碰到一個不該觸碰的東西——桂子的演說恰似從九霄雲外墜至塵泥，一雙閃動著開朗、喜悅以及某種優越感的明眸蒙上烏雲，落下憂傷陰影。

女王霸氣盡失的桂子，垂頭喪氣地走下台——台上出奇不意映入桂子眼簾的，哦呵，是什麼讓她沮喪若斯？那是——大槻三千子本尊！廣大會場擠得水泄不通的人群裡——正面一排排會員席靠近後方出入口旁的位置——佩戴當天幹事的紅色緞帶徽章齊坐——但見其中一張特別醒目姣好的容顏——相隔數年，如今已是一個孩子的母親——出落得更加嬌豔美麗的那人——哦呵，昔年相遇以「力與美的化身！」稱之，或許正是那人在少女歲月對桂子無情，才讓桂子走上今日之路！

啊啊，那人是何等強大、何等奇拔啊。而且那人竟成為今日聚會的幹事之一，人生何其諷刺！桂子黯然垂首，癱坐椅內。未幾大會結束——桂子迅速逃離縈繞耳邊的恭賀、道別，以及上前攀交情的人群，悄悄走到宿舍前面的花園——遠離禮堂喧囂的花園邊緣，桂子首先仰頭望向此時正朝初春天空盛開的白蘭花——帶著銀光的象牙白花瓣清麗秀美，在樹梢釋放冷若冰霜的高雅氣質——啊啊，這花朵……這花朵……在過去幾年裡，城市宿舍多少個夜晚夢中，啊啊，不斷出現的這花朵，那杳靄。

胸口被無限感慨勒得透不過氣，低徊不忍離樹梢花兒而去。

「嘿，原來妳在這裡，大家從方才就一直找妳找得團團轉呢。」

桂子杵在原地緬懷過去時，身後傳來一個爽朗的……聲音。那聲音很是熟悉，不必回頭也知道就是那個她、那個她——白玉蘭君——比作花兒芳心暗許，只可惜桂子獻出的愛並未得到回應，卻是如棄敝屣，一顆心碎成片片的絕望是多麼難以承受。她只得咬牙抵禦這種痛楚，死命鞭策自己直至今日，猶如蒙著眼的拉車馬兒，氣喘吁吁地沿著一條孤獨的修行之路向前馳騁，就這麼一直向前——除此之外別無他法，她就是這般無助孤獨的女孩——

「正因為自己是這種人」，才讓桂子站上這種命運的起點，白玉蘭君若是獲悉此事，她會多麼地，唉，會多麼地……正因不可能知悉，那人才泰然自若地站在花下——展現那張一如昔日的姣美面容！

「以前住宿時，我們一到傍晚就常常在這附近玩，對吧？」

那人說，唉，那人說——

「呃……妳記得我們那時玩過丟手帕嗎？」

桂子正欲開口，胸口猛地一窒。

「時間真的過得真快——妳都要去國外了呢，我們一起住宿都還像昨天發生的事而已。」

三千子感慨萬千地說，桂子卻是有氣無力——「嗯啊，我只是想去那裡讀讀看——也不是說去了就會有什麼大變化……」

「可是……我好生羨慕……哪像我，真的……學生時代確實很快樂……一旦踏入社會就大失所望……」

佳人如是說，頹然斜舉衣袖——啊啊，佳人是否也感受到世間寂寞？是否也知曉世事難全……唉，這麼一想，苦厄並非只存在自己的世界裡，桂子內心此時湧現一種新的哀愁，靜靜地、靜靜地——

哀愁就好比長滿青苔的巨岩下方潛流出的純淨清水涓涓，澄澈、明淨而碧透。相互寬恕之心、互相包容之心——這是活在相同土地上的人們相遇相知的珍貴——美好——然這分寂寞……

因為芳心暗許卻不被接受，因為這分

苦澀，因為這種悲傷，桂子才走上此路，變成如今模樣，她是否該告訴對方？桂子最終閉上雙唇，決定此生絕口不提——數日後，桂子離開祖國，遠渡重洋，乘船一路飄飄蕩蕩去了外國——到了那裡，桂子仍在心裡悵然描繪那朝母國天空綻放，不曾消失白日夢中的花朵——桂子不知何時抬起熱淚盈眶的眼眸——但見白花高掛樹梢，大片熛銀花瓣鮮豔冷傲——

我不言，君不語——

枝頭花兒亦默默——

啊啊，如此這般，早春黃昏靜謐無聲——三個生命籠罩在淡白柔軟暮靄中。

# 泡桐

## 一

禮子等了又等，轉眼已經過了快一個鐘頭，多美子卻遲遲沒有出現。去年春天進入茶之水以來，由於剛入學的緊湊忙碌與各種刺激，禮子過著單調乏味、手忙腳亂的生活，甚至連新年假期都抽不出時間跟多美子見面。

所謂的沒見面，僅僅是指沒有親眼看見多美子的臉孔，禮子暗地裡早已——真真切切、實實在在、千遍萬遍在心中描繪多美子的面容，天天呢喃細語，甚至還……親吻對方……禮子認為彼此兩顆心片刻不曾分離——然而，哪怕分身乏術，她還是仍想跟多美子見上一面。就連最容易三分鐘熱度的日記，不可思議的是唯獨那人的名字總有理由天天書寫——這麼一想，禮子真的、真的很想跟多美子見面，想見她想到自己都覺得害羞。

而這個願望終於要實現了，初夏此刻，她們相約在充滿兩人回憶的郊外一座省線小車站。話說回來，若非多美子那般疏於回信，兩人相見之日說不得就這麼拖延到時間相對寬裕的暑假去了。畢竟要禮子這樣耗掉一整個星期天出來見多美子，著實相當勉強——

學校就是學校，鼓吹孜孜不倦的念書

主義，必須將所有知識都塞進腦袋瓜裡才行。不同於女學校時代，茶之水校風古板嚴肅，還得忍受死氣沉沉的教室氛圍。如果不是家有幼妹、如果父親可以稍微爭氣一些，她也想以更自由的心情徜徉在文學生活中，順帶學個外語，根本沒打算讀高等師範這種僵化不知變通的學校——偏偏禮子的環境讓她沒有別的選擇。

再怎麼傷心、再怎麼失落，禮子也只能成為一個澈底的宿命論者，順著命運安排的軌道走下去。

多美子全然理解禮子的這種心情，以溫柔的友誼目光脈脈守護她的背影——正因為禮子信任這位朋友，才獲得唯一的救贖。

「那人心裡有我」——既知心心相印的幸福，又能再向神祈求什麼呢？沒有任何事物足以取代兩人多年深厚友誼——這豈非神賜予禮子最棒的禮物？

禮子的生活恰似一艘遠洋船，以彼岸燈塔火光為唯一目標，循著指南針靜靜劃下一道水痕，不分晝夜破浪前進。

縱是面對手足眾多的貧困生活，即使身陷母親罹病的陰鬱之家，禮子猶自堪忍，全是因為她擁有這一個指南針指引的目標。而這目標燈火不消說便是多美子其人。何等明豔的燈火啊！

禮子自幼生活在關東平原的村莊，直到十五歲夏天，全家因故搬到東京。與此同時，禮子參加府立第一高等女學校的二年級插班考並成功入學。

以前在村莊住的是寬敞無比的大房

屋，還有古樹參天的清幽庭院，突然間淪落至租屋生活，而且大都市住房嚴重短缺，一家人勉強在巢鴨宮仲的小巷子裡找到一間簡陋小房，昏暗室內草草擺放跟全家人格格不入的懷舊鄉村風家具——頭一回的都市生活，全家人惴惴不安，惶然失落。每天早上大塚終點站的電車水洩不通——人人過著早上必須跟時間賽跑的生活，就算爭先恐後阻擾他人也要擠進車廂——悽慘的都市生存競爭亦在此處落下辛酸暗影。相較於從前每週六因為思念媽媽，從縣立女學校宿舍搭村莊公共馬車返家的那種舒適感，這又是何等的雲泥異路？丁點餘裕不容的窘蹙都市生活光景——禮子目送一列又一列自己沒能擠上的電車揚長而去，心情沉重如鉛——然而，一想到父親比自己更早出門，東搖西晃地搭晨間特價電車上班，就不得不勉力鞭策一顆頹喪之心，堅強再堅強、勇敢再勇敢地活下去。父親因為些許過錯被趕出村莊，在妻子陪伴下告別家鄉祖先的故土，黯然來到都市，為了一家生計毅然從事不熟悉的工作。禮子對搭電車也逐漸習以為常，把它想成都市居民必須繳納的一項重稅便能釋懷。另一方面，在學校依舊充滿了外地插班生的寂寞，禮子總是縮在教室角落無人聞問，直如山中捕來關進大鳥籠的紅梅花雀，不再歡唱，在棲木邊翅膀僵硬，兩腳發軟。唯獨課業不能放下——她這麼一想，倒也能全神貫注在課業上，不理會其他一切，況且除非她取得非常耀眼的成績，否則只能一直扮演大家懶得搭理的鄉下插班生，境遇不可能改變……

在學校連個可以好好聊天的朋友都沒有——上學猶如在履行義務，寂寞的禮子每天早晚電車上都垂著一雙憂鬱眼眸。

話雖如此，某位在相同時段搭電車的同班同學仍不時映入禮子眼簾。對方是個美麗女孩，是以禮子很早就注意到她。小山多美子——在秋天文藝會上代表二年級的活躍人物。儘管同處一間教室，由於禮子是孤獨的插班生，兩人不曾講過一句話，但多美子給她的印象很深刻。每當電車駛進大塚仲町，禮子目光便從擠滿乘客的車廂移向窗外。仲町——因為多美子就站在那座車站的月台上。今天沒看到她——每次這麼一想，明明兩人間沒有任何約定，禮子卻是莫名失落。

禮子有時也會在仲町附近瞥見多美子朝車站走去的身影。

有時放學步出校門去搭電車的路上，禮子暗中期待說不定能夠跟多美子巧遇，繼而因為自己的這種念頭滿臉飛紅。

如此這般，禮子寂寞的學校生活也有一盞燈火，那就是每天早晚在電車上看見佳人多美子的面容。美麗的燈火化身哪！

## 二

五月到來——禮子搬到東京後的第一個初夏——那新芽在暮春窒悶腐敗空氣中萌發的鮮綠月分。

春天逝去，禮子仍是鬱鬱寡歡的女孩。

孤獨與感傷——這是當時禮子生活的基調，在她心海奏出淡藍色的悲嘆曲。憂鬱附身的孤僻女孩——這就是禮子的狀態。如此落寞抑鬱，又如何在校園發光發熱？禮子依然孤獨，感覺自己年紀輕輕卻已站在人生的荒涼曠野裡。

就在這種時刻，最先收容庇護禮子靈魂的——是她對過去的依戀。

現在被迫面對極度的寂寥與淚水，是以明知昨日已逝，往日不再，仍不惜沉湎於過去的世界——時光為記憶鍍上一層瑰麗金箔，從前歲月充滿了太多美好、太多甘甜！

禮子從追憶舊日的老酒瓶舀出一盅幻影美酒，一個人流淚酩酊。

不管禮子做什麼事情，都無法像耽溺回憶世界時那般生機勃勃，也不會因青春熱血而雙眼發亮。可憐的禮子如今儼如一具行屍走肉，恰似在深秋草原哀悼殘破羽翼的夏日蜉蝣，吸吮對昨日世界的縈懷之露。

當時，她偶然在學校（對她而言就像一所無趣的監獄）教室裡獲得一個大好良機，讓她可以盡情哀傷沉浸於甜美芳香的回憶世界。作文課上老師出的題目正好是「泡桐花」——不管願意與否，那堂課同學腦海裡都朦朦朧朧、隱隱約約、似有若無地浮現淡紫色的泡桐花——淒美搖曳，又消逝——正要提筆它就消逝淡去，筆剛落下便紛紛散落——真個是擱筆苦吟，教人也不得不恨上了無辜的泡桐花，唯獨禮子覺得那花朵拯救了自己。

因為——哎呀呀，因為它正是在禮子的過往世界深處，昂然朝天綻放的花朵——

禮子將此刻自身內心陰影投射在五月暖陽舞動的明亮教室中，肆意奏出對往日的嘆息與思慕。她也不覺得自己文筆過人，單純是那熾熱心靈帶來的神奇力量，使她瞬間化身傑出的年輕文豪——就只在那一天的那一個鐘頭——而後回歸黯淡。

一個星期後，同樣是星期三下午的作文課——老師照例在課堂上朗讀兩三篇出色的作文，而首先被老師念出來的文章如下——

〈泡桐花〉

我家土牆倉房後面有一株這樣的樹。聽說是已故祖父隨意栽下，當年植樹者仙逝多年，樹已長高，枝繁葉茂。每年五月，樹梢上開出的紫花猶如女巫跳神樂舞時手持的鈴鐺，在陽光照耀下散發幽香。

我家因故離開祖先土地，遷居東京，父親在去年初夏賣掉老家宅院。那天是星期六，我從住宿學校返家。為了見見母親，看看小妹妹們的可愛臉蛋，我總是在每個星期六下午回家，然而那天卻是為了跟老家道別，是以一路步履沉重，心情鬱悶。

當我抵達家門口，只見裡裡外外人聲鼎沸，陌生人來來往往。母親揹著小妹妹，落寞地站在昏暗的廚房柱子旁，若有所思。「母親大人。」我這麼一喚，她才回過神來，望著我說：「妳剛回來嗎？」我見她眼中泛淚，不由得胸口一窒，一溜煙跑向屋後。我來到屋後那兩座土牆倉房。此刻這裡也落入他人之手，任人隨意進出，門後方空空蕩蕩，裡面大量家當既已變賣。這景象太過淒涼，我無力地靠著倉房白牆。想著曾與妹妹們在這美好的倉房角落鋪草席玩家家酒，淚水不自覺淌下臉頰——哀哉，這分悲傷纏繞著我，使我領略到在甘甜縹緲花香中泣不成聲的滋味。當我抬起溼潤雙眸，只見我斜倚的白牆邊，一株泡桐樹綠蔭如蓋，美麗紫花在葉間盛開。「哦呵，可愛的花兒啊，我也將與你永別了。」我如此喚道，站在樹下仰頭望去，初夏傍晚的一彎新月在樹梢天際朦朧綻放銀光，我在那樹梢下徘徊、停佇、難以離去也無法離開，捨不得道別離。如今我在東京迎接初夏，市郊陋宅的廊台放著幾盆廟會買來的盆栽，聊以慰藉，卻再也看不到那美麗的泡桐花了。唯獨五月青空下，當我沉浸在傷心舊夢中，泡桐花才又現身，香氣裊裊，這花悲傷若斯，這花美好若斯。

文章到此結束——教室鴉雀無聲，所有人都陶醉在這篇文章裡。「這次的作文就屬這篇最出色。雖然完全是主觀的寫法，但我認為相當成功。」老師接著補充兩三點文法上的建議，復又朗讀其他兩三篇文章，不過都沒有先前這篇出色，而且這是第五堂最後一節課，因此下課鐘聲一響，大家便開始整理書包。在桌面咯噔咯噔的各種聲響中，有人說：

「這花悲傷若斯，這花美好若斯——

真的太美了。」

「到底是誰寫的呢？」

眾人開始猜測是哪個每次作文都會被老師朗讀的熟面孔。「妳可別謙虛，跟我說呀，我會崇拜妳的。」也有人這樣半開玩笑。歡聲笑語瀰漫的教室裡，卻無人回頭看一眼坐在角落的插班生禮子——說到誰出身鄉下，並在東京思念那花朵，首先就該想到班上的禮子，但這位存在感薄弱的女孩，不管她是否在場，都躲不開被漠視的命運——平常吃太多巧克力的少女們，這種時刻似乎腦筋動得不夠快……

禮子一如既往低著頭，孤零零地走出校門——在車站等電車時，她聽到有人呼喚：「江馬同學。」

在學校很少有人這樣叫自己的名字，她微感訝異地回頭，卻見多美子不知何時站在那兒，對她微笑。

「剛才那篇，是妳寫的吧？」多美子這麼問。

這是兩人第一次交談。

從那次起——她們傍晚回家時便一起等電車。早上去學校時，如果多美子來得早，就會在大塚車站等候。一旦發現禮子搭的那班車來了，就跟著上車。如果禮子早上沒見到多美子，她則會下車等待——兩人就這麼肩並著肩一起搭到竹早町。兩人之間也曾發生過以下這麼一樁事情：

「如果大塚車站有一棵柳樹就好了。」多美子某天這麼說。

「為什麼？」

「因為——那個呀，我早上來晚的時

候，要是妳等得不耐煩，可以在柳樹枝上綁一條白色的毛線，如果是我等累了，我就綁上一條紅線——我們就能這樣約定了。」

多美子那雙美眸彷彿正看著訂下此約的柳樹幻影說。

「可是——這裡沒有柳樹欸——」

禮子對於無法實踐這個點子很是失望。

「我們是不是應該在那邊種一小棵柳樹呢？」

多美子這麼一講，兩人都笑了。

這是那陣子的一個小插曲。

暑假來臨，多美子必須跟家人一起去信州的山莊避暑。

「我真想隨便找個理由，留在東京過暑假——真的好想——好想，一個半月都留在這——跟妳分開那麼遠——我真的——真的受不了——」

多美子向禮子大吐苦水。

「可是，也沒辦法呀——」

禮子這麼應道，黯然垂首。相較於自己家難以實現夏日度假的夢想，多美子家境富裕，夏冬兩季可以在適宜地點度過，既然兩家條件有此差異，這也是莫可奈何的事。

暑假一開始，多美子就得跟家人一起去山莊。她在出發前拿出兩本全新筆記本。

「喏，我很想每天寫信給妳，可是——天天寫的話，讓別人發現也很難為情吧！我也很想天天收到妳的信，可是——是吧？所以，我們先寫在筆記本裡，我打算把它當成日記，寫些每天要跟妳說的話，因為如果真的寫日記——反正寫的也一定統統都是妳的事情——所以拜託啦，妳也別忘了天天在這筆記本裡寫些要跟我說的話呵，然後每個星期寄一封真正的信——七天一封——是有一點寂寞——不過我們就忍耐一下吧，因為會寫筆記本嘛——」

多美子擅自決定這個計劃，並且希望禮子一起執行。想也知道禮子絕對不會有任何反對之意。

初秋兩人再次相聚東京時，手裡都拿著一本筆記本。從第一頁到最後一頁寫得密密麻麻，墨水香沁人心脾，那是雙方對彼此的真情奉獻。沒有一日偷懶，兩人思慕之情橫流漫溢。對她們來說，它比世上所有美麗詩集都要珍貴——是兩人真摯情誼的創作。

二人的暑假就這樣過了三次。對禮子而言，多美子業已成為沒有任何事物能夠取代的生存目標。美麗的光之君啊——妳是人生之光，照亮我脆弱的生命步履！禮子如此歌頌並深信不移。

去年春天，她們畢業了。儘管懊惱再無機會天天見面，她們還是經常寫信給對方，也約定每個星期天相見。而當兩人離得越遠，禮子就越發感到多美子的重要，思慕之情也更加濃烈。

然而——然而——

多美子寄來的書信卻成反比遞減。禮子即令忙於學校課業沒有機會跟多美子見面，唯獨寫信這件事從不間斷，保持恰到好處的頻率，然而——多美子近來連回信都漸漸疏懶了。

禮子尋思——到底是什麼讓多美子的心這般冷落了自己？難不成在她美好的日常生活中，有阻礙兩人友誼的事物？禮子湧起不祥的預感。猶如漆黑雨雲，再怎麼揮開、再怎麼撥開，仍滾滾湧現壓住她胸口——禮子再也無法忍受此等不安，決定無論如何都要見多美子一面。

於是乎，她們約好今天見面，禮子提早來到約定地點等待——她們以前相約星期天或假日到郊外出遊的早上，總在省線車站旁邊這裡喜孜孜地等待對方。

禮子望眼欲穿——但多美子遲遲沒有出現。

五月暖陽柔和明亮地在草地、樹木、屋頂和地面反射，行人肌膚微微冒汗的正午時分——禮子不知怎地有些意興闌珊——蒙上一層微寒陰霾。

## 三

禮子掏出鎳合金製老懷錶看了一眼，短時針即將指向VI——約定的時間早就過了——然而，多美子依然不見蹤影——陽光漸弱，暮色漸濃。

「今天多半見不到了……」

禮子失望地強迫自己放棄。也許多美子突然生病了？或者碰上怎麼都抽不出身的急事？她這般臆度，試圖放棄，可苦等不到對方終教人空虛寂寞。

正當禮子拖著沈重腳步敗興而歸——

她在遠方走進車站的人群裡看到了自己翹首盼望的多美子。「啊，她還是來了……」先前等候的疲憊失落頓時煙消雲散，禮子感到難以言喻的喜悅歡喜，同時雜揉著一種奇異的羞澀。

心愛的人——久違重逢的莫名害臊啊——禮子心跳加速，一時間連對方的名字都叫不出來。

「哎呀，妳還在嗎？我太晚到了，想說不知道妳走了沒——不過反正從這裡回去也可以，就過來看看——」

多美子聲音開朗愉快，一如滿面初夏薰風的都市人——

……哎呀，妳還在嗎？

哦呵，這一句話是何等冷淡而難以捉摸？感覺上，甚而蘊含「輕視」的意味不是嗎？

禮子首先感到胸口被人重重一擊。然而，她不願意惡意解讀對方的話語，更何況是出自她深愛的好友。

禮子硬擠出笑容——

「好久不見，我們已經很久沒見了吧？」多美子親暱地靠著禮子說。

「是啊，但老是忙這忙那分身不暇……可能也是因為妳的生活不像學生時代那麼乏味吧。」

多美子貌似對兩人許久未見一點困擾也沒有，禮子——驀然垂首，暗自神傷——

「這樣杵在這裡也不是辦法，我們到處晃晃吧？」

多美子說完，當先邁步，全新毛氈草

鞋輕盈曼妙，鮮豔飄逸的淡紫條紋羽緞袖兜繽紛絢麗——夕陽餘輝中，四周景象彷若也因那人活潑生動的打扮而豁然開朗，瞬間一亮。

禮子只盼彼此共享這份好久不見、真的是好久不見的快樂——兩人頻率卻怎麼都對不上，多美子看起來心不在焉，有些興奮難耐。

「我呀——心臟還怦怦跳得好快呢……因為大家都練得那麼投入嘛。」

多美子此刻沉浸在暢快的疲憊裡，微汗胸口一片暖意，恍如陶醉在自然泛溢的青春歡愉中。

「練習什麼？」

禮子問道。

「跳舞呀——一開始只是好玩，不過全心投入後還是會累的呢——」

多美子如是說，好似控制不住尚未完全冷靜下來的舞廳激情。

對於一旁的禮子而言，那些激情或歡愉都與己無關，是她無從知悉的異世界。

多麼悲哀——縱是一時半刻，兩人迄今不曾有過無法共享的喜悅，同樣的，亦從未有過不能共患的悲傷。本以為兩顆心臟緊密相貼，融成一體跳動著呢！

哦呵，你看！

禮子既已雙眼泛淚。

她應該說些什麼才好？可憐的她找不到適當的話語。

「——狐步舞這東西，喲真是難死了，要跳得好可真不容易。」

多美子的心思仍不願離開舞蹈這個話

題——

兩人一路漫無目地，不知何時已走到市郊小徑上。

「我們去××遊樂園看看吧，這裡太冷清了。」

多美子說著朝遊樂園的小山坡走去——

禮子現在除了默默跟著多美子，也不知如何是好。

遊樂園的草坪上，只見一群一群的學生、孩童、散步的人、寫生的人——大家開心地享受明亮的初夏黃昏——禮子這麼一想，察覺到人群裡只有自己扛著暗澹灰影，不由得內心一寒。

「嘿，多美子小姐——」

「哦，夏夢特小姐——」

遠方一群年輕人即將與兩人擦身而過時，冷不防認出多美子，發出誇張的驚呼。

「哎呀……前幾天真是失禮了——」

多美子也嬌聲回應，笑靨如花。

一名青年霍然上前——他頭髮後梳，戴著一副賽璐珞眼鏡，繫著波希米亞風格的領帶，左胸口袋露出一截絲質白手帕，握著一根銀柄細手杖，還寶貝似的抱著一只相機包——打扮活像在身上開了一家百貨公司。

「請務必光臨，這個星期六下午開始，我們這些業餘愛好者呀……」

青年滔滔不絕，同時將一張招待券似的東西遞給多美子。

「嗯，謝謝你，不過這要到晚上吧？晚上我媽媽比較囉嗦——」

多美子表現出一種愉悅的苦惱，秀眉輕蹙，小腿彎成內八。

「不要緊，我們會去接妳，然後也會送妳回家，喏，好嗎——』

「對……對，如果公主不來，咱們在台上也大為失色，是吧？」

「所以，請務必光臨！」

後方一干青年也發出各種尖聲怪叫，笑著起鬨。

「好吧，那我就先收下了。」

多美子接過招待券。

「妳們要去哪兒？」

「呃，只是跟朋友到那邊散散步——」

「這樣啊，那今天就先這樣，別忘了本週六之約。」

「嗯，謝謝。」

多美子跟青年們興高采烈地交談，然後分道揚鑣。

禮子從剛才就在跟美多子相隔一段距離處，眺望這一幕。啊啊，原來自己什麼都不知道——滿以為舊日夢幻少女歲月將永遠持續下去，懷抱著虛無縹緲的期望，至今兀自深深戀慕著多美子——情根深種的可悲自己——如今多美子的心中，對禮子的友誼已微乎其微——這或許就是人生道路永不回頭的真相吧——禮子直到方才還懷抱著的，與多美子那舊日少女之愛的美好光與力，就在這瞬間墜落地面碎裂片片！

啊啊，那耀眼美麗的光之君啊！

現在，屬於我的那道光芒也已熄滅！

禮子——覺得眼前世界陷入一片漆

黑！

「我們兜一圈再回去可好？」

此刻某種——駭人的絕望在禮子心中醞釀，多美子卻是一無所知，神色自若地如此說完，沿著草坪輕快向前……絕望之人，禮子跟隨其後。

——意志消沉的禮子，感到自己一步步被拽進大地——跟蹌而行，儼如失去指路明燈的流浪者——忽地嗅到一絲若隱若現的甜美淡香——啊，這氣息似要滲入禮子那方懵惘心田……

禮子猛然抬眼，看到了附近樹上掛著串串紫色花朵。

「……多美子同學……請妳想起來……那開著泡桐花的季節……」

禮子倏地停步，用一種無限寂寥的眼神諦視多美子。

「咦，什麼？泡桐花——哦，開在那裡呢。」

多美子抬起嬌豔動人的明眸。

「……泡桐花……那是我們的回憶之花——對吧？」

禮子如是說，祈求般地再次望向多美子。倘使這花朵香氣能悄悄潛入多美子的心房——倘使能讓興奮得隨時要遺忘禮子的那顆心，再次憶起往日深厚友情，啊，倘使能夠……

哦呵，泡桐花，泡桐花！

請你散發芬芳，散發清香！

然後，喚回伊人心中對我的舊日情誼！

禮子向樹梢祈禱。

「回憶之花……是這樣嗎？」

多美子玉頸微側，茫然應道。

啊啊，這人心中僅存的最後一滴愛都已乾涸！

禮子默然無語，緊咬芳脣。

**樂樂陶陶**
**那是五月**
**泡桐花**
**泡桐之花**
**正因綻放淡紫**
**正因其花幽香**
**正因我戀慕妳**

偷偷寫下如此詩句，讚揚五月、愛戀泡桐花、歌頌心中所愛那個她，盡皆化為昨日舊夢……

悲哉，泡桐花年復一年都將在五月綻放吧……然而，兩人友誼永遠不會再如往日那般芬芳盛開。是注定徒留下空虛凋萎的悲傷壓花，成為心中永遠回憶嗎……禮子淚水盈眶。

哦呵，從今爾後，將化作昨日夢中綻放的悲哀縹緲花朵！可憐泡桐花啊，淚眼模糊的雙眸中隱約映照出紫色花影，寂寞少女對撩撥年輕心靈的甘甜微香聞而不覺，在心田落下一滴滴憂悒沉鬱的淚珠。

# 豆梨花

兩名少女在一座古塔內拾級而上——在陰暗不明的塔內——

她們趔趔趄趄地踏著狹窄破敗的梯子向上爬。

「…………」

走在前頭的少女，穿著一襲普魯士藍的長袖兜和服和醒目的緋色腰帶；緊隨其後的少女則是一身類似鶯茶色、古樸的羽緞和服，綁著乳白色腰帶。兩人都是白色足袋配草鞋，鞋帶當然是紅色……

「好危險，我來牽著妳吧？」

前面的緋色腰帶女孩回頭道。

「不，我沒事。」

乳白腰帶女孩嫣然一笑。

「可是，呃，萬一摔下去就糟了……」

緋色腰帶女孩似笑非笑地伸手。

多麼美麗的一隻手啊，那胳膊如象牙般瑩白，血色溫潤。

「沒問題，我不會掉下去的。」

下方女孩螓首輕搖。狠下心兒剪短的一頭油亮黑髮，蓬鬆髮尾在領邊輕爽飄拂。

「但——萬一——這可不行。」

藕臂終究伸了過來，青蔥玉指猛力握住乳白色腰帶女孩的柔荑。

春季即將結束

古塔內僅有些許室外空氣流入，微暖

空氣在塔內淤滯沉澱。兩名少女相握的手微微發熱，好似從心中緩緩沁出細汗。

她們終於登上塔頂。

「哇，比從外面看來高得多呢。」

「是啊。」

兩人這樣說著，倚在塔頂陳舊斑剝的朱漆欄杆旁。

暮春夕曛此刻斜照古塔，拉出長長一道傾斜塔影。

乳白色少女舉手遮住刺眼的夕陽。

「咦——河……河……」

緋色腰帶女孩指著遙遠彼方……

恰似雪白雲朵凝聚——

「……與君同登高殿春之國，白河遠流，晨鐘迴盪……這簡直跟與謝野晶子老師的短歌一模一樣——妳看……」

緋色腰帶女孩如在夢中囈語……

乳白腰帶女孩噗嗤一笑。

「……很糟糕欸！妳這個大近視眼……那個啊，是豆梨花——那邊有一片豆梨園。」

緋色腰帶女孩聞言，臉色微紅咯咯地笑。

「哎呀——」

「不過……挺好的，不如我也變成近視眼吧？世界朦朦朧朧充滿幻想，令人好生羨慕。」

乳白腰帶女孩如是說，笑得更開心了。

「豆梨花……豆梨花……可真美……那麼潔白，然後有點兒霧茫茫的……」緋色腰帶女孩遙望遠方那片花海。

「是啊——但很虛無縹緲的花兒——

還沒靠近，就要消逝不見般的花兒。」
乳白色的少女說道。
「咦——夕月——」
緋色腰帶女孩冷不防驚呼。
「夕月——哇……虛無縹緲的豆梨花，更加虛無縹緲的是那花上夕月……」
乳白腰帶女孩——靜靜吟道。
「至於我們……」
「——不知道……」
時間到了一年後。
依然是豆梨花綻放的季節——
一名少女獨自攀上古塔。
鶯茶色羽緞和服和乳白腰帶——她是一年前一起爬上古塔的兩名少女之一。少女裝束跟那天相同，臉頰卻顯得消瘦憔悴——某種悲傷侵蝕了她的嬌小身軀。
少女氣喘吁吁地朝塔頂走去，卻看不到那天親切向她伸來的皓臂。
那天塔內空氣微暗溼暖，而今只剩一片微寒——最後，少女抵達塔頂。
斑斑剝剝的朱漆欄杆在風雨吹打中撐了下來。
少女倚著欄杆——放眼望去，彼方猶如遼闊白雲飄浮的雪白豆梨花。跟一年前一樣——又在同樣的暮春陽光照耀下，少女就像一年前般伸手遮住刺眼的光芒。
「咦……河流——河流……」
如此呼喊的緋色腰帶女孩，這天已不在身旁——嬌小的她已不在這人間。
「咦——夕月——」
這般呼喊之人亦然。
「夕月——哇……虛無縹緲的豆梨

花，更加虛無縹緲的是那花上夕月……」

「至於我們……」

「……不知道……」

那天塔頂上的對話啊。過了一年，今天乳白色的女孩煢煢孑立塔上。觸目所及，豆梨花盛開——以及同樣一抹淡淡夕月……

少女被迷住似的怔怔望著，雙眼泛起一層薄霧——此時豆梨花濃蔭處——亡友面容依稀浮現——輕盈的普魯士藍袖兜隨風飄揚——但見亡友朝塔頂招手——

「…………」

塔頂少女出聲呼喚。

那多半是在叫亡友的名字……

遙遠彼方花蔭下，普魯士藍袖兜再次翻飛，雪白玉手對著古塔揮舞——緋紅腰帶此刻亦在白花中如燈閃耀……

「…………」

第二次呼喚亡友之名時——塔頂少女輕輕一躍——墜落塔下。

乳白腰帶破空鬆開，漫天飛舞。

「魔鬼塔。」

人們這樣稱呼它，並將塔門永遠緊緊關上。

——事情發生在豆梨花盛開的暮春黃昏。

一名少女自那古塔頂端發狂躍下。

「魔鬼塔。」

人們害怕那座塔。

然而，從那塔頂墜落的美麗犧牲者，是因為何種魔力而失去生命呢？此事無人知曉。

縹緲的　豆梨花
甚於此者
是那花上夕月——
嗟乎　然而
更縹緲的　更悲哀的
因為亡友幻影
自身步入那花蔭
那塔頂少女。

斑剝的朱漆古塔至今仍默然矗立，緊閉的門扉鎖孔鏽跡斑斑；而那豆梨花，兀自在暮春長空下影影綽綽；至於夕月，在黃昏時分——何等淒迷——

# 玫瑰花

北國的僻靜海邊——北海道根室本線綿延的釧路沿岸，真弓就生長在這裡的一座小鎮。從夏末到秋季，小鎮海岸開著成群的玫瑰花。

這種花跟日本木瓜樹頗為相似，枝條帶刺，屬薔薇科，花五瓣，有淡紅和白色，野趣盎然，蕭瑟淒涼的花兒不由得讓人聯想到北海道的憂愁。真弓兒時為了尋找這種花朵，一個人在秋高氣爽的日子到海邊沙丘玩耍。

這是某天發生的事情——天色微陰的秋日午後，真弓又獨自踏遍沙丘尋訪那花朵。走過一個沙丘，再走向下一個，順著海濱走啊走，夕陽已西斜，回首來時路，哎喲，那遙遠的歸途啊，家竟遠在天邊，真弓此刻所在是她從未來過的海岸。

更慘的是，微陰長空布滿鉛色密雲，彷彿隨時要朝真弓的小腦袋狠狠砸落。就連拍打海岸的浪花都陰鬱黏稠，輕柔湛藍如今亦是一片灰，周遭一切活似怨靈附體，真弓直欲拔腿逃跑，可越慌亂越是動彈不得。眼見沙子逐漸覆上雙腳，窸窸窣窣之聲掠過耳畔，多半是沙丘自然塌陷的聲音吧。那聲音裡還糅雜著一種沙沙的、沙沙的微響，但見花兒——白玫瑰帶著蒼白、淺粉透著紅，隨海風倏地凋謝沙上，儼如貝殼散落一地，未幾乘著分崩離析的細沙，輕輕地、輕輕地被波浪帶走。

就在此時，真弓腳畔沙堆不斷坍塌，乘著流沙一溜煙滑開，與飄落的花瓣一齊被波浪捲到岸邊。灰色浪濤張開大嘴，好似即將吞噬一切。

好可怕！真弓張口呼救，她高聲吶喊——但既不是說「請救救我」，亦不是說「請幫幫忙」，更不是說「Help me」。其時真弓芳齡八歲，僅只是尋常小學校一年級學生，是以她所謂的高聲呼救，不過是哇哇大哭而已。

然而，那哭聲奇蹟奏效，有人過來將真弓救出沙灘。救了她的是一位勇敢且高貴的人！真弓目睹其人，約莫大自己一兩歲，也是一名小女孩。對方拉著真弓的手，將她帶離沙丘，然後用稚嫩童音諄諄告誡：

「妳不可以爬到那種沙子上面呵，滿潮的時候被海水打溼，底部就會慢慢軟掉塌下去了。」

真弓不記得自己當時到底是說「知道了」還是說「謝謝妳救了我」，不過從她精神渙散兼有些迷糊的個性推斷，年紀尚小的她多半只能像丹波燈籠果般漲紅一張臉，含羞帶怯，一聲不敢出。

彈指一揮間，匆匆六春秋，真弓順利成為女學校一年級新生。正如飛龍升天，小學生晉升女校新鮮人，個中喜悅自不待言。她意氣風發，努力學習，開心玩耍——努力學習這點確實稍有疑慮，不過開心玩耍是無庸置疑的。就這樣，暑假到來。

成為女學生的同時，真弓也必須離家

遠走，成為一名住宿生。第一學期結束後，真弓首次返鄉。她準備搭乘七月二十一日上午九點◇◇市出發的列車，展開愉快的返鄉之旅。真弓與同方向的友人唯恐沒搭上火車，比預定時間早了整整一個鐘頭趕到車站，上氣不接下氣地連番跑到剪票口追問：「往××的火車來了嗎？」剪票口終於放行，那裡排滿同樣一心急著回家，行燈袴配皮鞋的活潑少女。估計這天△△市的女學校學生們大多選擇這班時間最方便的火車，現場除了跟真弓就讀同一間教會學校的學生，還排著廳立高女和私立技藝學校的無數陌生臉孔。

沒多久，載著這群乘客的火車出發了。才過兩三站，便有學生被前來迎接的兄弟姊妹團團圍住，活似從鬼島歸來的桃太郎，站在月台上笑容滿面地朝逐漸遠去的車窗揮手高喊：「那就再見啦，九月再見。」歡喜離開。如此這般，每過一站，同車人數逐漸減少。待火車穿越荒涼的狩勝曠野時，落日熔金，在一片荒蕪中熊熊燃燒，將天空染成暗紅，山頂雲朵在殘陽照耀下恍若即將潰滅。此時放眼望去，倚著車窗的女學生僅剩真弓一人，而火車還要兩三個鐘頭才會抵達她的甜蜜故鄉。

夕曛逼近火車車窗，真弓不由興起一股旅人哀愁。就在曠野盡頭的山頂雲朵即將潰滅之際，天氣驟變，大顆雨珠滴滴答答地落在火車上，轉眼間雨勢增強，甚至開始刮風。那已然不能稱為雷陣雨，而是一場狂風暴雨。

真弓內心一陣不安。天色越來越暗，

猛烈的雨勢最後吹進緊閉的車窗，打溼了座椅。

真弓掏出母親給她的廉價舊懷錶，剛好六點，到目的地為止還得忍耐大約一個鐘頭的車程。

她這般琢磨嘆息時，尖銳刺耳的緊急汽笛聲震天價響！轟然雷動！隨後，火車停了下來。

同車乘客議論紛紛，驚恐不安，推開窗戶想要看看外面發生了什麼事。只見鐵軌周圍到處是站務人員的提燈亮光，黑忽忽的人影在雨中浮現。

俄頃，一個貌似列車長的人邊走邊宣布：「前方鐵橋因為豪雨岌岌可危，工人目前正積極警戒中。我們將在此臨時停車，等待進一步的通知。」既是這樣，乘客也束手無策。儘管一臉不安，但除了等待也別無選擇。過了半晌，雨勢轉小。車廂裡閒得發慌的乘客們，帶著一絲好奇心從車窗跳到沒有月台的鐵軌邊，像在調查什麼似地四處探看。跟真弓同車廂的乘客一個接一個跳下車去，最後只剩老婦人或帶著嬰兒的女性留在車上。真弓總覺得有些孤單，忍不住杞人憂天，萬一火車原地折返可就麻煩了。她也湧起想要下車探個究竟的衝動，最終也跳了下來。她撐開陽傘避雨，沿著鐵軌走向前方的列車長室時，二等車廂的窗口有一名少女正往外看。那張臉似曾相識，是今天早上在〇〇市車站剪票口一起排隊的廳立高女學生。真弓這麼想的時候，目光與那位正望向窗外的女孩不期而遇。

女學校的學生途中幾乎都下車了，目前車上大概就只剩真弓和那名二等車廂的少女兩個人。

友人已遠離，僅剩兩名不幸半途遇劫之人，這時不禁萌生一股患難與共的親切感。

「我也要下來。」二等車廂的少女縱身一躍，輕質羊毛面料袖兜翻飛，穿著發亮皮靴的纖纖雙腿併攏落在沒淋到雨的鐵軌邊。少女轉頭，對真弓嫣然一笑。

「妳要去哪裡？」她問道。

「我要去××——」真弓有些僵硬地回答。

「噯——」

少女略顯驚訝地輕呼。

「我也是——」

繼而又補充道：

「唔，既然如此，我們可以一起坐。」

少女言罷，又折回二等車廂。真弓兀自愣在原地，少女已拿著小籃子和陽傘，再次從車廂一躍而下。

「走吧，妳的車廂在哪裡？我們一起坐吧。」

真弓臉色微紅，因為她坐的是三等車廂……

「可是……我是三等車廂。」

真弓只得這麼告訴對方。

「沒關係。我從方才就一直、一直希望有個朋友，一個人坐在那兒都快哭出來了呢。」

聽她這樣說，真弓也有了自信，好似要帶她到家裡一般當先而行，將少女帶回自己乘坐的車廂。

然後，兩人並肩坐下。

「妳是幾年級？」

那人問道。

「我一年級。」

真弓回答。

「我是二年級。不過我才剛進那所學校而已，從四月開始……聽說妳們學校有很多外國老師，教英語和音樂之類的，真的很棒呢——」

被對方這麼一誇，真弓飄飄然起來。昏暗車廂中望去，只覺身旁少女臉龐美得出奇。

不久，汽笛聲再度響起，在鐵軌外徘徊的乘客全被趕回車上。最後，火車終於發動了，鐵橋總之勉強逃過一劫。也許是為了追回三、四十分鐘的延誤，火車速度飛快，車體劇烈搖晃。每次晃動，並肩而坐的兩名少女身體就不由自主地撞在一起，讓她們忍俊不禁，兩人也因此很快打成一片。

「暑假期間一定要來找我玩啊，我家在小鎮邊上的海岸路，那個冷清清的地方。」

少女如是說，並且將名字告訴真弓。樋口和子——這就是那位少女的名字。

兩人相談甚歡，不知不覺忘卻漫長火車旅程的乏味，開始感到舒心愜意時，火車即將抵達××的小車站。對於兩人而言，相識以來的火車時光反而過於短促。真弓的父親穿著溼漉漉的外套，面色發白地站在車站寫著列車因故誤點的牌子前面。當他看見真弓安然無恙地下車，激動之餘將她一把抱起，直令真弓羞不可抑，和服也被父親的溼外套給弄皺了。這時，一旁傳來清脆話聲。

「伴小姐，別忘了一定要來我家玩呵——」

和子語畢，點頭離去。真弓在父親陪伴下從車站走回附近的家，半途有兩輛汽車從後方按喇叭超車，雙方交錯時只聽見其中一輛車篷裡傳來——

「再見，記得再來找我呵。」

和子的聲音在雨中迴盪。

「那是哪裡的人？」父親納悶地問真弓。

「是火車上認識的樋口小姐，她是廳立高女的學生。」

「哦，原來如此，那她一定是樋口議員家的人了。」

真弓聽父親這麼說，便問道：

「爸爸，所以你知道囉？他們住的地方——」

「嗯，我曉得，就是小鎮邊上海岸路那間很大的老宅邸。樋口那個人前陣子往生了，現在那裡住的應該是他的孩子。」

「這樣啊，所以和子小姐是沒有父親的人了。」

「不，不是那樣的，去世的應該是她的祖父，現任屋主多半是她父親吧。那家人現在幾乎不跟小鎮居民往來。她父親好像經常出遠門，但也沒人知道他到底從事什麼工作或生意。」

「是呵，不過，他們是有錢人吧？畢

竟她是坐二等。」

真弓率真地說，父親眉頭一皺。

「學生就應該坐三等，不是嗎？」

「哎呀，我可沒說我不喜歡坐三等喲。」

「是嗎，那就好，但妳不能因為人家坐二等就感到羨慕。聽說樋口家的祖父是政治狂，身後留下不少債務，果然是過得相當揮霍啊。」

父親這般喃喃自語。父女倆未幾抵達家門，而母親早就伸長了脖子站在那裡等著。

那天晚上，心情高昂的真弓逐一回答父母的提問，包括學校的事、宿舍的事、老師的事、成績的事、學業的事、有趣的事、不有趣的事，還有今天旅行的事、火車的事、途中暴風雨的事，以及樋口和子小姐的事，她滔滔不絕直到精疲力竭。

如此這般，第一次返鄉之夜，她怎麼都睡不著，隔天早上便發燒了。父母一驚叫來醫生，對方診察後說：

「可能是昨晚淋雨造成的。」高燒遲遲不退，真弓非常、非常地不舒服，以至於最後連睡了十多天。簡直是特地回來生病、受驚的暑假，真弓有些頹喪。不過，痛苦的高燒消退後，她立刻想起跟樋口和子小姐的約定。她很想飛奔去見對方，但父母擔心真弓的身體，不許她出遠門。最後直到暑假過半，她才得以前往小鎮邊上的和子家。儘管是同個小鎮，那卻是真弓幾乎不曾造訪的偏僻地區。

和子小姐跑出玄關，用力攫住真弓的

手，喜不自勝地搖晃。

「噯，伴小姐，我好氣妳呢。」

「我……我生病了。」

「咦，如果妳通知我一聲，我就立刻去看妳的……」

她帶真弓進了房間，那裡是一個寬敞的西式房間，鋪著年代久遠的舊地毯。沙發和椅子的布料也都是錦緞一類，予人古色古香的感覺。

首先桌子塗著黑漆，四腳畫了七草的描金蒔繪，怎麼看都是古意盎然。

「這裡是妳的房間嗎？」

真弓多管閒事地問。

「嗯，是可以這麼說，不過這裡沒有特別規定哪間是我的房間，畢竟這棟房子原本是爺爺在住，我一直住在東京的家，直到今年春天——這裡自從爺爺過世後就變成空房子，老鼠劃地為王呢。但是，爸爸把東京的房子賣掉，結束一切，所以沒辦法，就算是這種地方也得來……」

和子說完沉下臉。

「是嗎，所以妳比較喜歡東京嗎？」

真弓問道。

「對呀，那當然。」和子二話不說就表示同意。

「是嗎，我對東京還不熟，不過女學校畢業後，如果成績夠好，爸媽要讓我繼續念書，那時我就能去東京了。」

真弓難掩羞澀地說，對還未見過的東京充滿了幻想。

「哦，所以真弓小姐，妳從小就在這麼冷清的地方生活嗎？」

和子語氣半帶驚訝，不勝憐憫地問。

「嗯，是的。」

「我就只有小時候來這裡探望爺爺一次。」

冰紅茶上桌，搭配送來的薄餅乾。兩人深深埋在長椅裡，就像在火車上那般談天說地。

轉眼太陽西斜，此時房間角落冷不防傳來鴿子咕咕叫的聲音。

「啊，鴿子——」

真弓訝然站起，和子咯咯笑了出來。真弓東張西望，發現房間一角放著一座時鐘，上面的葡萄葉裝飾陰影處，出現一隻白象牙雕成的鴿子，咕咕叫著報時。真弓萬分不捨地看著那隻鴿子又躲進古老的外國時鐘裡。

「這是爸爸很久以前搭船從遙遠國外帶回來的，這裡的所有東西都很古老呵。喏，妳聽聽這個。」

和子帶真弓到房間角落，把一根細細的橡膠管放在她耳畔。過了一會兒，真弓的鼓膜神奇地聽見猶如水底傳來的細微音樂聲，夢幻般的奇異世界令真弓如痴如醉。

「這是以前的留聲機，很有趣吧？」

和子笑道。取代唱片的是一捲圓形蠟筒。真正的老東西儼如魔術師的道具，就連芝麻綠豆大的小事亦令真弓嘖嘖稱奇。兩人接著看了畫冊，說是畫冊但又厚又重，都是外國畫作。

裡面有裸女入浴圖、壯碩騎士激烈戰鬥的場面，這些畫對真弓來說都非常新奇刺激。

畫冊裡完全沒有一般家庭看的聖母瑪利亞或耶穌畫像，所有圖畫都是充滿血腥、美得絢麗奪目，或者給人奇異的感受。

真弓每翻一頁便心跳加速。就在此時，她禁不住叫道：「啊，船！」

那是一艘非常、非常巨大的帆船在瑰麗虹彩中疾駛的圖畫，同時有一名少女爬到桅杆高處，高舉一隻手，指向某個地方。越是盯著少女那張臉，它就變得越來越悲傷。

真弓被那幅畫深深吸引，目不轉睛地盯著。她想知道這幅畫到底意味著什麼。畫作下方橫向排列的外國文字，貌似標題或說明。兩人拿出字典，一個字一個字翻找，卻查不出任何單字。她們最後確認那不是英文。此時夕曛漸濃，畫作表面亦模糊不清。真弓即便不捨，仍不得不說再見。

和子表示要送真弓一程，兩人一起出門，沿著臨海小路前進。真弓在沙丘後方發現已然綻放的玫瑰花，一個舊時記憶霎時在內心復甦。那是她八歲時獨自來到這附近的記憶。當時眼見滿潮浪花沖刷沙丘，真弓在沙中動彈不得，嚎啕大哭，最後被一個比自己大一兩歲的女孩救了出來。那女孩的面容不知怎地竟跟和子重疊。

「妳說妳小時候來過這裡一次，對吧？」

「嗯啊。」

「當時這裡有一個小女孩被埋在玫瑰盛開的沙中大哭，妳記得嗎？」

和子聞言，側頭想了一下。

「唔——妳這麼一說，好像是有那麼一回事……可是，為什麼呢？」

「其實當時大哭的小女孩就是我呵。」

「也是，妳的話，是有可能哭出來。」

和子柔聲道，將手輕輕放在真弓肩上。

不過，無論事實如何，真弓既已認定當時救她的女孩就是這位美麗的和子。

「下次再來我家玩吧。回學校的時候，要找我一起搭車呵。」

和子說完便跟真弓道別。

之後到暑假結束前，真弓都沒有再去和子家。兩人預定搭乘的火車是一早出發，傍晚前抵達◇◇市的方便班次。真弓預先通知和子火車日期和時間，卻沒有接到和子的任何回音，就這樣到了出發當天。真弓無奈之餘，再次由父親送往車站。直到火車出發前一秒，真弓仍未放棄希望，但和子終究沒有現身。

真弓帶著一顆失落的心回到學校宿舍。她寫信告知家人自己平安抵達的同時，順便給和子寫了信，一方面是對自己先行一步表示歉意，另一方面也想詢問到底發生了什麼事。

然而，過了一星期，甚而兩星期，和子依然杳無音信。真弓忍不住寫信問父親：「樋口家究竟怎麼了？」父親很快寄來一則報紙剪報——

「××地方首屈一指的名門樋口家族，在前議員太藏先生過世後，其子一藏先生舉家自東京遷回××鎮的舊宅。一藏先生數年前即密謀大規模的盜獵計劃，親赴遙遠北海沿岸坐陣指揮，巧妙避開警方耳目。未料此次風聲走漏，一路遭官方追緝。一藏先生於××日悄悄登陸，帶著舊宅一家人於深夜再次登船，逃逸無蹤……」

心灰意冷的真弓讀完這則新聞，震驚得說不出話來。

◇◇◇◇◇◇◇◇◇◇◇◇◇◇◇◇◇◇◇◇◇◇◇◇◇◇◇◇◇◇

此後每年暑假，真弓只得一個人返回遙遠的××小鎮。然後在假期即將結束前，也一定會造訪小鎮邊上的海灘。那兒的沙丘玫瑰花始終盛開。真弓坐在沙丘花叢下，舉目眺望眼前蒼茫的遼闊大海。每當此時，前方必然浮現一艘船的幻影，天際則會出現虹彩般的瑰麗光芒。夕陽餘暉中，帆船張掛的帆布殷紅如血，一名少女俏立桅杆，指著玫瑰花盛開的海灘。那張臉滿是悲傷寂寞——是和子小姐——正是樋口和子小姐的面容。此情此景總教真弓淚流滿面。

# 睡蓮

一

「我們就等植物園的睡蓮開花——」

這是兩人早就說好的約定。

兩人指的是仁代和寬子——十七歲和十八歲的學畫少女，同樣暗自懷抱著以繪畫謀生的熱切心願。所謂的畫，則是指日本畫，現在說兩人是柿沼玉園女士的得意門生或許為時過早，但若是肯下苦功，說不定還真能成為衣缽傳人。總之兩人約莫兩年前才入門學畫，然而，儘管入門資歷尚淺，進步卻頗為驚人，連老師玉園女士都歎為觀止，拍案叫絕。畫富士山便湧現雲彩、畫琵琶湖則浮出一葉扁舟云云固然太過浮誇，但打比方來說，她們大概就是如此了得，而且兩人都非常年輕，堪稱前途不可限量，海水不可斗量。再者，兩人感情非常、非常之好，天打雷劈也拆不散，哦喲！真教人好生羨慕。兩人撐著同款花陽傘，木屐倒是沒穿，而是踩著厚厚的毛氈草鞋（偷偷告訴各位，傳聞這款矮子樂大受歡迎，銷售奇佳），不過請勿擔心，這兩人並無身高方面的困擾，反倒是高眺美麗。不過，如果仔細比較，寬子小姐算是更加美麗。豈止如此，她父親是預備海軍中將，現為某壽險公司監事，家境富裕可見一斑。據悉她以前讀的也是學習院這種庶民可望而不可即的學校，曾幾何時繪畫才華萌芽，央求學畫，父親緊張得直如對馬海峽海戰當時那般。最後，父親得出結論：女兒入選展覽會將是無上榮光，方才應允學畫一事。

這廂仁代則是九州博多出生，祖父輩在明治維新以前是博多富豪，然而到了她父親這一代，變賣倉庫、變賣山地，甚而淪落到變賣庭院，乃至於房產，就連屋頂最後一片瓦亦落入他人之手，窮到一貧如洗的地步。不知該如何是好的父親操勞成疾，留下她與母親兩人相依為命。事已至此，仁代儘管還是個小女孩，再怎麼艱苦也得奮發圖強。縱使不知人生是否處處有藍天，但無論如何，她背井離鄉，成為當代活躍的女流畫家——柿沼玉園女士的內弟子。內弟子這個稱號聽來甚是響亮，可實際上女傭工作占八成五，餘下一成五才是習畫。她每天早上五點左右第一個起床，開始煮飯。這件事起初辛苦得緊，要點燃瓦斯爐這東西。劃好火柴拿過去，只會燃起微弱火苗，像夏末螢火蟲那般稍縱即逝。這樣下去不成，便把瓦斯開大，再劃一根火柴點火，結果出現砰、砰砰某種東西爆炸的聲音，接著火又咻的一聲熄滅，直教人魂飛天外嚇破膽。點了又滅，點了、又滅，啊啊真不知當時有多擔心——好在這只是一開始，熟悉後便能乾淨俐落、有條不紊地盡快動腦完成廚房工作，連浴室也打掃得乾乾淨淨，接著方能專心準備繪畫道具。玉園女士訝於仁代的熱誠與老實，今年春天另外僱了一名女傭，仁代這才正式升格成內弟子。但雖然是內弟子，她對於老師交代的工作和家事還是非常上心。因為個性如此，她根本顧不了和服那些個奢侈打扮，穿的都是老師給的衣服，舊的也好、淘汰的也罷，她都心滿意足，總之全神專注在繪畫技巧的提升，心無旁騖。至於那廂寬子，則是絕對不會在每週兩堂的繪畫練習課穿相同的衣服。如果和服相同，外褂就會不同；如果外褂相同，和服就會不同；如果腰帶相同，帶飾就會不同；如果帶飾相同，腰帶頂端的飾布就會不同；衣襟不同、中衣不同、足袋不同、木屐不同，唯一不變的只有那顆腦袋（不過，這部分所有人都只有一個，打扮起來委實不便）。話雖如此，她仍在化妝上投注大量心力，白粉數量就有四十八種，比《忠臣藏》的義士還要多一個。因此，坐在梳妝台前給自己臉孔上色的時間，跟替畫紙上色的時間相比，哪個更多根本無須費心思考，畢竟這種問題永遠不會出現在女學校的考試中。這就是兩名少女在性格上的概述。

「妳說了這麼多，植物園的睡蓮又是怎麼一回事？」

哎呀，列位看官別急，且聽我娓娓道來。是年秋天，在上野竹之台舉行的各大展覽會裡，╳╳展覽會的地位儘管及不上帝展或二科會，不過對年輕新銳畫家們而言仍是魚躍龍門的捷徑，因此玉園女士的門下弟子每年都會投稿。仁代和寬子兩人去年首次參加該展覽會的投稿，然後雙雙落選。原本兩人就感情融洽，加上同病相憐的慘痛經驗，友情愈益深厚……

「我們不能因此失望。」

「才參加一次就想成功入選，這想法太天真了。」

「沒關係，明年還有機會嘛。」

「明年一定要畫出好作品來，是吧……」

「對啊……」

兩人四目相對，希望之火熊熊燃燒。於是乎，寬子也將坐在梳妝台前的時間轉移至坐在畫布前，仁代則是更加努力了。

打從今年春天，兩人便早早熱烈討論起秋天投稿的作品主題。

「要畫什麼呢？太普遍的東西是不行的。」兩人你一言我一語時，仁代驀地想到——

「對了，我有一年初夏去植物園，那兒的池塘開了好多好漂亮的睡蓮，真的好美，綻放水面的花朵——喏，就像夢一樣——我畫得再差也想畫畫看，可惜當時只是辦事回程順道經過，身上什麼都沒有——總覺得很遺憾。」

聽見仁代這麼說，寬子眼睛一亮。

「啊啊，睡蓮——睡蓮很好啊，我們就畫這個吧。即使我們今年題材一樣，構圖不同就可以吧？而且可以互相幫助、彼此商量，一起開心畫畫吧。」

寬子比仁代大一歲，說起話來總有一股大姐頭的氣勢。這番提議對於無依無靠的仁代來說，真個感激不盡，心中無限歡喜，是以當場滿口應允。

「好，那就這麼決定，我們倆都要全力作畫。入選也好，落選也罷，全心投入畫出一幅畫來，這件事本身就非常了不起。」

「嗯，沒錯，萬一又一起落選了也無所謂，反正咱倆還年輕嘛。」儘管去過學習院，寬子這人言行卻充滿了庶民氣息，對家境清貧的內弟子仁代亦展露青梅竹馬般親切的說話方式，任誰看都覺得舒心。

兩人決定畫睡蓮，但不巧睡蓮其時尚未開花。上野的櫻花季剛要開始，她們已迫不及待、急不可耐，巴不得今年能直接跳到夏天。

因此，每當兩人聚在一起，便如念經般齊誦：「我們就等植物園的睡蓮開花！」

過了一段時間，行道樹的法桐葉開始在微風中搖曳，不時可以看見夏日遮陽帽與陽傘，兩人也喜笑顏開：「真高興，睡蓮終於要開花了！」這天，兩人準備好寫生道具，出發去也。

「哇，好漂亮。」

「我們就在這裡畫吧？」

「或者在那邊如何？」

「那邊比較好。」

「還是這裡好。」

光是決定寫生地點，兩人就來來回回商量了半個鐘頭。仁代將花陽傘收攏放在一旁——這把以前京都流行過的復古花陽傘也是寬子送她的。

兩人於是著手速寫花朵外形。配色和背景方面，兩人都從心所欲，跟著自己的感覺走，卻也不斷彼此討論、相互建議，兩人之間的信賴不言而喻。

「我已經沒力氣了——」

寬子笑咪咪地抬頭望向對面，只見仁代坐在相隔一段距離處，認真揮動木炭。仁代聞言，也朝寬子望來。初夏陽光下，寬子俏臉晶瑩如玉，或許是有些倦了，紅潤雙頰微微冒汗，雙瞳翦水，端的是國色天香。仁代感慨萬千地凝視寬子，不由得心神恍惚，暗忖自己是該畫水面綻放的花兒？抑或是地面綻放的這朵絕色生命之花？一時間頭昏腦脹。

「哎呀討厭——妳怎麼直勾勾地看著人家，是畫好了嗎？」

仁代聽了不禁赧顏。

「不，還沒——」她連忙垂首繼續作畫。

過了一會兒，寬子又開口了。

「要不要我給妳一個好東西？」她喚道。仁代再次望向她時，寬子從綴著玻璃珠的手提包裡拿出一只小巧的盒子，盒子表面貼著美麗的天鵝絨布，彷彿裡面裝的是璀璨的寶石戒指。寬子打開盒蓋，盒內整齊排列著銀紙包裝的巧克力。

她先拿起一塊，遞給仁代說：「請用——」仁代笑著將畫板擱在一旁，走近寬子，規規矩矩地用指尖夾起巧克力——那是她的右手。

寬子再度打開手提包，

「我說要給妳的好東西，不是那個，是這個——」她一邊說，一邊笑著從手提包裡取出淡紫色的絲質夏季手套，

「我前陣子買了兩雙一樣的，妳不嫌棄的話，就拿一雙去用吧——看起來挺不

錯的吧？」

她話到此處，先將其中一隻試套在自己手上。但見伊人纖纖軟玉削春蔥，長在薄絲淡紫中。

「哇，好美！」仁代禁不住瞪大眼睛讚歎。

「你也試戴看看，肯定很合適」她將一雙手套遞給仁代。仁代忽地面色鐵青，沒有立刻接下。

「你不喜歡這個顏色嗎？」寬子很是納悶——

「不是的。」仁代驚慌失措，聲音一顫。

「因為，妳看起來好像不怎麼喜歡欸。」

寬子登時展現千金大小姐個性，發起脾氣來。

仁代見狀更加亂了手腳。最後，她豁出去似的說：

「請原諒我，因為我……我……呃，我的手指有缺陷——」

「咦——手指——」

寬子極度震驚，一雙明眸睜得老大。

「妳的手指怎麼了？受傷了嗎？」

「不是，我從小……天生就有缺陷。」她的聲音兀自顫抖。

「唉，怎麼會怎樣——是哪裡？」

「那個……我已經放棄了，一切都是命。」

仁代面如死灰，萬分羞慚，可憐兮兮地從袖子裡露出一截左手掌，無名指和小指頭緊緊黏在一起——寬子先是恍然大悟，繼而胸口如遭雷擊，頓時無言以對——與此同時，一股強烈的同情深深憾動寬子的心，她誠摯溫柔地勸慰：

「這很好——這沒什麼，這種事根本不算什麼，也沒什麼丟臉的，這不是你的錯，只是偶然而已。而且它並不妨礙妳畫畫，妳別在意、別想不開，把它忘了吧，好嗎——好嗎？」寬子有如安慰妹妹般輕撫仁代的背，將她緊緊摟在懷中。

「真是的，我帶這種東西來，讓妳不愉快——請妳原諒我，因為我完全不知道。只要妳不說，根本就沒有人會注意到那種小事，一點都不值得悲觀。而且，妳向我坦白一切之後，我也絕對不會對其他人提起，我以我倆友情發誓——」

其時寬子熱情澎湃地用力握住仁代那隻殘疾的手，將它拉近自己的嘴唇……

此情此景，友人這般溫柔關懷，仁代雙眼悄悄滲出淚水。

初夏午後，睡蓮在水面悠悠蕩蕩，朝天際綻放的花朵如夢似幻——宛如一場幻夢。

## 二

兩名少女天天前往睡蓮盛開的植物園池畔。寫生結束後，兩人開始構圖、打底稿，期間給了彼此大量建議。一邊互相鼓勵，她們完成了以睡蓮為主題的草圖。到了七月中旬，終於進入替畫布上色的階段。寬子一家人都去國府津避暑，她這年卻堅持留下，把家裡十張榻榻米大的客廳充作臨時畫室，白天喚仁代來此作畫。寬子一想到仁代得在老師家四張半榻榻米的西晒小房間攤開畫布，便力邀她到自家涼爽的客廳來。於是乎，兩人在同個房間對著畫布齊心上色。八月底，兩幅作品大功告成。

「那麼，畫名該叫什麼呢？」兩人又討論起來。寬子的作品構圖熱鬧，畫裡有蓊鬱的夏日樹木、有涼亭，前方是浮著睡蓮的池塘，旁邊是草坪和踏腳石，兩人為這幅畫起名《睡蓮綻放時》。

「這畫名聽起來也像是浪漫小說呢。」寬子十分中意這個名字，大喜過望。仁代的畫作僅截取池塘一隅，睡蓮在水面綻放，天空飄浮的白雲影子依稀投射在開花水面，美如夢境的構圖。寬子替這幅畫取名《水面》。

『清新的畫名！如此詩意盎然的名稱對這幅畫簡直太奢侈了，謝謝妳。』

仁代向寬子致謝，也是不勝欣喜。

「我們相互贈送畫名，是很棒的紀念吧？」

寬子也喜不自禁。

九月初，投稿那天，兩人委請車輛運送畫作。兩人費時二、三個月，絞盡腦汁、精疲力竭，不曾片刻或忘的重要畫作，要送走它們直令兩人感到寂寞。

兩人接下來就只剩等待結果發表日到來。

「就算像去年一樣落選也無所謂。我們互相幫助下完成的作品，即使只當成兩人友誼的回憶也很值得，這樣就夠了，我們已經獲得充分的回報——」

寬子冷不防冒出這麼一句。仁代沒有回答，心裡卻一再點頭同意。正是如此，兩人友誼的紀念——仁代光是這麼想便胸口發燙，心如擂鼓。她不知不覺對寬子情根深種，如今這份情感已無可撼動。

無論如何，等待結果公布的焦慮不僅限於這兩人。其他投稿者夜夜夢裡亦是作品入選、一躍成為新進傑出女畫家、被某伯爵家邀請作畫、被婦人雜誌和少女雜誌催逼扉頁或封面畫、明信片公司提議將畫作製成明信片、在郊區蓋新畫室、去歐洲旅遊飽覽名畫……等等等，盡情大做美夢，還有人因為做太多夢而神經衰弱，狼狽不堪。

寬子和仁代也免不了做夢，夢裡睡蓮搖曳水面，輕輕款款——

有一天，仁代向寬子講述了一個夢。

「我做了這麼一場夢，就是呀，山頂有一座好安靜、好安靜的湖泊，我站在湖邊，然後那湖面開滿了好美好美的睡蓮。『哇哎呀，真美，我可畫不出這麼美的景象。』我這麼想著，又開始擔心那幅畫的事了，我立刻想到也應該讓妳看看如此美麗的湖泊所開的花，便大聲呼喊妳的名字，但不管我怎麼喊，都沒有回應。我難過得幾乎要哭出來，可是當我看著花朵，咦？哎呀嚇了我一跳，妳不知何時出現在湖中，不就俏生生地站在水面上的睡蓮花瓣裡嗎？嗳哎呀，我真的好驚訝，不顧一切地大喊：『寬子小姐、寬子小姐，我在這裡。』妳朝我瞥了一眼，不過呀，妳投來漠不關心的冰冷眼神就撇開頭去。正當我不知如何是好，情緒低落之際，一晃眼妳已消失在睡蓮花瓣裡。噯哎呀，當時的美，絕非世上任何美麗所能比擬。秋水盈盈，一頭烏絲輕拂胸口，水面睡蓮隨微風搖曳，腳畔一叢睡蓮格外鮮明——睡蓮仙子！睡蓮仙子！我當時這麼想著。是了，我再也不能像以前那樣把妳當成朋友，叫妳寬子小姐了。我忽然對自己的寒酸模樣無地自容，匆匆逃離湖畔，躲進附近的樹林子裡，卻又忍不住從樹叢間偷覷妳。轉眼間妳已沉入花蔭、沉入水底，不見蹤影……我意識到此後再也見不到妳，靠著樹幹呼喚『寬子小姐』，淚眼朦朧。夢醒之後，我好一陣子還是茫然若失、黯然神傷……」

仁代這般講述，神色寂寞至極，是又想起了那場夢嗎？

寬子聽完卻發出銀鈴般的燦笑，用她特有的輕快語氣說：

「喲噯，我在妳夢裡的樣子還真是浪漫呢。別說是變成睡蓮仙子，我連自己畫的那幅睡蓮是入選還是落選都不知道，此刻有如殊死命運之戰，在場上抖個不停哩。」

對寬子來說，那場夢不過是個無關緊要的笑話。

入選的發表日終於到來，所有賴床畫家們定是對這天早報望穿秋水。

那份眾人引頸翹望的報紙上，新入選名單引起熱烈討論，尤其是一位苦學淬鍊繪畫技巧的年輕女性——報社以斗大標題刊登仁代的名字，甚至加上攝影組前晚闖進玉園女士家，拍到仁代如受驚小鴿子在四張半房間角落縮成一團的照片。

可想而知，仁代的《水面》雀屏中選，而寬子的《睡蓮綻放時》名落孫山。

「仁代小姐，恭喜你，妳果然很厲害。」

先前還有點瞧她不起的門下弟子們，而今態度丕變，開始找她閒聊幾句。

「仁代，妳一定高興得快瘋了吧？可別真的發瘋呀，小心小心。」

還有些人沒頭沒腦地拍打仁代的背調侃。老師玉園女士為仁代入選由衷感到喜悅，更加積極支持她。但是，當事人仁代不知怎地卻是愁眉不展，理應在世人祝福的光明命運面前手舞足蹈，如橡膠球蹦蹦跳跳的心情，此刻卻莫名纏繞一抹憂愁。彈跳的橡膠球，心情卻莫名纏繞一抹憂愁。

她的仁代內心悄悄地、悄悄地、暗地裡嘆息，如此喟嘆：

「如果可以跟那人一起入選多好——」

當璀璨快樂的命運傾注眼前，仁代卻發現自己煢煢孑立，猶豫是否該伸掌接下。

哦呵，寧願是《睡蓮綻放時》入選，仁代或可毫不遲疑地沉浸在喜悅中。就在醉倒幸福前的寬子女王身畔，如侍女般分享那分喜悅，對仁代反而更加幸福。

哦呵然而，然現實並非如此。《水面》一舉奪魁，《睡蓮綻放時》卻無法相伴。

話雖如此，仁代仍想安慰鼓勵寬子，她想向寬子坦誠自己有多麼希望跟她一起入選，甚至情願兩人一起落選，想要好好安慰那人。仁代把自己的喜悅擱在一旁，期待那天到來。

不久之後，寬子出席繪畫練習課，仁子誠心誠意地迎接她。

「寬子小姐，妳不要灰心呵，我為妳祈禱那麼久，真的很可惜，但沒關係，明年一定可以入選，我從現在就開始為妳祈禱。」

仁代發自內心溫柔安慰，豈料寬子反倒對這番言詞感到不快，身體一閃，冷冷地說：

「恭喜你，仁代小姐——但請不要憐憫或同情我，這有點殘忍。」

她帶著厭惡回道，也不願看仁代一眼。

這天的出席者尚未從失望中恢復過來，話題始終圍繞著展覽會，寬子忽而忿忿不平地說：

「敗軍之將，不可以言勇，現在說這些也只是丟人現眼，算了吧。」她以她特有的俠女口吻，透著一絲絲不服輸的態度，似在亂發脾氣。

「反正那些入選的，都是特別的人嘛。」

寬子最後意味深長地脫口，在場眾人無不豎起耳朵。

「咦？寬子小姐，難道真有什麼內幕嗎？」

一干人興致勃勃地擠上前。

「畢竟殘疾人士的決心跟我們這些抱著玩樂心態的人不可同日而語。」

寬子冷冷丟下這麼一句。現場霎時寂靜無聲，眾人你看我，我看你，誰也不敢多問什麼。這也難怪，因為仁代就在眾人角落低頭瞅著畫盤。

殘疾！殘疾！寬子這席話在影射仁代是昭然若揭的事實。回想這個夏天，在植物園池畔專心寫生時，由於寬子贈送的夏季手套，仁代不得不透露自己小指異於常人——哦呵，如今，寬子竟當著眾人，以激烈若斯的語氣揭發此事，澈底粉碎昔日友情，背叛仁代——正因人心善變、不值得託付，我們有時才被迫忍受孤寂不是嗎？再堅定的誓言、再濃烈的感情，啊啊，那有時比流雲的影子還要短暫，比落花的命運更加伶仃，如此這般慘遭背叛拋棄，最後徒剩淒涼寒冷的「孤獨」——捨棄紅塵的聖者，其心是否早已悟出此等可悲事實？

◇◇◇◇◇◇◇◇◇◇◇◇◇◇◇◇◇◇◇◇◇◇◇◇◇◇

秋季過半，仁代收拾細軟離開京都老師家，其時她的入選作品還在上野的展覽會場吸引人群佇足圍觀。

就在她即將在京都實現夢想之際，為何要選擇離開呢？是要衣錦還鄉？不、不，不是的，並非如此，仁代是決心從此離去，再也不踏入京都一步。

其師玉園女士當然多次想要阻攔她的決定——然而，仁代的決心實在太過堅定。

「為什麼妳非得離開京都，拋棄辛苦得來的榮耀，放棄繪畫？」

面對老師的疑問，仁代淚眼汪汪，不知該如何答覆……

仁代背棄老師的溫情，離開京都返回故鄉博多，從此杳無音信。那年秋天過去，隔年春天到來。暮春時分，玉園女士赴長崎出席自己的畫展，途中想起昔日愛徒，特地在博多下車拜訪仁代。

她家就在千代那片松樹原野畔，一間遠離塵囂的小房子——母女二人相依為命。仁代聽見人力車停在門口的聲音，惑然走出來迎接，玉園女士目睹愛徒變化若斯，張口結舌……只見仁代面色憔悴，形容枯槁，一副弱不禁風的模樣……

「啊，老師……」

仁代一聲驚呼，淚流滿面——緊緊揪著老師的衣袖，而將仁代抱在懷裡的來訪者亦是一句話都說不出來……

仁代招呼老師進了小房子，老師首先驚訝地看著一堆堆的黏土、數十個素燒人偶……還有裝著顏料的小盤子和畫筆——天哪，這竟是一名年輕女泥塑師的家……

「所以……妳……」

在老師困惑不解的目光下，仁代羞愧得只想找個地洞鑽進去，只聽她低沉落寞——期期艾艾地解釋：

「那個，老師，請原諒我……雖然放棄了畫畫……可為了生活……我還是必須工作……」

老師忍不住潸然落淚。

啊啊——自己是來探望仁代？還是來

讓仁代傷心的呢？千代松樹原野上的千株松樹，松針散落撲撲簌簌，哀傷春天即將逝去的黃昏之月……玉園女士依依不捨，滿腔悲愁。

火車發車時刻一分一秒逼近——不得不告別的傷心時刻，仁代在老師請求下送她一尊自製人偶……夏日湖畔陰影中，睡蓮綻放巧笑倩兮……俏立花中，隱沒湖心的美麗仙子，神祕少女猶如銀色花萼一縷裊裊香氣——那色彩、那姿態——果然是擁有那般繪畫天賦的女孩所為——玉園女士此時此刻才真正為仁代惋惜。她瞧著人偶的臉，總覺得似曾相識，可惜她沒時間細究那是何人，她得跟仁代在車站道別，趕赴歸途。

可憐的仁代，遭人背叛，體悟友情與愛情便似靠不住的幻夢，內心受創發狂，拋下一切回到故鄉。為了母女二人的生計，不得不製作人偶，而當她替人偶上色時，那面容儼然是背叛她的美麗佳人……恰似伊人……

哦呵，那泥塑人偶活脫脫是仁代昔日夢中所見的冰山美人——睡蓮仙子。對此一無所知的人們，如果看見東京某百貨公司的玩偶展示架上擺放著數個名為「睡蓮仙子」的博多人偶，請拿起其中一個，將人偶腳畔綻放的花朵翻過來看看。你將看見深褐色的細小簽名，圓心內依稀寫著「仁代」……

如此這般，每每想到一名芳華正茂的女人偶師，在九州博多的千代那片松樹原野畔，製作著肖似冰山美人的人偶，親手埋葬自己的青春，就不禁想要緊緊抱住冰冷的泥偶哭泣，傷心流淚——我之所以這般唏噓，是天性感傷所致嗎？妳們這些少女啊……能否體會我的心情？

# 心之花

一

南方島嶼的某港口——儘管荷蘭船隻紛至沓來的繁華時光不再，今時今日仍偶有法國船隻造訪這座風情猶在的老海港。山嶽從三面圍繞著海港的壯闊景色，啊啊長崎，故事就發生在此處一個叫大浦的地方，某座天主教修道院的寬敞庭院前方。時間是春天即將結束的時候，確切地說，是一九××年的暮春。一位疲憊少女步履蹣跚地走上修道院的石階。天色昏黃，是以看不大清楚其人長相，但可依稀看出她頭髮凌亂、四肢枯瘦、面無血色，本該充滿活力的眼睛也茫然無神，皮膚缺乏彈性，雙腿顫顫巍巍。似有某種難以言喻的苦惱折磨著這名年僅十五、六歲的女孩。在這寂靜無聲的暮春，女孩偷偷摸摸、氣喘吁吁地爬上修道院的石階。這個時候，修道院的灰色窗戶裡有一位修女一動也不動地俯視她。這位修女的名字是蘿賽塔，年紀輕輕便飄洋過海到日本，十幾年來有如無翼天使般廣受信徒信任景仰。

黑影般的悲慘少女終於爬到石階頂端，那裡有一扇緊閉的厚重大門，門上沉甸甸地垂著一條鎖鏈。少女東倒西歪地用力拉扯那條鎖鏈，大門咿軋一聲朝左右打開。教堂內夕影幢幢，一片幽暗。唯獨正前方，瑪利亞的雕像前面那盞永不熄滅的燭火神聖閃爍。少女發狂似的衝到燭火前面，砰的一聲倒下，在胸前劃十字聖號，痛苦萬狀地雙手合十。

「聖母瑪利亞，今晚我將離開這個世界，請您聆聽我的死前懺悔。除了您，沒有人願意聆聽我的懺悔。我是一個罪孽深重的女孩，死後也只能永遠受那地獄業火焚身。無緣上天堂的我，只盼生前伏在您面前，懺悔我的罪過，因此用盡所剩無幾的力氣來到這裡。聖母瑪利亞，請您聽我訴說一個悲傷女孩的故事。」

少女驀然間泣不成聲。或許是當她正想繼續說下去，悲傷已然重重壓上胸口。

## 二

就在此時，教堂內晦暝一隅的帷幕無風自動。那是瑪利亞雕像左手邊，通往修道院走廊的地方。蘿賽塔修女不知何時悄悄穿過走廊進入教堂，她靜靜拉過帷幕，藏身其間，然後傾聽少女的告解。未幾，少女的聲音再次在淚水中響起。

「我出身望族，住在離這座小鎮不遠的村莊，家裡還有兩個哥哥和一個妹妹。妹妹長得眉目如畫，而我既不像父親，亦不像母親，是個其貌不揚的女孩……父母比一般人更加重視外貌，因此逐漸冷落我，將所有的愛給了可愛的妹妹。『就算縫製同樣的和服，給久代穿了也沒有意思。』母親他們這麼說，甚至不願意替我張羅和服。父母為妹妹準備了許多春夏新衣，就像替洋娃娃換裝般欣賞那美麗模樣。兩個哥哥也總是「房代」、「房代」地叫著妹妹的名字，無論是去山上或野地玩耍，都要牽著妹妹的小手帶她同行。而在那種時刻，被孤零零丟下來的人必然是我。起初我還孩子氣地苦苦哀求他們帶我一起去，哥哥們聽了卻氣呼呼地說那就都別去了，在我的稚嫩心靈留下莫名的陰霾。之後隨著年紀漸長，我也逐漸明白了哥哥們的心思。帶著我這樣其貌不揚的一個女孩走在路上，父母和哥哥都覺得臉上無光。我明白了這個道理，不知不覺變成悲觀乖僻的女孩。不僅外在不漂亮，連內在也陰沉封閉的少女，實在悲慘到了極點。活似失明的野狗，不知笑容為何物，不知開朗、不知光明、不知親情，只能蜷縮在黑忽忽的小房間角落，如牡蠣悶聲不響。青春少女的喜悅——那種事我連夢裡都不曾嘗過。

「而集三千寵愛於一身的妹妹隨年齡增長，出落得越發明豔動人，彷彿一朵花兒在家綻放光彩。在父親和哥哥面前，儼如美麗高傲的女王。妹妹生來不識愁滋味，總是一派活潑開朗，相形之下，我醜陋渺小的身影簡直像一名家裡使喚的奴僕。我多少次巴望能逃離這個家。然而，年幼力弱、面目可憎如我，若要獨力生存，又有誰願接納我呢？我生來便得不到被愛的幸福，到頭來依舊有如盲犬，無緣目睹人間光明，只能低頭默默地活著。有一天，妹妹意外生病，遷延不癒。父母和哥哥們悉心照料如視珍寶，遍尋名醫良藥，但費盡心機之後，妹妹仍不敵病魔夭亡，父母和哥哥們的哀傷可想而知。『美麗的花朵易逝，醜陋的雜草卻處處叢生。』哥哥們悻悻然啐道。我那越發乖僻扭曲的心中，甚至認為「醜陋的雜草」是在引射我。父親的哀慟和母親的淚水非同小可，或許是因為女性情感脆弱，母親近乎瘋狂地悲痛妹妹的死亡，有時甚至如潑婦罵街般口無遮攔。某天我犯了一件小錯，母親惡言惡語不斷，最後大嚷：「心愛的孩子死了，死了也無所謂的孩子卻活著，如果可以，我真希望妳們調換過來。」天哪，這句話比針更加尖銳，比槍還要刺痛，戳進我十五歲的胸膛。我震驚得無以復加，整整哭了天，一顆心被撕成碎片，猶如失去理智的野獸，心中充滿想要報復親人的憤怒。」

## 三

「那天夜晚，我悄悄繞到我家後面，從倉庫裡拿了一把稻草，淋上油，緊緊握在顫抖的手中點燃，閉著眼睛扔進我家地板下，接著整個人撲在地上。過了一會兒，我又搖搖晃晃站起，朝地板下一看，只見稻草全部燒光，白煙竄起，火勢即將蔓延開來。我見狀不顧一切鑽到地板下，

「用衣袖和腰帶撲滅熊熊燃燒的火焰。火熄滅了。我倒在稻草灰燼中淚流不止，待我回神，這才意識到自己差點犯下滔天大罪，而我的雙手與身軀已沾滿罪

惡，悔之莫及。

「犯下此等駭人罪孽的我，又豈能再次出現在父母面前？唯一該做的，就是將這個充滿罪惡的身體從這個世界抹去。我甚至覺得繼續活下去，也只是在等待再次犯下這種罪行的機會，也認為自己這種人來到世上根本是一個錯誤。我無法忍受繼續活在痛苦的世界中。將自己沉入大海或河裡，抹去這副醜陋不幸的身軀才是我唯一的出路。在我離開人世以前，聖母瑪利亞，請您原諒一個心靈乖張的女孩犯下的罪行，尊貴的榮福童貞瑪利亞，請您聆聽一介少女的懺悔。」

女孩扯嗓哭喊，砰的一聲拜倒，不久又勉強起身，搖搖晃晃地離開教堂，準備將自己送往死亡彼岸。

就在此時，堂內深處的瑪利亞雕像附近響起一個溫柔悅耳的聲音：

「小女孩，且慢，妳不可以死。讓妳如此不幸，是天主的錯誤。今晚，妳將重生為一個美麗的女孩。好了，回來吧，快來這裡禱告求神恩寵。」

女孩茫然自失，懷疑自己精神錯亂，回頭望去，只見教堂深處燭光閃爍中，瑪利亞雕像目光溫柔地看著她，彷彿在向她眨眼。哦呵，這奇蹟啊，榮福童貞瑪利亞聽見她真誠的懺悔嗎？女孩戰戰兢兢地奔上前，砰的一聲再次拜倒在聖像前。

## 四

「聖母瑪利亞，聖母瑪利亞，請救救

我。一度犯下罪行的我，也能透過您的悲憐，哦呵，重生為一個美麗的、美麗的女孩嗎？哦呵，榮福童貞瑪利亞，冰清玉潔的聖母，至聖玫瑰經之后，請垂憐我，從所有的惡、所有的罪、魔鬼的陷阱中拯救我──」

女孩如此祈禱，伸出雙手攫住聖像下襬，流淚親吻，最後力竭倒地，失去意識。

過了良久，女孩睜開眼。她恢復意識後，環顧四周，發現自己不知何時深深陷在一張潔白無瑕的床上，枕畔靜靜站著一位美麗高雅的修女，她輕撫女孩的額頭說道：

「榮福童貞瑪利亞已經聽見妳的祈禱，她赦免妳的罪，並賜妳生命之光，取代過去的不幸。哦呵，妳的臉如今變得美麗可愛，就像花兒一般。不過，這朵花還是花蕾，因為妳是年紀尚輕的少女。只要妳成為聖母瑪利亞的可愛侍女，未來幾年在這座修道虔敬侍奉、學習教義，那朵花就會綻放芬芳。哦呵，美麗的花少女，從今天起，妳就是一位美麗的少女，跟我們一起在這座修道院如姊妹和睦相處。我們都把妳當成可愛妹妹般歡迎疼愛。」

修女溫言相告，朝女孩額頭熱情一吻──女孩生平第一次享受到甜蜜滋潤的人類情誼，這是迄今連父母兄弟都不曾給過的幸福。她半夢半醒──默默抬頭望著修女片刻後，結結巴巴地說：「修女，我……我……真的重生為一個可愛美麗的女孩了嗎？」……那位名叫蘿塞塔的修女聞言，緊握住女孩的手，眼裡流露真摯的熱情，「妳要相信榮福童貞瑪利亞的恩寵。」說完這麼一句後，劃了一個十字聖號……

## 五

五年歲月匆匆過。十五歲暮春進入修道院的少女久代，如今已出落成二十歲的成熟女性。二十歲的春天，她終於要成為基督的新婦，在教堂舉行發願儀式，獲准終身守貞，成為一名修女。

如母如姐亦如師，這些年來天天引導她的蘿塞塔修女，領著久代首次進入裝了一面巨大鏡子的房間。

「美麗的基督新婦，福杯滿溢的年輕妹妹啊，聖母瑪利亞承諾妳的美麗花朵，此刻已在妳的臉龐與胸前綻放芬芳。妳的美麗宛如天上星星般耀眼！」

蘿塞塔修女誠心誇讚——久代對修女的讚譽感到羞澀猶疑，但在修女鼓勵下，她站到大鏡子前面。鏡面映出的那身影、那臉孔，這是她五年來第一次看見鏡中的自己。

哦呵，站在鏡子裡的是一位二十歲的處子，穿著雪般純潔的素絹薄衣，下襬垂地，綁在秀髮上的絹紗輕輕垂落，在臉龐形成一抹淡影，那張臉神聖若斯。五年間，她離開黑暗，認識光明，忘卻了恨，活在愛裡，認識了真正的純潔，澆灌出靈魂新芽。比起五年前暮春黃昏，疲憊登上祈禱聖殿石階，乖僻頹喪、愁雲慘淡的那名少女，而今崇高尊貴的女性心胸確實有如重生。那星眸閃爍著信仰與愛的光芒，那櫻唇洋溢著感激和希望的微笑，那玉頰在人間陽光以及對天堂的思慕下顯得神聖皓然。

「哦呵，聖母瑪利亞，這真的是我嗎……」

久代在感激和喜悅的激情中搖搖欲墜，遽然靠向身旁的蘿塞塔修女。

「相信的人，天主便賜予奇蹟。妳靈內的心之花已然絢爛盛開，這是真真正正的奇蹟……」

蘿塞塔修女臉上浮現汨汨泉水般的和藹微笑，如此回答。

哦呵，心之花，心之花，肉眼不可見的心之花，人類帶著它降生，隨花朵盛開的美改變了自己的姿態和面貌嗎？天生貌美者，若僅僅依賴自身出眾的外表，其心中花朵甚而有凋零之虞，然而，縱使沒有過人的外貌，只要捨棄無謂的哀嘆，身懷智慧、愛與信仰，體內不可見的心之花自會盛開，其人之美亦更強韌高雅，這便是天主賜予人子的真正奇蹟。這奇蹟並非傳聞中天主教傳教士妖異怪誕的魔法，而是足以貫穿今世至人類滅絕的悠長歲月、連接人子與天主，一個真真正正的奇蹟。哦呵，心之花！心之花！世上的小少女們哪，切莫忘記努力，悉心培育此花。

——如此總結的是一位日本修女，聖名艾格妮絲，她是我們的老師，教授我們關於天主教信仰和法語的基礎知識。我們這群學生眾口同聲地問她，以溫柔智慧和泛著純淨淚光。

深情拯救一名少女的蘿塞塔修女如今身在何方？艾格妮絲修女說：「妳們隨我來。」領我們來到教堂的後花園。那兒立著一個大理石製的小十字架，野薔薇藤蔓纏繞石面，結著晶瑩露珠。

「蘿塞塔修女的靈魂就在這裡——」她指著十字架，語音發顫……我們胸口也一陣鬱結，垂下頭去。

「那麼，那位被拯救的幸運少女久代，現在又在何處呢？」我們其中一人貿然詢問老師。

「如各位所見，她現在就站在妳們面前。」

她的聲音鏗鏘有力。我們七名少女驚得說不出話來，齊齊跪下，抬頭仰望老師，只見那張高雅玉容澄淨得近乎蒼白，星眸

# 曼珠沙華

一

秋日宜人陽光下，一艘渡船划過一條橫切大利根平原的大河。

船上有七、八個人影——

「哇，好漂亮的花兒。」

如此嬌喚的是以二十一歲妙齡領軍女伶劇團的團長，從東到西、從北到南，恰似浮萍隨河水曲曲彎彎、飄飄蕩蕩，那分孤寂更添其美，猶帶沁人馨香；儘管在長途跋涉下略顯憔悴，依然風姿凜然、身姿挺拔，這便是貌美如花的年輕師傅「都子」女士本人的聲音。

「師傅，花在哪裡？」

名叫阿幸的少女湊過來，滴溜溜轉著眼珠子天真問道。她十四歲，是團裡年紀最小的女孩，備受師傅寵愛的小跟班。

「阿幸，妳難不成是瞎了？」

這又是都子不假辭色的聲音，

「咦？師傅，我、我、眼睛是睜開的欸。喏，這樣，妳可給人家看清楚了。」

被質疑失明的阿幸一雙眼睛瞪得老大——

「哦，這麼說來，似乎是有兩個少了眼珠子的可愛小洞呢。」師傅仍是一副冰美人的模樣。

「討厭，人家、才不是！師傅好過分、好過分！」

她拍打著船邊，可惜一箭射中船頭少女扇子的那須與一不在此處！阿幸本來也想用扇子，不過秋日河道上——那把掛著緋色流蘇的舞扇八成是收進船上的小行李堆裡了，畢竟這群江湖藝人主打的便是舞蹈和歌唱……

「生氣了？小可憐，我就跟妳說吧？妳看那個、那個。」

都子這時揚起藕臂，那臂上穿的是以秋天來說稍有涼意的羅袖，就連腰帶都有些軟塌，令人目不忍睹。她雖貴為團長，卻也不得不如此。這一團因故流離失所，偏偏旅途中票房慘澹、難以為繼，今晚被迫順流而下到對岸鄉下小鎮的骯髒戲棚子表演，萬般無奈。秋風、河流、船中揚起的手臂弱不禁風，我見猶憐。

都子遙指向對岸平原——哦呵，真個有花，花開得正盛。美麗的一整片，彷彿剛剛綻放的鮮紅花朵。

「哇，真的，好——美——啊——」

阿幸感嘆良久，物我兩忘，復又拍打船邊嚷嚷：

「大家、大家也來看看呀，看那個，那些花，妳們是在發什麼呆呀？」

明明是個孩子，卻裝得一副大人樣，額頭冒起青筋，凶神惡煞似的。

至於那些個「大家」，則是相當靠不住的一群人。她們正忙著大啖牛奶糖、冰糖、鹽味仙貝、米果，更誇張的人還吃著五顆糖果兩分錢的便宜糖果袋，甚或喀啦喀啦咬著花生，根本無暇理會什麼天空、渡船、河水、岸邊、花朵，更不用說十四歲野丫頭阿幸的聲音了。

「喂，貪吃鬼！」

正當阿幸氣急敗壞地大喊時——

「阿幸都那麼說了，妳們就去看看吧。」

都子的聲音清澈響起。那群貪吃鬼同盟聽見這個聲音，總算驚醒過來，還有人因為急著吞下冰糖嗆到。她們瞪眼四處張望，繼而向師傅請示：

「師傅，是要看些什麼呢？」

「在那邊。」

阿幸猛然攫住對方脖子，硬扯到船邊。

「看見了嗎？看見了嗎？那個紅紅的、很漂亮的，開了好大一片呵。」

阿幸心急火燎地說。

「喲，煙火？在哪裡？」

對方悠然自若地問。

「還煙火呢！」

都子難得露齒燦笑。

「火樹銀花！絢麗輝煌！」

手拿三味線的劇團大娘以刺耳沙啞的聲音喊道。

「真好，這要是河上納涼煙火大會的話……」

哎呀呀，可惜這並不是江東隅田河的煙火大會，這群「都鳥劇團」的成員離開東京逾年，也不知何年何月才能回家。

「不可以呵，不能讓大家想起煙火。東京的話題是禁忌呵，師傅。」

三味線大娘將衣襟向後整了整。一抹青色的修眉痕跡透露了旅途疲憊，秋日陽光格外晃眼。

「阿幸妳這個大騙子，說什麼開了紅紅的煙火——我還以為是放枝垂櫻那樣的煙火哩。」

冰糖小旦的臉頰鼓得跟吹氣球似的，也不全然是因為糖果吧。

「討厭啦，妳這人，既貪吃又愛生氣，還是個冒失鬼。」

阿幸連珠砲般地抨擊。

「喏，跟煙火一樣美，妳們快看那些花。」

師傅一如平時在大家還沒真正吵起來時打斷對話。

「嘿！哦，那不就彼岸花嗎？」

冰糖小旦立刻上鉤，嘴巴張得大大的，一臉傻乎乎的模樣——彼岸花有啥稀奇？就算剪下來捆好帶走，也值不了一厘錢！冰糖小旦意興闌珊。自古以來，這種情感麻木者被稱為「寧要糖，不愛花」。

「不過這花有個很響亮的名字，叫『曼珠沙華』。」

都子如是說。她寫得一手好字，肯定是愛讀書的人。

但名字再怎麼響噹噹，也嚇唬不了我輩冰糖小旦。要說響亮，「都鳥劇團」這名字夠響亮了吧？可還不是整整一年賺不了幾個錢，跑到鄉下討生活？跟我們說這叫順水推舟，真是說得比唱得好聽，哼——冰糖小旦這般頂撞似的板起臉，或許早就對這位年輕師傅投了不信任票。不論如何，冰糖小旦本是缺乏激情之人——都子早已看開，如今倒也不怎麼失落。

「很漂亮欸，真的好漂亮。」

只有阿幸一人拚了命地連聲誇讚。

## 二

渡船在傍晚靠岸。

與其說那是河畔一間小劇場，毋寧說是個戲棚子，寥寥數名成員帶著少量行李到了那裡。

貪得無厭的戲棚子老闆連一晚都不願浪費，表定當晚立刻開演，即使成員抱怨暈船不適、旅途疲倦也得硬上。

眾人在後台準備時，天空響起「砰——砰——」的爆炸聲。

「咦，是什麼？」

「是煙火！」

這次千真萬確是煙火，一個人從後台窗戶探頭，卻看不到垂楊柳、櫻花，也沒有打著漩渦的斑斕龍田川——只聽見高空「嘶」一聲響，冒出一絲煙霧。接著又「砰」的一聲——這回有一個小小的氣球慢慢飄落。

「真是窮酸的煙火，運動會？」

三味線大娘咂嘴。

「不，不是運動會。這下糟了，我剛剛在前面聽見了。」

兩個人齊聲說。

「妳們聽見了什麼？」

「那個呀，有一個叫什麼歌劇的，正好今晚開演，就在前面一點的地方，聽說是一座新落成的華麗劇院呢，就要在那兒上演，一個叫什麼×××子的少女歌劇，這煙火就是她們放的。」

「嘿，歌劇也放煙火嗎？」

「妳別犯傻啦，大娘，不就是添個熱鬧嗎？不管怎麼說，總之是她們贏了，畢竟還放了煙火。」

兩位年輕女孩嘆了口氣。

正是如此，今晚同樣在這座鎮上，打著××少女歌劇旗號的劇團即將開演。在鎮上新蓋的西式劇院裡，推出一齣叫什麼《莎樂美》之類的著名西洋歌劇，裹著七層紗赤腳跳舞，轟動全鎮，連當地報社都鼎力支持——

相形之下，都鳥劇團則在旅途中慘遭成員拋棄，僅剩寥寥數人。即使都子以精湛舞藝表演《保名》或《藤娘》，在這座外來文化蓬勃發展的小鎮，也難以抵禦「比起壽司，人們更愛吃咖哩飯」的崇洋風潮。

存在感如此薄弱的都鳥一團啊。

這天初更後，戲棚入口始終人影稀落。煙火聲、莎樂美、七層紗、管弦樂團、一行數十人的歌劇團——對面觀眾高朋滿座。

這廂乏人問津的慘狀直教拉客的把門人呵欠連天，菸抽得累了，乾脆跑到隔壁理髮店下棋。

「今晚反正就這樣了，八點過後誰還會來呢？」把門人丟下這句揚長而去。然而，阿幸卻未就此放棄。

「就算過了八點，戲棚子是不能沒有把門人的。」她自告奮勇坐上了把門人的位置。

——這位阿幸的母親是深川一家大型

高級料理餐廳的服務生。她的父親不知去向，母親則在三層樓高的大料理亭每天端著料理上上下下數百遍，過著只能站著匆匆將茶泡飯扒進嘴裡的日子，終因腳氣病沒顧好撒手塵寰。那時常被客人叫來料理亭跳舞的都子收留了十一歲的孤兒阿幸，打算把自己一身技藝傳授給這位義妹，可惜阿幸不是跳舞的料。原因在於阿幸天生不知怎地有一條腿比較短，或者該說是另一條腿太長……（無論哪個都不是好事）那麼，讓她唱歌呢？她又總是走音，跟不上節拍。既然如此，讓她彈奏樂器呢？

《等待長夜》和《嵯峨和御室》她練了一年照樣隔日必忘。

都子為之絕倒，「妳真是徹頭徹尾的沒用呢，了不起，那好，妳就放心去玩吧。」如此這般，阿幸成了都子的小跟班。

正因為是這位阿幸，不但盡心盡力在後台跑腿，也樂於接下包括把門人在內的任何工作。阿幸在倉促中成了把門人。就在此時，兩三個一看就不是什麼好東西的男人雙手揣在懷裡，沒付錢就要直接走進戲棚子。

「請付門票錢。」阿幸盡忠職守的聲音響起。「門票錢？爺們到哪都是免費的。」他們說完又要硬闖，是以深川出生的阿幸如火球般爆發。

「什麼到哪都是？咱們這就是不同，你們如果想免費欣賞都子小姐的表演，就給我鞠躬哈腰走進去！」

多半是被這位十四歲女孩的鋒利言詞震懾，一干人落荒而逃。這時，阿幸背後傳來銀鈴般的燦笑，阿幸一回頭，只見都子站在那裡，溫柔按著自己的肩膀。梳著樂屋銀杏髻的都子在後台尋找阿幸未果，來到前台門口，因而目睹剛才那番場面。

「阿幸，妳做得真好，謝謝你。」都子這麼一笑，阿幸有些手足無措。

「師傅妳笑話人家。」阿幸嬌嗔，憨態可掬。想來對阿幸而言，都子是拯救她的女神，是第二位母親，也是天上恩賜的姐姐。以生命驅逐那些吊兒郎當，想來白看這位尊貴姐姐表演的男人，則是阿幸唯一的技能。

隔天，戲棚子老闆來找都子等人商量。因為開幕至今票房不佳，老闆希望她們能夠跟目前正在當地的……少女歌劇團合作演出。剛好對方的管弦樂團也能演奏《越後獅子》、《春雨》以及《卡波雷》這類團體舞蹈的曲子，是以老闆希望都鳥一團能配合歌劇團一起跳舞。都鳥成員們情緒正低落，所以沒有人表示異議。冰糖小旦等人甚至率先站起，「好，走吧，到那邊去。」人人挑起行李準備出發。然而，關鍵的團長都子卻揪著兩道柳葉眉，白玉般的下巴埋在水藍色的半襟中，悒悒不語。阿幸一張臉冷不防撲向都子胸口，猶如幼兒向母親泣訴般大聲哭喊：

「我才不要呢，我才不要！誰要像狗一樣搖著尾巴求那種歌劇團讓咱們加入呢？要跟赤身裸體披著紗、嘻皮笑臉地跳舞、狂親死人頭那種團一起表演？我才不要！喏，師傅，您也不會願意的吧？技藝了得的您，哪能跟著樂隊跳舞呢？師傅，您不能去，萬萬不能加入那種團——」

緊緊抱著哭天搶地的阿幸，都子明眸悄悄蒙上淚光。

「對，我不會去的。就算只有我和阿幸兩個人，也要堅守這門藝術。這聽起來很自命不凡，但我的舞蹈用來當歌劇的中場表演實在太浪費了。我要是這麼做，就沒有臉去見天上的母親了。」

「母親」是指傳授都子技藝的養母，也是東京舞踊界的名人。

「師傅，有句諺語不是這麼說的嗎？殺身成仁，捨身取義……」

三味線大娘委婉相勸，但對於年輕氣盛、情願死在台上的都子來說，這話當然沒有任何作用。

於是乎，都鳥一團最後只剩下團長都子和無藝在身的阿幸兩人。其餘成員相繼高舉白旗，加入那個詭異的歌劇團，低聲下氣地請對方讓她們在中場表演。

歌曲沒了，樂器也丟了，都子身上如今僅有阿幸和一把舞扇的絕技。

「我們回東京吧，師傅，回去一定還有舞台呢。」——天可憐見，正是因為東京不成了，都子才流浪至此。那次大地震中，都子位於隅田川附近的寓所化為灰燼，她跟阿幸等人倖免於難。都子失去一切後，帶著劇團成員展開旅行公演。如今再回東京也沒有任何意義，能否找到能夠容納兩人棲身的簡陋棚屋都是未知數……可是，都子仍決定放手一搏，無論如何要回到自己出生的東京，傍晚帶著阿幸來到河岸尋找渡船。不幸的是渡船沒了——一位頭髮後梳、穿著短褲的年輕船夫今晚要去鎮上看歌劇，早早停好船離開。

「這劇情跟清姬不一樣啊。」這裡不是清姬遭安珍背叛後化身巨蛇游過的日高川——都子和阿幸也不可能游泳渡河……

隔天一早，第一班渡船準備出發——有人在河岸邊發現都子和阿幸兩人相擁沉睡於一片盛開的曼珠沙華中，永遠不會醒來的沉睡……朝露潤溼綻放的大紅花瓣，恰似被打亂的緋色細絲穗。都子婀娜身子橫躺其間，銀泥舞扇掩住了雪顏——清晨殘月淡淡映照其上……阿幸臉孔埋在親愛師傅的胸前，緊緊相依不分開。

人們說是自殺，但絕代佳人豈會選擇昇汞水——殺鼠藥如此俗物？絕非如此，她們那晚在帶露花叢過夜等待清晨渡船時，很可能不慎吸入花莖與花蕊散發的毒氣。老一輩的都知道，這種花自古就是毒草，足以危害在野外遊玩的孩子。若然，奪走舞姬生命的便是這曼珠沙華！

字典上對這種花則有以下敘述：

「曼珠沙華是梵語『Mañjūṣaka』的音譯，意指天上之花，石蒜科；葉基生，數枚，狹長帶狀，色深綠，葉枯後莖生花開；花朵排成傘形，花被通常呈深紅色，六裂瓣反捲，以下略……」

梵語中有天上之花的意思。哦呵，舞姬都子，此刻該是在天界展現她的絕妙舞技。少女阿幸則多半正坐在都子衣襬上微笑，何其美好？

就這樣吧，讓花兒在人間盛開，絕代佳人與可愛少女的靈魂在天上安息——

# 譯後記

譯者 常純敏

《花物語》的翻譯過程是煎熬的，不僅由於文體本身的困難度，還有故事必然的悲劇性結局。譯完《花物語》隔天，我與太太偕友人造訪鎌倉市吉屋信子紀念館。這裡是吉屋生前最後十年的寓所，由日本近代數寄屋建築大師吉田五十八設計，占地五百六十八坪，建築六十三坪。室內格局大器，前後有院，屋後有山，我們甚至在秋陽灑落的廊台瞥見浣熊路過前院。

吉屋歿後，伴侶門馬千代將這間故居捐贈給鎌倉市政府，充當市民學習公共設施暨吉屋信子紀念館。我漫步室內，緬想一九三〇年五月《婦人公論》一七七號〈同居愛的家庭訪問——兩位主婦：吉屋信子與門馬千代〉描寫兩人的生活：

「所以，這個家的形式是由吉屋小姐扮演主人，門馬小姐扮演主婦。每天早上，吉屋小姐埋首寫稿，門馬小姐認真操持家務。到了下午，兩人或是一起上街看電影、觀賞舞台劇，或是團聚聊天，正是甜蜜的家，感覺上比夫婦家庭更加歡愉明亮。這個快樂家庭並非主人與主婦這種社會常見的組合，而是由兩位主婦所構成，因此如前述變成一個問題，然而在記者眼中，它是沒有一絲應該被視為『問題』的快樂家庭。」

一九二三年，二十七歲的吉屋結識二十四歲的數學老師門馬千代，而後展開同居生活。其時志同道合的女性同居或許不算太稀奇，但能夠持續一生就極其罕見了。將此事化為可能的重要原因之一，便是吉屋的筆力。大正時代，女性要貫徹自我信念相當困難，吉屋遠比自己創作的任何一位女主角都來得堅強勇敢，靠著一支筆與門馬從大正走到昭和，相伴一生。

吉屋終身未婚，媒體自是不斷刺探其婚姻與性向，而吉屋每每以笑話巧妙帶過。例如在一九三三年七月《現代》跟政治家鶴見祐輔的〈近代女性解剖對談會〉上答道：「我或許是犧牲了青春嗎？因為太投入寫作……我絕對不是不婚主義者。」又好比在一九三五年二月《新青年》的久生十蘭訪問記事中表示：「我除了寫小說，就是個一無是處的笨女人，所以就算結婚也沒辦法做好太太的工作。」

對於一介女流作家吉屋憑筆桿取得莫大財富，以及遲遲不婚卻與同性伴侶同居的「同性戀」臆度未曾少過。而即使早在一九二一年便已「斷髮」，前衛如吉屋者，基本上亦是打死不認。她在〈黃薔薇〉裡透過女學校英語老師葛城美沙織歌頌莎孚，卻在久生指出：「有人認為妳和門馬的關係很『莎孚』？」時，輕描淡寫地撇清：「我很討厭莎孚這位女詩人呵。」

《下妻物語》作者，同時亦是日本少女文化專家的嶽本野薔薇在〈吉屋信子與少女小學與S與近親相姦〉一文提到，吉屋從年輕時期開始寫少女小說，到晚年執筆《德川的夫人們》為止，其作品一貫的主題就是「女子跟男子同樣擁有『自我』有何不對！」社會認為容許大正女子受教已屬天恩浩蕩，吉屋一生都在跟父權體制奮戰，要證明女人沒有比較差。事業成功如她亦曾在一九二六年六月《改造》八卷六號的散文〈我想變成男人〉寫道：

「我一想到人們因為我是女生，便認為讀女學校就夠了，可是又笨又不用功的男生卻能花父母的錢去大學遊玩，不但好生羨慕，甚至對這種不公平感到義憤填膺，所以我從小就想當男生。」

二〇二三年十一月，我與太太站在吉屋與門馬生前故居。往事如煙，故人已遠，吾等女子享公平受教權已久，亦不必如葛城畢業後為了逃避婚姻而去當老師這個她並不喜歡的職業。在台灣，我們擁有同性結婚的自由，不用刻意說笑解釋感情狀態，也不用像葛城為了符合社會期待而放棄摯愛。吾等女子能文能武，有愛有自由，真是活在一個最好的年代了。

最後，謝謝協助校稿的太太、確認大正時期細節的友人H。

令和五年深秋

吉屋信子小姐的故居臥室窗景

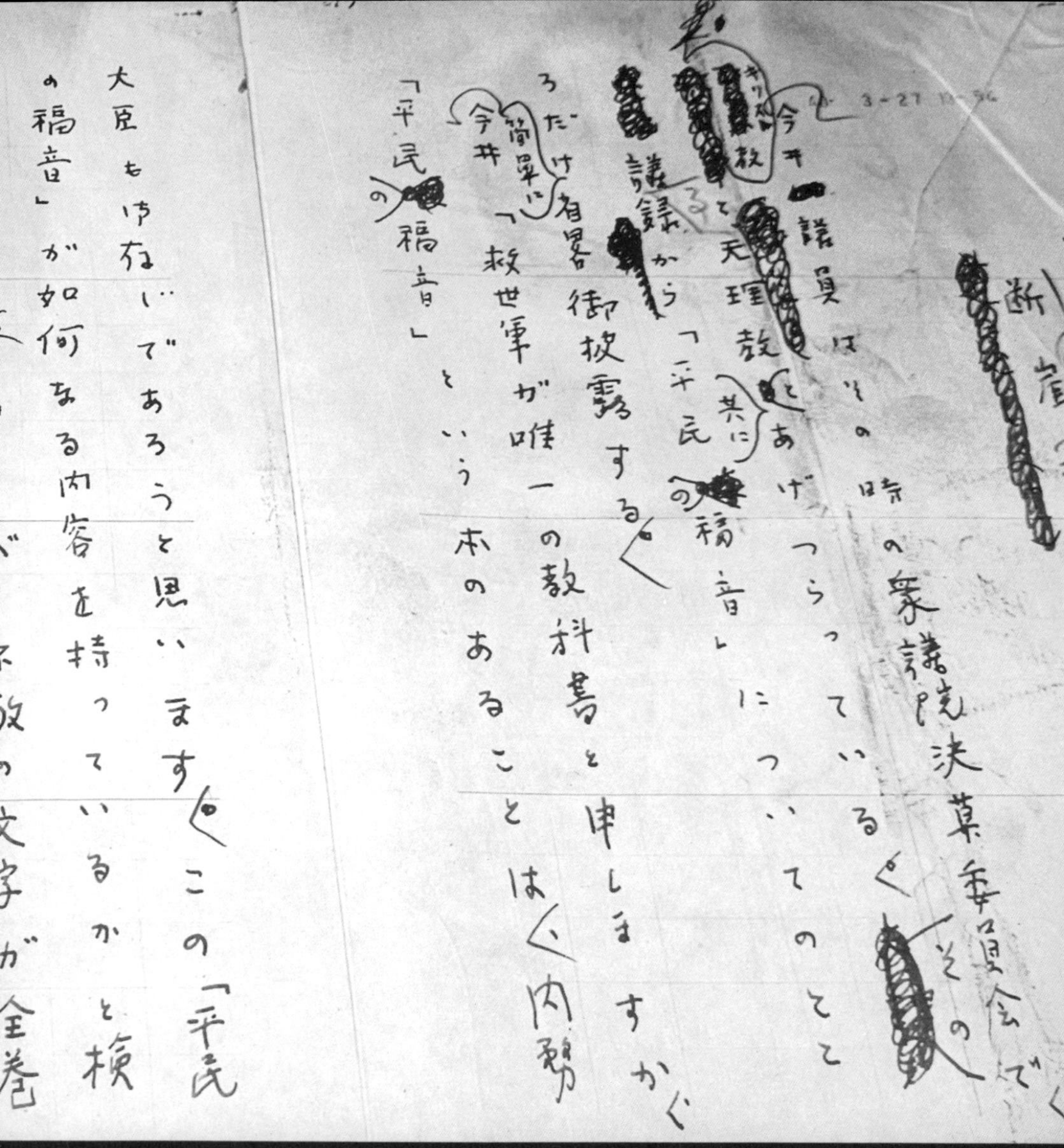

吉屋信子小姐的創作手稿

〔echo〕004

# 花物語

ハナモノガタリ

作者 吉屋信子
譯者 常純敏
副總編輯 洪源鴻
企劃選編 董秉哲
責任編輯 董秉哲
行銷企劃 二十張出版
封面設計 朱疋
版面構成 adj. 形容詞
出版 二十張出版 — 遠足文化事業股份有限公司
發行 遠足文化事業股份有限公司（讀書共和國出版集團）
地址 新北市新店區民權路108之3號3樓
電話 02・2218・1417
傳真 02・2218・0727
客服專線 0800・221・029
信箱 akker2022@gmail.com
Facebook facebook.com/akker.fans
法律顧問 華洋法律事務所 — 蘇文生律師
製版 中原造像股份有限公司
印刷 中原造像股份有限公司
裝訂 中原造像股份有限公司
出版 二〇二四年一月 — 初版一刷
定價 七〇〇元

ISBN — 978・626・97710・97（平裝）、978・626・97710・80 (ePub)、978・626・97710・73 (PDF)

國家圖書館出版品預行編目（CIP）資料：花物語 / 吉屋信子 著／常純敏 譯 — 初版 —
新北市：二十張出版 — 遠足文化事業股份有限公司發行 2024.1 576 面 14.8 × 21 公分 .
ISBN：978・626・97710・97（平裝） 861.57 112017852

AKKER
二十張出版